U0032197

開元霓裳樓

風時序

李妙沙

著

推薦者簡介

蘇牧

北京電影學院文學系教授、博士生導師，北京市高等學校優秀青年骨幹教師（1996 年），香港中文大學傑出訪問學者，北京電影學院「金字獎」第二屆、第七屆評審會主席。

主要著作有《榮譽》、《太陽少年》、《新世紀新電影》，其中《榮譽》16 次印刷，為北京電影學院、中央戲劇學院、中國傳媒大學、上海戲劇學院、北京大學等國內著名藝術院校學生必讀書。《榮譽》2004 年獲「中國高校影視學會優秀學術著作一等獎」，《榮譽》修訂版 2007 年入選教育部中國高校「十一五」國家級教材。2008 年入選教育部中國高校「十一五」國家級教材精品教材。

主要科研項目：北京市教育委員會 2013 年社科計畫重點項目：《中外電影大師精品解讀》。

【推薦序】
霓裳羽衣，盛世華章

電影講究極致的美學。

長鏡頭的出現，被世人公認為是「電影美學的革命」。它是指長時間拍攝、對空間不進行切割，保持時空完整性的一個鏡頭，對一個場景、一場戲進行連續的拍攝，形成一個比較完整的鏡頭段落，可以讓觀眾感受到空間和時間上的連續性及統一性。

在電影裡，導演常常喜歡運用長鏡頭來表達自己的特定構想和審美情趣。比如俄羅斯電影《創世紀》（Russian Ark），就是由一個長鏡頭完成了整部電影，美國歌舞片《樂來越愛你》（La La Land）更是將長鏡頭和音樂完美融合，形成了視覺和聽覺的雙重美學盛宴。

而在《妖貓傳》裡，空海和白居易穿過拱橋時，長達二十秒的長鏡頭，包羅萬象地向觀眾展現了長安街頭兜售攬客的茶肆小攤，琳琅滿目的物品、接踵熙攘的人群、賣藝雜耍的江湖人士⋯⋯用市井的熱鬧喧囂側面，突出了大唐盛世的繁榮。

而恰巧，李莎的新書《開元霓裳樓》系列，也有異曲同工之妙。

電影和小說雖然是兩種不同形態的藝術表現方式，但是也具有一定的共通性，李莎的《開元霓裳樓》就兼備文學氣質和鏡頭語言，極具美感。

「平康坊四面有一條細長的河流，這條河流入大明宮城門前的山腳，且順著山腳折返而回，流回到平康坊時，已走勢漸緩，窩成一大片泓成鏡面般的水潭。

到了夜裡，一座座花舫在河面上穿梭，舫中張燈結綵，仿若赤金的宮殿一般璀璨明亮。且就是這樣的水潭上，被岸邊的一座高樓圈出了水榭迴廊。這夜照常是人潮湧動，華燈初上，一枝殘花落入水中，蕩開陣陣漣漪，碎了滿池絢麗的人影與燈影。

花船的曲徑迴廊顯現，盈盈笑語傳來，舟舫之中可見身著唐裝的美人聚在一處攬客，時而用宮扇掩面輕笑。眾伎之中也有等到自己

熟悉相好客人者，兩人相攜旖旎而去。

　　遠處絲竹吟詠之聲幽幽傳來，不絕於耳，身著綺羅華服的王孫公子、名流士紳，正三五成群地沿著水榭迴廊，向著花船的方向走去。

　　迴廊上閒倚著唐裝樂伎手拿花枝，擲向其中一名年輕儒士，惹得儒士羞怯躲避，眾樂伎立即放肆嗔笑起來。」

　　在《開元霓裳樓》裡，像這樣帶有紀實意味的、包容較多內容元素的長鏡頭描寫，為大家直白地呈現出華燈下，霓裳樓衣香鬢影、眾賓歡的風流姿態，更因為讓讀者的視線隨著花船的移動，而發生人物關係、周遭環境的移動改變，不僅更能沉浸小說營造的氛圍環境裡，更有真實感和代入感，也更具備視覺衝擊的感官享受。

　　另外，在中國影視史上，除了清朝，另一個備受青睞的朝代背景，就是唐朝了。在中國觀眾的骨子裡，都有濃烈的盛唐情結，多少人都心生嚮往卻不可得。

　　而《開元霓裳樓》便是發生在盛唐之下的長安城，在這個當時最國際化的大都市，星羅棋布的長安一百零八坊裡，有繁華、有勾當、有貴冑、有市井、有開放、有齷齪，當年的各個階層、各國人民是如何相融相處，是後人最想探究的之一。

　　而李莎明顯做足了功課，查閱了大量資料，對開元年間的事件、政治軍事、風土人情、日常生活、穿衣打扮等，都進行了翔實的考究。

　　她寫金吾衛身穿缺胯衫，左側不開衣衩，雙袖飾以對豸，胸前圓護繪有虎吞，盤領窄扣，戴著襆頭。寫他們的門契像魚，因為唐人認為，魚從早到晚都不會閉眼，十分具有警惕性。她寫粟特人擅長經商，龜慈舞女婀娜曼妙，寫于闐人擅長繪畫，而高昌人熱衷音樂。她寫胡人舞姬坦露胸臂，用腰巾遮擋豐滿雙乳，配著異域的首飾，卻綰著時下流行的望仙鬢。她寫儒生文人的流觴曲水，寫當時通關的有駱駝、有公馬，還有羊毛花氈，寫箜篌配琵琶、配阮、配古琴，寫百官上朝制度流程……

　　李莎信手拈來，勾畫出的絕美盛唐和長安城裡各色風俗民情，讓我們能透過文字窺闚其中一二，覺得「原來這就是盛唐啊」。另一方面，她也沒有放棄一貫擅長的權謀情節，在抬手落筆之間，以被蒙冤的金吾衛沈勝

衣視角，將那些藏匿在高堂廟宇下的波譎雲詭和刀光劍影，不疾不徐地鋪展開來。

　　「唐朝」＋「權謀」＋「武俠題材」，配上李莎極具鏡頭畫面感的寫法，讓我看到了一幅唯美主義和肆意想像交錯的畫卷，相信這部作品會叫好又叫座。

　　李莎的小說《孟婆傳奇》出版後，在海內外取得了巨大的成功，祝願李莎的新作《開元霓裳樓》，再創輝煌。

　　唐朝是中國最偉大的時代，華語電影中的唐朝，陳凱歌的電影《妖貓傳》，中國票房大賣；侯孝賢的電影《聶隱娘》，席捲全球，榮獲世界頂級電影節──坎城電影節最佳導演獎。祝願李莎的小說《開元霓裳樓》，早日改編拍攝成電影，在銀幕上，為中國和世界展示更加絢爛的唐朝。

北京電影學院教授、博士生導師　**蘇牧**

毛利華

北京大學心理與認知科學學院副教授，博士生導師，九三學社社員，現任北京大學心理與認知科學學院工會主席。

北京大學主幹基礎課《普通心理學》、《社會心理學》、全校通選課《心理學概論》、線上線下混合式課程《探索心理學的奧祕》主講教師。

曾獲 2004 年北京大學教學成果一等獎，教育部教學成果二等獎，2005、2008 年北京大學教學優秀獎，2006 年北京市科技新星，2006 年教育部高等學校科學技術獎（自然科學獎）二等獎，2015 年北京大學十佳教師寒梅獎，2017 年北京大學曾憲梓教學優秀獎，主講的《探索心理學的奧祕》獲教育部 2018 年國家精品線上開放課程。

曾獲 2010 年北京大學模範工會主席、2018 年北京大學優秀工會幹部等稱號。

【推薦序】
殺一人以存天下，為與不為

「俠」是中國非常有特色的一種社會文化現象，從最初的遊俠到「為國為民，俠之大者」，俠義精神在每個時代的文學作品之中，都有非常多的體現。而或許很多年輕人的心中，也都曾經有過屬於自己的「武俠夢」——「少年俠氣，交結五都雄。肝膽洞，毛髮聳。立談中，死生同。一諾千金重」；抑或是「十步殺一人，千里不留行，事了拂衣去，深藏身與名」，「十年磨一劍，霜刃未曾試。今日把示君，誰有不平事」。或許每個人都有心目中的「俠」，快意於心目中的「江湖」。

《開元霓裳樓》就是這樣一部發生在盛唐開元時期關於武俠的故事，充滿了懸疑和權謀，故事中各個不同性格的角色相繼登場，命運交織在一起，展現出一幅李莎心目中，關於江湖與俠義波瀾壯闊的畫卷。

「俠」究竟是「快意恩仇，一諾千金」，還是「鋤強濟弱，公正仁義」，或者是「為國為民，勇敢擔當」，抑或是其它的涵義，每個人都可能會有不同的理解。而李莎想要表達的「俠」，我想恰恰是隱含在這個問題的答案之中——「殺一人以存天下，為與不為」？

在《開元霓裳樓》的故事裡，月泉公主的行宮中，發生了金吾衛的死亡事件，同時象徵朝廷與阿史那部落友好關係的黃金東珠也失蹤了。儘管明知沈勝衣並非真凶，但他的同僚、上司，乃至更高階的權貴，出於各種原因，卻都輕易地決定將沈勝衣推出去頂罪。

尤其是康王李元貞，對他來說，沈勝衣是否清白並非關鍵，即便他確信沈勝衣是無辜的，但眼下必須有人頂罪，給阿史那部落一個表面說得過去的交代。於是，李元貞說出了這樣一句話：「殺一人以存天下，為何不為？」

確實，對很多人而言，為了天下大義，似乎付出一、兩個無辜的生命，並沒有什麼大不了的。

而金吾衛北衙長官蕭如海則反駁道：「行一不義，殺一不辜，而得天下，皆不為也。」

人類歷史上，有一個非常著名的思想實驗——電車難題。一輛有軌電車失去了剎車，司機看見前方的軌道上有五個人，而另外一條分岔的軌道上則是有一個人。如果司機什麼都不做的話，電車會前行撞死這五個人；司機此時也可以拉動操縱杆將電車轉向，開到那條岔道上，這樣只會撞死一個人。那麼，如果你是司機，你是否會選擇拉動操縱杆，把電車開到人少的軌道上撞死一個人，而不是五個人呢？

　　英國哲學家菲莉帕・福特（Philippa Foot）在 1967 年的論文《墮胎問題和教條雙重影響》中，首次提出了「電車難題」。就如同李元貞的做法一樣，功利主義者主張，決策行為必須為最多人提供最大化利益，明顯的選擇應該是拉動操縱杆將電車轉向，拯救五個人只殺死一個人。

　　但是，生命的價值是否可以單純用數量來衡量？而一個俠者，當他有能力去影響別人的生命的時候，「殺一人以存天下，為還是不為」？

　　即使只是兩個生命，又如何去比較他們的價值呢？在上個世紀的八〇年代，24 歲的年輕大學生張華，為了救起落入化糞池的老人，獻出了自己的生命，由此引發了一場舉國上下的大討論：一邊是天之驕子的大學生，另一邊是掏糞的老農，大學生為救老農而死，到底值不值得？

　　我們如何去評判值還是不值？年齡、地位、前途、潛在的貢獻？似乎從這些數值上都很容易推算出結果，但是誰又能真正去衡量兩個生命之間，究竟孰重孰輕呢？

　　同樣的，在新冠疫情爆發期間，因為呼吸機或者藥物等醫療資源的短缺，當醫生面臨著在年輕人和老年人之間抉擇時，「生命的長度」是否能夠作為衡量誰更應該活下去的標準呢？

　　人的生命如閃電、如露水一般短暫，但是也如珍如珠，無價，亦不能作比較。我們敬畏生命，尊重人權，珍視人人平等，倘若人人都無視道德倫理和法律規範，只從「我」的角度出發，追求利益為先，對萬事進行利弊權衡，那麼，在食物匱乏時，是否可以犧牲老弱病殘？在器官短缺時，是否可以明碼標價，像割韭菜一樣，割掉貧民的器官？在世界末日來臨時，是否只有富豪階級才能登上諾亞方舟的甲板？

　　如果真的如此，那麼或許不用等到世界末日來臨，整個世界秩序就會崩潰，社會會陷入混亂。無論能力、地位如何，我們都必須始終捍衛平

等的人權，尊重每一個生命，堅守不對他人生命指手畫腳的基本道德，才能維繫社會的持續穩定發展。而像蕭如海這樣的人物，在齟齬、陰暗的背後，仍然信奉光明與秩序，堅守公平與正義，或許這才是李莎心目之中的俠者所為。

李元貞：「那麼，倘若這份犧牲，是對方自願的呢？」

蕭如海：「即便是自願犧牲，我等去讚美他的這種做法，又和吃人的野獸有何區別呢？無論是奉勸犧牲，還是讚美無意義的犧牲，都是『惡』，自是違背了『義』和『真』，不該為之。」

如果一個人主動犧牲，這是慷慨赴死，奮不顧身，挽救於萬一，這是一種自律，是一種大義。可如果我們逼迫犧牲，奉勸犧牲，神化犧牲，這卻是一種他決，是一種大惡。

或許這正是李莎試圖透過蕭如海來傳達的理念，也是作者心目中的「俠之大者」。大概，這才是寫作最本質、最真誠的意義吧！

北京大學心理與認知科學學院副教授、博士生導師

北京大學心理與認知科學學院工會主席　毛利華

作者簡介

李莎

· 希達工作室創辦人
· 中國傳統文化教育與傳播研究學者
· 道學院客座講師

心理學博士在讀、香港大學整合行銷
碩士、中歐國際工商學院高級工商管
理碩士

曾於中山大學任職,並在韓國三星集團、周大福集團等世界 500 強
企業擔任集團高級管理職位。

擅長傳統文化在心理學方向和環境學的應用,並致力於中國優秀傳
統文化教育與傳播。

所撰寫的多篇學術性論文和專業性文章,已在《出版廣角》、《心
理月刊》、《財經界》、《中國文藝家》、《發現》、《長江叢
刊》、《中國民族博覽》、《新教育時代》、《科教文匯》等多家
國家級專業期刊和國家級媒體刊登。

已出版作品:《直覺力》、《焦慮心理學》、《潛意識之謎》、《李
莎的生活隨想》、《在難熬的歲月裡》、《孟婆傳奇》系列。

【自序】
謹以此書送給我親愛的父親

　　千百家似圍棋局，十二街如種菜畦。

　　白居易詩中的唐長安城是這般恢弘、壯闊，一百零八坊既是文明的彰顯，又向後世傳承了唐朝的盛世繁榮。想來，這一百零八坊是一種寓意吉祥的泛指，一百零八為三十六和七十二之和，代表著「至高」、「大吉」與「完美」，在道教之中，三十六天罡、七十二地煞，是常用的吉數。古人這般浪漫唯美，又有誰人不曾憧憬過盛唐風姿呢？

　　打算寫這本書的初衷，是因在我年少時，父親一直陪我聽各類武俠小說的評書，所以早早的在我心中埋下了一顆武俠的種子。父親在我的成長歷程中，給予了許多溫暖與呵護，他時常鼓勵我、讚美我、支持我，令我一直生活在滿滿的幸福感之中。直到現在，每週末和父親、母親相見的時光，總是讓我倍感溫馨，似乎又回到小女生時代，總是可以向他們要賴撒嬌的姿態。

　　前年有一陣子，我看見父親於家中總是從手機上聽各種武俠書，那一刻，我突發奇想——索性由我來寫一本武俠小說送給父親吧！

　　於是就提筆來寫，寫著寫著，逐漸有點偏離了原本的武俠設定，好像並不算是一個真正的武俠故事，雖然裡面的主要群體是遊俠組織。

　　而這本書的背景時代選擇在「開元」，是因為我一直對盛唐時期有著深厚的嚮往，那是中華歷史中極為鼎盛繁榮的時代，不僅有國泰民安的富強，還有舉世矚目的風采，詩人們心中對長安同樣也有說不清的愛。

　　之前朋友曾問過：「如果可以穿越回古代的話，你最想去哪裡呢？」我毫不猶豫的回答了「盛唐」，因為那種民族融合、多元文化交流令人好奇又神往。而那一山一水、一草一木，平康坊內的鶯歌燕舞，懷遠坊內的道觀煙柳，少女柔情、書生筆墨、俠客不羈、貴族多姿……這些都被載入篇章，濃墨數筆，流傳後世。

　　只是，我能否將平日腦海裡的一些片段式畫面轉化成連貫的橋段，則成了心中的難題。為此，我也付出了大量的時間與努力。正因為我很熱愛

盛唐的滿目繁華，才想把其中景色，透過自己的文字呈現給大家。

當時和三位閨蜜們聊起過自己的這個想法，她們都十分支持。特別是璿璿，我的每個章節一寫完，就會請她先看，她每次都能給我一些好的建議和意見，這對我的幫助很大。還有一位遠在新加坡的閨蜜陽陽，和一位整日加班忙到暈天黑地，卻總說會認真看稿的成成。

在寫作的過程之中，我也會有諸多的擔心，擔心我「稍有不慎」，就破壞了古人的真實，畢竟後人所寫的故事不等同於架空，想要保留歷史色彩也絕非易事，又擔心自己的邏輯不能一致，裡面鋪設的坑沒有及時填上，又擔心內容上出現「BUG」。總之，這本書從 2021 年底開始籌畫，到 2022 年初開始動筆，在一邊創作時，一邊度過了「全民渡劫」的 2022 年。

書中的主角之一是一名金吾衛，而另外幾位主角則是霓裳樓的四位姑娘，這些角色在我的故事裡，並非是「漫威宇宙」中的世界英雄，他們都只是平凡的普通人，以至於被陷害也無能為力。這很像是如今初出社會的年輕人，身處花花世界，一腔熱血，卻總是被環境、人為等外界因素所阻撓。

我的孩子們在看了我的作品後說：「媽媽，為什麼你作品裡的主角光環都是稀碎的，完全不像別的小說裡那麼強大、逆襲？」

我笑笑回答他們：「因為媽媽小說中的主角，都是真實的血肉之身，生活之中並沒有那麼多倖存者偏差，絕大部分的人生都是不完美與遺憾並行，小滿就是極好的狀態了。」

生活中的你、我、他，正如這本小說中的角色們，他們有血有肉、尊天敬地、互幫互助，配合、陪伴著彼此解決了無數的難題，同時又在盛世之中，享受著特定時期帶來的特定榮耀，固然是值得被羨慕的——但是看到這裡，也許你會覺得，這樣的故事是被寫出來的美好意願，本就不切實際，現實生活是重重坎坷的，也未必會遇見能夠願意一起來解決困難的陪同者。

可是換個角度來看，古代的人中龍鳳，也時有舉步維艱之時，我等凡夫俗子，又怎能逃過天降歷練呢？

不妨將困難當做尋寶遊戲，去研究它的起因、過程與結果，說不定

還會發現奇妙的「前世今生」，就彷彿是為自己親自打開了另一個出口的大門。

　　我的這本小說，與此前的《孟婆傳奇》系列有著非常明顯的不同之處，如果說《孟婆傳奇》是「相濡以沫，不如相忘於江湖」，那麼《開元霓裳樓》便是充滿了現實主義的「王侯將相，寧有種乎」。但她仍舊傳承著我美好的心願——透過故事，帶給更多的人「頓悟」，哪怕只有一瞬間，也不枉文字的魅力了。

　　天道自然，人道自為，人生不如意是為常態。想來人生路上風雨兼程，時而陽光明媚，時而陰風怒號。任何事情都有兩面性，有壞的一面，就有好的一面。我們不能改變事情的性質，但能選擇看待事情的角度，心態好，則事事好；心放寬，則事事安。生是死之根，死是生之苗，一如小說中的人物，也都有著我們每個人的縮影。

　　只是，故事中的主角也和我們一樣，在經歷了浩劫、背叛、恐懼與絕望之後，仍是選擇了熱愛生命與自己。當然，這的確是我人為來賦予他們的品質，但，這也是我所希望自己能夠達到的階段——愛我們當下所擁有的一切，哪怕是困境。

　　謹以此書獻給我親愛的父親，也獻給我摯愛的所有家人與朋友們，以及同在紅塵中修行的讀者們，是因為你們的陪伴與支持，我才能擁有如此之多的幸福美好，與多樣化的人生體驗。

李莎

目次

楔子

神龍二年，農曆十月十七日，亥時。

這一夜的長安城，與平日似有不同。

並非紅葉壓彎細枝，簌簌飄落，並非自黃昏起，暮鼓響徹城中坊間，並非殘留在磚瓦石縫中的波斯油香，與城門石獸的怒目寒光。而是潮濕的地面上有碎石在微弱地顫動、起伏著，且越發劇烈，直到有無數黑騎鐵蹄撕長空，飛踏而來，揚起一片飛沙，石子粉碎，地動山搖。只見空寂城北處，有一行黑衣人馳騁入夜，蹄聲錚錚，整座長安城也彷彿隨之戰慄起來。

城中盡頭的青牆黑瓦上掛著「八荒門」的匾額，正在院內古槐下自弈的掌門李嚴山忽覺異樣，彼時的他已是六十七歲高齡，對戰亂風雨早已司空見慣，他微微皺起的眉宇間彰顯著肅穆，馬廄裡的馬匹發出陣陣嘶鳴，惹來小徒從屋內衝出，撫慰著馬匹，聽其噴道：「乖乖，莫要叫了，吵醒了師兄們，怕又要賞你等一頓鞭刑了。」

李嚴山拂袖起身，他站在古槐下，神色凝重地望著緊閉的大門。

門外長街的那一端，連接著長安城最熱鬧的地方。那裡不光有全長安最為繁華的燈市，還有才華橫溢的歌舞藝人，每到各種節日時，百姓們總要紛紛聚攏於此，簇擁得水泄不通。

不過今夜的喧騰，卻與歌舞無關。

李嚴山吩咐小徒：「去拿矛來，八荒有難了。」

小徒身形一震，立即跑著去敲眾師兄的房門。

便是在這時，門外的馬蹄聲停落，院牆上空先後出現了六名金甲黑衣人，他們蒙著面，手持狼牙寶劍。李嚴山的視線與這六人相交，只見金甲黑衣人互換眼神，劍刃寒光閃動，靠最東南方向的蒙面人一柄長劍倏地刺出，直逼李嚴山左臂。

李嚴山揮掌彈劍，又有西北方向的蒙面人刺來第二劍，在李嚴山察覺的瞬間，那人腕抖劍斜，識穿李嚴山的招數，且劍鋒已削向李嚴山的右頸。

李嚴山不得不從袖中取出八荒短矛，「錚」地一聲響，矛與劍相擊，震聲未絕，劍光逼人。李嚴山拆下三招，而到了第四招時，手中短矛被蒙面人猛地擊落，直砍向其頂門。李嚴山避向右側，轉手抽出另一袖中的短矛，疾刺蒙面人左腹。

　　蒙面人動作俐落地避開，轉而退開三步，沉聲贊道：「名門正派的雙刃短矛，果然是百聞不如一見。」

　　李嚴山此刻才發現，已有二十幾個金甲黑衣人在他門內，個個手持狼劍，劍柄上雕有「驍」字。他們將李嚴山圍在中央，沒人敢輕舉妄動，只靜靜地站立在黑暗中。不多時，八荒門下的弟子都已趕來，他們在外圈圍住了金甲黑衣人，低聲喊道：「師父！」

　　李嚴山抬手，示意眾弟子不可輕舉妄動。而後施合拳禮，詢問在場金甲黑衣人：「在下李嚴山，敢問各位英雄深夜來此，可是受了朝廷之命？」

　　二十幾個金甲黑衣人無動於衷，並不打算回答。

　　有弟子看不慣他們的傲慢，當下取出袖中短矛，誰知站在他前方的金甲黑衣人忽然左手一揚，短針飛出，只見李嚴山其中一個弟子頓感胸口脹痛，身形一晃，跪倒在地上。身側兩名弟子一聲大喊，彎腰去攙扶，就在肢體碰觸的一剎那，眾人臂腕泛紅，接連倒下。

　　李嚴山見狀，暗自心驚，一名金甲黑衣人攔住他，以冷靜到可怕的腔調問：「事到如今，李掌門可有歸順之意，為朝廷效犬馬之勞？」

　　李嚴山的眼中滿是憤恨，他到底是要守護八荒門的風骨：「在下身為名門正派，縱然是不齒官宦走狗，各位不必苦苦相逼，只管在今夜做個了斷便是。」

　　他面前的金甲黑衣人聞言，彬彬有禮地作揖後，在短暫對視後，李嚴山只覺頭皮猛然刺痛，像是被一枚細針刺入太陽穴。

　　離奇的疼痛，令李嚴山意識到即刻接踵而至的危險，他極力地想恢復清醒，可一股勁風襲向他的胸口。這股勁風不知從何而來，迅捷無比，他忙伸掌格擋，仍覺胸口閉塞，氣血翻湧，站立不定，隨即坐倒在石板上，最後竟吐出了一口鮮血。

　　待他再看向面前，只見那群金甲黑衣人身形飄動，手中短針不斷飛

出，頃刻間，將八荒門內三十六名弟子盡數擊倒。這群驍勇如鬼魅之人出手狠辣，身法既快且輕，力道雄勁，就連李嚴山也沒能招架得住他們。眼下，更是被震傷了臟腑，他注意到那群蒙面人的胡服是湖綾質地，絕非護衛僕僮之流。便也就明晰了，今夜的確是他八荒門的劫數，而身為掌門的他，又怎能不保護弟子？他正欲起身再戰，突然見到一副詭異妖冶的景象。

金甲黑衣人中有一人從小腿皂靴內取出了如瓷片一般的暗器，趁其他蒙面人將注意力聚集在八荒門弟子的時候，那人將暗器紛紛飛射而出，竟是瞄準了他的那些同伴。

背部受到暗器中傷的金甲黑衣人身上，忽地燃起了一團熾熱的火焰，一簇接連一簇，一人接連一人，是在剎那間，所有金甲黑衣人的身子都著了火，驚亂之間，火焰攀升，二十餘名金甲黑衣人彷彿似一根根耀眼奪目的火炬，燃燒著跌撞哀號。

這情景令李嚴山的瞳孔徒然收緊，他竟不懂得這些人在搞什麼名堂，只有眼前妖嬈壯麗的火光瘋狂舞動，如火龍，似尖矛，貫穿了李嚴山渾濁的眼，逼迫他目睹這荒唐怪異的慘景。而射出暗器的蒙面人，此時來到他面前，將腰間的酒壺取下，半壺烈酒灑在李嚴山身上，接著，將手中閃著銀光的瓷片彈入李嚴山的胸口。

最後的景象已不得而知，似乎耳邊響起了聞所未聞的巨響。

八荒門的內院，就此爆炸了。

這時，一匹黑騎上的蒙面人聽聞此聲，他抬頭仰望空中彌天火光，快馬加鞭，循著爆炸聲響起的八荒門疾馳而去。

匾額已經炸成了粉末，煙霧瀰漫地飄落在斷樹周圍，刺鼻的焦糊味，令那名獨自前來此地的蒙面人緊蹙眉頭。

他翻身下馬，順著廢墟走入燃盡了的八荒門中，卻不能確信這究竟是否還是曾經名震江湖的名門正派。目之所及，耳之所聞，鼻之所嗅，皆如絕望詭譎的潮水般湧向他。

映入眼中的是遍地屍身、殘骸，被壓在樹下、石下與鼎下的斷肢，令他驚愕難掩。他惶恐不安地走在這地獄之景中，忽在一堆燃成黑炭的前頭，發現了一隻殘缺的手掌，地上掉落著一把短矛，刻紋有個「李」字。

他登時跪下身去，伏在那隻手掌前顫抖著，動彈不得。

　　許久過去，他聽到不遠處傳來微弱的呻吟聲，轉頭看去，一具並未燒焦的軀體還殘存著氣息。那人穿著金甲黑衣，吃力地向他伸出手呼救，他忙上前去，聽那人囁嚅著說了什麼，便趕忙起身，將樹下廢墟翻了個遍，終於找出了僥倖生還的另一人。

　　直到寅時，天色漸亮，除兩人之外，再未發現任何活口。而在這長安盡頭的八荒門內，內院景色已成斷壁殘垣，即便晨鼓聲響起，也覺那鼓聲惶急而雜亂，如一隻無形的巨手翻攪著五臟六腑。

　　盛唐最壯美華麗的巨城，在不久之後將會迎來新的巔峰，唯獨此時，遭遇迫害與滅口的死人，將不會在史書上留下任何記載。

　　他們的生命，永遠停在了大唐神龍二年農曆十月十八日，子時。

第一章

大唐開元，上元節過後的第三天。

會昌寺幽暗的鐘聲在城中迴蕩，纏綿夜雨氤氳而出的繚繞煙霧，隨風散去，長安城內的一百零八坊逐漸清晰了起來。

這一時期的唐國，已呈空前盛世之態。高祖、太宗及其餘幾任君主已相繼去世，如今，執政的是玄宗皇帝。

經過歷代英主的治理，唐國呈現出一片萬國來朝、四海臣服的繁華景象，且這番輝煌不僅體現在疆域和經濟上，子民數目也在開元初期達到了頂峰。

在永徽二年時，高宗為平定西域最大的反對勢力——阿史那部落，而命重將前往瑤池。歷經兩代人的苦心經營，突厥實力逐漸日盛，其勢力範圍達到難以控制的局面。故此，高宗選擇了懷柔的平定方式——與阿史那部老王阿史那溫達成盟國誓約。

當日，兩國約定，以阿史那部的王子阿史那連那為質子，在唐國接受漢家名儒的薰陶。為了表示唐國的真誠，當時的康王李元貞，也就是日後玄宗皇帝叔父的長子，和阿史那部年僅八歲的小公主阿史那月泉公主賜婚。

正所謂君無戲言，這場關係兩國盟約的婚誓，由玄宗皇帝用一顆黃金東珠來綁定。雙方約定日後公主來朝之日，便是王子歸國之時。

至此，唐國進入了十餘年的穩定和平時期。盛世長安，海清河晏，萬國歸朝。

再到如今的開元盛世，作為世界中心的大唐長安城，除本朝的世家勳貴、武將文臣、布衣平民、遊俠浪客之外，四夷如西域、新羅、百濟、高麗、南詔等國的奇才異能之士，也紛紛向此地聚集。

光陰如沙漏般流逝，十年的約定之期轉眼便到。

上元節過後的三月四日，便是阿史那部落月泉公主遠嫁大唐，連那王子重返草原的日子了。

到了這日朝會時分，天氣依舊乾澀寒冷，畢竟已是三月，即便殿裡四

角都點起了爐火，難免還是會凍手。

彼時，文臣魏徹的雙手籠在袖子裡，正安分地等候著殿內傳召。

魏徹是朝中三品官，時年已三十有七，卻仍未娶妻生子。這人面相儒雅清俊，與實際年齡多少有些出入，看上去更像剛剛而立之年的樣子。況且他的眼睛特別明亮，只是個性有些死板，做事相當認真，這也是令朝中其他臣子最為不快之處。

這日朝會，他五更便起來了。在進殿之前，要在殿外候上一個小時，所有在京文武官職事九品以上的，都要服褲褶以朝。

朝觀人數眾多，玄宗皇帝也格外重視朝會，所以殿上設黼扆、躡席、熏爐、香案，依時刻陳列儀仗，御史大夫領屬官至殿西廡，從官朱衣傳呼，促百官就班。

奉禮設文武群官位於東朝堂之前，文左武右，重行北面，相對為首。又設奉禮位於文武官東北，贊者二人在南，少退，俱西向。

這時，玄宗皇帝升御座後，扇開。文武大臣則分兩班，步入御道，行一拜三叩之禮，禮畢，早朝便開始了。

按照文武百官朝謁班序，朝會上稟奏之事也要按順序進行。職位同者，以年齡排序，致仕官各居本品之上。若職位與散官、勳官合班，則文散官在當階職事者之下，武散官次之。

到了阿史那連那依時，他依部落之禮，拜過御座上的玄宗皇帝，頷首道：「稟報聖人，幼妹阿史那月泉公主今日已入朝，正是為婚約而來。」

玄宗皇帝則道：「朕已從阿史那老王那裡得了消息，即日便會派遣京師戍衛將公主安頓在行宮，你且不必擔心。」

阿史那連那謝過玄宗皇帝體恤，朝會此時已漸進尾聲。在場的官員竊竊私語著突厥入朝之事，誰人都不曾注意到，站在文武兩班前的康王李元貞眼中，閃過了一絲異樣的陰霾。

作為月泉公主日後的舅姑一家，康王李元貞也算是長安的一大談資，無論皇城內外，對於李元貞，無不聞其名。他已年近不惑，但樣貌卻依然清俊秀雅，身形高而纖瘦，筆直的肩背顯出幾分脫俗的氣韻，連玄宗皇帝都要對其以禮相待。但是他行事低調，為人謙卑，在朝中享有一片美譽，唯獨讓人可惜的一件事，就是他養出的兒子實在不成氣候。

李元貞有三個女兒，一個兒子。據坊間傳聞，他這兒子的脾氣乖僻又懶散，時常從康王手上討錢去玩樂，並沒有王孫貴族應有的風度。虎父生出了犬子，令人唏噓不已。

而如今，月泉公主此番入朝，必是要同唐國進行聯姻的，若是被康王之子搶占了這便宜，真是可憐了傳說中美貌絕倫的公主。康王此刻的思忖，怕是也和此事有關，他深知自家兒子的德行，自然擔心聯姻一事會有所變化。

待朝會散後，魏徹並沒有離去的意思，直到殿內只餘魏徹一人時，他才移步到玄宗皇帝面前，雙手深揖。玄宗皇帝這時從御座上起身，走下高臺，交代了趙近侍幾句，那宦官得命後，便走過來引著魏徹，一同跟上玄宗皇帝往大殿後去了。

魏徹隨著趙近侍去了大殿後，在一處僻靜院庭中看到了玄宗皇帝。

這裡是兩儀殿，玄宗皇帝在退朝之後，都會來此處休息。殿內素牆紅瓦，平席簡案，其布局沿著南北中軸線縱向排列，原則上回到了儒家推崇的周朝制度。門前的矮柱是琉璃磨製而成的，襯著陽光可以折射出璀璨斑斕。窗下種著忍冬、紫荊，殿內立著菊花山水屏風，可見平日裡打理此處的奴婢，都是花了心思在草木上頭的。

趙近侍將魏徹帶進殿內，便躬身告退，殿內只剩下魏徹和玄宗皇帝。魏徹再一次雙手深揖，玄宗皇帝拂手令他去坐，這一小小的細節，足以嗅出濃濃聖意。

不過近來的魏徹可沒那麼春風得意，雖然他極力維持平靜，但眉梢唇角的肌肉一直緊繃著，玄宗皇帝看得出，他承受了極大的壓力。

玄宗皇帝未做任何寒暄，直接開門見山：「魏卿，未能在朝堂上秉奏之事，可是和新科狀元一案有關？」

魏徹當即道：「回稟聖人，新科狀元被殺一案，行凶之人尚未抓獲，而唯一的嫌疑犯人名妓曉荷，也在今晨死於獄中。如此一來，所有線索已然中斷了。」說這話時，魏徹是膽戰心驚的，這案子是他負責的，可最終沒有保全曉荷，甚至還未從她口中問出點滴線索便出了這狀況，覺得愧對聖人。

玄宗皇帝一直沉默，魏徹低垂著頭，不敢去打量他的神色，直到玄宗

· 24 ·

皇帝清澈、冷靜的聲音再度響起：「接下來，朕和魏卿說的，是朝廷的祕辛之事，你且要領悟其中玄妙才是。」

魏徹不知如何作答，也不敢噤聲，兩難之際，玄宗皇帝繼續說道：「太宗在世時，房氏重臣和長孫無忌共同輔佐太宗，在數十年的權海生涯中，兩人地位和權勢旗鼓相當，不分伯仲。到最後，演變成了政治上的對手，以至於在太宗去世後，缺少一份中間平衡力量，導致二人互相傾軋，一觸即發。直到長孫無忌抓到了一個機會，對房家進行了致命的打擊，導致房家幾乎滅門。在調查過程中，才知其謀反計畫。一直到705年，中宗復辟，恢復大唐，受到牽連的李氏親王才得以追複爵位與封地，重新以親王禮改葬，至此，此案才被徹底的昭雪平反。」

聽聞這些，魏徹神色有些異變，但他還是目光凜然地抬起頭，凝視著玄宗皇帝的眼睛立誓道：「聖人所言，微臣心中已然有了定數，必會謹慎行事。」

玄宗皇帝知魏徹是個明白人，不需要過多提點，只需最後交代他一句：「魏卿，此案不得有絲毫閃失。雖看似是一樁小案件，但前有房氏一案的連鎖反應，就必須要提高警惕。這關乎著大唐的聲譽與日後科舉考生的名節，你務必要徹查清楚，還盧映春一個清白。」

魏徹自是要同玄宗皇帝立誓破案，然而他的額角卻滲出了一層細密的薄汗。他知此事絕不能同康王合謀，雖說他與康王交好，可他並非太后黨，而康王卻同太后關係密切。魏徹在這一點上，始終無法與康王苟同。

只是單憑他一己之力，是萬萬不能處理這樁懸案的，可事情絕不能拖得太久，若是令皇上不滿，怕是會吃不了兜著走。之所以會發生新科狀元慘死一案，還要從三天前說起。

三天前，上元節當日，長安城。

長安城內十一條大街橫貫南北，十四條大街匯通東西，且東西、南北交錯的二十五條大街，將全城分為兩市一百零八坊，東部隸屬萬年縣，本應有五十五坊，因城東南角曲江池占了地界，故實有五十三坊；西部屬長安縣，有一市五十五坊。

正中間那條南北向的道路，是整座城市的主軸線——朱雀大街。此

街寬敞筆直，道路兩旁重簷疊瓦，層層盡盡，屋脊連著屋脊，牆垣挨著牆垣，一直延伸到看不見的天際。兩側的東、西二市，商賈雲集，鋪面開張，上到金髮碧眼的西域胡商，下到挑擔叫賣的販夫走卒，筆行、鐵鋪、肉攤、酒肆、布帛、琴棋、牲口、雕版印刷……，還有東方島國扶桑來的行僧、西方大陸波斯來的胡姬、北方遊牧匈奴的牛羊，以及南方百越穿青的文身。

這會兒還沒過酉時光景，西市城門口陸陸續續的有十峰駱駝、五匹公馬托著貨物通官簽押。打眼瞥去，掛在駝峰上的是些羊毛花氈，那些異域裝扮的人都是跟著商隊來的，個個穿著鬆垮褲、尖頭鞋，膚色黝黑，腰佩銅鉤，神色極為緊張僵硬。

差吏引他們入市，在一片人潮洶湧中，唯有花燈市集的拐角處，尚有一處空閒。一樹梅花白玉條，樹下站著的年輕男子身穿缺胯袍，袍裾剪下一段縫在膝上位置，左側不開衣衩，雙袖飾以對豸，肘處護著明光甲，胸前圓護繪有虎吞，盤領窄扣，戴著襆頭。他的佩劍是把入鞘長刀，刀柄圓牌上鑲著「金」字，他正是赫赫有名的金吾衛。

他長著一雙桃花眼，青澀的臉孔略顯稚氣，含情脈脈地看著面前喧鬧的人，越過前頭熙熙攘攘的人群，先是看了一眼挑選花燈的女眷，又注目著吆喝燒餅的小販。他自己手裡還捏著幾顆瓜子，隨手銜進嘴裡一顆，嚼了幾下，沒一會兒，吐出了皮。

迎面走來一個寬肩瘦臉的同僚，袖上的對豸在月光下閃著金芒，他抬手揮揮，笑著喚道：「沈老弟。」

沈勝衣這才將視線落在他臉上，認出他是夜守延福坊的左衛趙冀，人稱趙五郎。

這個趙五郎來自外鄉，但並不是胡人，他長得人高馬大，膚色較暗，看上去倒和胡族有幾分相似。想來他在長安城中是無根無基的，但憑他能說會道的本領，在金吾衛中也頗為吃得開。

兩人平日裡不做交班，沈是右衛衛，他是左衛衛，巡街都不在一處，便是因為今日是上元節，朝廷出動了金吾衛所有人來維持兩市秩序，方才能夠碰個正著。

趙五郎笑瞇瞇地走近沈勝衣，獻寶似地攤開手裡握著的一個小紫砂罐

兒，示意他朝裡頭看。沈勝衣探頭一瞧，一隻油亮的蛐蛐兒正在罐底擺動觸鬚，發出陣陣清脆蟲鳴。

在沈勝衣眼睛亮起的瞬間，趙五郎迅速地將蓋子扣上，得意地同他挑了下眉：「漂亮吧？」

沈勝衣羨慕地點了點頭：「你從哪兒得來的？」

趙五郎滿臉堆笑，炫耀道：「我剛贏來的，就在後頭街的湘錦院裡。走！帶你也去贏一盤。」然後抓著沈勝衣朝人群裡走去。沈勝衣任由他拉著自己，暗自在心裡掂量著錢財，怕是沒有帶夠銀兩，贏了倒好，輸了可賠不起。

這時候的街坊市集中，已是張燈結綵地掛滿了燈謎，各家各院都舉起了紅彤彤的燈籠，造型各異的花燈竹架更是喜慶熱鬧。要說尋常晚上，百姓是不能大肆出行的，會犯了宵禁，但上元節有燈會，唯獨今晚可以徹夜遊街。

便是因此，金吾衛才要加大防控秩序的力度，沈勝衣的巡街範圍就在城門附近，他這會兒被趙五郎拉拽著離開了崗位，心中不免有些後知後覺的擔憂。轉眼間，他們到了拜觀的正殿，殿前善信遊人擁擠不堪。

香爐內燃著善信遊人投入的香餅、香塊，青煙嫋嫋上升，在空中彙聚成虛幻雲朵，令後頭掛著的一連串赤紅燈籠顯得格外扭曲、猙獰。

沈勝衣與趙五郎被這香爐攔住了去路，二人凝望空中香雲，只見一對香燭燃起的雲霧形成瑞彩之色，如寶蓮，如天花，令觀者無不讚歎。

「這對燭呀，可是西市錢老闆香燭鋪子裡的鎮店寶貝，是為了彰顯誠意才在上元這天獻給道觀，說是聞香之人可淨化汙濁，趁此良機快些多嗅嗅吧！」

眾人捧著雙手，不停地將煙霧撲扇到自己的臉上、鼻中。

「玉芝觀真富庶啊！這對燭可是夠大的。」沈勝衣不禁感慨著：「要知油燈都比臘肉還貴，這種蠟燭白白燃盡，實在太浪費了。」

趙五郎說道：「道觀當然闊綽，宮裡哪次來供金沒有萬個通寶？且錢鋪那些個夥計，從今年開年就開始在各地收集蜂蠟和動物油脂，就是為了在上元供奉在觀前。」

蘭膏明燭，華容備些，自是奢侈。沈勝衣咂舌攢眉，又見一位道長

走到香爐之後，隔著嫋嫋青煙，廣傳誦經：「小知不及大知，小年不及大年，奚以知道其然也。朝菌不知晦朔，惠姑不知春秋，此小年也。楚之南有冥靈者，以五百歲為春，五百歲為秋……」

他話音還未落下，花街盡頭處便轟地傳來一聲悶響，緊接著，是幾欲震破天際的淒厲慘叫。

沈勝衣最先察覺到異樣，可周遭的人們還在拜供道觀，全然沒有注意到驚變。就連趙五郎，也是一副悠然自得的樣子。沈勝衣蹙眉眺望，緊張地問趙五郎：「趙五哥，你聽到什麼沒有？」只見他指了指街尾。

趙五郎循著他指的方向側耳傾聽，茫然地搖了搖頭：「沒什麼啊！」

「不對。」沈勝衣敏銳地說：「一定是出了什麼狀況。」

街尾那頭……趙五郎瞇起眼：「喔！是湘錦院。」

「延福坊是趙五哥你的管片，若是真有何閃失，怕是不好和上頭交差。快！咱們要立即趕去街尾查看一番才行。」

一聽這話，趙五郎的整張臉遽然變色，他趕快和沈勝衣擠過人群，朝著湘錦院的位置快步跑去。

路上行人熙攘，加之腳程極快，難免撞作一團。迎面又竄出兩名頭戴斗笠的白衣人，颼颼地奔去街頭，手裡都沒兵器，但身法迅捷，衣襟帶風，沈勝衣與之相視而過，其中一人奔到遠處後，竟落腳看了他一眼，而後才抽身離去。

沈勝衣忽覺蹊蹺，但無心停留，待與趙五郎趕到湘錦院門外時，已見數名同僚候在此處。眾金吾衛疏散了百姓，已在各自戰位準備就緒，有兩名前衛伏在石階上，肩上弓弩對準了院門內，高聲喝道：「跪下！跪地者不殺！」

湘錦院內立即驚起一片花娘的哀哭聲，有人跪伏在地上，顫巍巍地道著：「那蠻人已破窗逃去了，阿郎們也散了，院裡只有下奴這鴇母和姑娘們，衛公們不要誤傷了咱們！」

伏在石階上的兩名金吾衛互換眼神，點了點頭，又向身後的同僚打了個響指，示意來人去裡頭一探究竟。沈勝衣倒是個膽子大的，他回應對方視線，彼此心照不宣，沈勝衣手腳俐落地衝進院內，花娘們又是發出竊竊驚叫。

只見富麗堂皇的堂內，躺著三、四個受了傷的來客，看上去也無大礙，都在抱著自己的腿呻吟著，大抵是從樓上跑下的時候摔壞了膝蓋，手臂脫了臼。傷的最厲害的一個，便是坐在桌旁摀著嘴的書生，他磕破了嘴巴，牙齒掉了兩顆，憤憤地吐出一口血沫，直罵著晦氣。

　　沈勝衣見狀，不由得鬆下了些許戒備，他找到鴇母，俯身問她：「我方才在街頭那裡聽見此處傳來轟響，究竟是出了什麼亂子？」

　　鴇母姿容凌亂，是驚慌逃竄中造成的，她鎖著眉頭，難以啟齒道：「奴也不清楚事情的始末，本來是好端端的上元賞燈節，與平日比起，是多了幾分熱鬧，至於別的……」

　　「阿娘，還是實話和衛公說了吧！」一個花娘扯著鴇母的衣衫，眼裡驚懼難安。

　　鴇母面露難色，那花娘便囁嚅著同沈勝衣道出實情：「是……是頭牌曉荷，在曉荷的房裡……」

　　「住口！」鴇母大喊一聲。

　　那花娘慘白著臉，噤了聲，倒也再不敢說下去。沈勝衣則問鴇母：「這曉荷的房在哪裡？」

　　鴇母不肯說。沈勝衣道：「無妨，我們人多勢眾，搜上一會兒工夫也能得知，只是屆時，你也脫不了干係。」

　　鴇母見瞞不住了，這才嘆息一聲：「在樓上，靠南的荷蓮屋。」

　　沈勝衣從她的語氣中辨識出一絲異樣，隨即朝院外的金吾衛們打出手勢，那是半刻後全體再來查的意思。而他隻身一人率先上了樓去，找到荷蓮屋，推門而入，忽有一股血腥味兒撲面而來。他心中一驚，猛一抬頭，霎時間收緊了瞳孔。

　　在那胭脂色的床榻上，竟是一具身軀歪斜、滿身刀痕的屍體！那身子已是血肉模糊，四肢怪異地彎曲成鉤狀，定是生前遭遇了極其殘忍的虐待。沈勝衣感到心驚肉跳地向前踉蹌幾步，餘光一瞥，但見屍體手中死死地攥著什麼東西。

　　是一塊碎紙。

　　他鬼使神差地探出手，趕忙將那塊碎紙拿了過來，緊緊地藏於自己的手心。便是這時，其餘金吾衛也趕了上來，見此情景，眾人都摒息凝視，

趙五郎則率先認出了屍體的身分：「這……這不是新科狀元盧映春嗎？」

話音剛落，金吾衛右衙隊長已然喝令鴇母進來受問，並指著盧映春的屍首同她斥道：「是怎麼一回事？從頭到尾地如實交代！」

鴇母支支吾吾道：「奴不敢欺瞞衛公，可奴對此事確實是毫不知情。這盧郎素日與頭牌曉荷交好，二人時常吟詩作畫，高中舉試之前便是如此，如今得了一官半職，盧郎也並未忘卻曉荷。便是今日早早地就來了湘錦院，除了方才從曉荷房內傳出轟然響聲之外，其他的，當真是不得而知了。」

金吾衛查看了破碎的窗櫺，告訴隊長道：「木窗上有刀劍砍痕，若是從此處逃去外頭，也不過是三層樓閣的高度，有幾分身手的人便可做到。」

趙五郎提醒道：「曉荷的人影呢？」

鴇母忙說：「定是被嚇壞了，得了機會就跑去了哪裡……」

金吾衛隊長冷聲道：「看來，你很確信她還活著。」鴇母一驚，隊長則令道：「給我搜！」

金吾衛得到指示，倆人一組，迅速在屋內翻找起來，鴇母竟還試圖阻攔他們，可很快就有人找到了藏身在櫃子中的曉荷。兩名金吾衛抓住曉荷的臂腕，將她從櫃子裡拉了出來，曉荷只掙扎了幾下，便快速放棄了。鴇母滿臉震驚的表情，盯著曉荷的臉，欲言又止地探出手去。

隊長擋住鴇母，勒令道：「你等在此等候衙使傳喚，查明真相之前，湘錦院內所有人都不准離開延福坊寸步。」

「可，可曉荷她……」

「她要被帶回衙內受審，由於盧映春是新科狀元，此事非同小可，後續會交由大理寺執案，屍體我們要帶走，這間房暫且查封上。」隊長一個眼神，金吾衛便開始行動起來。

鴇母失神地走出屋子，她表情中的複雜異樣，被沈勝衣盡收眼底。趙五郎催沈勝衣快幹活兒，沈勝衣應下，隨著眾金吾衛走向床榻上的那具屍體，見他鮮血淋漓的頭顱旁，散著一條紅色的髮帶，猜想是曉荷束髮用的。可方才卻見曉荷髮鬢不亂，綰起的青絲也是用銀簪束著，那這紅色髮帶，又是何人的呢？

當天夜裡，一直到了亥時，沈勝衣才得以回到自家宅中。

他家宅算是大戶，母家是做走鏢出身的，父輩是出了名的捕快，可是病死後，他母親要扛起家中上下的口糧，便常年在外送鏢。這掛著「沈」字的宅中，只有長工和他的女兒在府上做婢。再說另外的人，便是母親的師弟，也就是沈勝衣的師叔李遇客了。

這時的李遇客正在院子裡查看他近來種下的蘿蔔，自言自語地嘟囔著泥土有些乾了，葉子長得瘦小。一旁點花燈的女婢，時不時地打量著他，心覺他最近被風吹的又黑了些，前天剛給他補好衣衫上的補丁，好像又破了個小洞，但這會兒他又一手攀住矮樹，一手往上頭掛他自己做的花燈，是條鯉魚形狀的，尾巴做的醜，其他倒也湊合。

女婢覺得他是怪人，已有二十四、五歲，還未娶妻成家。要說樣貌嘛，也算是不錯，可膚色極白，性格懶散，的確不會是好人家女子青睞的那種類型。平時見人總是笑得唯唯諾諾，明明是少公的師叔，卻沒有一點架子，傻裡傻氣的，又整日賴在沈宅栽花種菜，還膽大妄為地搞赤腳大夫的買賣，令女婢們直躲他不及。

沈勝衣在這時推門進來，女婢連忙去接他手裡的刀。沈勝衣吵著口渴，女婢就去給他溫茶。長工也從屋裡走了出來，見是少主人巡街回來，就笑瞇瞇地上前說著今天是上元節，闔家歡樂，他去後廚和女兒把菜餚熱一熱，趕在子時之前吃個全家宴。

沈勝衣謝過長工，轉身見李遇客朝自己走來，二人坐到庭院裡，李遇客上下打量他一番，嗅出端倪，便道：「到底是觸霉頭了？」

沈勝衣歎上一口氣，一五一十地同師叔說了事情的來龍去脈。李遇客聽後，略一思索，道：「膽敢在聖人欽點的新科狀元頭上動刀撒野，想必是活得不耐煩了。怕是這會兒光景，聖人就已聽聞了此事，待到明日一早，你們金吾衛便要去宮中做個交代才行。」

沈勝衣也知今日在場的人都免不了要被盤問一番，但他有些擔心地攤開手中的東西，同李遇客小聲道：「這是我在新科狀元手裡找到的東西，當時是覺得蹊蹺才拿的，可眼下，既說不得，也不知該不該繼續藏著，總怕會因此倒楣。」

李遇客接過那塊碎紙，攤開來仔細打量，忽然目光一凝。沈勝衣察覺

到他微小的神色變化，當即追問：「師叔，你可知曉這東西的來頭？」

李遇客搖了搖頭，慢條斯理地說著：「我倒不會知道這紙的來歷，可僅憑觸感，也知這紙價格不菲，像是皇宮內院才有的圖紙。」

沈勝衣瞇起眼：「難道是新科狀元偶然知曉了什麼他不該知道的祕密？」

李遇客看向他，略一抬頭，示意前方，沈勝衣這才看到是女婢遠遠地跑來，招呼二人去吃飯。

沈勝衣應了聲好，李遇客也隨他起身，一邊走著，一邊同他低聲說：「此事絕不尋常，待到明日審問那名叫曉荷的姑娘後，方才能知曉真相。」

沈勝衣陷入思慮。他想到今日是上元節，堂堂新科狀元死在皇城腳下，已是天大的笑話，又是在青樓妓女床上發現的屍體，在場的只有頭牌妓女，怕是聖人再如何青睞盧映春，也會覺得這事有傷大雅。

看來要想知道其中緣由，也只能等到明日了，沈勝衣心裡嘆了口氣，隨李遇客一起進了堂內。女婢把用開水燙過的棉帕遞給他們二人，擦淨了手，便入座吃起了節宴。

窗外花燈高掛，微雪輕落，一轉眼便過了子時，等到天色濛濛亮的時候，沈勝衣被急促的敲門聲驚醒。

他猛地翻身下床，將房門打開時，看到趙五郎氣喘吁吁地站在門外。

沈勝衣一臉驚愕，問道：「趙五哥，你怎麼這時來了我這兒？」

趙五郎的臉色不算好看，他緊蹙著眉，同沈勝衣說：「出事了！」

沈勝衣剛要問，趙五郎就道出了噩耗：「曉荷在獄中被焚成了焦屍，這事八成是發生在寅時。」

沈勝衣愣住了，一時之間竟不知該作何表情，他只覺趙五郎身後的天際陰暗朦朧，厚重的雲朵遮掩著剛剛升起的白日，屋簷下頭的雪水結成了冰錐，有一滴水順著錐尖滑下，墜落在地，砸出一抹黑色的印記，像是血滴。

令他情不自禁地回想起了七年前在戰場上的那段日子。一輪血日懸空，狼煙遮掩視線，斷壁殘垣，廢墟風沙，他以為那日結束之後，深淵再也不會來臨，不曾想，深淵的凝視仍在暗中潛行著……

時間回到上元節過後的第三天。

　　魏徹結束朝會後，便因玄宗皇帝交代的「盡早破案」四字而感到心緒煩亂。眼下時間緊迫，不容耽擱，他需要找到得力的幹將一起偵破案子，可他掌管的刑部中的人，一個個都是個什麼樣子，他比誰都清楚，看來如今必要外調才是。

　　午初時刻，魏徹將刑部主事都叫了過來：「你們現在好好想想，有什麼合適的人選能查出新科狀元一案的線索？時間緊迫，必要一次偵破。」

　　殿中主事個個陷入沉思，沒一個吭聲。這差事做得好，未必有好處；做得差了，搞不好就成了替罪羊。

　　魏徹的眼神一一掃過他們，本想著要把他們都拎出來收拾一番，可正猶疑之際，魏徹腦中靈光一閃，他忽然想起了一個合適的人選。

　　緊接著，他略顯滄桑的臉頰上，浮現出一抹釋然的笑意，襯著他的濃眉星目，倒顯得不那麼嚴肅了。

　　夜幕已垂籠在整個長安城上。

　　沈府。

　　李遇客透過微開的小窗，看著渺遠的星，想著沈勝衣今晚怕是回不來了。金吾衛忙著搜尋新科狀元與曉荷慘死的線索，而沈勝衣又是當事人之一，只怕會逃不了被層層審訊。

　　眼下已是子時光景，萬籟俱寂，唯院外有小雪緩緩墜落，要說長安城的冬日尤以霜花白雪為勝，各路達官顯貴，也喜拖家帶口地前往林間賞雪。

　　只是都已是宵禁，又是暗夜，便不會有官家在這種時候驅車賞雪吧？李遇客定了定心，再去側耳傾聽，車輪馬蹄的聲響急匆匆地壓過石地，他知道是門外來客了。

　　而在沈府門外，一輛雙馬官車停靠在石柱旁，車內的官家撩開簾子走下車，侍從悄聲道：「魏公，可要在晨鼓之前趕回來。」

　　魏徹將披風上的帽子戴好，對侍從點了點頭，然後疾步走去了沈府的後院。他一邊走著，一邊左右張望著，這一帶靠近西郊，遠不如東市那麼繁榮富庶，道路兩側幾乎沒有樓閣庭院，多是逼仄的棚屋土牆。魏徹很少涉足這片區域，尤其越往深處走，越覺得荒寂，頭頂突然傳來數聲啞啞叫

嚷，幾隻烏鴉從一片老槐樹裡飛出，為這夜色又增添了幾分陰森之氣。

直到走去了一間矮房前，屋頂的脊獸殘缺，瓦片剝落，大抵是年久失修了，魏徹就是停在這樣的地方。四周環顧一番，雙手雙腳都覺得寒凍不已時，終於聽見有簌簌的響動聲傳來。

他心中大喜，循聲轉身，果然見到了一抹瘦削人影。

那人將斗笠上的布簾掀開，露出的是李遇客的臉。他的眼睛在黑暗之中顯得格外清亮，晃了晃白天因翻土而累得發痠的手腕，對魏徹道：「多年不見，你這般時候來找我會面，怕不是來敘舊的吧！」

魏徹似模似樣地對李遇客低頭一禮，頗有幾分敬畏的模樣。他也不打算兜圈子，乾脆免去寒暄，直言不諱道：「我也是逼不得已，才要來求你幫忙。關於新科狀元慘死一案，想必你也已經略有耳聞。」

李遇客微一頷首，似已預料他接下來的請求，只笑歎一聲：「魏官家，你是知道的，我早已經不問江湖是非，紅塵之事與我也再無瓜葛，魏官家此次怕是找錯人了。」說罷，竟打算轉身離去。

魏徹卻誠懇地挽留他道：「三郎！且留步！」

李遇客頓住身形，卻沒回頭。

魏徹十足地無奈道：「你也許不知，我在朝中雖是文臣，但卻掌管刑部，一直是鬱鬱不得志。可此案之蹊蹺，已引起聖人關注，我不能有絲毫差池，必要破案抓凶，而這普天之下，除了你之外，又有誰人能助我一臂之力呢？」

李遇客聞言，心中自然疑竇重重，可他還是婉拒道：「魏官家過譽了，且不說此事是蹊蹺，你要我這解甲歸田之人蹚權貴的渾水，可是不合規矩的。」

魏徹臉上浮現幾許感慨，月色將他面容的光暗切割出了鮮明對比，「我也知曉拉你入夥，有強人所難之嫌，但我也是逼不得已。眼下朝中是非多，阿史那那邊的月泉公主已入朝，而舒王近來又有意甄選王妃，吉日已定，正是月泉公主入宮的同日。而若不在此之前偵破盧映春一案，只怕會留下禍端。」

「禍端？」李遇客輕描淡寫地笑了笑：「魏官家，你認為大唐的禍端，還會比此前發生過的更為慘烈不成？」

只此一句，竟令魏徹再無話可說。他自是不願以犧牲無辜之人的性命，來保全自身的地位。可若此事危及大唐安危，換作是誰都會有所取捨。一如曾經⋯⋯

而見魏徹滿面愁雲，李遇客也毫無妥協之意，他觀望了一番夜幕，最後說：「時候不早了，魏官家請回吧。」

魏徹欲言又止，但逐客令讓他沒了面子，也只得作了一揖，然後打道回府了。

等李遇客回到沈府後，見沈勝衣的房裡有暈黃光線，便知是他回來了。李遇客敲門進去後，見坐在椅凳上換鞋的沈勝衣風塵僕僕，髮絲微亂，踢掉一隻鞋，端起桌上的茶壺，直接對著壺嘴喝起了水，旋即又呸呸吐出，嗔道：「這麼燙⋯⋯」

李遇客趕忙接過青花瓷壺，順手從一旁梨花木架上抽出芭蕉蒲扇，打開壺蓋扇風散涼：「不知道你要回來，沒來得及準備溫水給你喝，你今日怎麼樣？可有什麼收穫嗎？」

沈勝衣攤開手掌，掌心裡頭的，是一塊辨別不清圖案的碎紙。

李遇客一怔：「又是哪來的？」

「曉荷獄房裡的。掉在角落，沒人當回事，我今早跟著過去時撿到了，總覺得這些碎紙很是蹊蹺。」

這是李遇客今晚第二次聽到「蹊蹺」兩字。

他的視線落在沈勝衣掌中的碎紙上，仔細端詳，似乎看到紙上有著淡淡的印章痕跡。

沈勝衣蹙起眉，也道：「看著像是印章，卻不知是不是皇宮印章，若是的話⋯⋯」

李遇客看向他，接下他的話：「倘若如此，這碎紙，可就是密函一角了。」

子時已過，晨鼓響徹，府外蕩漾起《西涼樂》的曲調。這曲子皆雷大鼓，雜以龜茲，本是聲振百里、動盪山谷，可結合胡樂之後，此曲又變得閒雅，流瀉出一種強烈的情緒，人、曲、琴三合為一。

一如此刻李遇客複雜的心境。

第二章

開元四載，長安西市，正月十九，辰正。

陽光燦然，風輕雲淡，隨著沉鈍的「嘎吱」聲，兩扇厚重坊門被緩緩推開。門外早已聚集了異族隊伍，為首的異族人見旗子掛出，立即吹響了號角，他身後的騎兵披錦袍，內襯鐵甲。錦袍各色，有紅、紫、青、黛，兵強馬健，煞是壯觀。他們率一種特勒驃馬走進城門，期間點數貨箱，呼喚同伴，異族口音的叫嚷聲此起彼伏。

而守在城門兩側的侍衛，也不敢有半點兒訓斥他們的意思，這是從遙遠的阿史那部落入朝的送親隊伍，侍衛們雖不待見突厥人，可聖人厚愛，為了維繫兩國盟約，自是要以禮待人。這會兒工夫，隊伍已經護著那輛極具異域風情的馬車進入坊間，侍衛餘光瞥去那隨風浮動的簾內，一抹倩影若隱若現，她一轉頭，眼光流轉，閃著曼妙的藍。

正是在這春寒陡峭時分，李遇客手中正提著一個精緻的花架，走在西市坊中。

近來的長安城裡掀起了一股賞梅的風潮，他要去平康坊為一位當紅的歌妓送她買下的寒梅。

這梅花是他自己栽種的，紅梅極俏，香氣撲鼻，可不是尋常能夠見到的。而他平日裡的顧客都是平康坊裡的客戶，自然是住在中曲和南曲的居多。不過，李遇客也會好心地常為北曲那邊為生活艱苦的低下妓女，帶一些胭脂、首飾過去，也都是便宜賣的。

正如那詩裡所說：平康裡，入北門東回三曲，即諸妓所居之聚也。妓中有錚錚者，多在南曲、中曲。其循牆一區，卑屑妓之處，頗為二曲輕視之。而二曲中居者，皆堂宇寬靜，各有三數廳事，前後植花卉，或有怪石盆池左右對設。小堂垂簾，茵褥帷幌之類稱是。

誠然，平康坊位於長安最繁華熱鬧的東北部，酒樓、旗亭、戲場、青樓、賭坊遍布，歌舞藝伎全部集中在此。而青年才俊、達官貴人或出遊踏春，或佳節賞燈之際，都會早早地來平康坊裡邀約女子。春風得意馬蹄疾，一看盡長安花，此花非彼花，正是平康坊裡的花。

待到李遇客將寒梅送到歌妓手上，帳目交接清楚之後，就準備回去。歌妓本打算留他小酌，可他執意要走，自是不好留下的，便也只得望著他背影低低輕嘆一聲。

李遇客走出平康坊時，大街上熙來攘往的人群起了騷動，一列威武的儀仗隊在前面開路，路人紛紛退避，讓開了一條通路。李遇客被人群推攘著，退到了路邊的屋簷下。

一輛高而大的異域車輦緩緩而來，幾名異族騎兵簇擁著馬車。為首之人約莫二十歲，豹頭、環眼，在這樣寒涼時節，他的黑氅之下竟是赤膊上陣，緊實的上半身滿布著狼頭刺青，粗壯的雙臂牽著驃馬韁繩，十指間則套著鋼製指套，末端如錐般尖利，有如龍爪一般。

他這般陰鷙神情，惹得百姓們都乖乖地後退，在與李遇客四目相對時，那人瞇了瞇眼，大抵是因為李遇客坦然無懼的神色，令他感到了一絲驚訝。

李遇客的視線並未在他身上過多停留，只見那馬車裝飾得十分華麗，墜滿琉璃火石的竹簾半垂著，金色流蘇隨風飛舞，從半垂的珠簾縫隙望去，能看到一個女子曼妙的容顏。

這是什麼人？出行如此排場？李遇客正心中疑惑時，周圍有人竊竊私語：「是阿史那部落來的月泉公主……」

「聽說她從兩個月前就從部落啟程前往唐國了，之所以叫月泉，是因阿史那部落那有一處風景名勝叫作月牙泉，今日有幸見到尊榮，真是一位人如其名的美麗公主啊！」

「她這是要去皇宮裡拜見聖人吧？說來也巧得很，今日是舒王甄選王妃的日子，這對唐國來說，可是好事成雙了！」

原來是月泉公主入朝，怪不得有如此大的排場。李遇客此時想起魏徹曾說過的話，公主入朝，舒王選妃，的確都是同日進行。

只是，新科狀元盧映春一案尚未偵破，也不知魏徹當日的擔憂會否成真。李遇客沉下眼，他思慮片刻，又覺杞人憂天，不由得搖頭笑了。

再說此時的皇宮中，豔陽懸空，梅香撲鼻，可由於是內宮，總歸是有著日光無法驅趕的陰寒。名門閨秀已經如數入宮，正在殿內三兩成簇地交談著。

內宮外頭，有兩名捧著錦盒的婢女正朝內宮走著，這兩個盒子裡，裝著的都是舒王要送給王妃的信物。都說舒王風雅，其信物也必然脫俗，盒子裡散發出奇妙的香，直教婢女好奇盒子裡頭的物品。

本朝慣例，王爺擇妃時，候選人皆為朝中重臣的女兒，或是世家大族的族女，其身分尊貴，便不可被人審視擇選。不過，親王納妃與公主出降，一個是娶，一個是嫁，其實和一般氏族百姓的禮儀沒有過多區別，都要遵循六禮，無非是皇室的排場更加宏大而已。

且親王擇妃之前，只在前殿設宴，王爺在後殿隔著屏風暗自察看。若有中意的，可告知侍從，再將閨秀請進後殿，問名之後，親王會將信物託付，這之後便是納吉、請期，一直到親迎與婚會之前，雖不會說明，可這一切早已是訂下的。

待到半炷香的工夫過去，舒王已隨太妃進了偏殿，走到重重帷幔後頭。

前後殿之間的隔門關閉著，帷幔垂落，上面繡著吉祥花紋，舒王可在其後清楚地看見前殿所有人，但前殿的人卻只能看見他在帷幔後的模糊輪廓。

接連幾位閨秀都因過於緊張而殿前失儀，落了選。舒王在帷幔後也有了些倦意，直到一名身穿碧海雲紋襦裙的少女入了殿，舒王的眼睛才亮了亮。

「此女不俗。」太妃緩緩地笑著，目光打量著少女的朝雲仙鬢，與外罩的薔薇紗羅衣，一雙玉色織銀蓮花鞋上刺著鷥鳥。

舒王只沉默著，侍從湊近他，耳語一句：「殿下，來者是王權相之女，王汝。」

太妃略一轉頭，似在打量舒王神色，但很長時間過去，舒王也沒有回應殿外的女子。最後，是太妃輕喚一聲，叫那少女留步。

少女王汝回過了身，眼神中的蒙昧，令舒王看得有些出神。

時間一轉眼到了午初。

長安城，西市，懷遠坊。

此坊位於朱雀門街之西，第四街街西從北第七坊，在西市之南，四面各開一坊門，中有十字大街。東南隅，有大雲經寺。十字街東之北，有功

德尼寺。坊中另有左監門大將軍襄城郡公樊興宅。

在這坊中，胡人居多，且這些胡人也憑自願，穿著漢人的衣衫，住在此處的漢人也可戴著胡人的帽子，自是一派其樂融融的景象。對經商特別拿手的粟特人，在懷遠坊內混得風生水起；龜茲舞女婀娜曼妙，她們在酒肆中成為大眾情人；擅長繪畫的于闐人，成了人民藝術家；熱衷音樂的高昌人，組成了坊間演奏團……

而懷遠坊裡住戶密集，道路擁擠，再快的馬車也要緩緩行駛。只不過今日入坊的這輛車輦略有不同，陪同的有兩名金吾衛。要知金吾衛可是大唐的門神，作為皇家衛隊，他們掌管著大明宮十一座拱門的鑰匙，正是大唐心臟的心門。

若有不臣之心的人闖入宮門，可以直接威脅皇帝的安危，關係到國家的命運，因此，宮門的開關制度十分嚴格。

掌握著開關門權力的人，叫作門官，但門官也不是想開就開、想關就關的，每天早晚開關宮門之前，必須要先核對門契，這門契就像統兵的虎符一樣，分為兩半，一半由宮中保管，另一半則是門官保管，兩半契合才能獲得開門權。

門契是魚的形狀，這也是有特殊含義的，唐人認為，魚從早到晚都不會閉眼，具有警惕性，金吾衛掌握著皇宮的大門，又負責整個長安城的安全治安，他們像魚一樣隨時保持著警惕，夜以繼日的工作，為帝國的正常運轉付出了巨大的努力。

今日得以順利進入懷遠坊，也是因為金吾衛的護送。坊中的署吏雖不知車輦中的來人是誰，但見到金吾衛，便知車中之人身分尊貴，必是要客客氣氣的、以禮相待。

一位老吏脫帽目送車輦駛過後，身旁走來一位穿著短袍的胡商，他的唐話夾雜著生硬口音，搭話說道：「車裡是尊貴的阿史那部落王子。」

老吏頗有興趣地攀談著：「哦？可是那位一直在唐國長大的阿史那王子？」

胡商點著頭，感慨道：「一晃數年過去，王子也長大成人，今日造訪這懷遠，必定是與入唐的公主相見的。」

正如二人所言，阿史那連那已向玄宗皇帝請願，特來懷遠坊內看望入

住於行宮之中的族妹。想來十年未見，玄宗皇帝也體恤他二人兄妹情深，自是特下諭旨，准他兄妹好生訴說思念之情。

眼下已進了懷遠坊十字大街，距離行宮越發近了。此處的胡人紅衣白袍，長衫飛花，與這古色古香的坊間，構成了一副熱鬧但又雅致的圖畫。

阿史那連那的車輦到了行宮，兩名異族侍女早已迎候在門口，她們以草原之禮向阿史那連那問候，阿史那連那竟有片刻詫異，等回過神時，才驚覺自己在十年間幾乎忘卻了草原母語。

反倒是另外一名唐宮侍女匆匆從殿內趕來，向來人斂衽為禮，「公主已等候多時，請殿下隨奴婢入府。」

阿史那連那這才點頭：「帶路吧。」

月泉公主的行宮飛館生風，重樓起霧，蠟梅如雪，花林曲池，美得眼花繚亂。玄宗皇帝並未虧待異國來的公主，阿史那連那在心裡感激玄宗皇帝的大氣風範。

轉過一片芳香四溢的寒梅花林，侍女帶阿史那連那來到一座臨水的軒舍中，眼前竟有一道飛瀑如白練般垂下，跳動的水珠折射出柔和的光暈。

遠遠望去，華美的軒舍中，珍珠白的簾幕被春風掀起，水墨畫的屏風後隱約浮現一個高貴而優雅的身影。阿史那連那心中喜悅，猜想那必定是自己的妹妹。十年未見，妹妹一定已經出落得美麗非凡。

他這麼想著，忽聽屏風後傳來輕柔的聲音，是命令侍女退下的。只見幾名侍女乖覺而退，屏風後響起既熟悉又陌生的母語，是在邀請他過來。阿史那連那愣了愣，隨即轉過水墨畫屏風，見到了妹妹——月泉公主。

月泉公主著一襲胭脂底色的窄袖緊身袍，領口外翻，腰間繫著皮革玉帶，似是犛牛皮製成的。配以火色絲線精心繡製的波斯褲，下著短靴，通常是方便騎射的。靴口處繡的一圈白蓮，是草原上常年盛開的花朵，而她頭戴的錦繡尖錐形小帽上，又鑲著一顆色澤明亮的美玉，象徵著她的地位與身分。同時，帽旁插著一株羽毛，而她雪白的面容上，漾著青春玲瓏的笑意，襯著半透明的日光，更顯得她姿容動人。

彷彿是在剎那間，阿史那連那的記憶，便被她這笑貌拉回了十年以前。

塞外絕色塵煙，牧草似大唐外縣的蘆葦，片片輕掃，隨風而倒。風

是壯闊的，天藍如海淵。那年的月泉公主也僅有七歲，朱紅的斜襟短袍，配著月白的絲緞大袖衫，兩條細細的長辮子，頭上戴族帽，插一株白鷹羽毛，阿史那人自幼便知，帽子上的羽毛代表了愛情和婚姻，不可隨意被男子取下，更不可私自相授。

那時他兄妹二人每日與阿母嬉鬧，由於僅他們年歲相近，便總是會刻意疏遠其他兄弟姊妹，也因此而惹得阿母生氣。

在那不久之後，千軍萬馬的蹄聲紛遝而至，溫柔的草原河流變做染缸裡的水，手指一沾，盡是血紅。殺伐與嘶喊帶來刀光劍影，阿史那連那看到記憶中最盛大的一場篝火，是屍體的火光。他們橫七豎八的堆在一處，隨著鐵石的「撕拉」一聲響，屍山被點燃，黑夜裡映滿了骯髒的紅。

「阿兄。」月泉公主的聲音將阿史那連那拉出了支離破碎的回憶，他醒過神來，看見妹妹正對他苦笑道：「你我十年不曾謀面，怎剛一見到，你就心不在焉的？」

阿史那連那訕笑，這才想到自己帶來了好多物品給妹妹，便拉著她要去堂內。誰知剛一碰到她的手臂，他卻有點兒局促，趕忙退後半步，又作了一揖，彬彬有禮道：「妹妹已長大成人，阿兄不該行為莽撞，妹妹莫要怪罪阿兄。」

月泉公主一瞬啞然，視線由下至上地打量著兄長。十年的分離，兄長已從稚嫩孩童長成了出類拔萃的少年郎。他有著烏藍色的眼，高挺筆直的鼻，穿著雨過天青色的錦衣，寬袖大裾顯出瀟灑華貴的風度，襯一抹圓領，腰帶用草金鉤，下擺繡著天水碧的回雲暗紋，這般溫和的顏色與花紋，倒是更顯得他姿容清雅，溫潤如玉，哪裡還有半點兒草原男兒該有的驕橫模樣？

這令月泉公主不由自主地低聲喟嘆，想到大唐竟有如此強大的內化能力，實在令人欽佩。可又不禁唏噓不已，若是被父汗見到此狀，真不知他會做何感想。月泉公主垂下眼睫，方才見到兄長的那份欣喜，也莫名地減去了半數。察覺她表情變化的阿史那連那心生憂思，擔心妹妹是不喜大唐的風土，便再次邀她去看他帶給她的禮物。

月泉公主不忍拒絕兄長好意，隨他前去的路上，二人談起了入住懷遠坊的用意。

阿史那連那自是有著無限感激的：「聖人特意妹妹安頓在此處，正是因懷遠坊中多為胡人，難免會給我們這樣的外族人一些親切之感。且懷遠之名又取自『懷遠柔夷』之意，許是怕妹妹思鄉，此等做法，也是為聊表慰藉。」

月泉公主心中感到一絲溫暖，緩緩笑道：「玄宗大人有心了。」

阿史那連那卻停住腳，轉身面向月泉公主，對她輕聲道：「阿妹，入了朝後，便不可稱聖人為大人，草原上的稱呼，萬萬不能帶進長安。」

月泉公主微微蹙眉，嬌嫩如花的面容上，有一種不經世事的無畏神色：「可父汗說了，即便我到了唐國，也還是可以按族中規矩，不必束縛手腳。」

「天子只有一個，父汗並非天子，你又怎可不順天子之意呢？」

月泉公主搖搖頭：「我也並非刻意為之，好了，阿兄，我聽你的便是。」

阿史那連那看出月泉公主尚存一絲勉強，便帶她去殿內看一寶物——是玄宗皇帝御賜的青銅短劍，已被行宮中的奴僕懸掛在了牆壁上頭，短劍長約一尺七，寬約三寸，劍鞘上鑲嵌著七色寶石。

「據說這短劍是戰國時期的王族之物，聖人特意賜給懷遠坊，正是為你的安危著想。有這御賜之物鎮宮，再無人敢不服這樁聯姻婚事。」

月泉公主聞言，倒也感到欣慰：「玄宗……我是說聖人的帝王心思，實在是縝密。阿兄，你要替我謝過聖人。」

阿史那連那笑了笑，望著牆壁上的短劍，不由得敘說起了曾經的往事：「當年我在來朝的路上遇到埋伏，也是聖人的這把短劍救下我一命……」

他口中所說的「埋伏」，指的是東西突厥的交戰。

作為馳騁在廣袤的漠北草原上的突厥民族，阿史那的不斷南下，一直威脅著中原王朝。這個民族強大如狼，建立的政權成為突厥汗國，並創造了屬於自己民族的文字。但突厥汗國的內部一直內亂不斷，雖然西突厥在高宗時期就已滅亡，可殘餘勢力一直侵擾著東突厥與唐國。

而當年，在建立聯姻盟約之後，唐國將阿史那連那從東突厥帶走時，便遭到了早已埋伏在周邊的西突厥的暗算。這是唐國使者始料未及的，且

隨行的侍衛不多，為保質子安全到唐國，士兵紛紛拔劍迎戰，即便是在當時的暗夜之中，也有視死迎敵的覺悟。

作為質子的阿史那連那，在唐使的安排下，只得鑽入冰冷的河水裡逃亡。在冰冷的河水裡拚命滑動著，他的心境比被寒意侵蝕的四肢還要沉重，若不是早已習慣了草原生活上的射獵，他當真要嚇死在這突如其來的廝殺之中。

那年，他不過只有八歲，先是被西突厥的殘餘迫害了族人，被殺得措手不及，又被迫作為質子交換到唐國，現在好不容易接近了唐境邊界，卻要在冰冷的河流裡掙扎求生。貴為草原阿史那可汗嫡子的他，怎麼落得如此淒慘的境地？

然而此刻阿史那連那卻也沒有餘力多加思索，只因身後響起「放箭」二字的突厥語，緊接著是密集的弓弦振動。他深吸一口氣，猛然跳入水中。無數箭矢破水而入，挾著狠戾的勢頭向他射去。他拚了命地向前游去，一支箭簇擦著他的臉頰飛過去了，血色染紅了河水，其餘箭矢都射空進了水底，阿史那連那不敢浮出水面換氣，但眼前已是近在咫尺的皇城大門，他彷彿已經看見了等在岸上的聖人。

求生的欲望令他不得不忽視唐國士兵們的瀕死哀號，更要無視箭雨「咻咻」地落在他身側的河面。他慶幸夜色暗寂，可護他逐漸遠離死亡邊緣。阿母在分離之前的淚水與叮嚀在他耳畔迴響，那些令他已經開始懷念的母語如草原之風，輕撫著他受了傷的面容。阿史那連那一度恍惚，竟忽然心想：這樣死掉也罷。

就在他行將放棄之時，一把短劍墜入水中，那劍柄上捽著鎖鏈，一直延伸到岸上，他不由得精神一振，立即抓住了那短劍。而鎖鏈的那一頭登時用力，拉著他一路前行。等到再次睜開雙眼時，他已經到了唐國城門前，岸上人群浮動，為首的男子騎馬而來，俯瞰著躺在地上幾欲奄奄一息的他，承諾他道：「阿史那，你已經安全了，在朕的土地上，再無人敢傷你半分。」

往昔憶到此處，阿史那連那感慨道：「當日聖人察覺到了端倪，便帶領一眾金吾衛來到城門前等候。他見水中有異樣，便將隨身攜帶的短劍栓上鐵鍊，置於水中，送給我做了救命繩索。而一旦進入唐國境內，突厥再

不可進攻，這是前朝約定，即便是蠻橫無理的西突厥餘孽，也不敢貿然挑戰聖人威嚴。」

聽著兄長的這段過往，月泉公主也逐漸放下了心，她微笑道：「如此看來，聖人是極其看重阿兄，也看重阿史那與李氏兩國邦交的婚約。」

「自然是了。」阿史那連那堅信：「有聖人在，這樁婚事便不會有任何意外。」

月泉公主看得出兄長對唐國的情感與對聖人的信賴，表面上笑容相對，內心裡卻有些五味雜陳。

天色漸漸暗下，夕陽緩緩褪去，阿史那連那問起月泉公主草原上的事情，以及父汗和阿母的近況，越說越興奮，乾脆留下來和月泉公主長談。

索性帶來了幾壇桂花酒，兄妹二人在濃郁的晚霞中對飲。

阿史那連那已有幾分醉意，擊盞吟道：「盧家少婦郁金堂，海燕雙棲玳瑁梁。九月寒砧催木葉，十年征戍憶遼陽。」

月泉公主雖聽不懂唐國的詩句，但卻能看見兄長眼裡的四分憧憬、六分思鄉。很快，他便整理好了心緒，兩人再次把盞對飲，相視而笑，言談甚歡。

此般時刻，正值酉初。

一輪渾圓的血色落日懸於宮牆上空，內宮殿中，甄選王妃一事已然落幕，舒王與太妃在簾後協商了半晌，到了最後，舒王喚來候在門外的女官，並指了指一眾女眷中的王汝，說：「便是她了。」

女官聞言，立即領首道：「恭賀殿下，恭賀太妃，奴這就去傳令。」

轉身之際，女官似聽到身後的太妃在輕聲詢問舒王：「當真是下定決心了？」

舒王似乎略有嘆息：「也只有她，在這些人裡是長得最美的，身分也是最尊貴的。」

這倒是個極為耿直的理由。

女官先是走到那兩個手捧錦盒的婢女面前，示意他們去請王汝過來。兩名婢女領命前去，眾人的視線已都隨著她們去望，停在王汝面前時，前殿之處不由得引起了一陣喧嘩。

王汝自己也很是驚訝似的，跟著婢女走進殿中。這時的殿內只有

舒王、太妃和幾名女官、侍郎，婢女將手中的錦盒打開，雙雙呈到舒王的面前。

舒王取出錦盒中的信物，一枚碧玉花簪，和金線同心結。那枚碧玉花簪的樣式清麗，倒也符合舒王的為人。而同心結暗喻著綿綿思戀與萬千情愫，自有一份深沉的含蓄融入其中，是為吉利兆頭。

王汝被引到舒王身邊，她蠑首低垂，雙頰泛著微微紅暈，行了叉手禮問候。一旁的女官察覺到她禮節的失儀，卻也不敢出言責難，畢竟這將是成為王妃的姑娘，更何況，王權相家的千金怎會不知見了皇室權貴要行大禮呢？怕是過於緊張了。

趁此光景，舒王也打量起了她來。十六歲的容貌嬌嫩如花蕊，修長的身形，纖細的手腳，豐腴的身段襯著藕色的襦裙，如一團正盛放著的豔麗牡丹。耳鬢玉白肌膚閃著點點柔光，兩抹翠綠色的墜子在耳垂下頭搖搖晃晃，映照著她那潔白無瑕的脖頸，令人情不自禁地心生欲念。

舒王驀地斂下眼睫，將手中的兩樣信物遞給她，開口的聲音竟有些暗啞：「是王汝吧？」

她一怔，抿了抿嘴角，而後緩緩點頭。

舒王似是滿意她羞怯的模樣，在經過問名、納吉之後，他告訴她很快便會親自去府上納征的。

王汝依舊緊抿著唇，並沒有說話。太妃看得出她垂在身側的雙手在不住地顫抖，便問她：「你可是在殿外候得太久著了涼？怎會抖成這樣？」

王汝這才察覺到自己的失態，便緊緊握住雙手，拚命地克制住慌亂的情緒：「回稟太妃……我是太過欣喜了，一時之間難以平復喜悅的心情……請太妃和殿下體恤。」

太妃的視線落在她身上輾轉片刻，又轉眼去看舒王。舒王的神色並未有絲毫波瀾，他只是伸出手去，拉過她細嫩的手腕，將她的手握在掌心裡，默然道：「手是很涼，今日的殿選讓你勞累了，回去府上便好生休養，我會去看你的。」

他拍了拍她的手，她的臉色卻越發蒼白，最終，她向他深深襝衽為禮，然後退出了殿外。

太妃看一眼女官，示意她與侍郎、婢女們離開，待到只剩下她與舒王

之後，太妃才說：「這個王汝似乎無心成為王妃。」

舒王瞇起眼：「無非是生了副漂亮的皮囊，這樣的女子做了王妃，也不會太令我討厭。至於她是否真心歡喜，我也全不在意。」

太妃輕哼一聲：「也好，她的阿爹與兄長倒是明白事理的人。」

舒王背過雙手，向前踱步，望著殿外那抹逐漸遠去的纖柔背影，喃喃自語道：「我倒要看看，究竟是權相道高一尺，還是本王魔高一丈。」

內宮正門，酉正。

得到皇令而正欲前往懷遠坊的金吾衛一行正出了正門，這批二十人的小隊，是奉旨去月泉公主行宮駐守的。兩個小侍郎誠惶誠恐地在前頭引路，後頭還跟著一串宮女，中間夾著二十名金吾衛，這支略顯奇怪的隊伍，行走在空曠陰寒的內宮城內，伴著傍晚的濛濛暗寂，金吾衛雙袖的對豸與肘處的明光甲，閃著詭異的金光。

不一會兒工夫，他們便走到了正門盡頭。高牆內側的門階與窗格上堆著積雪，朱色牆面被水跡剝蝕得厲害，肉眼瞥去極為斑駁。排位在中間位置的沈勝衣，遠遠地瞥見了前頭停著一輛馬車，他湊近前頭的趙五郎悄聲說道：「趙五哥，那馬車是王權相家的吧？」

趙五郎瞇眼打量，只見馬車上坐著的老奴衣著不俗，軟裹也綁得格外精神，且兩匹壯馬的案子上也印著王氏家紋，便點頭應道：「的確是王家。」

沈勝衣小聲說：「早就聽聞舒王要在今日甄選王妃，都這個時候了，看就知道是王家女兒選上了。」

趙五郎點頭附和：「都說王權相有個正值妙齡的女兒，生得絕色，可惜是偏房家的，不然也足以納入後宮了。」

兩人正竊竊私語著，王汝已在婢女的陪同下，來到了馬車前頭，老奴見狀，立即下車來攙扶王汝。待到金吾衛一行人都到馬車旁，王汝已經坐進了車內，而為金吾衛引路的小侍郎在此時停下腳，雙手抱和於胸前，拇指交疊，低頭，躬身，屈膝，禮道：「準王妃萬福。」

金吾衛也照做此禮，目送馬車離去的空檔，沈勝衣餘光瞄向車內的準王妃。她的坐姿非常優美，雙手交疊，輕輕按在腿上，藕色襦裙的廣袖下是嫩白的長臂，她向一眾金吾衛頷首示意，抬眼的瞬間與沈勝衣有短暫的

目光交會，只匆匆一瞥，馬車已駛離。

　　沈勝衣略蹙起眉，心覺這準王妃的模樣，竟有幾分似曾相識。趙五郎在這時撞了他一下，嘲笑他道：「看呆啦？還不快走！」

　　沈勝衣跟上他們的腳步，忍不住同趙五郎道出心中疑惑：「你不覺得那準王妃有些面熟？」

　　「哪裡面熟？像你日後要娶的媳婦不成？」

　　這話引得其餘金吾衛哈哈大笑，沈勝衣自討沒趣，也便沒心情再去辯解。他一路不吭聲地跟著小隊走去了懷遠坊，到達月泉公主的行宮時，已是戌正。

　　早已等在此處的金吾衛街使索義雄見小隊來了，便示意他們先去行宮偏院。沈勝衣回頭看了一眼索義雄，他正和行宮裡的侍郎交代著什麼，期間左右掃視，眼神始終充滿警惕。

　　而行宮之外，車輪轔轔，馬騾嘶鳴，胡人吆喝，笙樂奏起，懷遠坊裡的異域情調，遠比其他坊間要五光十色。

　　沈勝衣隨著小隊來到偏院，見門口幾株枯草已有黃綠生機，風吹來時，一層灰黃一層嫩綠，緩緩變幻出早春的氣息。

　　索義雄在這時踱步而來，作為此坊的街使，他目光銳利地在二十名金吾衛身上打量一番，問道：「我需要有人自薦，在夜晚駐守行宮之中的望樓，白班會由我交接，誰來？」

　　這行宮裡的確有一處建築，沈勝衣方才還未進門時就看到了，那是座高亭，就建在偏院後方，高約九丈，爬到上頭定可以俯瞰整個懷遠坊的動靜。

　　想來這行宮是玄宗皇帝親自安排給異域公主的，望樓也是和行宮一同建好的，難不成還真的會有什麼危險發生不成？沈勝衣雖覺此物實用，可卻並不認為真的會出現值得擔憂的危機。

　　於是，在其餘金吾衛都沉默觀望之際，他主動站出一步，自薦道：「我來。」

　　索義雄瞇眼打量他一番，然後點頭應允，再將剩下十九名金吾衛的尋訪之處分配下去，接著對沈勝衣一側頭，說道：「跟我走。」

　　沈勝衣得令，跟著索義雄來到了主院，接近門前時，索義雄要沈勝衣

原地等候，他自己則是輕輕地扣響房門，低聲提醒裡頭的人：「侍子公，時辰不早了，還請回府。」接著再將聲音壓得更低一些，謹慎提點：「以免在此緊要當口出了差池。」

房裡傳來窸窸窣窣的聲響，阿史那連那很快便開門走出，索義雄以禮問候，阿史那連那也點頭回應。月泉公主也在這時起了身，她本想送兄長到正門，卻被索義雄攔住道：「公主請留步，夜已深，多有不便。」

月泉公主眼裡有一絲不悅，她是草原上精通騎射的驕女，怎就入唐之後，連夜色都要怕了？

但阿史那連那卻不以為然，他早已適應了中原的規矩，只道自己是該走了，便作揖拜別了妹妹，在索義雄的陪同下離開了行宮。

而按照規矩，沈勝衣是要在此等候索義雄的，可偏院那頭傳來開門的聲音，月泉公主聞聲，忽然用不算熟練的唐話命令沈勝衣：「你去幫我取盞油燈過來。」

沈勝衣想了想，說：「回稟公主，街使回來之前，公主門前不能無人把守。」

月泉公主卻說：「你們中原人的三腳貓功夫未必護得了我，你且快去，我又不會和那街使說你擅離職守。」

沈勝衣猶豫起來，月泉公主嗔怒道：「還不快去？」

想來取盞油燈罷了，只要趕在索義雄回來之前就行。沈勝衣向月泉公主行了一禮，轉身便去殿內尋油燈。

見沈勝衣走了，月泉公主才走到後院，果然見到她同行而來的堂兄阿史那真如，已將她的一箱貴重物品押了過來。

阿史那真如說著突厥語，命令侍從將箱子搬進月泉公主的房中，轉而又對月泉公主露出一抹略顯殷勤的笑意，仍舊是操著那口母族話：「你要我從偏院進來，我都照做了，沒人看見，一切都十分順利。可是有一點我不懂，這箱子為何不能正大光明地從正門進來，偏要讓我派阿納他們走偏門？」

月泉公主似不願理會她這位同族堂兄，言語中有些不耐：「我自有我的打算，你不必多問。」

阿史那真如吃了釘子，面露難堪。

月泉公主瞥見他身穿軟甲，腰間別著精煉彎刀，褲腳也紮得緊，自是有一股精悍殺氣深藏其中，惹得月泉公主心生不滿，道：「你何必這身裝備？中原人又不會吃了你我。」

　　阿史那真如雖只年長月泉公主三歲，但卻刻意蓄著兇悍的連鬢鬍，整張臉也被襯得不那麼稚澀，雙臂腕處還掛著金月彎鉤，精壯黝黑的身軀顯出幾分凶惡，這也是令月泉公主不喜親近他的原因之一。

　　且他聽出月泉公主言語中的嫌意，倒也不惱，只交代她道：「我聽坊間胡商說了，這行宮之中有個亭子，順著亭子的方向可以向長生天行禮，你既然已經到了此處，也應該將拜祭之事做一做了。」

　　月泉公主並未回應他，甚至不打算邀請他到房中一坐。阿史那真如見狀，也心生不悅，只好尷尬地輕咳幾聲，而後轉身離開。

　　這個時候的沈勝衣已經端著油燈跑回來，氣喘吁吁之際，看見一個異域裝扮的侍從走出了月泉公主的房間，並且神色鬼祟，貓著腰朝偏院後門方向跑了過去。

　　沈勝衣心覺怪異，悄悄尾隨那侍從來到偏院，只見一位蓄著連鬢鬍的突厥男子，與之神神祕祕地吩咐著什麼，像是在密謀，且言辭之間都是沈勝衣聽不懂的異鄉話。正巧此時，索義雄呼喊沈勝衣的聲音傳來，他怕誤了差事，便趕忙折返回去。

　　一直到了亥時初，駐守在行宮內的金吾衛都進入了狀態。他們列隊巡防，幾輪周轉下來，並未發現行宮之中有任何不安分的蛛絲馬跡。走在前院裡巡防的趙五郎，與同僚抱怨著街使小題大做，聖人安排的住處是絕不會出現絲毫閃失的，他等根本不必這般勞碌。

　　正訴著苦時，頭頂突然傳來一聲「噓」，趙五郎仰臉去看，見是望樓上的沈勝衣對他比了個「噤聲」的手勢。

　　趙五郎摀住嘴，訕訕一笑。在這般寂靜的夜裡，行宮之中的風吹草動，都會被望樓上的駐守者聽得一清二楚，哪怕只是老鼠鑽洞的窸窣。

　　沈勝衣依靠在柱上，雙手環胸，他凝望著遙遙月色，心想著絕對不能睡著，必要在天色蒙亮時去和索義雄交班。可把守望樓一職實在寂寞無趣，他嘆息著四處眺望，在行宮的一處亭中，看到了獨自跪拜的月泉公主。

那亭子不大，但四柱上分別雕有鸞鳳、雲龍、風虎、龜蛇，還掛著朱紅赤金的吉祥物品。而月泉公主便是在那亭中祈訴著什麼，沈勝衣猜想她定是思鄉了，因為夜色之中，她眼角滑落的淚水格外明亮。

　　沈勝衣不禁感到觸景傷情地嘆息一聲，想到自己許久未見母親了，不免心中傷懷。只是除去這處行宮之中的憂愁，坊外的天地仍舊是熱鬧光景。一簇璨然煙火綻放於空，火光幽幽，綴入眼底。沈勝衣循著煙花騰起的方向望去，便知是來自平康坊。

第三章

長安城，平康坊內。

這裡與懷遠坊宵禁後的冷清形成了鮮明對比，如同冰火兩重天。平康坊四面有一條細長的河流，這條河流入大明宮城門前的山腳，且順著山腳折返而回，流回到平康坊時，已走勢漸緩，窩成一大片泓成鏡面般的水潭。

到了夜裡，一座座花舫在河面上穿梭，舫中張燈結綵，仿若赤金的宮殿一般璀璨明亮。且就是這樣的水潭上，被岸邊的一座高樓圈出了水榭迴廊。這夜照常是人潮湧動，華燈初上，一枝殘花落入水中，蕩開陣陣漣漪，碎了滿池絢麗的人影與燈影。

花船的曲徑迴廊顯現，盈盈笑語傳來，舟舫之中可見身著唐裝的美人聚在一處攬客，時而用宮扇掩面輕笑。眾伎之中也有等到自己熟悉相好客人者，兩人相攜旖旎而去。

遠處絲竹吟詠之聲幽幽傳來，不絕於耳，身著綺羅華服的王孫公子、名流士紳，正三五成群地沿著水榭迴廊，向著花船的方向走去。

迴廊上閒倚著唐裝樂伎手拿花枝，擲向其中一名年輕儒士，惹得儒士羞怯躲避，眾樂伎立即放肆噴笑起來。

長安內的百姓們都知道，這平康坊內最為出名的船舫上是做什麼營生的，只是船舫卻不是最主要的娛樂場所，在迴廊後頭的那座高樓，才是核心所在。那是一座花樓，名為霓裳樓。

霓裳樓以曲藝才情名動天下，樓高三層，占地廣闊，位處皇都南城臨河之處，樓內歌舞終日不休，且有各地美女常駐，其中自有江南、西域、吐蕃、東瀛、南越等地來者。而歌女、舞女多為異域女子，大唐國本土女子占三分之一，異域女子則有三分之二。

在這樓外時常有煙火騰空，熱鬧非凡，自是一派光怪陸離的美景。

掌管這座花樓的人十分神祕，像是活在一眾悠悠之口中的。有人說樓主是個上了年紀的老鴇，又有人說是行事怪異的江湖人，還有人說這花樓是皇室操控著的。當然，流傳最廣的，到底是要數那個傳言——霓裳樓的

樓主是開國元老的後氏。

那人神龍見尾不見首，由於掌握著當今聖人的登基祕辛，從而被特赦在此名正言順的花天酒地、招攬眾客，要不然，平康坊裡那麼多家妓院，怎就偏要數霓裳樓紅透了大半個長安？實在是因為霓裳樓貴得離譜，還不是什麼人都能光顧的，要有熟人，要排日子，即便如此，照樣有無數王孫貴族願意在此處一擲千金。

今夜，還有打算不拿介紹物品就硬闖花樓的文士，在門口與打手爭吵，無奈幾名文士囊中羞澀，又身子骨孱弱，在打手的氣勢震懾下，只得悻悻離去，幾人還在小聲咒罵樓主道：「定是個醜陋骯髒的老鴇，就算有前朝背景，也掩不掉她那嗜錢如命的俗不可耐。」

但，應該是「他」，而不是「她」。

精妙面具下的白之紹，望著那幾名文士氣急敗壞的背影，於花影搖動的船舫上輕聲哼笑，正打算去端方桌上的美酒，卻被一雙纖纖素手搶先一步。

白之紹略一轉頭，只見端酒給他的少女眉若柳葉，唇若塗朱，一雙明眸閃爍著異域的紫，西域人特有的高挺鼻梁，令她不似唐國女子那般柔美，且她五官輪廓略顯硬直，自是少了三分嫵媚，多了七分堅毅，深邃沉靜的眼窩，又自成一股冷冽，倒格外有種勾魂攝魄的魅惑。

「你何時來的？這會兒正是客流鼎盛之際，怎不好生留在你的不謂花廳中？」白之紹輕飄飄地說著，同時已探過頭去，喝她手中遞來的美酒。

待他一飲而盡之後，那少女才恭敬地領首道：「我見主人獨自坐在船舫，不忍你寂寞，便來此陪你小酌一杯。」

白之紹聽聞此言，自是為她的一板一眼感到失笑，索性也對她的個性習以為常了，可目光落下時，還是停在了她脖頸處佩戴的紗巾上。

那絳紫色的綢紗，是為了遮擋她脖頸之間一道極深的疤痕，白之紹知道，她是不願被人瞧見綢紗下頭的刀傷的，就連被人多看了幾眼那綢紗，她都會感到不悅地皺起眉來。

就像此刻，她敏銳地察覺到了白之紹的視線，便不動聲色地將脖頸前的紗巾向上提了提，白之紹立即垂下眼，轉而說起：「聽說那懷遠坊今日可十分熱鬧。」

她一邊為自己斟上一杯酒，一邊回應道：「是阿史那部落的公主入住去了懷遠坊的行宮，霓裳樓裡有不少夥計跑去看了陣勢。」

　　「阿史那……」白之紹略微仰頭，面具上的琉璃瑪瑙，在月光的照耀下閃動波紋一般的流光，「說起西域之地，幻紗，那裡也是你的故鄉。」

　　被喚作幻紗的少女並未作答，只莞爾一笑，將酒杯送到自己唇邊，淺淺飲了。

　　正是此時，岸邊忽然出現了幾個朱紅燈籠，白之紹循望過去，一眼便認出來的是舒王府的侍衛。霓裳樓裡也跑出了幾名小廝去岸邊接人，待到船一靠岸，舒王便從船艙裡走了出來。

　　舒王是霓裳樓常客這件事，也不是什麼不能言說的，皇室王族並非只有他一人一擲千金入花叢，只不過，他算是身分最為尊貴的一個。

　　這一來，舒王便交代了去蘭舍花廳，白之紹望著這一行人進了霓裳樓，也催幻紗回去樓內。幻紗順從地點了點頭，起身告別白之紹。

　　回到霓裳樓中，平日裡跟在幻紗身邊的侍女立即來迎她，並且還低聲同她訴道：「幻紗姑娘，我方才看見舒王去了蘭舍花廳，可聽聞他今日才選出了王妃，怎還要往咱們樓裡鑽……」

　　話還未說完，幻紗就伸出食指，在唇前比出了噤聲的手勢。侍女乖覺，立刻抿緊了嘴。

　　這時，樓內響起悠遠的琵琶聲，伴隨著樂鼓曲調，四周騰起了一股煙霧。待煙霧漸漸消散，有數名胡人女子自煙霧之中旋轉著來到了舞臺中央，她們蒙著面紗，坦露胸臂，一抹腰巾遮擋著呼之欲出的豐滿雙乳，綰著時下最為流行的望仙鬟，但卻配著異域的首飾，加上身披透明輕紗，實在是令聚在舞臺下的那些男子挪不開目光。

　　臺上起舞，臺下飲酒，嫵媚的樂伎端著上好的葡萄酒嫋嫋而來，為客人們斟滿了杯盞中的美酒，又綻出嬌俏明豔的笑容，惹得眾客眼花繚亂，竟不知該看臺上還是臺下了。

　　便是此時，幻紗瞥見樓內角落裡聚集了三個新來的姑娘，她們還未更換衣衫，與霓裳樓中的繁華對比起來，自是顯得極為狼狽。幻紗吩咐自己的侍女帶著新來的熟悉樓內，自己則轉身走進了後廊，似要躲避熱鬧的賓客席間。

侍女遵照幻紗的指令，引那三個姑娘從第一層樓走起，為了穩固自己的資歷，侍女極為傲慢地說道：「你們進了霓裳樓，就是霓裳樓的人，必要牢牢記住樓裡的廳位和規矩。但凡走進霓裳樓的，都能在第一眼就看清富麗堂皇的布局中，分設出了四個花廳，分別為一層的開顏花廳、芳蕤花廳，二層的蘭舍花廳、不謂花廳。」

　　三個姑娘只敢點頭，再不敢做多餘的回應。侍女瞥見她們畏懼的表情，心滿意足地繼續說道：「而四個花廳，由四名女子掌管。」

　　先說開顏花廳。

　　這廳的廳主，是璃香姑娘。她紅衣如火，是大唐與東瀛國的混血兒。眉眼含笑，看似熱情如火，有帶著溫柔如水的綿長情絲，既似紅顏知己，又似夢中情人。往來於大臣權貴、貴公子之間，進退得當，禮節周全。且她身材曼妙迷人，蜂腰翹臀之餘，還有那呼之欲出的豐乳，而配合如此身形的，卻是一副如豆蔻少女般純真的笑臉。

　　滿廳馨香曼妙，歌舞留雲，花顏留人，人間天堂，誰家公子不多情，誰家女兒不深情。幾乎每月都會有富家公子來霓裳樓，向這如帶刺玫瑰般的璃香姑娘表白，她總是能恰到好處的婉拒，除此之外，還能為其留下一絲念想，攪得這些公子心中更是摩拳擦掌、躍躍欲試。但是眾人並不知道的是，璃香精通魅惑之術，每當開顏花廳掛起紗燈的時候，就是嫵媚多情的璃香為眾人彈奏琵琶、吟詠樂曲之時。只不過，由於璃香每月只露面一次，眾人對璃香現身的日子，也便更加翹首期盼。

　　三個姑娘聽著，很快便走到了一處花廳門前。

　　有人小聲道：「敢問姐姐，這裡可是開顏花廳？」

　　侍女瞥了一眼，搖搖頭：「這是芳蕤花廳，廳主是若桑姑娘。」

　　若桑姑娘平日裡一襲鵝黃色衣衫，是大唐與吐蕃國的混血兒，眉眼之間，盡顯吐蕃的異域風情。她溫柔漂亮，善解人意，是人間解語花，在各路才子們之間穿梭如魚得水，還能將花廳中的其他姑娘都照顧周到，將一切打理得井井有條。

　　芳蕤花廳，儒生文人，流觴曲水，詩詞歌賦，筆墨文章，有酒有茶，有詩有畫，一切的失意與抱負，都可以在這裡訴說，此廳的姑娘們如廳主若桑一般，總是能以溫柔撫慰傷痛，以鼓勵讚許遠志。

而若桑的美，來源於那白皙如雪的肌膚，和暖人心靈的話語。她極愛讀書，便是因此，文人才子們也樂意在若桑面前一較高低，不少流傳出去的名詞，都是才子們酒後在花廳所寫。但是眾人並不知曉，若桑精通醫道，功底深厚，芳蕤廳之中的不是花香，而是瀰漫著藥草的香氣。若桑也是每月只出診一次，生平有三治、三不治，即為人善名遠播者治，老幼病殘治，有緣者治；貪官汙吏不治，仗勢欺壓良民者不治，不敬老愛幼者不治。

　　接下來，便走到了樓內的第二層。

　　侍女指著第一間花廳交代說：「這是蘭舍花廳，廳主是伊真姑娘。她是大唐與百濟混血的清冷美人，時常以一襲白衣示人，顯得自在逍遙，但卻詩畫雙絕，引無數權貴折腰。」

　　而身處蘭舍花廳之中，可觀窗外美景夜色，談天下，宴賓客，會鴻儒，忠臣訴說心中豪情，良將劍指天下。每逢朝中要員來此廳裡聚會，伊真姑娘總是笑盈盈地陪場，她雖不喜言語，卻可以將賓客照顧得無微不至。可當貴客們酒意正酣時，伊真姑娘卻悄然不見了身影，人們總說，這是個過於清冷的美人，也不知什麼人才能打動她的芳心。

　　不過，由於伊真姑娘精通易容之術，眾人若想要見到她的話，也要先通過伊真姑娘的考驗才行，能夠令伊真姑娘滿意的人，才能見到伊真姑娘。而且，與之前兩位姑娘有所不同，伊真姑娘的「每月一面」則是在廳中設局，通過伊真姑娘設局的考驗者，才會得到她的另眼相看。

　　而最後，便是不謂花廳的廳主，幻紗姑娘了。

　　「幻紗姑娘是我家主人。」侍女極為驕傲地說著，「我家主人總是身穿絳紫色衣衫，她劍眉星目，自帶英氣，是大唐與西域的混血兒。」

　　她所掌管的不謂花廳華美貴氣，以琉璃裝砌，滿廳霞光流彩，花廳之中陳列了多把名劍，寒光配著箜篌的曲調，讓人心生神往。而霓裳樓中箜篌彈得最好的人，莫過於廳主幻紗了。

　　每當她興致高昂之時，總是會為大家彈上一曲。箜篌有左右同度的雙排弦，彈奏到快速旋律和泛音時，幻紗便會以左右手在雙排之上同時演奏。其音域寬廣、音色柔美清澈，即便在場皆是武將，也會沉浸其中，如痴如醉。

不謂花廳是當朝武將與江湖俠客的常聚地，各自身處於不同的雅室，也不會打到照面。大家把酒言歡，坐而論道，切磋武藝之餘，也經常將江湖之中的消息傳遞。而幻紗之所以被叫作幻紗，正是因為幻紗姑娘是霓裳樓之中最神祕的人，有人說，她是江湖上一名頂尖的劍客，就連霓裳樓樓主白之紹對她也是禮讓三分。因為幻紗的劍術厲害，所以日常想要親近幻紗之人，多半都不敢輕舉妄動。

聽了這些，三個姑娘面面相覷，都露出了極為驚歎的神色。

侍女喊了小廝過來，吩咐著要他們帶姑娘們去稍事休息，擇日再分派她們到各個花廳。

望著她們雀躍的背影，侍女駐足了片刻。其實，她並未將樓內的全部祕密告知她們，在這紅遍平康坊乃至整個長安的霓裳樓中，每個花廳都占地廣闊，必須有小路通行，花廳之中又有若干雅室，雅室之中更是裝潢的別緻華貴，更為難得的是每間雅室主題不同、侍女不同，布置也皆然不同。

開顏花廳與芳蕤花廳位於第一層，霓裳樓正門，左右排開兩廳，熟悉的客人總是會不假思索地進入不同的花廳之中，尋得可人的姑娘。兩個花廳舞榭歌臺，迴廊曲折，大廳中間是一噴泉水池，將兩處花廳相連，水池一側有女子嬉戲，葡萄美酒常供於此。

蘭舍花廳和不謂花廳位於第二層，穿過頗有些「曲徑通幽」的石子路，二樓的蘭舍花廳是另一番天地，蟲魚鳥叫，自然之趣，雅樂名畫，裝點雅致。

然而，不謂花廳雖也位於二層，其入口的門則與蘭舍花廳不同。通往不謂花廳的，除了一條鑲嵌七彩琉璃的狹窄臺階之外，還有一條夾雜金絲銀線編製而成的漂亮繩索從空中垂下，繩索兩側是花枝藤蔓，輕功高決的年輕遊俠，倒是喜歡這樣別出心裁的通路。

而第三層，據說是霓裳樓主與四位花廳的廳主住所，從不對外開放。更奇怪的是，根本看不到二層處有通往三層的樓梯，仿若整個三層懸空存在著的。

其實，在二層不起眼的祕密通道之中，有一條通往三層的小徑，也只有到了第三層，才會知道那裡是真正的寶地。這裡遍地黃金，奇珍異寶，

皆被當作擺設。而三層中的密室頗多，除了樓主與廳主的住所，還是一處隱蔽的交易場所，在其中可以合法的販賣祕密消息，以及市面上不能出手的各類珍寶。

當然，這裡還是發布與接收命令的地方。

只不過，霓裳樓的主人卻鮮少露面，即便是跟在幻紗身邊最長的侍女，也只是知曉樓主的名字是白之紹，至於其他的，再也不得而知。平日裡，白之紹會將這日進斗金的花樓，交給身為屬下的花廳廳主們打理，聽說四位廳主都是白之紹父親收養的孤兒，自幼與其一同長大。

說來倒也合乎常理，自前朝開始，唐國的男子便偏愛異域女子，而這些女子也鍾愛唐國的繁華，便在此繁衍生息，誕下了許多混血的嬰孩。然而，幾場戰亂令許多孩童在戰爭中流亡，其中有本國的，也有混血的，許是前世有所修為，這些樣貌奇佳的孤兒，才得以被白父收養。

想到此處，侍女心中自是五味雜陳，她自己又何曾不是可憐的戰時遺孤呢？多虧幻紗姑娘出手援助，她才能在霓裳樓裡謀生，並且，還得到了今天這般位子，已是感激不盡了。

她正感慨著，忽然嗅到一股熟悉的清冽香氣，抬眼去循，找了半天，低下頭去，果然見到幻紗正在一層的開顏花廳門前。

這時的幻紗剛巧推開了開顏花廳的大門，廳內布置得十分奢華，連角落的紫木架子上，都擺滿了精美的玉器。雅緻的瓷器光華瑩潤，血紅的珊瑚大如巨岩，牆上懸掛的字畫也都是名家手筆。

雅間內傳出的都是姑娘和客官們的鶯歌軟語，幻紗挑了一處屏風後的桌案端坐下來，卻不巧聽見最為靠近的雅間裡的對話。

「徐郎君今日做什麼去了？怎都不見他和你一同來找我？」

幻紗抬了抬眼眸，凝視著映在門上的雙影，只見男子點了點姑娘的鼻尖，嗔怪道：「只有我一個，還不夠你疼愛的嗎？」

姑娘嬌笑著：「瞧您說的，真怕是在吃徐郎君的醋呢。可比起徐郎君，您對我是個什麼看法，我還從未知曉過呢。」

「比起徐郎，我可是更喜愛你的。你且看他，能忍得住這春曉不度，竟去做旁的事情，哪裡像我……」說罷，他將手掌伸進姑娘的衣襟，一把握住腰間軟肉揉捏。

姑娘輕喚一聲，身子都酥軟了，聲音像貓兒一樣撓在心尖：「等你和家中談好，再來和我們廳的廳主說親，我還未提及過此事，自是不能壞了規矩。」

「只要你願意，我什麼都依你便是。」

兩人嬉鬧的聲音越來越低，很快便吹滅了油燈。

正巧此時，一陣幽幽清香飄來，幻紗轉過身形，看到璃香緩緩而來。這號稱霓裳樓裡軟舞第一的女子身穿紅衫，腰間金帶緊束，襯著那雙白嫩的豐乳，婀娜搖曳的腰肢如靈蛇起舞。她每走一步，腕處的金鈴就發出清脆曼妙的聲響，別說是男子了，連幻紗的心神都要被其蠱惑。

見到幻紗，璃香卻是狡黠一笑，語調柔情似水，似春時柳絮搔過耳鬢：「平日裡『正人君子』的幻紗姑娘，也要偷聽姑娘和恩客的牆根了嗎？」

幻紗不動聲色地站起身，語氣自有幾分嚴肅：「璃香，你廳中的姑娘總是這樣見一個愛一個，卻始終都學不會自愛。」

璃香佯裝大驚失色的誇張表情：「你竟然在花樓裡談自愛？怕不是練劍練傻了？」

幻紗不以為然地高抬起下巴，「我來找你是有要事同你說的，去雅間吧！」

璃香尋了間角落裡的空房，帶著幻紗進去後，她並不急著交談，只說要整理下儀容，便拔了髮簪，散下一頭烏黑的秀髮，又說：「那鏡子下面有一把牛角梳子，你拿來給我。」

她這語氣像是在使喚小廝。幻紗皺皺眉，到底還是拿過梳子，遞給她。

璃香接過梳子，慢條斯理地梳攏鬢髮，一縷一縷捋在耳後，俏麗精緻的面龐盡顯絕代風華，她忽然問道：「是曉荷的事情有眉目了嗎？」

幻紗略有一怔，很快便平靜下來，只道：「我的確是要來和你說曉荷一事的，不過，算不上有進展。」

「哦？」璃香梳理完畢，將梳子放到案几上，「怎麼說？」

幻紗輕聲嘆息：「仍是不見屍身。」

「既不見屍，就尚存一線希望。」

「未必。」幻紗垂下眼睫，「爆炸時的衝擊力極大，粉身碎骨的話，自然尋不到屍身。」

璃香慢慢地坐到桌旁，動作嫻熟地燃起香爐道：「可戴在身上的金銀是炸不毀的，她有一條金蛇項鍊，是當年咱們姐妹四個送給她的分別禮。若找見了那個，才能證明死的是她；若找不見……」

「又如何能保證她隨身攜帶金蛇項鍊？」幻紗說完，眼裡的憂慮越發濃重。

璃香瞥見她憂鬱面容上的淡淡哀傷，那淒冷的眼神，總是讓人想起霓裳樓外頭怎麼都餵不熟的小野貓。便是因此，璃香心中升騰起一絲憐惜之意，她輕輕握住幻紗的手，安撫般地勸慰道：「你近來也安排了眼線在皇宮裡細細搜索、打探消息，但搜查的人也未能捕捉到蛛絲馬跡，除去當日從那牢獄中搬出的幾具屍身，再無其他眉目，咱們又何必再硬生生地去往那壞處想？」

幻紗低低唱嘆，柔美的眉眼裡盡顯幽怨，「正是尋不到蛛絲馬跡，才更加可疑，如果只是死了一個青樓妓女，皇宮內院又何必封鎖消息？」

「事出有因，和新科狀元有關的案子，必然不能聲張。」

幻紗輕抿嘴角，朱唇滲出蒼白之色，她忍不住同璃香輕聲道：「得知曉荷出事的這些時日來，我總是會夢到同一個景象。昏黃燭光下，躺著一個已經面目全非的少女，她身上穿著一襲黃衫，頭上鬆鬆挽著一個留仙髻，腳上一雙素絲履，和當年我們送她離開時一模一樣。只是，她在我的夢裡已潰爛成屍，膿血橫流，早已看不出那張臉的本來面目，更無法看出她曾擁有怎樣豔若桃李的芳華。」

話到此處，幻紗垂眼沉默，鬢邊一支葉脈凝露簪，與她的珠光玉顏相交映。

璃香並未言語，她平日裡雖頑劣，但只要遇見正經事，還是會識趣地收住那張利嘴。尤其是在幻紗心情不好的時候，她更是懂得要充當一個稱職的傾聽者。

夜很深了，霓裳樓裡依舊熱鬧非凡，而靜坐著兩位曼妙女子的這房雅間之中，卻寂靜如斯。半炷香的工夫過去後，有小廝找來了此處，敲門傳話說——樓主交代過的人已到了後院。

幻紗聞言，自是要起身前去的。璃香也隨之站起，詢問幻紗：「若你今晚心裡不痛快，就由我替你去做這差事也好。」

幻紗從容笑笑，精緻而仿若沒有半點瑕疵的臉孔襯著優柔燭光，顯得醉人心魄：「我沒事，不必掛心。」

待她走出雅間，便握緊了手中佩劍，直奔霓裳樓的後院，連同表情也一併變得決絕而凜冽。

想來這樓中的四大花廳的廳主，在被前任樓主帶回來時候，也不過只有六、七歲，由專人調教長大，也已經過去了十年光景，她們性情不同，但卻都是萬中無一的優秀人才。

相互扶持，情同一脈，白衣的伊真年歲最長，她在計算方面有著旁人難以比擬的天賦。排行第二的是黃衣若桑，她八面玲瓏，善於交際。紫衣幻紗位列第三，身手敏捷，是現任樓主白之紹的貼身護衛。而紅衣璃香雖是最小，卻是最識大體，也最為成熟的一個。

她們一直跟在樓主白之紹的身側，為他所用，護他周全。

雖說白之紹作為霓裳樓的樓主，一直以「神祕莫測」的形象活在外人的悠悠之口中，可實際上，他是遊俠組織的頭目，但其實，這也並非他的完全身分。

幻紗曾聽聞他出身十州五島的北島，然而具體是出自哪門哪派，便不得而知了。幻紗猜想他與伽藍派有關，那是江湖上極為神祕的派別，歷代掌門不詳，憑證是冰火玉。據說冰火玉只有掌門持有，玉如冰，其中燃著火，不過，那火其實是血，由上一代掌門的血匯入其中，玉碎人亡，再由下一代掌門將碎玉黏合，一代傳一代。且這門派的人脈極廣，上到朝廷皇室，下到市井黑市，皆有人願意為伽藍派效犬馬之力。

而那塊玉，幻紗曾在白之紹房裡的匣子裡看到過，儘管只是一眼，卻令她刻骨銘心。

可這畢竟是她的猜測，因為白之紹說過，他是繼承父親的衣缽而經營霓裳樓的，在霓裳樓的幕後，有著一個神祕之人，那人每年提供巨額資金給組織。至於神祕人究竟是誰，沒有人知道，就連白之紹也沒有見過其真容，從來都只是聽從吩咐做事。

幻紗自然也不會多嘴詢問白之紹的身世來歷，這難能可貴的一點，似

乎成了幻紗能陪在白之紹身邊的重要原因。

看似與世無爭的霓裳樓樓主，也不過是他想要給世人看見的面目，幻紗很清楚，白之紹的表裡並非一致，然而，她也無法看得透他那如荊棘山川般複雜的心思。

想來她幻紗是一個天不怕地不怕的性子，但是不知其因，每次面對笑容滿面的白之紹時，她心中總會有著隱隱的懼意，那是一種無法言語的威懾，是白之紹身上與生俱來的壓迫感。

不過，她早已是無父無母的孤兒，也不打算離開白之紹，所以這麼多年來，她始終對霓裳樓忠心耿耿，更何況霓裳樓在白之紹的帶領下，一直在暗中行俠仗義，並沒有做過半件罪惡勾當。

正如此刻，霓裳樓內燈火通明，絲竹管弦聲聲入雲，霓裳樓外花枝縈繞，月華拂照黑暗角落。

兩輛馬車停在後院東角門下，有人下了車，在手持長燈的侍從接引下，一路進內，直往霓裳樓後院更為角落的偏院走去。

霓裳樓牆壁堅厚，後院並沒有打開過門，他們只能沿著高大的紅牆折而向西，一直走完南牆，轉角向北繼續走。那裡便是偏院了，偏院開了一道偏門，可以供人進出。

幻紗早已從霓裳樓中的密道來到此處，正在等候著，便聽到身後傳來隱隱的爭論聲。

「這鬼地方怎會如此隱蔽，不過是個供人玩樂的煙花之地，真把自己當成皇宮內院了不成？」

「休要胡亂說話，這樓的樓主可是個屬害角色，既是求人做事，便不得無禮蠻橫。」

「哼！我可是堂堂朝廷中人，怎會懼他一個市井小卒？」

這話剛落，便有一個冰冷如霜的少女聲音穿過夜霧而來：「既然兩位中官公如此目中無人，又何必來到此處尋求我等螻蟻的幫助呢？」

提燈而來的兩人不由一愣，神色畏懼地將手中的燈抬高，直到照見踱步而來的少女。

一襲如夢似幻的紫衫，脖頸處遮著藕色紗巾，襯著那張靈動異域的臉孔，頗有勾魂攝魄之態。又看到一株白茶和她相距甚近，美人名花，當真

相得益彰。

便是面前的是兩位中官，也情不自禁地緋紅了面頰，直管俯首問候道：「想必姑娘便是前來接應的人，我等若有冒犯之處，還請姑娘降罪。」

幻紗倒也不惱，她向前走去幾步，盈盈一拜，鬢邊步搖隨之輕晃。那是四寸左右長的簪身，簪頭的形狀是用銀絲纏繞的一片葉脈，通透精細的脈絡栩栩如生。那葉脈的上面，還鑲嵌著兩顆小小的珍珠，就像是兩滴露珠一般。

「中官公言重了，我們霓裳樓並非小肚雞腸的做派，且二位深夜造訪後院，自是有要事相訴吧？」

中官二人聞言，面面相覷，眼神皆有躲閃之意。

幻紗雙眼盯著他們，語氣和緩道：「來都來了，又有何是不能說的呢？」

其中一名年長些的中官輕嘆一聲，苦悶道：「姑娘，接下來的話，還請姑娘能夠保守祕密，此事若被旁人知曉，我二人的性命怕是難保。」

幻紗頷首道：「中官公不必擔憂，霓裳樓有樓規，委託者的姓名與所求之事絕不會洩露。」

中官略一抬眼，凝視著幻紗道：「我家主人對舒王準王妃的身分有所懷疑，還望霓裳樓能夠徹查此事。」

幻紗輕輕皺眉，似有猶疑。而後，她側過身示意往偏院裡的廂房：「兩位中官公，請借一步說話。」

同一時間的懷遠坊。

月泉公主的行宮內，金吾衛已經進行起了第三輪的列隊巡防，宮中風平浪靜，寂寂無聲，一切都安然無恙。一直到了卯時初，天色已濛濛發亮，守在望樓上的沈勝衣整夜都未曾闔過眼，他倒也不覺得疲憊，畢竟多年的軍營生活，造就了他強壯的體魄。

已經是這會兒光景了，他捏了捏眉心，想著該去尋索義雄來交班，便順著望樓爬了下去。轉過長廊，他找到了兩人約定好的交班處——駐守的偏室。

沈勝衣整理了衣襟，拍打了肩、臂的灰塵，確定乾淨俐落後，才扣

響了偏室的房門。幾次下來,無人開門,沈勝衣心中疑慮,便試圖推門而進。沒想到偏室被從裡頭鎖上了,他推了三次未果,忽然之間就意識到了不妙,後退幾步打算破門而入,哪曾想只稍一使力,就撞開了房門,害得他險些跌倒在地。

偏室裡極暗,沈勝衣適應了一會兒才看清周遭,是在剎那間,他一驚,旋即快走兩步,前方坐在椅子上的正是索義雄。

他雙目圓睜,整個頭耷拉下來,胸前插著一把短刀,不用仵作檢查也知道他是被刺死的。可沈勝衣還是鬼使神差地將手指探去他鼻下,奢望感受到一抹鼻息。

可惜天不遂人願,索義雄已然是死透了。沈勝衣慌亂地單膝跪地,他囁嚅著嘴唇,顫抖著高聲道:「偏室……遇刺!偏室遇刺!」

若是他能早些來交班的話……若是他早點兒察覺到房門緊鎖的異常……沈勝衣懊悔地握緊了雙拳,直到一眾金吾衛紛紛循聲而來,看到偏室內的景象,眾人都大驚失色地倒吸了一口涼氣。

「這……這是怎麼一回事?隊長他……」有金吾衛驚恐萬分地退後幾步,不敢靠近前去。沈勝衣則偏過頭,眼神難掩悲痛,竭盡全力地冷靜解釋道:「我是方才來到偏室,打算與隊長交班,竟發現他已慘死……」

「可有看到行凶之人?」

金吾衛們亂了陣腳一般,紛紛質問起沈勝衣:「可有察覺到其他異樣?」

「你最後與隊長交接是在什麼時候?」

「可有看到旁人與隊長交談?」

沈勝衣蹙起眉心,只能搖頭,表示自己一概不知。

有金吾衛怒斥沈勝衣:「你是負責與隊長交班望樓的,也只有你在第一時間發現了隊長的屍身,竟然一點兒端倪都沒發現?」

沈勝衣也有些惱了,當即反駁道:「我撞門進來時,已見隊長心窩處插著那把凶器,必然是一擊斃命,行凶之人又怎會留在此處等著被抓?」

「索隊長屍骨未寒,你等在這裡吵吵嚷嚷成何體統?都住口!」副隊長一聲令下,金吾衛們都噤了聲。

而副隊長也生怕再出什麼疏漏,親自走去索義雄的屍身前,俯身打量

他胸口前的那把凶器。

是一把短刀。而且，是金吾衛佩戴在身的刀。

副隊長屏息去看，竟見刀身上生生地刻有一個「沈」字。他猛地收緊了瞳孔，緩緩地直起身形，轉身看向沈勝衣的同時，命令兩名金吾衛：「搜他的身！」

「什麼？為何……」沈勝衣既困惑又慌亂，面對前來搜查他全身的同僚，他滿眼無措，在看到面前的趙五郎時，他試圖求得一絲體諒：「趙五哥，你們不能搜我，此事和我無關……」

趙五郎無奈地看他一眼，然後低下頭，默不作聲地繼續執行命令。

很快，幾名金吾衛向副隊長報告道：「副隊長，沈勝衣身上沒有多餘武器。」

副隊長沉下眼，他的視線落在索義雄胸口前的短刀上，沈勝衣也循著他的目光一併看去。

是在頃刻間，他驚醒般地恍然大悟，隨即解釋著：「不！那不是我的刀，我不知道這是怎麼一回事，我是被冤枉的！」

「人贓並獲，你還有何顏面狡辯？枉費索隊長如此信任你，欽點你去守望樓！你簡直──」副隊長失望至極，憤恨地一擺手道：「拿下！」

「是！」金吾衛們得令，立即將沈勝衣圍住。

沈勝衣情緒激動地反抗著：「我沒有害索隊長！不是我！」

「沈老弟！」趙五郎痛心疾首地勸他道：「你還是乖乖從了吧！免得遭受皮肉之苦！」

沈勝衣露出不敢置信的表情，他瞬間明晰了，自己再如何辯解也是無濟於事，乾脆轉身就逃，可惜他寡不敵眾，不出幾招，就被副隊長扔出的短刀刀柄砸中了左膝。

他一下子失去平衡，跪倒在地，身後響起腳踏碎石的聲音，同是金吾衛的一眾人等將他擒拿，任憑他如何掙扎，也是插翅難飛了。

第四章

　　這會兒光景是巳正，金吾衛北衙的千牛衛薛弘正剛從早朝歸來，前腳一踏進衙內，就見候在此處的金吾衛俯低了身子行禮，囁嚅道：「見過薛將軍。」

　　薛弘抬抬手，示意他不必拘束，一邊朝廊內走去一邊問道：「派你等去公主行宮駐守，怎在這時來到我這裡？」

　　那少年模樣的金吾衛跟在薛弘身後，連連稟道：「回將軍，實在是大事不好。索隊長在行宮偏室遇刺，凶器又是金吾衛專用的刀，一刀斃命，人已經去了。」

　　薛弘停住身形，眼有驚愕：「索義雄死了？」

　　「回將軍，今早天剛亮時發現的，在場的金吾衛都看見了。」

　　「那可有看到行凶之人？」

　　「回將軍，行凶之人已於當場就地抓獲，現下已帶去南衙審問，只因那行凶者，是南衙的人……」

　　「刺殺索義雄的，竟然同是金吾衛？」

　　見薛弘惱了，那少年模樣的金吾衛冷汗直流，倉皇地回著：「屬下……只是將此事稟報給將軍，其餘便一概不知了！」

　　薛弘蹙起眉，調轉了身形，對他令道：「隨我去南衙！」

　　一桶冷水潑來，沈勝衣猛然驚醒，他這才意識到自己已不在懷遠坊行宮內，而是在南衙的地牢中。枷鎖牢牢鎖著他的脖頸和雙手、雙腳，他像牛肉一樣被掛吊在十字木樁上，一下都動彈不得。

　　他被折磨了許久的皮肉，已經很是筋疲力盡，即便是痛楚，早已麻木得無從感知。那負責潑他水的人是趙五郎，沈勝衣餘光瞥他，平日裡嬉皮笑臉的趙五郎，此時此刻早已滿面淚涕，哭得醜兮兮的，不成人樣。

　　若是被嚴刑拷打的是個旁人，他趙五郎也不必如此動情，偏生是他的沈老弟，加之無人敢求情，素來交好的兄弟，自然都是要為之哭上一哭了。

　　一旁的木桌處，副隊長還在和幾名負責審訊沈勝衣的金吾衛商量：

「倒也不必這麼費事，倘若他還是不肯招供的話，也不能一直這般耗下去……」

桌上隔著氤氳的茶霧，暗寂中升騰起嫋嫋繚繞，「歸根結柢，此事謂為機密，若是傳去了旁人耳朵裡，咱們這些人可就脫不了干係了。」

在場的金吾衛都一手指了天地道：「我等絕不會告知旁人，今日一事除了在場的，再不會有另外的人知曉。」

副隊長淡淡道：「旁人倒也無礙，只是被聖人得知的話，我委實是不好交代。」

「副隊長菩薩心腸，要說這事無須等他認帳，更不必可憐沈勝衣那毛頭小子，乾脆……」說這話的金吾衛抹了把脖子，眼神狠厲。

「剝皮不見血的事，卻也沒什麼難處。」副隊長的手指敲打著桌面，蹙眉嘆道，「殺人償命，提了沈勝衣的腦袋，才算還索隊長一個說法。」

聽進這些的沈勝衣微微抬眼，啐出一口血水，已分不清是第幾次為自己的清白辯解道：「我……我是冤枉的……索隊長不是我殺的……」

「呵！這小子真是夠硬氣，苦挨這一番肉刑也是不肯認，倒還真是個鐵打的身子了，我看你接下來是招還是不招！」那手裡拿著蘸水長鞭的金吾衛冷聲一哼，作勢就要再接著行刑。

副隊長默許，看著那打在沈勝衣身上的長鞭，他平靜地思考著接下來該如何處置這個膽大包天的行凶者，哪知忽然有人傳報：「千牛衛長官薛將軍到！」

眾人一驚，連忙起身恭候薛弘的到來。

而薛弘一進地牢，就被撲面而來的血腥氣惹怒，他眼神落到副隊長身上，擔心被訓斥，副隊長自覺到了表現的時候，趕忙上前禮道：「屬下不知薛將軍前來，有失遠迎，是為疏忽！但今日出了大事，屬下一心想要從這行凶之人的口中問出殺害索隊長的緣由，自當是要……」

話還未說完，薛弘就一抬下巴，示意那被吊在木椿上鮮血淋漓的沈勝衣，問道：「殺了索義雄的人，就是他嗎？」

副隊長毫不猶豫道：「是！」

「可有證據？」

「回將軍，證據確鑿。他方才昏死過去了，這會兒醒來後，我們還要

繼續問他行刺的緣由。」

「你這話的意思分明是證據不足，便只好嚴刑逼供。」薛弘沉著臉，不滿副隊長的行徑，當即道：「索義雄遇刺茲事體大，必要徹查清楚，而此人究竟是不是真凶，還需要進一步查明才能定奪！」

副隊長一聽這話，立即解釋：「薛將軍，事發現場只有沈勝衣一人在，殺害索隊長的凶器，也是刻有他姓氏的刀刃，這的確已是證據確鑿啊！」

薛弘卻正色道：「南北衙金吾衛向來秉公行事，只憑這兩點不足以毀人清譽。而他既身為金吾衛，便代表他是個剛正不阿之人，又如何能做出殺害同僚之事？若有隱情，必要詳知，萬一草草結案而錯殺無辜，豈不是要讓大唐百姓恥笑我金吾衛行事草莽？又如何能對得起索義雄在天之靈？」

副隊長臉色一陣紅一陣白，顯得極為滑稽。他還想再說，薛弘不耐煩地擺擺手，示意他們繼續查案，副隊長不得已之下，只好當著薛弘的面吩咐金吾衛道：「在案情水落石出之前，先把沈勝衣關押入獄，擇日再審。」

趙五郎謝天謝地將沈勝衣從木椿上放下來，與另外一個金吾衛將他扛起，一邊往牢獄裡頭走一邊念著：「沈老弟，你真是大難不死、必有後福啊！」

副隊長心裡可是不痛快，但礙於薛弘下令，他也只得照辦。本想今早結了這案好領功的，如今看來，怕是要周旋許久了。

等到薛弘離開之後，副隊長才喊來自己的親信，也是同為南衙的金吾衛，副隊長總是叫他小萬。談話間，副隊長交代小萬帶幾個人回到行宮裡，月泉公主的住處不能疏於駐守，小萬領命，挑選三人與自己一同回去行宮。

巳時中，懷遠坊。

月泉公主的行宮外，有個醉醺醺的胡人在徘徊，他穿著缺胯白袍衫，胸襟一片濕漉漉的酒痕，走起路來一步三晃，小萬經過他身邊時，嫌惡地皺起了眉。

那醉漢走過去五步後，還對著小萬他們的背影打了個響指，較為年少

的金吾衛作勢要拔刀，小萬低聲喝道：「不可！休要節外生枝。」

那幾名金吾衛忍下怒火，誰知醉漢得寸進尺地撩開袍邊，竟一手窸窸窣窣地解開腰帶，開始對著行宮牆角撒尿。這可實在是對金吾衛的大不敬，就連小萬也變了臉色，他幾人面面相覷，相互點頭，正打算教訓那醉醺醺的胡人一番，誰知行宮內忽然傳來一聲刺耳的尖叫。

緊接著是混亂的突厥語，聽上去極為悽惶，最終，又是一聲唐國話：「來人啊……來人……」

話音戛然而止，但聽著是月泉公主侍女的聲音，小萬和幾名同僚心下不安，旋即循聲飛奔而去。

行宮之內，左右兩側尚餘三、四尺空地，瘋長的綠蘿藤蔓爬滿院牆，根莖之間開出點點猩紅碎花，如斑斑血跡濺於綠葉上頭。

等到小萬他們來到月泉公主的房門前，聽到屋內傳來窸窣響聲，小萬擔心出事，匆忙間道了句：「公主，恕屬下失禮！」便踹開了房門。

房內圍著四名突厥侍女，見有人闖入，皆嚇了一跳，她們正簇擁著月泉公主，小萬打量著公主神色，此刻的她是癱坐在地上的，嬌俏容顏上平添了三分驚懼、七分惶恐，仔細看的話，竟還有鮮亮的濕潤水跡，像是哭過了。

小萬匆匆作揖，走進前來，詢問狀況：「公主，發生了什麼事？可是遭遇了刺客？」

月泉公主猛地蹙緊眉頭，旁邊的侍女用一口極不流利的唐話回應道：「帶來的……箱子……公主的箱子……」

「阿桑麗！」月泉公主一聲驚呼，制止了侍女。

被喚作阿桑麗的侍女不敢再多說，連連退到角落，臉色煞白地握緊了同伴的手。

小萬不明其意，月泉公主在這時伸出手，立即有侍女將她扶起，她站起身的同時，抬高了雪白細嫩的頸子，平復好情緒之後，對闖進自己房裡的金吾衛們說道：「沒有出現刺客，什麼事都沒有發生，你們可以出去了。」

小萬卻猶疑著：「公主，我等剛才分明聽到這房內傳來尖叫聲，若是公主……」

「你們不信我的話嗎？」月泉公主的眼中露出不悅，「我堂堂阿史那部落的公主，還會騙你們不成？我說了沒事便是沒事，還不快退下。」

小萬聞言一驚。領首道：「屬下並無此意，只是今日發生了金吾衛索隊長被殺一事，我等也是擔心公主安危。若無大礙的話，屬下告退。」

月泉公主望著這幾個金吾衛退出房去，轉身對阿桑麗使了個眼色，那突厥侍女立刻去關好房門。確定再無外人，月泉公主疾奔到房內的屏風後面，她再一次打開那繪著狼王圖騰的箱子，裡面空空如也的景象，再一次令她悲痛地癱軟而坐。

「公主……」阿桑麗憂心忡忡地走回她身邊。

月泉公主痴痴地凝望著空無一物的箱子，喃聲自語：「黃金東珠原本就好端端地放在裡面……昨天睡前，我還打開確認了一次，怎麼今天再看就不翼而飛了呢？」

阿桑麗謹慎道：「公主，不如將實情告知那群唐人吧！」

「不行！」月泉公主立即否決，而後嘆道：「你去喊真如過來我房裡，記住！不要驚動任何人，只要真如一人過來。」

阿桑麗點點頭，立即去辦。

午時正，懷遠坊，月泉公主行宮。

「此話當真？」阿史那真如皺眉問：「你也說了，那箱子的鎖是完好無損的，既是如此，黃金東珠怎會憑空消失呢？」

月泉公主聽到他這麼問，心情更為煩躁了幾分。想來她本就與阿史那真如不合，無論是在部落，還是如今在唐國，她都不願與他有過多攀談。然而發生了這等大事，行宮裡除去陪嫁而來的侍女，也就只有真如一人與她來自同族，又有血緣，她只得同他來商談此事。

「我何必編出假話來和你說笑。」月泉公主無奈地沉著面孔，可謂愁雲滿面，「眼下，我也不知該如何是好，此事非比尋常，要是被當今的唐國皇上知曉了的話……」

阿史那真如捏了捏拳頭，語氣無比堅定：「月泉，你的確是要立刻把此事稟告給唐國的皇上。」

月泉公主睜大了眼睛，似乎不明白他的用意。

真如猶豫了一下，斟酌著說道：「這事並非是你我能夠瞞得住的，與

其隱瞞，倒不如馬上告知唐國的人，以免最後傷了兩族和氣。」

月泉公主感到不安道：「可我才剛剛來到這地就出了這麼大的事，只怕貿然把事情稟告給唐國皇上的話……會令部落蒙羞。」

「那便退一步，先將此事告知金吾衛的長官。」

月泉公主微微蹙眉，以眼相問。

阿史那真如的手掌按在紅木桌面上，長著厚繭的手指緩緩伸展開來，以食指與中指敲擊著桌面，一下，兩下……，他隨著敲擊聲對月泉公主沉聲道：「黃金東珠是被奸人竊走，此事你我已知，可這裡是唐人的地盤，他們派來了金吾衛駐守，那奸人又是如何在層層把守下得逞的呢？」

月泉公主心下一驚，小心地反問：「你的意思是，在他們之中有內鬼？」

「有沒有內鬼，交由他們處理便會真相大白。」真如不動聲色地探出手去，握住了月泉公主嫩白嬌柔的手，「金吾衛失了職的話，是和黃金東珠被盜了一樣的天大事。」

月泉公主思慮著真如的話，將手掌抽出的同時，喚了一聲在門外看守的阿桑麗：「去請金吾衛的長官來。」

真如補充一句：「去請北衙的長官蕭如海。」

「是。」阿桑麗回應。

月泉公主有些懷疑地問他道：「為什麼是北衙？」

「死的索義雄是南衙的人，而據說那個刺殺索義雄的凶手，也是南衙的金吾衛。」真如平靜地說，「想必南衙長官會對此事抱有個人情感，無論是憤怒還是悲痛，都會影響其判斷。而至今尚且置身事外的北衙長官，更能公證地看待整件事，更何況，『蕭如海』這三個字在唐國本就代表了公正，即便我身為突厥人，也對他略有耳聞。」

月泉公主雖心有不願，可她自己也沒有更好的法子，正躊躇之際，又聽真如湊近她交代道：「別苦著一張臉，等會兒蕭如海來了，你且要以你尊貴的公主模樣示人。」

午時初，懷遠坊。

一入坊內，就聽見周遭兩側的館子裡傳來絲竹之聲，靡麗曲調充滿異域風情，蕭如海走進月泉公主行宮中大堂內時，阿史那真如已經等候已

久，他目光銳利冷射而來，頗有幾分占據上風的怪罪之意。月泉公主坐在一側，身邊並沒有侍女陪同，大抵是今日的會面不便旁人知曉。

蕭如海向二位斂衽為禮，月泉公主示意空座，他落座之後，率先說明了來意：「關於黃金東珠遺失一事，我已聽來請我的侍女交代了些許，也在來之前詢問過我衙裡駐守此地的金吾衛，他們都沒有發現異常。」

聽聞這些，真如踱步到蕭如海面前，審視一般地打量起這位以公正而聞名的長官。蕭如海有三十歲上下，身材高大，容貌甚偉，襯上金吾衛的朝服更是氣魄堂堂。一身正氣自是外露，偏生卻被真如扭曲其意道：「蕭長官的意思是，黃金東珠被盜一事，和你們金吾衛無關？」

蕭如海面不改色地凝視著眼前這位年輕的突厥貴族，姿容是俊秀的，肩臂也極為魁梧，只是面容略瘦，顯得神色陰鷙，而他語氣裡的威懾力，不足以嚇到蕭如海：「回世子，我並不是在推卸職責，而是所有駐守行宮內的金吾衛，都不曾看到可疑之人，若想查明此案，必要從長計議才行。」

真如冷哼一聲：「呵！你們中原人到底都是層層相護的，本以為你蕭長官是個不計私情的人，真是讓我失望了。」說罷，他打了個響指，喚了一聲：「阿納。」

一個樣貌粗野的草原大漢從屏風之後走出來，他來到真如面前，聽主人差遣道：「你把你昨晚看到的事情，同這位長官詳盡道明。」

阿納乖覺地轉向蕭如海，操著一口毫不流利的唐話，笨拙地說道：「昨夜子時初刻，阿納被夜尿惹起，匆匆抓了件衣服就跑出去尋茅房，可行宮之大，阿納不熟路況，便迷失在瞭望樓前後，想著望樓下頭寸草不生的，撒一泡尿也不打緊。」

月泉公主對粗鄙言辭露出厭惡的神色，不由得蹙起了纖眉。

阿納還在滔滔不絕地說著：「正當阿納打算摸回自己房裡時，忽然看到一個鬼鬼祟祟的身影，從望樓上爬了下來。阿納立即沒了睏意，加上心覺奇怪，便偷偷尾隨那人，結果便看到他走近了公主房內。」

蕭如海一驚，忙追問：「你可看清了那人的臉？」

阿納點頭：「看清了，年歲不大，和阿納差不多上下。樣貌端正，星眉劍目，且那人穿著金吾衛的衣服，手裡還提著把刀，刀柄上刻著中原

字，阿納多少也認得，是個『沈』字。」

蕭如海忽然激動地拍了桌子：「不可能是沈勝衣！他做了七年的金吾衛，向來行事穩妥，便是吃了熊心豹子膽，也幹不出這等罪誅九族的髒事！」

真如要的就是這個效果，他對阿納滿意地點了一下頭，然後又對蕭如海嘆道：「事實已是明擺在你我面前，也容不得蕭長官不信。更何況阿納自小跟著我做事，又與那位沈姓金吾衛無冤無仇，何必汙蔑於他？再者，那人可是連自家隊長都敢刺殺的，還有什麼是他不敢做的？」

蕭如海原本沉著的臉色變了變，他緊緊地握住拳頭，心想著黃金東珠事關重大，沈勝衣身為金吾衛自是知曉，又怎敢打那寶貝的主意？可眼下人證、物證皆在，再加上沈勝衣有刺殺索義雄的嫌疑在身，這盆髒水就算是想躲也難。

蕭如海沉默許久，最終站起身，語重心長地對月泉公主與真如說道：「公主，世子，此事之大，已然不是你我三人能夠定奪。但黃金東珠遺失的風聲，暫且不能對外聲張，否則會令本就對兩族有著邪心的奸人鑽了空子。屆時群議洶洶，即便是聖人也扛不住壓力。」

月泉公主終於開口問道：「依蕭長官之意……此事該如何是好？」

蕭如海踏前一步，目光堅定道：「我這就進宮把此事稟告給皇帝，在聖人做出定斷之前，你們再不能讓旁人知曉此事。」

真如不留情面地問道：「我們憑什麼信你？」

「就憑此事會讓你我都掉腦袋。」蕭如海壓低聲音，「世子，除去在場的公主之外，你與你的部下，我與我的部下都逃不開干係，這麼多條性命又如何能開得起玩笑？還請兩位聽候消息，莫要再惹起不必要的禍端。」

阿史那真如抿緊嘴角，再沒有出言不諱，月泉公主也是愁容滿面。蕭如海與這二人告別，轉身便匆匆出了坊。

一路上，蕭如海心中千思萬緒，想著自從阿史那部落的皇室入朝之後，不過短短幾日內，就接連發生怪異之事，實在令他難安。便又安排了四名北衙的金吾衛駐守去了懷遠坊，一旦發現行徑詭異之人，就立刻拿下。

其實沈勝衣刺殺索義雄一案，本就破綻多多，但眼下又無法洗清他的嫌疑，如今又來了個指證其偷竊黃金東珠的阿納，沈勝衣的生死委實是不好定論。

按理說，他自打進了南衙，一直都是做事穩當的，即便從未立功，卻也沒有滋事，如此平平無奇的後生，怎會被捲進這等不知福禍的漩渦之中？

蕭如海百思不得其解，剛一到達朱雀門，由守衛通報後欲入皇宮，卻忽而聽到身後傳來一聲低沉的：「長然。」

蕭如海側首望去，果然見到李元貞撩開車輦簾角，問他道：「你怎如此行色匆匆？出什麼事了？」

金吾衛北衙長官蕭如海，字長然，而皇宮中會如此稱呼他的，便只有康王李元貞了。

這時的李元貞已經走下了馬車，便遣送侍從去角落等他，這般做法襯出他是個做派謹慎、穩妥之人，蕭如海對他向來尊重、敬仰，這個人在本朝實在太有名了，詩書雙絕，樣貌非凡，朝中百官提起「李元貞」三個字，總是讚不絕口，著實符合著他的資歷與聲望。

蕭如海合拳作揖，見過康王，正思慮著要不要將懷遠坊一事告知，忽聽李元貞說道：「我正要去懷遠坊見一見那位阿史那部落來的月泉公主，雖說長幼尊卑，但她到底是要在日後與我李家同行同住的，便是由我先去，也不足掛齒。」

蕭如海聞言一驚，這才想起，月泉公主的確是由玄宗皇帝指婚給康王之子的。

李元貞察覺到他神色驚變，便道：「你今日不對，定是心中有事。」

蕭如海思來想去，覺得將此事告知康王也未嘗不可，一來有關他的準兒媳月泉公主，二來也理應讓他知情。蕭如海便湊近李元貞耳語了幾句，李元貞聽後，神情瞬息萬變，他當然知曉事關重大，立即同蕭如海道：「我隨你一同入朝。」

蕭如海點點頭，李元貞令侍從將馬車調頭，二人一併上了車輦。

從朱雀門進大明宮，在穿過重重疊疊的朱門與高牆之後，便看見高高佇立的含元殿。

含元殿之後，是莊嚴華美的紫宸殿，高臺之上重殿連闕，殿後金碧輝煌的飛簷斗拱連綿不絕，近年來皇帝召見內臣也不大在含元殿了，多在紫宸殿。

　　蕭如海與李元貞在殿內等待不過半炷香的工夫，身著玄色常服的玄宗皇帝便在兩名官宦的跟隨下進來，二人拜見之後，被玄宗皇帝示意落座。

　　期間蕭如海餘光去瞥玄宗皇帝，見他有些許消瘦，今年不到三十歲，但清俊面容上已顯現出一抹滄桑之意。蕭如海心中不禁感嘆，自玄宗皇帝繼位以來，始終重用賢臣，勵精圖治，使大唐已經初見前所未有的盛世景象。正如民間百姓總說，若不是李三郎的才華橫溢、年輕有為，開元何以能流光溢彩盛世繁華？只是一國君主心繫家國，難免會傷及肉身，也令臣子為其隱隱擔憂。

　　待到李元貞將此事一五一十地稟告之後，玄宗皇帝喚了一聲蕭如海，他才回過神來，聽見玄宗皇帝說道：「蕭愛卿已執管金吾衛北衙多年，依你所看，這一個小小的金吾衛，可是會犯下此等膽大包天行徑之人嗎？」

　　「回稟陛下，沈勝衣雖尚且年少，但為人成熟，加上他本性正直，有勇有謀，絕非見利忘本之徒。」蕭如海回應。

　　「你對他的評價如此之高，可見他平日裡沒少為金吾衛立功吧！」

　　李元貞卻在這時提點蕭如海道：「長然，你為何不將那沈氏的來路稟呈陛下？」

　　玄宗皇帝聞言，略一蹙眉：「他有何來路？」

　　蕭如海也覺得不該隱瞞，便實話道：「回稟陛下，其實，沈勝衣是程愫將軍的徒弟。」

　　「哦？是那個在十年前曾征伐阿史那部落的程愫？」

　　「正是。」蕭如海道，「因沈勝衣自幼喪父，而程愫將軍待沈勝衣視如己出，二人關係如父如子，也正是程愫將軍將他安排到了金吾衛的府衙中當差。」

　　玄宗皇帝品味著蕭如海的話，問道：「那他可有母親？」

　　「沈勝衣母家是捕快出身，雖然今已沒落，但他自幼就繼承衣鉢，其破案能力也曾在城內聞名，為金吾衛做事之後，他也會依據自身能力破案結案，的確是不可多得的璞玉。」

李元貞似擔心蕭如海落得一個包庇罪名，便不動聲色地截斷他的話，道：「陛下，當日程懷出征西域，卻被阿史那溫殘忍斬殺，臣想，此事對沈氏而言，實在錐心痛骨，阿史那一族等同於他的殺父仇人。想來十年臥薪嚐膽，終於被他等到了阿史那一族和親入朝，屆時盜取黃金東珠，正是企圖破壞兩族之交，從而達到他為父報仇的目的。」

　　蕭如海聽到李元貞闡述的理由，頗覺意外。堂堂康王，如何對名不見經傳的金吾衛瞭若指掌？但轉念一想，李元貞所言極是，蕭如海思慮片刻，也說出：「依照康王所言，沈勝衣若有了這等心思，也不是沒有可能。當日南衙隊長索義雄在詢問誰人願意駐守望樓要塞時，是沈勝衣主動請纓，也許他早就已經在為黃金東珠的事情做了縝密鋪墊。」

　　思及此，蕭如海痛心疾首般地握緊雙拳：「枉費我對他一番信任。」

　　「也不能全然怪你。」玄宗皇帝安慰道，「又有誰人會料到一隻小小的螻蟻，會有這般歹毒心思。」

　　蕭如海越發自責道：「是微臣做事不周，願陛下降罪責罰。」

　　玄宗皇帝略一垂眼，倒也沒有立即問責蕭如海。身為帝王，他必須要思忖此事的利害關係——顯然，他內心是並不在乎一顆黃金東珠的，區區一顆珠子，不足以令他煞費心思。反而是珠子背後的兩國邦交與大唐顏面，才是至關重要的，如果不能妥善處理此事，大唐與阿史那部落之間，必然不能善了。

　　猶記得太宗時期，祕書監魏徵曾說過：「匈奴自古至今，未有如斯之破敗，此是上天剿絕，宗廟神武。且其世寇中國，萬姓冤仇，陛下以其為降，不能誅滅，即宜遣發河北，居其舊土。匈奴人面獸心，非我族類，強必寇盜，弱則卑伏，不顧恩義，其天性也。」

　　話雖如此，可玄宗皇帝始終銘記，李氏本身就有鮮卑族血統，故此，李氏執政起始，自然不會過分排斥少數民族，即便魏徵曾多次向太宗諫言，太宗也還是給予了胡人生存條件的極大寬容。在當時，太宗逐個消滅中原割據勢力的同時，對突厥採取較為開明的民族政策，解決了唐初的突厥問題，從而安定了北部邊疆，進一步促進了突厥人民和內地各族人民的友好關係，發展和鞏固了統一的多民族的大唐帝國。

　　且唐朝國力強盛，吸引胡人多，即便到了今日，玄宗皇帝也銘記太宗

在處理突厥問題上得以成功的原因，對「夷」「獨愛之如一」。

這個「如一」的意圖從「恩撫」出發，就算當時的阿史那社爾印發邊疆戰爭頻繁，「如一」與「獨愛」也不能終止。

此乃兩族數年來的民族問題，絕不能因一顆小小的黃金東珠而破壞規則。畢竟西域諸國，仍然在阿史那部落勢力的影響下生存，玄宗皇帝自然也要遵守「如一」的政策。所以，無論是公主的行宮內死了一名金吾衛，又或者是遺失了一顆黃金東珠，玄宗皇帝都必定要給阿史那部落一個滿意的交代才行。

玄宗皇帝現在的滿腹心思都在黃金東珠上，至於沈勝衣是死是活，他只道：「若此人的確是殺害同僚之人，將他問斬便是，這樁事也將就此了卻。」

一聽這話，蕭如海當即抬起頭，斗膽求情道：「陛下，有關沈勝衣是否為真凶捉拿歸案，不負陛下隆恩。」

「幾日？」

蕭如海的額際滲出冷汗：「陛下，此事卻也不是一朝一夕便能……」

「蕭愛卿。」玄宗皇帝袍袖一拂，「你做金吾衛北衙長官也已多年，又如何不懂其中規矩？倘若真凶的確另有其人，可這現成的替罪羊也無關痛癢，能讓突厥人對此事閉嘴不提，才是當務之急。」

蕭如海念叨了一句：「但那小子的身手實在不錯。」之後也就不說了。

玄宗皇帝察覺到蕭如海內心的惋惜，稍加思索，方才道：「三日。」

李元貞卻是一震，似欲阻止地喚了聲：「陛下。」

玄宗皇帝繼續道：「三日之內，你若找不出真凶的話，這個沈勝衣就必須是真凶。」

蕭如海聞言，並未感到鬆一口氣，反而感到了更為艱鉅的壓力，但他也只能道：「謝陛下恩典。」

而這時，一絲淡淡的憾聲，從玄宗皇帝的鼻息中滑出，儘管微弱至極，卻被李元貞敏銳地捕捉到了。於是他以一種既不會讓玄宗皇帝難堪，又能夠呈現自己忠心的口吻請纓道：「陛下，臣敢請陛下將尋回黃金東珠一事，交由臣來處理，臣定當盡其所能，於十日之內尋回這件寶物。」

玄宗皇帝自當感激康王的體恤，不禁眼睛一亮，滿懷動容地看向李元貞，點頭示意道：「既是如此，就有勞康王了。」

李元貞與蕭如海二人，領了各自差事後，也便告退了。等到出了紫宸殿，李元貞走在前面，落他幾步的蕭如海把他叫住：「康王，關於黃金東珠遺失一事……康王既已領命，是否是心中有了眉目？」

他在意的，是李元貞會否還在懷疑沈勝衣是偷竊之人。

「長然，你當真是非常看重那個沈氏啊！」李元貞若有若無地笑了笑，轉身欲走。

蕭如海匆匆追上他：「我並不是刻意包庇，康王也知曉，金吾衛守護大唐數十年，做事的準則是一個『真』字，我的父輩甚至是祖輩，都為金吾衛當差，怎能到了我這裡出了差池？是萬萬不能錯殺無辜忠良，哪怕是區區草芥。」

李元貞卻說：「殺一人以存天下，為何不為？」

蕭如海平靜道：「行一不義，殺一不辜，而得天下，皆不為也。」

「那麼，倘若這份犧牲，是對方自願的呢？」

蕭如海苦笑：「即便是自願犧牲，我等去讚美他的這種做法，又和吃人的野獸有何區別呢？無論是奉勸犧牲，還是讚美無意義的犧牲，都是『惡』，自是違背了『義』和『真』，不該為之。」

「現在可沒有讓你說大道理的時間了，長然。」

李元貞淡淡地回了一句，轉身離去。

蕭如海望著李元貞的背影，心中不禁泛起些許感慨。想來他的輩分高於玄宗皇帝，可身為皇室，他卻從未頤指氣使；而身為臣子，他始終忠心耿耿，行事縝密，在朝中的地位與威望都十分穩固。

但是，這樣一個幾乎可以說是毫無破綻的人，為什麼要主動接下尋回黃金東珠這樁燙手山芋的事呢？任誰都知道，那群突厥人如狼似虎，但凡與他們沾染上半點關係，都難全身而退。

還是說，李元貞是為了與準兒媳在日後建立和睦關係，才領了此差？

不！他絕非那般小家子氣的為人，搭上名譽來辦這件事，一定是有他的心思。對了……蕭如海恍然間想起，朝臣魏徹曾是受到康王提拔才有今日，也許康王是企圖利用此事，來給魏徹大顯身手的機會？

但很快蕭如海就搖頭否決，他不信康王會對位階低於自己的人有著情義，都是為天子做事，哪來那麼多個人感情。然而，一想到在與玄宗皇帝稟告之際，李元貞處處針對沈勝衣，便是急不可耐地想要將其置於死地。那對他而言，又有何好處？以沈勝衣的身分，斷然是不可能會入他康王的眼，便無得罪之說。思及此，蕭如海竟覺得此事頭疼得很，已是不在他的控制範圍內了。

　　「索義雄死，黃金東珠遺失……」蕭如海喃喃自語，「除此之外，還有新科狀元被殺、名妓死於獄中，這些幾乎都是在近幾日接連發生的。」難道說，每一件事都不是巧合？而是彼此之間有著不為人知的聯結？

　　可為何，偏偏要選中沈勝衣呢？

　　蕭如海快速地在腦海裡搜尋著具備資質的金吾衛，南衙裡比沈勝衣能力突出的人也不算少，必然不是沖著金吾衛府衙來的。

　　再回想當日，新科狀元死在青樓裡的時候，在場的人……是否有沈勝衣？蕭如海想到這裡，越發心緒煩亂，等意識到的時候，自己已然來到了朱雀門。忽見南衙的金吾衛在巡視，其中有一人經常跟著他當差，他高聲喊了那人名字，然後與之耳語幾句。

　　對方臉色逐漸變化，悄聲詢問蕭如海：「只一夜時間？」

　　蕭如海嚴肅地點點頭：「子時來報告與我。」

　　那人領命，找到自己的馬騎了上去，一路疾馳而去，直奔延福坊。

第五章

　　沈勝衣驚醒時，才發現身處在南衙的地牢之中。他恍惚中動了動身形，拴住他手腳的枷鎖，發出清脆空靈的金屬聲響，爬起後，見自己腰腹上的傷口已得到了包紮，再無血跡滲出，想來他已是在這地牢裡昏睡了至少有一個晝夜了。

　　而窗櫺之外是寂寥夜幕，從星辰的高低能分辨得出，此刻應是酉時。他低頭去看，乾草堆上放著一碗肉湯、幾塊酥糕，早已經涼透了。他仍覺得身子有些發熱，大概是高燒未退，連饑餓也感受不到，自是不願去吃。

　　這會兒，有窸窸窣窣的腳步聲傳來，沈勝衣有些神智迷糊地轉頭去看，牢門外來了一個老吏，是在這獄中當差數年的來者，此前也與沈勝衣在押送犯人時打過交道。

　　「薛老？」沈勝衣有些困惑，似是不懂老者前來的目的，畢竟在這種節骨眼，即便是昔日裡交情甚好的同僚，都避他如瘟疫。

　　薛老端著熱氣騰騰的飯食，笑著同守在門旁的牢頭道：「麻煩牢頭把門打開，我給重犯送吃食。」

　　牢頭也知到了吃飯時間，更何況薛老在獄中盡職多年，雖無官職，但因為人忠厚而頗有威望，即便是長官們，都要對其禮讓三分。於是便掏出鑰匙，打開了牢門，在薛老進去之後，又轉手鎖上。

　　薛老走進牢裡，將盤子放到沈勝衣的面前，然後俯身檢查起他那些被處理包紮過的傷口，確認皮肉傷勢沒有惡化後，薛老才嘆道：「幸好你身強力壯，再加上用上好的藥材敷了傷口，才能讓你熬過一晚。索性是撿回了性命，接下來只需傷口自行癒合了。」

　　沈勝衣聽著薛老的這番話，不禁愣了愣，很快便明晰：「薛老，是你幫我處理了傷口？」

　　薛老倒也不隱瞞，悄聲道：「我哪裡有那個膽子，即便你曾搭救過我性命，但這般生死關頭，我也是不敢違背上頭命令來顧你死活的。」

　　沈勝衣自然明白其中道理，他聽到薛老湊近他耳邊，小聲謹慎地告知：「其實，是南衙上級派我來為你治傷，還特賜了一瓶好藥，大抵是不

想讓你就這麼含冤而死。」

　　沈勝衣聞言，微微蹙眉，心中暗自猜測，免死是假，看管是真。但也能就此寬心幾分，畢竟留下他的性命，也就代表這個案子還需審個水落石出，他也就有了一線生機。

　　只是，索義雄遇刺一事確有蹊蹺，但即便是有人要借機陷害於他，也實在猜不出理由，他不過是金吾衛衙門裡的小小螻蟻，又如何能惹到驚天動地的人物呢？

　　可眼下身處牢獄，經歷了那萬丈烈焰般的私刑，實在令他苦不堪言，他自然再不想體會那絕望痛楚，就算他年輕，能苦捱下來，怕是再進行一輪，他便不是此刻的完好模樣了。

　　思及此，他極為感激地對薛老道：「我今日還能得以苟延殘喘，多虧薛老救命之恩，勝衣沒齒難忘。」

　　薛老笑得憨厚，蒼老的褶皺因笑意而在臉頰上溢出幾道漣漪，他將肉湯端給沈勝衣，說道：「當年若是沒有你，我這把老骨頭也早就歸西去了，況且我今日只是幫你治了治傷，也不是打緊事，快別見外了。你把飯吃下，身子骨也能快些康復。」

　　沈勝衣聞到熱騰的香味，頓時有了餓意，他捧過湯碗，頷首笑笑，便吃了起來。溫潤的濃湯配著軟嫩的羊肉，從咽喉滑下去，沈勝衣的饑腸轆轆得以被喚醒，他心滿意足地從胸膛裡吐出一口氣，極為享受地閉上眼，咀嚼口中的食物。

　　四周很安靜，幾乎聽不到牢門外的聲音，渾厚的肉香飄散在鋪滿乾草的牢房裡，在狹窄潮濕的陰暗中，散出雲流龍行的煙跡。這片刻的寧靜，已是來之不易，可沈勝衣的心情，並沒有因此而好轉。他想起自己那還不知情的師叔李遇客，想來他已經有兩整日未歸，既沒口信也無留話，雖然從前也曾因巡街而長久作差，但總會託人捎句話給師叔。

　　如今被困在這牢獄中，又不能連累旁人，他知師叔必定會擔憂於他。若是師叔耐不住性子，前來金吾衛府衙稍一打聽，便會得知他陷入了麻煩之中。

　　不！也是未必。

　　搞不好會被金吾衛那群人刻意隱瞞，畢竟此事還未有定數，自是不能

過於聲張。如此說來，他師叔恐怕都無法得知他眼下的境地了。

　　沈勝衣不由得嘆了口氣，想著也好，即便知曉了，也是徒勞，師叔又無神通，還是免他白白焦急得好。只不過，那種撕裂心扉的刑罰，沈勝衣可實在是不願再承受第二回了。

　　「薛老。」沈勝衣放下手中湯碗，揉了揉發疼的太陽穴，一張口，只覺舌尖苦澀無比，「你也認為是我殺死了索義雄嗎？」

　　薛老似乎從未懷疑過沈勝衣的為人，只平和道：「自打你十一歲那年進了金吾衛，我便看著你長大。即便旁人不瞭解你，我又怎會不瞭解呢？」

　　沈勝衣略垂下眼睫，喃喃自語般：「然而，我自己都不清楚我自己的為人……」

　　「胡說！」薛老嗔道，「你這小郎君比誰都要重視道義，就憑這一點，他們就不該懷疑你。」

　　道義。

　　這二字在這般光景下的襯托下，反倒顯得極為荒唐了。即便上頭決定將他無罪釋放，他也還是會被困在這樁詭異的案件中。真凶一日未見，他便一日難安，可到了最後，無人能將真凶揪出的時刻，他到底還是要被當作替罪羔羊了結此案。

　　一想到這裡，沈勝衣越發覺得胸口煩悶。忽然間，感到所有的一切都讓他看不順眼，無論是這牢獄還是一牆之隔的金吾衛府衙，抑或是駐守在大門旁的同僚，都讓他感到既偽善又可憎。難道曾經的手足之情，都是虛無縹緲的假情假意不成？患難之時，就沒人願意為他站出來說句公道話，實在是可悲可嘆。

　　「唯獨薛老你還肯信任我。」沈勝衣倍感悵然，感激之餘，也不願為薛老徒增麻煩，便催促他：「此處不宜久留，薛老還是請回吧！您的恩情，我是絕不會忘記的。」

　　薛老拍了拍他肩膀，整理好湯碗放到木盤子上面，然後端著起身。走出牢房時，牢頭詢問道：「薛老你平日裡睡得早，都這會兒光景了，該準備就寢了吧？」

　　薛老笑了笑：「還沒忙完活哩！廚房那邊還有著碗碟等我去收

拾呢！」

　　牢頭們也跟著聊了幾句，薛老餘光瞥見牢裡的沈勝衣昏昏睡去後，他才動身去後廚。倒也不是非要操心沈勝衣的安危，只是他想到自己無親無故，膝下又無子孫後代，沈勝衣那般大小，剛好是他孫兒的年紀，再加上多年前被其搭救，他便總是會對沈勝衣多出一份關懷，私心認定了他不會害死同僚，所以才竭盡全力去幫襯。

　　「唉！」薛老提著燈籠，走在後園小路上唉聲嘆氣，「可惜我薛老頭沒得用處，既非官吏，又無靠山，即便是幫，也無非是綿薄之力而已。」

　　這會兒快到戌時了，薛老順著小路一直走到盡頭，就到了南衙後廚。早些年前，這裡只是一個光禿禿的高坡，由於這頭的金吾衛總要奔赴總部就餐，實在麻煩，就改設出了這麼一個廚房。可惜四周缺少草木遮陽，每每忙活中午飯的時候，都會悶熱難忍，只怕還是要擇日改進一番才行。

　　薛老推開柵欄門，將燈籠掛到樹丫上，轉身看見守在前頭大門處的兩個金吾衛，其中一個打了個酒嗝，倒是一臉無所謂。薛老低回眼睛，關上了柵欄門，走進廚房，水槽裡堆滿了還未清洗的湯碗、銀筷，負責清洗的小吏最近忙著娶媳婦，薛老好心，就在他休假的這幾日替他做工。

　　「哼！等他回來之後，可要好好給我這老頭子捶背按肩才是。」薛老一邊咕噥著，一邊挽起袖子準備做事。

　　可忽然間，他耳朵一動，聽到身後的窗外傳來咕咕聲。

　　是他養在後院的五隻土雞。但是，日落時分牠們就會縮進窩裡酣睡，這般時刻怎會聲響？薛老也是身在金吾衛府衙中多年的人，自是有著尋常百姓不會具備的機敏。他知事有蹊蹺，便立即貓下腰，小心翼翼地順著牆根，輕手輕腳地走到了窗旁。

　　後院除了雞窩和籬笆，還有一棵巨大的彷彿可以遮天蔽日的槐樹。由於還未到花期，那粗壯的樹枝上，只有稀疏的一層嫩芽長出，反而是枯樹枝條重疊懸垂，夜風一吹，倒也有淡淡的樹皮清香四散而來。

　　然而這其中，竟還夾雜了一絲陌生的氣味。不是金吾衛身上常年攜帶的木香味兒，薛老煽動鼻翼，深嗅了嗅，有輕薄且貴重的脂粉香散在風裡，薛老從未聞到過類似的味道。他心中疑慮重重，將手掌探到窗櫺上按住，然後悄悄地探出雙眼，定睛一看，樹下站著兩個身影，其中一個穿著

黑衣、頭戴斗笠，幾乎與深不見底的夜色融為一體。

薛老緊皺眉頭，心想已是宵禁時分，竟還有府衙之外的人出沒此處，必定來者不善。再瞇眼去看另一人，對方自是為了掩人耳目躲去了樹後，所以從薛老的角度來看，也只能看到他那一雙染了泥土的烏皂靴。靴子的樣式倒是很熟悉，是金吾衛終年常穿的。薛老立即明白，金吾衛裡有內鬼。

「你是說，那沈氏的性命還在？」黑衣人斗笠下的帷紗輕晃了幾下，似是抬起了頭。

那個回答他的聲音刻意避開了名諱，但恭敬的態度也洩露出幾分蛛絲馬跡：「是上頭的意思，必要將此案審得水落石出，沈勝衣始終不肯招供，現下也無法強逼於他。」

「你們這些人，真是死腦筋！」黑衣人的語氣極為輕蔑，但也不惱，反而是有條不紊地說道：「他現在是在你們手上，要怎麼處置，自當隨你們。更何況這偌大的金吾衛府衙，想要點計謀處理掉一個身在牢獄的重犯，又如何算是難事呢？」

「您的意思是……」

「殺人不見血。」黑衣人從袖中取出一個袖珍小瓶遞了過去。

薛老不由大驚失色，那小瓶翠綠如林，怕是裝著劇毒。

果然，黑衣人說道：「只此一滴，足以命喪黃泉。」

樹後的人卻心有餘悸，略顯不安道：「可府衙之中人多眼雜，貿然做此行徑，怕是不妥。」

「有何不妥？」黑衣人嗤笑一聲：「旁人只會認為沈氏是畏罪自殺罷了，此案一了，再無後患。」

那樹後的人似是陷入了畏難之中，但很快，他突然低聲道：「不好！有人！」

薛老嚇了一跳，竟以為是自己被發現了，剛想要貓下腰去，卻看到一道身影飛速奔來，手中短刀扔出，冷銳銀光撕裂夜幕，一刀刺向黑衣人左臂。幸虧黑衣人躲閃敏捷，刀刃只劃傷了他的皮肉，並未傷及筋骨。但來者動作狠絕，全然不留餘地的又是一刀刺來，黑衣人不得不向後一躍，退開丈餘。

樹後之人藉此機會匆匆逃走，來者欲去追趕，向前跑出幾步，整個人暴露在月光之下，窗後的薛老看清了他容貌，正是北衙長官蕭如海。可沒等他追出五步，黑衣人就為了掩護逃跑之人，而攔住了蕭如海去路。

　　蕭如海震怒，雙手從腰間拔出雙刀，反手而握，跳去樹幹借力，縱身躍起，刀刃再度朝黑衣人砍去。

　　黑衣人見他身手沉穩老辣，武功的確是在自己之上，便使出陰招，從袖間飛出兩根細針，針頭有毒，直奔蕭如海額心飛去。蕭如海眼神一凜，側身避開，橫刀擋胸，幾乎是瞬間衝到了黑衣人面前，刀口向外，只需輕輕一挑，就可以撩開黑衣人帷帽下的面紗。

　　「我倒要看看你這見不得人的遮布下頭，是何等的尊貴姿容。」蕭如海這話音剛落，黑衣人卻以身試險般地向右一閃，刀口錯開，劃破了他胸襟，刀刃極利，頃刻間皮開肉綻，一道血口染紅衣衫，那人啐了一聲。緊接著，蕭如海右掌伸出，再度試圖掀開黑衣人面紗。

　　這接連的招數令黑衣人招架不住，只得翻掌相迎，「啪！」的一聲，兩人對了一掌。蕭如海的掌力顯然略勝一籌，那一掌令黑衣人身子一晃，幾乎癱倒在地。且說蕭如海並未使出全力，當真鬥起來的話，許是片刻便能取勝。可緊要關頭，牆外忽然傳來一聲尖銳的口哨，蕭如海略一分神，那自知不是蕭如海對手的黑衣人抓住空檔，立即飛躍牆頭，逃之夭夭了。

　　此時，聞聲趕來了數名金吾衛，他們欲去追趕，卻被蕭如海攔住道：「窮寇莫追。」

　　聚在一處的金吾衛們只得憤憤道：「真是吃了豹子膽的黑衣人，竟膽敢擅闖金吾衛府衙！」

　　「要是被我抓住他，必要將他捉拿入獄！」

　　「還是要嚴守後院才行，今晚再增設二人。」

　　蕭如海並未在意部下們的議論，他望著黑衣人消失的那堵高牆，似乎能聽到有馬蹄聲漸行漸遠，看來是有備而來。蕭如海緊緊地握住了雙拳，卻不知來者目的何在，方才未能見到對方的廬山真面目，實在可惜。可蕭如海心中隱隱意識到，此事必是和沈勝衣相關，難道說……當真是有人巴不得沈勝衣快點死？

　　蕭如海想起被自己派去延福坊的部下，不由嘆道，一切，也唯有到明

日一早，才能得知蛛絲馬跡。

　　而這會兒躲在廚房窗下的薛老，已是驚出了一身冷汗，他內心萬般撕扯，不知是否該將自己偷聽到的黑衣人對話告知蕭如海。然而，一想到金吾衛對沈勝衣使出的酷刑，薛老又怕他們會借此機會，直接要了沈勝衣的命。

　　左思右想之際，薛老的汗水順著鼻尖滴落而下，直到院後的金吾衛們暫且離去之後，他才踉踉蹌蹌地朝外頭走去。倒也來不及再去多想，更不敢耽擱時間，薛老快步回去了牢獄，找了個藉口，說服牢頭打開沈勝衣的牢房，進去房裡之後，薛老不由分說地喊醒了昏睡之中的沈勝衣。

　　沈勝衣迷迷糊糊地爬起身，恍惚地聽著薛老將事情的來龍去脈同他一一道來，他的表情也瞬息萬變，到了最後，他已經面露怒色，甚至忘記了還有牢頭守在外面，竟一拳砸到牆上，咒罵道：「狗屁朝廷！」

　　薛老嚇了一跳，立即去循望牢頭，索性沒聽見，薛老這才鬆了一口氣，悄聲勸沈勝衣道：「你休要聲張，這可不是能被旁人聽去的事！」

　　沈勝衣慢慢平靜下來，他緊皺眉頭，歉意道：「是我不對，薛老，我剛剛衝動了。」

　　薛老將聲音壓得更低了一些：「這眼下，即便你再如何憤怒，也要裝作若無其事才行。更何況，我也只是懷疑那黑衣人是宮中來的，卻沒證據，便是不能將怒火牽涉到朝廷頭上。」

　　沈勝衣卻冷哼道：「除了朝廷中人，還有誰敢在宵禁時刻擅闖金吾衛府衙？更別說是金吾衛中有接應之人，就算是長官們，也都要聽從朝廷指揮。起初我就覺得事有蹊蹺，好端端的，索義雄怎麼會遇刺呢？又怎會偏生是被我發現？若這是個圈套，被請入甕中的弱小螻蟻，又如何能夠得知？」

　　薛老聞言，也是嘆息一聲：「身為平民草芥，本就低人一等，除了任由擺布，再別無他路。」

　　沈勝衣卻不信邪：「這是歪理，更不能妄自菲薄。即便是王侯將相，也不能草菅人命。我本就是遭人誣陷，何罪之有？若不能還我清白，怎能配得上為人官者的名望？終究是為了屈打成招，並無人打算查明真相。而這些做派，只能算是朝廷故技重施。」

說到這裡，沈勝衣忽又露出一個諷刺的笑容：「想當年，我義父出征阿史那，本是為朝廷效力，在最後也慘遭殺害，而朝廷又是怎樣善後的呢？他們並未追封義父的功勳，僅僅是以禮厚葬，但卻沒有問罪阿史那部落。有義父的部下想為義父鳴不平，可得到的也只是敷衍搪塞，最後竟不敢再有人提及此事，只因朝廷下令：問者斬。」

薛老聽了這話，垂下頭，一時也不知該如何勸說，他知沈勝衣年輕氣盛，斷然不能咽下這平白無故的不公。尤其，是含冤的替罪羔羊。

而在這牢獄中再待下去，沈勝衣也將是朝不保夕，或許，如今就是他老頭子償還恩情的時候了。

「既然你已知今後險惡，莫不如，自救吧！」薛老提議。

沈勝衣雙瞳不由得一凜：「薛老言下之意……」

「我老頭子沒有別的本事，幫不上你太多，但傳個話、捎個信兒這種事，我自是可以做得到。」

沈勝衣的表情沉了沉，下意識地想要否決，可一想到朝廷使的這些勾當伎倆，心中憤怒越深，他咬住牙關，半晌之後才道：「我不能讓薛老為了我而去冒生命危險。」

「你這是不信我了。」薛老嘆氣。

沈勝衣急忙道：「當然不是，我只是不想連累薛老。為我這種重犯傳信兒，一旦被金吾衛得知，必是死罪，我已是岌岌可危，何苦再將薛老拖進這渾水裡頭。」

薛老卻正色且堅定道：「若你當真是清白的，他們又怎會處死我？只要你能證明你是被冤枉的，我這份捨命相助才值得。」

聽聞這話的沈勝衣躊躇了片刻，然後，他的目光越過牢獄鐵門，彷彿能看到一望無際的地獄深淵。而他，也僅有這一次機會而已。

「薛老的大恩大德，我一定不會辜負。」沈勝衣重新抬起頭，他眼裡亮起了希望的光。

薛老徐徐展開的笑容慈祥而包容，他探出手去，悄然接過了沈勝衣遞來的信物。而後，沈勝衣又在薛老的手掌裡緩慢地寫了幾個字，薛老點點頭，用心牢記下來。

亥時初，永興坊，沈家。

李遇客凝視著掌中的紅穗銀玉，是沈勝衣自幼便戴在身上的。師姐總說銀器可避邪，玉又擅養人，就託胡人那邊極有名的工匠師父，打出了這麼一塊獨一無二的銀玉。

見物如見人，李遇客握緊手掌，攥住那銀玉，抬頭的時候對薛老表示感激：「多謝您老連夜到此，快請用茶一杯，是我剛剛新煮的，溫熱正好。」

薛老也覺得渴了，就坐下來喝茶，期間打量了幾眼李遇客，倒也十分年輕，似乎只比沈勝衣年長個三、四歲，如果不是他穿著一身素淡的灰衣，可能還要更加年輕點。容貌自是極為文雅，在薛老剛敲開沈家門進來時，這年輕郎君的手裡還捧著一簸箕蘿蔔。看來沈家的家僕也有幾分氣韻，可見並非尋常小戶。

但想到尚在牢獄之中的沈勝衣，此刻正處於生死攸關，薛老也無心喝茶了，他長嘆一聲道：「這位郎君，麻煩你去請沈家的李遇客李郎君來，我老頭子有要事告知。」

李遇客坐到薛老對面：「我就是李遇客。」

薛老略有驚訝，心想沈勝衣當時在他掌心寫的是「尋我師叔，俠李遇客」，既然是俠，必定是風度翩翩、英姿綽約之人，便也沒想到會是眼前這般看似平平無奇……

薛老咳了一聲，自覺不能耽擱時間，就道：「是我人老了，眼拙，竟沒料想到你便是我要託信之人。」

李遇客將銀玉放到桌案上，不疾不徐地回道：「其實您老方才將這信物交給我時，我便已經有幾分了然，想必是我師侄出了些許差池吧？」

薛老立即一五一十地傾吐而出，連同黑衣人企圖毒殺沈勝衣的事情，也一併交代了。

可李遇客沒有流露出過度驚訝，他微微瞇著眼，似乎在思考著什麼，然後點了點頭：「多謝您老冒死傳信，在下更為了然了。」

薛老充滿疑慮地皺了皺眉，像是在問：「你對此不感到震驚嗎？」

李遇客察覺到他的眼神，平和地說道：「即便你我都知他是遭人陷害，可若是朝廷想要他的腦袋，神仙也是束手無策。如果註定難逃一死的話，莫不如……」話到此處，他停住了。

薛老更為茫然，李遇客卻在這時起身送道：「已經這般時候了，您老還是離開此處的好，以免被不必要的人察覺端倪。」

薛老支吾了一聲，臨走前十分擔憂地問他：「李郎君，你可是他的師叔，也只有你才能想法子救他了。事不宜遲，夜長夢多啊！」

李遇客的溫和神情仍舊是平靜無波，送走了薛老之後，他重新回到自己房中，再次拿起那塊樣式小巧精緻的銀玉，回想起的卻是不久之前，魏徹的「邀約」。

「看來⋯⋯事情絕非我所想的那般簡單了。」李遇客握緊銀玉，眼神變得陰沉，那份彷彿凝固在面容上的淡淡笑意也隨之不見，取而代之的是一種狠戾的決絕。

他知道，沈勝衣的遭遇絕非偶然。

子時，長安縣，大明宮。

身穿鎧甲的城門郎，兀自地打了一個哈欠，絲毫沒有注意到那悄悄來到宮牆外頭，趁機逾牆而入的蒙面之人。

李遇客落在地面上的時候，踩到了一顆石子，一聲「啪」的輕響，令他有片刻不敢輕舉妄動。

皇宮內院極靜，自是不想驚擾夜巡衛領，李遇客又將遮擋的面紗向上提了提，確認四周安全後，便順著牆根朝內宮跑去。

憑他對魏徹的瞭解，這般時刻，那位一心求榮的文臣，必定會早早來到大明宮為等候早朝會做準備。即便眼下早了些時辰，李遇客守株待兔，也定會在半個時辰之後等到魏徹現身。屆時，他要以沈勝衣一事做要脅，來從魏徹那裡得些好處，畢竟若不盡快將沈勝衣救出，他那倒楣的師侄必定會凶多吉少。

師姐只有這麼一個獨子，又託付給他，斷然是要護他周全的，哪怕李遇客早就厭煩了江湖與朝廷。思及此，李遇客堅定眼神，他縱身跳上牆頭，觀察了一下內宮的路線。

有一行數人穿過花園，走在前頭的領事宮女挑著一盞宮燈，身後身著粉衫的數名宮女，則是每人提著一盞輕紗燈籠。一直等她們從花園走遠，李遇客才動作俐落地跳到牆下。

然而，身側屋頂忽然傳來細碎的瓦礫之聲，隨著磚瓦的挪動，一縷月

光漏入眼裡，李遇客隱隱看到一方弩機從房頂探出來。

只聽「嗖嗖」兩聲，一排箭矢便死死地釘在了他的腳邊。

竟有人得知他在此處！

李遇客立即藏身到樹後，他腦內快速飛轉起來——雖說他在來時就已做好了有去無回的覺悟，那至少也是要與魏徹交頭之後。更何況，他倒也沒想過這麼一會兒就被人發現，是御林軍還是千牛衛？不！他們能這麼快察覺到他，就說明早已布好了局，只等他來自投羅網罷了。

難道說……此事真和朝廷有關？想要殺害沈勝衣的人，連同其身邊的一切可能性，都要抹去不成？李遇客謹慎地露出頭往樹後看，外面黑漆漆的，勉強能看到房頂上的幾個人跳了下來，正在朝這邊移動。

兩個在前頭，四個在後，最後面還有兩個人。

一共八人。

李遇客回過頭，背脊緊緊地貼在樹上。他心下一沉——前頭那兩人的手裡拿著弓弩，必定是想要在無聲無息之中將他置之死地的。刀劍會有聲響，極易引人注意，弓箭卻不同了，穿心斷命，只需一箭，且無聲無息。

如此看來，的確是準備充分了。最能證明李遇客想法的，便是那幾人都蒙著面，倒是像極了朝廷的做派。

謹慎的腳步聲越發接近，李遇客蹙緊眉頭。嗯，來了！敵人已經到了樹後，並與李遇客近在咫尺，可敵人卻對此毫無察覺。待到他意識到危機時，李遇客已如幽冥一般從樹後衝出，抬手握拳，猛力一擊此人後頸，那人連驚呼都未曾發出，便直挺挺倒了下去。

李遇客飛速轉身，拾起掉在地上的弓弩，朝後方四人射出箭矢，血濺當場，有兩人中箭，另外幾人則疏散隊形，低喝道：「散開！」

就在剩餘五人試圖重新調整進攻方式時，李遇客忽然聞到了一股刺鼻的味道，這味道他很熟悉——是火油氣味。

李遇客皺起眉，似乎意識了某種陰謀，但根本容不得他思考，就有三名蒙面兵殺了過來。這一次，他們到底還是抽出了腰間佩劍，近距離相搏的確要依靠利刃。中間的蒙面兵持劍一揮，另外兩名忽地向兩側分開，於是就以三角形的陣勢將李遇客圍住，刀尖青光閃爍。

李遇客低笑一聲，面罩下的聲音略顯含糊：「各位既是衝著在下來

的，便不必擺出這等大陣仗，在下無名小卒，無須如此看重。」

中間的蒙面兵微一遲疑，刀尖稍稍垂下，李遇客抓住了時機，猛地迴旋一劈，結果卻被對方接住，又用力反擊，李遇客急忙倒退。那蒙面兵踏步前來，不由分說地再揮出一劍，李遇客連連退後，而另外兩名蒙面兵趁勢從他背後夾擊，李遇客察覺到不妙，只得縱身一躍，騰於空中，踏在三人劍身上飛到旁處，可早就在此等候的另兩名蒙面兵，根本不給他喘息機會，持劍砍來。

李遇客雖惱，腳下避讓的步子倒也不見慌亂，他靈巧的左躲右閃，避開了幾招，靠近宮牆時，他已無路可退，而眼前的五名蒙面兵看出局勢定數，便稍稍放鬆了幾分。走向他時，聽到他再道：「幾位劍法一齊，又在方才預判了我的所有招式，定是熟識各大江湖門派的俠客，怎會偏要為朝廷賣命？」

五人不與他多話，在距離他僅有一尺時握住劍柄，劈掃過來。李遇客騰空踏牆，按住其中一名蒙面兵的頭顱，翻騰向後，落到他們的後方。幾人回過身來，不知疲倦地再次將他團團圍住。李遇客知道這樣只退不攻不是辦法，但這幾人很瞭解他出招的方式，即便接下來再如何過招，也還是會被一一拆解。打來打去，很難見出分曉，反倒是拖到最後沒了體力，他必將寡不敵眾、凶多吉少了。

略微思忖了一瞬，李遇客便有了成算，只見他刻意在左躲右擋中，逐漸調整著自己與另外四名蒙面兵的相對位置，待最左側一柄刀揮過去之後，他突然偏身，衝上前去，一把抓住了那蒙面兵的手腕。近旁兩人見此，微亂了陣腳，不約而同衝出，用手中的劍劈向李遇客。

李遇客眼中閃過一絲冷銳的寒光，他突然鬆了手，向後一閃，只聽「匡噹」撞擊的巨響發出，三把利劍撞在一起，那力道皆是大得驚人，震得三個蒙面兵都脫了手，「噹啷啷」幾聲掉落在地。

李遇客得了機會，倒也不意氣用事，只管轉身就逃，身後的蒙面兵忽然大喝道：「追！別讓他跑了！」

李遇客見狀，自是知曉今夜無法找到魏徵了，不如前去金吾衛南衙探望沈勝衣再做打算，便翻越了大明宮宮牆，直奔南衙而去。

哪想到那五名陰魂不散的蒙面兵也飛奔追來，其中一個蒙面兵因腳程

不敵李遇客，竟心急如焚地重拿弓弩，對準李遇客就是一箭射出。好在李遇客察覺到身後危險，敏捷地側身，那一箭與他擦肩而過，重重地射在了旁頭的樹幹上。

蒙面兵又要上箭，身旁人卻一把奪過他的弓弩，斥責道：「要活口！先從他身上找出碎紙才行！」

這話驚醒了李遇客。心驚的同時也恍然大悟──原來他們是衝著沈勝衣意外得到的密函碎片而來的！

沈勝衣也是因此才惹上了殺身之禍，李遇客這下心裡算是明白了幾分。

就在李遇客到了大明宮城門前，忽見一抹杏色身影欲上馬車，那車輦是王室的，刻著的印看著像是王家的。說來也奇怪，這般時候，大家閨秀又怎會鬼鬼祟祟的外出？可管不了那麼多，李遇客只遇這是天賜良機。他加快腳步，向那輛車輦疾衝過去。蒙面兵察覺到他的意圖，慌忙對車輦旁的侍女大喊：「快上車！有刺客！」

然而為時已晚，車輦旁的杏色身影與其侍女皆是茫然，等到回過身後，李遇客已抓住那身穿杏色襦裙女子的肩頭，左臂只一挾，那女子被他扼住喉嚨，根本動彈不得。

侍女見狀，驚懼大喊：「王妃！」

呵！難怪那車輦印章熟悉得很，竟是舒王的準王妃王汝，真算是被他挾到寶了。李遇客對王汝低聲說：「你叫他們退去，否則當場要你的命。」

王汝雖怕，但也沒被嚇破膽，她能感到他冰冷如風般的刀尖就抵在她腰間，只好無奈道：「你們退開。」

可蒙面兵見準王妃被挾，一心想要上前來救，李遇客掐在王汝喉間的力度又加重了些，王汝立刻露出痛苦的神情，蒙面兵不敢輕舉妄動，只好緩緩向後退去。

侍女又氣又怕地指著李遇客道：「你……你可知所挾為何人？也不怕被亂箭射死嗎？」

李遇客嗤笑一聲，竟命令那侍女：「上車，要車夫把馬匹調頭。」

侍女還想怒喝，王汝卻對她使了個眼色，示意她乖乖照做。無奈之

下，侍女只好執行了李遇客的要求，等到車輦調了頭，李遇客挾著王汝一併上了車輦，並令車夫驅馬出宮。

　　車夫不敢不從，即刻駕馬離去，剩下那五名蒙面兵打量了一番他們離去的方向，立即明瞭道：「看那方向，定是要去金吾衛南衙。」

　　「果然是為了營救那沈氏。」

　　「接下來該怎麼辦？」

　　「上馬，追！」

　　車輪快如風行，顛簸使得車內的王汝極具不適。侍女擔憂她，試圖請求李遇客放了她們，李遇客充耳不聞，被問急了，就揚言要殺了侍女。

　　侍女不敢再多嘴，王汝也始終沉默著，只是，她偶爾會透過車簾去打量外面光景，李遇客察覺到她的神情，總覺得她表現出的鎮定，和尋常女子不太相似。

　　而究竟有何不同之處，卻又說不上來。

第六章

子時，延福坊。

月皎星明，甜香浮動。天剛剛有些暗下來，此處雖不比平康坊內繁華熱鬧，可這坊間街角盡頭的湘錦院裡，也自是一派花影風動、玉宇瓊樓的景象。

院門口兩側的槐花樹上，掛著豔紅的薄紗燈籠，影影綽綽地倒映在水面之上，妖冶之中透露出一股子氤氳氣韻，著實蠱惑人心，一時不知是人間還是夢境。臨水的小亭之中，歌女們齊聲歌唱，近水而發的歌聲，比絲竹更為清越。平臺之上，十幾名身著裸露衣裙的舞姬正連袂結袖，翩翩起舞。霓裳霞帔，飾珠佩玉，華彩遍生。

蕭如海身著常服，負手站在結伴而來的人群中，聽著風送而來的嬉笑與舞曲，抬頭打量著木匾上「湘錦院」的大字，不覺間瞇起眼。

而平臺上頭舞著的《綠腰》，已進入高潮迭起的精妙之處，蕭如海隨著人群進了院堂之內，水榭內外隔開一層竹簾，竹簾內又一層紗簾，看臺上的舞姿也是遠遠的，如霧裡看花。

鴇母見蕭如海是個生面孔，立即帶著兩個花娘迎上來，滿臉堆笑地邀著：「這位郎君是位生客啊，快裡邊請吧，空餘雅間可不多了呢！」接著又朝二樓揚起手中絹帕：「貴客一位，備好酒水！」

蕭如海雖厭極了這些庸脂俗粉的氣味，但為了查明部下所偵查到的情況是否屬實，便也硬著頭皮被拖拽似地拉進了二樓的雅間。

一群女人圍著他斟酒，七嘴八舌地諂媚獻好。還有花娘非要餵他吃一顆葡萄，蕭如海略覺尷尬，當即黑下臉來。花娘才不理會他擺臉色，只管繼續將纖纖玉指中的葡萄餵給他，蕭如海無可奈何，只好低頭吃進嘴裡。

這下可好，一石激起千層浪一般，花娘們興高采烈地蜂擁而上，爭搶著要餵蕭如海吃別的小食。還有花娘毫不掩飾自己的愛慕，心直口快道：「郎君生得一副好皮相，風姿出眾，儀表堂堂，足以令萬千女子為郎君心折了！」

另一個花娘擠兌道：「你方才對李郎君也是這麼說的，昨天對周郎君

也說了同樣的話，可憐了你的那顆玲瓏心，日日都要折碎個千百回呢！」

那花娘被揶揄地紅了臉，兩人就當著蕭如海的面吵了起來，一時爭得面紅耳赤、花容失色。

蕭如海得了空，心想要盡快尋到部下所說那人才是，正在凝神之際，雅間外頭忽然傳來眾人的驚呼聲。他越過還在爭執的花娘，走到門旁向下一看，原來臺上所有舞姬都已退去，唯有當中一個彩繡輝煌的女子，正在縱情旋轉，曼妙舞姿如流風回雪，顧盼生姿。遍身輕紗羅綺飄舞，流蘇如雲，襯著她的絕倫面容，如同天宮仙子，令人驚歎不已。

堂內一眾看客都看得入迷，而樓上的蕭如海則是蹙起了眉。恰逢此時，雅間裡的花娘跑出來纏上他，笑意盈盈地要拉他回屋飲酒作樂，蕭如海抽出手臂，指著樓下女子問：「那領舞之人是誰？」

花娘瞥了一眼，略有不屑道：「還能是誰？就是那個從平康坊過來這邊的舞姬嘛！也有人說她是個胡人。總之，她是之前死了的頭牌的好姐妹，自打來了這裡，可算是接替了頭牌的位置，遠比她在平康坊那頭得意多了。」

蕭如海順勢問道：「之前的頭牌？你說的是那個曉荷？」

「郎君也知道曉荷呀？看來曉荷的確是名聲在外，連你這種不常來煙花之地的正人君子都對她有所耳聞，她在湘錦院的頭牌位置，的確是坐得穩實。」

蕭如海再去望那人群中若隱若現、翩若驚鴻的女子，眉頭皺得越發深了一些。部下所打探到的消息，是頭牌曉荷在青樓中有一交好同行，情同親生姐妹，叫作阿蓮。這女子樣貌標緻，最擅軟舞，對待姐妹也是很講義氣，在曉荷慘死之後，是她揚言要找出害死曉荷的真凶，因她深信曉荷是枉死，定是有人害了曉荷。

花娘還在陰陽怪氣道：「都已經是個徐娘半老之人了，據說還有個私生子，竟還這麼不自重，靠跳豔舞取悅男子，真不害臊。她哪配取代年輕貌美的曉荷做上頭牌？沒人能服！」

蕭如海也沒理會她，只從袖中掏出了一錠金，花娘見狀愣了，卻也沒明白是什麼意思，反倒是還在樓下的鴇母，被這明晃晃的金子閃到了眼，她飛快地爬上樓來，極為諂媚地走到蕭如海身邊詢問：「郎君有何要求？

儘管吩咐。」

蕭如海指了指樓下的女子。

鴇母立即心領神會，接過錠金，遣退其他花娘，承諾即刻就會將人帶上來。

果然不出片刻，等在雅間中的蕭如海就聽到房門被推開，一襲清幽香氣吹來，略顯清冷的聲音在他身後輕輕響起：「小女阿蓮，見過郎君。」

蕭如海並未回身，背對著她靜默半晌，而後才問：「你與曉荷是什麼關係？」

阿蓮一怔，抬起頭，凝望著窗前身影。

「若只是情同姐妹，不足以變賣家當去宮中打探消息、只為得知她死的真相。」蕭如海聲音低沉，他慢慢轉過身，看著三尺之遙的女子，「依我所看，你年紀要比曉荷年長，相貌卻並未輸她，搞不好還要略勝一籌。又都有著胡人血統，就算被旁人猜測是一母同胎，也不足為奇。」

阿蓮背手拉上房門，她眼中有警惕之色，謹慎地詢問：「郎君今日到訪此地，並非是來喝花酒的吧？」

不愧是甘心花費重金買通消息的女子，是個不卑不亢的敏銳角色。蕭如海的語氣中多了幾分賞識意味：「你的確是鋌而走險，可一旦被朝廷查到，你也必將被滅口。值得嗎？」

「原來你是朝廷派來的人。」阿蓮苦笑道：「我倒也料想過會有這一天，只是沒想到會這麼快。」

蕭如海卻道：「我並不是來取你性命的，相反的，我今日特地來此，是打算和你做個交易。」

阿蓮眼裡有困惑，她被蕭如海邀請入座，雖未放下戒備，阿蓮還是照做了。

子時，平康坊，霓裳樓。

此時正值歌舞昇華之際，樓內芳香如雲、絲竹靡靡，滿座皆是賞舞品酒的男客，臺上自是有異域舞孃在揮灑水袖、妖嬈起舞。

樓閣之上的廂房中，戴著面具的白之紹坐在窗旁，手裡搖晃著一盞佳釀，正細品著傳進耳中的琴簫笙管。今夜舞的是《九功》，可那繁音急節

十二遍，舞孃越舞越急，鼓點聲似錦繡在水面旋轉，急如箭雨。

白之紹停住手中搖杯的動作，輕輕地「咦」了一聲。

坐在他對面的幻紗轉身看向他，問道：「怎麼了？」

白之紹若有所思道：「第二把笙篌似有金聲雜音。」

想來《九功》是大型文舞，本是用於皇室慶功而用的，但霓裳樓舞姬眾多，每逢有王孫造訪的日子，都會被欽點此舞。而要奏這樂，也極為繁複，需設有琵琶二、古琴二、笙篌二、瑟一、箏一、阮鹹一等等，班子就要有三十餘人，怕是除去霓裳樓，就只有皇宮才能養起這麼些樂師了。

幻紗是個劍痴，對於舞曲倒缺乏鑽研，自然聽不懂白之紹所說的雜音是為何意，她只回了句：「也許是樂師彈錯了。」

白之紹淡然地笑了笑，他抬頭望向頭頂夜色，月華皎潔，星辰爍爍，唯獨天際盡頭有一塊厚重烏雲緩緩飄來，仿若不祥之兆。

同一時間內，金吾衛南衙，早已埋伏在府衙內的四名蒙面人，見李遇客挾持著一名衣衫華貴的美貌女子進了內院，便心覺錯愕，其中一人伏低了身子，悄聲詢問同伴：「不是說好了只把他一人逼到此處的嗎？怎會多了一個人質？」

對方「嘶」了聲，倒吸了一口涼氣道：「定是那幾人不敵這姓李的，被他鑽了空子。雖說他淡出江湖數年，可到底不是吃素的，只憑咱們這些人，怕不是他的對手。」

「我們分兵兩路藏在此處，不就是為了殺他個措手不及嗎？」

「但他挾持到的可不像是普通人家的閨秀，要是貿然出了差池，事情怕難以收場。」

二人躊躇之際，有同伴驚呼一聲：「不好！他帶著人質進去牢房了！」

蒙面人頓時一驚，心想不出所料，李遇客是要走那破釜沉舟的路子——帶沈勝衣越獄。

怎能讓他在此處得逞！

蒙面人彼此交換眼神，立即從林間起身，在李遇客背對的瞬間，他們端起弓弩射出箭矢！

數十隻黑羽劍嗖嗖射出，直奔李遇客要害。然而，哪料他像是背後突

然長眼了一般，忽然一側身，帶著懷中的準王妃一同摔去了地上。

箭矢全部落空，準王妃花容失色，聽得李遇客對牢獄之外的埋伏之人大聲喝道：「我挾持的可是準王妃，你等休要傷她性命！」

蒙面人聞言，似是不信，而那準王妃則是將腰牌扔了出去，並高聲道：「準王妃王汝在此，不可輕舉妄動！」

腰牌上頭的確印著舒王的名諱，蒙面人自是不敢再貿然進攻。而李遇客則是一把抓起地上的王汝，拉扯著她與他一併朝牢獄深處尋去。王汝掙扎著喊痛，並且試圖拖延時間。李遇客哪會順她的意？只管威脅她隨他步調，不然就殺了她。

二人推推搡搡之間，一聲「師叔」讓李遇客循聲望去，只見地牢最深處的獄房中，沈勝衣正貼在鐵欄上朝他召喚，面容難掩喜悅：「師叔，我在這兒！」

李遇客急忙跑了過去，上下打量他一番，當即愧疚道：「是我來晚了，害你遭受皮肉之苦。你且等等，我這就救你出去。」說罷，他開始翻找起門鎖的破綻。

沈勝衣則是東張西望一番，問道：「你在來的路上，看見牢頭了嗎？」

李遇客一怔，忽然反應過來：「一個都沒有。」

沈勝衣臉上出現異樣神色，凝視李遇客半晌，道：「師叔，看來，我們已經被困在這裡了。」

便是此時，牢獄大門被從外面「匡！」的一聲關上，李遇客大驚，王汝也意識到了危機，她本能地甩開李遇客的手，飛快地奔向大門，用力地哭喊道：「把門打開！放我出去！我可是舒王的準王妃！你們不想活命了嗎？」

站在門外的數名蒙面人，是聽不到牢獄裡的聲響的，這厚重鐵門的隔音極好，且門前已經堆滿了火雷，蒙面人離得又遠，自是未聞王汝的求救。

而為首的蒙面人，是追趕李遇客到此的另一波，他的手裡握著火石，已然是準備就緒，卻聽有人在這時稟報道：「準王妃還在獄中……」

為首的蒙面人瞇起眼：「什麼準王妃？」

部下身子一顫，不知該如何接話，他的同班立即圓場：「我等並未看見有旁人出沒，除了李氏，再沒有他人進入牢獄。」

為首的蒙面人得到這個答覆，似乎終於滿意，他打響火石，走到火雷前，低聲一句：「沒錯！這牢獄裡除了該死的人之外，根本沒有其他不必要的人。」

話音落下的瞬間，火雷的導索被點燃，他迅速退後數尺，其餘人等也趕忙去找掩體躲避。

身在牢獄之中的李遇客煽動鼻翼，他嗅到了奇異的氣息，與他在和那群蒙面人交手時聞到的味道一模一樣。

「糟了！」李遇客驚恐地意識到：「他們要趕盡殺絕！」

沈勝衣瞪圓了雙眼，他正欲再開口，忽然，一道身影從鐵欄外閃現。

牢獄的大門外，蒙面人全部躲去了草叢後頭，他們屏息靜待，忽聽一聲劇烈的爆炸，震耳欲聾，金吾衛南衙的牢獄屋頂，在頃刻間吐出一團巨大的火焰，如咆哮的火龍一般直衝雲霄。

夾雜著熱浪的颶風鋪天蓋地，樹木花草皆被席捲得搖搖晃晃，而即便是早已避開的蒙面人，也還是會感到面頰有燒灼之感，且濃煙四溢，惹得一眾人等劇咳不止。

半晌過去，煙霧仍舊未散，整個南衙都被驚動了，二十餘名金吾衛從後院廂房裡衝出，此時正是就寢時間，放哨的兩名金吾衛，早已被蒙面人打暈，而等到其餘金吾衛趕到牢獄門口時，那群蒙面人早已消失不見了。他們甚至還不知道有人夜襲過，更不知牢獄為何會被莫名炸毀。

好在有金吾衛發現了暈死在大門處的夜哨，當即對副隊長喊道：「副隊長，兩名夜哨都被點了穴位，定是有賊人夜闖南衙！」

副隊長鐵青著一張臉，憤怒地握緊了雙拳。短短一夜，已遭兩次夜襲，竟敢如此輕視金吾衛，實在是吃了熊心豹膽！他猛地轉身看向那被炸成廢墟的牢獄，咬牙切齒地下令道：「救活口！」

與此同時，平康坊，霓裳樓。

燈火照徹亭臺樓閣，仍舊坐在窗旁的白之紹，忽然睜開了眼，他本在假寐，此時百里之外的異樣聲響驚擾了他。幻紗也感知到了那微弱的爆炸

聲，她將身子探出窗去，遙望聲音傳來的方向，眯眼道：「像是從金吾衛府衙那邊傳來的。」

白之紹問：「南衙？」

幻紗回過身，點了點頭：「從距離上分析的話，是的。」

「這就怪了，金吾衛府衙可是大唐內的聖地，任誰也不敢在那裡造次。」白之紹若有所思地說。

幻紗想起前段時間來到霓裳樓求助的中官公，不禁覺得近來怪事層出不窮，就好像是被一雙掌握天機的巨手，在人間打出了一個缺口，便有數不清的魑魅魍魎跌宕而來，總歸不能放鬆戒備。她看到南邊的上空，有一縷赤紅色的煙霧在升騰，立即看向白之紹，示意道：「是火雷。」

白之紹聞言，也起身張望，憑藉那硝煙的形狀，倒也可以判斷出其驚人的威力──那是早在高宗時期就發明的一種武器，把硝石、硫磺等燒成黑炭混在一處，再用石脂、白磷攪拌，密封進高溫燒製而成的鐵罐裡，就成了易燃的炸藥，引爆後可小範圍掃平一棟占地不小的建築，或是輕而易舉地就可奪去十餘人的性命。當年出征時會用此物迎敵，可也是軍用物品，尋常坊間裡，又怎會出現此等危險之物呢？

更何況，還是在金吾衛南衙的上空。

白之紹與幻紗四目相對，皆覺事有蹊蹺，尤其是幻紗，她能嗅到空氣中殘留的硫磺氣味兒，且那股味道似在飄動。

「主人，那味道朝著霓裳樓這頭來了。」幻紗輕輕蹙眉，再深深去嗅，「混著血的味道，來人受了傷。」

「看來是倖存者了。」白之紹讚許似的拍了下手中拿著的摺扇，「在那種爆炸中還能夠活下來，實在是鐵骨錚錚，若是真的能來到這裡，我倒想看看是何方神聖。」

幻紗那雙充滿異域風情的眼眸裡，嚙著水澤般的盈盈光亮，她掛酌著用詞，謹慎地提點自家主人道：「還是不要和朝廷中的人沾上關係比較好吧！」

白之紹卻笑了：「我們和朝廷中的人可沒少『沾上關係』。」

幻紗略有不服氣地輕聲反駁道：「那些是工作，便是不能相提並論。」

白之紹倚靠在窗旁，他望著遠處的硝煙，眼中銳光一閃：「幻紗，子時雖過，可天亮之前，霓裳樓怕是要不眠不休了。」

丑時初，刑部，院邸。

「什麼！」魏徹驚愕地從椅子上站起身，恍惚片刻後，又重重地坐了回去，喃喃自語道：「牢獄……炸了？那麼，整個牢房中的要犯……」

前來傳信的金吾衛一臉愁容，他一路跑來，氣息不勻，痛心道：「南衙遇襲，整個牢獄都被炸毀，現在又起了火，府衙中的人正忙著救火，屬下不敢耽擱，特趕來將此事通報給魏公，還請魏公做主。」

誠然，金吾衛南衙雖設立牢獄，但和其他坊間的牢獄不同，金吾衛下設的牢獄歸屬於刑部掌管，魏徹執掌刑部大小事由，理應出面來為這等突發意外主持公道。

他也來不及再多想，趕忙抓過外披出了院邸。一路上，他憂心忡忡地思慮著近來發生的種種怪事，儼然是已不容控制了。起初，他只認為揪出新科狀元幕後的真凶，便能了卻此案，但勢態發展極速，且是朝著一種極為詭異的方向，令他忍不住捫心自問，自己真的能完成玄宗皇帝交代給他的此項任務嗎？殺害新科狀元的凶手，當真是他能降伏得住的人嗎？

思及此，他背脊竄起一陣陣瀕臨絕望的寒意，連同整張臉也變得煞白，直到馬車停在金吾衛南衙，他速速下車進衙，腳步竟有些許踉蹌了。而眼前光景在剎那間鋪天蓋地席捲向他，赤色火海正在瘋狂地吞噬著已成廢墟的瓦礫，無數星星點點的火苗，從殘垣斷壁中迸竄，不停潑水救火的金吾衛已滿身髒汙，竟沒有了分毫平日裡的意氣風發。

魏徹失魂地向前走著，濃厚的黑煙嗆得一眾人等劇咳不止，有人遞給他一塊浸了水的方巾，關切地道：「魏公，照看自己！」

魏徹接過方巾，捂住口鼻，穿過濃煙走到那被夷為平地的牢獄火海前頭，生生被眼前慘狀震驚得失了語。

「魏公，接下來該如何是好？」被濃煙燻得淚流不止的金吾衛，已有些亂了陣腳，他們之中甚至有人放棄救火，嘆道：「來人啊！此事要去稟報給蕭長官！」

「已經派人去聯絡蕭長官了，可大火若再燒下去，只會誤了事，還是

進宮親奏聖人吧！」

「但……但魏公在此……」

聽聞「聖人」二字，魏徹立即回過神來，他深知此事敏感，斷然是不能告知聖人的，便極力安撫起混亂局面，理智地令道：「現在可不是自滅氣焰的時候！你們加速滅火，待火勢稍降，就去找來鐵鍬若干，必要挖出平地之下的屍骨！」

雖說這牢獄是為了單獨押制要犯，而在早些年間特別建立的，但裡頭除了關押著沈勝衣之外，還有幾名十惡不赦的重犯，而一場爆炸與大火，彷彿是在進行毀屍滅跡，任憑是三歲孩童都明白，在這種情況下，不可能還會從地底下挖出骨頭的，更別說是活人了。

待到一炷香的工夫後，火勢得以控制，魏徹馬不停蹄地帶領金吾衛挖地三尺，一隊人馬就這樣挖了近乎一個時辰，仍是沒有找到半塊人骨。

有幾名金吾衛累得氣喘吁吁，坐到附近清出的一塊空地上，擦拭著滿頭大汗，哀怨道：「再挖下去，老命都要搭上半條。今日可真是倒楣盡了，連夜遇襲，府衙裡的牢獄又被炸了，若是要被那王權相知情了……」他話還沒說完，「啪」的一聲，一塊方巾被狠狠地砸在了他的臉上，令他身形震了一震。

一抬頭，見是魏徹對他怒目相視道：「還不閉上你的狗嘴！」

要說魏公作為文臣，那可是出了名的儒雅有禮，這般風高亮節之人，竟也有言行粗魯的時候，當真是內心裡已極為恐懼了。

可這些金吾衛也並不是在說風涼話，副隊長雖也懼怕魏徹惱火，但還是要稟明他：「魏公，方才之所以說起王權相，是因為……」

「因為什麼？」魏徹眼神滲透淒涼，忙不迭地高聲追問。

副隊長不得不交付實情：「不僅僅是王權相，怕是舒王那邊，也難以有交代了。聽醒來的夜哨說，那些刺客挾持了準王妃來到南衙，一併進去了牢獄裡……怕是發生爆炸時，準王妃也在獄中。」

魏徹聞言，面如死灰，他竟覺得舒王倒還好，絕非蠻橫無理之人，可若是被那權傾朝野的王權相得知了此事……他魏徹的性命，基本上也就到頭了。就算是康王，也未必能救得了他。

「魏公，將此事密奏聖人吧！」副隊長略抬起眼，謹慎地低聲諫言。

魏徹動搖了。

副隊長嘆息一聲：「眼下已不是魏公一己之力能夠權衡得了的，且此事未必是針對刑部，如果聖人知情，也必定會加以干預，魏公便不必再獨自困頓。朝廷之力，還是要依靠的。」

魏徹聽了這話，心裡似乎有了一些慰藉，他理了理情緒，再不耽擱時間，只管匆匆地出了金吾衛府衙，坐上馬車去往玄宗皇帝處了。

而同一時間，長安縣，平康坊。

暗寂的巷口，李遇客探出半個身子，他四下打量一番，確定沒有任何追兵跡象後，才對牆頭上的沈勝衣擺了擺手。

沈勝衣心領神會，把短刀咬在嘴裡，然後在牆頭上退後幾步，接著助跑加速，一躍跳了下來，反手將短刀重新別回腰間。

月影浮動，影子由濃而淡，由淡而無，石壁上只餘一片灰白。李遇客悄聲對沈勝衣說：「雖說這裡暫時沒有出現追兵，但為了以防萬一，你還是要將斗笠戴上，那些人識得你，並不識得我。」

沈勝衣點了點頭，將斗笠戴好，把繩帶繫在下巴底。李遇客則是率先走出巷口，觀察了一下長街上的景象，這個時候的行人也是不多，但是越往坊間深處走，就越是熱鬧。因為平康坊裡青樓數不勝數，達官貴人總是會在這裡徹夜尋歡，混入其中也方便李遇客帶沈勝衣去往目的地。

他朝身後的沈勝衣側頭示意，沈勝衣立即壓低斗笠跟了上來，二人故作鎮定地走在稀疏的人群裡，盡可能不引起別人注意。沈勝衣緊緊地跟在李遇客後頭，他心中難安，總覺得身邊經過的人都在打量他，再加上他身上的傷勢尚未痊癒，步子又急快，難免會感到傷口有著撕裂般的痛楚。

李遇客餘光察覺到沈勝衣的異樣，卻也不能遷就他，只低聲道：「眼下還要盡快找到躲避之處，你且再忍一忍。」

沈勝衣習武多年，自然是個硬骨頭，就連被瞧出他這不好的狀態，也會令他感到羞恥，不禁嘴硬道：「我沒事，不過是心裡不安，總想著要是能把薛老一起帶走⋯⋯唉！罷了，我自身難保，就算帶他一同離開，也是護他不住。」

李遇客感慨道：「多虧了薛老，若不是他利用獄中的地道幫忙，你我

怕是早已喪命在那場爆炸之中了。」

薛老的做法，也的確是破釜沉舟之舉了，如果不是生死攸關，他也絕不會將地道一事告知他二人。可如今已經洩露，若是金吾衛查明了緣由，薛老只怕會凶多吉少。

思及此，沈勝衣心有憤恨，忽聞一股奇香，他困惑地抬起頭，見到不遠處燈火通明，星星點點的紅燭，仿若要將暮色都染成了赤金。

沈勝衣輕蹙眉頭，湊近李遇客悄聲問道：「師叔，你要帶我去的藏身處，該不會是……」

李遇客停下腳步，眼神落在長街盡頭那座五層之高的建築，淡然回道：「正是霓裳樓。」

氣勢恢宏、華麗精美的霓裳樓在平康坊裡，是一處極為特別的存在。

詩有云：「長安有平康坊者，妓女所居之地。京都俠少，萃集於此，時人謂此坊為風流藪澤。」

且正如詩裡所說，整個長安城有著嚴格的宵禁制度，但一百零八坊裡卻唯有一處不禁，便是平康坊；而坊間唯一一處徹夜燈火不絕，便是霓裳樓。

其他諸樓，莫之與比。

達官貴胄、風流才子，無不彙聚在這奢靡底色的金碧之樓中，那大門頂端懸著朱色的金絲楠木匾額，上面龍飛鳳舞地寫著「霓裳樓」三個大字，更是熠熠生輝、吸人眼球，且霓裳樓側臨河流，距離朱雀街只一水之隔，最是繁華不過。

而在這朱漆描金，堂堂皇皇，任誰來了都先凜然一振的不夜樓中，也有數不盡的痴男痴女、痴心痴夢。世人都說霓裳樓裡的姑娘妖媚卻不豔俗，眼波流傳處盡是風情，她們焚香熏衣，掩面淺笑，酥胸白嫩，腰肢軟極，令三千文士願做裙下之臣。

霓裳樓是平康坊裡的銷魂處，哪怕是伺候頭牌的丫鬟，也個個都是仙女神妹。遠處絲竹吟詠之聲幽幽傳來，不絕於耳，身著綺羅華服的王孫公子、名流士紳，正三五成群地沿著水榭迴廊，向著花船的方向走去。

身材修長、戴著面具的白之紹，正穿行於迴廊之間，他抬頭打量了一眼四周的風流勝景，簷下清風徐徐，棧橋畔花影搖動。身側各式流燈浮於

水面，空中也浮動著點點孔明燈的螢光。他循望不遠處，輕嗅夜風中的氣息，像是聞到了一股異樣。白之紹神祕地笑了笑，轉身沿著木階向霓裳樓的開顏花廳中走去。

這個時候的一層花廳中，清泠的琵琶聲調伴隨著咚咚的鼓聲響起，花廳之中緩緩地升騰騰起迷蒙煙霧。

待到薄霧逐漸消散，有四名胡人女子自煙霧之中旋轉著，來到了雅間的舞臺中央，她們分別遮著紅、黃、紫、白四色面紗，身上搭著有橫紋的披風，同樣是紅、黃、紫、白四色。廳中來客的目光如痴如醉地盯著那四名女子，恨不得將她們即刻攬入懷中。

一聲清脆鈴兒響動，四名女子以足尖著地支撐，如陀螺一般極快地轉動起舞。她們舞姿曼妙，肢體靈動，身上香氣更是如同一夜春風，催得牡丹盛放，灼眼招展，盛世繁花。

待到鼓聲停歇，四名女子也一併停下起舞，在場看客立即驚聲歡呼，紛紛鼓掌稱讚。幾名嫵媚的樂伎，便端著上好的葡萄酒走進廳內，為盤坐在雅間客人的杯中斟滿了美酒。

而接下來，雅室中央突然又冒起一團白煙，將雅室中央一切都遮擋去，琵琶數調，煙霧散去，花廳中間多出了一個身著純黑舞衣的女子。

煙霧再次，方才離去的四名女子自煙霧之中重新出現，分列於舞臺四角，與第五名女子一起揮灑舞袖。琵琶聲越來越急，幾名女子也越轉越快，隨著女子的舞動，幾人身上布條高高揚起，看起來猶如五色的花瓶包裹著一名美豔的裸女。眾人看得目瞪口呆，不時地發出齊聲喝彩。

沈勝衣不由得別開臉去，此時此刻，他正與李遇客混跡在花廳的角落裡，舞臺上的景象令他覺得不堪入目，整張臉也不受控制地發熱起來。

雖說他平日裡沒少跟著同僚進出青樓查案，可每次都不會逗留太久，除了龜奴和鴇母，也很少見到美豔的花魁與裸露的舞孃。今夜卻不同了，他算是頭一遭來青樓裡觀賞這般尺度的場面，自然是漲紅了臉，恨不得躲進簾子後面藏身。

李遇客的表情看上去倒是遊刃有餘的，彷彿周遭的氣氛與臺上的舞女，未曾在他心尖撩起絲毫波瀾。

但他們二人的裝扮，到底還是引來了龜奴的注意，沈勝衣瞥見有兩個

龜奴時不時地打量著他們，便心下起疑。且不說李遇客的胡服還算規矩，沈勝衣的金吾衛衣衫實在惹人矚目。儘管在從地道逃出後，沈勝衣撕扯掉了袖上的對彴，又用路邊泥土抹髒了全身，可樣式卻是改不掉的，怕是逃不過那閱人無數的龜奴的眼睛。

「師叔。」沈勝衣對李遇客使了個眼色。

李遇客立刻察覺到龜奴的鬼鬼祟祟，他知道要盡快找到接應的人才行，便帶著沈勝衣繞過來客，朝大門對面的樓梯入口處走去。

丑時三刻，長安縣，途經崇仁坊。

魏徹坐在馬車上，他緊鎖眉頭，閉著雙眼，又催促車夫快馬加鞭，他急著去延福坊。坐在他對面的金吾衛南衙副隊長思慮半晌，到底還是要提點一句：「魏公，屬下並非刻意多嘴，但方才聖人也交代了下來……」

「劉臨。」魏徹念出副隊長的名號，語重心長般地同這個年輕人說道：「聖人所言，你也聽到了，不僅要在三日之內將準王妃找出，還要祕密進行此事，你對此有幾分勝算？」

劉臨不敢回答，魏徹也不為難他，改口問道：「你以為我不焦急？」

「不！屬下並無此意。」劉臨只好說出實話，「但屬下的確不明白，魏公為何要在這等緊急關頭前往延福坊。就算沈勝衣的本家在那，可他人已經死了，就算去他本家，也找不出線索。」

魏徹緩緩睜開眼，他撩開車簾一角，望著還未亮起的暗寂天色，喃喃說道：「若沈勝衣真的死了，那準王妃也活不成，你我理應即刻便把腦袋交給聖人謝罪，又何必貪戀這區區三日的人世光景？」

「可爆炸威力驚人，就算是鋼筋鐵骨，也扛不住。」劉臨攥緊雙拳，「也許……聖人只是想要瞞著王權相，才要讓魏公以『準王妃失蹤』為由而進行尋找，只怕是一場無頭案，三日之後，與此事相關之人都難逃一死。」

「準王妃還活著。」魏徹十分肯定。

劉臨滿臉憂色，竟覺得魏徹有些瘋魔了。

「到了延福坊沈勝衣的本家後，一切都會明瞭。」魏徹以一種懷念往事般的悵然語氣道：「那裡有我的一位故人，他會給我們答案。」

劉臨雖不懂魏徹話裡的含意，可他身為部下，也只能聽從吩咐。再看馬車之外，已有倆人結隊的金吾衛，開始在各個坊間尋找沈勝衣的下落。而這一切務必在暗中進行，絕不可聲張。且說來也極為矛盾，每個人都深信沈勝衣已被炸死，卻還是要整隊去搜尋他的蹤跡。

要如何能找到一個屍骨無存的死人呢？

根本不可能有人從那場爆炸中生還的，除非……

劉臨不敢再細想下去，他只期盼這三日盡早度過。

此時，平康坊，霓裳樓內仍舊燈火通明，絲竹管弦聲聲入雲，廳內犀香燃燒，花枝縈繞，璃香已經盛裝打扮，正在花廳的珠簾之後彈奏她的拿手曲目，那行雲流水般的曲調輕攏慢撚，引得臺下眾人如痴如醉。

而樓外的平康坊長街上，已傳來金吾衛的馬蹄陣陣。他們自九衢十街上奔散，有夜行的百姓受到驚嚇，執行命令的金吾衛呵斥他們讓路，霓裳樓內的沈勝衣側耳傾聽，馳騁的馬蹄聲傳入耳內，他意識到已有追兵找來。

開顏廳中，璃香的演奏也已經到了高潮，伴隨著她指法高超的收梢，餘音繞耳，絲絲扣心，眾人有片刻的鴉雀無聲，似沉醉、回味，最終齊齊喝彩。

第七章

丑時六刻，拂曉。金吾衛南衙。

匆匆趕回的蕭如海還身著便裝胡服，他來不及換下，翻身下馬後三步邁作兩步，疾快前往後院偏室。

如果不是小萬找到他傳信，他也不會中途離開湘錦院趕回，好在從那名叫阿蓮的女子口中得知了些許有用的線索，總歸不算是白費工夫。

路上聽小萬說，魏徹下令封鎖牢獄爆炸的消息，就連金吾衛內部也尚且不知詳情。除了幾個在場的之外，風聲都被壓得死死的，大抵是害怕傳到王權相耳中。

可封鎖消息就意味著此事將進展緩慢，而且，炸毀牢獄的幕後之人，究竟是有意放走沈勝衣還是打算殺人滅口，都是罪大惡極，僅僅是這一點，足以令蕭如海震怒不已。但怒火必要壓制，因為此事已由魏徹全權負責，他雖身為金吾衛長官，卻已不便插手。

然而一進了偏室，血腥氣便撲面而來，眼前光景令蕭如海瞠目結舌地僵在了原地。薛老被綁在木椅上，衣衫襤褸，神智不清，儼然是已歷經了種種殘酷難熬的拷打逼問。負責行刑的三名金吾衛神色複雜，聽聞腳步聲，才如夢初醒般地轉過頭來，眼神略顯惶恐地道了聲：「蕭長官……」

「你們這是在做什麼？」蕭如海回過神，踏著地上的鮮血走進室內，厲聲質問：「薛老已為金吾衛做了幾十年的差，平日裡待你等視如己出，你們竟也能下得了這狠手？」

幾名金吾衛痛心垂首，有苦難言。坐在暗處的魏徹放下手中書卷，起身走向燭火光亮中，回應蕭如海：「是我命令他們做的。」

蕭如海循聲望去，只見氤氳燭光裡，魏徹背光而站，模糊陰暗的面容，竟先滲出幾分鬼色。

縱然是心裡不服，可蕭如海也牢記君臣之禮，他俯首問候，咬牙切齒的表情，卻像是恨不得將魏徹撕成碎片。

魏徹目光停留在這個人稱「鐵面蕭郎」的身上，抬手淡淡地下了一道命令，那幾名金吾衛便退出了偏室。

昏死中的薛老低咳幾聲，嘴角溢出鮮血，滴落在地。

蕭如海尚未抬起頭，只單單是薛老無意識的呻吟聲，就已令他內心憤恨不已。

他覺得這一天簡直糟糕透頂。

白日裡，先是得知用來和親的黃金東珠被盜，緊接著又遇來路不明的黑衣人夜襲南衙，本以為能告一段落，他才前往湘錦院打探部下查到的事情是否屬實，結果，還沒等尋到確切線索，便傳來了南衙牢獄被炸的事實。沈勝衣不見屍首，連同準王妃王汝也去向不明，就彷彿是所有的棘手麻煩都丟到了他這裡，連喘口氣的空檔都不願給他。

蕭如海很想大罵一通洩憤，餘光瞥向奄奄一息的薛老，他又覺得是自己身為長官的失職。魏徹竟都不等他回來商量，就私自使用私刑，可真是仰仗著有康王做靠山，就無視他這金吾衛長官了嗎？

金吾衛可是效忠聖人的金吾衛，絕不該為其他權貴差遣。但僅憑魏徹今日的做法，便知他畏懼王權相，從而寧願犧牲尋常百姓。思及此，蕭如海不得不道：「魏公，爆炸一事我已略知一二，但沈氏是生是死，即便是嚴刑逼供與之毫不相干之人，也是無濟於事。」

魏徹一聽便大皺眉頭：「蕭長官，你做了這麼多年的金吾衛長官，理應比我更為清楚這南衙牢獄的構造。」

他走近蕭如海幾步，低聲道：「在我還未發現牢獄的密道之前，我一度覺得那沈氏的確是被炸得屍骨無存了。可……有人為他指引了密道去向的這個事實，被聖人知曉的話，又該如何定奪呢？」

蕭如海臉色一變，自當明白魏徹所言的「有人」是何人。他看向魏徹，見他眼裡布滿血絲，神色疲憊，的確像是剛剛歷經一場心理上的磨難。

「所以，魏公便企圖從薛老口中得知沈勝衣的下落？」

魏徹瞇起眼：「人人都道蕭長官鐵面無私、秉公當差，為何要為一個老者感情用事？壞了大局該當何罪？」

「濫用私刑本就是錯。」

「為了盡快找出沈勝衣，我也是無可奈何。」魏徹轉頭看向薛老，冷漠道：「這老頭子是個硬骨頭，拷打、浸水、火燙都使過了，他還是犯

倔，不肯說。」

蕭如海慍怒道：「以這等卑鄙手段折磨一個老人，魏公未曾感到一絲一毫的羞愧？」

魏徹聽聞這話，不由得冷下臉來：「蕭長官的意思是，被王權相抓到這天大的把柄才是對的了？」

蕭如海一怔。

魏徹繼續說：「朝廷動盪，賊子野心，奈何王權相位高權重，即便是聖人，也要對他的所作所為睜一隻眼閉一隻眼，而他當權以來，便一直企圖剷除金吾衛之事，蕭長官也是心知肚明。如今那王汝是在南衙牢獄裡失蹤的，且不說她是否還活著，單憑她是在金吾衛眼皮下出的事，就夠王權相踏平這南北兩衙了。」

蕭如海的雙手攥緊成拳，對於魏徹所言，他無法否認。正如他說的那般，王權相向來以其歷經三朝的資歷，與尊貴的血統目空一切，在朝中，他的確是能夠呼風喚雨的當權者，是僅次於聖人的地位，而他之所以對金吾衛充滿著蔑視與質疑，是因金吾衛完全忠於聖人，也是保護整個長安皇城的利劍，坊間也有流傳，若金吾衛倒下，皇室權位將進行血腥變革。

可魏徹這一次「出手相助」，看似是盡其本分，背地裡在打的主意，蕭如海也瞭若指掌。

王權相是太后黨，魏徹則是康王那一派的。若是此事是由魏徹協助金吾衛度過難關，從表面上看，蕭如海似是歸順了康王黨派，而實際上，也的確是欠下了魏徹人情。

顯然，蕭如海在忠心耿耿這件事的上面不願做出讓步，他始終心向聖人，對於各路黨羽的橄欖枝，他統統視而不見，就連這一回，他也還是堅守原則，同魏徹道：「魏公點撥，蕭某銘記心間。但這畢竟是金吾衛內部之事，且薛老既不肯招供，便已足以說明沈勝衣還未逃遠，他是想要保護沈勝衣的安全，也是人之常情。」

說到這，蕭如海不給魏徹阻攔的機會，他一聲令下，喚來門外候著的金吾衛，吩咐道：「拿我的權杖，通知延福坊、平康坊、懷遠坊三坊，務必盤點清楚所有外來之人，再封鎖長安城的城門，連隻蒼蠅都不准飛出去。」

金吾衛得令，立即照辦。

魏徹卻急道：「一旦封城，定會將事情鬧大，蕭如海，你當真不怕此事傳去王權相的耳朵裡？」

蕭如海仿若勢在必得道：「魏公，再不封城，沈勝衣將會連夜逃出長安，到了那個時候，可就不是擔心王權相會否知情的事了。」

魏徹蹙起眉頭，有些慌亂地像是在喃聲自語道：「罷了罷了，封就封，交代好你的人，不要胡亂說話，暫且能瞞多久是多久。」

蕭如海卻正色道：「我只管找出沈勝衣，至於那位準王妃，未必是同沈勝衣在一處，魏公可要為此事多多費心了。」

魏徹一驚，抬眼看向蕭如海：「你這話是什麼意思？」

蕭如海反問道：「難道魏公不覺得，這種關頭混進來一位尊貴的準王妃，實在是件過於蹊蹺的事情嗎？」

魏徹瞬間領悟其意，憤恨地「噴」了一聲，忍不住說出：「欲加之罪，何患無辭。」

蕭如海道：「更何況，此事必定在王權相的掌控之中，即便是豺狼虎豹，也不會輕易拿自己的女兒來做試金石的。」

魏徹屏著一口氣，他思量片刻，決定要將此事同康王商議一番。蕭如海也不再耽擱時間，他要帶著幾名親信親自去搜查。臨走之際，魏徹問他：「你為何偏偏將那三個坊列為重點之地？」

「延福坊是沈氏家宅，平康坊龍蛇混雜，懷遠坊多為胡人，這三處我能想得到，他自然也會首先考慮。」蕭如海瞇了瞇眼，「更何況，這三處也是最近的地方，他有傷在身，必定逃不遠，只會先找到藏身地來伺機行動。」

說罷，蕭如海翻身上馬，帶著四名親信離開了南衙。

魏徹站在木門旁，望著空蕩蕩的府衙，暗寂之中冷風拂來，他脖頸之處竄起一陣寒意，忍不住回想起蕭如海方才所說的話，再加以細細分析——延福坊在沈氏看來，如同「最危險的地方便是最安全的地方」，而懷遠坊是公主住處，才遺失了黃金東珠，戒備十分森嚴，不是最好的去處。

如果在延福坊和平康坊之間選擇，青樓妓院盡是奢靡，是極好的遮掩。但魏徹覺得金吾衛出身的人絕不會選擇那種地方，他們烙在骨子裡的

正派很難改得掉，即便是生死攸關之際，也還是會以名聲為主。

不禁覺得諷刺，命都要沒了，竟還貪戀清譽。

然而，魏徹忽然想到了一個人，那人的面容在魏徹腦中閃過，剎那間，魏徹驚覺般地堅定道：「在平康坊。」

他，不！是他們，現在一定身在平康坊。

長安。平康坊。

金吾衛馬蹄陣陣，平康坊內的百姓還未睜開惺忪睡眼，只覺地面有些微微震動。

而徹夜燈火的霓裳樓裡，璃香的收尾演奏，也預示著凌晨即將到來，她按停最後一根弦，在全場歡呼叫好的掌聲中，她站起身來俯首行禮，又伸手一揚，命侍女取下了自己的花燈。然而，她正欲轉身離去時，臺上忽然跳出了一個身影，蠻橫地攔住了她的去路。

璃香微一蹙眉，低頭去看，只憑鞋子就認出了對方的身分，攔她路者正是長孫無忌的兒子長孫沖。

說起長孫無忌可是三朝老臣，不僅是先皇托孤的重臣之一，也是長孫皇后的親哥哥，當初，正是因為長孫無忌力扶玄宗皇帝上位，玄宗皇帝才能在奪嫡之中勝出。而如今，長孫無忌既是趙國公，又是王太后的太傅，權傾朝野、翻雲覆雨，可與王權相平分秋色。

看著面前醉醺醺的長孫沖，自不是璃香能夠得罪起的。她緩緩舒展開了纖眉，不動聲色地退後幾步，溫言細語地低了低雪白細嫩的頸子，道：「璃香不知長孫郎君今日前來，若是有怠慢之處，還望郎君體諒。」

長孫沖向來都仰仗著父親的權勢放浪行事，一身錦衣玉衫繡著金絲雲霧，腰帶都是赤朱色的，對自己的尊貴與富有絲毫不做隱藏，恨不得讓世人盡知。這會兒的他已經喝了不少佳釀，俊秀面頰上浮著緋紅之色，倒也是個十足漂亮的少年郎，可惜腦仁挖出來都秤不上二兩，實在是個中看不中用的繡花草包。

他先是圍著璃香轉了幾圈，一雙眼神極不老實地盤旋在璃香的胸口，接著又搖搖晃晃地站住腳，打量起璃香的臉蛋，笑嘻嘻地抬手捏起她小巧的下巴，言語裡有幾分輕薄之意：「我可是等你這場曲子等了一個月了，璃香姑娘，你忍心讓我就這麼打道回府嗎？」

說著，他要身後跟來的小廝把金燦燦的金錠都丟到地上，還踢了一腳，負手高聲道：「我要你為我單獨演奏一曲。這些金子，總夠了吧？」

璃香心裡頓時升騰起一股怒焰，灼燒著她的胸口，可她不能忘記面前之人的身分，也不能忘了自己的本分，所以只能強迫自己冷靜下來，還要擠出一抹合乎情理的嫣然笑容，輕聲提醒道：「長孫郎君不要為難璃香了，我方才都已經命侍女取下了花燈，這潑出去的水，又怎麼能收回呢？」

長安人盡皆知，唐朝有一風俗，花樓裡的姑娘取下花燈，就意味著供人欣賞的演奏曲目結束，自是不會再接待任何客人了。

長孫沖抬手一擺，不以為然道：「規矩還不都是皇朝定下的，我既身為貴族，自有隨心所欲的權利。你且找一雅間，單獨奏給我聽，遣散了旁人，就不算壞這規矩。」

璃香卻執意道：「霓裳樓的規矩並非皇朝定下，而是歷代樓主立下的，璃香端著霓裳樓的飯碗，是絕不能違背樓主的。」

長孫沖瞇起眼，臉上的笑容也逐漸消失：「你們不過是江湖中的下九流，也配和皇朝相提並論？」

四下議論紛紛，都覺得可以理解。長孫無忌家的少爺嘛，驕縱跋扈慣了，又一直很喜歡這位璃香姑娘，自然是不肯在眾目睽睽之下丟顏面的。但這種強人所難似的行為，也不是君子所為，引得其他客人連連咋舌。

璃香也並不惱怒，她始終笑意盈盈，反倒是這樣更為激怒長孫沖，他甚至一把抓住璃香的手腕，威脅她道：「你以為我待你與旁的女子不同，就能讓你忘了尊卑之別嗎？倘若你再不照我說的去做，我現在就命人把你這霓裳樓給拆得乾淨！」

眾人禁不住吸了一口涼氣，連二樓的白之紹也不由自主地向前探了探身子。樓下的光景讓他心有慍怒，看到長孫沖肆無忌憚地輕薄璃香，他暗暗地從袖中拿出了一顆鐵彈丸，而後側過臉，對距離自己半米之遙的幻紗使了個眼色。

幻紗領悟到白之紹的意圖，便快步走到他身邊。他湊近幻紗耳語了幾句，幻紗默默點頭，並探出手，輕輕按下了白之紹手裡的鐵彈丸。

白之紹略一蹙眉。

幻紗壓低聲音，似叮囑般地說：「家君與神祕人出資建設了這棟霓裳樓，是為了圖謀大事，絕不可因一時衝動而暴露了身分，主人要切記，無論何時都不能為霓裳樓帶來滅頂之災。」

白之紹心覺幻紗說的是，可璃香是霓裳樓的人，又是一廳之主，怎能受此委屈？白之紹心有猶疑，再去看樓下，已有身穿便裝的遊俠混入了客人的佇列裡，他們抬起頭，與二樓的白之紹回換眼神，眼裡皆有慍怒。

可惜的是礙於長孫沖的身分，無人敢貿然行事。

隱匿在角落中的沈勝衣與李遇客，也目睹了發生的一切，他二人都知長孫沖仗勢欺人，尤其是沈勝衣，向來看不慣長孫家的囂張做派，可眼下他自身難保，實在是不方便出手相助。

只片刻工夫，長孫沖就已經命帶來的小廝，將璃香和她的兩名侍女團團圍住了。聽聞動靜前來的若桑與伊真見狀頗為焦急，正欲前去幫襯，卻聽到一聲婉轉的哨聲。

若桑率先循望而去，見是幻紗從二樓走了下來。她向兩人略一側頭，若桑與伊真心領神會，立刻去與幻紗會合。

長孫沖刁難璃香的尺度也越發過分，他探出那隻不老實的手，在璃香的脖頸處用力擦了一下，然後湊到鼻尖嗅了嗅，隨即咧嘴淫笑道：「當真是香氣撲鼻、鮮嫩四溢，若是能品嘗一番，不知是不是像這味道聞起來那樣酥骨入腹呢？」

眾人只覺長孫沖過了火，這般出言不諱，實在有失體統！

璃香抿緊了嘴唇，即便再如何識得大體、顧全大局，遭此侮辱都難掩怒氣。她抬起頭，警告長孫沖道：「長孫郎君，還請你自重，不要丟了長孫家的顏面。」

長孫沖聞言，當即盛怒道：「你算什麼東西，竟敢說我丟了顏面？哼！我看是你給臉不要臉！你這敬酒不吃偏要吃罰酒的青樓女子，好聲讓你彈曲你不彈，現在，我要把你扒光了，再讓你彈！」說罷，便動作粗魯地去扯璃香的衣衫。

眾人見狀都十分惱怒，正欲翻去臺上幫襯璃香，哪料璃香已忍無可忍，揚起手掌就賞給了長孫沖一記火辣的耳光。

長孫沖愣在原地，捂著臉頰去看，璃香已然欲從此處離開。他心覺當

眾丟了面子，火冒三丈，立刻吩咐自己的奴僕去把璃香拿下。三五名家奴得了令，不由分說地朝璃香撲去。

璃香左右閃躲，未使那些壯漢近身，但寡不敵眾，總歸是免不了被壯漢抓住了肩臂。璃香皺起眉頭，她厭憎這一群粗鄙之人，生怕他們弄髒了自己的衣袖。而身在二樓的白之紹見到璃香身處劣勢，不由心中焦急，他尋到人群中的幻紗等人，同她使了眼色。

幻紗心領神會地點點頭，剛要從袖中拿出暗器，卻忽地聽到臺上傳來一聲「唉呦」的慘叫。幻紗正困惑，又是一聲哀哭傳來，她朝臺上望去，只見幾名家奴都摀著腦袋跪倒在地，長孫沖正氣急敗壞地踢打他們，怒斥道：「叫什麼叫，還不快點兒去把那女人的衣服給我扒光！」

家奴的額前滲出血印，他們齜牙咧嘴地道：「郎君，有人使了暗器，我們的額頭都被打出血來啦！」

長孫沖不信，還要再罵，誰料他也吃痛地大叫一聲，摀著自己的後腦勺四下尋找起來：「誰？是誰暗中傷人？有本事正大光明地現身，我可是長孫沖！給我出來！」

他正張牙舞爪地叫喊著，一顆石子「咻」地打進了他的嘴裡，不偏不倚，剛好堵住了口。

這滑稽的景象，惹來眾人哄堂大笑，長孫沖吐掉石子，惡狠狠地抓起還在伏地呻吟的家奴，將他們一個接一個的踹到臺下，怒斥道：「去把暗中傷人的賊子給我找出來！找不到，我就把你們的腿打折！」

家奴們不敢不從，擠在人群裡四下搜人。其他看不慣他們做派的客人，趁機推攘起這些家奴，還將口水啐到他們身上。而這個時候，隱蔽在角落中的沈勝衣握著手中的石子，李遇客餘光瞥向他，低聲叮囑：「不要再節外生枝，小心被發現了端倪。」

沈勝衣只好默默地將剩餘的石子扔在地面，他實在是看不慣長孫沖那群人的囂張做派。但這會兒工夫，沈勝衣四周掃視，看到廳中四散著許多遊俠。他們行徑低調，衣著晦暗，很難引起注意。可從臺上那位名叫璃香的姑娘遭遇刁難時，這些遊俠也似乎做好了隨時救場的準備，如果不是沈勝衣暗中出手，他們也必定會在緊要關頭幫助璃香姑娘。

「師叔。」沈勝衣示意那些遊俠，低聲詢問：「這裡會否有遊俠的頭

· 114 ·

目？畢竟超過兩位數的遊俠，不會無緣無故的出沒在同一地點。」

李遇客瞇起眼，若有所思。遊俠這類人，在大唐多是西域之戰的退役兵，較多是底層出身，不受社會待見，從而居無定所。

「看來，這裡是為他們提供了住處。」李遇客四周掃視，「大量的遊俠能出入如此富麗的花廳，定有端倪。」很快，李遇客便看到了樓上的身影。

站在二樓的白之紹早已將下頭的一切盡收眼底，自然，也注意到了沈勝衣與李遇客這兩個陌生臉孔。

而身在樓下的幻紗察覺到白之紹的視線，循望而去，便看到了角落裡的身影，等她再看向白之紹，對方示意她前去查清那兩人的身分。

幻紗點點頭，朝著角落中走去。

這時，霓裳樓外頭途經於此的三名金吾衛勒住了馬韁，他們聽見樓內的吵嚷聲，面面相覷後，翻身下馬，決定去樓內一探究竟。

為首的金吾衛剛一踏進花廳，便喝道：「查人，休吵！」

還在吵鬧的眾人瞥見，立即乖覺地退讓到了兩側，而暗處的沈勝衣看到同僚的身影，心中暗驚，李遇客則是走上前幾步，將他護在自己身後，企圖躲過這一劫。

臺上的長孫沖看到金吾衛出現，立即眉飛色舞地掏出腰間權杖，直說「來得好，來得妙」！

金吾衛看見長孫家的郎君，也只得恭敬問候：「我等不知郎君在此，若有冒犯之處，還望郎君海涵。」

接著，又道明瞭來意：「我三人奉命查一要犯，此處……」

話未說完，就被殘存酒意的長孫沖截斷道：「要犯？呵！你們算是來對了地方！這霓裳樓夜夜歌舞昇平、人員雜亂，要想藏匿幾個要犯，也不是什麼難事！你們幾個不必多慮，只管搜查便是了，有我在這兒，誰敢造次？」

金吾衛立即合拳頷首：「多謝長孫郎君相助。」說罷，這三人便開始了搜查。

人群中的遊俠彼此交換眼神，他們明白長孫沖是想借金吾衛之手，懲治霓裳樓裡和他有過衝突的人，畢竟面對金吾衛，無人能夠放肆。

眼看著負責搜查的金吾衛越來越近，角落裡的沈勝衣背脊發涼、汗如雨下，他心中陣陣驚慌，手足無措地喚李遇客：「師叔！」

李遇客也極為焦急，但不能連他都亂了陣腳，便四處張望，終於看到左後方有一條通往霓裳樓深處的長廊，他一側頭，示意沈勝衣。

沈勝衣臨走之前，又問道：「那你呢？」

「金吾衛並不認識我，自然不會找我麻煩。」李遇客催促沈勝衣，「你且在這樓內找到藏身之處，我稍後就去尋你。」

沈勝衣連連點頭，迅速朝那條隱蔽且深邃的長廊跑了過去。而一直觀察著他的幻紗也連忙動身，確定無人發現後，她才悄悄地跟上了他。

此間時刻，已是卯時正，拂曉來臨，蒙亮的晨光浮上了天際，繁星退去，日出漸起。

沈勝衣獨自走在霓裳樓的迴廊裡，這是條窄而深的迴廊，仿若不見盡頭，而周遭石柱後的牆壁上，又繪著令人眼花繚亂的精妙畫卷，古老神祕，美輪美奐，令人覺得身處仙境。

沈勝衣茫然地打量著畫中景色，海裡有龍，鱗甲金光，蜷轉圓弧，紅白輝映，雲端之上更是飛舞著成群結伴的仙子，她們手捧花枝，身穿霓裳，眉眼含笑，正朝天際的雲閣飛去。

以至於沈勝衣忽覺自己進入了一個異樣的世界裡，身忽飄飄，如駕雲霧，待回過神時，每一步跨出都覺得虛虛實實，似走在華彩光燄的石板上。突然之間，右手碰到一件涼冰冰的圓物，一觸之下，那圓物發出響聲，聲音清亮，伸手再摸，原來是個門環。

難道此處還藏著一扇門不成？沈勝衣越發覺得怪異了，他伸手去摸索，試圖找到門的入口處，當他摸到縫隙時，立即試著推開，那門竟真地被緩緩推開了。

他覺得找到了藏身的好地方，便趕快鑽進了門裡。

門中黑漆漆的，需要時間去適應，沈勝衣又擔心會遇見旁人，只好小心翼翼地四下摸索，期間碰撞到了額頭，他就不敢再繼續前行了，直到適應了昏暗，他才又緩緩行動。

與其說這是個屋子，倒不如說像個密室。有圓形石桌，繞過庭院，還可以看到光亮從後頭透來，走近一看，竟是個小小的瀑布假山，池中還游

著條條紅鯉，定是有人來打點此處，乾淨整潔，沒有落灰。

沈勝衣心中不禁暗暗讚歎，想不到這霓裳樓不僅外在看上去繁華熱鬧、夜夜歌舞，連這隱蔽之處都浮綺光陸、華光璀璨，實在是個逍遙之地了。

「師叔帶我來到這霓裳樓，必定是有故人在此。」沈勝衣定神凝思，分析道，「想不到師叔平日裡看上去與世隔絕，竟不曾想他會在這種地方有著熟人，難道說，和他曾經的師門有著聯繫？那若是如此，這霓裳樓也定是大有來頭了。」

一邊想著，他一邊穿過假山，朝更深的地方走去。遇見了石階，他數到了十三階時，終於來到了地面，而面前則有一尊石像，是個手持長劍的女子，劍刃剛好對著他的脖頸。

沈勝衣便打量起這石像女子，一襲月下朝霞裙，拖尾綴滿香淺筆墨水中月，許是用刀子一處一處雕刻出來的，裙擺上的褶皺都栩栩如生，而她那曼妙婆娑的身形更是宛若驚鴻、又似游龍，斜綰著雙環髻，髻上別著一朵怒放的綠萼花，輕輕昂起優美似鶴的脖頸，纖柔風姿如珠玉一般光澤流轉。

沈勝衣驚歎不已：「這世間竟有這般傾國傾城的絕色佳人，怕是當今聖人的三千後宮中，也找不出一位能與之媲美的女子！」

正自顧自地說著，沈勝衣突然感到脖頸處有冰冷寒意，一柄長劍橫在了他的動脈處。

沈勝衣一怔，聽見身後傳來了一個冷若冰霜的女聲：「擅闖祕地者，報上名來。」

這女子聲音雖冷漠，卻依舊是柔軟細膩的質地，又十分好聽，令沈勝衣忍不住想要回頭去一睹芳容。

結果還沒側過臉，就被識破了意圖，幻紗訓斥他：「再敢亂動，一劍削下你的頭！」

「女俠饒命！女俠饒命！」沈勝衣趕忙舉起雙手，表示自己絕無輕舉妄動之意，然後又試圖為自己辯解道：「在下無意擅闖此地，一切皆有苦衷，還請女俠放下劍刃，給在下一個生機。」

「我不是女俠，你不必油腔滑調。」幻紗不為所動。

「女俠……不！我是說，姑娘，有話我們可以當面說，這樣背對著，我心中實在不安。要知道……刀劍可是不長眼的。」沈勝衣訕訕地說。

幻紗沉默了一會兒，雖未收起長劍，但卻對他道：「你轉過身來。」

沈勝衣側了側頭，避開劍刃，轉身面向幻紗時，當即呆住了。

面前少女身著紫色衣衫，黑髮如雲似霧，眉眼略微上挑，三分像魅，七分似仙，瞳中盛著幽谷深潭般的深藍水澤，冷淡秀美的面容上染著一層清麗凜冽，盡顯其高雅冷清的氣韻，且最為奇妙的，是她與這密室中的石像姿容神似，不如說，是一模一樣。

唯一不同的，她是活的，且又靈動。

沈勝衣從沒想到自己可有幸見識這般驚豔美人，一時之間訥訥如木，只能傻站著看她。

幻紗被他盯得有些發毛，輕蹙起眉頭，語氣不悅道：「你若再盯著我看，我便刺瞎你的雙眼。」

沈勝衣這才驚醒般地回過神，趕忙解釋道：「實在對不住，我並非有意冒犯姑娘，只是因為……姑娘生得絕美，就連雲霧繚繞的仙林與金燦如暉的晚霞在姑娘面前，都會失了顏色。」

幻紗面皮薄，雖聽慣了權貴男客們的阿諛奉承，可像沈勝衣這樣正經八百，又繪聲繪色地讚歎她的美貌，竟還是頭一遭。以至於幻紗誤以為這是更為狡猾的調戲，當即有了怒意，手中劍刃也越發逼近沈勝衣脖頸：「我看你是連舌頭也不想要了？」

沈勝衣連連搖頭，尷尬地賠著笑臉：「眼睛和舌頭……都是要的，姑娘若是不喜歡我說話，我不說便是。」

幻紗冷哼一聲：「先報了你的名號。」

「在下姓沈。沈勝衣。」剛說完這話，他就有些懊悔，竟把真實名號報了出來，要知道他可是在逃要犯，豈能如此不謹慎？

幻紗不以為然，只是動作俐落地收回了長劍，沈勝衣見她沒有異樣神色，料想她並不知道他的身分，便也就放心下來，又趕忙詢問道：「敢問姑娘芳名？」

「幻紗。」只雲淡風輕的二字。

沈勝衣心想，這名字實在很符合這位姑娘的氣韻，她彷彿天生自有一

雙含情凝眸，眼神清澈如水，又似縹緲幻夢，再配上那一襲絳紫衣衫，當真是人如其名的美。

然而緊接著，一聲「錚」的響動，劍刃在空中震動一般地閃現銀光。沈勝衣嚇了一跳，趕緊向後退去幾步，定睛一看，是幻紗再度將劍刃對準了他，並正色道：「既然你我已知曉了彼此名號，那你便不是被無名氏所殺，而我殺的外來人也不是無名氏，冤有頭債有主，往後黃泉路上再遇見，你也不怕找不到人算清這筆帳目。」

這姑娘連殺人都要做到有理有據，實在是個較真的個性。雖然牡丹花下死，做鬼也風流，但沈勝衣可不是好色之徒，也不打算做什麼風流鬼。而且，他更不想和女人動手，傷了她顯得不憐香惜玉；被她傷了，又讓自己丟了顏面，總歸都是一件左右為難的事，莫不如以退為進。於是沈勝衣只管躲避她刺來的劍術，根本不打算回擊。

幻紗見他只是逃竄，但卻能做到招招避開，足以說明他是個有身手的人。且在閃躲之中，他衣衫上的泥濘也一點兒一點兒剝落，幻紗看出他臂上的刺繡，是對豸，且肘處護著明光甲，幻紗不由得停下身形，困惑地問道：「你是金吾衛？」

沈勝衣這才意識到自己的身分暴露，他慌忙中還打算遮擋衣衫上的象徵，忽聽一聲刺耳的響動，刀光劍影中，幻紗手裡的長劍被打到了地上，沈勝衣抬眼去看，見到李遇客手裡握著他那把爬滿鐵銹的劍鞘，並告知幻紗：「我是來尋你們樓主的，你只管前去通報，你樓主自會見我。」

幻紗眼有疑慮，李遇客則是抽出鞘中長劍，是一把赤紅色的寶劍，通身鋒芒，寒光逼人，鏤象龍螭，錯以明珠，劍柄處纏繞玉蛟之案，幻紗神情變化，似震驚、錯愕，很快便轉變了態度，她直起身形，語氣恭敬地對李遇客頷首道：「請跟隨我來。」

李遇客點頭示意：「多謝姑娘。」

隨後喚沈勝衣道：「跟上。」

沈勝衣訥訥地應聲，心中還在奇怪幻紗為何會對李遇客如此尊敬，明明方才對自己是一副冷酷無情的態度。可眼下也不是為這種事費心的時候，沈勝衣只得先跟著他們走出了密室，一路穿過迴廊，最後順著另外的通道，來到了霓裳樓的不謂花廳。

與此同時，金吾衛還在開顏花廳中搜查，但已經過去了一刻鐘，尚未發現異常端倪。白之紹也走下了樓梯，他來到為首的金吾衛面前，嘴角掛著淺淺笑意，儘管面具遮蓋著他容顏，卻依舊能識得他有一雙精明凌厲的眼睛。且那身月白底子的赤紅鳳鳥紋錦衣，證明了他的身分尊貴，腰間配著鑲有白狐尾毛的琉璃玉，整個人散發出的氣韻好似人間美景，又有幾分咄咄逼人之意，令金吾衛不敢妄自出言。

　　白之紹倒是格外客氣，對著面前的人作了一揖，不卑不亢道：「長官忙了許久，可在我這簡陋之處尋到在逃要犯了嗎？」

第八章

為首的金吾衛打量了一番白之紹，其實內心不滿他帶來的那份壓迫感，正想著該如何讓他知難而退，餘光卻瞥見了白之紹腰間的一塊玉。那玉的樣式極為特別，玉如冰，其中燃著火。

為首的金吾衛忽然眼神一凜，自是明白這面前之人是他惹不起的了，且需要知難而退的，是他們才是。

「已經搜了整個花廳，並未找到在逃要犯，是我等冒犯了。」為首的金吾衛說得客客氣氣，合拳的樣子也顯出了幾分對白之紹的尊敬。

白之紹不以為然地笑了笑，他將摺扇扣在掌心，又輕聲問道：「既是如此，長官要不要到樓上繼續搜查？」

「叨擾了許久，便不必了，且我等再不能於此耽擱，這便走了。」說罷，為首的金吾衛同兩名同僚使了眼色，三人正欲離去，長孫沖卻惱了，他嚷嚷著今日必須徹查霓裳樓，不能讓那朝廷要犯白白逃了，不然就去長孫無忌那裡定他三人的罪！

為首的金吾衛卻沒工夫陪長孫沖胡鬧了，他正色道：「長孫郎君，若是在這裡閒聊而錯過了捉拿要犯，聖人知曉的話，究竟是你我誰要被定罪，便不好定論了。」

長孫沖覺得自己受到了威脅，可又不敢過分頂撞為當今聖人當差的金吾衛，他吃了癟，臉色青紅交加，旁頭又有看客在起哄嘲笑，他掛不住面子，用力地大揮衣袖，到底是帶著家奴氣沖沖地離開了霓裳樓。

三名金吾衛也在告別白之紹後離去。

拂曉已過，晨曦乍起，賓客了也漸漸四散，送走了金吾衛與長孫沖這椿鬧劇，白之紹轉身走向了不謂花廳。

這間花廳的主人是紫衣幻紗，且如她本人的氣韻一樣，不謂花廳華美貴氣，以琉璃裝砌，滿廳霞光流彩，花廳之中陳列了多把名劍，寒光配著箜篌的曲調，讓人心生神往。

由於這花廳是當朝武將與江湖俠客的常聚地，所以雅室也最多，便於傳遞江湖中的消息。而一旦有重要人物入座幻紗所在的雅室中時，她便

會燃起一爐香，香霧縹縹緲緲、尋尋覓覓地飄出紙窗，蜿蜒著散成青煙一片，每每看到這般信號時，白之紹便知道這位客人的重要程度。

香霧越濃，來者的身分越高。

而今日，幻紗室內方才飄出的香霧，是白之紹從未見過的，他心有疑慮，不由得加快了步伐。在推開她房間的那一刻，原本還在東座與之攀談的幻紗聞聲起身，立即迎上前來，前傾身形，向白之紹行了一禮。

坐在屏風後的沈勝衣見狀，立即明白了白之紹的身分——畢竟能讓那位好似不怕天地的美貌姑娘如此俯首的，便只有這裡的樓主了。

正當沈勝衣也準備起身時，那一襲綢質白衫的玉面郎君足蹬薄底快靴，幾步過來，到了李遇客面前，抱拳一禮，面具下的微笑十足明朗：「今日不知四哥前來，竟有失了遠迎，可不會怪罪五弟吧？」

李遇客笑得溫和，他回了禮數，忙不迭地與之熱絡：「是我來得唐突，只怕會驚擾了白賢弟。也實在是束手無策，在這長安唐城中，除了你這裡，我也再找不出第二個合適的去處。」

說話間，幻紗默默地為二人斟上了沏好的香茶。而沈勝衣這邊，她則是最後為其倒上的。想必她是尊敬李遇客，才連帶著他也一併不計前嫌了。沈勝衣端起茶杯去接的時候，還顯得有幾分受寵若驚，餘光瞥見她長袖上繡著碧水波紋的圖案，配著鬢上青綠色的步搖與臉頰兩側的耳墜，倒是更能顯現出她骨子裡帶著的冷傲之氣。

「多謝幻紗姑娘。」捧著一杯香茶，沈勝衣對幻紗點頭致謝。

幻紗也不似此前對他那般無情，略一點頭算作回應，而後坐去了最為靠近白之紹的位置上。

她坐在他身邊，姿勢很規矩，神情也非常正經，就如同是一個端坐在長輩身旁的晚輩。

看上去像是主僕二人……沈勝衣思慮著，視線在幻紗與白之紹二人身上各自周旋了片刻，禁不住感到羨慕。他想到這位樓主每日都有幻紗姑娘這樣的美人陪伴身邊，一定不會有任何煩惱。沈勝衣忍不住輕嘆，又去看他師叔，從談話中依稀可覺，師叔與那人是舊相識。

待到那人把面具取下時，沈勝衣的眼睛不由得睜大了一些，他上下打量了一下這位玉面郎君，要年長自己一些，眉清目秀，通身貴氣，那張臉

更是完美得毫無破綻，即便同在絕色美人幻紗身邊，也並不遜色。竟說不準，要比美人還俏麗三分，直叫人挪不開眼睛。

這霓裳樓裡當真是臥虎藏龍、千嬌百媚啊！沈勝衣禁不住在心中讚歎，又覺得用「千嬌百媚」形容一位男兒郎實在失禮，趕忙搖了搖頭，訓斥自己胡亂比擬。

白之紹在這時輕揮摺扇，幾次去看沈勝衣，終於不再寒暄客套，直截了當地問李遇客道：「四哥，我從方才就覺得奇怪了，你身邊這位小兄弟斯斯文文的，未必是你路上結識的江湖中人，可若是帶來的熟人，怎不見四哥為我介紹一番？」

李遇客也並不急，他放下手中的茶盞，反而是繞開白之紹的問話，兀自說道：「五弟，我今日不請自來，不瞞你說，是有一事相請。」

白之紹笑笑：「你我兄弟之間談何『請』字，只要是我能幫的，必定會鼎力相助。不過……是和這小兄弟有關吧？」

幻紗在這時湊近白之紹，以一種足以令在座每個人都聽到的聲音提點道：「主人，那個姓沈的是金吾衛。」

沈勝衣握著茶盞的手指一震，白之紹在這時微微瞇起眼，唇邊一抹笑意似有譏諷之意：「看來，在逃要犯竟真的藏匿在我這樓內了。」

聽聞此話，沈勝衣握緊雙拳，猛地從椅子上站起來身。幻紗見狀，也警惕地試圖起身，白之紹則伸手攔住她。

李遇客也一把按住沈勝衣的手，語氣平淡道：「勝衣，坐下。」

沈勝衣緊緊地抿著嘴唇，緩緩坐回。

李遇客的目光掃過室內種著的忍冬、黃竹，又從幻紗充滿戒備的神情上晃過，最後，他凝神望著白之紹，沉聲說道：「五弟，這些年來，我早已不問江湖之事，更不參與朝廷舉動，唯獨今日貿然前來，實在是需要四弟出手相助。」

白之紹保持著沉默，他聽得出李遇客聲音中的冷靜，且十分有條理，像是早已預演了許多次。

待到李遇客將所發生的一切全盤道出後，白之紹的臉色才有了微變，他知曉李遇客冒死救出這個名叫沈勝衣的金吾衛時，就已經有了危機感，而李遇客最後那句「整個長安城內，也只有霓裳樓的白之紹才能還他一個

清白」更讓白之紹目光凜然。

　　可白之紹不想讓自己乃至於是霓裳樓陷入危險中，當即拱手拒絕道：「四哥，這事我幫不得你。」

　　李遇客眉頭一鎖，竟沒想到白之紹會拒絕的這麼俐落。

　　「五弟，你不再認真考慮考慮？」

　　白之紹卻立即轉了話題，假裝若無其事地喚來侍女，交代幾句後，又對李遇客說：「我吩咐她去拿些飯食來，都這個時辰了，你們也該餓了，只喝茶可不行，但我知四哥不喜油膩，特意選了桂花餅，你等會兒可要好好嘗嘗。」

　　李遇客卻冷下臉，眼裡似有慍怒。沈勝衣還是第一次見他這樣動火，自是不敢出聲，只聽他對白之紹毫不客氣道：「你究竟是幫，還是不幫？」

　　白之紹低頭品了口茶，喃聲道了句：「這茶涼了，都不香了。」

　　李遇客忍無可忍地重重一拍桌案，震得茶盞搖搖晃晃，幾滴清茶溢出，濺到了白之紹的白衫上，暈染成一片氤氳。

　　氣氛陷入詭異的沉寂，以至於沈勝衣覺得如坐針氈。今日之前，他尚且不知自己的師叔是何方神聖，更不知霓裳樓的樓主又是哪路神仙。而此時此刻，他竟也從李遇客的舉止中，察覺到了厲害之處，還有面前的這位樓主，榮辱不驚、行事老道，絕非等閒之輩。

　　便是在這時，白之紹終於正面回應了李遇客，他嘴角那抹略顯輕佻的笑容隱去，只平靜道：「四哥，正如你所說，如今的你我都已不再插手朝廷之事，更何況整件事早已是一場撲朔迷離的陰謀，即便是神仙也沒辦法，我早已過慣了如今的自在日子，自然也不想扯進這渾水裡頭。」

　　「哪怕我以過去的兄弟情分來懇求你，也不肯？」

　　「這可不是感情用事的時候。」白之紹輕蹙眉頭，也勸慰起李遇客，「我有三個理由不插手此事，四哥，這三點你同樣也心知肚明。其一，混亂局面下，必要明哲保身，朝臣已在暗中徹查新科狀元與名妓的死，正缺替罪羊來頂上黑鍋；其二，長安城中未必有表面看到這般繁華太平，一朝風雲改，誰人也料不到將會如何改朝換代。最後一點，無須為了一個無關之人賠上自己的性命，從前的遭遇，四哥，難道你都忘盡了不成？」

從前的遭遇……是什麼意思？沈勝衣聞言看向李遇客，眼裡有困惑與驚異。

　李遇客卻面未改色，他全然沒有將白之紹的勸阻聽進去，反而是繼續道：「我要救的並非是與我無關之人，他是我的師侄。可即便他不是我的師侄，此事我也無法袖手旁觀。倘若這個沈勝衣死了，還會有下一個沈勝衣遇難，千百個無辜的沈勝衣都將白白犧牲，為何而死？為了誰的權謀？整個長安的百姓，也要嘗此無辜之痛嗎？」

　這一番話，令白之紹陷入了思慮。

　想來，掌管著霓裳樓的樓主白之紹，的確有一顆對黎民百姓的悲憫之心，他的父親就曾為了收養西域戰亂留下的孤兒，而奔走在長安的大街小巷，一百零八個坊之間，父親也曾與權貴鬥智鬥勇。

　而白之紹又是遊俠組織的頭目，這名為「蠑蚗」的遊俠組織極為龐大，他們多數是退役兵，也有被社會拋棄的底層人。

　然而，在最初，這些人對朝廷都有著赤誠之心，卻在仕途中遭受到了權貴與朝廷冷酷無情的對待，對朝廷、權貴與社會已經心寒的男子們，組成了蠑蚗遊俠組織，立誓不娶妻、不生子，將與長夜為伴，他們渴望的是有一天能夠深處在一個沒有狗官、沒有不公的唐國，且眼下的唐國雖繁華鼎盛，卻是他們極為不滿的。

　果然，在白之紹沉默之際，李遇客敏銳地捕捉到了破綻，聲調陡然提高：「你所建立的蠑蚗組織，不也正是因為痛恨不公的權貴壓迫嗎？你明明那麼痛恨那些高位之上的人，難道打算坐視這群虎豹豺狼在長安肆虐？」

　白之紹恨然道：「皇權之下，我僅僅是一個遊俠組織的頭目，如何能抵擋得住朝廷的強軍悍馬？」

　李遇客道：「將欲歙之，必固張之；將欲弱之，必固強之。」

　白之紹抬起頭，眉頭皺得更深了一些。

　李遇客反而平靜地道出：「關於你是蠑蚗組織頭目一事，朝廷之中也早已有人知曉。」

　「是誰？」

　李遇客回道：「康王身邊的人。」

白之紹的臉色微變。

若提及康王身邊的，便只有魏徹二字最為得勢。而李遇客也斷然沒有必要騙他，畢竟魏徹於他二人而言，也都是舊相識了。

「四哥，你的意思我清楚。的確，今日他們想要剷除的是一個平平無奇的沈勝衣，到了明日，也會將不聽從他們政權的人、物乃至組織都消滅乾淨，而蟪蛄，怕是會首當其衝。」

李遇客點頭道：「若想不被達官貴冑趕盡殺絕，就要去抗爭，拿回屬於自己的那一碗羹。」

人性從來都是趨利避害，可以背叛忠義仁德，但絕不會背叛利益。

天下熙熙，皆為利來；天下攘攘，皆為利往。

白之紹自然也在權衡利弊，眼下，他已被李遇客架在了一個進退兩難的境地，若執意不幫，反而會成了有失道義。畢竟蟪蛄組織的成員數以萬計，他就算與沈勝衣毫無瓜葛，也斷然不能拿平日裡同甘共苦的遊俠性命去開玩笑。

只是，倘若他真的幫了這忙，那他便要將霓裳樓置於危險之中。他將會成為窩藏、幫助，甚至掩護朝廷要犯的一員，那麼霓裳樓中的四位姑娘，又何錯之有呢？當真要平白無故地與之一同冒險不成？

思及此，白之紹竟難以做出抉擇，忽覺手臂傳來一陣溫熱，他轉頭去看，是幻紗輕輕扶住了他，二人眼神交會，幻紗點了點頭，似在給予白之紹支持。白之紹也因此而安心，他覆住幻紗的手，用力按了按。

這一舉動被沈勝衣看進眼底，心裡忽地一陣難過。

明知這般危急關頭，又勞煩師叔為他求人相助，他不該產生不必要的兒女私情，可偏偏從第一眼見到幻紗姑娘開始，他的眼神就總是不受控制地隨著她走。

想來他風華正茂，卻總被同僚稱作「榆木腦袋」，在一幫人圍繞著「姑娘」做話題閒聊時，他還未曾有過那種心氣。甚至還不屑道，但凡有一天他動了心，那姑娘也一定是出塵脫俗之人，即便不是仙子，也會是個妙人。

可惜天公沒有算好時辰，偏生要讓他在這種水深火熱的節骨眼，遇見了這麼一個勝似仙子般的妙人。且她的眼裡，似乎早已有了這姓白的

樓主，連望著他的眼神，都是脈脈深情，令沈勝衣不禁為之倍感悵然。原來，幻紗姑娘雖貌若驚鴻，但心中的少女情懷，也是和尋常女子沒有分別的。

正當他為之嘆息的時候，白之紹已經做出了決定，他一改玩世不恭的態度，非常誠摯地對李遇客說道：「四哥，我改變主意了。你的事情，我幫！」

李遇客露出釋然的表情，他站起身來，合拳對白之紹道：「五弟的慷慨，我絕不相忘。待到我師侄沉冤得雪，五弟有求，我與師侄必全力以赴。」

說完，他見沈勝衣還在出神，便踢了他一腳，示意他趕快表態。

沈勝衣回過神，立刻站起身：「勝衣謝過樓主。」

然後目光瞥向幻紗，便輕聲道：「也要多謝幻紗姑娘。」

白之紹似看出了沈勝衣的心思，他若有若無地笑了一下，揮著摺扇道：「勝衣師侄不必生分，我年長你一些，又與你師叔兄弟相稱，你也稱我做師叔好了。」

沈勝衣有些尷尬，倘若這樣抬高輩分，幻紗姑娘豈不是也要大他一輩了？

正想著，白之紹已與李遇客開始了商議：「既然是遭到陷害，那麼如何證明自身清白才為關鍵。但欲加之罪，何患無辭，已被選中成為替罪羊的人，在這長安之內、天子眼下，怕是不可能得以翻身。」

沈勝衣忙道：「我的確是被冤枉的！」這話音剛落，他就意識到自己的情緒有些許激動，便平靜下來，沉聲再道：「正如我之前說的那番，想來十分蹊蹺，就算是遭到誣陷，也空口白牙。」

白之紹道：「你曾說準王妃王汝曾與你們一起在那牢中，可待到爆炸之後，再沒見到她，你可確定她當時與你們一同從密道逃了出來？」

聽聞此話，沈勝衣與李遇客面面相覷，彷彿都不太確定當時的情景了。

「當時的情況很混亂。」李遇客試圖回想起零星碎片，「且密道又極為陰暗，我與勝衣一心想著逃命，早已顧不得那位準王妃的安危了。」

想到準王妃，沈勝衣不禁嘆道：「想來她也是無辜，白白遭受此劫，

如今是生是死，我們不得而知。」

「無辜？」白之紹卻以摺扇拍打掌心，瞇起眼睛，道：「只怕一位尊貴的準王妃在夜半時分鬼祟出行，也全然配不得無辜二字吧！」

李遇客蹙眉，道：「她在那種時間點出現，的確奇怪。就好像是……」

「自投羅網？」幻紗輕飄飄地插了一句。

李遇客只管看向她，並未回應。

白之紹則道：「這也只是無端的猜測，更何況，眼下發生的一切都毫無頭緒。不過嘛……」他頓了頓，眼神狡黠地落到沈勝衣身上，「我倒是可以送你離開長安城，去別處避避這強勁風頭。待到這風聲過去一些，你再回來長安也是個法子。」

沈勝衣略有詫異，心想這位樓主講話竟顯得有幾分官腔。可他也明白對方是好意，但此時此刻，只要朝窗外望去，就能看見長街上盤旋搜查的金吾衛，再回想起方才在霓裳樓裡發生的搜尋，他便搖頭，堅定道：「我不會逃離長安城。如今的我已得罪了朝廷，就算逃得一時，日後也永不會安寧。而且，倘若我就此逃走，便說明我的確成了殺害我上級的凶犯，我師叔捨命救出我來，最終卻淪為背井離鄉的逃亡者，豈不是太荒唐了嗎？我不能一輩子活在見不得人的陰霾之中。」

幻紗放在腿上的雙手，因他的這番話而微微一抖，彷彿是觸動了她的內心，她略顯動容地抬起頭來，雙眼亮起一絲清亮屬芒。

顯然，白之紹也從沈勝衣的這番肺腑之言中，感受到了真切的大義凜然，他露出頗為欣賞的神色，一揮摺扇，輕輕扇動，道：「是個好漢，難為你年紀輕輕就有此覺悟，真不愧是我四哥的好師侄。」

李遇客轉頭看向沈勝衣，點了點頭道：「只要能查出這凶案背後的真相，就會還你一個清白，也能還枉死之人清白。如今有了霓裳樓的一臂之力，你我再不必孤軍奮戰了。」

可沈勝衣想到死去的索義雄，不禁傷感起來，平白無故地丟了性命，實在是可憐。比起索義雄，他還好端端地活著，而生者自是有義務去為死者查明枉死的真相。於是他懇請白之紹道：「事不宜遲，必要盡早找出幕後元凶，否則夜長夢多，朝廷屆時定會大動干戈。」

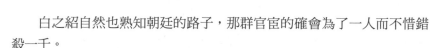

白之紹自然也熟知朝廷的路子，那群官宦的確會為了一人而不惜錯殺一千。

「關於此事，我要與四哥從長計議一番。為了避免耽擱，需兵分兩路。」白之紹這才將幻紗正式引薦給沈勝衣：「這位紫衣姑娘，是我霓裳樓內最得力的劍客，無論追蹤、防衛或是刺殺，只要有了她幫助，你將如虎添翼。」

沈勝衣自然已經領教過了幻紗快如猛獸的劍術，當時在密室裡，要不是她手下留情，他早被她的利劍削下一塊肉了。

「那……便有勞幻紗姑娘了。」沈勝衣站起身，向幻紗頷首示意。

幻紗也不是斤斤計較的個性，既然已經得知沈勝衣的來路與身分，更明白他是李遇客帶來的人，自然不會再對他兵戎相見，而且白之紹已經吩咐了她，必是要盡心盡力地去完成才行。

她對沈勝衣的態度緩和了不少，輕輕點頭，算作是對他的示好和接納。

沈勝衣也放下心來，忍不住長舒一口氣。

李遇客在這時說出了他內心的擔憂：「眼下，要想憑藉咱們幾個的力量查出蛛絲馬跡，最為要緊的是能回到當日索義雄死的房間裡。可現在到處都是金吾衛，想要回到那房間裡頭，怕是痴人說夢。」

白之紹輕笑道：「四哥不必擔心，我這霓裳樓雖然不大，可五臟俱全，各路神仙也是有的，伊真最為精通易容術，她可以將沈師侄易容成另外模樣的人，再搞來兩套金吾衛的衣服扮上，幻紗和他一同潛入事發之地，輕而易舉地就能蒙混過關。」

沈勝衣蹙眉道：「那便要率先返回金吾衛的府衙才行。」可這般做法，會否羊入虎口？

大概是看出了沈勝衣的擔憂，白之紹卻雲淡風輕道：「不入虎穴，焉得虎子？放心吧！有幻紗在，你已經不是從前的沈勝衣了。」

沈勝衣打量著白之紹的表情，又轉頭看向李遇客。李遇客明白沈勝衣的顧慮，便同白之紹道：「我陪他們一起前去金吾衛府衙，待我回來後，再同你細細商議。」

白之紹並不阻攔，笑了笑：「速去速回。」

這會兒的天色已經蒙亮，霓裳樓裡的賓客都已散去，姑娘們也都回房休息，熱鬧光景彷彿不復存在，沈勝衣戴好了斗笠，隨李遇客一同走到暗巷時，幻紗已經在等候他二人了。

她身上的紫衫外頭套了一件深一層的絳紫色胡服，腰間繫上了綢帶，是窄袖的，大抵是為了方便行動。

「趁著天色還沒有大亮，我們要抓緊時間。」幻紗提醒他二人，臉上沒有多餘的表情，眼神也依舊是冷淡的。

沈勝衣看不透她心思，只能乖乖聽從。為了不引起旁人注意，他們並未騎馬，而是選擇走僻靜的巷道。此時的深巷已被晨光鍍上了一層淡淡的金色，沈勝衣抬起頭來，看到逐漸破雲而出的光亮，心裡卻在祈禱白晝遲些到來。

唯有夜色是最好的掩護，失去了這層保護傘，接下來就要暴露在未知的危險之中。而金吾衛府衙又是長安裡戒備森嚴的地帶，沈勝衣心中惴惴不安，他害怕這一次將是有去無回。

但事實證明他對自己的同伴過於缺乏信心，因為到了金吾衛的府衙後，幻紗率先翻牆潛入。她一身好輕功，比屋瓦上飛簷走壁的野貓還要機靈敏捷。

沈勝衣還在牆角下頭驚歎的時候，幻紗已經吹了一聲哨響，是代表安全的信號。於是，沈勝衣和李遇客也接連翻牆而入，在沈勝衣的皮靴踏在金吾衛的地盤上時，他的心情也比剛才輕鬆了一些。

並且，更為令他震驚的是，金吾衛府衙內竟然空無一人，除了大門緊鎖之外，再無把守，他料想是這次搜尋動用了全部人力，所以府衙內部才空空如也。

「早先就聽聞金吾衛是一群傲慢的皇家走狗，如今來看，傳言當真不虛。」幻紗的語氣中略有不屑，她環顧四周，冷聲道：「竟連門哨都不放，這是認定了不敢有人在光天化日下擅闖此地。」

沈勝衣聽進耳裡是有點不舒服的，可又沒什麼資格辯駁，畢竟他已被金吾衛拋棄，甚至通緝，又如何還能聲稱自己是他們之中的一員呢？可若沒有近來發生的事情，金吾衛的府衙也絕不會如此疏於值守。

「快！趕緊辦正事。」李遇客對沈勝衣使了個眼色，沈勝衣立刻

點頭，他帶著二人來到存放金吾衛鎧甲的暗室，很快便找到了兩套嶄新的衣衫。

幻紗動作俐落地將起整理好，放進事先帶來的包袱中，再背到身上時，她忽然眉頭一皺。

「有腐臭味兒。」幻紗順著味道嗅了嗅，起身看向暗室的木窗，外頭是府衙後院，亂草橫生，碎石遍地，一具屍首軟塌塌地躺在其中。

沈勝衣也循著她的視線望去，剎那間，他的雙瞳收緊，牙齒都要被他自己咬得粉身碎骨。

幻紗轉回頭，見他臉色難看，立即明白了，試探著問：「是你的熟人？」

沈勝衣沒有回應，只是別開臉去，一拳狠狠砸向牆壁。

李遇客走到木窗旁，他望著窗外被枯草淹沒的薛老的屍體，眼底黯淡如淵。大概是金吾衛還未來得及處理那被他們折磨致死的可憐老人，才會暫且丟去後院與泥土為伴。

風很靜，吹拂著薛老沾染著血跡的短靴。

沈勝衣含著眼淚，他憤怒而又自責地喃喃道：「是因為我……一切都是因我而起。薛老本該安度晚年的，如果不是為了我，他根本不會……」說到此處，他心裡升騰起的恨意越發強烈，以至於如烈火一般燒紅了他的雙眼，「害了薛老的人無論是誰，我死也不會放過。」

幻紗不由得怔了怔，只因沈勝衣那份決絕的恨與執著，若干年前，她似乎也曾有過那樣的眼神。

但此地不宜久留，李遇客理智地催促沈勝衣離開。幻紗走上前去一把拉過沈勝衣的手臂，不給他沉溺悲傷的時間，用力一推，便將他帶出了暗室。

誰曾想，就在前往偏門的路上，幻紗忽聞窸窣的腳步聲，她趕忙喊住沈勝衣和李遇客停腳，然而為時已晚，到底還是撞見了迎面而來的二人。

那是一主一僕，走在前頭的皇室身穿素衣，卻難掩樣貌俊秀。他身後跟著一位老奴，一雙做工精湛的靴子洩露了他的身分，是宮裡人才能穿的。

幻紗眼尖，認出了那位年輕的皇室，湊近李遇客身邊耳語：「是

舒王。」

　　自然不會錯的，這位正值聖眷的親王，可是霓裳樓的常客，幻紗雖不曾與之打過照面，但卻記住了他的樣貌。

　　而撞見這來路不明的三人，舒王倒也不卑不亢，他蹙起眉心，心中思緒複雜。想來他是思念自己那位失蹤的準王妃，今日逢了天亮，便迫不及待地來到金吾衛府衙來尋蕭如海，只為得知進展。哪料金吾衛統統不見去向，大門鎖得倒是緊，害他動用四名錦衣衛才打開，如今又在此處撞上這麼幾個衣著怪異的人，他上下打量起他們，眉眼間也有陰晴不定的情緒在忽明忽暗，半晌後，他不耐地問道：「你們是什麼人？」

　　斗笠下的沈勝衣不敢抬頭，他心中怦怦亂跳，強裝鎮定，自知絕不能亂了陣腳。

　　倒是幻紗保持著冷靜，她有理有據地回應道：「我們是被派來整理暗室的雜役，府衙裡有幾個新來的衣服不合身，託我們帶去裁縫那裡修修邊角。」

　　舒王在宮中見慣了這些謊言把戲，自然不會信幻紗的說詞。可她勝在語氣平和，儀態淡然，倒像是把假的也說成了真的。加上舒王心思不在此處，他只想著去找蕭如海，便匆匆走過，再無意盤查他們。

　　沈勝衣見舒王從自己面前經過，本以為是虛驚一場，誰知舒王忽然停住腳，再度轉身，命令他們道：「等等。」

　　沈勝衣背脊一僵，不敢再動。舒王則是重新走回到他們面前，他的視線停留在幻紗的臉上，見她帶著襆頭，胡服束腰，乍一看，是個頗有異域風情的翩翩少年郎。

　　「你抬起頭來。」舒王吩咐。

　　幻紗照做，卻始終低垂著眼睛。

　　舒王探出手，捏住她下巴，左右看了看，這輕薄傲慢的動作令一旁的沈勝衣心有不悅，握緊雙拳就要衝上前去。李遇客一把攔住他，沈勝衣不得不按捺住內心的怒火。

　　偏生是這一微小的舉動被舒王察覺了，他鬆開手，看了看指尖上的胭脂粉末，又去打量幻紗的長睫，立刻知道了這是個兩靨如桃的美人，不過是假扮成男兒身罷了。

舒王心中有了端倪，他聽聞了這段時間發生的事情，關於王妃失蹤一事，其實尚未傳遍宮中，但王妃昨夜並未出現在她的寢宮已是事實，是她的貼身侍女偷偷跑來告知了舒王，他才來到金吾衛府衙詢問真假。

難道說……面前這三人是和此事有關的嫌犯？他們的裝扮本就怪異，尤其是頭戴斗笠的那個，仿若見不得人一般。

而且宮中近來頗為動盪，就在昨日，他還看到康王神祕兮兮地從聖人宮中離開，想必是商議要事。

思及此，舒王便覺得不能輕易放走面前這三個人，若是他們和王妃失蹤的事情有關，他必要問出個因果才行。於是，他對老奴使了眼色，老奴心領神會，猛地撲向幻紗，將她牢牢勒住。沈勝衣大驚失色，可眨眼之間，舒王就大聲喚道：「都進來！」

說時遲那時快，守在門外的數名錦衣衛快步衝來，瞬間就將沈勝衣等人團團圍住。

舒王一抬手臂，指著沈勝衣三人：「拿下！」

數名錦衣衛抽出腰間長劍，紛紛衝上前來，李遇客只得持劍迎擊，沈勝衣顧慮著幻紗，哪知幻紗早已將那老奴制伏，竟正要以劍刺穿老奴心窩。

沈勝衣急忙阻止幻紗：「萬萬不可！他是宮中的人，殺不得！」

鼻青臉腫的老奴連連求饒，幻紗咬緊牙關，狠狠地踢了他一腳，老奴立刻逃竄到了樹下。幻紗則瞪著沈勝衣道：「你這般心慈面軟，還如何要替那位因你而死的老人報仇？」

沈勝衣被刺痛，悵然之際，三名錦衣衛撲向他，幻紗眼疾手快，一把將他扯到自己的身後，反手一劍擋住三人攻擊。且她擅長使劍，手腕輕顫，劍法便如靈蛇身軀一般扭動，當即將三名錦衣衛震得掉了手中的兵器。

「還愣著幹嗎？」幻紗怒斥沈勝衣：「看你後面！」

沈勝衣一怔，忙看向自己身後，果然已有錦衣衛來襲，他來不及抽出腰間刀刃，只好以拳相搏。他拳拳打在錦衣衛的腕處，逼得對方失了兵器後，不得不徒手相鬥。沈勝衣一個打三個，絲毫不落下風，他本就在兵營長大，出拳極快，力道驚人，一拳下去，打落對方好幾顆牙齒，倒也疼得

自己「嘶」了一聲，趕忙甩了甩手，那人捂著嘴跪在地上，一團血和著碎牙從指縫間流落。

目睹此景的幻紗，竟忍不住哈哈大笑起來，曼妙笑聲惹得沈勝衣心弦撥動，他回過頭去，也朝著幻紗傻笑一下，結果卻遭到幻紗一聲咒罵：「蠢貨！」

沈勝衣不明所以，結果下一秒，就有錦衣衛的重拳砸向他的臉頰。沈勝衣跌跌撞撞地後退幾步，才明白幻紗是在罵這個。且那名錦衣衛趁機撿起了地上的武器，接連幾劍砍向沈勝衣，逼得他連連後退，好在背靠牆壁，他飛起左腳，斜身踏牆，一個後翻，身子已躍在半空。右腳重重一踢，踢到那錦衣衛的背上，當即將其踢去了對面的樹幹上頭。

這一腳結結實實，縱使那錦衣衛肋骨不碎裂，腿骨也必定折斷了。沈勝衣心中還覺得有幾分愧疚，待轉頭去看幻紗，她劍法迅捷俐落，已經解決了圍攻她的三名錦衣衛，倒也沒取他們的性命，只以劍柄重創要害，使得那幾人倒在地上，捂著痛處哼哼唧唧。

第九章

再看李遇客那邊，舒王府上的錦衣衛，到底是比不過那些受過嚴格訓練的近身內侍，即便是四人齊心圍攻李遇客，也被他在短短幾招內就擊退二人。剩下兩名年輕力壯一些的，還在緊追不捨，他二人手中的寶劍青光閃動，雙雙直逼李遇客脖頸。

但李遇客腕抖劍斜，左右接下兩劍，錚的響聲，三劍相擊，嗡嗡長鳴，震得其中一名錦衣衛跌落了寶劍，李遇客抓住機會，反手一劍去刺另一名錦衣衛的腰腹，對方來不及閃躲，真以為要就此命絕時，李遇客卻故意偏離了要害位置，只劃開了他衣襟，傷及皮肉，完全避開了筋骨。

那錦衣衛一怔，登時明白，來者一身好本領，卻不打算傷人性命。可也給足了警示。若是再鬥下去，難免自討沒趣，萬一來者再改變心意動了殺心……思及此，身為手下敗將的幾名錦衣衛面面相覷，皆已是默契的心照不宣。

然而舒王見到這頗有些全軍覆沒的陣勢，覺得顏面無光，當即喝令其中一名道：「你去搬救兵！傳我的令，把這條坊間的所有侍衛都帶到這裡！」

而後又吩咐其餘錦衣衛：「你等在此堅守，本王回來之前，你們誰也不准撤退！」說罷，便裝模作樣的後退幾步，最終轉身朝府衙大門快速奔去，其心可見。

李遇客很清楚舒王在打的主意，便吹了一聲口哨，沈勝衣和幻紗立即循聲望來，李遇客對他二人道：「他必定是去搬來魏徹做救兵，你們先走一步，我去斷他去路！」

沈勝衣伸出手欲去阻攔，可李遇客已經飛快地去追趕舒王等人，他欲言又止地收回手，再低頭去看那些倒在地上哀聲呻吟的錦衣衛，不由間蹙緊了眉頭。而身邊的幻紗打量著他的神情，竟道出了他心中疑慮：「李俠士口中的魏徹，可是那位當朝文臣嗎？」

沈勝衣看向幻紗：「你也知曉魏徹？不！我的意思是……魏徹雖是當朝臣子，卻也算不上是盛名在外，而幻紗姑娘似乎對他略知一二。」

幻紗垂了眼瞼，將佩劍收入鞘內，並未回答沈勝衣，只說：「快快離開此處吧！李俠士武功高強，肯定很快就會來與我們會合，不要耽擱了時間。」

　　沈勝衣只好點頭，隨幻紗一同離開了這是非之地。

　　然而，李遇客方才的寥寥幾語，卻始終如一團黏著的沼氣，覆在沈勝衣的心口。他的話，彷彿另有其意。

　　雖說沈勝衣只是一個小小的金吾衛，連府衙內部的核心都觸及不到，自然也與權欲宦海無緣，可即便是他這樣無人問津的螻蟻，也曾聽聞魏徹在朝中的勢力風向。魏徹與康王交情頗深，而舒王又是康王黨的，由此而知，魏徹也必定是舒王船上的一臣。

　　但，這些也都是靠近朝權才會知曉的風聲，他自己是從不會把這些捕風捉影的事情帶回家中閒談的，既然如此，李遇客身為一介尋常百姓，又怎會在這般緊要關頭，明晰魏徹與舒王的關聯呢？

　　難道說，他早就知情？

　　沈勝衣心中一沉，竟對李遇客的來歷有些困頓了。

　　想來也是，若僅僅是普通的尋常百姓，又怎會與霓裳樓的樓主稱兄道弟？而且，幻紗姑娘對他的敬重也都是發自內心的，連尊稱都是「李俠士」，可見他的過往，絕非是在自己家中摘種蘿蔔時的懶散模樣。但如今才意識到這一點的沈勝衣，忽然就產生了不安。

　　將已經遠離江湖與權欲的師叔，重新拉進渾水之中，究竟是不是大錯特錯？

　　思及此，沈勝衣幽幽地嘆息一聲。

　　「你在擔心李俠士嗎？」

　　幻紗清冷的聲音讓沈勝衣回過神來，他眼裡有光亮了亮，這才發現自己已經和幻紗躲進了無人途徑的暗巷之中。

　　這裡距離金吾衛的府衙有三條街，是離開坊間必經之路。若半炷香過後，李遇客還沒出現的話，他二人就要離開巷子原路返回去尋他。所以此般時刻，等待成了膠著的煎熬。

　　「不擔心。」沈勝衣說得有些心虛，他蹲坐在角落，稍微挺直背脊，頭靠在身後的牆壁上，眉頭始終沒有舒展，「師叔年少時行走江湖多年，

練就一身好武藝，那些皇宮內院裡的三腳貓，自然不是他的對手。」

　　幻紗聽著，並未回應，額邊鬢角有幾滴冷汗順著臉頰流淌滴落，沈勝衣餘光瞥去，忽然見到她的胡服袖子上，暈染開了大片暗漬。他大吃一驚，這才覺察到：「幻紗姑娘，你受傷了？」

　　幻紗循著他的視線看向自己的左臂，表情極為平淡地回想道：「是剛剛搏鬥時沒有避開那一劍……」

　　沈勝衣立刻從衣衫裡掏出布帕，然後又在巷子的角落裡四處尋找一番，果然見到了幾種有藥材性質的青草，他撕扯了幾株扔進嘴裡嚼碎，再抹到布帕上，接著敷到了幻紗的傷口處。

　　幻紗感受到刺痛，纖眉一皺：「這樣哪裡能止得住血？」

　　布帕都沒有接觸到皮肉，難道企圖讓滲出的藥草汁水能穿透胡服不成？

　　沈勝衣愣了愣，無計可施道：「可，也不能坐視不理，倘若失血過多……」

　　「把你的短刀拿來。」幻紗打斷他。

　　沈勝衣趕快照做，幻紗拂開他的手，以刀尖嵌入胡服，直接撕開了一道長長的口子，露出了潔白的臂膀，沈勝衣見狀，立刻心神不寧地別開視線，整顆心怦怦亂跳，趕忙背對著幻紗，遞出手中的那塊藥草布帕，支支吾吾地說：「幻紗姑娘……你，你自己敷上吧！你我男女有別，實在是授受不親，我理應非禮勿視才對……」

　　幻紗在心裡嘲笑他是個愣頭青，轉而將布帕按壓在自己那道淺顯的傷口上，只過了一會兒，血就止住，畢竟刀傷不深，甚至連疼痛都感受不到了。

　　「真沒想到，你竟是個純情的正人君子。」幻紗忍不住打趣沈勝衣。

　　沈勝衣想轉頭辯駁，卻又不敢轉，思潮起伏不定，只好嘆道：「幻紗姑娘，眼下可不是取笑我的時候，師叔未歸，你又負傷，我內心實在很亂，也很愧疚，你……你就不要再挖苦我了。」

　　聽了這話，幻紗也不好意思繼續揶揄，反而有些訕訕地抿了抿唇瓣，清咳了幾聲道：「我沒有取笑你的意思，不過是覺得……像你這樣的男子很少見罷了。」

沈勝衣再嘆：「的確，幻紗姑娘身在霓裳樓那樣的奢華之地，見慣了王孫公子，便是我這樣的尋常小卒，在你看來自是十足可笑了。」

　　幻紗不悅道：「我何曾說過你可笑？」

　　「雖不曾……」沈勝衣有點埋怨似的側過頭，「可幻紗姑娘始終都沒有對我笑過，即便是對我師叔，你都有過溫柔神色，唯獨對我……」

　　「對你怎麼？」幻紗輕哼一聲，「我天生就是這樣一副冷面孔，又不是獨獨針對於你，就算你是李俠士的師侄，可我也是為了主人的吩咐才幫襯你們，我對李俠士的確尊敬，那是因為曾聽聞過他的事蹟。但，你我素昧平生，我何必要與你親近？」

　　沈勝衣道：「那……也許日後，待到你我再熟悉了一些，幻紗姑娘便肯對我笑一下嗎？」

　　「我想笑自然會笑，還要分肯不肯嗎？」

　　沈勝衣忙說：「我絕沒有強人所難之意，不過……不過是覺得，幻紗姑娘這樣美麗的女子，理應適合如花笑靨的。若我有幸能夠見到，死也無憾。」

　　幻紗一瞬羞紅了臉，沈勝衣總是這般直言不諱，實在令她難以招架，以至於又氣又急道：「談什麼死不死的，真是晦氣！倘若遇見比我還要更美的女子，你怕是也要把這番話講給她聽了吧？」

　　沈勝衣立即道：「世間怎會還有比你更美的女子？我可不信！」

　　幻紗板起臉孔，竟與他辯駁起來：「花言巧語，金吾衛中怎會有你這種口蜜腹劍之人？更何況霓裳樓裡美女如雲，無論是璃香、伊真還是若桑，都是難得一見的美人，她們可遠比我美得多！」

　　沈勝衣感到冤枉地撓了撓鼻尖道：「我只是實話實說，怎就成了口蜜腹劍呢？而且我是不知道什麼璃香和伊真的姑娘，就算見到了，也必然不會覺得美，因為在我心中，幻紗姑娘已經美豔無雙，我只盼著能逗你開心喜笑，也算是圓全我一件心願了。」

　　幻紗秀美的面容上原本還帶著一絲怒色，可聽到他說的這樣情深意切，她反而有些不知所措了，略顯慌亂的眼神更增幾分嬌麗。此時正是日方正中，明亮的陽光照著她，白膩清透的臉色更顯晶瑩細嫩，連半點瑕疵都沒有，朱唇微啟，兩排細牙如碎玉一般，令偷偷瞥見這一幕的沈勝衣不

由得心中一動。

當真是個……絕色美人啊！沈勝衣垂下眼去，反而越發憂思了。想到這樣的美人於他而言似天上月、水中花，他便感到悵然不已。

他的一聲輕嘆令幻紗感到困惑，猜不透他為何總是在發嘆。便喊他一聲，吩咐道：「你帶了細繩沒有？幫我把胡服袖子和布帕包紮起來。」沈勝衣從懷中摸出一些零碎東西，的確有幾條細繩，便立刻照著她的交代去做。

只是湊近她時，還是不敢去瞥她裸露出的臂膀肌膚，便轉頭向著別處，只抬手去摸索著包紮。

幻紗不禁覺得好笑，就說：「你即便目不轉睛地盯著看也不打緊，我是霓裳樓裡的人，平日裡的穿著要裸露得多了，早已經習以為常。而你身為大唐男子，何必如此介懷？金吾衛在平日裡搜查青樓，總歸見了不少花娘的腰身吧？那些白花花的細皮嫩肉，還沒讓你增長見識嗎？」

沈勝衣的回答顯得有幾分執拗：「她們是她們，怎能同幻紗姑娘相提並論？而在我看來，霓裳樓高貴典雅，幻紗姑娘也是聖潔無暇。」

幻紗怔了一怔，一時之間竟無言以對。她不再作聲，直到沈勝衣幫她包紮好了傷口，她才回過神來。

也是這時，她才想起要細細地打量一番面前的年少郎君。他有著一張清秀面孔，但五官輪廓硬直，又不失堅毅，襆頭下露出的額頭光潔飽滿，倒是聰睿之兆。而那雙勝似女子般的明眸，時而凌厲、時而含情，若是配上一匹駿馬，自然是個鮮衣怒馬的少年郎了。

察覺到幻紗的視線，沈勝衣與之四目相撞，幻紗來不及躲閃，二人眼神交會，直至巷口傳來腳步聲。

沈勝衣一驚，警惕地轉身去看，見是李遇客踱步而來。

「師叔！」沈勝衣看到他平安無事，立即喜出望外地起身去迎，「你總算回來了！我和幻紗姑娘一直在等你會合！」

李遇客略有歉意道：「久等了，我費了一些工夫，才將他們的計畫打亂。」

沈勝衣與幻紗並未追問，大家只想著，度過了這一場有驚無險後，要盡早趕回霓裳樓。

未時一刻，平康坊，霓裳樓。

在幻紗的帶領下，沈勝衣與李遇客一路來到了蘭舍花廳。而那位一襲白衣的廳主，早已在雅室內等候多時，她身姿曼妙，半戴面紗，只露出一雙如水眉目，正是伊真。

李遇客在這時低低惋惜一聲：「可惜了，若這會兒是傍晚便好了。」

沈勝衣眼有困惑，幻紗解釋道：「霓裳樓中唯蘭舍花廳可觀大唐夜色全景，此處是談天下、宴賓客、會鴻儒之地，忠臣訴說心中豪情，良將劍指天下，皆在夕陽落盡後才會開宴。」

沈勝衣恍然大悟地愣愣點頭，伊真則是起身相迎，對沈勝衣與李遇客二人輕輕領首算作招呼，隨後抬起纖纖玉手，摘掉了鑲滿寶石絡珠的面紗，是一張豔驚四座的絕美容顏。她的眼睛湛藍如海，眉心朱砂一點，冷傲氣韻婉轉，實在令人挪不開眼。即便是看似與世無爭、無欲無求的李遇客，都盯著她久久不語。

伊真被這樣盯著看，不禁有些惱火似的，沈勝衣察覺出她的不自在，立即去撞了撞李遇客的臂膀，李遇客收了目光，用輕咳掩飾尷尬，盡量讓自己情緒平靜：「姑娘，想必五弟已經將事情的來龍去脈都告知你了，我和師侄……」

伊真接話道：「我已領了樓主的吩咐，二位不必多禮，請進來室內落座吧！」

沈勝衣一行人隨著伊真進入雅室，一股奇香隨即嫋嫋入鼻。伊真親自為來客倒上盛滿蓮葉的熱茶，沈勝衣抿了一口，覺得這茶實在醇厚香濃，比金吾衛府衙裡的御賜貢茶都要來得奇特，這茶，竟讓沈勝衣品出「曼妙」二字。彷彿閉上眼睛，就可以聽到充滿異域風情的弦樂絲竹聲。而舞女們在迷蒙香霧中翩翩起舞，手鐲與腳鐲相互碰撞，發出清脆聲響。

圓月映空，夜風微拂，芳香四溢，雲霧繚繞，舞女嬉笑著圍繞在沈勝衣身邊，抬手輕撫他額頭，嬌柔喚了一聲「郎君」。

沈勝衣猛地一個激靈，他清醒過來，發現身側坐著的幻紗正以一種嘲諷的眼神望著他。

伊真也淡淡一笑，對他道：「這茶自是美味，可不能貪戀其中。」

沈勝衣羞怯地低下頭，這才發現蘭舍花廳裡的茶都能令人如墜夢境。

然而，眼下並不是沉溺在感官愉悅的時候，必要抓緊時間才行。

伊真在這時拿出自己的珠寶紅木箱，打開鎖扣，裡面裝滿了細細的筆與幾張磨光羊皮，她對沈勝衣說：「我在霓裳樓裡的易容能力，也算是首屈一指，這可不是自誇，就算放眼整個大唐，也未必有勝我一籌的能人。其實換一張臉絕非難事，用我這手中的筆和羊皮，我就可以將你完全變作另一個人，很難有人識破。」

沈勝衣客客氣氣道：「那就有勞伊真姑娘了。」

伊真又將一套衣物遞給沈勝衣：「若是易容，便換個與平日裡全然不同的風格，瞧你身板也算周正，配得起我這一身寶貝。」

沈勝衣接過伊真遞來的衣衫，只見竟是個上下分體的露臍天竺舞姬袍，他立即紅了臉，一臉痛苦道：「伊真姑娘這是做什麼，我是堂堂正正的男兒身，怎能穿這個？」

「就是與平日不同，才不會讓你在混入常去之地的時候被發現。」伊真認真地安排著：「喏！帶上這個面紗，能遮住半面臉，再加上我為你變張容顏，任誰也不會懷疑你不是個『女人』。」

沈勝衣一臉愁容地望向李遇客和幻紗，最後是幻紗忍不住了，她控制著笑意站起身，將背來的金吾衛衣衫交給伊真道：「你不要再戲弄他了，伊真，將我們三人易容成尋常的金吾衛面貌，待到夜色一來，我們就要行動了。」

見被幻紗識穿了把戲，伊真只好嘆道：「難得要動用易容術，我本想找點樂子的。好吧！為了你們今晚能夠順利行動，我會按照你的要求來做。」

聽聞這話，沈勝衣也鬆下了一口氣，而後感激地看向幻紗。

幻紗看似不以為然，但內心裡已經有些享受被沈勝衣信賴與期待的感覺。這份從未有過的新鮮波動，逐漸蕩漾了她的心緒，使她從最初的被動，開始變成主動地來解決如今的任務了。

待到西時三刻，夜色漸濃。

懷遠坊，月泉公主的行宮大門前，駐守在此的金吾衛，要比昨日增加了兩名，共有四名。其中一名是夜哨，待到明日凌晨才能交接，剩餘三名正在等著前來替班的同僚。酉時剛好是換人的時辰，這會兒已經遲了三

刻，便有人不耐煩起來：「北衙的人做事就是磨磨蹭蹭的，看他們來了之後，我非要數落一番不可！」

旁頭的人道：「且體諒一下他們吧！府衙牢獄被炸，沈勝衣又是在逃，南北二衙除了咱們幾個駐守行宮的，其餘都要被抽去巡街搜人，來交班的難免要遲些。」

正說話間，南邊傳來腳步聲，行宮前的金吾衛循望過去，見到前前後後有三名金吾衛走來，為首的金吾衛笑容滿面地打著招呼：「酉時已到，前來交班。」

「哼！瞧你們那副悠閒模樣，已經遲了足足三刻！」說著，行宮前的金吾衛便迫不及待地將腰間權杖丟過去，是通行行宮內外的駐守權杖。

為首的金吾衛俐落接住，三人依次站好，目送交班的三名金吾衛離開。

剩下的那名要負責夜哨的金吾衛，打量了這三人一番，瞇起眼，問道：「你們幾個是新到北衙的吧？看著面生啊！」

為首的金吾衛微微一笑：「前幾日才被招進北衙，還有很多規矩不太熟悉，日後有勞長官指點了。」

被恭維做長官的夜哨有幾分得意，立即開始口若懸河地炫耀起自己的資歷，那名為首的金吾衛認真的傾聽，半晌過後，夜哨隨口說了句：「要是有口茶喝就好了，說得久了，口都乾了。」

為首的金吾衛立刻對身後二人說：「你們兩個去行宮裡端兩杯茶來。」

二人立即照做，剩下夜哨忽然有些憂色，似在擔心駐守之人隨意走動，然而為首的金吾衛卻對他道：「長官，這裡有我一人看管無礙，要是有上級來查，我再以口哨聲喚你過來，你若累了，便回去房內小睡片刻也好。」

夜哨心想，這個新人還挺懂事理，但自己也不能過於順水推舟，免得被他私下說閒話，於是裝模作樣地嘿嘿笑道：「那……等我喝了他們端來的茶之後，再去歇歇。」

為首的金吾衛輕笑而過，他緩緩揚起臉，望著逐漸深沉的夜色，眼神深邃起來。

與此同時，假藉端茶而得以進入行宮內的兩名金吾衛，正朝著索義雄遇害的房間走去。他們二人正是被伊真易容過的沈勝衣與幻紗，而外門那名與夜哨周旋的金吾衛，便是同樣偽裝過的李遇客了。

　　似乎沒想到會這般順利，沈勝衣禁不住感嘆道：「伊真姑娘的易容之術當真出神入化，方才那幾名同僚，都是曾與我共事多年的，竟無一人將我認出。」

　　幻紗瞥他一眼：「不僅僅是伊真的易容術高超，也要多虧李俠士的那份『若無其事』與『遊刃有餘』。」

　　沈勝衣立即自豪道：「我師叔雖然平日裡看著吊兒郎當的，可在緊要關頭時，師叔比任何人都要可靠。」

　　「任何人？」幻紗語調稍微提高了些：「也要比我可靠？」

　　沈勝衣連忙解釋：「我不是那個意思，幻紗姑娘，你與師叔都在為我出生入死，豈能分得出孰輕孰重？於我而言，你們都極其重要可靠。」

　　幻紗笑而不語，好像很喜歡看到沈勝衣焦急緊張的樣子。可惜夜色深了，沈勝衣沒有看到幻紗唇邊的笑意，還以為幻紗又不再理他，隨即耷拉下了肩膀，低聲嘆息。

　　直至找到了索義雄遇害的房間，幻紗才回應他一句：「我也不是對什麼人都會展現出可靠一面的。」

　　面對幻紗這突如其來的坦誠，沈勝衣心潮起伏，一時不知所措。正斟酌著該如何回應，幻紗已經小心翼翼地推開了那扇木門，只聽低低的一聲「吱呀……」，沈勝衣趕忙四下環顧，確認無人經過後，他趕忙與幻紗二人進了室內，反手關緊房門。

　　房間裡很暗，不能點油燈，會引起注意。幻紗事先帶來了一塊夜光石，她握在手上，隱隱散發出的光亮，足夠在室內行走，而外頭也察覺不到這般微小的光暈。

　　沈勝衣也借著夜光石在室內查找線索，手指摸到案几，已然落上了一層薄薄的灰塵，說明自打索義雄在這裡出事之後，便無人來打掃過。

　　「也才過了兩日，暫且封鎖這個房間也情有可原。」沈勝衣喃喃自語，「可木門上卻未貼封條，就說明這個房間仍舊可以出入。」

　　他回想著當時發現屍體的位置，找到之後仔細地搜查，然後模仿索

義雄死去的姿勢，平躺在地面上。幻紗站著他身旁，靜默地凝視著他的這番舉動。

沈勝衣閉上眼，思考著……如果凶手是有備而來，那麼他一定在這個房間裡出沒過許多次，也就是說，他極有可能是進出行宮裡的人。而他無論是在殺人之前還是殺人之後，都不曾被察覺到端倪，更說明他所做的一切都是在暗中進行。

假設……沈勝衣是那個人的話，他會首先考慮在殺人之後的逃跑路徑。

「可當時發現索義雄的屍體是在凌晨，在此之前，行宮密不透風，這間房又上著鎖，凶手根本來不及逃走。」沈勝衣蹙起眉嘀咕，忽然靈光一閃，他睜開雙眼，抬手去按了按床底的下方。

幻紗蹲下身來，湊近他一同去看床底：「你腦子挺聰明的嘛！竟知道觀察這種角落地帶。」

「倘若我真的聰明，早在當日就該察覺到這蛛絲馬跡的，而我卻放過了唯一能當場抓獲真凶的機會。」沈勝衣憤恨地搬掉了床底鬆動的幾塊磚石，果然見到床下有著可以容納進一個成人的空間，只不過需要蜷縮著忍耐才行。且探手去撫木塊上的痕跡，有淡淡的凹凸不平，像是被利器刮過。

果然，此處確有人曾藏身。

「皇天不負苦心人，到底是被我找出了這線索！」沈勝衣又驚又喜，「真凶早就藏在床下，趁著索義雄毫無防範之際將他殺死，然後再躲回床底將磚石合上，等到金吾衛們陷入混亂之際，他就有了逃跑的機會！這一套計畫真是天衣無縫，必然是經過縝密……」

「小聲點兒。」幻紗提醒他。

沈勝衣趕緊捂住自己的嘴。

幻紗知道他開心於找到了線索，但此事若冷靜分析的話，還有許多解釋不清的端倪，譬如：「這行宮所住之人，是來大唐和親的西域公主吧？」

看來大唐之內皆已聽聞此事，沈勝衣點點頭，他從床下爬起身，望著窗外的沉沉夜色，蹙眉道：「那位來自阿史那部落的月泉公主進唐一事，

是早就由聖人定下的,並且從去年年初開始,這在懷遠坊的行宮就修繕過。而當時作為金吾衛的我們,已曾參與監工巡邏,因為要確保每一處都是安全的,不能放過任何一寸角落。」

幻紗的眼神落到床底:「那為什麼還會出現這樣的紕漏?」

沈勝衣看向她:「你的意思是,這個行宮之中有內鬼?」

幻紗緩緩道:「不僅僅是這個行宮,算上修繕工人、巡邏侍衛,就連朝中參與過此事的每一位官員,都極有可能在此處神不知鬼不覺地動上手腳。」

聽聞幻紗這話,沈勝衣剛剛燃起的希望火焰瞬間熄滅了,他感到一頭冷水潑頭,無奈道:「倘若真是如此,那要找出真凶將會是大海撈針,說不定……」

「真凶還會受到朝廷的庇護。」幻紗道出了他心中最壞的猜測。

沈勝衣凝視著幻紗,二人久久不語,直到一聲清脆的哨響傳來,是李遇客的暗號,這代表真正來交班的金吾衛可能已經出現,他們必須離開了。

月色迷蒙,夜風低嘯,空無一人的行宮牆外,沈勝衣與幻紗接連躍牆落地,李遇客早已在巷口盡頭等候,三人點頭示意,迅速地消失在靜夜之中。

與此同時,結束了一整天巡街的金吾衛們回到了府衙,一行人窸窸窣窣地牽馬進府,有幾名金吾衛的衣衫是濕著的,連連抱怨起跌入河中的窘迫。可即便如此,他們每個都整肅警敏,一看便知訓練有素。

在隊伍的中間,是兩匹通體無瑕的黑馬,馬鞍上金漆雕飾,兩隻小小的金鈴掛在馬頸下頭,隨著馬蹄走動而輕輕搖晃,發出清空的聲音,牽著那馬的人,正是金吾衛的副隊長。

而隊伍最後,有個樣貌年輕的金吾衛心神不寧的,他向著左右掃視。看到有幾名年長的金吾衛朝著柴房方向走去時,他也趕快對身邊的人說:「趙五哥,我方才喝了太多水,我……我要去方便一下。」

「你怎麼搞的,今天什麼收穫都沒有,副隊長正在氣頭上,你還不趕快列隊?」趙五郎壓低聲音,瞪了他一眼。

「可我看見那幾位大哥都去了柴房後面……我,我也很快就會

回來。」他捂著肚子，急匆匆地將馬韁交給趙五郎，然後轉身跑去柴房後頭。

等到了柴房，年長的幾名金吾衛在悠閒地交換著煙槍，見到他這個愣頭青來了，只管笑他幾句。他來不及與之寒暄，迅速撥開亂草，幾步奔到僻靜的樹下解開了腰帶，一邊小解一邊長舒出一口氣。

可就在他的視線落到面前樹幹上的時候，一抹異樣斑駁令他皺起了眉頭。因為順著那痕跡看下去，整棵大樹的亂草上，都沾滿了洋洋灑灑的斑點，他趕快提上褲子去追尋那一路延伸向柴房後門的跡象，直到推開木門，迎面一陣涼風襲來，吹散了裡頭的血腥味道。

這年少的金吾衛才滿十五歲，剛入職金吾衛不足月餘，還未見到如此震撼恐怖的景象，當即癱倒在地，驚聲叫喊惹來了附近其餘金吾衛趕到，眾人循望著他驚恐的視線望去——只見柴房裡，一具歪曲的屍體半靠著木椅上，頭顱耷拉著，脖頸的深刻血痕還有血跡滴落，一直順著地面流淌到柴房外，死未瞑目的模樣，顯出猙獰可懼，全然沒了生前的意氣風發。

圍在柴房外的金吾衛們嚇得傻了眼，而聞聲趕來的副隊長見狀，登時臉色煞白，連退三步，冷汗從他的額際浮現，他顫聲下令：「來人，去……去通知蕭長官……告訴他，舒王……在金吾衛府衙遇害。」

「你再說一遍！」剛剛回到北衙還未站穩腳的蕭如海目露凶狠，惡狠狠地質問那名前來通報的年輕金吾衛，「舒王……你確定死的是舒王？！」

整個北衙的氣氛，都因此而凝重如深淵，還牽著馬匹韁繩的北衙金吾衛，連大氣都不敢喘，生怕惹惱了臉色難看的長官。然而誰又能想到，堂堂舒王會突然喪命，且又是死在金吾衛的府衙之中呢？

年輕的金吾衛瑟瑟發抖地站在蕭如海面前，他甚至懷疑是否是自己傳遞錯了消息，可……他的確是第一個發現屍體的人，副隊長也親口說了，死的人，的確是舒王。於是，他緩緩點頭，肯定道：「回長官，是……是舒王沒錯。」

這可不是說笑的事情！此事的嚴重性，足以令平日裡沉著冷靜的蕭如海面如土色。要知道，此番責任追究下來，可不是他的腦袋能夠擔得起的。

「蕭長官，副隊長請長官回去南衙……商議此事。」年輕的金吾衛小心翼翼地補充了一句。

蕭如海鐵青著臉，握緊了馬韁：「還有什麼可商議的？出了這天大的簍子，就算是金吾衛全體陪葬也是不夠！我不過是巡街一天，你們整個偌大的南衙竟無人把守不成？舒王怎會去那裡？事發當時，可有人在場？」

「回長官，今日為了執行你交代的搜尋在逃要犯一事，南衙的確出動了所有人員……至於舒王為何會出現在府衙之內，的確無人得知……」

「無人得知？」蕭如海震怒，一把扯過那年輕金吾衛的衣襟，「闖出這般大禍，你等一句無人得知，可會令聖人信服？金吾衛的死期，怕是不晚矣！」

年輕的金吾衛全身顫抖，淚水都含在了眼眶裡。周遭氣氛凝重，無人敢多嘴，蕭如海慢慢地放開了他，然後失了魂一般地吩咐道：「全體北衙，和我一同前往南衙，不要帶多餘的武器，只可攜帶佩刀。」

眾金吾衛領命，他們翻身上馬，跟隨著蕭如海出了北衙。

夜色沉寂，一輪渾圓明月當空，無星無風，一行人馳騁在坊間路上，身後孤衙竟顯出幾分悲壯。而那面佇立在北衙望樓上的金吾衛，旗幟歪歪斜斜，看上去幾乎要斷裂中折。

而到了戌時，暗夜中忽有大塊大塊的雨點砸落。不出片刻工夫，大雨傾盆，夜風驟亂。懸掛在簷下的宮燈，在風雨中搖晃不定地打橫飛起，大明宮內沿著小路載滿的杜鵑，也被雨水打得零落，侍女們趕緊去關窗戶，腳步聲在空蕩的大殿內發出陣陣迴響。

坐在內殿中的玄宗皇帝，在明滅不定的燭燈下僵直了身形，橫飛的白色帳幔如同浮雲一樣在眼前來去，他震驚了許久，簡直不敢相信康王冒雨帶來的消息。

「他的屍身……」

康王垂首道：「停在大明宮內，臣料想陛下是要再見他最後一眼的。」

玄宗皇帝悲痛地扶住額際：「朕的心都要碎了。」

想來舒王是與玄宗皇帝年歲最為接近的手足，那位樣貌俊秀、性格討喜的臣弟，平日與世無爭，只喜吟詩作樂，總歸風流了些，可也是風華正

茂，玄宗皇帝自然是有幾分縱容著他的。

可如今卻不明不白的慘死，身為一朝親王，竟是死在金吾衛的府衙之中，實在令玄宗皇帝在心碎之餘，又極為震怒，他抬起眼，泛紅的眼眶已有肅殺之意，他對康王道：「便是將全部的金吾衛統統殺掉，也賠付不起一個舒王。」

康王聞言，已然知曉玄宗皇帝的意圖，可玄宗皇帝本來就是個絕頂聰明的人，疑心也重，手下臣子蠅營狗苟的勾當，哪裡瞞得過他的眼。所以，康王絕不能在此諫言，他必要引導玄宗皇帝親自下令。

於是，康王嘆息道：「雖說舒王的屍身是在金吾衛府衙被發現，可那群忠義之人一直為朝廷盡心盡力，就算有一百個膽子，也斷然不敢對堂堂親王痛下殺手，陛下，是否還需再……」

「你大可不必再為他們求情。」玄宗皇帝決絕地一擺手，心意已決，「前有沈氏一案，現有舒王是非，即便是螻蟻，成群後也可啃噬頭狼。你現在便領朕的命，去將金吾衛圍剿。」

康王眼底閃過一絲冷銳的喜悅，他恭敬地起身，頷首道：「臣遵旨。」

宮外的暴雨鋪天蓋地，籠罩著大唐長安。這座天下最繁華的都城，被吞噬在暗寂與驟風中，充滿了不可預知的走向。

第十章

夜雨狂亂，鐵騎馬蹄聲飛濺。

亥時。

身在金吾衛府衙中的蕭如海，正在室內擦拭著手中短刀，油燈光亮暈黃，風吹木窗，如鬼哭狼嚎，坐在他身旁客椅上的副隊長握著茶盞，杯中清茶早已涼透，他的臉色也極為難看，自打目睹舒王屍身被康王運出府衙之後，他心中便忐忑不已。

都已經這個時候了，金吾衛們早已就寢，唯獨他與蕭如海二人毫無睡意。

「也許該去和霓裳樓尋求幫襯。」他忽然這樣說道。

蕭如海端著刀刃的手猛地停住，望向副隊長的眼神令人猜不透心緒。

副隊長盯著蕭如海，臉上帶著一絲驚懼道：「長官，就算我不說，你心裡也比誰都清楚——出了這等大禍，金吾衛已經孤立無援了！若不盡快去尋求援助，只怕……我們……」

「白之紹那樣聰明的人，不會蹚渾水的。」蕭如海平靜道。

而蕭如海說出了這話，就代表他也曾盤算過這樣的對策。

彷彿是看到了生存希望一般，副隊長忍不住將內心憂慮一吐而出：「長官，容我多嘴，但人命關天，我等理應在朝廷對我們下手之前轉變陣營，且平日裡咱們對平康坊不薄，白之紹的霓裳樓也都是在咱們的庇佑下才穩定運營，如今金吾衛有難了，他不能不幫。」

蕭如海卻皺眉：「堂堂金吾衛，怎可向遊俠低頭？」

「長官，從舒王死在這府衙內的那一刻去，金吾衛就大勢已去——只怕就是現下給了霓裳樓一個投名狀，他們都未必肯接納了。長官，莫要意氣用事！」

副隊長的這番話，蕭如海又如何能不明白？這金吾衛中的每個兄弟，都一併出生入死過，早已緊緊地凝聚成了一團，於金吾衛長官而言，這的確是難能可貴的，但對於朝廷中的權臣來說，過於團結的衛兵是危險的肉刺，而拔掉肉刺，是每一位心懷策反之心的臣子的、不可言說的目的。

金吾衛歷代忠於聖人，但要想令聖人懷恨，也是輕而易舉之事。便拿如今來說，舒王之死，足以令聖人將金吾衛的赫赫功勞拋在九霄雲外，區區看門狗，就算殺過千軍萬馬，護得半壁城池，又如何能與血脈手足同日而語？

這室內一時安靜下來。蕭如海沉默許久，半晌後轉過頭，他凝視著副隊長，像是已有了打算一般。

然而外頭忽然傳來巨響，似是大門被撞開，緊接著是氣急敗壞的嘈雜聲，只在剎那，蕭如海便明白，是朝廷帶人來了！竟比他想像中還要快，可見聖人已然不願留下金吾衛多喘幾口氣。

蕭如海心中泛起巨大的悲痛，他猛地抓起短刀，和副隊長飛快地衝出了室內。首先，映入眼簾的是魏徹，他頭戴斗笠，但雨水還是打濕了他臂膀衣襟。他身邊是三十餘名弓弩手，還有二十幾名御林軍。蕭如海立即懂了，是康王領了聖人的命，所以才會派魏徹來圍剿金吾衛府衙。

而地上的積水中，已然倒下了十幾名金吾衛，血腥氣撲鼻而來，蕭如海震怒之中，魏徹冷聲下令：「捉拿蕭如海，留他活口，其餘人等，攔路者斬。」

蕭如海大驚失色，只覺朝廷這番做派實在狠辣。那三十餘名弓弩手箭在弦上，蕭如海呼喊著金吾衛四散，躲避攻擊。然羽箭齊發，到底還是有金吾衛死在箭下，蕭如海越發憤怒，他隻身逼近魏徹想要以他做人質來要脅，卻被御林軍發現意圖，說時遲那時快，四柄長刀「刷」地架了蕭如海的脖子上，逼得他連連退步，又因雨地濕滑而落了下風，他被狠狠地按在了石柱上。而金吾衛急於救他，已然亂了陣仗，隨即被魏徹鑽了空子，從天而降一面鐵網，將那群金吾衛覆在地上，再命人緊緊勒住，那鐵網箍進肉裡，劇痛入骨，只片刻工夫就令網中的金吾衛昏死過去。

見此情景，蕭如海心急如焚，他甚至高聲懇求起魏徹：「魏公手下留情！平日我與康王交情不淺，懇請魏公念及舊情！」

魏徹聞言，不禁唏噓，想來鐵骨錚錚的蕭如海也有今天，他自是心生幾分同情。可聖命如山，他斷然不能心軟，便狠心道：「事已至此，更是不怕你知情，蕭如海，領了聖命的人正是康王。」

言下之意，已是毫無迴旋。

蕭如海抿緊嘴唇，雙眼因暴雨拍打而瞇起。他其實根本不關心是誰來執行聖命，也不怕康王為了邀功而抹殺往日情面，他只是覺得，這事沒想像中那麼簡單。

　　且恍惚間竟令他產生這樣的想法：那在逃中的沈勝衣也許並沒有殺人，他的一切罪名，只是為了方便有人背黑鍋而捏造出來的。同樣的事情，如今也發生在了金吾衛滿門。

　　不！或許從最初開始，沈勝衣作為金吾衛的一員，也只是被選中殺雞儆猴罷了。而蕭如海擔心的是，他意識到這一點已經為時已晚，除非⋯⋯

　　「舒王死的當晚，蕭長官與金吾衛並未身在府衙！」副隊長在這時稟報魏徹，「魏公要明察！」

　　魏徹的目光在副隊長臉上周轉了片刻，接著又看向蕭如海，漠然道：「蕭如海，此事當真？」

　　蕭如海點頭：「當真。」

　　「那為何你剛才不說？」

　　蕭如海怒到極致，反而笑了：「倘若早說，可會有用？」

　　魏徹搖搖頭：「無憑無據，不夠信。」

　　蕭如海露出諷刺的表情，自然像是魏徹的作風。

　　副隊長卻趕忙道：「平康坊內霓裳樓可以作證！那一晚的金吾衛分散巡街，唯獨在霓裳樓中逗留最久！」

　　蕭如海眉頭一皺，仍舊不想拉霓裳樓下水。

　　可魏徹卻不以為然道：「那又如何？寥寥幾名金吾衛巡查霓裳樓，怎能代表其他人不會返回府衙作案？你等再不老實，就地問斬！」

　　只此一句，足以令蕭如海徹底心寒。

　　的確，魏徹是最適合為康王做這些事的人。想來聖人登基不久時，曾在朝中大刀闊斧地實行變革，換掉了約莫半數遺老陣容，因受賄、買官的上三品，都在證據確鑿的情況下被抄了家，連同祖輩三代都被打發去了刑部受審。

　　在那段時間裡，魏徹處理了許多官僚老臣，且也學會了用更狠的刑與更狠的罰，連見慣了血腥的獄卒在外頭聽見裡面的慘叫聲，都會感到毛骨悚然。

而當時，負責押送牢犯的蕭如海，時常要將人送去魏徹那裡。還記得有一日，他一進牢獄，便聞到潮濕腥重的血氣味，再往裡看，就見曾朝中臣子的兩名四品官員懸吊在空中，身上囚衣血淋淋一片，裸露在外的皮膚也是血肉外翻，著實觸目驚心。

魏徹負手站在牢房裡，竟是在認認真真地聽著那兩名老臣對他的咒罵。可魏徹不急不惱，面色平淡，一張素臉背著光，顯出幾分蒼白。便也是見慣了這場面，對此等小差事也提不起興致，只管命人拿了細鹽，去撒那囚犯傷口上面。

如厲害嘶吼般的慘叫，讓蕭如海止步難行，即便是他，也覺得胃中噁心。

也許人心本惡，就算是文臣魏徹，也免不了要求榮。

可，木秀於林，風必摧之；堆出於岸，流必湍之；譬如水也，通之斯為川焉，塞之斯為淵焉，升之則雲雨，沉之則地潤，體清以洗物，不亂於濁，古之君子，蓋恥得之而弗能治也。

死生，命也。雖說竹杖芒鞋輕勝馬，一蓑煙雨任平生。然而，終究是人各有命，蕭如海垂著頭，暴雨冷卻了他那顆原本為朝廷而赤誠火熱的心。只不過⋯⋯

「我信命。」蕭如海重新抬起頭，看向了站在雨中的魏徹：「但絕不認命。」

魏徹皺眉：「死到臨頭你還在嘴硬？便是我要在你面前問斬幾名你的部下，你才會學乖。」說罷，他欲抬手吩咐，卻忽然聽到一聲傳令⋯⋯

「王權相到！」

蕭如海與魏徹皆是一驚，只見雨幕之中，果然是王權相攜一眾家奴入了金吾衛府衙。

此般時刻，一道閃電映亮了王權相的臉，他那張瘦削的面容上，透露出毫不遮掩的磅礴怒氣。便是因此，蕭如海與魏徹都心中明瞭——王汝失蹤一事，果然逃不過王權相了。

他此刻前來，自然是來問罪的。

「魏徹見過王權相。」魏徹趕忙躬身問候。

可王權相根本就不在意他是否恭敬，只一揮衣袖，嗔怒道：「魏徹，

你好大的膽子啊！老夫死了女婿這件事，都要從別人口中聽得，而負責此案的你，是不把老夫放在眼裡嗎？」

「魏徹不敢！實在是分身乏術，且金吾衛有罪，我本想著先問了他們的罪後，再……」

「再想著如何把王汝失蹤的事情繼續瞞下去！」

冷汗混著雨水從魏徹的臉上流淌而下，他不敢反駁，只卑微地低垂著頭受責，也心中覺得冤屈。周遭的人沉默不語，蕭如海見王權相憤怒至極，幾乎口不擇言：「怎就老夫的女兒比不上皇室血脈尊貴不成？如果不是舒王遇害，王汝之事我還是不得而知，你們統統為了舒王跑前跑後，唯獨在王汝的事情上裝聾作啞，當真覺得我老了，犬也能來欺我不成？」

魏徹心中大慌，趕忙躬身高聲道：「臣不敢！臣只是聽從康王差遣，來捉拿金吾衛，舒王死訊驚動朝廷，聖人急於得到真相，故此，臣才連夜查案。若王權相心有不快，臣甘受責罰。」

他說得大義凜然，冠冕堂皇，反倒顯得是王權相在藉由職位欺壓臣子了。

但王權相是何許人也，他早習慣了囂張跋扈，全然不會理會位階低於他的人作何想法，只管怒道：「休要耍弄你的漂亮話了，魏徹，老夫告訴你，別以為領了康王的命，就可以怠慢老夫，真要比起聖眷，他李元貞未必贏得過老夫。今日老夫來尋你，是為了給你一個將功贖罪的機會。」

魏徹頷首：「權相請講。」

「老夫給你兩日時間尋回王汝，若到了時辰還是不見王汝身影，老夫便要去向聖人討一個說法，屆時，首先討了你姓魏的腦袋！」

魏徹猛地抬起頭，大為震驚道：「還請權相三思，此事與臣並無干係，權相……」

王權相不留情面地打斷他：「老夫說與你有關，便是有關。魏徹，你不要以為李元貞是你的靠山，老夫想要的人命，也要他自己有本事贖得回去！」說罷，王權相帶著家奴洶洶離去了。

剩下魏徹站在大雨中，已經不是要去在意掛不住顏面這種小事，在這個節骨眼，上擠下壓、左右為難，局面如泥沼一般越陷越深，他暗暗叫苦，又無人可商議對策，所有壓力都落在他身上，他真怕自己一口濃血噴

出，就此撒手人寰了。

可家中老母、妻兒又該如何是好？魏徹痛心疾首，從懷裡拿出了一個物品。這物品乃一塊雞血玉佩，半個成人手掌那麼大，只不過在大雨淋漓之中，上頭刻著的字被澆打，模糊的不太真切。可這塊玉佩，是康王在當年他高中狀元時，親手贈予給他的，還說過，此玉可免一次罪過，是個免死玉牌。

也許兩日之後，魏徹要使用這物品了。

只不過眼下，他還想要再拚一次，橫豎皆是一死，那不如……

與命相爭一爭。

思及此，魏徹轉身看向被按在石柱上的蕭如海，二人對視片刻，蕭如海彷彿從魏徹的眼裡領悟到了他的打算。

這個魏徹，難道想要私自違抗聖命不成？蕭如海瞇起眼，心想著王權相做事狠絕，絕不是口頭上說說就罷，魏徹如今處境堪憂，怕是尋不到王汝交差，他九族都要遭到牽連。然而舒王死了，又是唯一與王妃有所關聯之人，線索也全然中斷，魏徹向來要強，自然不可能去尋康王的幫助，那麼……他能依靠的，似乎只有金吾衛口中的霓裳樓了。

果然不出所料，魏徹對弓弩手與御林軍下令道：「把金吾衛都押去刑部地牢。」接著，他視線落在蕭如海身上：「北衙長官蕭如海留下。」

御林軍立刻放開了蕭如海，在其餘人等忙碌著押送眾金吾衛的時候，魏徹踱步走向蕭如海，低聲道：「我且再信你一次。」

蕭如海晃了晃被御林軍按得生疼的肩膀，他明白魏徹留他一人自由，已經是膽大包天，可歸根結柢，也都怪魏徹自己頑固不化，如果早先就肯聽他的勸阻，事情也不必鬧到這般毫無迴旋的地步。

「姓魏的，你雖是康王身邊的中流砥柱，可作為人臣來說，你當真是不見棺材不落淚。」

「你只有兩日的時間來協助我，若兩日之後找不出王汝下落，你我都將性命難保。」說這話的聲音，魏徹自己都覺得中氣不足。

蕭如海卻頗為得意地瞥了他一眼：「你怕了？」

沒想到魏徹也不嘴硬，誠實地嘆氣道：「自然是怕得很，王妃失蹤，舒王慘死，都是我過手的案子，偏偏都是無頭案，即便是我不懼權威，也

還是會心中沒底。」

這可實在難得，硬骨頭魏徹也能有這般肺腑之言。蕭如海便不再試探他，退後一步，到了足以遮蔽暴雨的走廊裡，然後朝魏徹招手。

魏徹遲疑片刻，隨即跟上他。

外頭風雨交加，廊內寂靜如斯，蕭如海攤開手掌，一塊碎紙呈在掌心。

「這是？」魏徹蹙眉。

蕭如海道：「在舒王被殺的房裡找到的。」

「你怎不在最初就呈給康王？」

蕭如海不打算回答這個問題，在魏徹探手去拿的時候，他又移開了手，並道：「魏徹，從現在開始，你我已是一條船上的人，而有些事情，也不必再讓第三個人知情。」

魏徹懂他的意思，這大概也是蕭如海沒有將這塊碎紙交給康王的真正意圖。

「你放心，從我留下你的那一刻開始，我已經踏上了不歸路。」魏徹道，「眼下除了你，我再無可信之人。」

說來是也是諷刺，前一刻還在喊打喊殺，這一刻又攜手共事，蕭如海也覺得世事難料，便重新攤開手掌，任由魏徹拿走了那唯一的線索。

魏徹手指撚了撚碎紙的硬度和褶皺，不由沉下眼，是宮裡的人才能使用的密函一角。而這上面，寫著的是一個略有殘缺的「二」字。

這有何用意？魏徹抬起眼，與蕭如海面面相覷。

「也不要覺得蹊蹺。」蕭如海其實早已參破了其中說頭，他掰著指頭給魏徹算計道：「這接連發生的命案，如果串到一起的話，就會覺得有跡象可循。第一個死的人，是盧映春和頭牌曉荷。第二個是索義雄，如今又是舒王……這些人看似毫無聯繫，可他們之間的死亡，卻都隔著相同的時間。」

魏徹驚覺道：「兩日？」

下一個兩日後，又會是誰？

「天子腳下，究竟是何人這般猖狂？」魏徹攥緊了那塊碎紙，他眼有憤怒，「這惡人的目的，究竟是什麼？」

過了子時後，雨漸漸地停歇。

被這暴雨耽擱了許久的沈勝衣一行人，回到了霓裳樓，剛要從後門進，卻看見前船舫上走下了兩抹撐著紫竹傘的身影。

夜雨風中，她們身姿搖曳，是被白之紹吩咐來引路的。幻紗立即明白了，白之紹這是要請沈勝衣與李遇客二位，去他的偏院長談，可見已不是簡單的待客禮遇，而是上等的熱忱招待了。

見了幻紗，兩位侍女躬身問候：「幻紗姑娘。」

接著又對另外兩位頷了頷首，恭敬道：「請隨奴身入院。」

幻紗也為兩位讓出一條路來，示意他們先請。沈勝衣與李遇客一副恭敬不如從命的表情，攜幻紗一起走去。踏入院門時，李遇客腰間繫著的配牌隨他的動作而晃了幾晃。

這偏院是霓裳樓樓主居住的地方，雖是個偏字，可卻是與整棟霓裳樓相連的。院內不似樓內富麗堂皇，反而是意外的簡單清淨。色調是青與靛，庭院的設計竟都是西域風格的，又混雜著唐朝獨特的金與紅色調，再襯著水潭中養著的金鯉，顯得十分世外桃源。

走進正院大堂，引起沈勝衣注意的是半米處立著的一座山水圖屏風，上面是潑墨畫，有身影從屏風後緩緩走出，正是等候多時的白之紹了。

同上次相比，他今日的衣飾更為簡單，儘管依舊是一身素白之色，卻只有長袖上繡著碧水波紋的圖案，配著腰間一塊青綠色的佩玉，倒是更能顯現出他骨子裡帶著的華貴之氣。

他迎面走向沈勝衣幾人，將摺扇敲在掌心，道：「幾位辛苦了，快快落座吧！」而且，白之紹是等在李遇客坐下之後，才坐去他旁邊的位置上的。

同樣等候與此的璃香、伊真與若桑三位姑娘，注意到了這個細節，便知曉李遇客有著格外尊貴的身分，又或者是高於白之紹的江湖背景，畢竟是能讓樓主都放下身段的人，定是不同於普通的皇親貴戚。於是，自不必白之紹多說，懂得察言觀色的璃香，也命侍女端來了上好的香茶。

但比起喝茶，還是商討要事來得重要。李遇客示意沈勝衣，將在索義雄房中發現的怪事，告知白之紹與在場的其他幾位霓裳樓姑娘，沈勝衣與幻紗交換眼神，彼此點了點頭，由幻紗道出了二人共同的想法：「樓主，

我與勝衣認為，真凶理應身懷縮骨功。」

　　幻紗的稱呼令白之紹眼裡閃過一絲訝異，短短一日相處，這對妙齡的少男少女竟已經對稱呼如此親昵⋯⋯白之紹知曉不該在意這種小事，便舒展開了眉頭，接著問道：「何以見得？」

　　幻紗繼續說：「我們當時在那個房間裡找了很久，最終找到了真凶能夠藏身的地方。然而不管怎麼思考，都覺得尋常人很難從這樣狹窄的地方進入到密室中。如果能隨心所欲地潛入房間裡殺人，必定是要有縮骨功的幫襯才行了。」

　　白之紹略一沉吟，道：「的確有這種可能，倘若當真如此，真凶必是有備而來。」

　　沈勝衣道：「且是計畫縝密，背靠大樹。」

　　白之紹看向他，微微瞇起眼。

　　沈勝衣的眼神堅定，他對自己的看法深信不疑。

　　只不過⋯⋯那明明是月泉公主的行宮，歸根結柢，是不該出此紕漏的，一旦傳開，整個大唐的顏面都要被抹黑了。思及此，沈勝衣又不由得低低喟嘆。

　　幻紗那雙深邃的暗藍眸子瞥向他，似乎洞察了他此刻的心思。她料想他是不便訴出內心意圖，只因沒有十足的證據，自然不好妄下定論。

　　但幻紗不同，她本就是被白之紹派來幫助沈勝衣與李遇客二人的，既然她感受了沈勝衣的思慮，便只管替他當眾說出：「各位不覺得這些怪事發生的時間點，都是從那位突厥公主到唐之後嗎？」

　　沈勝衣聞言，立即抬眼看向幻紗，他似乎很是動容幻紗與自己之間的默契。然而，不等白之紹開口，璃香卻對幻紗道：「曉荷的死可是與這件事無關的，如果我沒記錯的話，曉荷出事是在突厥公主到唐的前一天。」

　　若桑半垂了眸子，合在膝上的雙手輕輕摩挲，她的聲音淡如水，卻又柔情蜜意的，聽進耳裡格外舒適：「倒也未必，時間點極為接近，不能排除曉荷的死與那位異域公主無關。」

　　璃香畢竟是火爆脾氣，當即有些不悅道：「你我皆有異域血統，且在座的女子統統都留著異域的血，難道異域人還不清楚異域人的秉性嗎？殘害手足同胞的事情，怎會是異域人能幹得出來的？」

若桑慢條斯理道：「璃香，此事不必上升到家國族群，更何況你身體裡流淌著的是唐國與東瀛的血脈，並非西域突厥。」

璃香抿緊了朱唇，作勢要站起身來。

見這兩人之間的氣氛不太對勁，伊真忙笑著圓場：「都是自家姐妹，為一個從未謀面的突厥公主有什麼可吵的？再說了，不是說好了不再提曉荷的事情嗎？你們兩個可真是言而無信。」

果然，伊真只寥寥幾語，就熄滅了璃香的氣焰。往常也是如此，但凡璃香燃起怒意，唯有伊真雲淡風輕的話語能將她安撫，她二人關係向來親近，就算璃香敢頂撞白之紹，卻也不會拂了伊真的面子。即便璃香從沒說過，可大家都知道，她是中意著伊真淡然靜默、瀟灑自由的脾性的。

只是，「曉荷」二字令沈勝衣察覺怪異，他小心翼翼地詢問幻紗：「你們口中所說的曉荷，可是與新科狀元慘死一案有關的頭牌名妓？」

幻紗點了點頭：「曉荷曾經與我們一同長大，她來自西域，是徹頭徹尾的西域人，曾經與璃香同吃同住，感情最為深厚。但十歲的時候，曉荷離開了霓裳樓，聯繫也逐漸少了許多。」

白之紹的摺扇輕敲案几，他接下來的話顯得順理成章：「即便曉荷之死是樁意外，但在那之後發生的命案，可都是圍繞著出入過月泉公主行宮的人發生的了。」

如此說來的話……

「舒王選妃之日，正是月泉公主入唐之時。」沈勝衣喃聲道。

一直沉默的李遇客也在這時說：「無論是新科狀元之死、名妓曉荷之死、索義雄之死，抑或是失蹤的王妃……，都必定有幕後真凶在操控全盤。恐怕那黃金東珠遺失之事，應該也和這個陰謀有關。」

得知李遇客也有這種考量，沈勝衣便不再隱藏自己內心的顧慮，他終於肯當眾說出：「我所知道的是，發現黃金東珠遺失的時候，只有公主一人在場，雖說我的猜測有些膽大包天——但，或許真的是公主監守自盜。」

果然，這話一出，在場的人都久久不語，一片沉靜死寂，就連白之紹的面孔都顯得有些動搖。那本是從容的神情中出現了幾絲龜裂，顯得有些黯淡。

而璃香更是徐徐站起身來，她走到窗邊，看向夜空。星光映入她藍色眼眸，如同照徹清冷湖底。她八成是對沈勝衣的言辭感到不適，畢竟，她很重視自己的異域血統，甚至不願有人詆毀同是來自異域的人，哪怕對方與她毫無瓜葛。

沈勝衣也看出了端倪，表情顯得局促，一時之間不知該不該繼續說下去。幻紗則輕輕覆住他的手，掌心的溫熱令沈勝衣身形一抖，他抬起眼，撞上幻紗的視線。那雙漂亮的藍色眼睛含著柔情水澤，他第一次見到她對他展露這般眼神。

彷彿是受到了鼓舞，沈勝衣有了勇氣，他繼續說：「我的意思是……雖說阿史那部落已經投降了近十年，但是，阿史那部落曾經在草原稱王稱霸許久，如今未必會心服，若是他們有著怨氣，想要趁此良機來擺唐國一道……」

這最後一句話，倒是如同一把重錘敲在了白之紹胸口，他緩緩地看向李遇客，對方也正看著他。

李遇客微微一笑，只是那笑容顯露幾分疲憊與滄桑。

白之紹似乎擔心著什麼一般，立即對沈勝衣道：「你的擔憂未必是錯的，既然有了線索，就要盡快驗證才行——唯有當面與公主對峙，才能有分曉。」

沈勝衣一驚：「你的意思是，要從黃金東珠遺失這一處下手，引月泉公主道出背後實情？可堂堂突厥公主，怎會聽從我等差遣？」

白之紹抬了抬下巴，示意幾位異域姑娘：「這裡可是有四位聰明絕頂、身懷絕技的女子，有她們相助，你所認為的問題必然會迎刃而解。」

沈勝衣想想也是，畢竟只幻紗一人，就已兩次救他於險境，這次又有其餘三名姑娘的幫襯，也許真的會打開謎團的突破口。

李遇客則提議道：「我與長安黑市中的江湖之人有幾分交情，去尋他們的話，或許能夠找到擅長縮骨的人。」

「既已商定，便分頭行事，以免打草驚蛇。」白之紹說罷，便交代幻紗等幾位姑娘等到天一亮，就去見月泉公主。他與沈勝衣、李遇客，則去尋那縮骨之人的下落。

眾人點頭，皆是贊同。白之紹望向夜空，沉聲道：「今夜都要好生歇

息、養精蓄銳，待到晨星亮起，便各自行動。」

於是眾人散去，沈勝衣與李遇客的住處被安排在別院，白之紹吩咐侍女引他們入房。而幻紗與幾位姑娘還要回到霓裳樓內，這會兒正是賓客滿堂的熱鬧光景，也是若桑的芳蕤花廳開廳的日子。

芳蕤花廳，儒生文人，流觴曲水，詩詞歌賦，筆墨文章，如廳主若桑一般，精通詩詞歌賦、琴棋書畫，又精通醫道，功底深厚，所以這廳內常年彌漫著藥草的清香。

來到芳蕤花廳的賓客，大多是賞樂談心居多，甚至也會有客人興起，加入器樂班子一同演奏。待若桑回到廳中時，樂班子正一個個地捧著琵琶、古琴、瑟、箏還有笛與笙，連同鐘、鼓、鑼、磬，一應俱全，二十多人的器樂陣，正奏著《霓裳羽衣曲》。

而見若桑來了，彬彬有禮的賓客並不會強迫她喝酒作樂，只恭敬地邀請她一同加入奏樂。若桑自然樂意，同身後的三位姑娘頷首示意，然後便坐在空餘的位置上，開始彈奏七曼妙曲音。

幻紗、璃香與伊真也依次落座，她們早知若桑對戲曲與醫術痴迷，且生性與世無爭，唯獨賞花弄月是她的偏好，這也是若桑在四人中最為出塵的原因。

想來歷經今日種種廝殺之後，還能有這樣一處角落供她來放鬆，幻紗不由得露出了極為感慨的神情。

正沉醉著，芳蕤花廳的所有歌女、舞姬忽然傾巢而出，在絲竹迭奏聲中踏歌而舞。她們身姿曼妙、風情萬種，一時之間花影風動，紗舞婆娑，好一個天上人間。

幻紗凝望著這景象，心情也不由得大好。她隨著眾舞姬一起去往正廳中央，抽出腰間長劍，縱情地獻上一曲劍舞。且她今日身著胡服、窄袖垮褲，在一群綠紗裙的唐姬之中，格外有一番俐落的綺麗英姿。

琵琶聲響，曲調婉轉，絲絲入扣，扣上心頭。

幻紗一縷鬢髮垂落下來，拂過玉白臉頰。她將長劍舞弄於掌中，轉手向前刺去，劍身筆直地對準了門外的沈勝衣。

幻紗略微怔然，沈勝衣則作了一揖，懇請道：「幻紗姑娘，借一步說話。」

幻紗收起了長劍，她瞥了一眼還在觀舞的璃香等人，見她們並沒發現沈勝衣的出現，便趕快隨他走出了芳蕤花廳。

　　一直到了較為僻靜的走廊拐角，沈勝衣才停住身形，他轉身面向幻紗，從袖間取出一瓶小巧的藥膏遞給她。

　　他道：「這是金吾衛常年備著的藥膏，治療外傷總是立即見效，我來送給幻紗姑娘，你今日手臂上的傷若是落了疤痕，我可要感到罪過了。」

　　想來幻紗都已然忘記了自己受傷的事情。身在霓裳樓，她從七、八歲就要為前任樓主處理麻煩事，早就已經習慣了磕磕碰碰，但這一瓶藥膏，卻不是會經常拿到的。即便白之紹每次都會吩咐侍女為她敷最為上好的波斯良藥，可那份例行公事的溫柔，總是顯得平淡，不及沈勝衣遞來的這份溫厚有力。

　　於是，幻紗感到心口被重重地按壓了一下，她緩緩接過那瓶藥，反而無法將道謝的話說出口，只道：「你怎還未歇息？」

　　沈勝衣撓了撓鼻子，總是直截了當地表明心跡：「我擔心幻紗姑娘，自然睡不著，若不把這藥送來，我恐怕要一夜無眠。」

　　這話聽著羞人，說的人感到羞，聽的人也覺得羞。幻紗不知該如何應答，沈勝衣也亂了陣腳似的，慌張地道：「那……那我便回去了，幻紗姑娘擦了這藥之後，也要早些休息才是，明日還要為了我的事情繼續奔波，實在是有勞了，那……那我先行……」

　　幻紗卻道：「陪我坐坐吧！我在入睡之前，都要吹吹夜風。」

　　沈勝衣愣了愣，趕忙道好。

　　二人坐在走廊窗邊，沈勝衣見幻紗閉著眼睛，享受夜風拂面，她臉上未施脂粉，眉梢與眼角，卻皆是春意。氣氛靜謐，沈勝衣倒也不避諱自己打量幻紗的眼神，他毫無輕薄之意，不過是覺得她生得極美，每次與她獨處，都令他挪不開視線。

　　只是，他忽而想起幻紗說與曉荷曾是舊識，便忍不住問幻紗家在何處，幾歲入霓裳樓的。

　　幻紗聞言，緩緩睜開雙眼，她故作感傷地悵然嘆息，慢條斯理道：「說來話長，也真可謂是淒涼，我雖是大唐與西域混血，自幼卻父母盡喪，無依無靠不說，連討營生的能力也沒有，三歲就被惡人賣進了青樓，

來來回回轉地不下十餘次，做過雜役、侍童，打從那時起，連吃口熱飯都要看人臉色，實在艱辛。」

沈勝衣心性純善，從不疑人，聽了幻紗的話，立刻就信了，並十分同情，又愧疚自責道：「都怪我多嘴，害得幻紗姑娘說出自己的傷心事。」

幻紗別過頭去，為騙了沈勝衣而偷偷笑起來。很快又恢復一臉正色，轉而詢問起沈勝衣：「那你呢，爹娘可健在？兄弟姐妹幾人？」

沈勝衣觸景生情一般地感慨道：「你我許是同命相連，我父親早年亡故，母親常年勞碌在外，家中除了我與師叔，只有管家與侍女，再無兄弟姐妹，也算得上人丁稀薄。」

幻紗打量著他此刻的痛心神色，不比她對他的戲弄，沈勝衣的確是在真心坦露，令她忍不住覺得，這人可真是心思單純，幾乎連一丁點兒的防人之心都沒有。倘若無人護他周全的話，十分容易被惡人陷害。

幻紗凝視著他，想要對他加以提點，低聲問他：「若桑讀了許多大唐的聖賢書，她總是會說：『以道蒞天下，其鬼不神。非其鬼不神，其神不傷人。非其神不傷人，聖人也不傷人。夫兩不相傷，故德交歸焉。』你覺得，『道』是什麼？你相信這種道的存在嗎？」

這句話從幻紗口中說出，竟令沈勝衣一時間覺得縹緲如夢，好像能夠蠱惑人心，令某種欲望打開雙眼，直抵心口深處最為隱蔽的私密地帶。

沈勝衣驚醒似地睜了睜眼，恍惚道：「能與鬼神……匹敵的道，是什麼？」

幻紗伸出手，指了指沈勝衣的心臟說：「人心。」

沈勝衣一臉困惑。

幻紗的唇邊浮起一絲若有若無的笑意，令人參不透的笑容之下，究竟是危險還是真摯，她道：「待霓裳樓還你一個清白後，並不能保證你是否還會遇到這般窮凶極惡之事。那些潛藏在你身邊，以笑臉、蜜語來蠱惑你的人，必要你自己去分辨其善惡。真正為你好的人固然有，可想要置你於死的人也不在少數，而你，稍有不慎的話，就又會重蹈覆轍、深陷泥潭，又有誰能保證再次向你伸出援手呢？」

第十一章

沈勝衣微微蹙眉，似因幻紗的這一番長談而陷入了思慮。

夜風吹進廊內，幻紗抬起手，將沈勝衣掉落在額前的一縷髮絲拂去他耳後。沈勝衣的手指抖了抖，他抬起眼，望著那張近在咫尺的美麗容顏。她身上的清香充滿異域風情，尤其在夜風的加持下徐徐散開，令沈勝衣嗅進腹中，感到喉間些許燥熱，他覺得自己面頰發紅，便不敢再正眼看她。距離太近，彼此吐息噴在臉上，皆有幾分小心翼翼，似乎都怕驚擾了對方。

但從餘光間偷偷瞥去，迷蒙中見她膚白如瓷，眉若刀裁，烏髮已經散落在肩，以一朵金色牡丹做花環鬆鬆地綁著，華貴又不失嬌俏。

有道之千嬌百媚，西施貂蟬，環肥燕瘦，各有千秋。媚長眼睛、腰臀妖嬈的是美人，淨白皮膚、深目纖瘦的也是美人，說來道去，佳麗大都是柔情之調。而唐國之中美人本就多不勝數，他也是見過不少的。

只是，唯獨這幻紗姑娘，始終令他感慨……

她美得，格外驚心。

然而，只憑美色便對一人心生好感，未免過於膚淺，他不認為自己是那種輕浮的人，且眼下又身處水深火熱之中，如何能費心在兒女情長上頭呢？更何況，她也不會對他這樣的小人物……

「你在發什麼呆？」

沈勝衣醒神，這才抬起頭，發現自己的手指竟撫在幻紗的臉上，登時嚇壞了，慌張起身間，險些撞倒了一旁的花瓶。他滿臉通紅地解釋著：「幻紗姑娘，我絕非有意為之，也毫無輕薄姑娘的意思，實在是……」「情難自禁」這四個字始終未說出口。

每次見他這副手足無措的模樣，幻紗好像都覺得很有趣似的，她忍不住笑了笑，媚眼如絲的俏麗，惹得沈勝衣也跟著傻痴痴地笑了。

「時候不早了。」幻紗輕聲道，「我該回房去了，多謝你的藥膏，我會用的。」

她向他擺了擺手，姿勢灑脫，轉身離去的背影，顯露出幾分傲骨。

沈勝衣靜默地注視著她離去，心中竟不由得升騰起一絲憐惜。是那樣正值芳華妙齡的少女，本該享受最為美好的無憂無慮，可她明知雙肩柔弱，卻還是擔起危險與殺戮。

　　「不能再讓幻紗姑娘因我而陷入險境。」沈勝衣默默地握緊雙拳，「不！即便是此事了結，到了日後，我也要護她周全才行。」

　　不管是何人，都不能將她置身於泥潭，只要有他在她身側，她便不該涉險。

　　那晚的沈勝衣，便是如此堅定地對自己立下了誓言。

　　次日，辰時正，懷遠坊。

　　一輛雍容華貴的車輦，停在了月泉公主的行宮門前，僕人將車簾拉開一角，阿史那連那順勢下了車，他步履匆匆，行色急迫，在見到月泉公主的侍女阿桑麗之後，他趕忙詢問：「她怎麼樣了？」

　　阿桑麗的唐語很不熟練，可她也知道禮儀，到了唐國領土，自然不能時常說起突厥語，便支支吾吾地回道：「公主她……今早直說心口疼，我們又不知如何聯繫宮中，只好求王子傳醫來治了。」

　　阿史那連那點頭，他流利的唐話與阿桑麗形成鮮明的對比，彷彿在無形之中，他已然站在了突厥血統的對面，只道：「不必擔心，我已交代了侍從去將名醫請來行宮，再過片刻便會到了，先讓我去見見月泉公主。」

　　阿桑麗趕忙帶路，順著長廊路過後花園時，阿史那連那見到了兩名正在亭中撫琴的異域女子。身邊縱然有器樂班子不下十人，可唯獨這兩位戴著面紗的女子格外惹人注目。

　　阿史那連那不由得放慢了腳步，眉頭也緩緩蹙起。

　　想來只有唐國本土的文人儒士，才對品琴有著莫名的狂熱，就連襁褓中的嬰孩，也會在聽到曼妙樂曲時沉迷其中。而西域的突厥人，無論男女，斷然是不會對這種七弦十三徽的韻律瞭若指掌的。可那兩位女子又身穿西域衣衫，眉眼深邃如刀刻，的確不是唐人該有的模樣。

　　思及此，阿史那連那問阿桑麗道：「那是怎麼回事？」

　　阿桑麗循望過去，解釋道：「是今早時，公主臥床不起，聽見行宮外頭有樂班經過，琴聲格外美妙，便吩咐人將他們請入宮中來演奏了。」

原來是這樣……阿史那連那覺得是自己多慮了，再不去打量那群樂班，轉而快步向月泉公主閨房而去。到了門外，他還禮貌地扣響了房門，得到應允後才推門而入。

　　月泉公主正從榻上緩緩起身，她披著一件胭脂底色的唐朝錦衫，上頭繡著栩栩如生的芍藥，倒是將她那蒼白的臉色襯出了幾抹血氣。

　　見到阿史那連那來了，月泉公主遣退了阿桑麗，命她關好房門，再請兄長落座，她自己則是有氣無力地靠在錦墊上，纖纖玉手輕扶額際，嘆息道：「阿兄特意來探望我，我卻是這副病懨懨的樣子，真是對不住了。」

　　從她入唐到今，也不過是短短幾日光景，如今卻這般消瘦，實在令阿史那連那心疼不已，他柔聲安撫她道：「妹妹不要說這樣見外的話，我已經通知了侍從，拿我的權杖去尋這坊中最好的名醫來，絕不會比宮裡的差。如果不是妹妹要我別去驚擾朝廷，我必要請一位御醫前來為你診脈開藥。」

　　月泉公主連連搖頭：「萬萬不能驚動宮裡的人，阿兄，我不想被玄宗皇帝知道我現在的境況。」

　　「你只說心口疼，可是舊疾？怕是思鄉而犯？還是這裡的人照顧不周？你且都告訴我，阿兄替你做主便是。」

　　月泉公主哀戚地一笑：「多謝阿兄，可我今日請阿兄來，除了治病，還有一件重要的事情要告知於你。」

　　阿史那連那握住她的手：「你但說無妨。」

　　「阿兄……」月泉公主猶豫半晌，終究還是將晝夜困擾自己的難心事道出了口，「黃金東珠，不翼而飛了。」

　　阿史那連那聞言，心中一凜，很快，他的神情就變得大為震驚，且久久失語。他這番表現也是在月泉公主的預料之中，畢竟黃金東珠事關重大，沒有保護好那件寶貝，的確是失職。這也是她害病的原因，自責與愧疚令她心懷憂思，到底還是病下了。

　　長久的沉寂過去，阿史那連那回過神時，自己的背脊已微微沁出涼汗。他已經有十年沒有回到故鄉了，一口流利的唐話，讓他幾乎忘卻了故土的脈搏是如何跳動的，他本以為自己已經融入了唐國，然而，在聽聞月泉公主告知的真相時，他還是立即產生了一個憂慮，作為質子的他，還能

回到故土嗎？還能在有生之年，見一眼父汗和母親嗎？

這番憂思，竟令向來沉著冷靜的他，也不由自主的雙手顫抖。月泉公主感受到了他的不安，立即反握住他的手，試圖給他慰藉。

「阿兄，你聽我講。」月泉公主認真地盯住阿史那連那的眼睛，「我懷疑這背後的始作俑者，是真如。」

月泉公主的這句話，更加令阿史那連那面露不安。他低聲咕噥了一句：「月泉，我知道你一向與真如不夠和睦，但好歹也是血脈親人，如此大逆不道之事，萬萬不可令他無故含冤……」

想不到月泉公主突然提高了音量，極為激動地說道：「除了阿史那真如，旁人再無動機了！」

阿史那連那眼有困惑，月泉公主則繼續道：「阿兄，一旦這樁聯姻夭折，那麼你身為質子的約定就等於被破壞，既然你回不到草原，日後草原可汗的位置，該有何人是受益者？」

阿史那連那冷靜下來，他分析著月泉公主的這一番話，而後猜測道：「你的意思是，真如想要取代我成為草原可汗？」

「他本就生性奸詐狡黠，為人又狠絕毒辣，有什麼是他做不出來的呢？」月泉公主的眼中滲透怒意，「到了那時候，他一定不會放過阿兄和我的，你我感情一直很好，又時常對他心存芥蒂，這份仇，他必定記在心間。若是有朝一日被他得了勢，你我的日子也絕不會好過。」

想到那日她與阿史那真如商量黃金東珠遺失一事時，他表現得過於得體，且毫無破綻，還能理智地去請金吾衛的長官前來，越是這樣遊刃有餘，就越加令人覺得可疑。

而說到激動之處，月泉公主氣喘吁吁的模樣，使雙頰充斥著緋色紅暈，並直起了身形，那副病弱的姿容，彷彿在瞬間消失不見了。

阿史那連那打量著她，禁不住問道：「月泉，你的病……不是說，心口疼痛難耐嗎？」

月泉公主也不再隱瞞了，她將身上披著的那件裝模作樣用的衣衫扯掉，轉而同阿史那連那正色道：「阿兄，真是對不住，我連你都要瞞上一陣子，可我也實在是身不由己。」

阿史那連那終於懂了：「月泉，原來你一直都在假裝稱病？」

月泉公主無奈地嘆了一聲：「都是為了找回黃金東珠才出此下策。」

「可……這和你稱病有何干係呢？」

「是為了吸引長安城之中的好事之人來到行宮。」月泉公主深知自己的這番做法，已然是破釜沉舟了，「本來這是件醜事，斷然不能聲張，所以我唯有裝病，引人上門，同時以一種渾渾噩噩的形態，將遺失了黃金東珠的消息放出，對方若是有意，也一定會在暗中散播資訊。想來我有公主的身分加持，那些聰明人也會明白，這是個有重酬的美差，一旦真的尋到了蛛絲馬跡報給我，是會得到賞賜的，他們又何樂而不為呢？」

阿史那連那略有憂心道：「若是一旦傳去聖人耳中……不，就算聖人尚不知情，而只有康王得知的話，事情也是不會妥當的。」

「所以才要稱病。」月泉公主篤定地說：「即使坊間傳遍，可朝廷又怎會相信一個思鄉病人的話呢？」

阿史那連那微微蹙起了眉：「你這是在鋌而走險，是在豪賭。」

月泉公主緊緊地攢住兄長的手掌：「阿兄，你要幫我才是，在這陌生的唐國，除了你之外，我真的別無依靠。」

阿史那連那深知，在聯姻完成之前，康王於她而言，不過是名義上的婆家，斷然是不能去依附的。而血脈相連的兄長，又如何能忍心唯一的妹妹深陷泥潭之中呢？於是阿史那連那不再猶豫，他覆上月泉公主的手背，輕輕拍了拍，點頭道：「你放心！阿兄會為你尋到坊間最好的名醫，一日未果，便會天天來到你的行宮中探望你，直至你病症痊癒。」

月泉公主感到心安地微微笑了，她明白，只要阿兄日日到訪，就會伴她身旁，為她出謀劃策，她不再是孤軍奮戰。

懷遠坊，巳時。

霓裳樓的四名姑娘是分頭做事的，璃香與伊真冒充樂器班子的撫琴人，先行混入了月泉公主的行宮，幻紗駐留在懷遠坊內觀察形勢，此時此刻，她正徘徊在一間茶舍外面，只因片刻後的「行動」。

而若桑則是戴著斗笠坐在茶舍中，她的面前坐著一位儒生模樣的年輕人，是與若桑熟識的書生，有交集的人都尊稱他一聲宋進士。

這宋進士平日裡最愛去的地方就是霓裳樓，和若桑也算得上是知己，且他一早就守在懷遠坊外頭，見到阿史那連那一直在月泉公主的行宮中，

便掐準了時間，再折返回茶舍同若桑交代：「他就算要離開，也必要經過此路，你要想引起他的注意，可要拿出點真本事才行。」

若桑垂著雙眼，紗幔遮住她容顏，看不出表情。

宋進士又問：「你究竟有什麼事情要去找上那個質子？」

若桑語調輕柔，淡如泉水：「不過是想要正大光明地見上月泉公主一面罷了。」

宋進士道：「我聽這坊間有人說，那公主的行宮裡丟了件寶貝，害得公主急火攻心病倒了，眼下正在四處尋醫，若是你有此想法的話，為何不直接去她行宮裡毛遂自薦？」

若桑分析道：「貿然前去，公主怕是會對我的身分起疑，可要是通過她信賴之人引薦的話，那境遇將大有不同。」

宋進士覺得有理，點了點頭：「這倒是不假，而且坊間也傳說他兄妹二人感情很好，做兄長的自然會為妹妹的病情焦急，肯定是要四下尋得名醫，去為其治病的。那接下來，你可要把握住這良機才是。」話音剛落，茶舍外頭的人群中便起了騷動。

若桑望過去，看到一輛富貴的車輦正緩緩而來，坊間百姓紛紛退避，為其讓路。若桑與宋進士互換眼神，彼此點頭，宋進士對若桑使了個眼色，若桑立即起身走了出去。

車輦的領頭侍衛騎著高頭駿馬，共四名，皆是環繞於車輦。那車被裝點的格外雍容華麗，鎏金鳳紋的車簾上繡著金絲線，輕風攜香來，吹起了簾子一角，露出了車內男子的清俊容顏。

倒是個美男子。若桑想。

周身百姓議論道：「聽說是公主的黃金東珠丟了，也不知是真是假。」

「質子特意前來懷遠坊，怕也不是單單來看望病中的公主，也許當真是和黃金東珠一事有關。」

看來這事已經在坊間傳開了。若桑抬起眼，透過紗幔在人群中尋找，很快便看到了對面依靠在牆壁上的幻紗，她身穿紫色胡服，戴著襆頭的模樣，倒真像是個面容姣好的少年。

若桑伸出手，同幻紗比出了一個手勢，那是她們之間的暗號。幻紗心

領神會地點頭，立即從袖中取出一枚圓潤的紫貝珠，瞄準車輦後，用力彈出，那顆珠子穿透了車簾，不偏不倚，剛好打在了阿史那連那的左肩上。

他當即吃痛地低呼一聲，車輦因此停落，是在那個瞬間，一聲「啪嗒」的輕響被若桑察覺。她循聲而望，只見車輦後頭遺落了一枚玉牌。

若桑趕快踱步過去，俯身拾起玉牌，絳紫紋理，玉澤通透，上面刻著的是阿史那的名號，她抬頭同人群中的幻紗領首示意，幻紗知曉二人的目的已達到，便打算立即動身趕去月泉公主的行宮，與另外二人會合了。

領頭侍衛在這時策馬而來，居高臨下的命令若桑道：「大膽刁民，還不快快交還玉牌。」

還未等若桑物歸原主，車輦裡便傳來了阿史那連那的聲音：「李齊，休得無禮。」

「殿下……」侍衛李齊見阿史那連那已經走下車輦，趕忙下馬行禮。早聞這位來自阿史那部落的質子衣冠楚楚、容貌出眾，見了本人之後，若桑藏在紗幔後頭的美目，也忍不住在他身上多加流連了一番。

唐國的儒家薰陶，的確改變了草原皇室的氣韻，他的身上沒了野性，反而攜著清雅，唯獨深邃的藍眼，還能將他的血脈銘記，刀雕一般的臉部輪廓精緻俐落，高挺筆直的鼻，出挑修長的身姿，那一身雨過天青色的錦衣上頭，繡著墨色碧海波紋，又有一條金朱色的細帶繫在腰間，為他的疏淡點綴出了一抹顯眼的亮色。

這般明豔高華的貴公子，可不是隨處能見到的，即便是在霓裳樓裡看慣了皇親、文士的若桑，也忍不住低垂下了眼睫。

而阿史那連那的目光停留在若桑身上，有點驚奇似的，輕笑著數落李齊道：「真是個眼拙的侍衛，這哪裡是刁民了？分明是位醫女。」

李齊聞言，才驚覺自己尚未好好打量若桑一番，立即側眼去看若桑的打扮，剎那間緋紅了臉，誠實道：「的……的確如殿下所言……是屬下莽撞了。」

阿史那連那則是走向若桑，彬彬有禮道：「多謝醫女，玉牌……」話到這裡頓了頓，隨即又道：「想必醫女還不認得我，我是……」

「您是尊貴的阿史那連那殿下。」若桑彎下腰來，行了大禮，並雙手呈上手中玉牌，「民女無意冒犯，理應將這貴重之物奉還。」

阿史那連那卻道：「我並不是這個意思……」

若桑微微抬起眼。

他才道：「我見醫女這番行頭，可是要在今日出診？」

若桑瞥了眼自己掛在肘處的小巧藥箱，定是知道他嗅到了藥草的清香，便輕聲回道：「回殿下，民女已出診結束，正欲打道回府，不知殿下問起此事……」

阿史那連那也不打算隱瞞，立即道：「其實是這樣的，我家妹妹近來身體不適，一直在尋醫問藥，想來在坊間從醫的女子並不多，而姑娘又衣著不俗、氣韻出塵，必定是個妙人，如果姑娘肯到行宮中為我家妹妹診脈探病的話……只要拿出那枚玉牌，自可在行宮之中暢行無阻。」

若桑眼裡含笑，是十分婉轉優美的眼波，她頷首道：「既然有緣，那民女恭敬不如從命了。」

阿史那連那面露喜悅，他凝視紗幔下若隱若現的容顏，可以見到她臉上的笑意清麗嬌俏。但盯得久了，他總覺得有些冒犯，便移開視線，囑咐若桑道：「我此刻要趕回宮去，不便攜姑娘同行，還請姑娘盡快去我家妹妹處為她診治，只要見了我的玉牌，行宮便會接待姑娘的。」說罷，他便上了車輦欲離去。

臨行前，阿史那連那撩開車簾詢問若桑：「還不知醫女尊姓大名。」

若桑想了想，只道：「回殿下，民女姓桑。」

「有勞桑姑娘了。」阿史那連那點點頭，微笑著放下了車簾。

車輦漸行漸遠，若桑凝視著手中的玉牌，心中暗暗想道，比預計中要簡單得多，幸好宋進士提前偵察好了情勢，這才使她能夠與阿史那連那偶遇。而見玉牌如見阿史那連那本人，進出行宮的確要省去很多口舌。

便要盡快去與剩下三人會合，若桑不再遲疑，立即朝著月泉公主的行宮處走去。

這時的幻紗早已在行宮外了，她躲在牆壁後打量著守在大門前的侍衛，共有四人，兩名唐侍衛和兩名突厥兵。按常理來說，雙哨輪班才是常事，看來是行宮內接二連三地出事，才會嚴防死守了。

恰逢此刻，一抹素色身影從前方搖曳而來，幻紗立即瞥見那是若桑。只見侍衛長刀相持，攔住她去路，她不慌不忙地亮出手中玉牌，自稱是阿

史那連那殿下派來問診的醫女。

　　見到玉牌後，侍衛才收起武器，為若桑讓出了路。

　　若桑悄悄地四下張望，看到牆後的幻紗後，她才嗔道：「侍童呢？我的侍童又迷路了不成？」

　　「桑娘，我在這呢！」幻紗從牆後跑了過來，她束髮胡服的模樣，的確像是個少年氣的小侍童，忙和若桑點頭哈腰道：「方才去小解了，可不是故意讓桑娘著急的，對不住了。」

　　若桑佯裝嗔怒地數落了她幾句，然後將自己的藥箱推給她提著，接著帶領幻紗一起走進了月泉公主的行宮裡。

　　二人配合得天衣無縫，四位侍衛也沒有多加懷疑，只是上下打量了一番幻紗後，便重新整隊把守了。

　　進了行宮後，幻紗與若桑立即去尋找璃香和伊真，她們聽見了弦樂聲，便順著那方向找到了器樂班子。

　　璃香與伊真還在撫琴演奏，大抵是因為月泉公主沒有喊停，她們便要一直奏下去才行。

　　幻紗吹了一聲口哨，是為暗號。璃香餘光瞥見了站在走廊中的她們二人，便和伊真互換眼色。伊真故意撥斷了琴弦，導致演奏停止。

　　璃香立即起身推搡著伊真道：「瞧你！還不快去換一把琴，我陪你一同去和公主的侍女說情，要她不要責怪你，是琴弦的錯，斷然不是你故意為之……」

　　這樣說著，璃香與伊真二人便匆匆離開了器樂班，與幻紗、若桑會合，四人順利聚首，彼此會心一笑。

　　事不宜遲，四人順著走廊找去了月泉公主的房間，阿桑麗正守在門口，若桑率先拿著玉牌交給她看。

　　「原來是殿下請來的醫女……稍稍等候，容我向公主通報。」阿桑麗剛剛這樣說完，房內就傳來了月泉公主的聲音。

　　「讓她進來吧！」

　　「是！公主。」阿桑麗推開了房門，將若桑等人引薦給了月泉公主。

　　剛一踏進房內，幻紗便警惕地打量起四處來。這公主的寢房倒也算不上奢華，空間很大，可由於物品極少，自然顯得格外空蕩。而最為奇妙的

是，室內竟然有一碧綠水潭，駕著水車，水車上綴滿了彩玉連成的珠簾，每當水車滾動，珠簾便在水潭裡濺出折射出五色光暈的水花，就像千萬顆珠翠彙聚到了一起，倒是美豔。

「聽說是玄宗皇帝擔心公主思鄉成疾，命人在建造行宮時，就打造出了這個擺設。」璃香湊近幻紗耳鬢私語，「阿史那部落那頭背靠長河，所以水潭、水車很是常見。」

幻紗點了點頭，已然跟著阿桑麗進了裡屋。最先引起她注意的是掛滿了紗幔的大床，紗幔上繡著碧水暗紋，有婀娜身影映在上頭，正是月泉公主了。

聞見了腳步聲，月泉公主令阿桑麗道：「帶醫士來這邊吧！」

阿桑麗得令照做，幻紗也跟在若桑身後，來到了紗幔前，朦朧的紗幔後頭，月泉公主靠在錦墊上，見來者是四位姑娘，她竟不顧禮儀，伸手撩開了紗幔。

面前的幾位姑娘見狀，立即跪拜道：「見過公主殿下。」

月泉公主一一打量著面前的姑娘，見到其中兩位穿戴著的是器樂班子的模樣，另外一個是胡服襆頭，要不是見她耳上有環痕，倒也會被她的女扮男裝騙過去。

再看手持阿史那連那玉牌的醫士，一身素衣，斗笠下的臉倒是生得格外漂亮，眼眸湛藍，唇如點朱，其異域血統十分明顯。月泉公主感到奇怪道：「阿兄找來的大夫，竟是個女兒家嗎？」

若桑含笑道：「回公主殿下，唐國男女生來平等，醫者懷柔，心繫百姓，此等聖職自然不分性別。」

月泉公主卻道：「可在我們阿史那部落，女子的手上若是染了病和血，都是不吉利的事，會給這女子乃至家族帶來厄運。」

「醫者救人，並不殺人，何來染血一說呢？」

月泉公主還是覺得怪異，又問：「來便來了，怎麼這麼多人？醫士只有你一人是吧？」

若桑示意自己身邊三位姑娘：「回公主殿下，這幾位皆是我的助手，我們四人的合作向來天衣無縫，治好了許多疑難雜症。而今日特地前來此處，正是來幫助公主殿下的。」

這話裡有話，令月泉公主驚了驚。她沉默片刻，忽然命令阿桑麗退下，並且沒有她的准許，誰人也不許擅自靠近。

阿桑麗恭敬地退出了房，待到房門被緊緊關上之後，月泉公主才伸出自己的手腕，遞到若桑面前，低聲道：「為我診脈吧！」

若桑探出手指，輕輕搭在月泉公主的脈上，小心謹慎地道：「不知公主房內，能否暢所欲言？」

言下之意，是擔心暗中埋著眼線。

月泉公主的手抖了一下，望向若桑的眼中也有幾分戒備：「你到底是什麼人？」

若桑微微笑著：「是能夠為公主殿下帶來解藥的人。」

解藥。月泉公主思慮著這二字，忽聽一旁的璃香對她說：「坊間都傳月泉公主鬱鬱寡歡、臥病在榻，可今日相見，公主面色紅潤、聲音清亮，實在不像是重病之人。」

月泉公主垂下眼，略顯支吾道：「那是因為……我的病症時好時壞。」

若桑在這時收回了手：「的確，公主的脈象平穩、健康，若說是被病痛折磨的話，怕不是心病吧？」

月泉公主抿緊嘴角，她終於意識道：「我就覺得蹊蹺，你們果然是衝著黃金東珠遺失一事而來的吧？」畢竟她假借抱病一事想要引來的，就是這樣的人。

若桑笑意盈盈道：「公主殿下不必這般警惕，我的確是一位醫者，只不過，我是來自平康坊霓裳樓，名叫若桑。」

接著又介紹另外三位：「紅衣的這位是璃香，她身邊的是伊真，而身穿胡服的是幻紗。我們四人不僅僅是來幫公主——也是為了解救那些被怪事所牽連的無辜之人。近來的長安城內波濤暗湧，極不太平，而公主，也是被捲進漩渦裡的其中一個。」

其實，有那麼一瞬間，月泉公主想要呼喊侍衛，畢竟這面前的四個女子來路蹊蹺，必須要查明其真正身分才行。

但當若桑提及「波濤暗湧」四個字後，月泉公主便改變了心意。

能夠察覺到危機的人是很少的，月泉公主很清楚自己的決定與感受，

即便是她的阿兄也沒有全部相信。可偏偏是這幾個突然出現的陌生人，道出了她心中困頓，這令她不得不下定決心——孤注一擲。

「我能信你們幾分？」月泉公主冷靜地問。

她的這份沉著與理智，令若桑有些刮目相看，並且，這個轉折，也出乎若桑的意料。她沒想到月泉公主會是這樣一位有勇氣、有頭腦的異域皇族，在陌生與未知面前，她沒有絲毫退縮，反而是迎面而行，這的確需要非常強大的決心與膽識。

於是若桑與其他三位姑娘彼此交換眼神，然後異口同聲地對月泉公主說：「我們以性命擔保！公主可以完全地信任我們！」

就算懷疑，眼下的她還有更好的選擇嗎？月泉公主沉思了片刻，她不再猶豫，而是正色道：「我認為，黃金東珠被盜的這件事是個陰謀，不僅僅是簡單的偷竊，這背後，必然有不為人知的勾當。」

若桑聽聞這話，下意識地看向了幻紗。的確，四人之中，幻紗是與這些「怪事」最為接近的人。自打沈勝衣與李遇客來到霓裳樓之後，幻紗一直在幫助他們二人查明案件真相，這期間也交手過很多看似與案件有關的人，而由幻紗來與月泉公主道明這些，才理應最為合適。

於是若桑向幻紗點了點頭，幻紗心領神會，她望向月泉公主，先是深深地行了一禮，報上了自己的名字，然後才道：「公主，我想你一定知曉了，除去黃金東珠遺失一事之外，如今行蹤不明的，還有準王妃王汝。」

月泉公主凝視著幻紗的眼睛，那是深不見底的藍，與自己的眸色一樣，看來，這位姑娘也是有著異域血統的。月泉公主這樣想著，心裡不由得升騰出了一絲親切之感，甚至將天大的祕辛告訴了幻紗：「你可知舒王已死這事？」

不僅是幻紗，在場的其他三位姑娘也面露驚色。

幻紗首先冷靜下來，再三問道：「公主，此話可當真？」

「這種事情我怎麼敢拿來說笑？」月泉公主的手裡還捧著阿桑麗在此前呈來的芙蓉蓮子羹，可惜那碗補品早就已經涼了，一如她此時淡如冰淵的嗓音，「原本一直有金吾衛安插在我行宮裡做哨的，可那事一出之後，所有的金吾衛都被押走，若不是我非要問出個原委，那來抓人的官郎，是不肯對我道出實情的。」

看來是朝廷有意封鎖消息。自然了，死去的可是一位親王，此事非同小可，絕不能大肆聲張，尤其是王妃尚未找回，整樁案子如迷霧一樣讓人看不到頭緒。唯一能夠肯定是，幻紗對月泉公主說：「依我所看，必是有人企圖借公主來唐之事促成干戈，從而引發大唐與阿史那之間的腥風血雨。」

　　一聽幻紗說出這話，月泉公主就如同是被觸碰到了心底的軟肋一般，她的表情洩露不安，痛心道：「這的確也是我一直擔心的事情，誰人會希望發生戰爭呢？自打入唐之後，我萬事倍加小心，怕的就是稍有不慎，會被心懷叵測的人鑽了空子。再且，若是我與唐國的聯姻遭到破壞，那我阿兄也無法再回去草原了。而如今，父汗已然病重，只盼能多瞞著那些虎視眈眈的人。為了阿兄能盡早回去部落繼承可汗之位，我就算是折壽十年，甚至是二十年，也要阻止惡人的陰謀得逞。」

　　面對月泉公主突如其來的坦誠，幻紗與若桑、璃香、伊真幾人心中都有些不忍。

　　而若桑則是在這時說道：「方才為公主診脈過後，我便知道公主的病症並不嚴重，想來你是打算以此為藉口請君入甕，就算尋不到偷竊之人，也會引來能夠提供幫助的人。」

　　月泉公主瞥她一眼，似笑非笑：「好在引來的是你們，也不枉我釜底抽薪。」

　　「實病沒有，虛症卻在。」若桑輕聲道，「困擾公主的是心疾。」

　　月泉公主怔了一怔，輕輕嘆息，倒也大大方方地承認了：「你說得對，令我焦慮難安、夜不能寐的，不僅僅是黃金東珠遺失，而是我本身就有的心疾。在草原，我有一位戀人，但是他和我都清楚背負在我身上的兩國邦交重任，所以早已知曉此情是有緣無分。我身為阿史那一族的公主，就要履行我身為公主的職責，入唐、聯姻、換回我阿兄，這才是我要完成的使命，至於和他之間……怕是此生都不會再相見了。」

　　若桑聽後，低垂眼眸，歉意道：「我不該惹起公主的傷心事，是我唐突了。」

　　月泉公主搖搖頭，目光瑩瑩：「是我自己要說的，自然與你無關。我身為阿史那部落的人，雖然不信什麼極樂淨土，但卻信轉世輪迴，既然生

不能同行，死後可以在黃泉路上相見，也就不算是孤孤單單了。」

　　原來做公主也並不是件痛快的事。璃香始終靜默地聽著她們交談，是在月泉公主提及「死後事」的時候，她才忍不住開口道：「公主說的這些，大抵上都是你自己的見解。或許你認為男女相愛後分離，必定是都要痛不欲生的，可在那一班男人眼中，女人也不過是在新鮮勁兒的時候最值得他愛，待到時間久了，總歸還是要去找另一個新的女人共度餘生，公主怎麼就能保證，你的那位戀人願意在死後與你黃泉路上再相見呢？」

　　月泉公主微微一愣，她低下頭，望著手中的蓮子羹，淡淡一層芙蓉水面上映著她的臉，以及那抹掛在唇邊略顯落寞的笑容：「你說得很對，一旦分開，彼此之前的戀慕也很難長久維繫，果然世間唯有女子，才最願意傾聽同為女子的心裡話。」

　　璃香向來是心直口快的，可她也的確是希望這位公主不要再心懷憂思，「畢竟……公主可是解開黃金東珠遺失一案的線索之人。」幻紗默契地將璃香心中所想道出，她試圖引導月泉公主說出至關重要的蛛絲馬跡，「除了公主，那日在場的是否還有旁人呢？」

　　月泉公主很聰明，她聽懂了幻紗的雙關語，倒也並不氣惱，只是平和地回答：「如果我知道黃金東珠的下落，也就不會再與你們周旋了。更何況，親手弄丟了它，等於是自尋死路，而我一心想要完成聯姻，又怎會做出這種蠢事呢？」

　　既是如此，懷疑月泉公主監守自盜已然落空。幻紗不由得皺起了眉心，想著線索中斷，又要從頭尋起，實在很令人感到挫敗。

　　畢竟長安之大，要想揪出幕後惡人，絕非一件易事。

　　正當她為此而感到憂心之際，公主的房門外忽然響起一聲嘹亮的傳令……

　　「聖人駕到……」

　　竟是玄宗皇帝造訪了。

第十二章

公主行宮，小榭幽園，碧泉翠柳，潺潺流水在石橋之下流淌著。

一班人跟在玄宗皇帝的身後，朝月泉公主的房內走去，剛踏進門內，玄宗皇帝就見公主以草原禮節恭迎聖駕，但玄宗皇帝卻立即免禮道：「公主身體有恙，自是不必多禮！」

月泉公主這才起身道：「謝陛下。」

接著，她命侍女為玄宗皇帝和來客們斟茶。以阿桑麗為首的侍女們立即照辦，她們分頭進行，有的去拿出紫砂壺備茶，有的則留下來點燃了案几上的香。一時之間，清水煮茗，滿室清香。

而本是空曠的室內，也在頃刻間門庭若市，玄宗皇帝不僅僅帶著近身侍郎前來，更是把一班子的王公、近臣都帶到了行宮。

月泉公主心中清楚，定是自己抱病多日的消息，傳去了玄宗皇帝的耳中，他為了標榜自己的寬仁，自然是要攜宮中御醫來行宮內探望的。便是見到玄宗皇帝親自出動，那一票懂得察言觀色的臣子，也是要爭先恐後的陪同聖駕，在這其中，便有長孫沖。

可像長孫沖這樣假情假意來此的臣子也不在少數，他們絕不像玄宗皇帝那樣情真意切的關懷思鄉成疾的月泉公主，不過是迫於皇權，又企圖趁機巴結玄宗皇帝才來的。

只見長孫沖自打進了房內，就一雙眼睛極不老實地在月泉公主臉上周旋、打量。他覺得這個異域少女桃腮白膚、眉目秀麗，當真是貴氣又伶俐，可偏偏是為兩族聯姻而來的……他就算眼饞，也知道不能近其身的規矩，不禁在心中直嘆著可惜。

而此時，站在月泉公主身後的四位霓裳樓姑娘，始終低垂著頭，在聽聞聖人駕到後，她們根本躲避不及，莫不如正大光明地與之相見，只要不露出馬腳，便不會被猜出真身。

幻紗站在最為靠近月泉公主的左後方，她聽著玄宗皇帝與月泉公主的寒暄，謹慎地抬起眼去打量當朝天子。身穿玄色常服的皇帝被重臣簇擁著，身形挺拔，肩寬如峰，極具年輕的面容，尚存幾分稚氣。這也難怪，

他還未到而立之齡，就連那雙黑亮的眉眼，都還滲透出清澈，自有一種鮮衣怒馬的風華氣韻。

這位年輕的聖人自打登基以來，一直心繫百姓，無論是朝中遺老陣容，抑或是當下正在上升中的新臣，都沒有敢和他對著幹的意思，就這點來說，已著實不易。

幻紗心想，雖然是叔侄，但玄宗皇帝的叔叔康王，看上去要比他精明多了，再看看月泉公主，她還是個不諳世事的小姑娘，日後她要進了李元貞的府，真不知是喜是憂。

玄宗皇帝坐定後，要月泉公主坐到自己的對面，微笑著同她道：「公主已入唐數日，朕一直忙於朝政而疏忽了你，本該早點兒來探望你的，結果今日才得了空，公主不會怪朕吧？」

月泉公主笑笑：「陛下言重了，我初到唐來，很多禮數不懂，勞煩陛下記掛，已經是非常大的罪過了。」

「看來公主已經學到了唐國的謙遜禮儀了。」玄宗皇帝這話頗有些一語雙關，月泉公主嘴角旁的笑意也僵了僵。

便是在此時，玄宗皇帝與御醫使了個眼色，那御醫立即恭敬地移步到月泉公主面前，作揖道：「公主，老臣願為公主診脈，想來從醫數十載，從未有老臣沒有見過的病症，公主自可放心，老臣將為公主藥到病除。」

說罷，便做出了一個「請」的姿勢。

月泉公主倒也不急不躁，她並未伸出手腕，而是側過頭，示意自己身後的四位姑娘，對玄宗皇帝道：「多謝陛下抬愛，我這小病小痛已無大礙了，今日也是湊巧，阿兄為我請來了幾位胡醫，不僅精通突厥語，還醫術高明，已為我開好了藥湯。」

玄宗皇帝的視線落在四位姑娘身上，四人趕忙跪拜行禮，恭敬道：「民女給陛下請安。」

「無須多禮，都起來吧！」玄宗皇帝的眼睛在這四個妙齡女子身上打量一番，緩緩點著頭，認同道：「倒都是與公主年歲相仿的女子，看上去也有異域血統……可見，連那有心了。他知曉疼惜妹妹，便找來合適的醫女來為公主做伴，待朕回去，也要好好獎賞他一番才是。」

月泉公主見玄宗皇帝並未起疑，不由放下心來，也順勢道：「阿兄向

來心思縝密、體貼入微，又一直為我著想。我本來臥病數日不見好轉，但有了這幾位醫女照料，如今我已經好了很多，陛下再不必為我費心。」

聽聞此話，眾人的目光都集中到了那四位姑娘身上。要說這一屋子的朝臣都是見多識廣的，唐朝美人千萬萬，單憑色相也早已沒有太多新意。可這四位姑娘倒是與眾不同了些，身穿胡服的那個柳眉新、膚如玉，素白衣裳的姑娘酥凝瓊膩，另外兩位打扮似舞姬的姑娘花豔芳溫，都是瑤花玉蕊的好容貌，且她們始終保持著從容不迫的神情，令眾人更覺不俗。

玄宗皇帝便問了距離月泉公主最近的幻紗：「你們能替公主排憂解難是最好不過了，而今日來的都是朕的一眾兄弟與重臣，也不必太過拘束。你叫什麼名字？」

幻紗不卑不亢地頷首行禮：「民女出身卑微，無姓氏，只叫阿紫。」

月泉公主餘光瞥了一眼幻紗，似在暗示她做得很好，是該以假名來搪塞玄宗皇帝。

玄宗皇帝畢竟年輕，對幻紗身穿胡服這件事饒有興致似的：「懷遠坊近來都要醫女打扮成你這副模樣了嗎？朕有一段時日不曾來這坊間了，竟不知現下有了這樣的規矩，倒是有趣。」

幻紗抬起頭，看了一眼玄宗皇帝，見他似在審視自己，便解釋道：「回稟陛下，民女這身裝扮是為了減少麻煩，因為我家主人是坊間聞名的醫女，我身穿便利的衣裳，也能更好地護她周全。習武之人慣不在意花枝招展了，也就會忘了自身性別。」

玄宗皇帝垂了垂眼，目光落去幻紗手上，看到指尖與虎口處有一些硬繭，明白她的確常年練劍，這才不再懷疑。緊接著，他再次命令御醫道：「還是快快為公主診脈吧！雖說坊間胡醫高明，但公主的鳳體疏忽不得，由朝中的資深御醫把脈之後，朕才能真正放心。」

玄宗皇帝堅持要御醫來診治，這般盛情自是無法拒絕，月泉公主只好答應了下來。

診脈要避人且安靜，御醫便隨公主去了屏風後頭。玄宗皇帝則利用這個時候，命令侍郎將重臣帶給公主的禮品搬進來，長孫沖跟著重臣一併行動時，餘光瞥見了四位姑娘中的璃香。

璃香也察覺到他的視線，略微抬眼，四目相撞。

長孫沖唇邊的笑意顯得狡黠而奸詐，他早就認出了璃香，卻沒有揭穿。璃香不覺間皺起眉，她可不知長孫沖在打什麼鬼主意。便用胳膊撞了撞身側的伊真，示意她循著自己的視線去看。

伊真悄悄望去，果然看見了長孫沖那張不懷好意的嘴臉。

「真是不巧。」伊真低聲與璃香道，「偏生在這裡撞見他，實在晦氣。」

璃香卻哼一聲：「諒他也不敢在聖人面前拆穿我的身分，有月泉公主在，他就是再如何仗勢欺人，也要忌憚一下我與月泉公主之間的關係了。」

伊真點點頭，心覺有理。畢竟現下，在場的這些重臣都會認為她們四個是月泉公主的人，誰也不會貿然造次的。但伊真還是小聲提醒璃香：「還是盡量不要與長孫沖有眼神接觸，他那樣的人，要敬而遠之才能明哲保身。」

這時，御醫診脈結束，隨月泉公主從屏風後走出後，他對玄宗皇帝恭敬道：「陛下，公主的病症並非實症，要說這時節本就利於百病生，燥濕、寒暑、風雨、陰陽、喜怒、飲食，都會造成虛虛實實的大小病痛。怒則氣上，喜則氣緩，悲則氣消，恐則氣下，所以公主是寒邪之症，待老臣開出一藥方，服用月餘，也就能藥到病除了。」

玄宗皇帝便問：「那公主的病症，會否對日後有所影響呢？」

御醫道：「回稟陛下，正所謂天有五行御五位，以生寒暑燥濕風；人有五臟化五氣，以生喜怒悲思恐。寒暑燥濕風是外五行，喜怒思憂恐是內五行，只要公主不再過多思慮、服藥調養，日後也是不會再復發此病的。」

玄宗皇帝又道：「既是如此，也是不會影響日後為康王李氏家開枝散葉了。」

御醫忙道：「回陛下，公主體魄健康，這一點是全然不必擔心的。」

有了御醫的保證，玄宗皇帝心頭一塊大石落定，想到這場關係到兩族邦交的聯姻能如期舉行，便不由心情大好，他將帶來的禮品賞賜給了月泉公主，又為行宮增添了不少奴婢與侍從，只為了讓月泉公主能夠靜心修養。

月泉公主謝過皇恩，心中暗暗想道：「莫不是皇帝還不知道黃金東珠遺失一事？不然他又怎會毫不過問？也罷，只要在被他知情之前，把寶貝找回來便是，最好⋯⋯能瞞得再久一些。」

半炷香的工夫過去後，玄宗皇帝便決定打道回府了。他帶著一班重臣起身，月泉公主恭候地將其送到行宮大門外。四位霓裳樓的姑娘也隨著月泉公主一同出了門，便是在這個空檔，長孫沖繞到璃香身邊，悄聲耳語了一句：「我在行宮後門等你，不來的話，你知道後果的。」

璃香蹙起眉，不等她回覆，長孫沖已經隨著那班朝臣離開了。

月泉公主見玄宗皇帝的車輦已遠去，便趕快轉身，對跟著自己的四位姑娘道：「你們坐我的馬車暫且離開這裡，若我需要你們說明的話，會要阿桑麗去霓裳樓尋你們。但是今日之事一定要保密，因為暗中有人監視著我的一切，所以今後所做的一切都要萬分小心謹慎，絕對不能打草驚蛇。」

以幻紗為首的幾位姑娘點了點頭，月泉公主命阿桑麗把準備好的馬車牽來，幾位姑娘上車的時候，璃香卻說：「我還有一點私事要處理，你們在懷遠坊的出口等我，我會追上的。」

然後又請求月泉公主：「公主，只需要為我準備一匹馬，藏在你行宮旁側的樹下。璃香在此謝過。」

月泉公主應允了璃香的請求，幻紗卻想要阻止璃香，伊真拉住幻紗：「璃香是為了我們才這樣做，不要辜負了她的好意。」說罷，伊真便吩咐車夫駕車離去，璃香則飛快地朝行宮後門走去了。

只是，馬車的三人並未發現，一直在暗處監視著這一切的阿史那真如心存疑慮，他打了個響指，喚來了阿納。

「那幾個女子面孔生得很，又行色匆匆的，你帶幾個人悄悄跟上她們。」阿史那真如特別強調道：「一定不要被她們看見你的臉，要抓活的回來。」

阿納唐話生疏，只用突厥語領命，隨即消失在了樹蔭下。

阿史那真如則是望著逐漸遠去的馬車，他微微瞇起雙眼，如同是窺視著獵物。

申時初，行宮後方。

長孫沖正獨自負手而立，站在一處結滿紫藤丁香的偏遠小亭裡等候。當璃香走來時，正值清風掃娥、花香紛落的光景。

　　她遠遠就望見長孫沖那身錦繡華衣上紋著水墨海波金線，腰間墜著的不知又是誰家小姐的玫紅色香囊，上面刺著相思花葉。以至於她眼裡洩露出一股子藏不住的輕蔑。

　　長孫沖聞聲看來，盯著璃香走近，見她眼神自若，毫無一絲躲閃與懼怕的意思。便是這樣一個性情似火的女子，使得他將大把大把的金銀灑進霓裳樓，她卻連單獨陪他小酌一杯的時候都不曾有過。

　　想到這裡，長孫沖總是一肚子怒火，而璃香已經來到他面前，微微頷首，倒是裝作很恭敬似的：「長孫郎君。」

　　長孫沖的臉色並不好看，開口的語氣也好聽不到哪裡去：「少裝模作樣了！璃香，你別以為踏進了月泉公主的行宮，就真的是金枝玉葉了，倒是我小看了你，竟不想你能攀龍附鳳，呵！還真是讓我刮目相看啊！」

　　璃香抬起臉，面不改色地凝視著他的眼睛，淡淡地道：「長孫郎君說笑了，我哪裡值得你來刮目相看？不過是霓裳樓裡的小女子，如今得了月泉公主的照拂罷了。」

　　他一把抓住她的手腕，威懾她道：「你最好不要用這種語氣來同我說話，憑你？也配？」

　　璃香輕輕一笑，掙開他的手，低聲道：「我配與不配，長孫郎君應該比我更清楚才對吧？」

　　「璃香，現在就你我二人，也不必遮遮掩掩了——當初你在霓裳樓裡還是個籍籍無名的小丫頭片子時，可都是要靠我長孫沖花大把大把的金銀去捧你，如今你有了自己的花廳，怎就覺得可以一腳把我踹開了？」長孫沖冷冷嗤笑道，「你就不怕我去和聖人戳穿你的身分，就不怕聖怒之下徹查霓裳樓嗎？」

　　「長孫郎君也太高估璃香了。」璃香反唇相譏道，「聖人就算知道了我的真實身分，又怎會為我這樣的弱小女子大動干戈？」

　　長孫沖的表情變了變，可他畢竟是出身皇族，即便心中已勃然大怒，展現在臉上的也只是寥寥幾分。他繼續奚落她道：「看來，你是深信我奈何不了你了？」

璃香蹙起眉，已有幾分不耐：「長孫郎君，你到底是想要什麼花招？」

　　長孫沖瞇起眼，打量她一番，道：「前幾日在霓裳樓的仇，我必要償還你才是。」

　　璃香眼神嘲諷：「那就要看長孫郎君的能耐了。只不過……」璃香勢在必得一般掩嘴一笑，媚眼看向他，問道，「你真有這本事不成？」

　　長孫沖怒火中燒，璃香卻同他略微躬身道：「時候不早了，璃香先告退了，長孫郎君請便吧！」

　　說罷，她轉身離去，剩下長孫沖攢緊了雙拳，他思慮片刻後，竟快步去追璃香。然而為時已晚，只見璃香已經跨上馬背，策馬遠去了。

　　長孫沖憤恨地「啐」了一聲，偏生一轉頭，撞見了阿史那真如的視線。

　　二人相望片刻，阿史那真如微微瞇眼，轉頭看向璃香消失的方向，忽一側頭，似在示意長孫沖，他有辦法去追那女子。

　　長孫沖鬼使神差地跟上了阿史那真如，這一刻，他竟覺得若有人能替他殺了璃香，也算能解他心頭之恨了。

　　而這個時候，乘坐在馬車上的幻紗、若桑與伊真，正在抄小路駛離懷遠坊。是因為大道有玄宗皇帝在，他們不便與之交集，只好繞進樹林中的山路，自是難免顛簸。

　　然而在拐進山道時，幻紗忽然察覺到了不妙，她撩開車簾向後方張望，很快便回身對車內的若桑和伊真說道：「有追兵，數量不少，起碼有六個，都蒙了面。」

　　伊真一聽這話，心中自然有了定數，立刻吩咐車夫：「再快一點兒，把後面的人甩掉！」

　　車夫嚇得立即快馬加鞭，他可不想被捲進危險之中。

　　若桑則不安地說道：「馬匹跑得這麼快，璃香可就跟不上我們了，要是她形單影隻的遇見了那些追兵，豈不是要凶多吉少？」

　　幻紗與伊真覺得若桑說得有道理，畢竟她們現在是三個人，而璃香獨自一人必是寡不敵眾。

　　為了等候與璃香會合，幻紗甚至不惜改變了主意，她繞到車夫身邊囑

咐：「我們走山路岔口，放慢速度，引他們追上。」

車夫一怔，像是不能理解幻紗的決定，支吾著：「可是方才的那位姑娘交代了……」

伊真則在這時補充道：「聽她的，放慢車速！」

車夫猶猶豫豫了半天，還是照做了。

而在車後緊跟不放的六名殺手見車速忽然放慢，心覺有詐，當即從腰間抽出了明晃晃的短刀，然後快馬加鞭地趕上馬車，企圖將馬匹的四蹄砍斷。

幻紗在車內能夠感受到殺手已經近在咫尺，他們的馬蹄聲整齊劃一，密密麻麻如同鼓點一般讓人心亂如麻。幻紗與若桑、伊真三人重重點頭，然後將面紗遮在臉上。接著，幻紗的寶劍出鞘，她反手握住劍柄，猛地撕開車簾，一劍刺了出去，殺得最近的那一位殺手措手不及，竟瞬間被刺傷了臂膀，從馬背上重重地跌落下去。

其餘殺手被眼前景象所震懾，登時亂了陣腳，開始紛紛後撤，與馬車保持開了一定的距離。有兩個甚至為了躲避而連人帶馬的跌入了山路旁的河水中，於是現在緊咬不放的，只剩下三名殺手。

幻紗坐回到馬車中深深吸進一口氣，她將劍刃上的血跡擦拭乾淨，一旁的伊真連聲贊道：「真不愧是霓裳樓內最為出色的劍客，一下子就擊退了三個！」

幻紗卻沒有絲毫開心，她冷著一張臉，甚至厲聲喝道：「方才不過是運氣好罷了，他們很快就會重整後再次追上，而咱們三個之中，只有我攜帶了武器，若璃香能趕上來還好，不然我一己之力，很難護你們周全！」

若桑不想成為拖累，她要和幻紗一起迎敵。由於她飽讀詩書與各門各派的武學祕笈，只要能看到對方出招，她必定見招拆招，可謂是幻紗的得力幫手。

伊真便歎道：「可惜我唯有易容術精湛，至於劍術與武功，實在是不知一二……」

「現在可不是自怨自艾的時候！」幻紗破釜沉舟地推開車門，又囑咐伊真道，「你且先保護好自己，日後需要你的地方自是不會少的！」

彼時，見到幻紗與若桑自投羅網地開了車門，那已然調整好陣列的殺

手們，瞬間從兩側將馬車包抄。為首的殺手死死地盯著幻紗的臉，可惜面紗遮面，除了一雙湛藍美目，再看不見其他，為首的殺手急不可耐地欲去扯下那面紗，至少也看清模樣，免得這次錯過，再找不到蹤跡。然而幻紗手疾眼快，察覺到他的意圖後便命車夫左轉，馬車拐進山林，為首的殺手落空了動作，只得再次追趕上去。

馬蹄翻騰，煙塵滾滾，接近若桑的兩名殺手身上滿是水跡，大抵是剛爬上岸不久。且其中一騎飛至，短刀送到若桑面前，「刷」地不留情面，幻紗猛地將若桑拉到自己身後，然後將手中長劍刺出，劍鋒去勢狠辣精準，險些把那殺手的五根手指一齊削斷。總算那人武功不俗，變招快速，百忙中急退兩步，但右臂已給長劍劃出了一條長長的血口。

為首的殺手在後方斜睨幻紗，心裡道：「她這是什麼劍法？出手極狠，反手握著劍柄的樣式也不多見，難道說大唐劍法都如此毒辣狠絕？竟要比突厥人還要兇猛一般。」

看來，已是不能小看這個大唐女子了。為首的殺手加快馬速，他來到同伴身邊，吹了一聲口哨，幾人立即分散開來，以東、南、西、北四個方位將馬車圍死，並且不急於進攻，像是在待幻紗率先出招。

幻紗想著要盡早甩掉這群人，便命車夫靠近最左側的殺手，與之搏了幾招，但這幾招讓人看不出章法和頭緒，只覺得眼花繚亂。

可車輪式的近身戰，也在消耗著幻紗的體力，為首的殺手看得出她的劍法威力已減弱了幾成，心中暗暗一動：「若任她出招，的確可以耗盡她體力後將其擒之。」

可憑著現下馬匹速度，再過一炷香的工夫就要出巷口，屆時便不再是懷遠坊的管轄，出了狀況也會棘手，唯有在此將她與車上的其他幾人捉住才行。

於是他對馬車另一端的殺手使了個眼色，對方領悟後，立即策馬接近幻紗。只不過上頭有令，必要活口，所以這殺手也不敢造次，竟收起了短刀，以拳相搏。他直接跳上馬車，一招猛攻發起，雙拳虎口相對，劃成弧形，拳勢勁力奇大，幻紗倉皇間避開，那拳砸到車門，立即破開大洞，驚得車內的伊真倒吸一口涼氣。

能避開這一拳，足以證明幻紗的靈活。這人並不會說唐話，倒是以突

厥語讚賞了一句：「好身法，再接我一招！」

　　幻紗聽不懂他在說什麼，只依稀從他的語氣中分辨出似在誇讚，可未等她站直身形，又是一拳落下。這一次，幻紗無處可躲，腹部遭受此拳重創，頃刻間臉色慘白。

　　若桑看到此景，心中大急，立刻指點她道：「快用右手食指與中指去點他小腹『下脘穴』！」

　　好在殺手聽不懂唐話，根本不知道若桑在喊些什麼。而幻紗趁對方分神之際，立刻伸出右手，在那人小腹「下脘穴」用力點去。

　　那人當即痛得哇哇叫，身體不受控制而跪倒在地，幻紗趁機舉起長劍，踩在他背上狠狠地刺下。一劍穿胸，當即斃命。

　　幻紗一腳將他的屍身踢下馬車，差點兒絆倒了追在後頭的殺手。對方用突厥語大聲呼喊著什麼，很快便見為首的殺手急急駛向馬車，他逐漸騰空上半身，雙腳踩在馬背上，做出了要跳到馬車上的姿勢。

　　若桑貼近幻紗耳邊叮囑著：「他胸口的『膻中穴』是要害，點住之後，你再用劍砍下他的手臂，那穴道連接動脈，他會失血過多而亡。」

　　幻紗點點頭，正打算照做，誰知對方竟一腳踹向她手腕，幻紗吃痛，劍落在地，那人一刀逼近幻紗脖頸，迫使她不得不仰起頭，被逼到了馬車裡頭。

　　「可惜啊！你沒點到我的膻中穴。」為首的殺手低聲哼道，他的唐話雖然不夠標準，卻令幻紗與若桑震驚地睜圓了雙眼。

　　「他……他聽得懂唐話……」若桑心覺失策，表情極為不安。

　　看來這幾個突厥人裡也有腦袋聰明的。幻紗拚命使下次沉下氣，試著與面前的人溝通道：「既然你聽得懂我們的語言，那我問你，是誰派你們來的？目的何在？」

　　為首的殺手道：「你算不上是完整的大唐人，你的眼睛是藍色的，證明你是混血，又何必對大唐忠心耿耿？」

　　幻紗卻道：「是我先問你的，你必要先回答我才行。」

　　「只要你們幾個肯乖乖束手就擒，隨我而去，你自然會見到我們主人的。」

　　幻紗眼中寒光一動，心想：「看來這人並不打算殺掉我們，八成是打

算活捉。而且他們是突厥人，懷遠坊內雖然胡人眾多，但有這般好身手、好刀劍的卻不常見。且那刀柄上刻著的是狼的圖騰，阿史那部落敬仰狼族為神明，如此說來……他們是阿史那的人。難道說，是月泉公主派來的殺手？」

不！幻紗立刻否定這個想法。因為她想起月泉公主也有懷疑的人，談及之時，她面露難色，大抵是不能聲張。

看來，阿史那是起了內訌。

思及此，幻紗更是覺得不能被對方得逞，否則將會給月泉公主添上麻煩。於是她釜底抽薪一般，將脖頸靠近短刀，刀刃在她皮膚上劃出一道淺淺血痕時，那為首的殺手竟猛地退後，生怕會傷及她性命一般。

幻紗隨即嫣然一笑，她猛地以左手按住他頭顱，右手托住他下顎，將他的頭頸向左一扭，企圖扭斷他的脖子。好在那人反應迅猛，立即順勢向右轉頭，這才躲開了幻紗的攻勢。他不由得又是好氣又是好笑，想起上頭說過要活的，可沒說過不能打暈她們，於是他飛快地向前踏步，左手橫過幻紗胸前，是非常下三爛的手段。

果不其然，幻紗正欲去擋胸口，那人調虎離山一般地轉手去扣住她右肩，左手疾如閃電般地已然伸手到了她頸後，只需用力敲下，幻紗便會暈厥。是在這千鈞一髮之際，一條長鞭從那人身後竄出，猛地在他的左手腕上繞了幾圈，纏得死死的，再向後用力一拖，為首的殺手當即被甩下了馬車。

幻紗驚喜地抬頭去望：「璃香！」

那在馬背上飛速馳來的紅衫女子，正是璃香不假，她的身後還跟著兩名虎視眈眈的殺手，璃香從袖中使出暗器，是幾塊小而圓潤的火石，投擲出去只能傷及皮肉。幾顆接連砸在殺手胸口，無非是令他們慢下一些馬速，再害他們蜷在馬鞍上疼一會兒罷了。

這樣下去不是法子，雖說到了巷口是能甩掉他們，但是免不了會傷及無辜百姓。璃香思忖片刻，覺得要在此處做個了結才行。於是她看向車內的幻紗、若桑與伊真，四人自幼一同長大，又共同處理了不下千百件樓內要務，早就心意相通、默契十足。三人立即明白了璃香的意圖，彼此皆是點頭認同，然後，幻紗走到車夫耳邊耳語幾句，車夫立即露出驚恐的表

情，幻紗撫慰他道：「別怕，你是月泉公主的人，他們就算是吃了熊心豹子膽，也不敢傷及你的。」

車夫倒是知曉這點，於是按照幻紗的吩咐繞到了河畔旁，身後的幾名殺手也緊追而來，等到馬車的車輪壓入河水時，車夫造成馬車側翻的假像，但很快又順著河邊爬上了岸，四名烈馬嘶鳴幾聲，甩了甩棕毛，又朝著山路朝前方疾馳起來。

只是那馬車像是故意放慢了速度，又或者是馬兒跑累了，總之沒跑出多遠，就被幾名殺手追上了。

為首的殺手警惕著命令同伴在馬車附近分散開來，他怕車裡的人再次使詐。而觀察了片刻，卻覺得車裡頭靜悄悄的，為首的殺手困惑地再次追上，猛地砸開車門，竟發現車內空空如也，姑娘們都不翼而飛了！

「糟了！」他勒住韁繩，趕忙調轉方向朝河畔跑去。

同伴緊跟上他，大聲問道：「難道就讓那車夫白白跑掉嗎？」

「我們要抓的又不是那車夫！」為首的殺手憤恨道，「定是方才出了差池，馬車先是入水，她們幾個一定是趁著那個機會鑽進河中……」

等等！即便這時不是寒冬，可河水照樣深冷，就算她們幾個身法再好，想要游到對岸去也不太可能。

這麼想著，為首的殺手反而不焦急了，他緩緩停下，命其中一個同伴道：「去找一條獵犬來。」

同伴在來時的路上看到了村落，自知那裡會尋到獵犬，立即騎馬前去了。剩下幾人皆是站在河畔旁，為首的殺手摘下蒙面，正是阿納。他臉上有疤，樣貌粗野，唯有一雙眼睛亮而有神，像是草原的鷹。他凝視著平靜的河面，低聲冷冷道：「守在這頭的話，是為斷了來路；而獵犬一來，必然會嗅出你們幾個的氣味兒，騙得了我一次，可騙不了我第二次。」

這時的幻紗和璃香正躲在河中的浮木後頭，若桑與伊真尚且在水下屏息，直到幻紗越過浮木，看見阿納那群人下馬休息後，她才喚道：「出來吧！」

若桑、伊真二人浮出水面，貪婪地喘著氣，可一抬眼，還能看見岸上的阿納，當即不安道：「他們會發現我們的，即便有浮木遮掩也……」

幻紗打斷道：「他們已經下了馬，而我們已經身處河中，又有浮木在

側，人眼的視野是看不到這麼遠的，只要我們小心移動，是可以躲過他們追蹤的。」

若桑無奈道：「即使如此，我們也不能一直藏身在此，河水這般冷，太陽又馬上落山，凍也要凍死了。」

伊真道：「若桑真是被嚇得糊塗了，你竟不知一旦太陽落山，才方便我們行動嗎？天色暗下就是最好的庇護，我們在那時就可以朝對岸游去，徹底地甩掉他們。」

若桑已經止不住地打起了哆嗦，幽幽道：「可是……實在太冷了，我的手腳都已經要麻木了。」

這四人當中，的確要數若桑的身體最為孱弱。她本就生得嬌小，從小又喜書卷，不像璃香那樣活潑好動，也不像伊真熱絡好客，更不像幻紗那般舞刀弄槍。她更似畫卷中的嬌柔仙子，一身羽衣霓裳，滿身藥草清香，便是個玉雕般的美人兒，哪裡受得了這等苦楚？

幻紗不禁心生愧疚，要不是為了幫助她，自是不必將姐妹拉入這危險苦海，可她又是為了誰呢？雖說是白之紹交代給她的任務，但，當真需要這般出生入死、披荊斬棘嗎？

幻紗咬住嘴唇，眼前閃現的是一個少年的英姿面貌，她忽地蹙緊了眉，竟不知為何，要在這時想起那姓沈的來。

璃香則是在這會兒抱怨著：「我這身好衣裳可是湖綾質地的，早知今日要泡在冷水裡，我說什麼都不會選這身來穿！」

正憤怒著，她攀著浮木的左手打了滑，差點又潛入水下。這倒是次要，最主要的是不能驚擾了岸上的人。她只好緊緊地攀住浮木，再也不敢輕舉妄動。然而很快地，她察覺到身旁的幻紗沉默不語，便以為是自己的話惹她多心。

璃香看向幻紗，見她低垂著雙眼，臉色在水面的映照下顯出幾分蒼涼。

「說起來，我們四個好久沒像今天這樣險境逢生、一同狼狽了吧？」璃香瞥一眼幻紗，又對若桑和伊真道：「真是要好生珍惜今日這難得的姐妹同心了，雖說冷得要死，可託幻紗的福，大家都還好端端地活著，倒也有一番劫後餘生的酣暢。」

伊真忍不住笑出來：「也就是你了，璃香，在這種時候還能有心說這樣的閒話，真要醋暢，還是等到真正脫險之後再說吧！」

「有幻紗在，我可不怕。」璃香用肩膀輕輕撞了一下幻紗，「不要愁眉苦臉，你笑起來才好看。」

幻紗看著璃香，眼神裡有幾分感激，她知道璃香的寬慰方式總是這般特別，讓人又氣又惱，卻又心中溫暖。

若桑則是緊緊地抓著伊真的手臂，試圖取暖一般，她顫抖著聲音詢問璃香：「你那會兒偷偷跑去行宮後頭，是去見什麼人了嗎？」

璃香不願提及似地撇了一下嘴：「快不要提起了，晦氣得很。」

這話音剛剛落下，日落西山的傍晚夜空裡，忽然綻放起了一簇接連一簇的煙花。璀璨光亮照耀著河面與四位姑娘的臉頰，也吸引了岸上突厥人的視線。

阿納坐在石塊上，他微微仰頭，望著空中的煙花，似與夕陽混為一色。這時，他的同伴已經牽著兩條獵犬回來，阿納立刻起身，把自己手臂上的破布撕扯下來，給獵犬嗅了一下，拍拍牠的腦袋。

獵犬先是打了個噴嚏，然後低下頭順著地面聳動鼻子，接著開始狂吠。

同伴知道阿納臂上的傷是那名胡服面紗女刺的，而劍刃劃破衣襟，必然留下了氣息，獵犬一定是嗅了出來，便嘆道：「咱們幾個草原漢子，這般追著姑娘家難為著，實在丟人。」

阿納卻瞪他一眼：「哪個姑娘家能把漢子一腳踹飛下馬車去？」

同伴聽後，臉上一紅一白的，趕快牽過獵犬要去搜人，企圖將功補過。

阿納也翻身上馬，提醒道：「順著河邊走，她們游不遠的，怕是在等著天黑才行動。」

而且環顧四周，河面風平浪靜，只有幾處浮木飄蕩，阿納堅信這幾個女子就在某個浮木之後。

也就是說，他可以利用獵犬嗅出她們的氣味，再與第二隊前來接應的人馬在河對岸來個包抄，將她們置於孤立無援的境地。

「真不知道真如世子為何這麼執意要將她們抓回去，如此費盡周折，

還害得阿金丟了性命⋯⋯」有人在身後悄聲嘀咕。

阿納略微側頭去看，對方立刻噤聲。約莫片刻，他命人鬆開牽繩，兩隻獵犬嗖地一下跑了出去，他策馬緊隨其後。獵犬結伴奔跑，一口氣跑出去很遠，中間還下水了若干次，但卻只知道追著那股氣味繞圈，對著河的某一處瘋狂吠叫。

阿納停在獵犬旁，他望著河中央駐留了一會兒，然後又放眼望去河對岸，幾個黑點影影綽綽，他知道是第二批人馬到位了。

「準備好箭囊。」阿納發號司令，「下水！」

身後的三人聽命照做，趟進河裡，阿納又命道：「箭上點火，射到那些浮木上頭。」

那三名同伴紛紛取下箭囊，開始著手準備。草原上的突厥人擅長騎射，又喜歡將箭頭點燃，是為了更好地捕殺獵物。而面對河中的浮木，射程極近，對於突厥人來說頗有優勢，且這箭放出後，必是帶著火光，於對岸的人馬來說，自是一個信號。於是三支溜箭「嗖嗖」地射出，火光劃破傍晚的夜幕，接連射中在浮木上頭。

其中一支，不偏不倚就射在了幻紗藏身的浮木，火苗燒灼著樹皮，這浮木已是要棄掉了。可對岸燃起了火把，幻紗與璃香、若桑、伊真倉皇地對視，她們知道，這幫突厥人勢必要將她們生擒了！

「逃吧！」璃香提議，「不從兩岸走，我們游回平康坊。」

伊真震驚道：「你瘋了嗎？倘若只有你和幻紗二人，這法子倒還行得通，可若桑身子弱，我體力也不如你們，這法子行不通的⋯⋯」

幻紗想了想，決定道：「若桑、伊真，我與璃香想辦法引開她們，你們悄悄地先到對岸水下的岩石後頭躲藏，這個給你們防身⋯⋯」

她將自己的寶劍交給伊真，正色地囑託：「殺得了一個也要殺，殺得了半個也要殺，有劍在身，總比空手赤拳要好。」

說罷，幻紗就轉身鑽進了水裡，她拚命地向河中央遊去，濺起的水花果然引起了岸邊阿納的注意。

「她在那兒！」阿納用突厥語大喊：「放箭，攔住她去路！」

趁著幻紗引起他們注意的空檔，伊真帶著若桑趕忙潛入水中，悄悄地朝河對岸游去。

璃香則是又驚又慌地望著幻紗逐漸消失的方向痛心道：「真是亂來！說什麼要與我一同引開敵人，竟私自行動，根本就沒打算要我與她一同迎敵！她這是……這是要我也隨伊真她們離開的意思。幻紗啊幻紗，你總是這樣孤膽相照，若真出了什麼差池，我們幾個該如何與樓主交代？」

　　璃香急得淚眼婆娑，可又錯過了隨幻紗一起去引敵的時機，左右為難之際，伊真從水中浮出來，悄聲喚她：「快點兒跟上我們，別辜負了幻紗的心意！」

　　璃香擔憂地望了一眼河裡那一起一伏的小小身影，內心裡湧起強烈的不安與悲傷，最後，她只得轉過身，隨伊真和若桑一起小心翼翼地游去河對岸。

　　彼時的幻紗正在冰冷的河水裡拚命地游動，她要避開那些從四方射來的火箭，又要盡可能地為身後的三人爭取逃離的時間，她的心情很沉重，比起四肢的疲憊和腫痛還要來得沉重。

　　想來她本是霓裳樓裡的一廳之主，平日裡雖然要為白之紹處理種種來自坊間、賓客之間的問題，可那些加到一起，也從未像現在這一次這般棘手。都是因為遇見了那個沈勝衣……都是因為他。

　　幻紗想到他那張臉，便忍不住升騰起一股怒火，又一頭紮進水裡的時候，避開了一隻火箭，她在水中憋著氣，想要暫且休息，然後火箭接連射進水裡，她甚至可以看到火苗從空中飛向她的那一刻的猛烈。幻紗感到今日的自己，實在是灰頭土臉至極了，竟要為了逃命而不堪至此，誰還會相信她是那位堂堂不謂花廳的廳主幻紗呢？

　　可惜她再沒時間抱怨，因為一根火箭擦臉而過，有淡淡的鮮血散入水中，其他的箭矢都釘入了水底淤泥。幻紗不敢貿然行動了，她心裡很清楚，這個時候絕對不能浮出水面換氣，會被那些在水中尋找她的突厥人察覺到她的所在方向，也許他們一時沒了耐心，乾脆將她射殺也不是沒有可能。

　　可再不換氣，她就要憋死在水中了。

　　幻紗已經忍到了極限，極度的痛楚之中，她再一次恨絕了沈勝衣。

　　自打遇見他開始，她不僅要為他殺敵，還要為了他的清白而去尋行宮裡的公主，既要穿胡服假扮男子，又要在臂膀受傷之後，馬不停蹄地前往

其他坊間。然而,為什麼到了這生死攸關之刻,她能回想起來的,竟統統都是他呢?

那一瓶由他遞來的藥膏,那一刻他含糊又靦腆的笑意,那一句:「我擔心幻紗姑娘,自然睡不著,若不把這藥送來,我恐怕要一夜無眠……」

以至於此時再度想起,幻紗仍舊覺得羞人。可惜一個失神,火箭再次襲來,幻紗一時焦急,為了躲避,她忍無可忍地從水中浮了出來,站定之後,河水沒過腰際,她大口喘氣的同時,迎面已有敵人前來。她試圖觀察清楚形勢,但她手中沒有武器,論力量相搏,她不可能會贏下四個草原大漢的。

但是,好在她的三個姐妹暫時脫離了這危險。

幻紗倒也覺得值得了,她抬起濕漉漉的臉,望著越發接近自己的突厥人,天空的煙花再次綻放,照亮了她眼眸中的淒涼絕望。

可下一秒,一柄短刀從她耳畔飛馳而過,筆直地砍進了前方一名突厥人的胸膛,便即刻斃命。那突厥人倒在河中,連慘叫都未曾發出。

幻紗困惑地蹙了蹙眉,一隻有力的手已經抓住了她的手臂,並將她用力地向後拉扯,等她回過身時,一抹陰影已擋在她面前,她順著他的背部向上看,雙眼裡的光亮逐漸恢復,她喃聲道出他的名字:「沈……勝衣……」

沈勝衣的手裡握著另外一把短刀,他緊緊地將幻紗護在自己身後,然後對岸邊吹了一聲口哨,聞聲而來的是騎著馬的白之紹與李遇客,二人手持利刃,直逼阿納等人的頭顱。而見狀不妙,阿納迅猛地躲開那一擊,而後用突厥語召喚同伴撤退,對岸的第二批人馬聽到這資訊,也知有援兵前來,便不再進攻,而是策馬四下散逃。

看到阿納他們轉身離去,幻紗似乎終於鬆下了一口氣,她鬆懈下來,竟身子發軟,恍惚中似要暈倒,沈勝衣機敏地將她攔腰抱住,痛心地道:「幻紗姑娘,是我來得晚了,害你吃了苦,實在是有愧於你!」

幻紗一時間軟弱起來,又因他言語溫柔,使得自己心中動容,倒也任由他抱著自己不去拒絕,直到白之紹與李遇客接近,她才推搡開沈勝衣。

「樓主。」幻紗恭候地向白之紹領首,然後又對李遇客示意道,「李俠士。」

白之紹打量著幻紗的狼狽模樣，眼裡也滲透出幾分疼惜，便翻身下馬，脫下自己的外披裹住幻紗，卻也什麼話也沒說。幻紗默默地低著頭，手指攥緊了外披的衣襟。

　　沈勝衣則是望了一眼白之紹，又心緒複雜地看向幻紗，隨即蹙起眉頭，連同雙拳也不自覺地緊緊握起。他的這番表情變化，倒是被李遇客全部看盡了眼裡。與此同時，原本已經藏身到河對岸下的璃香、若桑與伊真三人，一見到白之紹來援救，立即喜出望外地順著河流朝這邊跑來。璃香尤為激動，她見到幻紗平安無事，竟有種劫後餘生的欣喜之情。

　　然而，幽暗的山林裡忽有一簇火光浮動，幻紗眼尖，率先察覺到了不妙，她下意識地叫出來：「小心！」

　　璃香趕忙彎下腰，若桑也隨著她低下了身子，唯獨伊真來不及躲閃，而那一團裹挾著火光的利箭，直接穿風而來，伊真感到右肩一震，撕裂的疼痛急速從背肩擴散開來，令她四肢一陣抽搐。

　　她中箭了。

　　幻紗猛地衝上前去扶住她，而山林中仍有許多箭矢朝河的這邊射來，白之紹急切地道：「此地不宜久留，那幫突厥人賊心不死，快帶著伊真上馬，岸上有我帶來的馬車，快！」

　　幻紗與璃香趕忙扶著伊真朝河岸上走去，而白之紹與李遇客則留下掩護，他們劍術高超，幾招便將那不斷飛來的箭矢斬斷，那些流箭統統都從他們身邊擦過，釘入了河水深底。

　　煙花在這時再度騰空而起，明晃晃的光亮照射著河面，與河岸。

　　「走！」白之紹深知不能再與之耗下去，便抓過李遇客一同翻身上馬，二人朝岸上飛馳而去。

　　身後冷箭嗖嗖向他們射來，竟頗有些連弩箭雨的氣勢。在昏暗的山林之中，煙花時而照亮夜幕，白之紹與李遇客護在馬車旁，一路向山林外奔馳。

　　馬車裡頭，伊真的臂膀因中箭而失血，幻紗只能先拔掉那箭，再扯下自己的衣襟，為伊真簡單包紮。可馬車顛簸，又沒有草藥消炎，伊真已疼得昏迷，額角冷汗直冒，嚇得璃香心疼得淚流滿面。

　　「那幫突厥人哪裡像是要生擒我們，分明是打算趕盡殺絕！」璃香咬

牙切齒地恨道。

　　幻紗一言不發，她為伊真受傷一事感到極為自責。而負責駕車的沈勝衣，忙不迭地安慰車內的幾位姑娘道：「別擔心，很快就會離開山林了，出了懷遠坊，回去平康坊將是眨眼之間！」

　　他的聲音讓幻紗逐漸得以平靜，見伊真昏睡過去，幻紗為其擦掉額角上的汗跡，若桑看出幻紗心思，便道：「這裡有我和璃香照顧伊真，你不必擔憂。」

　　幻紗緩緩地點了點頭，然後起身，走向沈勝衣身邊坐下，彼此誰也沒有說話。天色暗下，夜風四起，沈勝衣始終盯著前方，眼神專注而堅毅。很久過後，幻紗才輕聲道出一句：「幸好你們來了。」

　　沈勝衣沉默了半晌，才回道：「我與師叔見你們遲遲未歸，料想是出了意外，這才找樓主一同來尋你們，也是聽到了流箭的聲音後才一路找到的，索性……還好趕上了。」

　　夜色籠罩著整個山林，幻紗再次靜默不語，彷彿剛才的那一場生死廝殺，只是恍然若夢。她雖覺得有些疲乏了，但在沈勝衣的身邊，她的內心竟出奇的一片寧靜，再未感到慌亂。

　　而望著眼前黑暗的山林，此時的幻紗也不再覺得迷茫，更沒有覺得前路危險，這一刻，她似乎有了依靠，且覺得所經歷的這一切，也未必不是值得的了。

第十三章

戌時，平康坊，霓裳樓。

一直到了霓裳樓的後門，白之紹屢次確認身後再無追兵之後，才傳來侍女，將馬車上受傷的伊真，火急火燎地扶去了偏院。

侍女們見到昏迷中的伊真滿身是血，嚇得滿臉驚色，畢竟霓裳樓的四位廳主，已經有三、五年沒有受過這樣的傷勢了，再怎麼說她們已經學藝精湛，再不會像兒時那樣，在出行任務中弄得傷痕累累。

尤其是平日裡侍奉伊真的侍女夏蕊極為傷懷，她趕忙去打了熱水，又將一行人引到供給伊真休息的廂房，待白之紹將伊真放在床榻上時，夏蕊便伏在伊真身邊為她處置傷口。剛剛掀開臂膀上的衣衫，就見一塊嫩皮掉下，定是中箭時受到了極大的衝力。

夏蕊小心地先用熱水洗滌汙血，再抹霓裳樓特有的波斯藥粉止住血，然後拿出綾布時，卻發現在場有男子，便囁嚅道：「奴婢要為伊真姑娘脫下衣衫包紮了，郎君們在此怕是不便……」

沈勝衣與李遇客自是一怔，話不多說，趕忙退去了外頭。

倒是白之紹沒有避諱，他甚至覺得夏蕊手法太慢，乾脆親自上陣，將伊真的衣衫褪去後，再以綾布一圈圈包裹住她的臂膀。夏蕊有些羞怯地絞弄著手指，又不敢阻撓，急得臉色緋紅。

一旁的璃香安慰她道：「不必替你家主人感到害臊，樓主打小就是我們四個一同長大的，早已沒有男女之別，也不會有男女之想。」

話雖這麼說，可是……當真是在場的四人都如此想嗎？幻紗無意識地望向白之紹，他纏繞著綾布的手指修長，手法嫻熟細膩，比起繡女來不遑多讓。

而這個時候，靠在白之紹懷裡的伊真，似乎因救治及時而恢復了一些氣色。即便她仍舊昏迷，但鬢髮旁的汗水已經乾涸，嘴唇也不再因失血過多而顯得過於蒼白，或許……也是因為白之紹溫柔、輕緩的動作，傳遞給了她些許力量，令伊真能夠透過內心的感應而心安。

幻紗不由垂了垂眼睫，暗暗心想，若今日受傷的是自己，不知白之紹

是否也能這般用心地為她包紮？而且他眼裡深沉的擔憂，已經許久不曾見
到過了。

他的確是擔心著伊真的，在幻紗的心中，竟有種說不出的異樣感受，
不知是不悅還是憤怒，抑或是嫉妒。

「去換一身衣服吧！」白之紹忽然開口，嗓音有些喑啞。

幻紗醒過神來，似是沒聽清，抬眼看他。

白之紹已經將伊真的傷口包紮好，他將她輕輕放到在榻，被子蓋過
她胸口，邊角掖好後，他看了幻紗一眼，很快又將視線落在璃香，最後是
若桑的身上：「你們身上的衣服全都濕淋淋的，一定很不舒服，去換一身
乾淨的衣服，伊真這裡有我和夏蕊在，而且她的傷口已經無礙，不必再擔
心了。」

幻紗聽後，與璃香和若桑互看了一眼，倒也覺得身上黏膩濕涩，實在
是不太舒服，正準備一同回去各自廂房換身衣衫，卻忽然聽到急急的腳步
聲傳來。

很快便有侍女匆匆進屋，神色不安地對屋內幾位說道：「樓下後門來
了位臉生的郎君，他……一直吵著要見若桑姑娘。」

若桑困惑地蹙起眉，她思慮片刻，轉眼看向白之紹。

白之紹對她點點頭：「我先去樓下會會他。」說罷，便踱步前
往樓下。

幻紗也打算跟著下去，卻被若桑拉住手臂：「先不要急，要靜觀
其變。」

已是入夜光景，霓裳樓正門那頭極盡熱鬧，後門這頭則相對冷清，唯
獨停著一輛氣派的車輦，一看便知是從宮中來的。

白之紹走出後門時，車輦上的人似乎察覺到了動靜，命人將車門打
開，走下來的人是阿史那連那。儘管他今夜穿的是素淡衣衫，也仍舊是遮
蓋不住那與生俱來的高貴，眉宇間的英氣更是咄咄逼人，而唇角邊卻總是
含著溫潤的笑，與之形成鮮明的反差對比。

而這時，早已在後門處放風的沈勝衣和李遇客見到這場景，自是心生
困頓。他二人靠在車輦後的一棵巨大槐樹下，沈勝衣的嘴裡銜著一根細草
葉，雙手環在胸前，他打量著阿史那連那的側影，總覺得這人通身貴氣、

似曾相識。

李遇客只一眼便從他的車輦圖騰上識出了他的來路，立即同不遠處的白之紹使了個眼色，白之紹心領神會，已是做定了不將他放進門內的打算。

阿史那連那在這時向白之紹報上了自己的名號，且禮貌地領首點頭，輕聲道：「我的名字是阿史那連那，今夜造訪，是為了當面向四位姑娘致歉。」

白之紹將手中摺扇打開，輕輕扇動，詫異道：「阿史那連那⋯⋯可是那位鼎鼎有名的質子？」

「不敢當。」阿史那連那謙卑地問道，「敢問閣下是⋯⋯」

「白之紹，霓裳樓的樓主。」

「原來是樓主，失敬失敬。」

「不必客氣。只是，尊貴的世子怎麼會造訪我這尋常寒舍呢？」白之紹看著阿史那連那的斯文模樣，不禁調侃道，「難不成，竟也是來尋歡作樂的？」

阿史那連那倒也不惱，他望著白之紹的目光如溫水一般明燦深邃，令白之紹情不自禁地感到心平氣和。他聽到阿史那連那真誠地道：「實不相瞞，懷遠坊行宮的月泉公主是我的胞妹，而我並非刻意跟蹤你們的馬車來到此處——是因受到妹妹囑託，必要在暗中護送四位姑娘安全回到來處。」

白之紹瞇起眼，原來，她們已經將身分告知了月泉公主。

阿史那連那輕嘆一聲，繼續道：「沒想到的是，路上遇見了暗殺姑娘們的殺手，我雖然想要幫助，可無奈於不能暴露身分，只好在一旁袖手旁觀了。為此⋯⋯我感到非常無地自容，所以才一路跟來此處⋯⋯」

見到他神色極為自責，白之紹看得出他的確是真情實意，也不忍加以責難，便舒出一口氣，沉聲道：「索性她們幾個都安全歸來，除去有一位姑娘受了點兒皮肉傷，其餘也都不打緊。」

阿史那連那緊張地忙問：「是桑姑娘嗎？」

「桑姑娘？」白之紹立刻明白過來，「你是說若桑吧！」

「原來她的真名叫作若桑⋯⋯」阿史那連那細細品味著這名字，唇邊

· 198 ·

不自覺地泛起一抹喜悅的微笑。

白之紹捕捉到他這微小的表情變化，立即覺察到了他的心思。可他身分尊貴，若桑與其地位懸殊，自然不該有過多交集。更何況霓裳樓現在理應遠離朝廷中人，於是白之紹婉拒阿史那連那道：「世子特意造訪，作為樓主，我自是心存感激。可幾位姑娘剛剛脫離險境，且又受到了不小的驚嚇，其中又有一位姑娘負傷，今日是不便見客了，世子請回吧！」說罷，便做出送客手勢。

阿史那連那卻不死心：「樓主且慢。」

他踱步上前，在距離白之紹有半米處的石階下方輕微躬身，雙手合成拳，再次致以真摯的禮節：「恕我冒昧！但此話也是不得不講。我雖不知樓主與幾位姑娘的主意，可我今日冒險而來，也不全然是為了要見一眼若桑姑娘。更為重要的是，眼下時局動盪，朝廷之中烏雲密布，只憑一己之力，很難禦萬眾抗爭，更何況是皇權與強兵。」

白之紹蹙起眉，他忽然發現自己小看了這看似孱弱的世子。

竟不想阿史那連那已經看清了勢態，且也猜出了霓裳樓的三分行徑。白之紹陷入沉默，僵持之中，阿史那連那再次慢條斯理道：「如今舒王已死，而他的王妃卻生死未卜，盜走黃金東珠之事已成禍亂，若是玄宗皇帝追查起來，凡與此有關的人都難辭其咎，閣下又何必捨生忘死地來蹚這汙穢渾水呢？」

想必這世子與月泉公主的口風都是一致的了，今日在行宮裡的對話，月泉公主怕是已經告知了世子，也就是說，月泉公主知道的，就等於世子知道的。

而世子知曉的，公主卻未必明察。

白之紹轉回了身形，他問道：「依世子所看，盜走東珠之人，可有眉目？」

阿史那連那挺直了腰板，他無意識地抬手摸了一下自己鬢邊，拂掉了一片沾染髮上的槐花，手指撚過花瓣，隨風而去後，他低聲道：「想必刺殺了那名金吾衛隊長之人，便是盜取黃金東珠之人。」

樹下的沈勝衣抿緊了嘴角，他聽見阿史那連那似有同情地嘆息道：「不管那人是誰，又有著怎樣的動機，他最好不要再留在長安城內，若想

保命，必然要逃出城去，而且越遠越好。否則，這株連九族的罪過是躲不掉的。」

白之紹忍不住笑道：「世子這番分析的確精妙。可我卻覺得，世子是在懷疑我窩藏了罪犯？」

阿史那連那倒也不隱瞞內心想法：「不僅僅是我，今夜追殺幾位姑娘的人，也必定是有此猜疑。不然，與此事本是毫無干係的霓裳樓，為何會涉及此案？」

「倒是個極盡聰明的人。」白之紹心中暗暗想道。

恰是此時，李遇客的聲音使得阿史那連那回過頭去……

「世子所言的確有幾分道理，但你方才也提及過追殺一事。」李遇客不卑不亢地旁敲側擊道，「如果真的像你說的那般，是因擔心暴露身分而躲在暗中跟隨幾位姑娘和那殺手——你又是如何做到不被殺手覺察的呢？那山林的確樹木叢生，能為車輦提供絕佳的遮蔽，但馬蹄聲是逃不過殺手耳朵的，如此看來，世子怕是也參與了今夜的追殺密謀吧？」

面對這直白的質疑，阿史那連那並未有任何過激情緒，他的眼裡只閃過了一絲轉瞬即逝的憤怒，很快就平靜下來，語氣淡淡道：「我是覺得，殺手極有可能是我的表兄弟派出的人，他們必然是早已察覺到了我的車輦，可有血緣關係在，我的表兄弟是不會對我出手的。」

這番解釋並未讓李遇客的質疑褪去，哪怕這位謙和的世子，還非常好心地叮囑在場的幾位：「若你們執意對抗皇權，我只能提點你們要萬事小心了。」

李遇客反問他道：「你為何要這般菩薩心腸？當真是在意幾個萍水螻蟻的性命嗎？」

阿史那連那沒有回答，他低垂了眼，神色顯出難言之隱。

白之紹當然知道他的意圖——無非是不願霓裳樓將若桑置於危險之中。可這種話又如何能輕易說得出口？總歸不能夠顯得堂堂尊貴的世子，只憑一眼便見色起意吧？但白之紹也不是不能共情，想來若桑雖不是四位廳主中美得最為驚豔的一個，可她溫潤的氣韻與柔軟的腰肢，的確是能引得一眾王孫貴族為其赴湯蹈火的。

自古都是英雄難過美人關，即便是世子，也是要渡場情劫的。

思及此，白之紹反而覺得阿史那連那滿身的煙火氣，也體諒他起來，便安慰道：「世子不必過於擔憂，你的好心我等自會銘記，而你的擔心……我身為樓主，也是知曉分寸的。」

　　許是沒有料到會被人察覺出端倪，阿史那連那在今夜第一次露出了局促不安的神情。

　　白之紹心覺好笑，真是好一個純情少年郎，鮮衣怒馬、不知所措的模樣，倒也是會令若桑見後淪陷的。只可惜了，朝權跌宕，身分殊途，不如從未開始的好。正這般想著，白之紹忽聽霓裳樓正門那邊傳來了吵嚷聲，他覺得不妙，便先告知阿史那連那在此稍作等候，他去去就來。

　　沈勝衣和李遇客見狀，也跟隨白之紹一同前去。然而，就在他三人來到正門時，竟發現是蕭如海與長孫沖攜眾多錦衣衛聚在正門前頭。

　　沈勝衣大驚失色，可再折返走回頭路，反而會被抓個現行。李遇客也擔憂於他會暴露，立即觀察四周，很快便發現有幾輛馬車停在附近。

　　他向沈勝衣使了個眼色，沈勝衣倉皇地點點頭，情急之下，他只能暫且先躲進其中一輛停在門口的馬車上避避風頭。

　　最危險的地方在此刻便是最安全的了，且幸運的是，這馬車裡頭放著一個櫃子，櫃門鏤雕著無數的祥雲瑞獸，沈勝衣大喜，立即拉開櫃門，見其中空無一物，便鑽了進去。

　　他努力蜷身縮在櫃中，輕輕把櫃門拉上，但留出了一條縫隙，用來給自己呼吸。幸好櫃子的後門是鏤空的，他可以透過洞眼張望車外的景象。

　　沈勝衣靜靜地躲在其中，聽到自己的心跳聲急促，他腦子裡閃著無數個念頭，譬如說是有人發現他的話，他要立即將對方殺死並拖上車，絕對不能給師叔還有霓裳樓造成負擔，然後……他只能一人亡命天涯，逃出長安了……

　　可惜的是，不能再見幻紗姑娘最後一面了。沈勝衣為此而感到痛心不已，早知今日的話，他在方才返程途中，就該同她表明心跡的。

　　只是……表明了又能如何？為幻紗姑娘徒增煩惱嗎？他已是腦袋懸在劍上的人，怕是連喜愛她的心情，也不配擁有了。

　　正當他胡思亂想著，外面的嘈雜聲忽然靜了下來。聽上去像是錦衣衛在列隊，沈勝衣透過櫃門後的鏤空，看見了車外模糊的身影，穿著烏皮靴

的人踱步經過一眾錦衣衛，他步伐有力，腰身筆直，再去看他的臉，正是金吾衛北衙長官蕭如海。

沈勝衣猛地回過臉來，生怕他會察覺到自己的聲息。要知蕭如海能力出眾，耳目機敏，沈勝衣強忍著懼怕，連心跳聲都在努力扼制，以免被發現蛛絲馬跡。

「白之紹。」蕭如海走到霓裳樓樓主的面前，負手而站，眼裡的冷銳襯著嘴角旁極新的淤傷，更顯出他瘦削面容的凌厲之色，「我想你應該很清楚我今日深夜來訪的緣由——你我都是明人，自是不必說那暗話，快快了結此事，我與朝廷交了差，再不必來這裡擾你生意，可謂兩全其美、皆大歡喜。」

白之紹假裝糊塗的功力向來一流，他眉目含笑，手中摺扇盡是風流，輕飄飄一句：「我倒是不明白了，蕭長官帶了這麼一幫人堵在我這門口，是弟兄們饞我這樓裡的花酒還是花娘呢？」

蕭如海用力拂袖，喝道：「你放肆！」

「不敢不敢。」白之紹恭敬合拳，狡黠地抬眼看向蕭如海身側的長孫沖，「既然不是蕭長官的意思，那便是長孫郎君了——難道說，是我這樓裡的璃香又惹郎君不痛快了嗎？」

對長孫沖提及璃香，自然是打蛇七寸，長孫沖覺得顏面無光，乾脆直截了當地放話道：「姓白的，你不用在這裡裝瘋賣傻，我今日已經看見了你霓裳樓的四個頭牌，從月泉公主的行宮裡出來，神神祕祕、行色匆匆的，定是有詐！且你前些時日拒絕了金吾衛搜樓，更加說明了你霓裳樓裡藏著不為人知的東西！哼！怕是偷竊那黃金東珠的奸賊就在裡頭吧！」

白之紹搖頭嘆息道：「郎君怎麼尚未飲酒，就說起了酒後胡話呢？這莫須有的罪名，豈是能隨便亂扣的。」

長孫沖冷哼：「用不著和我耍嘴皮子能耐，你要是想證明自己清白，就快快讓開，只要搜了霓裳樓，必然真相大白！」

白之紹與長孫沖並沒有深仇大恨，但這時無故前來搜查，也實在是顯得欺人太甚。所以，他將唯一秉公行事的希望寄託在了蕭如海的身上，便躬身向蕭如海請示道：「還望蕭長官明察。」

可惜了，蕭如海也急於證明自己的忠心，畢竟——他只從魏徹那裡得

來區區兩日時間，若兩日之內無法找出蛛絲馬跡，那不僅他性命不保，連同那一窩金吾衛，都要陪他上黃泉。

與其同白之紹浪費口舌，莫不如用最直接乾脆的法子揪出疑點，所以，他竟也咄咄逼人之勢對白之紹道：「再不讓開，我便直接以窩藏要犯的罪名，封了你這霓裳樓。」

白之紹一皺眉，他知道，蕭如海這次是動真格的了，而他並非是信了長孫沖，分明是他自己認定了霓裳樓裡藏著他要的答案。

想來白之紹也是不願去扛窩藏要犯的黑鍋，但若是真不巧，被他們找出沈勝衣的話……

思及此，他躊躇起來，恰逢一顆石子滾到他腳邊，他悄悄看向那石子的來源處，是李遇客的暗號。李遇客向他側了側頭，示意他看前頭的馬車。

果然，白之紹看到馬車上有一雙眼睛在望著這裡，正是藏身其中的沈勝衣。白之紹放下心來，暗暗想道：「既然沈勝衣不在樓內，那麼任憑錦衣衛有天大的本事，也無法在霓裳樓裡找出那莫須有的人。」

於是他假裝不情願地對蕭如海讓步了：「好吧！既然長官執意如此，我這霓裳樓也只得隨你們搜查了。」

蕭如海瞇起眼，心覺白之紹一定是在打什麼歪主意，但事不宜遲，他立刻召集人手決定進樓，長孫沖也滿臉得意，巴不得要看霓裳樓出事一樣。

然而，一個聲音卻忽然在這時喝道：「且慢！」

蕭如海與白之紹一同循聲望去，只見那帶著一眾隨從踱步而來的，正是阿史那連那。

想必他是聽到了這邊的喧鬧才決定現身，而見到了這位身分尊貴的質子，蕭如海和長孫沖也連忙行禮問候，尤其是長孫沖，低頭的瞬間還在嘀咕：「他怎麼會在霓裳樓……」

看來霓裳樓的這些人，不僅攀上了月泉公主，連同阿史那連那也一併蠱惑了。

「嘖！真是一群下賤胚子！」長孫沖咬牙切齒，心裡滿是憤恨。

阿史那連那則是對在場來勢洶洶的不速之客說道：「各位今日就此回

去吧！這霓裳樓與黃金東珠遺失一案毫無關係，更不會窩藏要犯，我甚至願以我草原世子的身分來做擔保，此事的確與他們無關。」

蕭如海的手指緊緊握起，眼神狠厲地瞪向白之紹，彷彿在質問——你竟敢搬出阿史那來壓我一頭？

白之紹自然是一臉的無辜，他攤攤手，示意自己全不知情。

長孫沖噴了一聲，露出一臉不屑，但也不敢再造次。雖說他父親權勢熏天，但是也不至於為了他，而與阿史那部落交惡，更何況世子血統尊貴，即便是個質子，也不是他可以招惹得起的。眼下長孫沖也只好先吃下這憋，但臉上神色可不太甘心，他抬起手，指了指自己的眼睛，又指向白之紹，彷彿在說：「走著瞧。」

蕭如海則是抓過白之紹到一旁，焦躁地同他低聲道：「都火燒眉毛的時候了，你怎麼不以大局為重？我是不管你和阿史那有什麼瓜葛，但你若真的躲避搜查，接下來只會鬧出更多人命！」

白之紹唇邊笑意略顯戲謔，彷彿不信蕭如海的話。

蕭如海不禁提高聲調：「今日之事並非是存心找你麻煩，相反的，我需要你來協助我！而且這也並不是關乎我頭頂的烏紗帽，而是再不抓到那要犯，很快就會有下一個人出事，不出月餘，長安城內將會斗轉星移！」

白之紹忽然正色道：「可你就算在我這裡抓到了沈勝衣，又如何能證明他就是做出這一切的元凶？錯殺他之後，就能天下太平了嗎？」

「只有他死了，我才能交這個差！」

「可你方才還說並非是為了自己，如今怎又改了口？」

蕭如海瞬間啞口無言，他只得鬆開白之紹，憤恨地拂袖轉身。途經阿史那連那身邊時，他又不得不作揖拜別。阿史那連那頷首示意，目送蕭如海帶領一眾錦衣衛悻悻而歸。

長孫沖也灰頭土臉地上了馬車，臨走時，他看見霓裳樓的偏院裡，有一抹鵝黃色的身影一閃而過，可也懶得計較了，他憤憤地放下車簾，命令車夫駕馬離去。而那抹鵝黃色的身影靠在偏院的樹下，想著阿史那連那為了霓裳樓出頭時的英姿，心中不由泛起了一陣暖意。

白之紹也在這時謝過阿史那連那相助，阿史那連那只道：「舉手之勞，不足掛齒。」而後欲言又止般地看向偏院，若有所思地垂了眼睫。白

· 204 ·

之紹自然知曉他心思，可卻送客道：「時辰不早了，世子也回吧！改日相聚霓裳樓，我定美酒佳餚款待。」

阿史那連那落寞地笑笑，心有留戀地離開了。

夜色深沉。

皎潔月色投籠上了長安城，送來一片慘白如凌霜的光暈。

夜風薄涼如水，平康坊裡一排高低錯落的矮房，都隱藏在夜霧之中。這時辰的夜霧很重，小霧聚大，風中逐漸升騰起了一片大霧。阿史那連那坐在車內捏著眉心，像是在和車夫說話，又像是自言自語：「都已經這麼多年了，我似乎還沒完全適應長安的氣候。這種時節，一到晚上，哪裡都是濕漉漉的，卻也沒見著過幾回雨。」

車夫就當作他是在同自己說話，便熱絡地回應道：「世子這是想念草原的乾冷氣候了吧？倒是也快，等到公主大婚之後，世子便能榮歸故里了！」

榮歸故里……

阿史那連那心緒複雜，他品味著這四字，竟覺出幾分沉重。

而這時，馬車後頭忽然傳來了急促的馬蹄聲，阿史那連那心中困頓，撩開車簾向後頭張望，猛然間睜圓了雙眼，連忙喝道：「停下！」

馬夫勒住韁繩，阿史那連那匆匆走下馬車，策馬而來的若桑，則是緩緩地停在他面前，一身鵝黃色衣衫隨夜風輕舞。

烏雲遮住了殘月，又一點點移開，露出了月華光亮。

「桑姑娘……」阿史那連那衣衫光華，彷彿攜著星月的光輝一同走來，很快便又改口，深深領首：「若桑姑娘。」

他這一聲呼喚，似有萬千想念那般柔情似水，幾乎連若桑本不願輕易動搖的心腸都被觸動。

「我前來送世子一程。」若桑並未立即翻身下馬，她在馬背上俯視著他的臉，嘴角噙著一抹柔靜笑意，「再來把這個還給世子。」

她伸出玉白細手，將他的玉牌遞給他，皓腕白皙，衣袖染香。

阿史那連那順著那細手看去，見她兩肩纖柔，朝雲鬢隨意挽著，額前髮絲有幾縷落下來，沾染上了些許霧氣中的水珠，顯出一種別樣的芬芳氣息，好似晚香玉，白麗通透。他閉眼深深一嗅，雨中還殘留她身上的玉露

般馨香。

「難道你我日後不再相見了嗎？」他沒有接過玉牌，反而眼中滲透憂慮，「你將這還於我，是打算再不往來？」

若桑凝視著他，似有身不由己般地淡淡一笑：「我等身分已然敗露，再不便去公主行宮，而世子的玉牌也不該在我身上，我是不想連累你。」

阿史那連那卻搖頭：「已經送給你了，便是送了，再沒歸還的道理。」

「可是……」

「堂堂阿史那，言出必行，敢作敢當。」阿史那連那的語調和眼神，都極為直率，他毫不躲閃地望著若桑，「倘若有朝一日這玉牌被查了出來，你統統推到我身上便是，我自然會……是願護你周全。」

「會」字與「願」字，含義不同，分量也就不同。

若桑內心動容，等她回過神時，自己已經翻身下馬，二人對面而站，阿史那連那凝望著若桑鬢邊的一支紅玉簪子，滿眼朱紅，如火一般，燎在他心頭。

夜色極柔，雨露清冷。

桃花樹的花瓣被冷風吹落，散在了若桑的髮上。她抬手去拂，恰巧觸到他的手，只因他正在為她拾落鬢髮花瓣。

這一刻，若桑忽然覺得，她的確不該來見他。

她心中嘆息，對他道：「世子，我該走了。」然後俐落地上了馬背，又將玉牌收回在自己腰間，「再會。」

阿史那連那望著她策馬離去的背影，輕撚著手中的一片花瓣。不久後，他上了馬車，命車夫回府，而後又道：「阿史那的草原適合英勇無畏的男子去享有，也適合灑脫柔情的女子，想必，我很快就會回去我的故鄉了。」

車夫道：「世子攜一位世子妃回去草原，也是滿好的。」

阿史那連那沒再回應，他也知身分血統的懸殊，將有礙於心之所向，低頭望著握在掌心裡的花瓣，已經破敗褪色，反倒是他的指尖染上了殷紅。

「看來……該長在樹上花開不敗的，就不該讓它隨風而落啊！」他這

樣喃聲說著，憐惜地扣起了手。

出了平康坊，已是亥時。

蕭如海已與長孫沖分道揚鑣，這般時候，他獨自帶著一眾錦衣衛朝金吾衛府衙返還，在那空空如也的府衙中，魏徹還在等著他交差。

可霓裳樓一行，因阿史那連那的阻攔而作罷，他並未得到自己想要的東西，又如何去見魏徹？且兩日後，真凶未抓，一定還會有人死去，也許會是他自己，也會是別人⋯⋯

想到這，蕭如海心中自然焦灼萬分，哪裡會注意到身後其中一輛裝著木櫃的馬車裡，正藏著他「魂牽夢縈」的沈勝衣。而被這樣帶出平康坊的沈勝衣，可是連一口大氣都不敢喘，生怕被人發現，落得個死無全屍的局面。

由於他距離蕭如海最近，也就恰巧聽到了部下與蕭如海的對話。

唯一留在蕭如海身邊的心腹，便是金吾衛的副隊長了，要不是蕭如海同魏徹求情，副隊長也是要一併被抓去大牢中的。

幹活兒需要得力人手，也是因此，副隊長才能一直跟著蕭如海。

這會兒的他騎著馬湊到蕭如海身邊，四下環顧，確信沒有人注意之後，他又開始遊說起蕭如海：「長官，眼下已經沒有再周旋的時間了，一直這樣拖拖拉拉，你我的腦袋都要搬家了！」

蕭如海又如何不知這個道理，他鐵青著臉，自是在強忍怒火。

副隊長則道：「反正舒王死在金吾衛眼皮子底下的這件事，已經推脫不開了，莫不如趁此機會，你我一併投靠霓裳樓，白之紹掌管著螻蛄組織，總會有我們兩個的安身之地，非要跟著朝廷吃人血饅頭做甚？」

蕭如海眼中有動搖，又謹慎地環顧四周，悄聲對副隊長喝道：「隔牆有耳，謹言慎行！」

副隊長哀嘆一聲：「魏徹都打算殺了你去向聖人交差了，我們還有什麼值得怕的？一旦兩日後查不出線索，不僅是你，所有金吾衛也難逃一死，難道真要坐以待斃？」

蕭如海內心煎熬，即便是此刻，他仍舊深覺背叛朝廷是忘恩負義之舉。

副隊長握住蕭如海的肩膀：「長官，反吧！」

一個反字，已然夠株連九族。

偏生這些話，都被沈勝衣聽得真真切切，身在馬車櫃子裡的他，聽聞此等觸目驚心的真相，自是震驚萬分。

舒王……竟死了？且是死在金吾衛府衙中的？

沈勝衣知曉，先皇子嗣眾多，當今聖人並不是最受寵的一個，最得先皇厚愛的是那舒王，且只是侍女所出。

由於先皇后誕下的皇子與公主性情傲慢，當今聖人算得上是其中最為乖順的一個了。可在最初，即便並非庶出，聖人也不是第一個登上太子之位的人，那位置一直空著，大抵是要留給舒王的。然而，當時只是個孩童的舒王，也不具備競爭實力，大唐需要君主，肯定是不能等下去的。

而聖人繼位之後，也答應過先皇會一直寬待舒王，加上舒王無心權欲，只以犬馬聲色為愛，故此，他與聖人之間的關係也十分要好。

如今舒王慘死，聖人必定是不會放過凶手的。

難道說，金吾衛當真要背了這黑鍋不成？可憑沈勝衣對同僚們的瞭解，是絕不可能會有人做出此等大逆不道之事的，必定是栽贓陷害，一如索義雄的死之於他。

且如今又聽到了身後二人的策反言論，馬車內的沈勝衣可謂煎熬至極。他既擔心金吾衛的生死，又擔心自身的造化，而轉眼之間，已經途經兩坊交接的邊城地帶，長河蜿蜒的兩路蘆草漫天，裡頭竟也會有幾具慘死的餓殍枯骨。

「原來百姓的生活，也有著民不聊生的慘狀。」蕭如海面對此景，心緒複雜。

副隊長則是啐道：「自有貧苦子民過得淒苦，可那皇宮裡頭依然載歌載舞，奸人當道、怪事層出，這大唐還配叫作盛世嗎？」

蕭如海擔心被旁人聽見，正欲告誡他，哪知身後忽有一名錦衣衛策馬前來，神色緊張地蕭如海說：「長官，前頭好像有刺客！」

副隊長卻斥責他：「胡說！就算刺客出現，蕭長官也會第一個……」

話還沒說完，暗處飛來一利器，瞬間劃開了副隊長的脖子，鮮血四濺，他重重摔落馬下。

蕭如海驚愕地睜圓了雙眼，一時之間竟因受到刺激而回不過神。再聽

那又是「嗖」的一聲，接連而來的無數暗器，打在一眾錦衣衛身上，慘叫聲不絕於耳，馬車內的沈勝衣一動也不敢動，他甚至可以看見有暗器釘在了眼前的櫃子上頭。突然「呼」的一聲，巨大的石塊砸來，落在馬車裡，人仰馬翻，投石之人顯是臂力極強，沈勝衣困在櫃子裡出不來，最後竟是被馬車重重地壓了下去。

而這驚懼慌亂的過程很快便結束了，等到蕭如海反應過來時，只餘他一人坐在馬背上，身上濺滿了猩紅血液，再低頭一看，滿地屍身，連拉車的馬匹也一併沒有放過。

蕭如海愣住了神，窸窸窣窣的腳步聲從蘆草裡傳來，他恍惚去看，舉著火把的侍衛分開兩邊，讓出一條道路，便有一名錦衣玉貌的俊秀男子緩緩走來，兩袖上的暗紋是淡青遠山，衣衫下擺是天青碧空，一副出塵入畫的仙人模樣，與行事狠辣之徑，簡直形成懸殊對比。

他對蕭如海淡淡一笑，如野獸捕食前的試探。接著，他冷聲命身邊人道：「還不快將蕭長官請下馬。」

侍衛得令，立即照做，蕭如海這個硬骨頭卻沒有下馬的意思，盯著他的臉，咬緊了牙關道：「王亭，我蕭如海還輪不到你來招呼。」

而壓在馬車之下的沈勝衣不敢亂動，哪怕櫃子扣在他背上火辣辣的疼，他也只敢透過縫隙去打量外頭景象。

第十四章

從櫃子縫中只能看見那人的腳，金線夔紋的烏皮靴不染塵埃，彰顯出了其尊貴身分。

如果不是蕭如海喚出他的名字，沈勝衣也絕對料想不到，這帶著刺客暗殺朝中一眾錦衣衛的人，會是當朝王權相家的長子王亭。

此前他曾聽人提起幾次，除了同僚，再就是巡查花樓時遇見的花娘，在那群人口中，無非都愛談論大唐如今的顯赫人物，而長安裡赫赫有名的權貴四美男中，王亭要排第二。自然，原本第一的舒王已死，再也無人能比過王亭的美貌了。

這王亭在年輕臣子之中，已然是出類拔萃的佼佼者，加上本家勢力雄厚，連當今聖人都對他讚許有加。

不過，如果真似花娘口中那樣，王亭必是個疏淡超脫的人物，他與生俱來的清雅高華，令人過目不忘，還有傳聞說，敵國的世子也曾對他一見傾心，甚至甘願為其退兵三百里。

可坊間這些雜聞又如何能信？便是今日，沈勝衣才知道他行事狠辣，下起黑手一點兒都不含糊，這麼多條人命都在剎那間被取走，若不是他藏身在櫃子裡，怕是也會一命嗚呼。

而此時，面對蕭如海的冷漠與無禮，王亭倒也不惱火，他緩緩地踱步，低聲含笑：「早就聽聞金吾衛北衙蕭如海，是個鐵骨錚錚的硬骨頭，平日裡也沒什麼機會近身交談，好在今晚得了這千載難逢的機會。可蕭長官要是不願同我私下談話，在此處聊上一聊，也不打緊，反正你帶來的人，也沒一個活口，自是無人能聽見這對話。」

蕭如海看了看地面上那些血肉模糊的屍身，也的確不會有人能活下來。再去看副隊長慘死的模樣，他再次痛心地蹙眉，臉色陰沉地看向王亭：「你這般狠辣歹毒，就不怕聖人知道這事？」

王亭站住腳，立即道：「你這句話問得甚好。我以為聖人交辦蕭長官將我妹妹的下落打聽得明明白白，你應該已經要在如今拿出線索，然而結果卻是，我妹妹不見人，妹夫又慘死，蕭長官又怎有顏面提及聖人二

字呢？」

蕭如海聽得有幾分心虛，且無言以對。金吾衛已然是落魄了，他蕭如海連聖人的面都見不到，更別說能像往日那般進諫。除去魏徹那邊還有一絲希望，他的處境早已是四面楚歌，哪裡還配同王亭談條件？

於是，蕭如海微一沉吟，不想折辱，只想得個痛快：「你留我這條性命，究竟有何意圖？不必再繞彎子，快直說了吧！」

王亭負手而立，他站在蕭如海的面前，字字珠璣道：「我要你認下所有罪名。這樣一來，我妹夫的案子就算徹底了結，至於我妹妹的下落，自有其他人來接手。而你，也可用你自己的一條性命，換去金吾衛全員苟活，這樁交易於你於我，可都不算吃虧。」

蕭如海瞬間懂了：「你們這是打算給金吾衛換個頭目，連同整個府衙都要改姓你們王了吧？」

好一齣偷梁換柱啊！這步棋必然是王權相乘人之危的密謀，換掉蕭如海，金吾衛也就等於失去了頭狼的渙散狼群，無論再由誰來管理，都將是王權相在後頭操縱。屆時，聖人將失去最為可信的一批護衛隊，長安也將再無門神。

思及此，蕭如海忍不住放聲大笑道：「我真是要懷疑你們王家為了達到目的，怕不是在自行上演這些苦情戲碼吧？妹妹失蹤，妹夫慘死，這些事全部都是接連發生在金吾衛頭上，除了巧合，可就只剩下了必然。若不是你今日出現說出這些，我真要覺得是金吾衛倒楣到底。然而竟沒想到，都是王家在幕後苦心經營，怕是兩日之後再鬧出人命來，也還是要嫁禍到金吾衛的頭上了。」

王亭輕笑，似和煦春風：「蕭長官果真是個明白人，既是如此，你便隨我回朝，與聖人坦白從寬吧！」

蕭如海冷傲地仰起頭，拒絕道：「士可殺，不可辱。只要我蕭如海活著一日，金吾衛休想易主。」

王亭唇邊的笑意立即隱退下去，他冷著臉，滿眼肅殺，轉身對帶來的侍衛點點頭，二十餘蒙面侍衛立即從腰間抽出佩劍，竟容不得蕭如海反應，他們當即以迅雷不及掩耳之勢，砍掉了駿馬四蹄，蕭如海跌落而下，馬兒的嘶鳴聲慘烈。

大概是料想不到這群人會下如此黑的手，蕭如海根本沒來得及應接，被數名黑衣人按倒在了地上。長劍寒光閃處，「嘶」的一聲輕響，劍尖在蕭如海身上劃了一條口子，衣衫盡裂，傷及肌膚。蕭如海見自己腹上如此長的一條劍傷，鮮血直流，只知王亭是要動真格的了，若他不肯從了王家所想，便要性命不保。

　　可就算要死，他蕭如海也不能死在王家手上！

　　他怒吼一聲，接連幾腳踹開黑衣人，快速翻身從地上爬起，抽出佩劍與之廝殺，由於憤怒滿腹，蕭如海出手極狠，一劍從最為接近的黑衣人腋下穿過，直接挑斷了臂膀筋骨。可這並不足以令旁人懼怕，只管瘋了似地撲上來與他扭打，數不清的劍身落下，蕭如海吃力地去擋，被逼殺的節節敗退，待到退無可退，背靠樹幹，他一個猛勁兒向前抽去，刀劍無眼，劈骨入肉。

　　面前的人被一劍砍掉了腦袋，血液飛濺，灑滿面目，蕭如海再揮一刀，直接穿過另一個胸膛，刀尖從背部露出了頭，蕭如海一把推開他，抽出劍身，黑衣人「咕咚」一聲倒在地上。蕭如海踩在他頭上大喝：「誰還不要命的，統統都上來！」

　　黑衣人們見狀，也有些退縮，他們彼此面面相覷，眼有猶豫。

　　而藏身在櫃子中的沈勝衣，見到這副驚天動地的光景，心中暗暗佩服起蕭如海的孤勇。他如今這副滿身是血、面目猙獰的狠戾模樣，即便是鬼見到了，都要退避三分，可見金吾衛之於他是何等重要。想必，他今日就算是豁出性命，也必要讓王亭死了這條心。

　　但王亭又是何許人也，他毫無良知與憐憫，更不會因為區區一個蕭如海的魄力就作罷此事，只見他輕抬了抬手道：「給我蕭如海的首級，取下者，重賞宅邸，綾羅十匹。」

　　這一句話，令黑衣人的眼睛又亮起了火光。他們嘶吼著，紛紛舉劍衝向蕭如海，剎那間殺作一團。刀光劍影之間，彼此都紅了眼，沈勝衣在暗處看著這些，只得心中乾著急。有那麼一瞬，他也想衝出去幫襯蕭如海，可如果真的那麼做了，只怕會立即被王亭捉拿去朝廷，搞不好還會當即斃命。

　　掙扎許久過後，沈勝衣決定趁亂逃走，趕回霓裳樓去搬救兵。他找到

了合適的時機，悄悄地挪動身體，吃力地、一點一點地從馬車的櫃子裡爬了出來，然後，趁著王亭關注黑衣人戰勢的空檔，抓住機會，飛快地起身逃跑了。

天色已經蒙亮。

這時的皇家御園裡，玄宗皇帝正在觀賞御林擊鞠比試。而這擊鞠從昨天起就一直在進行，決賽放到了今日早上，便是要趁著清晨氣候涼爽。

之所以召開這種賽事，也是近來得寵的霰貴妃的主意。她知玄宗皇帝沉浸在舒王去世的悲傷裡，想著想讓他展顏一笑，才做了這事。

參與擊鞠的兩隊帶頭人，分別是景王李晟，以及霰貴妃的皇族遠親宗氏宗白。由於舒王國喪未過，各種活動也就不會大肆舉行，原本的擊鞠可是要熱鬧的多了，眼下這比試，倒更像是個小型遊戲一樣。

由於景王年少，才過舞勺之年，年輕氣盛又十足傲慢，他將紅綢帶繫在前額，目光上下打量宗白，冷眼道：「早就聽聞霰貴妃的娘家人，個個美豔俊倫、弱不禁風，想不到連男丁也是一股子羸弱之氣，等會兒你可別摔下了馬，傷了李、宗二族的和氣。」

宗白自然是乖順地點頭聽命，周圍眾人也是極為奉承的為景王拍手叫好。景王趾高氣揚的挑眉一笑，轉臉去看座位上的玄宗皇帝，道：「皇兄，我等已準備就緒，開始吧！」

玄宗皇帝一擺手，沒什麼興致似的，身側侍郎宣令道：「擊鞠比試開球！」

話音剛落，景王便先發制人的率先衝到賽場，策馬奔騰的模樣，倒有幾分太上先皇的英姿。宗白也是不甘示弱的緊隨其後，可是前兩個球都被景王一桿打進洞，宗白幾乎沒有還手之力。

御座上的霰貴妃擔憂起來，緊緊地盯著場上的宗白，很怕他被景王逼得跌落下馬。玄宗皇帝掃一眼她，安慰道：「你不必過於擔心，十五弟有分寸的。」

霰貴妃這才意識到自己有失儀態，趕忙為玄宗皇帝倒茶，訕訕道：「陛下說的是，是臣妾淺見。」

恰逢此時，準駙馬宗素琛擦拭著手中球桿，準備上場替下宗白。

席間的一些皇孫貴戚訝異道：「準駙馬竟要上場？」

「他可是神擊鞠手，宗氏唯一一個能同先皇博弈的人。」

提及先皇，玄宗皇帝面色一沉，席間之人察覺到他的變化，立即噤聲。宗素琛這時來同玄宗皇帝請示，懇請換人。玄宗皇帝瞥見霰貴妃一臉贊同，便應允了。然而，他環視一周，問道：「平湖呢？」

宗素琛答道：「公主今日託人來說身有不適，而且微臣……也許久未曾見過她了。」

「你先去換下你十五弟吧！」玄宗皇帝對宗素琛說。

宗素琛得令，轉身時看到侍郎神色焦急的湊近玄宗皇帝耳語。再看向賽場，宗白已經氣喘吁吁地走下來，他滿身泥濘，著實是吃了不少虧。

宗素琛拍拍他肩膀，翻身上馬，喊一聲「駕」，迎向景王。

景王瞇了瞇眼，深知這個未來姊夫不是善輩，但他還是做好了擊球的姿勢，一揮球桿，不料被宗素琛防下，且他動作飛快，駕馬衝來，景王尚未防備，心下一驚，竟將宗素琛看成了是別的人。

仿若……是……舒王。

「七哥……」景王喃喃念道，腦子裡猛地跳出了凌亂畫面，他高呼一聲，居然從馬背上跌落了。

宗素琛立刻勒住馬匹韁繩，周身的御林護衛也驚慌失措的奔向景王，詢問著：「景王你摔到哪裡了？」、「景王你不打緊吧！」

景王膝蓋痛得不行，他吱哇亂叫著被扶起，宗素琛下馬去攙，沒想到景王像見鬼了一樣，甩開宗素琛的手，甚至驚亂叫道：「你……你別過來，不關我的事！七哥，你不要找錯了人！」

宗素琛一臉迷茫，眾人也皆是困惑。

唯獨御座上的玄宗皇帝站起身，責難道：「景王受了傷，還不快點兒帶他下去！」

景王就一瘸一拐地被扶了下去，他像是受了驚嚇，嘴裡面還在嘟嘟囔囔的咕噥著一些有的沒的。宗素琛見狀卻不明所以，只覺得擊鞠比賽是進行不下去了，便轉身走回座席。霰貴妃見他平安歸來，不由舒了一口氣，起身同他閒聊，又賜了他一杯茶。

玄宗皇帝看到那兩人談笑有加，竟也不自覺地將宗素琛錯看成了別

人，以前從不曾覺得他的輪廓與眉眼像那個人，偏偏今日發覺他與舒王長得如此相似，隨即沉下一張臉，眼神也變得冰冷而灰暗。他話也不說，轉身同侍郎急急離去，徒留下宗素琛與霽貴妃兩人，皆是十分錯愕。

一路上，玄宗皇帝再三問道：「你不會是老眼昏花了吧？真的沒有看錯？」

侍郎非常肯定道：「回陛下，老奴親眼所見，千真萬確呀！康王……他剛才的確是在同準王妃交談，就在西殿。」

玄宗皇帝的臉色越發鐵青，他心中思緒煩亂，只得加快腳步，一直到了西殿，他命侍郎守在府外，沒有他的命令不得入內。

接著，他隻身一人前往殿內，果真看到灌木叢生處，康王獨自一人走了出來。可他身後並沒有旁人，玄宗皇帝打量許久，都沒有見到王汝的身影。可侍郎跟隨自己多年，是能夠信得過的，且他也沒有天大的膽子，來編造出這等謊言。

待到康王走遠，玄宗皇帝望了一會兒他的背影，心中也因此而埋下了一根釘子，且再回想景王方才顛三倒四的那幾句話，竟也是十分蹊蹺。便是因此，玄宗皇帝覺得，這案件還需再交辦給更為穩妥的人去處理才是。

這般時候的平康坊裡，沈勝衣滿身泥濘地進了霓裳樓的偏院，正巧在院內安排侍女打掃亭子的幻紗見到了他，立即面露喜色，趕快差人去尋白之紹和李遇客過來，要知道昨天晚上，他們兩個可一夜未眠，全都在擔心著沈勝衣的下落。

沈勝衣匆匆進了廂房，正在屋內打理的侍女們嚇了一跳，他一臉凝重，身上髒汙，極為頹靡地坐到案桌的椅子旁，作勢脫下靴子，將裡頭的石子、泥巴一併傾倒而出。

幻紗走進來的時候也帶來了熱水，她一揮手，要侍女將一盆熱水都端到沈勝衣的面前。沈勝衣的臂膀處隱隱浸出血跡，大抵是從馬車下頭爬出來時造成的。

幻紗忙道：「你身上有傷，快脫下衣衫，我幫你看看吧！」

沈勝衣用帕子沾了熱水，擦拭起臉上汙濁，還支吾地說著：「一點小傷而已，幻紗姑娘不必擔心。」

幻紗倒也哼道：「我可沒有擔心。」接著又有些沉不住氣地問，「你

這一整晚都不見蹤跡，到底發生了什麼事情？」

沈勝衣擦淨了臉，將帕子投進水盆裡，嘆了一口氣，道：「說來話長，等我師叔與樓主來了，我一同告訴你們吧！」

不出片刻工夫，白之紹與李遇客便趕到了此處，見沈勝衣只是受了點兒皮肉傷再無其他，李遇客自然是放下了心中大石。白之紹也極為感慨沈勝衣的虎口脫險，待一番噓寒問暖過後，沈勝衣便將昨晚自己經歷的一切都說了出來。

聽他道完這些，白之紹與李遇客臉色都不怎麼好看。幻紗心中也很是驚訝，竟沒想到這場來自朝廷的禍亂，折騰來折騰去，竟還是回到了朝廷自己那裡。

「看來這發生的一切慘劇，都與王權相脫不開干係了。」白之紹略一沉吟，轉念又想，倘若王權相真的是幕後主使，事情可就會更為棘手。

沈勝衣又道：「除了這之外，我還聽到蕭如海說了，兩日後將會再死一人。」

白之紹瞇起眼：「兩日？」

「具體的便不得而知了，當時的情況萬分危急，我只顧著逃命，連蕭如海現下是死是活也……唉！本想著連夜回來求你們去援救的，誰知中途在回坊時遇見了侍衛，為了躲避他們，只好將計畫作罷了。」

說這話的時候，沈勝衣臉上的表情十分羞愧，他覺得自己實在是個懦夫，只在乎自己的生死存亡。

幻紗瞥了他一眼，輕而易舉就看穿了他的心思，不僅不安慰，反而輕笑著揶揄了句：「不過是泥菩薩過江，你又何必為此難過？就算你不逃命，也無非是多捐一具白骨罷了！」

沈勝衣竟有些不服氣似的：「蕭長官待我不薄，我沒能幫得上他，自是愧疚不已，若他真有個三長兩短，我也願折壽三年當作賠罪！」

幻紗「噗哧」一聲笑出來：「還以為你要折壽多少呢！區區三年，可真是出手闊綽啊！」

白之紹很少見幻紗這般模樣，一雙眼睛在她與沈勝衣二人身上打量半晌，隨即勸道：「好了，現在可不是拌嘴的時候。」

沈勝衣立刻說：「對！為了避免兩日後再次發生慘劇，必須要在這期

間找出能夠證明王權相是幕後主使的證據才行。」

白之紹略一沉吟：「看來，的確只有那名擅長縮骨功的人，能夠給出線索了。」

一聽這話，沈勝衣立即看向他和李遇客：「你們已經找到那個人了嗎？」

李遇客搖搖頭：「只聯繫上了線人。」

「線人？」

白之紹道：「霓裳樓有一線人，專門為樓內的人打探祕事。當日，他帶給我的消息是——在黑市的興義賭坊之中，有個擅長縮骨功的人。但那人行蹤不定，神龍見尾不見首，即便有幸找得到，也未必會吐露是誰買凶殺人。」

李遇客接道：「那日之所以沒有再深入調查，是我們兩個擔心幻紗與其他姑娘的安危，便草草與線人分道揚鑣，然後前去協助你們。」

幻紗有幾分感慨地點著頭：「幸虧幾位及時趕到，否則後果自是不敢設想了。」

沈勝衣的心裡卻在這時暗暗想著——興義坊是一個只看錢說話的地方，想要從那裡得到可靠的消息，只能用錢。而他在做金吾衛的時候，也是瞭解行情的，要想進興義坊，必須要準備五百貫錢，少一分都不能通融。

可如今的沈勝衣目下一文不名，別說是五百貫，就連十貫也是根本拿不出的。

一直觀察著他神色的白之紹，自然明晰他的心思，便問：「你想親自去興義坊見我那線人？」

沈勝衣一怔，抬起頭來，眼神複雜，卻也是誠實地點了點頭。

白之紹倒是二話不說地吩咐幻紗：「你去我那裡拿出五百貫錢。」

幻紗頗有些驚色，其實就算不應沈勝衣的要求，也沒人會指責白之紹。反正霓裳樓的人去見線人的話，也無須出錢，因那線人就是為霓裳樓當差的。

如今換沈勝衣這樣的外人去親會線人，既要費上錢財，又未必會得來消息，倒不是霓裳樓捨不得這麼幾個錢，而是幻紗不理解，白之紹為何要

對李遇客與沈勝衣這師侄二人如此仗義。

沈勝衣必然是感激不盡的，而白之紹反而覺得他欠自己越多就越高興一樣，甚至為了讓他更加安心的接受錢財，竟這樣對他說：「幫你的這份差事，是我自己決定的，路也是我選的，我便會對自己、對你、對四哥與霓裳樓負責。」他在沈勝衣身上押了巨注，必然是要一賭到底的。

聽到這話的幻紗相信白之紹這麼做，一定有他的道理，她除了順從，也不該再有他想。只不過……她望向沈勝衣，竟心生幾分憂慮。

倘若到最後，朝廷真要將一個沈勝衣碎屍萬段呢？到了那時，就算沈勝衣身後的人是白之紹……可，霓裳樓當真能護他周全嗎？

如此憂慮著，幻紗已捧著五百貫錢重新返回了室內，正聽見白之紹與那師侄二人，研究著去興義坊的最佳辦法。

「你從前在金吾衛的時候，必然也因公前往過那裡，若是被有心人記下了長相，這樁買賣就容易出差錯。」白之紹琢磨著，「眼下需要一個不常與他們交集的人偽裝成買凶者，這樣才能讓興義坊的人打消顧慮。」

的確，生客更容易買賣交易。沈勝衣對白之紹的提議表示贊同，便問：「那要選誰來做這個人呢？」

白之紹的視線落去站在門口的幻紗身上，唇邊漾起一絲狡黠笑意，說：「遠在天邊，近在眼前。」

沈勝衣也看向幻紗，卻立刻擺手道：「不好不好，此行若是有危險，又要害幻紗姑娘受連累，她已因我而負傷一次，我怎能再……」

「廢話少說。」幻紗打斷沈勝衣，一雙大眼烏溜溜地周旋在他臉上，盡顯精乖，她極具傲氣道，「什麼時候成你連累我了？上次負傷是我自己大意，又沒怪過你。更何況，你本就技不如人，再沒有我在身邊的話，你怕是會被興義坊的那群人生吞入腹。」

白之紹打開手中的摺扇，輕搖道：「沈師侄，幻紗的實力你是見識過的，自是不必擔心她，且她本就是我安排來保護你的，這是她的任務。」

「任務」二字被白之紹強調出了幾分生疏之意，彷彿是一種刻意為之的暗示。

幻紗因此垂了眼睫，她聽到白之紹又對沈勝衣說：「說到底，是幻紗很少在霓裳樓之外拋頭露面，見過她的人也是極少數的，而由她做這個買

凶者，最為合理。」

話已至此，再不便拒絕，沈勝衣只好選擇接受。白之紹安排著二人該如何行動，他說伊真傷勢不是很重，她醒來之後就可以為幻紗和沈勝衣喬裝改扮，兩人就可以前去興義坊尋找線索了。

沈勝衣算計著時辰，內心也在激烈地交戰著。

畢竟兩日時間在飛速流失，要想在這節骨眼裡內找出線索，也實在迫在眉睫。而且，他雖懷疑王權相是想利用舒王的死，來讓玄宗皇帝遷怒金吾衛，可一旦金吾衛被斬殺，玄宗皇帝將會失去得力護衛。試問，當今聖人又怎會看不穿這等明顯的陰謀呢？

朝中人人皆知王權相是太后一黨，若是他二人聯合起來，借由王汝失蹤一事與玄宗皇帝理論，那麼當今聖人也一定會受到波及。

難道說，聖人會懼怕王權相嗎？

不！

沈勝衣不能懷疑聖人的心思，他怎能膽大包天到去揣摩聖人？

可轉念一想，他似乎找到了一個突破口。

「也許，只要找到那晚在爆炸中失蹤的王汝，那麼殺死索義雄的真凶，也會一併知曉。」沈勝衣喃聲說道。

他這話雖然顯得有幾分莫名其妙，可李遇客卻順勢接下了這話，似提點一般道：「那準王妃王汝必定還活著，否則，王權相早就以女兒的死去要脅玄宗皇帝了。」

白之紹覺得這話有道理，不由得眉頭緊皺，陷入矛盾，心想：「種種矛頭都指向了王權相，倘若他真是幕後的始作俑者，那這必定是一場惡戰。」

他抬眼的瞬間，正巧撞上了沈勝衣的眼睛，二人彼此凝視片刻，像是都在打探對方的心思。

但，眼下已經快到正午，時間緊迫，不容耽擱。沈勝衣的心中始終惴惴不安——兩日只剩下一日半了，下一個死的，會是誰？

忽然間，他腦中一個念頭閃過，因他回想起了自己從新科狀元手中得到的那一塊碎紙，他忙從懷中掏出來看，這雖是一角密函，可上頭什麼也沒有，不過是塊金黃色的紙。

白之紹注意到他的動作，目光也落在他手中的紙上，就那樣注目了一會兒，略一抬眼，撞上了李遇客的雙目。

　　「開弓再無回頭箭。」李遇客的語氣雖淡然，卻直逼心底最深角落。

　　白之紹不由懷疑起李遇客與沈勝衣的母親究竟是什麼關係了，如果是單純的師兄妹，也不必捨生忘死到如此地步。他不無惡意地想，該不會沈勝衣是李遇客的私生子吧？

　　可很快便笑自己胡猜，年歲都對照不上，世間哪有人在七歲就做爹的？四哥畢竟是四哥，總歸是有他義無反顧的道理。

　　只不過，白之紹情不自禁地回想起了往事。

　　「四哥可還記得阿武嗎？」

　　李遇客面未改色，平靜道：「記得。」

　　沈勝衣則一邊將那塊碎紙揣起來，一邊謹慎地問著：「阿武是誰？」

　　可從來沒聽李遇客提起過。

　　白之紹搶在李遇客之前回他道：「阿武是我與四哥的一位故人。他比我們兩個小上幾歲，那會兒，他才十四，身形瘦削，出身極貧，總喜歡跟在我們後頭，在我們喝酒時放哨把風，還會幫著把酒藏到只有他知道而旁人都找不見的地方。我和四哥都很喜歡他，把他當成親弟弟對待，他也懂事，人又聰明，總會從外頭順回許多新鮮吃食，我們向來睜一隻眼閉一隻眼，從未罰過他。」

　　沈勝衣輕蹙眉心，這才意識到自己從不知師叔過去是做什麼的，而白之紹也將他們過去的行當說得極為含糊，大抵是不願過多透露。

　　「這個阿武，如今人在何處？」沈勝衣問李遇客，「師叔怎從未邀他來家中做客過？」

　　「阿武死了。」白之紹冷冷地說。

　　沈勝衣一愣。

　　白之紹合起手中摺扇，在掌心處掠了幾下：「他偷了當地惡霸家的雞，惡霸帶著官府的人找上門來，若是不給他一個交代，便要一把火燒了我們的住處。」白之紹微微嘆息一聲：「但那一日，阿武矢口否認，惡霸不依不饒，官府也施加壓力，為了避免一眾無辜之人受到牽連，阿武只得死了。」

「是我殺了阿武。」李遇客的聲音依舊是平靜的，甚至沒有半點兒波瀾，「殺一人，救百人，阿武死得值得。」

沈勝衣極其意外地看向李遇客，卻聽見白之紹在這時極為狡獪地問道：「那倘若到了今日，同樣的問題，同樣的人，四哥，你這次會選擇是殺還是不殺？」

李遇客明白他的意思，只是無論怎樣回答，都會增加沈勝衣心中的負擔。

恰時此時，幻紗忽然站起身來，她對沈勝衣說：「你同我去伊真房裡，看看她的傷勢吧！不是要盡快前往興義坊嗎？總歸是不能耽擱。」

沈勝衣訥訥應聲，隨著幻紗離開時，他聽到李遇客同白之紹低聲說了些什麼，卻沒聽得真切。

但多虧了幻紗，才避免局面陷入尷尬，沈勝衣看著走在自己前面的紫衫少女，心中竟有幾分感激。

今日天氣大好，正值晌午光景，懷遠坊內的桃花開滿了一樹又一樹，煞是美豔。

月泉公主的行宮內，花園中央的亭子裡，坐著阿史那連那與阿史那真如，侍女們為其斟茶燃香。真如打量著連那神色，猜疑道：「見阿兄氣色不佳，可是在為月泉公主弄丟了黃金東珠一事勞神費心？」

連那搖晃著手中瓷杯，凝視著亭下碧潭波光，語氣平淡：「倒也不能怪她，事情蹊蹺，她也在難過受苦。」

「我方才也差人邀她一同來作樂了。」真如的唐語不算流暢，可連那的母語早已生疏，加之身處唐國，他也只好勉為其難地入鄉隨俗，說起了唐話：「她卻以胸口煩悶為由，拒絕了我的邀約，還說要等醫女來治。」

真如冷哼一聲，舉茶飲下，粗魯地擦拭著嘴角：「算什麼醫女，憑我看，都是一群虎視眈眈的狐媚蛇怪。」

連那卻道：「月泉心中煩悶，我等作為兄長，實在不該在此作樂。」說道便欲起身，「我去陪陪月泉。」

真如一把按住他的肩膀，稍一使力，就將他拉回到了座位上：「阿兄，月泉病著，旁人去了只會讓她煩惱徒增，我們也不能日日都陪著她一

起苦著臉，還要及時行樂才是。」

接著便吹了聲口哨，似在傳人，又湊近阿史那連那耳邊低聲道：「難得你我兄弟二人齊聚，觀賞一曲解解悶。昨天我尋到了坊間最有西域味道的舞姬，色藝俱佳，精通琴棋，是個絕色美人兒。而且會跳……」

話到這裡，真如格外得意道：「中原人的掌中舞。」

阿史那連那瞥他一眼，再未作聲。

真如倒是並不瞭解這位阿兄的脾性，雖同出一族，但也分開數年，心底裡頭是早已生疏了的。所以，真如還以為他的沉靜代表了默許，便對前來的侍者交代幾句，那侍者立刻操著突厥語將舞姬傳來。

不出片刻，器樂班子便井然有序的前來拜見，依例坐好後，就開始彈奏起了曼妙曲音。這曲子前奏一過，舞姬便忽然傾巢而出，在絲竹迭奏聲中踏歌而舞。她們身姿曼妙，風情萬種，一時之間花影風動，桃花婆娑。

阿史那連那凝望著這景象，心情卻是說不出的煩躁。待到眾舞姬散去，一名身穿碧綠紗裙的女子，緩緩出現在正中央，她輕抬腳尖，踏到亭外的小圓石臺上，流雲般的水袖揮灑如雪，縱情地旋轉起來。

她身姿綺麗，容光照人，手腕與腳腕上佩戴著彩繡金鈴，鈴聲隨著她的動作而動情的迴響，自是一番美不勝收。

真如悄悄打量連那此時的表情，狡黠一笑，低聲道：「阿兄，這舞姬是懷遠坊內數一數二的角色，不僅善歌善舞，唐話也很流暢，如果阿兄喜歡，今日帶回寢宮裡去，她就能隨時隨地為阿兄助興。」

這一番話讓阿史那連那不由得心中一沉，頓時想起了月泉公主此前的猜疑。看來，真如的確是打算挖空心思地想要讓他出現破綻──倘若他貪圖美色，與身分卑微的舞姬有染，此事不僅會惹怒玄宗皇帝，也會令遠在草原的阿史那部落蒙羞。一旦被抓住了把柄，身為質子的他，自是無法回去草原。

可轉念一想，真如也未免太小看他了，這種膚淺的伎倆又怎會令他上當呢？而且，就算他一時糊塗見色起意，東窗事發後，真如就不怕壞了兄弟之間的情誼？

思及此，連那不由得為此而感到傷懷，想來是十年未曾謀面的兄弟，如今得以團聚，竟要這般鉤心鬥角，實在令人感到唏噓又諷刺。

然而，當他再去看那輕舞的女子，黛眉紅唇，臉若皎月，湛藍的眼眸與那個人極其相似。她也是這般容顏曼妙、唇角含笑⋯⋯

連那一時看得出神，竟不知自己已經站起了身，他這般動作令舞姬一個分神，腳底驀然踩空，整個人竟跌落下了石臺。周圍所有人都嚇了一跳，絲竹聲戛然而止。

真如立刻「譁」地一下站起來，責難地斥道：「你怎麼搞的，如此疏忽，在我阿兄面前成何體統？」

舞姬趕忙跪下，戰戰兢兢的請罪：「世子息怒，都是奴婢不小心，還請寬恕奴婢。」

真如還要再數落幾句，連那攔住他，不疾不徐道：「罷了，又不是什麼不得了的事，你不要嚇到了她。」

「我是不想壞了阿兄的雅興。」

連那已經招手示意身側侍女過來，指了指那瑟瑟發抖的舞姬，道：「扶她起來。」然後，他獨自朝行宮的大門外頭走去。

真如追趕上前幾步，連連問著：「阿兄，你突然要去何處？我⋯⋯我命人準備了飯食，你且一同吃過再去也不遲。」

連那並未停下身形，他想著要去見一個人，也怕被真如察覺端倪，只說：「我趕著去處理一樁急事，你的美意我已心領，擇日再會。」

望著連那匆匆離去的背影，真如瞇了瞇眼睛，覺得這其中一定有蹊蹺，便打了個響指，阿納恭候地走到他身後。

「老規矩。」真如令道，「跟上他，看看他在搞什麼名堂。」

阿納頷首道：「是。」

第十五章

未時初，平康坊。

霓裳樓的偏院裡桂香微微，滿樹浮香，一片嫣紅景象。玉石小亭中，若桑坐在石桌前，手裡捧著一卷書，泛著粉紅光暈的臉頰上沾有憂鬱。兩碟蜜桃糕放在她面前，她卻毫無食欲，甚至連桃花大朵大朵地落下來，她面對如此美景也只是無動於衷。

璃香正在使喚侍女打掃完院落裡的落花，手裡拎著茶具過來，見若桑顯得無精打采，不由皺眉道：「若桑，你怎麼一臉的憂愁？這可實在不像你的作風。」

「是璃香啊……」若桑單手支著下巴，有氣無力似的道，「伊真醒過來了嗎？」

璃香打量起若桑：「我看你的心思可不在伊真身上，幹嘛搬出她來打馬虎眼？」

若桑無心打趣，又嘆一聲。

璃香道：「好吧！你要是真擔心伊真，我便告訴你──她今早就已經醒了，索性傷勢不重，現在也無礙。」

若桑聞言，立即起身道：「我這就去看望她。」

璃香攔住她：「勸你還是先不要去，我方才看見幻紗和沈勝衣兩個，去了伊真房裡，一定是又有要事商議，你且等等吧！」

若桑順勢坐回到石凳上，又出神起來。芳蕤廳的兩個姑娘也在這時走了過來，奇怪道：「我家主人最近怎麼了？從早到晚地嘆氣，又茶飯不思，瘦了可該如何是好？」

說罷，就將帶來的糕點端給若桑，笑瞇瞇道：「主人，快來吃點心，桃花釀的糕點好吃得很呢！」

好吃歸好吃，可為什麼要在糕點裡面摻酒呢？若桑只吃了一小口，就蹙著眉頭放了下去。

只是偶爾，她會望向偏院門口，彷彿在等著什麼人一般，眼裡的期待被身旁的璃香瞥見，令璃香覺得若桑好像藏著「不為人知」的小心思。

而這時的阿史那連那正坐在馬車上，他撩開車簾，能夠看見坊間熱鬧景色。

也不知為何，他忽然想起了六年前的事情，那年他只有十五歲，隨朝中重將去鎮壓西北的歷史遺留問題。雖說他是質子，可那時的皇帝總認為不能浪費人才，尤其是他這種出身草原的貴子，便要他跟著重將熟識練兵行軍的事，好在日後為大唐貢獻綿力。

那次大獲全勝的王將軍，帶領餘下的士兵返還長安城，將士們打贏了仗，歡喜得很，皆是高聲放歌，彷彿早已把戰場上的屠戮與廝殺，都拋到了九霄雲外。

那時正值早冬時節，豔陽格外明麗熱辣，大軍順著大漠邊緣往家鄉的路走去。斜陽老鴉與枯藤的景色下，孤煙直上，長雲婉轉。

阿史那連那縱馬在沙漠中行軍，回頭去望身後的軍隊，士兵們個個都是滿面紅光，精神亢奮。他也止不住地露出了笑意，副將在這時喊他一聲，他一轉頭，對方已經俐落地把酒囊拋給了他。

一口烈酒飲下喉，阿史那連那感覺自己的血液都興奮了起來。其實，旁人都覺得他的樣貌不似草原兒郎，一副溫潤容貌，倒像極了孱弱的王孫公子，還擔心他上了戰場會不會嚇得尿褲子。令人意想不到的是，這面相風流的郎君打起仗來，竟也是一派狠辣絕情之色。

副將與眾將士們打趣起質子也已束髮，是該和皇帝談談加封和娶妻的大事了。

王將軍聽到這些，便笑著數落起這一幫粗野莽夫：「連那日後是要回去阿史那部落的，草原才是他的老家，若是在大唐有了妻兒，豈不是要一輩子都留在大唐了？」

「咱們大唐不比那草原好多了嗎？女子個個是如花美眷，若不早早尋覓美姜，質子這副英俊模樣，才著實是折煞良才美質了，你們說對不對？」

一幫人都跟著起哄叫好。

阿史那連那淺淺含笑，倒也不做回應，他騎馬望天，心中遙遙所想，已離開草原七載，雖有過書信，卻難以表述心中對父汗與母妃的思念。不知月泉公主是否安好，真如有沒有欺負她……他的那匹小馬駒，是不是已

經長大了⋯⋯

　　思及此，阿史那連那在心中暗暗發誓，有朝一日，一定要回去草原，大唐並非他的故鄉，也不可在此過多留戀。

　　他是這樣在心中對自己決定了的，可是那一天，在皇宮裡的宴會上見到的景象，還是將他的心拉扯了一番。

　　臨近黃昏的時候，阿史那連那隨著王將軍的軍馬，進了富麗的皇宮。

　　在此之前，連那雖也時常進出此處，但這日的皇宮為了迎接凱旋的將士而張燈結綵，更是顯得氣派壯麗。過廊中掛滿了螭龍紋的宮燈，紅木鏤花廊後的宮牆上，皆是繪著各式樣的八仙過海圖。那些圖案樣樣不同，海裡有龍，鱗甲金光，蜷轉圓弧，紅白輝映。

　　阿史那連那尋望著四周，只覺皇宮一改往日冰冷，看上去竟有幾分溫暖之意。

　　空曠而莊重的正殿內，皇帝與皇后早已盛裝等候，眾臣更是為英雄的現身而傾身行禮。

　　這般架勢著實浩蕩鋪張，阿史那連那隨著王將軍一同跪下請安，皇帝免了他的禮，起身之時，阿史那連那的視線，落在了皇后身旁的少女身上。

　　那少女穿著雲霞紋飾的襦裙，容顏甚美，一雙杏眼機敏清透，全身上下都散發出天真爛漫的年輕迷人氣息。巧的是，少女也對著他微微含笑，眼睛裡的光芒，似溪水一般清澈明亮。

　　是在那一刻，阿史那連那感受到了羞怯，他有些不自在地移開視線，可又忍不住去看她，年歲相仿的少年郎和女兒家眼波含情，皆是在不經意之間動了心。

　　在當天夜裡的晚宴中，阿史那連那得知了她是皇后的外甥女。而夜，皇宮內的晚宴極盡奢華，天色卻陰鬱著，幾點雨滴落下，砸在懸掛於紅木簷的薄紗宮燈上，轉瞬便暈染開了水跡。

　　殿堂裡是一派天上人間的歌舞昇平，絲竹聲靡靡，舞女們妖嬈，煞是一番盛世景象。

　　高座之上的正中央，坐著雍容華貴的帝與后，臺下舞起的《霓裳羽衣》，配合著氣氛揮灑水袖，舞得越發歡快。

阿史那連那的手中端著盛滿佳釀的青瓷杯，時不時地去打量皇后身旁的少女，他想著，若是能有個合適的機會，理應去同她問候一下才好。卻沒想到，此時殿外忽然響起一聲刺耳的叫喊：「有刺客！」

危險來得太過突然，殿內的王孫貴族甚至都沒有反應過來，等到將軍們拔劍相向的時候，混亂之中，刺客早已消失得無影無蹤。只聽見皇后的一聲淒厲尖叫，眾人趕過去的時候，皇后蜷在御座上瑟瑟發抖，一縷鬢髮被削斷在地上。

而她的腳邊，躺著一具面目淒慘的屍體。

阿史那連那滿眼驚色，他注視著屍體死未瞑目的容顏，不由退後了幾步。他剛剛才動了心的少女，就這樣莫名地死在了眾人眼下，倒在了他的面前。如此之大的皇宮，觸目所及無處可躲，刺客卻不見去向，只留下阿史那連那滿目瘡痍。

那一夜，他遲疑地回頭看向皇帝，他正被眾官維護於中央，因驚嚇而散落的鬢髮，垂在額前收不攏，在他面頰上投下一片薄薄的陰影，顯得他容光幽微。

而在場的王權相雷霆大怒道：「在聖人的眼皮底下竟有刺客闖入，膽敢謀害準王妃，金吾衛都在幹什麼！」

原來……那死去的少女是被指婚給舒王的準王妃。

她才十六歲，血統尊貴，樣貌美麗，奈何紅顏薄命，糊塗慘死，就此辭世。便是在那一個瞬間，阿史那連那感到了王權相的野心，也感受到了長安城繁華表面下的泥濘與猙獰。

權欲宦海，沉浮跌宕，唯獨可憐了他那顆少年時炙熱赤誠的心，以至於在那一刻，他倉皇地抬起頭，眼神閃爍間，見到眾人的嘴臉如審視、如判決，他們耳鬢廝磨、嘲弄譏笑，就如同是一副赫然呈現在眼前的煉獄圖景，悠悠之口拷問他心。可畏的人言如蛇信、如火爐、如毒，熬煉著他的良知與顏面，非要將他燒成壁畫裡的乾花，藥罐中的碎渣。

他忽然之間不知所措，背脊發涼，轉頭時看見有宮女一臉無助的淚痕，他視若無睹般地回過臉，繼而狼狽地低垂下頭，不發一言地走出了殿內。

彷彿幡然之間醒悟，他終究不屬於這裡，更是不該對任何一個屬於這

裡的女子動心。

回憶漸漸消散，坐在馬車之中的阿史那連那，緩緩睜開了雙眼，他聽見駕車的侍從對他道：「世子，你要來的地方到了。」

阿史那連那這才醒了醒神，他望向車輦外頭，空蕩蕩的偏院門口，只有兩座石獅墩，便垂了眼睫，輕聲嘆息道：「回去吧！」

侍從略有困惑：「可是世子，這不是才剛到⋯⋯」

就在阿史那連那欲言又止之際，偏院的大門忽然被從裡面打開，一襲黃衫的少女走出了院門。

這心有靈犀一般的默契，令阿史那連那感到動容，他不由分說地下了馬車，正巧對上若桑的眼眸。

而這般時候，蕭如海猛然睜開了雙眼。他不知道自己昏迷了多久，也記不清在昏迷之前發生了什麼，此時此刻，映入他眼中的只有無盡黑暗，他慌亂地伸出手，結果卻痛得立即縮回來，只因周遭都是極為狹窄的空間，他拚命告誡自己冷靜下來，然後小心謹慎地探出手去摸索。

頭頂是木條，身邊是木樁，腳底踏著木板，這一刻，蕭如海瞠目結舌，他意識到自己竟躺在一具棺材裡！他很清楚自己很快就會因呼吸困難而憋死在這裡，於是奮力地敲打著棺蓋，並高聲大喊，試圖呼救。

可外頭絲毫沒有響動，也許⋯⋯他已經被活埋進了土裡，一定⋯⋯一定是王亭幹的！蕭如海隱隱地回想起自己當時寡不敵眾，零星的片段記憶，讓他想起自己被擒拿的景象，所以⋯⋯王亭是斷然不打算留下他的活口了。

「怎能如此狼狽喪命⋯⋯」蕭如海心中憤怒不已，他繼續用力地捶砸著棺蓋木板，然而，他雙手的力度逐漸頹敗，意識也開始渾濁不清。

棺材裡的空氣稀薄，他已經喘不上氣來。迷迷糊糊之中，他極具痛苦地摀住了自己的喉嚨，並張大嘴，想要以此來獲取生存希望。

卻也只是徒勞罷了。

他心有不甘地恨著，這小半生都在苦心苦力地為朝廷賣命，結果遭遇奸人所害，竟要淪落至如此悲慘境地，既護不了金吾衛，也護不下自己，可還有何顏面去見那些亡故的同僚戰友？

早知如此，便聽了副隊長的勸告，早些去和白之紹聯手，或許就能躲

過此劫。怪他執拗腐朽，總是不肯迂迴！

可如果……如果他今朝大難不死，他必定要去同那群奸人討回公道，還自己與金吾衛清白之身！

說來也巧，就在此刻，棺蓋忽然被人一點兒一點兒地挪開，上頭的泥土撲簌簌地掉落在蕭如海的臉上、嘴中，他被嗆得咳個不停，而一個悠然的聲音，在他頭頂響起：「真是個命大的硬骨頭，這都沒死成，不愧是金吾衛的頭頭。」

蕭如海抹了一把臉上的泥巴，正要去抖摟衣領裡的土，那人卻命侍從以刀刃逼向他脖頸，蕭如海已然沒有任何反擊的餘力，只管像是待宰的牛羊一般任其擺布。

那人見狀，冷聲一哼，又下一令，蕭如海便被硬生生地從棺材裡拖了出來，拽去了旁邊的大柏樹林後頭。

他迷蒙之間抬起眼，只看見那人的長衫下擺繡著銀絲金線，自是極為尊貴的行頭。他本想抬頭去看清他的樣貌，可樹林裡的柏樹繁茂粗大，斑駁樹蔭灑落，晃照著那人的面容，蕭如海只看到一片白花花的剪影，以及他唇邊狡黠的笑意。

平康坊，霓裳樓。

不謂花廳裡，沈勝衣正坐在桌案旁，梳理著所有事件的來龍去脈。他的面前鋪展著宣紙，毛筆蘸了墨汁，在紙上接連畫出代表死者的符號。

首先，是新科狀元盧映春的死；再來，是索義雄死在了密室之中。而這兩個人死去的時候，他都在場。最後則是名妓曉荷與舒王之死，唯有他們二人意外身亡時，他沒有親眼所見。

也就是說，曉荷、舒王被殺之事，並不打算嫁禍給他。因為憎恨與懷疑，都已經集中在了金吾衛的頭上，即便曉荷與舒王莫名其妙的死去，凶手也都會被普羅大眾懷疑成是同一個人。

沈勝衣藉由這一點可以推斷出——若是在最初，他沒有撞見盧映春的死，說不定他就不會遭遇這般誣陷，若是其他人發現的話，倒楣的必定就會是那個人了。

沈勝衣的聲音低沉緩慢，他已經不似初來霓裳樓時的那般無助、不

安，如今的他歷經多次死裡逃生，儼然已是冷靜沉著，「盧映春雖是新科狀元，但他還未加封官銜，自然也比不上朝中那些響噹噹的人物。想必他的死，並不足以讓幕後元凶這般大動干戈。」

一直陪在他身邊的幻紗，打量著他在紙上畫出的符號，神色機敏地說明分析道：「假設這個新科狀元的身上，有著他們想要的東西呢？」

沈勝衣皺了皺眉。

幻紗又轉了話鋒，輕聲提點道：「又或者，是他們害怕的、尚未來得及銷毀的呢？」

沈勝衣的眼神凝視著紙上的其中一個符號，移動手指，點在盧映春的名字上：「他死的時候，手裡攥著一塊密函。」

幻紗靜默地點了點頭：「也許，那就是為他惹來殺身之禍的罪證。」

沈勝衣不由得輕嘆一聲：「也是害我陷於水深火熱的罪證。」

此間盤根錯節，牽涉甚多，自然也不是能夠憑藉沈勝衣一己之力，就能查出真相的。即便有霓裳樓做靠山，但到了最後關頭，免不了是要一場慘烈廝殺的。畢竟到了今日，就算是遠離朝廷權鬥的幻紗也能夠感覺得出，這幕後的元凶絕對不是平凡之輩，可既然白之紹已經答應了下來，那麼，就算是殺個血流成河，霓裳樓也是要還沈勝衣一個清白的。

幻紗這般沉思的時候，沈勝衣的聲音再次響起，迴蕩在幻紗耳畔，輕如溪水流淌的潺潺，他說：「我從未和其他人探討過今日的這些心思，即便是我師叔，也不知我心中的猜測。我只有……對你說這樣說過。」

幻紗的睫毛動了動，心口裡似乎有一股難以言喻的灼熱在翻湧。

沈勝衣見她不作聲，就更為放心地繼續坦誠道：「這些時日以來的相處，你對我的信任與包容，讓我感到自己的的確確是一個人，而不是一個物品，更不是一個逃亡的可憐的喪家犬。」

幻紗聽他這樣說，略一遲疑，抬頭打量著他的表情：「若我只是聽從吩咐才這樣幫你的呢？」

沈勝衣卻毫不躲閃地盯住她的眼眸：「你不是的。」

幻紗一怔。

「我知道現在不適合說這些，我眼下的身分也是不配的……」沈勝衣彷彿再也無法抑制，他轉身走近幻紗，「如果我能活著，我是說，這些事

告一段落之後，我還有幸身在長安，我想和幻紗姑娘一起度過餘生，我們遠離皇權與紛擾，做世間最普通恩愛的夫妻。」

這令幻紗當即緋紅了臉頰，她別開臉去，似不悅道：「誰要和你做夫妻？突然說什麼胡話！」

沈勝衣一把抓住她的肩膀，認真地許諾道：「打我第一眼見到你開始，我就知道這輩子除了你，我誰也不娶。」

他這話的確是坦誠至極的，全然不像是那些擅長慣了甜言蜜語的王孫子弟，想來沈勝衣的確出身市井——他並沒有雄厚的家境與背景，除了母家在江湖上有點名號之外，他也只是金吾衛府衙中的小小官郎，如今又身背血案，自身都已難保，又談何兒女私情呢？

可他終究還是不能按捺這些時日以來的愛慕之情，他甚至大膽地去握住幻紗的雙手，緊緊地握著，極為動情地訴說：「我原本是不怕死的，倘若朝廷真要我的命，即便我再如何神通廣大，也是逃脫不掉。但我有你，自從遇見了你，我就多了一份牽掛，我怕一旦我死了，就再也不能看到你。這樣一想，我便懼怕死了，便是無論如何也不能讓他們的陰謀得逞——我不能就這樣坐以待斃，我要去為自己爭得一席之地，討得一個圓全的說法。哪怕我知道這是一場不公平的惡鬥，可只要想著結束之後，就能清清白白的和你相守，那就算有再大的危險，也是百足之蟲死而不僵，只要有你在……幻紗，我只想和你一起……」

他不再尊稱她是「幻紗姑娘」，充滿了占有與傾慕的「幻紗」二字直白而出，幻紗在他熾熱的注視之下，只覺心亂如麻，竟連與之對視的勇氣也沒有了，甚至倉促地掙脫他，匆忙說道：「我……要去催伊真快點兒過來，你我還要易容去尋那線索……」

沈勝衣的聲音在她身後響起，即便她不回頭，也知道他緊緊地跟著她，一步步逼近：「我知道你也不是完全無意的，我懂你的心思，幻紗，我不是一個負心之人，也絕對不想要白白虛度你的青春年華，我什麼都肯付出給你，只求你心似我心。」

他這般控制不住地一股腦地傾吐而出，實在令幻紗思緒混亂。

正當她走到門口，探手欲推開廳中的木門，他已站在她身後，彼此貼得極近，他低低襆頭，鼻息輕輕落在她裸露出的白皙脖頸上，令她感到了

前所未有的不安與惶恐，以及一絲充滿迷離的誘惑。

幻紗聲音竟微微顫抖著，似在做最後的抵賴：「你……別痴心妄想了，你不過是個戴罪之身的小小金吾衛，你我根本……」

沈勝衣的手掌覆在她肩頭，緊緊地握住：「根本不配？抑或是，你根本，對我無情？你三番五次為我深陷危險，難道只是在完成霓裳樓交代的任務？你敢說，你全然沒有半點兒私心嗎？」

幻紗臉頰一陣激烈紅熱，她實在很想反駁，卻無奈根本找不到有力的說詞。的確，他已經看透了她，且有著十足的把握，但她絕不是會被牽著鼻子走的性情，更何況身在霓裳樓多年，她骨子裡是不信男人的花言巧語的，偏偏……這個沈勝衣讓她覺得，信上一信也未嘗不可。

「你還未洗清嫌疑，這會兒光景來向我傾訴衷腸，你當我幻紗是什麼人？」她到底還是冷靜下來，理智戰勝情感後，她轉過身直視著他的眼睛，彷彿是要讓他知道，她是個堅定自己原則的，「你自己都保不住，還不是要靠我來幫襯你？就憑這，你要拿什麼來說愛我？真以為你這三寸不爛之舌能蠱惑我不成？」

沈勝衣忽然面露慍色，用力按住她的肩膀，定定地盯著她，那眼眸中幽暗的神情，幾乎可以將她的魂魄吸進去。

「我今日所說的一切，都是肺腑之言，絕無半點兒虛詞。」他的語氣的確熾熱誠懇，沒有一點兒退縮的意思。

幻紗卻不想再談此事，伸手去推他，哪曾想卻被他一把抓住了手腕，幻紗剛要發怒，身體已被拉向前方，她感覺自己被他緊緊地扯進了懷裡，腦中驚愕閃過，他不由分說地俯身壓下來，強硬地吻在她唇上。

也許她自己都忘記了，她因他而負傷後的隔日，下起了一場大雨。沈勝衣卻是忘不掉的，那天的雨勢格外大，他戴著斗笠從外趕回霓裳樓，抬眼時見到了順著霓裳樓長梯頭回花廳的她。絳紫色的華貴披風被雨水拍打，她卻毫不在意，眼裡寫滿了無所畏懼，是那般傲慢卻又……令人痴痴嚮往。

那一日，他全身濕漉漉的，十分狼狽，她也不曾看見到他，倒是他凝望著她那韶華似驚鴻的背影，滿眼的絳紫，如燒灼的雲霧一般燎在他心頭。

耳邊一片寂靜，桃花樹的花瓣被風吹進木窗，婉轉如琴曲般纏綿的吻，令幻紗的身體彷彿就此失去了掙扎的力氣。她甚至任由他親吻著自己，心潮起伏跌宕，竟一時之間陷入了恍惚——實在是太奇怪了，她沒有拒絕他，就好像她也在等待著這場親密的唇齒相依。

　　是從什麼時候開始的呢？她的眼神會不由自主地尋找他的身影，而他每一次也都會有所感知地投來視線，彼此四目相對，似有千言萬語要訴說，是在無聲的凝望之中，她與他都在感受著彼此的心意。

　　哪怕她剛剛是要故意說出那些傷害他的話，大抵是一種愚蠢的考驗，她想著：「若是他肯在繼續為她周旋，若是他執意要逼迫她敞開心扉……」

　　或是像現在這般，緊緊地摟著她、吻著她，她一定會淪陷其中。

　　而這個吻，就如同是過了半生那樣綿長，當沈勝衣緩緩放開幻紗的時候，二人的神色都有些意亂情迷。他望著她那被吻得嫣紅的嘴唇，抬起手，輕輕地撫過她的嘴角，又輕輕低頭吻了吻，她沒有躲，默默地回應著。

　　許久之後，他平緩了呼吸，將她的雙手握起，靠近自己唇邊低聲道：「我不會逃，也不打算躲，我要做一個可以真正行走在長安城內的普通百姓，我想度過安穩的一生，所以……幻紗，你要等我。」

　　她輕巧地抽出手，以手背遮擋自己的唇，臉頰也不由得滾燙起來：「等你什麼？」

　　「等我洗清嫌疑，等我清白做人，在這之前，我……我再不會勉強於你。」

　　她抬頭著他，他眼中的堅毅光華絕不是騙人的，且在他的眼裡，她似乎能看見璀璨如明珠的自己，是啊！他一直將她視作寶物，自是百般的矜貴。

　　可她也明白，想要度過安穩的一生，自然不是一件容易事，千萬百姓的安寧，都是依靠那心懷慈愛的英雄來保家衛國才能實現的，她想，他企圖得到的安寧，或許應該由她來守護。

　　「倘若真有那一天……」她低聲開口，正打算將接下來的承諾說出，哪知敲門聲忽然響起。還沒等反應過來，木門就被人從外面推開，只見伊

真正欲進門，可見到沈勝衣與幻紗二人舉止親昵，她便一臉愕然地停住了身形。

見到伊真，沈勝衣趕忙鬆開了幻紗，不知內情的伊真，只見到這兩個人面色緋紅，舉止怪異，她倒是立即猜出了三分，並不點破，只說道：「樓主已經將事情交代給了我，我想著不能耽誤你們的大事，就趕快帶著我尚未痊癒的傷勢來幫襯你們了。事不宜遲的話，快快行動可好？」

幻紗輕舒一口氣，像是感謝伊真看破不識破的寬容，趕忙說道：「真是勞煩你了，我明知你負了傷，卻還是執意要你來幫忙，這一筆人情，你先記下。」

伊真卻笑了，略顯蒼白的容顏，顯出幾分疏離的美：「姐妹之間還需要說這些客套話了嗎？」

接著又看向沈勝衣，眼神玩味地打量他一番，繼而輕笑出聲：「沈郎君，我這要幫幻紗喬裝易容了，男女授受不親的，你再留下來怕是多有不便了吧？」

沈勝衣一愣，立刻撓了撓頭，直說：「那……我去門外等候二位姑娘。」說著，便匆匆走出了花廳，並轉手關好了房門。

芳蕤廳裡只剩下幻紗與伊真二人，她們兩個向裡屋走去，伊真瞥見幻紗面容上的嬌嬈，禁不住又笑出聲來。

幻紗有些困頓，待坐到銅鏡前頭，伊真才將帶來的華服展開，並感慨地說道：「樓主可是很看重這次行動呢！但依我說啊，比起成功與否，他更為重視你的安危。當然了，沈郎君的安危也一併是重要的。」

幻紗將自己的鬢髮輕輕打開，一個接連一個地拿下玉簪，若有所思似的：「樓主重視霓裳樓的每一個姑娘。」

伊真卻搖搖頭：「有輕便有重，斷然是不能有一模一樣的情誼的。」

幻紗見伊真正在將華服鋪平，立即起身要去幫忙，伊真卻婉拒，幻紗擔心道：「你的傷還要小心一些才是，這樣容易撕扯傷口的事情，你喊我做就好。」

「你我都是自幼習武長大的，沒那麼嬌貴。」伊真望著掛好的奢華襦裙，讚歎道，「果然華貴明豔，自是適合你這樣的絕頂美人來穿。」

幻紗看著那熠熠璀璨的襦裙，心中竟無盡感慨。想來這座名滿長安的

霓裳樓，一直都是以曲藝才情名動長安，就連洛陽、朔州等地，也是有所耳聞，權貴們提起長安，最先想到的或許不是大明宮，反而是這美人如雲的霓裳樓。

樓高三層，占地廣闊，背靠皇都，面臨長河，樓內歌舞終日不休，又因獨樹一幟的四大花廳而增色，吸引了一眾千里而來的貴客，也有世界各地的美人願意在此常駐。東瀛、老撾、西域或是吐蕃……，但幻紗也知曉，即便霓裳樓所在的平康坊花光萬丈，可並不是所有姑娘都是和她們有著一樣優渥的境遇。

略有耳聞的人都會詳知，平康坊是個三曲之地，南曲與中曲裡的姑娘，皆是地位極高的優妓，來往的都是官宦貴族，姑娘們也都有頭有臉、有名有姓，而高於這些的霓裳樓，更是尊貴的存在了。

但到了北曲，境遇可就大不相同了。思及此，幻紗竟起了惻隱之心，幽幽道出：「若是身在北曲，這輩子都不可能見到如此漂亮的衣衫吧？怕是連名字都要混著用，遇見的也都是一些落魄的窮舉子，還要陪他們一起討生活。」

伊真倒也平靜，只管用著手裡的胭脂、金粉為幻紗裝扮，她的手指極為憐惜地撫過幻紗漂亮的眼角，輕聲道：「人本就各有命相，書中也說了，人為仁義，自當至誠，天自賞之，不至誠者，天自罰之；天察必審於人，皆知尊道畏天，仁義便至誠。倘若生來都是一樣的人，又怎能分得出權貴、草芥與乞丐呢？」

幻紗卻道：「人不該有尊卑之別。」

「這般理想也不是壞事。」伊真淡淡一笑，「也許，這就是你與沈郎君能夠相互吸引的原因吧！」

幻紗這時睜開雙眼，滿臉驚詫，她不曾想到伊真會識出她的破綻，正欲辯解，伊真反倒嗔道：「兩情相悅，風華正茂，有什麼偏要顧及的？是怕他死了，還是在意後事？」

幻紗也是快人快語，趕忙駁道：「我又沒有和他許下承諾，談何兩情相悅？不過是幫襯他完成這次任務，等他洗清嫌疑之後，也就……」

伊真才是不信，嗤笑一聲：「也就可以正大光明、濃情蜜意了吧？你啊！就不要口是心非了，明眼人都能看出你和沈郎君之間的眉目傳情，再

說之前他被迫藏身到金吾衛的馬車上一夜未歸，最擔心的不就是你了嗎？比他師叔表現的還要焦躁，更何況，沈郎君心悅於你這件事，整個霓裳樓都看得真真切切，他一雙眼睛日夜追著你，可真是相思至極了。」

聽著伊真的這一番話，幻紗覺得自己整個人都輕飄飄的，如墜雲端一般。伊真見她緋紅雙頰的模樣，忍不住掩面一笑：「你看，腮紅都不用為你妝了，天然的最是美麗。只不過……你今日前去可要和沈郎君加倍小心才是，興義坊龍蛇混雜、危險重重……你們兩個可別做一對苦命鴛鴦才是。」

幻紗聽到最後，也不再反駁了，滿臉歡喜，自是有著女兒家的甜蜜模樣。便點了點頭，站起身來，在伊真的幫助下，換上了那件華麗的襦裙。

這會兒的沈勝衣在門外安靜地等候著，他時不時打量自己身上的布衣，看上去的確像個小廝，跟在幻紗身後，也不會令人起疑。

恰逢白之紹在這時走來，他見到沈勝衣獨自一人，就立即猜到了：「幻紗還沒換好行頭嗎？」

沈勝衣側眼看向他，俯身作了一揖，客客氣氣回道：「伊真姑娘正在幫幻紗易容，已經有了片刻，應該就快了。」

白之紹思忖著沈勝衣對兩位姑娘的稱呼，不由得瞇了瞇眼，手中摺扇輕拍掌心，若有若無地淡淡笑過：「我對師姪的品行倒是比較滿意的，只不過……師姪莫要感情用事。」

這話雖聽著突兀，可卻也是與沈勝衣息息相關。他品味了一會兒，大抵明白了其中用意，便合拳道：「樓主請放心，我沈勝衣是個明白事理的人，斷然不會在自身難保的情況下，做任何出格之事。」

聽聞此話，白之紹的語氣似乎滲透出了一絲冷漠：「如此，便再好不過了。」

而沈勝衣也非常敏銳地察覺到了這份異樣，他抬眼打量白之紹的神色，感覺到了他的不悅，便不由得繃緊了神經等他說下文。誰知白之紹再未開口，像是了無興趣的那般。

與此同時，房門「吱呀」一聲被打開，首先走出來的人是伊真，她見到門外的兩位略有一怔，隨後對白之紹恭敬地頷首，然後說：「幻紗的妝容已經打扮好了，索性她從未出入興義坊，便無須易容，只需穿著上更為

尊貴即可。」說罷，便引出了幻紗。

白之紹與沈勝衣一同循望而去，只見身穿絳紫色繁複襦裙的幻紗，邁著蓮步而來，綰著朝雲近香鬟，絲薄的衣衫裹著嫋娜玲瓏的身子，外罩一層輕歌曼舞的嬋紗，紅潤的膚色上點綴著金粉，眉間一筆朱砂，盡是嫵媚風流，抬眼之間是說不出的柔情似水。她與面前驚呆的兩個男人的視線相撞，不覺間有些羞意，緩緩地移開了目光。

白之紹率先從驚詫中醒過神，佯裝自然地笑道：「不愧是伊真，竟將平日裡冷冷淡淡的幻紗，裝扮成這般熱烈鮮活，實在是了不起。」

沈勝衣心中「咯噔」一聲，他不懂白之紹為何要刻意把功勞都歸在伊真姑娘的身上，就彷彿是有意避開了對幻紗本身的讚賞。

而聰明如伊真，自是清楚白之紹的心思，她想著是樓主自己膽小，非要拱手讓人的話，她也就順勢借花獻佛好了。於是看向沈勝衣，問道：「沈郎君，你看幻紗這身行頭，可配得上與你同去興義坊嗎？」

第十六章

長安大道連狹斜，青牛白馬七香車，玉輦縱橫過主第，金鞭絡繹向侯家。然而，正值立春之際的繁華長安城內，卻連日多雨。清晨過後一場雨，這會兒正午，又下了起來。茶屋簷下避雨的老農，望著雨幕唷嘆，擔憂道：「澇疏旱溉，今年莊稼的收成可該如何是好！」

後桌的小生喝醉了，扯著嗓門接話道：「眼下變成這樣，都得去怪罪那班子，連長安城的百姓都守護不好，還如何為聖人做事？定是他們的不作為惹怒了『天神』，才會遭此澇災！」

茶屋老闆正撥弄著算盤，瞥一眼小生奉勸句：「大白天的跑來茶屋喝酒也就罷了，可休要在我店裡胡言亂語，小心腦袋不保還要連累了我。」

小生醉醺醺的，臉頰兩團紅，拎著酒壺搖搖晃晃的起身：「我說錯了嗎？你去問旁人，這坊間誰人不知近來發生的種種鬧劇？哼！新科狀元死了不說，連金吾衛裡隊長也死得不明不白，到了現在……還沒抓出凶手，本就是笑話！」

小生又灌了口酒，轉頭去問同桌的人：「喂！你說……你說對不對？」

那人正在品茶，不曾想話題會丟到他身上，畢竟他與小生素不相識，碰巧同坐罷了，更何況……

「我不是這坊內的人。」他搖了搖青瓷茶杯，鬢角頭髮幾縷垂著，清悠悠的淡漠語調裡，散發出少年稚氣，倒也很好奇似的，「你剛剛說凶手……還未抓到？」

「哼！」小生嗤一聲，「長安城內無奇不有，金吾衛如今起了內訌，不管你是哪個坊的，就等著看熱鬧吧！」

這真是個滿腹牢騷的潦倒書生。

那人再不搭話，轉而發現茶包掉到地上，正要彎腰下去，茶屋外傳來一聲高喊：「驃騎大將軍凱旋歸城啦！」

一石激起千層浪，整個茶屋的客官都前仆後繼地奔去張望，那人自然也是看客之一。

茶屋外的街道兩側被圍堵的水泄不通，但都乖乖地讓開了中間的街路，以便讓驃騎大將軍的隊伍順暢通行。只見浩浩蕩蕩的隊伍前頭，是一位騎著戰馬的妙齡女子，她身著一身赤紅色鎧甲，黑髮挽成兩個高低髻束在腦後，髮鬢上插著一支鑲嵌金色玉石的笄，背上則是背著一把巨型的刀，自然是神氣又嬌美。尤其是那高高昂起的頸子，玉白通透的，極像了傲慢的天鵝。

　　身側有人竊竊道：「聽說又打了一場勝仗，平定了塞外餘黨。」

　　「看她那得意氣勢，肯定是去皇宮邀賞了。」

　　「聖人也真是仁慈，不但不責難她違反冊封的規矩，還源源不斷地賞賜於她，唉！可憐了我們百姓了……」

　　許是聞聲了這邊的碎語，女將軍側眼望來，不偏不倚，與「那人」的眼神相撞。

　　只淡淡一瞥，她隨即收回了視線。

　　「說起來，女將軍叫什麼來著。」那人還在苦想，「像是叫王……王……」

　　「王玉。」

　　「喔！是了，是這個名字。」轉身想去謝過提醒，卻發現身邊的人不見了蹤影。那人困惑的撓頭，問後側的看客，「這裡原來站著一位英俊小哥的，是不是？」

　　看客攤手，表示從一開始，也並沒有看見什麼英俊的小哥站在這裡，是他眼花了吧？

　　彼時，身穿素衣的沈勝衣與幻紗，已經離開了看熱鬧的人群間，正鑽進小巷，朝賭坊疾步走著。

　　幻紗身上披著一層帷帽，小心翼翼地打量著前方的道路，低聲同沈勝衣道：「剛才你也瞧見了，那凱旋的王玉是王權相的外戚，這般得意揚揚，更是要為他們王家充實羽翼了。」

　　沈勝衣皺著眉頭，不由嘆氣道：「只怕最後證據確鑿，也難以將王權相扳倒。」

　　誠然，他二人在來到此地後，為了瞭解狀況，便先找到了一間茶館觀察。索性又趕上一場小雨，更是不便貿然行動，於是，就有了方才看到

的熱鬧。

王氏在朝中的地位的確不容小覷，就算是聖人，也不能輕易對其定罪。思及此，沈勝衣自是滿腹憂思，再側眼去打量身側的幻紗，見她此刻姿容華貴、襦裙秀美，倒也緩解了他心中的三分難安。

多虧了伊真為之裝扮的功勞。沈勝衣又轉念去想，伊真當時問他的那句話後，他是怎麼回答的呢？

「巧笑倩兮，美目盼兮，手如柔荑，膚如凝脂……」沈勝衣望著幻紗雍容華貴的容顏，言辭熾熱誠懇，「今生能遇見幻紗，我沈某死而無憾。」

在場的伊真聽了忍不住大笑出聲，連白之紹也感到自愧不如地打開摺扇，掩住了面。幻紗更是緋紅了臉，佯裝生氣的模樣，更添幾分嬌豔。

「可真是入鄉隨俗，自打來了霓裳樓之後，沈郎君真是將甜言蜜語的能耐，發揮的登峰造極了。」伊真擦拭著眼角笑出的淚水，似是揶揄般地說，「不過是去趟賭坊而已，倒真像是要效仿那苦命鴛鴦去雙雙殉情了，何苦說得這樣悲壯？好去好回嘛！我與樓主等著你們兩個平平安安地回來霓裳樓。」

回憶到此處，沈勝衣略有感慨地抬起頭，看著天色已逐漸黯淡，猜想著此時的霓裳樓，定是往日那番歌舞昇平的景象。

好在他此行有幻紗做伴，自是不再孤單。

沈勝衣再次看向幻紗，黑玉瑪瑙般熠熠光芒的青絲綰著精緻漂亮的鬢，插著一支玉石雕刻成的笄，白皙美頸露在外，肌膚光潔通透，沒有半毫瑕疵。

「你在發什麼呆？」幻紗瞥他一眼。

沈勝衣醒神，輕咳一聲，掩飾般地道：「我……在想接下來的對策。」

幻紗猶疑地睨他，哼道：「你只是作為我的隨從出現，待到了賭坊後，還都要聽從我的指示，有什麼對策需要想的？你就只管收緊嘴巴，免得打草驚蛇。」

沈勝衣悶不吭聲，想著自己好歹也是個金吾衛，盤問審查自是有一套功力，何以令幻紗這麼瞧不上？但也不想讓幻紗不高興，只好她說什麼依

著就是了。

　　兩人七轉八彎地走了好幾條巷子，根據白之紹給的圖紙，幻紗左腳一偏，又進了下一處巷內。兩側的木屋看上去十分破舊衰敗，又矮又雜亂，實在是比不上平康坊裡的黛瓦青牆。而且各家各戶的夜壺都擺在門外，像是還沒有換，以至於臭氣熏天，令幻紗忍不住變了臉色。

　　沈勝衣很是心疼幻紗，想著若不是為了自己，幻紗也不必來到這種地方蹚渾水。然而她步子又極快，大抵是希望快快了結此事，沈勝衣只得默默跟著。

　　直到進了第十一條巷子，在一處幾乎貼近地底的石屋門前，幻紗停了下來。她看著手中畫紙，對照一番，確認無誤後，抬手扣響了門。

　　一個胡人探頭探腦地開了門，見到幻紗和她身後的沈勝衣，眼睛像是刀子一般，在他們二人身上游走、審視，半晌才啞著嗓子問：「找誰？」

　　幻紗冷著一張臉，不苟言笑——這是白之紹特意交代給她的做法。到興義賭坊這種龍蛇混雜的地方來，就要做到足夠虛張聲勢，且擺出神祕莫測的假把式，那些以貌取人的底層爬蟲，反而會恭敬相待。

　　「你是摩勒？」幻紗問。

　　藏在門後的胡人死死地盯著幻紗，並未回答，幻紗則將手裡的一塊銀板子亮出來，是線人給霓裳樓的通行令。

　　胡人見狀眯起眼，探手拿過那銀板子細細端詳一番，頃刻間臉色大變，趕忙敞開了門，態度來了個一百八十度的大轉變：「二位裡面請吧！」

　　幻紗一側頭，示意沈勝衣跟上來。

　　沈勝衣心中暗暗想道：「看來白之紹的選擇妙極了，幻紗這般冷酷神祕又華貴富麗的裝扮，幾乎在瞬間就壓制住了不知她真實身分的人，的確很好進行下去……」

　　想到一半，沈勝衣就覺得事情絕非他料想的那般簡單了。因走進石屋後，映入眼簾的是別有洞天，興義賭坊的真容呈現在他面前，偌大的地下通道，全部都打通成一大片，案席布置得很是精妙，寬敞而熱鬧且烏煙瘴氣，稍不留神，就能在這裡迷路。

　　一群三教九流的賭徒圍在案子旁擲骰子，各自手裡都抓著連串的銅

錢，嘈雜聲不絕於耳，竟也有王孫子弟樣貌的貴氣之人也混雜其中，而案桌上擺滿了酒肉、刀器，氤氳濃煙蠱人心智，奇香異霧似是詭域。角落裡一聲慘絕人寰的哀叫傳來，血腥氣四散，沈勝衣猛地轉頭看去，只見一名長衫男子舉著血淋淋的手腕哭天喊地，而他的小指，愣是少了一截。

帶路的胡人不以為然地說道：「這地方就是圖個快活，錢來錢去，無非是找樂子來的。就和公子哥、江湖客去青樓找女人一樣，只不過，輸盡了錢就要拿東西抵，手腳、眼珠子和內臟都隨意，總歸是不能赤條條地離開這裡。」

沈勝衣回過頭，他緊跟著幻紗，手掌不自覺地握緊了腰間佩刀。而他們所經之處，賭徒們都要停下來打量他們一番，尤其是對幻紗，無數雙眼睛極不老實地周旋在她的臉、酥胸與細腰上頭，還有那不怕死的狂徒探出手去，想要撩起幻紗的襦裙。

幻紗也不惱，一派尊貴姿容，只管高昂起自己的頸項，全然不把那群賭徒放在眼裡。

沈勝衣也壓著內心惱火，勸誡自己小不忍則亂大謀。

胡人將他們領進一處稍微僻靜點的長廊時，又說：「我見你二人樣貌不俗，自然是稀罕客。前頭是雅室，貴族們都願意在乾淨點兒的地方耍錢，等到了那，我會安排下人給二位端去好茶好酒。」

幻紗則道：「我們來這裡也不全是為了討樂子，倒是閣下，要怎樣稱呼呢？」

胡人道：「我就是摩勒。」又接著說，「來賭坊卻不是為了討樂子的，二位倒也並非頭一遭。更何況拿著銀板子來的人，都是來尋個緣由——在這地界兒，江湖英雄氣概長，王孫公子薄情郎，偷雞摸狗、嫖舍賭錢、殺人放火、坑蒙拐騙，那都不是什麼新鮮事情，你只管吩咐，即便是想要找個能把一家四十餘口宰得乾淨的好屠夫，也是不難。」

幻紗便笑道：「既然摩勒郎君是個敞快人，我也就不和你兜圈子了。我和隨從來到這裡，是為了尋一人，一個會縮骨功的人。」

聽聞此話，摩勒立即停住了腳。

幻紗不給他拒絕的機會，當即從袖中掏出了一袋銀錢：「小小酬勞，不成敬意。」

摩勒的眼神停在那袋子上，似在打量其中重量。隨即做出猶豫的表情，略顯為難地道：「賭坊裡怎麼會有夫人要找的江湖客呢？怕是來錯了地方吧！」

　　幻紗輕輕一笑，便又拿出一袋，這袋要比之前的那袋還重些：「正因為是興義賭坊，才能尋到稀罕的江湖歸隱客。我也是有一件無論如何都要得手的東西，才需要擅長縮骨功的俠士相助。摩勒郎君，你意下如何？」

　　摩勒倒也不急著回答，只管接過了那兩袋銀錢，接著徑直朝前走去。

　　幻紗與沈勝衣交換了一個眼神，默默地跟上摩勒。待來到長廊盡頭的僻靜暗室後，摩勒才對二人神神祕祕地說道：「進去這裡，你們會如願以償。」說罷，便轉身離開了。

　　看著面前生了鏽的鐵門，幻紗正欲探出手去，沈勝衣卻搶先她一步：「還是我來吧！」

　　幻紗輕輕按下他的手，神色自若道：「你不必擔心，既然已經收了錢，那個摩勒也不敢害我們，不會有危險的。」

　　話音落下，她便敲響了鐵門，然而三次過後，卻無人來應。幻紗微微蹙眉，索性直接推門而入。

　　「吱呀」一聲鈍響，室內極暗，一股子烈酒的沉香撲面而來，沈勝衣與幻紗是在片刻過後，才適應了這昏暗的光線，稍微邁進屋內，才看到有一男子坐在案桌旁自斟自飲。

　　男子衣衫素淡，身形瘦削，一雙眼睛倒是充滿銳氣。見有人擅自闖進，雙目中精光暴亮，手裡的酒碗「砰」的一聲砸在桌上，語氣極不友善：「哪裡來的生臉人，沒規沒矩的，進屋不知要敲門嗎？」

　　幻紗並不惱怒，拖著繁縟的裙擺走到男子面前，對他微微一笑：「擾了閣下品酒的雅興，實在是對不住。我與隨從求人心切，未等閣下應聲便推門而入，理應自罰三杯。」

　　說罷，便拿過桌上的另一個酒碗，又為自己倒上酒水。接連三碗，幻紗都一飲而盡。

　　沈勝衣在一旁瞠目結舌，可他不敢多嘴。心想著幻紗多次囑咐過他，絕對不能胡亂說話，只好眼睜睜地看著幻紗喝了下一碗又一碗，第三碗飲下之後，那男子哈哈大笑，倒是十分滿意道：「你這小娘子真是爽快，酒

量也好，是個俐落人！說吧！你找到我這裡來，所為何事？」

幻紗抬起手背，擦拭掉了嘴角旁的酒漬，再倒滿一碗酒，端到男子面前，極為恭敬道：「我的事情，倒是不著急。這一碗，是敬閣下的，即便閣下等會兒拒絕了我的要求，也權當是交個朋友了。」

男子的眼神很是機敏，審視般地打量著幻紗，接過酒碗時問道：「像你這般妝容尊貴的娘子，可不是會來這種地方與我這種人交朋好友的。我谷寧雖已從江湖歸隱，卻也是見慣了風浪，全然不會被美色迷惑，你也休想打那歪主意，只會自討苦吃。」

沈勝衣聽了這話，真是心中一陣反感。這自稱谷寧的男子，實在不討人喜歡，口氣高高在上不說，竟在恬不知恥地認為幻紗打算引誘他。想必他也是個老油條，接遍了燒殺掠奪、忽視王法的骯髒事，眼睛充滿了下作與貪欲。要不是他沈勝衣今日扮作隨從身分，可真要好好教訓他一番才是。便先記下這一筆賬，等到日後恢復清白身，說什麼都要把這谷寧帶去金吾衛府衙好好審上一回。

幻紗餘光瞥見沈勝衣的一臉怒相，猜出他心中盤算的事情。不過，幻紗可不打算等到日後，今日的差今日做，她只將自己手中的酒碗放到谷寧桌前，低聲道：「怕是閣下覺得這碗太小，不足以盡興，那我敬你兩碗便是。」

谷寧冷笑，端起那酒碗，仰頭飲下。

「好了，你敬的酒我喝下了，別再打啞謎，有什麼要緊事相求，速速道來。」谷寧又抓了幾顆碗裡的花生米，扔進嘴中。

幻紗沉下眼，雲淡風輕地說道：「閣下，我需要你將殺害索義雄的真凶告知於我。」

谷寧一怔，嚼著花生米的速度放緩，他聽見幻紗再道：「是誰雇用了你去殺金吾衛的人──只要你告訴我這個，絕不會少你酬勞。」

谷寧冷嗤道：「做一行有一行的規矩，即便是我們這樣的人，也知道什麼該說，什麼不該說。小娘子，恕我不能奉告了。」

「你……！」沈勝衣有些沉不住氣地就要衝上來，幻紗立即伸出手，攔住他。谷寧冷哼了哼，做出「送客」的手勢，然而他臉色忽地一變，手掌不由自主地按在桌上，竟一個不小心，打翻了酒碗。

碗摔在地，碎成兩半，酒水四濺，沉香撲鼻，谷寧咳嗽幾聲，試圖緩解身體不適，幻紗目睹此景，竟掩面輕笑了起來。

「你……你笑什麼？」谷寧話音剛落，一把捂住了嘴，止不住地重咳溢出口中，他再攤開手掌去看，掌心裡竟是觸目驚心的膿血！

「看來藥效已經發作了。」幻紗反客為主地坐到了谷寧的對面，語調也更為傲慢了一些，就連眼神也充滿了狡黠之色。

「藥效？什麼藥效？」谷寧面露驚慌，忽然想到了幻紗遞給自己的那一碗酒水，當即恍然大悟道：「你這陰險毒辣的小娘子，居然在酒裡下毒！你我無冤無仇，何以令你痛下殺手？」

幻紗很是無辜地解釋說：「我早就料到你不可能會乖乖吐露實情，但我也是真心誠意來尋個答案，自是不能空手而歸，所以……對不住了。」

谷寧拚命使自己冷靜下來，他嗅了嗅空氣中的味道，極臭，能夠斷定這是江湖中比較罕見的狼腸毒。由於入酒即化，無色無味，再老辣的俠客，也難以逃過這毒劫。可他谷寧是誰？見慣了坊間的齟齬，只需要點住自己的小海穴，自可令毒性延緩發作。

哪知幻紗一眼就識穿了他的伎倆，笑道：「小海穴的確可以控制狼腸毒，可我用的這毒呢，加入了一點點蛇毒，藥效就變了，怕是小海穴只會加快毒性遍布你全身呢！」

這話剛說完，谷寧就覺得全身奇癢無比，他忍不住伸手去抓撓，皮肉都被抓掉了，雙臂那鮮血淋漓的模樣，讓沈勝衣覺得實在恐怖。

「你……你把解藥給我！待我解了毒，我饒你不死！」谷寧仍舊嘴不饒人。

幻紗道：「單是解藥是不夠的，若無人為你運功驅毒，你體內的毒性也會永生殘留，少則每隔三日發作一次，多則日日奇癢難忍。」

谷寧破口大罵，可身上的癢很快就轉變成了痛，他滾在地上哀叫不止，最終實在沒法子了，就跪下來懇求幻紗：「小娘子，是我有眼不識泰山，你行行好解了我的毒，谷某人願意為你當牛做馬，絕無二話！」

幻紗一擺手，很是不屑道：「我可不要你來當牛做馬，又不是牧羊人，需要牲口作甚？」

見幻紗軟的不吃，谷寧氣極，乾脆抽出劍來要和她來硬的，怎耐刀劍

剛一拔出，都沒用沈勝衣出面相搏，谷寧就痛得再次跌倒，手中的劍也一併掉落，整個人四肢無力地癱軟呻吟，唯獨痛癢不停，真是要逼哭了他這江湖好漢。

「我說，我，我全都說……只要你給我解毒，我什麼都依你。」谷寧到底是妥協了。

「我怎麼知道你說的是真是假？」幻紗很是謹慎，「萬一替你解了毒，你又反悔，我豈不是賠了夫人又折兵？」

谷寧苦不堪言：「那你說怎樣，便怎樣！」

「你先說出幕後指使你的人，我才會替你解毒。」幻紗的語氣中有幾分狠戾，「但你若是膽敢隨便搬出一個人來哄騙我，你絕活不過今夜。」

谷寧哀嘆一聲，知道自己是遇見了剋星，只好妥協著全盤托出：「我也做了這麼久的差事了，還是第一次遇到你這樣狠絕的小娘子，可真是害慘我了！」

他心下一橫，繼續道：「雇用我的人就是那懷遠坊的突厥人，我是不知他的名字，連長相也沒看見。做這種事的，自然都是要避人耳目的，索性是我沒看見他的模樣，否則，事成之後我的腦袋早就搬了家！」

幻紗思慮著：「懷遠坊的胡人和突厥人可不在少數，他與你見面的時候，可是說著家鄉話嗎？」

「唉！我又聽不懂突厥話，他自然是要用唐話來交代的。」谷寧道，「但他的唐話非常生疏，肯定不是懷遠坊土生土長的外鄉人，而且出手也很闊綽，不是計較錢財的，想必是個貴族的家僕。」

說到這，谷寧身上又癢起來，便忍不住抓撓不停。

沈勝衣聽著谷寧的敘述，心裡也有了些眉目——語言生疏的貴族突厥人，就只有懷遠坊的行宮裡了，想必交代此事的人，也一定是隨著月泉公主入唐的貴族之中。可沈勝衣並未對此有過多深刻印象，那次駐守行宮，也沒有見到除去公主之外的貴族。

反倒是幻紗腦中靈光一閃，她猛地回想起了出入月泉公主閨房那一次，曾瞥見了追殺她與璃香等人的刺客，如果她沒記錯的話，曾聽見刺客的同伴用突厥語喚頭目「阿納」。

「阿納……」幻紗念著這名字，「阿史那連那……阿史那真如……」

這兩位都是阿史那部落的世子，能夠跟隨主人名字中的諧音，就代表阿納是貴族的隨從。

且不說阿史那連那一直身在唐朝十年，不曾與部落有過聯繫，就算他真的想加害胞妹，也不必派個生手來做這事。畢竟大唐的坊間，他這十年來也再清楚不過了。

所以，就只剩下阿史那真如了。

幻紗抬起眼，已經洞察了其中端倪，與沈勝衣點頭道：「錯不了！是那個阿史那真如的手下阿納。」

沈勝衣蹙眉：「我倒也曾聽聞過他的名號。也就是說，他派阿納買下谷寧殺了索義雄，再將黃金東珠偷走……原來如此，這都是他上演的一齣好戲。」

黃金東珠這四個字，令幻紗想起了月泉公主悲傷的面容，便立即質問谷寧：「你把黃金東珠藏在什麼地方了？給我老實交代！」

谷寧面色倉皇地搖頭解釋：「小娘子，不！是女俠！求求女俠高抬貴手，可莫要再折磨我了，我這等退隱江湖的人，都是為了討飯吃，不過是拿人錢財替人消災，這等寶物的下落，我怎麼會知道呢？當日盜出之後，我便將那寶物交給了我的雇主，至於其他的後事，我發誓，我一概不知！」

幻紗審視般地凝視著谷寧，也認定他沒有再稱謊的必要。她再看向沈勝衣，二人交換了一個眼神，谷寧敏銳地捕捉到了他們眼神中的資訊，立刻鑽空子般地指使起沈勝衣：「我已經說出實情了，你快把解藥給我！女俠也默許了，你身為隨從不可耽擱！」

好一個見風使舵的賊人，沈勝衣心生不齒，便藉機說道：「解藥不在我家女主人手上，你若想要活命，必要戴罪立功，將幕後黑手指認出來之後，我家女主人自然會拜託藥師為你配置解藥的。」

谷寧氣紅了眼，哇哇大叫著：「你這主僕二人真是欺人太甚！想你們沒有德行，在酒中下毒不說，還逼我破了規矩說出了雇主，即便如此還不算數，竟連解藥都不願拿出，真當這興義坊是三歲娃娃的遊戲不成？」說罷，谷寧憤怒地三次擊掌地面，鈍重聲響殘留餘音，幻紗為此而輕蹙起了眉心。

「要小心暗器。」幻紗低聲提醒沈勝衣，並拔出了自己腰間的佩劍，「賭坊裡的這群人，可都不是什麼正人君子，但也不能要人性命，此行只需點到即止。」

話音剛落，房門就被外面趕來的一行人踹開，帶領打手出現在眼前的，正是方才接頭的摩勒。他眼神一掃，看到谷寧狼狼地癱在地上，立即怒視幻紗與沈勝衣二人：「好啊！你們竟敢對我賭坊的人出此毒手，看來是不想活著離開這裡了！」

接著，命令身後的一眾打手：「給我上！」

這群打手便操著手中的砍刀抬足奔來，口中連聲怒嘯。

沈勝衣見這群狂徒猶如潮水般急急而來，波濤澎湃，聲勢猛惡，單是聽這吼叫，都要把尋常人嚇得退避三舍了。好在他是驍勇的金吾衛，短刀相抵，「錚」的響聲，再用力殺去，三名狂徒連連後退。再一回神，沈勝衣已經以刃襲來，一刀挑開其中一人胸前衣衫，血口子劃開，倒不致命，可也令對方疼得狂叫。

幻紗快速地將襦裙掀起，將裙角繫在膝上，手中長劍削掉鬢髮上多餘的布條，再一抬頭，突有一人縱躍而出，身形長如竹竿，竄縱之勢卻迅捷異常，雙手各執一把狼牙長刀，劍身鋸齒極為凶殘，作勢就向幻紗殺了過來。

幻紗並不急，面對來襲，她遊刃有餘地反手一劍，擋住狼牙長刀，再用劍柄去擊那人腹部，對方側身閃避，幻紗一腳踢在那人腕上，他手中的狼牙刀掉落在地，幻紗反手點住他的穴位，令他當即大聲叫痛。

幻紗後退幾步，拍了拍衣裙上的灰塵，想著絕不能弄髒了，是要回去還給伊真的，好在她動作輕盈，倒是沒有將泥土染上衣衫半點。

摩勒瞧見幻紗的功力，不由一驚，想著這女子定非等閒之輩，三兩個招式就擊倒了賭坊裡數一數二的打手，必是不好惹的。且她只帶一個隨從，就敢深入這興義賭坊，也足以證明她的底氣，連谷寧都被她折磨得奄奄一息了，他摩勒又何必去吃這苦頭？

然而，就在他瞻前顧後之際，幻紗的劍尖已經向他刺來，摩勒大驚失色，明知不敵，也得拚命，當下用手中砍刀來擋。幻紗淺笑一聲，將身子輕輕移到他左側，反手將劍柄向後一推，便是這樣一個劍花，變換著招式

斜刺向摩勒右臂。

　　誠然是幻紗劍術精湛，摩勒避閃不及，到底還是被那劍刃劃傷了臂膀，一時之間占了下風，心覺吃虧，也知曉再纏鬥下去沒有便宜可占，便高聲令道：「都住手！」

　　那幫打手們聽了他的號令，當即放下了手中的砍刀，而有些人早已被沈勝衣打倒在地，鼻青臉腫的好生難看。

　　幻紗笑意更深一些，她知道摩勒是個狡猾的人，怕是不願和她撕破臉皮，就此打住對雙方來說都是好事。可哪知摩勒不僅狡猾，還很毒辣，他趁幻紗鬆懈的空檔，竟從袖間使出暗器，二指一推，一柄六角飛鏢直奔幻紗胸口。

　　沈勝衣眼尖，當即發現了摩勒陰險的小動作，可也來不及去幫幻紗擋下，只能大喊道：「小心！」

　　多虧了沈勝衣的提醒，幻紗有所察覺，猛地一側身，手指合攏，竟將飛鏢捏住在了指間。

　　「六角飛鏢，鏢身有毒，遇血則化，毒侵五臟。」幻紗打量著飛鏢，又感到心痛地看向摩勒，略顯委屈地訴苦道，「竟想不到你對我這樣美貌絕倫的女子，也能下得了如此狠手，而我對那位谷郎君，也不過是用了狼腸毒，雖然折磨，可也絕不會致死，然而你可是真心實意地想要將我置於死地呢！」

　　見幻紗識破，摩勒大吃一驚，他再沒了法子，只好扔下武器，求饒道：「女俠，是我有眼不識泰山，求女俠饒命！」

　　幻紗裝出一副為難的模樣：「留下你們這些人的性命倒也不是不行，只要……」她的視線落向躲在桌子後頭的谷寧身上。

　　谷寧一怔，自知是逃不過去了，他與摩勒二人面面相覷，眼神詭異。沈勝衣不滿他二人賊眉鼠眼，怕是又在打著陰謀詭計，便衝過去將谷寧從桌子後頭拉扯出來，按在幻紗面前，佯裝憤怒地恐嚇他道：「我家主人已經說過了，若你能指認出幕後黑手，就饒你不死，否則這興義賭坊的所有人，都要被你拖累！」說罷還補了一腳，踢在谷寧腹上，倒也彰顯出了幾分凶狠。

　　谷寧全身痛癢，自是沒有了招架餘地，又見摩勒也一籌莫展，他只好

重重地哀嘆一聲：「我谷寧需要解藥，興義賭坊也需要平安無事，而你們需要我去做什麼，我都依你們便是了。」

幻紗露出喜悅的笑容，她看向沈勝衣，沈勝衣點點頭，俯身伸手向谷寧：「君子一言，駟馬難追。」

第十七章

　　當天夜裡，谷寧被沈勝衣與幻紗抓回到了霓裳樓，當他頭上戴著的面罩被摘下時，才看見自己身處在一處奢華的花廳之中。這廳極大，芳香四溢，其中不乏胭脂香氣，雖然能分辨出是廳中廂房，卻也覺得布置上有幾分眼熟。

　　可沈勝衣訓斥他不准東張西望，他雙手又被綁在身後，自是行動不便，只得乖乖聽從。踏進房內，便見一個身穿白衣的男子戴著面具，正坐在西首椅上。他手持摺扇，腰佩名玉，見到幾人進來，便即站起，與沈勝衣與幻紗二人點頭示意後，彬彬有禮地對谷寧道：「有勞一路奔波。」

　　谷寧正詫異著，那人忽一腳踢在他雙膝上，害他當即跪地，痛得齜牙咧嘴。後又聽他同沈勝衣說：「這種擅用縮骨功的人即便被五花大綁，也難保他會用計逃脫，先要讓他爬不動，才能老實聽話。」

　　沈勝衣認同地點頭：「不愧是樓主，的確周全。」

　　谷寧終於恍然大悟，是了，難怪這地方眼熟，這眼前的白眼男子，也是眼熟得很，必然是平康坊內極負盛名的霓裳樓，而這男子，就是霓裳樓的樓主白之紹了。

　　谷寧忍痛躬身，對白之紹禮道：「興義賭坊谷寧，拜會白樓主。」

　　白之紹笑道：「素聞興義賭坊的能人俠士都是識得禮數的，果然名不虛傳。」很快又轉了話鋒：「可被突厥人買凶，也有違大唐道義，若是傳進官家耳中，不知性命可保？」

　　谷寧是知曉白之紹的能耐的，他只怪自己有眼無珠，畢竟幻紗那樣的小娘子身後，絕對有著非同凡響的大人物，他被抓來這裡，也實在是倒楣至極，只好苦苦哀求起來：「樓主行行好，饒了我這等蛆蟲草芥吧！不過是收人錢財替人做事，哪裡想要受到大風大浪的牽扯呢？還請樓主寬宏大量，不予見怪，小人這裡叩謝了。」說著深深低頭，對著白之紹就是一拜。

　　白之紹卻道：「你無非是怕那幫突厥人找上頭來，對你殺人滅口，可你要是不肯為我等所用，三日後還是會毒發身亡。」

谷寧哀嘆著：「小人不是不肯聽命於樓主，只是小人也想保留日後一個圓全……畢竟那幫突厥虎狼，是小人萬萬得罪不起的。」

　　沈勝衣也湊近白之紹，低聲道：「他說的也有些道理，若惹怒了阿史那，只怕會兩敗俱傷。」

　　幻紗看著沈勝衣，道：「無妨，樓主自有分寸。」

　　白之紹斟酌著他三人的話，臉色微變，心想渾水蹚到了現在，已是不能回頭的了，可要想在保全阿史那顏面的情況下揪出幕後奸人，也並非一件易事，怕是只有這一步棋能走了。

　　他對沈勝衣與幻紗勾了勾手指，二人立刻湊近，他小心翼翼地將計畫告知他們，伏在地上的谷寧拚命豎起耳朵，也聽不到隻字片語。

　　只見沈勝衣的表情緩緩變化，最後，他眼中滲透出一絲喜悅，由衷地佩服道：「這一計，實在是妙！」

　　白之紹對幻紗一側頭，示意道：「將此事告知璃香，讓她做好準備。」

　　幻紗立即照做。

　　白之紹也要去召集他的蟪蛄組織，留下沈勝衣一人時，不忘交代：「雖說谷俠士是個聰明人，自然是不會再動逃跑的念頭，可為防萬一，你還是要讓他的雙腿動不了才是。」說罷，狡黠一笑。

　　沈勝衣略顯驚詫，抱拳相送。轉頭看向谷寧，瘦小的男子臉色慘白，全身都止不住地哆嗦了起來。

　　熱鬧繁華的霓裳樓內，跟隨在幻紗身後的璃香，忽然聽到芳蕤廳內傳來陣陣哀號，她忍不住問道：「幻紗，該不會是你家情郎在折磨那抓回來的倒楣鬼吧？」

　　幻紗不以為然地回道：「你還是想著該如何完成樓主交代的任務才是。」

　　與此同時，霓裳樓的偏院中，已有大量的蟪蛄遊俠分散行動，他們趁著夜色行走在坊間，帶著白之紹交托的命令奔走，並以一種堅定的語調吆喝著：「金吾衛隊長索義雄的真凶抓到了！」

　　「那賊人偷偷潛入了平康坊的霓裳樓，竟妄想藏身其中，幸得恩客們將其識破！」

「賊人不僅擅用縮骨功，還聲稱受人指使！」

一石激起千層浪，這些遊俠奔相走告，很快就引起了百姓、小販、老嫗、壯年，甚至於是孩童們的好奇，大夥都聚眾在一處，熙熙攘攘地嘀咕著此事，倒是一片繁忙景象。

一名遊俠敲鑼打鼓地大聲嚷著：「霓裳樓裡有好戲上演嘍！看戲不要錢，童叟無欺！」

坊間百姓們面面相覷，倒是對這事有些興趣，正所謂三人成虎，再加上一群遊俠反覆訴說，坊間的百姓們都開始朝著霓裳樓那頭前去，都想看看是怎樣的好戲在上演。有人七嘴八舌地說著：「怕不是那賊人被捉的好戲？」

「走！去看看便知！」

不出半炷香的工夫，霓裳樓裡裡外外圍滿了人，而在一樓廳內的正中央舞臺上，打扮成老翁的璃香，正在裝模作樣地準備著她講戲用的道具——一壺茶，一盤瓜子果脯，還有一把雕花椅子。

她眼神狡黠地打量著臺下，看見角落裡的幻紗，二人點頭示意，這假扮花甲老翁的璃香身板直挺，聲音洪亮有力，捋著伊真為她貼上的花白鬍子，繪聲繪色地說道：「要說這長安城內的奇事數不勝數，無論是近來發生的還是曾經發生的，大家也都能略知一二。可那金吾衛慘死在突厥公主行宮裡的案子，各位可都已經聽說過？」

聽客中有人接話道：「老先生說的是十日前發生在懷遠坊裡的那起慘案吧？」

璃香一拍手中的醒目，眉飛色舞道：「這位客官見多識廣了，正是那起密室慘案！」

密室。

這二字滑進一位看客耳中，他藏在帷帽下的臉色似乎暗了一下，身邊站著的幾個聽戲的，也都自以為是地議論起來：「聽說那班金吾衛是專門挑去給突厥公主做護衛隊的，結果當天晚上剛過，就死了個隊長，還是在房門都沒打開過的密室裡頭。」

「太猖狂了！行凶之人豈非是要挑起大唐和突厥兩族的禍端？」

「若是毀了這一樁聯姻，不知會是誰人得到最大的甜頭呦！」

「如果抓到了行凶的賊人倒還好。」璃香的表情變得沉重起來，她侍女拉著二胡的調子，也逐漸悲戚憂苦起來，她則繼續道：「可即便是賊人已深中劇毒，仍舊不敢將買凶之人托出，依我老夫所看，這幕後的始作俑者，自是大有來頭啊！」

眾人只知金吾衛被殺慘案的皮毛，卻不知還有這層恐怖的內核，便都靜默了一陣兒，屏住呼吸繼續聽下去。

璃香悲嘆道：「實乃世間慘劇啊！此事發生在大唐盛世，真是令我等平凡百姓深感害怕。仔細想想，若是沒有突厥公主入唐，這般飛天橫禍又何曾降在金吾衛的頭上？他們可是保護盛唐的門神，是長安城的守護者。還是說，那早在十年之前的草原上，也曾出現過類似的慘劇呢？」

人群裡那頭戴帷帽的聽戲人緩緩抬起頭，他的雙手早已不由自主地握成了拳。璃香在臺上踱步道：「老夫曾聽聞，草原阿史那部落內亂不休，曾有一位可敦在一夜之間如同妖魔附體，殺盡了家中五十七位族人，其餘的家奴被嚇得瘋得瘋、逃得逃，一些年幼的孩兒也被她親手奪走了性命，當時的場景可謂哀號漫天、死狀淒慘，實在是人間煉獄！」

帷帽人的雙拳在微微顫抖。

「而據說那天夜裡，血染草原，瘋魔般的可敦，一把火燃盡部落帳篷，連同她自己，也一併燒死在了火海中。到了第二日，奔赴此處想要尋得生還者的可汗，發現廢墟之中除了血流成河之外，並沒有任何一具屍首。」

有人問道：「怎麼可能會沒有屍首？死了那麼多的人……」

「可汗也覺得事情蹊蹺，便派部下挖地三尺地找，日夜不休地找了一天一夜，終於在燒成灰的草原地底發現了白骨，意外的是，還有狼群的屍身。可見是有狼群來蠶食屍體，結果一同被火燒死。那可真是嚇壞了在場的部下，即便是草原漢子，也還是沒見過這般慘烈的景象，真可謂是驚魂未定。」

眾人聽著，表情皆是驚懼萬分，他們之間有人喃聲問道：「難道，就沒一人生還嗎？」

「有！」璃香抬起那雙鬼魅般的雙瞳，「在一頭母狼的腹中，藏著一名年幼的男童，不過四、五歲的年紀，在他發瘋的母親縱火之時，他憑

· 254 ·

藉自己的力量，痛殺了一頭前來捕食的母狼。而後，為了躲避大火，他剖開了母狼的肚子鑽了進去，就是憑藉狼皮的保護，才撿回了一條性命。而他，就是那場大夥中的唯一活口。」

可眾人不明白，這活口和殺死金吾衛隊長的真凶有何聯繫？

難不成⋯⋯

「他來自草原，就是突厥人，幕後的始作俑者便是他？」

「就是他買通賊人刺殺金吾衛？」

「那他可是來自突厥的阿史那部落？」

眾人七嘴八舌、越發同仇敵愾，他們吵嚷著：「定是他想要禍亂大唐！」、「如果不是突厥人冒出來，長安城裡也不會出現接連慘案！」、「是那幫突厥人的陰謀，要將那幕後真凶抓出來繩之以法！」⋯⋯

面對這越發高漲的民憤，帷帽下的人似乎略顯退縮，他左右環顧，竟有些不安起來。璃香在這時看向帷帽人，她的聲音飄散在室內，有一種縹緲如異域般的空靈：「那藉由狼皮活下來的突厥世子，便是入唐的阿史那真如。」

帷帽人怔住了，他僵硬地站在原地，動彈不得。

其餘眾人也都在困惑地竊竊私語，似不清楚這阿史那真如的來歷。不知是哪裡傳來一聲：「阿史那真如是草原貴族，與大唐質子阿史那連那同出一脈！」

而臺上的璃香則在這時褪去老翁裝扮，她一邊摘掉假髮，一邊拉下鬍子，呈現在眾人面前的，是她原本的華衣襦裙，她長髮綰著如雲鬢，膚白唇紅，眉眼之間盡顯風流。

在眾人痴痴的眼神中，璃香忽然露出一抹勾心攝魄般的笑容，然後，她繞到臺上的屏風之後，熄滅兩側的火燭，將看似草原可汗模樣的皮影，擬在屏風之後，並模仿著可汗的聲音說道：「我並不是不救他，而是他母親已經瘋魔了，我身為堂堂草原可汗，怎能需要一位發瘋的可敦？而一旦新的可敦繼位，又如何能疼愛他？他註定與可汗之位無緣，不如就這樣死了也好，免得他日後對草原與胞弟心生怨恨⋯⋯」

皮影又立刻分出數名臣子，點頭哈腰地奉承道：「可汗英明！想來阿史那部落本就分散，為避免日後奪嫡之爭，還是要交給上天來定下命數！

弱者不配繼位，更何況可汗已擁有連那世子，只願真如命薄，就讓他隨著那把大火而去吧！」

於是，那本該被挽救的草原上的大火，才會因可汗的遲疑而無窮無盡地燒下去，燒死了發瘋的可敦，燒滅了族人的屍骸。一直到了天明，可汗才惺惺作態地帶著侍從，來鑒證這死亡是否徹底。

怎料到，母狼肚子裡藏著命不該絕的阿史那真如，他竟在這煉獄裡硬生生地活了下來。還記得那一日，在見到活下來的他的那一刻，可汗的眼神充滿了驚恐、憎恨與嫌惡，甚至還有著些許殺意。

帷帽下的人因此而低頭哽咽，就如同是身臨其境一般，他的背脊發涼、四肢麻痺。

接著，璃香變戲法一樣，將屏風後的皮影變化出少年時期的阿史那連那與月泉公主，他們兩個整日結伴嬉笑，疏遠著同父異母的真如。哪怕是有一次，真如因感染了草原上的熱病而痛得在床上打滾，連那與月泉公主也還要詢問奶母：「他不會傳染給我們吧？」

喉嚨中發出陣陣哀號的真如，滿面痛苦之色，唯有奶母肯陪在他身邊，餵他吃藥、扶他喝水，可到了最後，他九死一生活了下來，奶母卻因被他傳染而死了。

那也許是真如生命中唯一的溫暖，奶母死後的草原，連風都是帶著血腥氣息的。真如在一片蒼涼的蒼穹下活到了十歲，方才得知，年長月餘的兄長連那，要被送去大唐做質子。而在連那被送走的當日，月泉公主哭喊著不捨兄長離去，真如本想勸慰她，卻被她狠狠地推開，她咒罵他是草原的毒禍，是帶來不幸的存在。

也許是在那一刻，阿史那真如的心產生了變化。

璃香又在屏風後拉開了一幕戲，成年的阿史那真如的皮影站在上面，他的面前站著盛裝的月泉公主，如同魔物一般的阿史那真如咧開血盆大口，齜牙出尖牙，問她道：「月泉，你看這盛世大唐，美不美？」

月泉公主淡淡地回道：「自然是美。」

「那把這盛世背後的真實與黑暗剝開來給你看，你意下如何？」

月泉公主的手裡捧著黃金東珠，她困惑地問：「真如，你是什麼意思？」

阿史那真如道：「就像你當年對待我一樣，在草原上，你曾經踐踏我、辱罵我，而如今來到了大唐，父汗再無法護著你，連那已是自身難保的質子，而我，想要如何報復你們，都將易如反掌。」

　　月泉公主卻咧嘴一笑，輕蔑道：「就憑你？」

　　至此一句，萬箭穿心，也是令阿史那真如下定決心的關鍵。那雇用縮骨功之人的阿納、那刺殺索義雄的狠毒、那偷盜黃金東珠的決絕……阿史那真如彷彿已經沒有半點憐憫。

　　璃香邁著蓮步，從屏風後走了出來，聲音虛無空洞且充滿了誘惑，她魅惑地笑著：「這一樁來自草原的血恨糾葛，牽扯進了一名無辜的金吾衛，還有許許多多被迫被捲入其中的無辜人。試問，究竟是殺掉索義雄的人狠辣，還是幕後的阿史那真如歹毒呢？」

　　臺下一眾看客竟心生惻隱，忍不住為璃香的這場精彩戲目哀嘆道：「這阿史那真如也是個可憐之人。」

　　「可憐，可恨，讓人既痛恨又痛心啊！」

　　「這樣的人雖死不足惜，可他一生都如此淒慘，怕是只有來世才能重新做人了。」

　　這般同情的話語飄進帷帽人的耳中，他最不願聽到的，就是這般類似的詞彙。他厭惡憐憫，更不願被視作弱者。

　　可偏偏這霓裳樓裡的一個個，都將他推向了內心深淵最為黑暗的角落，這些人知曉他的過去，甚至編成戲目來奚落、揶揄他，然而每一句戲詞中都沒有責難，只是利用他最忌諱的感觸，來慢慢地、一寸一寸地進行著凌遲，彷彿在高高在上的憐憫著他。

　　他實在是後悔，那一日沒有親自出馬，將霓裳樓的這幾個女人殺個乾淨，如今卻要被她們嘲弄，怎能讓他嚥下這口惡氣？

　　而且，經由他們將這戲目搬上了檯面，整件事很快就大勢蔓延，從平康坊的街角小巷，一直到懷遠坊的行宮內院，再到月泉公主的閨房，她聽了阿桑麗帶回來的這些消息，立刻變了臉色，甚至顧不得身上還穿著薄衫，只管衝出門去，勢必要去向阿史那真如興師問罪。

　　這會兒工夫，外頭下起了小雨。

　　宮牆裡的琉璃燈被雨水澆得濕漉漉的，阿桑麗撐著傘，在後頭一路小

跑著追趕月泉公主。而月泉公主的眼中，彷彿只有長廊盡頭的那扇房間，且這一路上，她心境頗為複雜，憤怒、失望、痛心，甚至感受到了遭遇背叛的撕心裂肺。

想來她自幼便與真如不和，可到底是同出一脈，他們有著共同的父親，身體裡流著的是相同的阿史那血液，他為何要這般對待她？以至於過於激動，月泉公主的胃裡一陣翻湧，連忙轉過頭，扶著石柱彎身乾嘔。

阿桑麗擔憂地上前來，將傘遮在她頭頂：「公主，還是要等連那世子造訪後，與之從長計議才好，如此貿然行事，真如世子若是不肯承認，又萬一是坊間的謠言，屆時只會傷害了你們兄妹之間的感情！」

感情？

從真如買凶的那一刻開始，他還曾當她是胞妹嗎？

月泉公主根本不理會阿桑麗的勸阻，擦掉臉上的水跡，再次衝向長廊盡頭的廂房。待到來到門口，她抬手用力拍門，房內空無聲響，她一氣之下推門而入。

「吱呀」……

門開了，房內卻空空蕩蕩，沒有半個人影。真如並不在這裡。

月泉公主冷靜下來，輕蹙眉心暗暗想道：「既然他不在行宮，阿納那條走狗也一定是跟隨在他身邊的。如今關於他們的流言四起，而他們心中也必然是憤怒的，可見他們只有一個去處。」

「霓裳樓。」月泉公主喃聲道出。因為那裡，是謠言起始的地方。

接著，她吩咐阿桑麗：「去備好馬車。」

阿桑麗眼有困惑，只見月泉公主朝著自己的閨房返回，一邊走一邊說：「幫我準備衣服，我要親自去霓裳樓見證好戲。」

這個時候，身在霓裳樓內聽戲的阿史那真如抬了抬帷帽，紗幔下的一雙眼睛透露出冷銳殺意，他環顧四周，確信沒有人將他識出，又抬起頭，看向了大樓的棚頂。因為在棚頂外頭，阿納和他的部下們正悄悄地伏在瓦礫上頭，樓下發生的一切，都被阿納盡收眼底。

這霓裳樓有四層高亭，高逾八丈，趴在其上可以俯瞰整個平康坊的動靜。甚至於是阿納站起身的時候，可以眺望都懷遠坊那邊的異常，再用望遠鏡觀察，果然見到月泉公主的馬車在向這邊行駛。

阿納用突厥語低聲說道：「公主已經知道了。」

其他部下將黑色面紗拉高，只露出狼一般的眼睛，便要動身：「在她來之前，殺光這群人就行了。」

阿納立即訓斥他們：「主人還沒信號，不得擅自行動！」

「可那谷寧已經出賣了我們，這坊間的唐人已經在奔相走告，再拖下去倒要壞了事情。」

阿納瞇起眼：「主人自有定數，我們只管等候他的命令。」

片刻光景過去，霓裳樓內的阿史那真如轉過身，面向大廳角落，在那裡守著一位打扮成唐人模樣的突厥部下。見到真如向自己點頭頷首，立即明白這是信號，那人便不動聲色地走出到外頭，背對著霓裳樓，從懷中取出一面白色的布帕。

在黑夜裡，白色綢緞的帕子格外顯眼，他朝東方揮了三下，又向南方揮動三下，餘光瞥向樓頂，上頭的人也做出了相同的回應。阿納在這時握著另一塊白色局絹帕，對伏在瓦礫上的十位部下吹了聲口哨，喊著突厥話，道：「時機已到，殺！」

部下們得令，當即跟隨著阿納殺了下去。

他們如同餓狼一般，接二連三地從樓頂躍下，落在地面的瞬間，彷彿巨石降落，硬生生地掀起了塵煙大片，惹得百姓們驚叫逃竄，更有嚇破了膽的小販推翻了貨車，連地上的果子都顧不得撿就跑走了。

蒙面的阿納做出一個手勢，十名殺手迅速衝進霓裳樓，為首的人以洪亮的嗓門喊出略顯生疏的唐話：「搜人！攔者殺！」

身在二樓的白之紹看到這一幕，微微一笑，緩緩抬起手，打出一個響指。這霓裳樓的大廳內，立刻有無數蟪蛄遊俠擠出人群，他們手裡武器各異，只管將阿納和殺手們統統圍住，並疏散聽戲的看客去往偏院。蟪蛄遊俠的副隊長姜昌對阿納喝令：「你等已是甕中之鱉，乖乖束手就擒，可留你們活命！」

阿納眉頭一皺，轉眼看去樓上，對面的長廊裡，十幾名遊俠弓箭手已經站定了身子，正在扫弦。再轉頭去看身後，遊俠們手持盾牌，連成了一片人牆，已然是斷去了他們的去路。

重重算計包圍，絕無逃脫之理，阿納心覺不妙，正欲叮囑部下們要謹

慎行事，可身旁一名殺手聽不懂唐話，竟草率地拔刀相向，結果二樓傳來幾聲「唰唰」的箭矢破空，那殺手身子中箭，一頭栽倒在地。

阿納大驚，想要去查看對方情況，可遊俠們的箭矢對準了他，他再不敢輕舉妄動。而這霓裳樓裡的遊俠數量，是他與部下的幾倍，甚至十倍，人數碾壓，再加上弓手和弩手掌控了制高點，儼然是一個徹頭徹尾的天羅地網。

中計了！

阿納咬住牙關，心中無比憤恨。

姜昌對他喝道：「放下武器！」

阿納望向他的眼神裡並無懼怕，他質問姜昌：「你們剛剛殺了我的一個部下，如果我們繳械，怎能保證你們不會屠戮我們？」

姜昌的視線飄向倒在地上的突厥人，然後重新看向阿納：「他沒死，只是腹部中箭，不是要害。」

「我不信。」阿納執意道，「讓我親自去查看。」

說罷，他將自己手裡的武器扔下，並舉起赤手空拳：「這樣，你們總會安心吧？」

姜昌思慮了片刻，抬眼同二樓的白之紹交換了一個眼神，阿納也敏銳地察覺到了白之紹的存在，在看到白之紹向姜昌頷首示意之後，阿納聽到姜昌對自己說：「我同你一起去查看。」

阿納點頭，二人一同前去的時候，阿納忽然以迅雷不及掩耳之勢，從短靴裡抽出了一把匕首，一把勒住姜昌的脖頸，將匕首威脅在他的動脈處。

「不准動！」阿納大喝蟋蛄遊俠，「誰敢再向前一步，我就殺了他！」

姜昌倒也沒變臉色，只是示意蟋蛄遊俠不必驚慌，而後試圖勸說阿納：「你這花招是行不通的，這裡全是我們的人，就算你殺了我，那些箭雨也會讓你們全軍覆沒。」

阿納冷笑著退步向後，用眼神示意部下們都和他一起行動，他們企圖逃出霓裳樓：「我沒有要殺你的意思，但你必須要掩護我們離開這裡，否則，就算是同歸於盡，我也不會讓你留下全屍。」

姜昌低聲笑道：「看來阿史那部落的草原很快就會知道，這些入住大唐的突厥英雄，是會屠殺手無寸鐵的遊俠義士的，也不怕玷汙了阿史那的名聲。」

　　「你不必激將我，草原不會知道是誰殺了你，而且……」阿納的左腳已經退出了霓裳樓，他吹了一聲口哨，部下們得令，紛紛在他的掩護下逃進了夜幕之中。

　　阿納在這時用力地將姜昌推出去：「而且，我也不會殺你！」

　　這一動作令姜昌得了機會，他立即轉身，握住腰間佩刀，「唰」地抽出，刀尖刺向阿納心口，但阿納躲避及時，只是虛空一劃，並未傷及皮肉。且阿納無心戀戰，也知道此處不宜多留，只管一腳踹開姜昌，轉身去追趕自己的部下。

　　而恰逢此時，月泉公主的車輦已經到達平康坊，就在阿納與車輦擦身而過的瞬間，月泉公主撩開車簾，她的眼睛緊緊地盯著阿納，四目相對，時間凝結，阿納略顯驚愕地睜圓了雙眼。

　　月泉公主大喊著命令車輦停下，而阿納已經飛快地消失在了夜色之中。她從車輦上跌跌撞撞地落下，對著阿納消失的方向憤怒地叫道：「阿納，你真是好大的膽子！」

　　阿桑麗也忙跟著走下車輦，詢問月泉公主：「公主，那現在該怎麼辦……」

　　「什麼怎麼辦？」月泉公主正愁無處發火，「他們肯定是受了真如的指使，才敢來這裡鬧事，走！和我進去霓裳樓，我倒要看看那個偷走黃金東珠的賊人，是否長著三頭六臂！」

　　而這會兒的霓裳樓裡，蟪蛄遊俠們正圍在姜昌的身邊議論紛紛：「姜頭兒，你怎麼能讓那個突厥人跑了？」、「看你那刀法可像是手下留情了，難道你不打算活抓那人不成？」……

　　白之紹在這時從二樓走下來，遊俠們見到他，自是避開兩側，禮讓出一條路來。他走到姜昌面前，同一眾遊俠解釋道：「大家不必責怪你們的姜頭兒，是我讓他放人走的。」

　　遊俠們面面相覷，一臉困頓。

　　白之紹反而是極為得意地搖著摺扇，心中已然得到了驗證：他這霓裳

樓裡，果然是有內奸的。

緊接著，月泉公主攜著侍女阿桑麗，在眾目睽睽之下走進大廳，凝視著白之紹道：「偷走我寶物的賊人在哪裡？」

隱蔽在角落處的阿史那真如望著這景象，察覺到此地不宜久留，便趁著月泉公主與白之紹交談的空檔擠過人群，匆匆離開了霓裳樓。

可白之紹並不打算讓月泉公主面見谷寧，找一藉口，推辭起來，月泉公主卻不肯聽，只管向他繼續要人。

遊俠們緊張地望著這場對峙，都有些擔心白之紹會得罪這突厥來的公主，她今日來得氣勢洶洶，也不像是好惹的。

白之紹倒也不急，打了個響指，幻紗從二樓走了下來。她緩步到月泉公主的面前，似曾相識的容貌，令月泉公主著實吃了一驚。幻紗輕輕一笑，湊近月泉公主身邊耳語幾句，遊俠們便見那公主的表情發生了變化，很快，那公主就隨著幻紗去了樓上。

白之紹在這時轉過頭，循望向大廳的偏僻處，沈勝衣正雙手環胸地靠在石柱旁。見白之紹像自己一側頭，沈勝衣立刻心領神會地直起身，二話不說地走向了霓裳樓外頭。

約莫一炷香的工夫過去，月泉公主與阿桑麗回到了車輦旁。車夫立刻將車門拉開，阿桑麗扶著月泉公主上了馬車，小心地詢問了一句：「公主，你與那位姑娘在房內都說了些什麼？可見到那賊人了嗎？」

月泉公主坐定後，輕微嘆息道：「那姑娘是曾經來到行宮裡問診的一行人，我也是才想起，她確實是霓裳樓裡的人……」

說到這兒，她命車夫回去行宮，又對阿桑麗道：「只是，卻沒見到那偷盜黃金東珠的賊人。」

「這是為何？」

月泉搖了搖頭：「她只告訴我，時機未到。我且信她一次吧！畢竟……」話到這裡，她忽然停下，好半晌之後，她問阿桑麗，「你覺得這車子下面有奇怪的聲音嗎？」

阿桑麗豎起耳朵仔細去聽：「沒有吧！只有車輪行駛的聲響。」

月泉公主也不再追究，只說：「我有些乏了，要假寐一會兒，到了行宮再喚我吧！」

沈勝衣因此而鬆下一口氣。因為這個時候的他，正藏身在月泉公主的車輦下方，用繩子將自己的身子捆在車板上，還要拚命不讓四肢著地。這番做法實乃煎熬的考驗，但為了再一次潛進行宮中，他必要冒死前去。

　　好不容易熬到了行宮，月泉公主與阿桑麗下了車輦，車夫將車馬牽去後院，一直到周圍都歸於寂靜之後，沈勝衣才解開自己腰間的繩子落到地面。他揉捏著痠痛的肩膀爬起來，悄悄地順著牆邊，去尋索義雄死去的房間。

　　不知是不是錯覺，他發現行宮裡的守衛比之前還要少了一些，而索義雄死去的那個房間也沒了封條，像是不再被當作危險的地方。

　　沈勝衣環顧四周，確信無人經過，他才推開了門走進去。

第十八章

　　房間裡昏暗無光，是過了去半晌，沈勝衣才適應屋內的光線。他順著索義雄死去的位置尋找著什麼，並多次用手掌去觸碰地面，終於在靠近案桌桌角的隱蔽處，他摸索到了一塊不易被察覺的碎紙。

　　沈勝衣撚起那塊碎紙，攤在掌心裡打量了一番，是黃色的。他將其緊緊握住，眼神堅定，似乎已有了定數。

　　卻是在這時，聽見行宮之外傳來了陣陣哀樂，他豎起耳朵去聽，那樂聲距離此處甚遠，但由於隊伍龐大，能傳來幾分音律也是應該。從那曲調能夠辨別得出，是皇室才配用的樂章，而此時又是三更天，沈勝衣忽然意識到，這天正是舒王入皇陵的日子。

　　這般時刻的長安城新昌坊內，玄宗皇帝正攜一眾親眷送舒王入陵。皇陵外的靈堂裡煙霧繚繞，妃嬪與侍女皆是素白絺絲服，四名道士各持桃木劍與金鈴，在靈牌前超度誦文，頭戴白紗帽的玄宗皇帝正站在堂內，手持炷香。面前的靈牌上刻著名號，是舒王的名諱。

　　玄宗皇帝的身側站著身穿素衣的胞妹，公主平湖。年僅十三歲的幼妹樣貌成熟，亭亭玉立，頭戴白色珠花步搖，一雙美眸滲透著哀戚。這也難怪，平湖與舒王平日裡關係親密，如今兄長仙逝，對於平湖而言，無疑是巨大打擊。

　　而靈堂外忽來一仗人，負責開道的侍衛次序井然，他們站在靈堂兩側讓開路來，一輛馬車緩緩駛出，車門打開，走下來的人是康王李元貞。

　　儘管他身著素衣，也仍舊是遮蓋不住那與生俱來的高貴，眉宇間的書卷氣更是如畫如玉，全然不像是已過不惑的年歲。相之比較，身為皇上的玄宗皇帝，卻沒有他那般奪目姿容。誠然，玄宗皇帝更年輕也更尊貴，可同叔父李元貞站在一起，竟是會遜色幾分。

　　康王李元貞走到玄宗皇帝面前，行大禮道：「陛下。」

　　玄宗皇帝側過身來，點頭道：「康王。」

　　康王起身，看到平湖站在一旁，頷首示意後，又趕忙為舒王上一炷香，繼而同玄宗皇帝嘆道：「陛下節哀，舒王聰慧純善，到了天上，仙人

們也不會為難他。」

玄宗皇帝向前走去，抬手拂開擋在面前的珠簾，道：「生老病死，人之常情，朕明白這道理。只是朕始終不能接受，舒王是遭人所害這個事實。而在他生前，朕也很少面見他，就連他死時，朕也不在他身邊。」

康王打量他神色，感慨道：「陛下日理萬機，許多事情自是無暇顧及。若是抓到那謀害舒王的凶手，陛下也能一解心頭之恨。」

說到此事，玄宗皇帝停下腳步，睨向康王：「魏徹總該查出個眉目來了吧？」

眼看三日將到，若不提回一個人頭，豈能對得起聖令？

康王也知其中厲害分曉，正欲同玄宗皇帝細細說明，誰知不經意間瞥去前頭，見到一身穿道士服的少年人，正在涼亭之中淘米。那少年人將一盞油燈放在石桌上，雙手則捧著米鍋，在用假山水池中的流水舀米。

康王輕蹙眉頭，這一幕竟令他有點兒分不清是真是幻。想來這個時間，洗米做飯實在奇怪，尤其是今日聖人入寺，怎會有道士這般不懂禮數？便喚了他一聲，道：「小道士，你可知面前之人是誰？」

少年人聞聲望來，一雙眼睛極度懵懂，抬起灰色袖口擦拭著臉上的淘米水，默默搖頭，全無懼意。

康王冷哼：「你走上前來一些，睜開你那不識泰山的眼睛，好好看看清楚！」

少年人端著舀子，愣愣地走過來，在距離玄宗皇帝只有半尺的時候，他定住身形，面露驚色，康王以為他是識出了玄宗皇帝的身分，正要再對他加以教訓，哪知他忽然將水舀撇向玄宗皇帝，再飛快地從袖中取出了一把錚亮的短刀。

康王大驚，猛地回過身，企圖擋在玄宗皇帝身前，可那少年人力道極大，一把按住康王的肩膀，將他推到旁處，再舉起手中短刀刺向玄宗皇帝，大喝道：「狗皇帝，拿命來！」

在玄宗皇帝的視界中，只見一抹猙獰的灰色身影撲向自己，耳邊則是康王近乎撕裂般地高呼：「來人！有刺客！」

哀樂聲未平。

懷遠坊內，沈勝衣聽出弦音有一處彈錯，他不由得蹙起眉心，心中暗

暗想道，今日必定會有許多居心叵測的人混進送葬隊伍，因為皇帝出宮不是一件易事，要想在坊間面聖，也要天時地利人和。恰好舒王入陵，哀樂遍布長安，那些早已對皇室心生殺意的人，等的就是這個時刻。

而其中最想要皇帝性命的，怕是那群蠮螉遊俠了。

正思慮著，沈勝衣不經意間抬起頭，透過窗外，忽然見東南方向有隱隱狼煙騰空而起。煙中有火，光亮漸大，沈勝衣意識到了不妙，趕緊將尋到的物品揣進衣服裡面，然後趁著行宮中無人注意，迅速翻牆逃了出去。

他奔跑在坊中，越發不安起來，要知今天便是舒王遇害之後的一個時間點，從屍體被發現，再到事情鬧開，截止到此刻，的確整整過去了兩個時日。也就是說，今天會出現另外的犧牲者，而即將遇害的人又會是誰？

沈勝衣想著要盡快趕回霓裳樓，將此事與師叔和白之紹商議，然而就在他途經坊間盡頭的時候，餘光瞥見又幾位遊俠出沒在房頂。

沈勝衣停下腳，望著他們消失的方向瞇起眼。

「難道說，他們已經開始行動了？」

可白之紹怎麼會允許這群遊俠心懷不軌？刺殺聖人可是株連九族的禍事，就算是為了霓裳樓，白之紹也絕對不能袖手旁觀的。

沈勝衣的腦中忽然激靈閃過，就在今日之前，白之紹曾暗示過他──「霓裳樓中有內鬼。」

阿史那真如早在谷寧被抓之前，就能出現在霓裳樓裡，便足以證明了內鬼之疑。但令沈勝衣沒有想到的是，這個內鬼竟然具備操控蠮螉遊俠的能力，也就是說，內鬼的地位絕對不低於白之紹。

這樣的人……在霓裳樓內來說的話……沈勝衣緩緩地挺住了腳，他似乎意識到了什麼，臉色也變得格外難看。

與此同時，抬著棺木的隊伍已經進入了皇陵，浩浩蕩蕩的列隊足有百人，素白之色聚成一簇，如同天上皎月。在這茫茫白衣之中，有一人抬起了臉，他的面容上毫無哀色，一雙眼睛裡更是滲透肅殺之氣。

而此人，正是沈勝衣的師叔──李遇客。

「其實，這麼多年以來，我雖身為遊俠們的頭目，可遊俠們心中也有他們自認為更為尊敬的人。」此般時刻，身在霓裳樓中的白之紹，正負手立於二樓的木欄前，他望著天際逐漸浮現的青白，神色卻是黯然的。

原本站在他身後的幻紗慢慢走上前來，凝望著他的側臉，低聲詢問：「你可是在懷疑……那內鬼身在蟪蛄之中？」

「倘若今日出現命案，必然是蟪蛄組織犯下的。」

幻紗思慮著：「哀樂尚未停止，入皇陵的儀式也必定還在進行，若在此刻前去阻攔的話，也許還來得及……」

「為何要阻攔？」白之紹反問，「他們等這一天已經等得夠久了。」

幻紗蹙起纖眉，不安道：「但這罪過可是霓裳樓擔待不起的，蟪蛄組織身為霓裳樓的人，又怎能違背你的命令去私自行事呢？」

白之紹似是苦笑道：「他們並未違背我。在他們看來，那個人才是他們願意付出性命的頭領。」

幻紗眼中有著困惑，可很快她就清醒般地意識到：「莫非，是李俠士……」

白之紹淺淺一笑：「如果八荒門沒有被滅門的話，李遇客仍舊是八荒門的當今掌門。可惜了，世事難料，他在等候機會，此時機會終是到了。」

一個能夠洗刷他心中不忿與怨恨的機會。

如果他沒有盡失八荒派的武功，如果他還是輝煌的八荒掌門，如果他沒有去戰場，一切或許就不會變成今日這般田地。

誠然，當年的驍衛軍他曾參與，是因為太宗答應過他，只要他加入驍衛軍替朝廷做事，朝廷就會保全八荒門。

前行在素白隊伍中的李遇客握緊了雙拳，他的眼中滿是仇視，憤恨地盯著前方每個送葬的陪客，哪怕他們只是皇室中的螻蟻，然而於他而言，就算是皇宮裡的一條狗、一條蛆蟲，也都逃不過曾經陷害八荒門的罪孽。

「樓主。」幻紗看向白之紹，謹慎地問道，「你從一開始就察覺到這些了嗎？」

白之紹沉默良久，終於回道：「不曾。」

「那……在你知情之後，會否憎恨他？」

白之紹垂下眼睫，輕聲嘆道：「不會。」

李遇客側過臉，望向伏在房頂上的遊俠，他伸出手指，放在唇中，吹出了暗號。

「因為……」白之紹惋惜地說，「他本不該如此。」

瓦礫上響起一陣又一陣急促的腳步聲，下頭的隊伍聽聞響動抬頭去看，先是驚呼，隨即變成慘叫。刀光劍影之中，遊俠手中的刀，已經殺向了一個又一個送葬的皇親。

身在隊伍中的李遇客，脫掉了頭頂素白斗笠，他抽出腰間佩劍，雙眼迸出銳利的光芒，而他身邊的人們見此景象，登時慌亂地企圖逃竄。哪知周遭躍出無數的蒙面遊俠，他們端著手中的弩機，將這支送葬隊伍從裡到外地團團包圍。

李遇客一步一步地走向遊俠們，他如同頭狼一般占據最為中央的位置，轉過身對送葬隊伍低聲道：「投降者不殺。」

可這群貴族哪肯乖乖順從？便有一位親王模樣的男子，指著李遇客破口大罵，還揚言要稟明聖人，賜死李遇客這幫惡賊。

李遇客微微蹙眉，表情極為不耐，遊俠們捕捉到他的神色變化，十幾把弩機當即同時發射，亂箭齊放，那男子當場被萬箭穿心，血染素衣。遊俠們重新上箭，對準了其餘的送葬皇親，再沒有一個敢反抗，統統都俯下身去哀哭求饒。

李遇客冷漠地注視著這一切，心中想的全部都是十年前發生的那場慘劇。當時的神龍二年，八荒門的匾額都被炸成了粉末，由於他因吃壞了東西而沒來得及回到門派，竟不曾想，反而是救了他一命。

只有他一個人倖存。

到了如今，他還記得那股刺鼻的焦糊味，順著廢墟走入那燃盡了的八荒門裡，他目之所及、耳之所聞、鼻之所嗅，皆如絕望詭譎的深淵潮水。遍地都是破碎的屍身與殘骸，那些被壓在樹下、石下與鼎下的斷肢，使他難掩驚愕，師父的手掌被炸斷了，地上殘留著那一把刻有「李」字紋章的短刀，他只覺自己孤零零地身處煉獄之間。

「呵！這就是你們認為的大唐盛世、不夜長安。」李遇客的眼中滿是恨意，他望著天際逐漸升起的朝陽，心裡卻是一片淒涼。

送葬隊伍中的婦孺聚在一處，她們瑟瑟發抖地望著李遇客，生怕他會突然改變主意。果然，他抬起手指，只輕輕一放，遊俠們肩頭上的弩機便一齊射出了十發，每一支都射中在隊伍中的男子身上。

人們驚聲尖叫，血漿噴濺，哭聲漫天，有人向李遇客喊出痛心疾首的怨念：「你……你說了投降便不殺，怎可出爾反爾？」

　　李遇客漠然地回道：「因為，你們的聖人也是這樣出爾反爾的，為何，我不可呢？」

　　「劊子手！」那人不要命一般地怒斥著，「你殺人不眨眼，與嗜血的劊子手毫無分別！」

　　李遇客看向他，那人的同伴直叫他不要再亂說，小心性命不保。

　　可李遇客卻笑了，沒錯，他就是劊子手。

　　他曾經武藝高強，朝廷極度讚美他，那些做官的人需要他這樣的劊子手。為了保全他的門派，為了讓八荒門能夠在朝中獲得一席之地，他自願加入了朝廷祕密組織的驍衛軍，替當年在位的太宗做了很多事。

　　很多，不為人知，且不可告人的祕事。

　　然而，朝廷官員並不在意士兵的生死，而是將其作為博取政績的基石，和權力鬥爭的犧牲品。李遇客逐漸覺得自己朝不保夕，也發覺八荒門並沒有完全得到朝廷的庇護。

　　此時的霓裳樓裡，白之紹注視著日出從雲層後緩緩破出的過程，他對幻紗訴說著：「十年前，江湖中的名門正派一夜之間慘遭滅門，自那之後，幾乎再無能與朝廷對峙的門派。」

　　「八荒門……」幻紗輕聲念著，「是以雙刃短刀聞名的門派吧？」

　　白之紹點點頭：「那門派在中原江湖的地位極高，由於歷代掌門都不肯與朝廷聯手，且每任掌門都掌握『龍鍾綠波鱷』的絕學，朝廷中也無人敢輕易迫害他們，就連皇帝也一直對他們避讓三分。」

　　「但那絕學早已經失傳了，八荒門被滅門之後，世間無人能會龍鍾綠波鱷，又與李俠士有何關聯呢？」

　　「如果當年李遇客能夠來得及掌握那門絕學，或許八荒門就不會遭到屠殺。」白之紹感到遺憾的輕嘆，「想必他一定恨極了自己對朝廷產生了信任，從而放鬆了警惕，才會引狼入室。」

　　關於此事，白之紹只說對了一半。

　　實際上，並非李遇客沒有掌握龍鍾綠波鱷，而是前任掌門李嚴山在學到最後一章的時候，已經走火入魔，若再執意學下去，只會暴斃而亡。為

了保護李嚴山，也為了不讓朝廷察覺此事，李遇客才委曲求全地加入朝廷為其做事，想著只要忍辱負重，就能護得八荒門安穩。

畢竟，沒了龍鍾綠波鱷護身的八荒門，必定會被朝廷迫害到底，李遇客想著能多瞞一天是一天，更何況太宗答應過他，他為朝廷做一天事，八荒門就是朝廷的摯友。

可十年過去，紙終究還是包不住火。不知是誰走漏了風聲，龍鍾綠波鱷失傳一事傳到了太宗耳裡，他違背了約定，當即決定將八荒門作為異黨來殘忍清洗。在祕密下令剷除八荒門的那一夜，李遇客還在為太宗誅殺胞弟全門。

好在他完成任務後吃壞了肚子，才免去在當夜返回八荒門。只不過，僥倖存活下來的他，也成了太宗的眼中釘。八荒門已滅，李遇客也必死無疑，太宗甚至命那群驍衛軍偷襲李遇客，趁他毫無防備之際，給他致命一擊。

大抵是寡不敵眾，又因逃脫時費盡力氣，終是導致他武功盡失，就連龍鍾綠波鱷的前幾章，也沒辦法護得住。而作為李嚴山的繼子，理應享有繼承掌門的權利，倘若八荒門還在，李遇客也不會像如今這般籍籍無名。

經歷了這一切的李遇客，自然恨透了朝廷，他要團結最底層的反抗力量，試圖摧毀當政權貴。

「我已經厭惡透了朝廷的謊話，皇權應該握在百姓手裡，而不是當權者。」李遇客就是以這樣的話來俘獲蟪蛄遊俠的心，他與這些遊俠是一樣的，都是遭到朝廷欺騙、殘害的棄子，可就算是最微小的沙礫，一旦聚集，也會成為沙塵風暴。

「難道說……李俠士他是來為八荒門尋仇的？」霓裳樓內，幻紗終於意識到了這最為重要的關鍵之處。

白之紹站在欄前，他凝望著朝陽升起，眼中憂慮漸深：「大概十五年前，八荒門的住址就在霓裳樓的偏院內，我便是在那時與李遇客有了最初的交集。」

幻紗的臉上浮現驚色：「雖然我與璃香她們，在十歲之後才被允許出入偏院，可若是那時，我們也一定曾經見過八荒門的人。且若是十年前被滅門的，那夜的霓裳樓也應該仍舊歌舞昇平，可偏院竟然發生了那般慘絕

人寰的事情……」

　　白之紹嘆道：「也就是在十年前那夜之後，父親時常會請來德高望重的道長誦經作法，大抵是為了消弭偏院內八荒門弟子的亡魂戾氣。」

　　幻紗自是知曉前任樓主，也就是白之紹的父親對亡魂格外敬重，他曾教導過幻紗：「在生命的天道輪轉裡，世間凡人皆是靈魂的寄主。已離世之人，肉體雖已消亡，但靈魂還在，其命魂不滅。而人死後，靈魂會再經輪迴。但這個等待的過程可能會持續很久，許是十幾年或幾十年，甚至更長的時間。」

　　「而在此之前，他們會以鬼魂的狀態，一直苦苦等待。其中，有的鬼魂會在居住過的宅邸家中逗留，也能看見自己親人的一舉一動；而有的則是到處遊蕩，成了孤魂野鬼，過著更為淒慘的日子。」幻紗輕聲呢喃著，「但是，若有為他們做焰口超度，或者攝召之後聽經聞法，他們就能夠得到天尊和神仙的慈悲指引，擺脫鬼魂的狀態，走向更光明處。」

　　白之紹點了點頭，他父親的確很看重這些：「沒錯！歷代宗親超度與否、安穩與否，都可直接決定此家族後代的發展軌跡與承負果報。人有三魂，胎光主命，死之後魂回太和；爽靈主貴，死後魂歸五嶽陰間；幽精主衰，死後魂歸水府。且人死後，三魂七魄中只有一魂去投胎，所以，人們格外敬重亡靈。至於孤魂野鬼……反而是敬而遠之了。」

　　說到這裡，白之紹更為悵然。他靜默地望著晨色，周身的時間皆如凝固了一般。只是，他在心中對自己暗暗道著：如今的李遇客雖然還活著，可他如同是歸來的亡魂，更像是讓人不得不敬而遠之的孤魂野鬼。

　　「想必，他必然要為八荒門尋一個清白說法才能甘心了。」白之紹嘆息道。

　　「為一群死人而奪去無辜的性命？」幻紗不能理解，「八荒門已經不復存在，又何必再讓世間多出冤死的亡靈？」

　　白之紹終於轉回身形，他看向幻紗，似有無奈苦笑：「幻紗，這世間並不是非黑即白，你要知道，每個人都有自己身負的使命，哪怕明知自己在最終會成為孤魂野鬼，也依然願意向死而生。」

　　幻紗卻堅定道：「有違天道之事，絕不可做，我要將這些告訴沈勝衣，他必須去得去阻止李俠士。」

說罷，幻紗便匆匆離去，白之紹只是靜默地望著她的背影，心中想道：「或許，這就是天意。」

其實李遇客也不過是幕後操手放在霓裳樓內的一顆棋子罷了。他雖是內鬼，可他的背後還有著強大的勢力，只單單憑藉他一己之力，自然是無法掀起這場血雨腥風的。

然而只有他自己知曉，為了這一天，他已經等候了太久太久，甚至不惜將師姪沈勝衣拉入這地獄深淵，害得沈勝衣屢次與死亡擦肩而過。

後悔嗎？他也曾反覆問過自己。

在無數個漆黑的夢境中，他望著那些慘死在夢裡的師兄弟，望著被炸成碎片的師父……血腥記憶令他無暇顧及生者的安危。

因為他孤寂的夢裡，四周總是濃煙彌漫，暗寂無人，每一次，他陷入的都是另一個更為深暗的幻境之中。

夢中夢。

他小心翼翼地走在自己的夢裡，一轉眼，就能看到四壁皆是血色，且呈現出一層又一層的洞穴，裡頭睡著浸泡在血水裡的亡魂。

那些都是他死去的八荒門同僚，上百、上千……他總是不知所措地向前踏去一步，每移動一下，腳心都傳來如鼓的敲擊聲，正是朝廷暗殺之夜的馬蹄聲。是在那一刻，李遇客竟覺自己身在十八層地獄的獄底，滿眼所見盡是絕望。他深知自己必須要離開這裡了，身體傳來陣陣不適感，如果再沉淪下去，他必會被這惡夢中的記憶吞噬。

他便飛快地朝前方跑去，可路途無盡，耳畔寒風陣陣。亡魂們開始痛哭叫喊，他們在哀號，在咒罵，在怨恨，彷彿怪罪李遇客至今沒有為他們報仇雪恨……

而亡魂們又如千絲萬縷的濃煙升騰而起，扭曲地彙集到一處，逐漸形成了一隻皮色怪異、身軀龐大的巨人，他捶胸頓足，號叫怒吼，滿目凶光地注視著長安城，緊接著，他舉起雙拳，竟是將整個長安城都狠狠地砸成了廢墟碎片！

「不！」李遇客驚叫出聲，那是長安，是皇城，是他僅有的親人——沈勝衣的故鄉！

可亡魂們卻如對待蛆蟲一般地毀掉了這座城，令李遇客頹唐地注視著

眼前一切，直到亡魂身上的黑色濃煙逐漸散開，以霧堆砌出了一個高大的男子的模樣。他居高臨下地注視著李遇客，眼神輕蔑，唇含冷笑。

是玄宗皇帝的臉孔。

李遇客咬牙切齒地握緊了雙拳，他從地上爬起身，手握腰間佩劍，猛地揮起手中刀刃，用力地砍向了皇帝。刀刃鋒利，劈開了皇帝的身體，一分為二，血液噴濺，如同殘月的弧度一般灑在李遇客的臉上。

他目睹著皇帝皮開肉綻地倒在他的面前，如一堆腐爛的肉泥。

李遇客漠然地注視著逐漸蒸發的屍體，咬緊牙關，暗自許下承諾：「有朝一日，一定要讓那狗皇帝的命，來祭奠八荒門一百三十二人的亡靈。」

而今時今朝，作為最後一個會在第二日死去的人，就是玄宗皇帝。

只不過，這一切也同樣被身在霓裳樓的白之紹預料到了。他既然已經知曉李遇客是內鬼，便會知曉他暗中帶領蟪蛄遊俠混入了送葬隊伍，這原本是一份縝密得近乎天衣無縫的計畫。如果不是因為白之紹提前知情——李遇客便不會失手。

可那扮作小道士模樣的遊俠，將玄宗皇帝死死地按在地上，正欲將短刀刺入他胸膛的那一刻才驚覺，這人不是玄宗皇帝！

玄宗皇帝明明是未到而立之齡的年輕聖人，但眼前之人，卻是個年過半百的老者，且瑟瑟發抖，連連求饒。

遊俠立即發覺自己中計，一心想要逃走，可身後的康王卻知時機成熟，當即一聲令下，早已埋伏在庭院裡的御林軍立刻現身，手持刀劍、身手敏捷，不出片刻，便將那隻身一人的遊俠生擒住了。

康王拂袖走來，居高臨下地打量著遊俠，冷聲質問：「說！主使者是何人？」

遊俠並不心服，眼神狠厲地瞪著康王，剛吐出一個「你……」字，就被康王一掌打在臉上，便聽見康王命道：「把他帶下去，關進牢裡聽從發落，其餘人等，隨我去皇陵！」

眾人得令照做，康王步履匆匆地朝著皇陵方向前去。

此時此刻，李遇客瞥向東南方向，等候許久的信號遲遲未見，他心下已經有了最壞的打算——事情敗露了。如果行刺玄宗皇帝一事沒有得逞，

信號便不會出現，那麼他與這一眾遊俠，也將是竹籃打水一場空。

原本的計畫也的確是經過了多次斟酌才敲定，他也算計的足夠精準，畢竟玄宗皇帝肯定會出席舒王的入陵儀式，在後庭院裡引出玄宗皇帝，將會是最好的下手時機。

大抵是進展到目前的一切都太順利了，送葬隊伍都是些皇親家眷，簡直毫無還手之力，只要玄宗皇帝一死，這些人都將成為殉葬陪物，不足為惜，統統殺了便是。

但是，玄宗皇帝竟命人冒充假替，從而令李遇客的這番計畫全盤瓦解。意識到這一點的李遇客，自知不能再耽擱此處，便立即遣散螻蛄遊俠：「撤退！分散行動，不得聚攏！」

螻蛄遊俠此時也知希望破滅了，本著留得青山在的念頭，一眾人等帶著弩機匆匆四散。

李遇客見遊俠們都已聽從差遣，他也打算盡快離開這是非之地。可剛穿過巷口，就看到沿途有一列人馬前來，他們手持寶劍與盾牌，一派準備充分的裝扮，似是早已料到會有這境況突現。

李遇客察覺到不妙，便打算暫且躲避起來，畢竟寡不敵眾，更何況他也不願暴露身分。結果剛要跳上屋頂，卻被人搶先一步，一道金色的身影從他頭頂飛躍而下，落在地面的瞬間濺起塵土泥沙，他手持短刀，攔住李遇客的去路，於晨光中緩緩走上前來，沉聲道：「王室入葬之時，豈容螻蟻四竄？」

蕭如海。

李遇客心中一沉，深知事情已是敗露得徹底，抑或，他的行蹤早就被人察覺，所以蕭如海才會出現在這裡。

雖說他二人也只是因沈勝衣在金吾衛當差才有所交集，但李遇客也從沈勝衣的描述中清楚蕭如海的為人──進退有度，行徑嚴謹，剛正不阿，鐵血剛毅。

自然了，他身為金吾衛的領頭人，打從上任那日開始，便是玄宗皇帝養的一條「好狗」，除了為聖人做事，他心中再無他求，凡是對皇家利益有威脅的人或事，他都絕不姑息。

李遇客沉下眼，他與蕭如海之間只有半尺距離，也知必將要經歷一場

惡戰才能逃脫。可早在十年前，他就已經武功盡失，如今的三拳兩腳，也決然不會是蕭如海的對手——李遇客深諳此理，便想著要盡快抽身，於是猛地從地上抓了一把泥沙，揚向了蕭如海。

趁他遮擋眼睛的空隙，李遇客翻身上了屋頂。

江湖中關於八荒門的傳聞不少，而八荒門除了那已失傳的絕技，便以門派弟子輕功過人而名震江湖。哪怕丟了武功，李遇客的輕功卻仍舊是這長安城內的首屈一指，哪怕是伸手矯捷的蕭如海，也未必能追得上。

但事已至此，眼看就要抓獲苦苦追尋的幕後嫌者，蕭如海怎能甘心就此放過？他抹掉臉上的沙土，飛快地躍到房上去追趕李遇客。

他輕功的確不敵對方，只見李遇客已經晃出老遠，蕭如海心中焦急，從腰間抽出另一柄短刀，瞄準李遇客的右腿飛射而出。李遇客察覺身後來物，向左晃了晃，當即躲開了短刀，緊急著右手急揮，「嗤」的一聲，一枚六角圓鏢向身後的蕭如海射去。

蕭如海閃躲及時，避開飛鏢，並覺察這般拉鋸戰將無休無止，索性背水一戰，猛地從左方飛躍到了下頭的矮房上，再跳到地面，飛速奔跑。一直到巷子盡頭，踩著石塊、樹幹一併躥到房頂，依靠這般氣勢，攔截到了李遇客的面前。

李遇客大吃一驚，蕭如海已經伸手便去抓他肩頭，他向後仰身，抬腳踹向蕭如海胸膛，這一腳力道極狠，蕭如海退後三步，腳底吸住屋頂瓦礫才得以穩住，又怕李遇客逃走，便一腳飛出瓦片，射中李遇客腳踝。

李遇客險些墜落屋頂，站穩的空隙間，蕭如海已經追上來，呼的一掌，向他後脊拍去。李遇客終於抽出腰間佩劍，轉身去擋，蕭如海反應快極，轉手持短刀與之抵抗。二人對峙之間，誰都不敢怠慢，蕭如海低聲吼道：「你若是聰明一些，就該知道反抗無用。」

李遇客笑道：「你追我不上，我身手並不如你，再鬥三天三夜，也是這般局面，何必苦苦糾纏？」

「我眼下還在遵循君子道義，與你單打獨鬥，可只有我一個遵守，也是無用。」蕭如海這樣說完，李遇客便聽到身後傳來短箭破空聲響。

箭雨射來，塵沙四起，李遇客不得不伏低身子。也是在那一刻，他受到蕭如海壓制，整個人倒在屋頂，蕭如海手中的短刀直抵他脖頸動脈。

第十九章

而屋下的侍衛高呼道：「蕭長官，我等已整裝完畢，聽從吩咐！」

李遇客聞聲，知道自己已不抵敵，再看向蕭如海，他沒有半點兒手下留情的意思，甚至是把懷中的繩索扔到李遇客面前，冷聲道：「你若聰明的話，就不要再做無用掙扎，免得受皮肉之苦。」

李遇客默不作聲，以眼神示意蕭如海停在自己脖頸前的短刀。蕭如海心領神會，也覺得在這種境況中，李遇客不可能再輕舉妄動。畢竟弓弩無眼，房下一眾侍衛把守著，自當是插翅難飛。於是他收起了自己的短刀，並一把抓過李遇客的臂膀，打算用繩索綁住他的雙手。

就從體型上來說，李遇客和高壯的蕭如海相較是極為瘦削的，即便是肉搏，他都不會敵過蕭如海，更別說是在兵器被打飛、同伴遭遣散的情況下了。

只是，他唯有輕功高深這一點，是旁人所無法比擬的。自打八荒門慘案過後，遭朝廷迫害而武功盡失的他，雖已大不如從前的鼎盛時期，但獨獨潛心修煉輕功，也是可以達到爐火純青的地步。

這般時候，李遇客深深呼吸，再輕輕吐氣，調整著自己的氣息。這十年間，他已悟到了功力的要領，並參透了許多能夠免受人間疾苦的氣功。想來筋脈全斷，卻未命喪黃泉，能治癒他病痛的，絕不僅是懸脈醫藥，也有人間大道中的心悟。

世間總是造化弄人，要人有生有死，有死有生，若沒有超群的毅力、絕頂的聰明、深宏的德量，結果定歸失敗。而道義，是三界萬物與生靈所共有的，道可以與眾公示，與千萬人聽聞。更須擇時、擇地、擇人，雖能速獲神效，卻驚世駭俗，易招謗謗。

唯有經過許多歲月，或經歷過許多艱辛，或受過許多磨折，或宿世機緣成熟，最後方能得訣歸來。萬般皆憑天，半點不由人。

禍兮，福之所倚；福兮，禍之所伏。孰知其極，其無正也，人之迷，其日固久。

想來曾經數年前，沈勝衣尚且年幼之際，秋末冬初，雁群南飛，鏢局

圍獵。沈勝衣自幼強壯體健，參與圍獵賽事十分開心。他本就資質聰穎，不過年僅八歲，幾發精準的箭矢射出，追趕得一隻黑兔流竄於林中，而第四箭射出，一箭穿心，黑兔喪命樹下，沈勝衣興致勃勃地抓起兔子，竟發現樹旁的窩裡，還有五隻幼弱的兔崽。

見此情景，沈勝衣心生愧疚，只好將兔崽帶回家中飼養，李遇客卻勸他將其放歸山林，以免違背天意。沈勝衣向來尊敬師叔，李遇客的「吩咐」，沈勝衣無不遵從。可唯獨這次沈勝衣一意孤行，李遇客不再阻攔，只道：「世間百態，皆有定數，因果迴圈，莫要強求。」

他抬頭看向李遇客：「若是如此，我娘親曾經救你之事，豈不是有違天命？」

一語驚醒夢中人，幼童無忌，總能道破天機。

誠然，李遇客本該是死在十年前的人，無非是有人願為了他而違背天命，才給他續上了十年性命。

可偏偏這十年來，他修煉到的也只有這逃跑時才能用上的功力，真是愧對師姐的捨身相救了……李遇客心中暗暗嘲諷起自己，但事已至此，必要做出抉擇。他心意既暢，摒棄雜念，甚至不需要等候時機，只管將全部精力集中在腳底的順便，便從蕭如海的手上逃了出去。

彷彿是眨眼的工夫，蕭如海就看到李遇客如一隻野兔般逃去遠處，連同他手中的繩索也一併鬆散。蕭如海大驚失色，連聲喝令：「放箭！」竟也不怕抓不到活口了。

頃刻間，箭雨飛下，但卻沒有一支能射中光影中的李遇客。他腳下輕功疾快，箭矢從耳畔飛過的剎那，似乎停留了片刻，他的眼睛都可以看到箭矢射來的方向。

他的輕功了得，跑得比箭還要快。

蕭如海大罵著，抬腳便穿梭在屋頂上去追。心想著：「想要將那人生擒，當真是十分困難的了，可這也是到嘴的肉，絕不能憑空而飛。只不過他那身好輕功，真不知要花費多少年才能苦練而出，有這般身手卻不肯為朝廷效力，也實在是極大的損失了。並且方才交手時，也能感受到他的資質，的確不是庸碌之輩，但今天若失了手，只怕又要無出頭之日。」

蕭如海已是破釜沉舟之心，根本顧不得是否會傷及李遇客性命，只管

將手裡的短刀騰空飛出，硬生生地瞄準李遇客的腿骨。

輕功再快，也總要落腳，只要他落腳的那一瞬間，旋轉的短刀就能劃破他的皮肉，蕭如海的這份絕技，在絕處逢生之際，向來百發百中。許是天意如此，那短刀刀刃的確傷到了李遇客的腳踝，蕭如海見他的速度明顯慢下，且所經之處，殘留血跡。

蕭如海心中暗喜，並加快了自己的奔跑速度，在即將追上李遇客的時候，怕再被他算計，便直接用繩索從後面套住了他的脖頸，緊緊勒住，將其按倒在了瓦片上頭。

李遇客根本掙脫不開，壓住自己的蕭如海如同壯牛，再加上自己受了傷，更是身處劣勢，只好一聲不吭地假裝受擒，擺出悉聽尊便的態度。而蕭如海這次也打起了十二分的激靈，豈能讓這小白臉再從眼皮子底下逃脫？可他已然手臂痠軟，力氣耗盡，再僵持下去的話，僅憑一雙手臂也抓他不住，便召喚起屋下：「來人！把他抓上馬車！」

一群侍衛便順著石柱爬了上來，團團圍住李遇客，把他五花大綁地抓起來，並一路推搡著扔進了馬車裡面。蕭如海終於鬆下一口氣，耗費了好大一番工夫才將人抓住，他必要派人牢牢看緊才行。

而一眾侍衛也來請示道：「蕭長官，人是抓住了，現在要帶他去哪裡交差？」

蕭如海垂了垂眼，眉頭一皺，很快就考慮清楚，命侍衛道：「去平康坊，霓裳樓。」

馬車內的李遇客聽聞此話，眼神微變，但很快就露出了釋然的表情。

他早該知道，這一天，總會到來的。

黎明時分的清風緩緩吹拂，霓裳樓內，舞姬們在偌大的廳中排練著今夜要表演的舞蹈。她們身上綁著紅綢，似飛天那般揮動水袖，婉轉而婀娜，步步生蓮花。每一個的衣衫皆是雍容華貴，黑玉瑪瑙般熠熠光芒的青絲綰成如雲鬢，插著一支玉石雕刻成的笄，白皙美頸露在外，肌膚光潔通透，映襯著暖金色的曙光，極為通亮。

然而，商女不知亡國恨，隔江猶唱後庭花，這樓後的偏院內，富麗堂皇的紅牆跟腳，沿著鵝卵石小路載滿了丁香花，甜膩芳香如瀑布泉水一般傾斜四溢，一團團錦繡般的花藤折損在腳下，而踩在那些花藤上的來人，

是一雙雙穿著烏皂靴的侍衛。

為首的蕭如海背影堅毅，他推開偏院大門，側過臉，向身後的侍衛招手，聽從吩咐的侍衛，便將帶著黑布頭套的李遇客從馬車上押下來，一直押到了偏院長廊盡頭最深處的廂房。

房內昏暗，無窗無光，身穿白衫華服的面具男子，站在他們面前，手中摺扇一抬，示意留下李遇客，旁人退去。

蕭如海卻沒有離開，他盯著侍衛將房門關上後，抬眼看向白之紹。

「吱呀」房門緊關，屋內暗寂，白之紹點燃一盞油燈，燈下面容，豔若桃李。

蕭如海扯掉了李遇客頭上的黑布，李遇客倒也面不改色，眼神微微瞥向燈下之人，眼中看不出喜怒。白之紹也凝視著他，並不說話。

蕭如海坐到一旁的木椅上，眼睛周轉在他二人之間，心中暗想：「遭故人背叛，怕是極為誅心了，想必他白之紹也不會料到內鬼竟是身邊之人，自是要為此而唏噓一番。」

的確，白之紹只以一雙沉靜而悲戚的目光注視李遇客，那目光中彷彿湧動著萬千思緒，卻是一點兒都說不出口。

許久許久，他才用略顯沙啞的聲音說：「我知曉你一直都沒有放下那段事情，但我也絕對不會料到……」

「不必牽扯出其他人，和旁人都沒有關係。」李遇客平靜地打斷他，「是我一人的主意，我也不想連累無辜之人，他們也不過是打算效忠我罷了，並不知道實情。」

白之紹知道他在暗示蟪蛄組織，他想保護那群遊俠們的意思，倒是真心的。

「可你若真的不想害了他們，又何必將他們牽扯其中？」

李遇客的臉上浮著一層冰涼的蒼白，即便是油燈的熱度，也暖不透他的膚色。他垂著那一雙毫無生氣的眼睛，低聲說：「我也是身不由己，只求在最後關頭，以命抵命，替他們求個活路。」

蕭如海便說道：「只要你肯交代出幕後主使，便不會有人為難你。」

李遇客斷然回道：「無人主使我，是我一心想要殺了玄宗皇帝。」

蕭如海嗤笑一聲：「都已經東窗事發，實在不需要這般嘴硬下去。

倘若朝中無人幫襯，只憑你一己之力和區區遊俠，是不可能混入送葬隊伍的。」

李遇客冷眼道：「我說過了，無人主使便是無人主使，絕不會再改口。」

蕭如海作勢要動怒，白之紹抬起手阻攔他，他這才勉強坐回了椅子上。而白之紹則是輕嘆一聲，十足惋惜道：「四哥執意如此，賢弟也無計可施了。」

說罷，他以摺扇輕扣桌角，三聲響，門外便傳來了窸窸窣窣的響動。

有操著突厥話的罵聲由小漸大，李遇客的表情也起了波瀾，他終於露出了不安的神色。猛地轉過頭去，房門被從外面打開，幻紗與璃香擒著一個被綁住了雙手的高壯男子進來，將其用力一推，那男子險些跌跪在地，當即不滿地瞪向幻紗，並啐了一口。

而此人，正是被擒住的阿納。緊接著，阿納察覺到身側有人，蹙眉一看，立即大驚失色。

李遇客也緊鎖著眉頭，像是不敢置信一般，他聽見白之紹說：「想必四哥一定熟識此人，畢竟他背後的靠山，也不會令四哥感到陌生。」

李遇客猛地醒轉，咬緊牙關，說道：「我不認識這個突厥人。」

阿納的額角有汗水滲出，他似乎也在擔心著，生怕自己會露出馬腳，畢竟面前的這個白之紹，可是他見過最狡猾的唐人。

而聽李遇客這麼說，白之紹冷著一雙眼，臉上看不出一絲情緒，他輕嘆：「四哥，你從前在八荒門，也一定聽過這樣一句話：世上最惡的鬼，是來自於人的心裡。」

說罷，他將手裡的摺扇用力一折，折成兩半，遞了一半到李遇客面前。

李遇客眼有困惑，白之紹對他道：「你我現今就如同是這把斷了的摺扇，紙扇與扇骨分離，花繪的連接中斷，代表著你我兄弟情義雖在，信任卻不再了。四哥，道不同，不相為謀。」

李遇客神色黯然，聽見白之紹繼續說道：「人生在世，無非四種境界，無我、慈悲、智慧與自然。希望有朝一日，四哥能參透其中奧祕。」

李遇客看著，眼底閃過一抹動容，那大概是他在完全放棄良知之前的

最後一絲悲憫了。

而此時輕輕搖晃的燭燈火苗，混入室內的幽暗之中，竟顯得有幾分蒼涼與沉重。是啊！他踩著無數人的身軀走到今天，為的不就是手刃玄宗皇帝的那一刻嗎？想他這十年來經歷的苦與痛還不夠嗎？無論他人怎樣誤會他，他也是絕對不會回頭的，從十年前，目睹滿門被滅後，他就已然決定了，哪怕被株連九族，這仇也非報不可。

於是，望著掉落在自己面前的那柄斷扇，李遇客沒有遲疑地說：「是我想要行刺玄宗皇帝，無人指使，更無人幫襯，若你們不願相信，我也無計可施，與其繼續浪費時間，不如就地問罪於我吧！」

看來即便是捕獲了阿納，且就在他的面前，這李遇客也是咬死了不肯道出實情，蕭如海為此而感到頭疼不已，事已至此，絕不能再功虧一簣了。他正打算要拔刀來威脅李遇客的性命，誰知白之紹忽然站起身來，在蕭如海困惑的神情中，他走到李遇客的面前，俯身低聲說了些什麼，李遇客的表情忽然發生了極大的變化。

很快，白之紹直起身形，漠然道：「此事他尚且還不知曉，我想四哥也不願把事情鬧到那般境地。但我與蕭長官可以保證，你只管交出幕後主使，至於今天發生的一切，他永遠都不會知道。至少，不會知道是你。」

李遇客似乎產生了一瞬間的動搖，蕭如海緩緩地放下了手中的短刀，也許……還有希望。

而且，這一切原本就都在白之紹的掌握之中。蕭如海暗暗想著：「打從沈勝衣逃出地牢來投奔霓裳樓開始，白之紹就已經布好了整個棋陣，為的就是引出最後一枚關乎著終點走向的棋子。」

還記得他被活埋在棺木中奄奄一息的時候，有人撬棺將他救出，而那個人正是喬裝成沈勝衣的璃香。

當日大雨滂沱，棺材裡氧氣稀薄，蕭如海很清楚，自己將會因呼吸困難而憋死在其中，即便他奮力地敲打著棺蓋，高聲大喊試圖呼救，也無人回應。他知曉是王亭想要置他於死地，可堂堂金吾衛北衙長官，怎麼落到如此狼狽的局面？他心中自是憤怒不已，便拚了命地用力捶砸著棺蓋木板，可到了最後，雙手都磨出了血水，連同意識也開始渾濁不清。

那個時候，在瀕臨死亡的最後關頭，他心裡也的確充滿了對朝廷的不

滿與恨意，甚至也懊悔過──如果早早地聽了副隊長的勸告，早些去和白之紹聯手，或許就能躲過此劫。只怪自己執拗腐朽，不肯迂迴。

但……如果上蒼重新給他一次機會，他一定……

而就是在那個關頭，棺蓋忽然被人一點兒一點兒地挪開，上頭的泥土撲簌簌地掉落在蕭如海的臉上、嘴中，他被嗆得咳個不停，而一個悠然的聲音在他頭頂響起：「真是個命大的硬骨頭，這都沒死成，不愧是金吾衛的頭頭。」

蕭如海抹了一把臉上的泥巴，那人卻命侍從以刀刃逼向他脖頸，蕭如海已然沒有任何反擊的餘力，只管像是待宰的牛羊一般任其擺布。

那人見狀，冷聲一哼，又下一令，蕭如海便被硬生生地從棺材裡拖了出來，拽去了旁邊的大柏樹林後頭。

他迷蒙之間抬起眼，只看見那人的長衫下擺繡著銀絲金線，自是極為尊貴的行頭。他本想抬頭去看清他的樣貌，可樹林裡的柏樹繁茂粗大，斑駁樹蔭灑落，晃照著那人的面容，蕭如海只看到一片白花花的剪影，以及他唇邊狡黠的笑意。

「沈……勝衣？」蕭如海意識不清，只憑藉輪廓喃喃出聲。

那人倒是格外得意地笑道：「看來這身行頭很像那麼回事嘛！至少還是能以假亂真的。」

只不過，是「她」，而不是「他」。

蕭如海很快就發現，自己面前站著的是一個女子，只不過是喬裝打扮成了沈勝衣的模樣。

接著，夜空中的烏雲遮住了殘月，又一點點移開，露出了月華光亮。璃香更為走近他一些，站在月光之下，狡黠笑道：「蕭長官，小女子璃香，是來請你到霓裳樓做客的。」

蕭如海心有疑慮，問道：「你是白之紹派來的人？」

璃香清微點頭，對蕭如海做出了一個「請」的手勢：「蕭長官，走吧！」

蕭如海沉默片刻，便不再猶豫，起身上了璃香的馬車。

而這一切，其實都是沈勝衣與白之紹定下的計策。白之紹拿準了蕭如海本就對沈勝衣的事件頗為同情，對他的心思也有幾分勝算，所以才鋌而

走險般的將他請來霓裳樓，企圖藉由商議來抓出內鬼。

沈勝衣也曾問過白之紹：「若是執意如此，只怕要與朝廷針鋒相對，你當真想好了嗎？」

白之紹並未言語，他回想起了父親曾在病重時囑咐過他的事情。那時的父親已垂老，是遲暮的英雄。當日見他來了，父親想要從榻上起身，卻無力支撐，母親趕忙扶住他。

「紹兒。」父親喚他，是十足留戀的語氣，「你來，你來。」

白之紹略有遲疑，當母親望向他時，他才如夢初醒般的走向父親，坐到椅上，低聲道：「父親，我聽聞……」

父親擺了擺手，又對母親說：「你同他們先下去吧！我有話要和紹兒單獨說。」

母親輕拭眼角淚水，又深深地望了一眼白之紹，然後與侍從們離開了。

夜色極深，萬籟俱寂，四更天。父親咳起來，他趕忙拿出帕子，有血咳在上面，浸紅了蘇繡織成的白布。白之紹神色驚慌，父親要他什麼也別說，他知道自己的身體是什麼狀況。

「想我白家與歷代皇帝平分秋色，享盡盛世美名，榮華富貴更是不在話下，卻也還是身不由己。」父親既憤慨又懊悔，渾濁、衰老的眸子望向白之紹，「你可知我病了二十年，所為何因？」

白之紹點頭，他總會聽見閒言碎語，朝中那些人更是經常掛在嘴上，自然是清楚的。

「紹兒，為父總想是不是害了你，你我性情極像，總歸不適合在爾虞我詐裡生存。如今父子兩人都惹上了朝廷，若不適時出現轉機，只怕是神仙也救不了白家了。」父親長嘆一聲。

白之紹握緊雙拳，聽父親繼續說道：「我本是痛恨此種規矩的，可當年皇上懇求於我，我不得不做。」父親憶道，「那日我挑選出了貢品，我還記得她是小常村打鐵匠楊氏的么女，生得甚美，是一等一的美人。她爹為了五十兩銀子，便把她賣了過來，她才十五歲，哭得厲害，我同情她，便交給她這個。」父親張開手，他的掌心中，有一粒小小的東西，在暈黃燭光下泛著猩紅色澤。

白之紹取過來仔細看著：「冰火石？」

「紹兒，你要記住，冰火石是江湖中人都會懼怕的寶物，尤其是朝廷的人。只要你有這個在身，就能挽救你想要救下的人。也包括你自己。」

白之紹縮緊了瞳孔，他彷彿看到燭臺的火苗被忽來的夜風吹得搖搖欲墜、奄奄一息。

「父親，那這冰火石……」白之紹頓了頓，「救下當日的楊氏了嗎？」

「人性總是有弱點的，即便是鬼，是神，都不例外。當年，這冰火石被我交到楊氏之女手上，我曾要她找準時機逃跑，如果遇到意外，就將冰火石拿給把守的官兵做權杖，以保出城周全。」

父親講到這裡，露出了惋惜神色：「可惜了，楊氏那日過於驚恐，將這護身符遺忘在了霓裳樓。她被送去朝中時，也曾拚死逃走，結果惹怒了前來接應的人，從而喪命。作為懲罰，朝廷賞賜了我一碗毒酒，雖不致死，但也傷及肺腑，降病於我二十年之久，以示嚴懲。」

白之紹認真地聽著這些，用拇指和食指撚動著那塊極小的冰火石，他的表情也逐漸變得憤怒，沉聲道：「父親放心……我身為霓裳樓的少主和遊俠們的頭領，自是不會任由他人擺布。我本以為他是聖人，我等身為平民草芥必定要尊他，大不了接受懲戒便是了，可他卻是欺人太甚！我又怎可讓他隨心所欲呢？」

父親看出白之紹眼中有殺意，便叮嚀道：「紹兒，想必你已經嘗過朝廷的厲害，莫要輕舉妄動。」

「那我更加不可坐以待斃。」白之紹握緊手中冰火石，一字一頓道，「待到那日，我必要親自去討伐才行。」

那時的他，也不過是十七、八歲的年紀，尚且年少輕狂，甚至覺得朝廷也不過爾爾，而如今的沈勝衣，就彷彿與他當年如出一轍。

也許這是冥冥之中的註定，而他也曾覺得冰火石在手，就可以抵抗朝廷，因為那是最後的護身符，他可以以此做要脅，來和朝廷開出條件。

那麼，就算李遇客不肯道出實情，他也不必再與之糾纏下去。

白之紹抬起眼，看向蕭如海，向他點了點頭。

蕭如海先是困惑，很快便感到震驚，但白之紹心意已決，他站起身

來，對李遇客道：「既然你堅持如此的話，看在過去的情面上，我也不會再強迫於你。只不過……」

李遇客因此而抬起頭來。

白之紹凝視著他的眼睛：「我會把你和阿納一同交付阿史那，由他來向聖人提及此案，我相信只有這樣，才能得到一個公平且讓眾人都滿意的結果。」

李遇客聞言，仍舊面色不改，像是無動於衷一般。反倒是阿納滿面驚慌，從聽見「阿史那」三個字起，他就冷汗直冒，蕭如海自然知道他心裡在恐懼什麼，但這一切都是他咎由自取，自是無須憐憫。

只是，沈勝衣尚且不知李遇客的真實面目，白之紹反倒對此有了幾分擔憂。但事不宜遲，必須連夜去與阿史那連那說明此事，於是，蕭如海便領了這任務去見阿史那連那。

好在若桑手持阿史那連那的腰牌，白之紹便借來交給蕭如海，否則一旦入夜，非直系親眷是不能造訪世子府的，這也是邦交禮儀之規。

為了避人耳目，也減少不必要的人知情，蕭如海是隻身一人前去的。待見到了阿史那連那，他將發生在霓裳樓中的事情全盤交出，也懇請阿史那連那能夠稟明聖人。

「屆時，我會將犯人阿納、李遇客一併帶到朝堂之上，他們就算執意想要包庇幕後主使也是行不通的了。聖人一旦動怒，就會問斬他們，為了保命，他們也會交代出事情的原委。」蕭如海對此極有信心。

阿史那連那聽了他所說的一切後，並未表現出如蕭如海設想中的震驚，反而更為平和，像是意料之中。

「蕭長官，你的意思我已然明白，只不過，此事也絕非你所言那般簡單。」阿史那連那不得不提及最為至關重要的一點，「此事關乎著我阿史那部落的名譽，即便遠在草原，可出了這般窮凶極惡之事，無疑是在抹黑我的父汗。正所謂一榮俱榮、一損俱損，阿史那一族不分遠近，只分親疏。」

蕭如海怔了怔，心中暗暗想道：「這質子不急不躁、不卑不亢，但卻一針見血、字字珠璣，實乃不容小覷。好在不是他在背後出謀劃策，否則可還真要讓人更加吃苦頭了。」

「世子所言極是，是我疏忽了。」蕭如海淡淡笑過，「只是，天子犯法與庶民同罪，世子的親眷指使阿納買凶一事，已在坊間人間皆知，若不盡早稟報聖人，也只會在最後加重罪罰，其中分寸，世子理應比我清楚。」

「我自然不會包庇罪犯。」阿史那連那輕輕嘆息，斟酌片刻後，又說，「蕭長官，且讓我與他對證一番，若他當真指使了阿納，我絕不姑息。」

蕭如海蹙起眉頭：「如何對證？」

「他就在正堂等候見面。」阿史那連那說，「在蕭長官造訪之前，他便已經到了，或許這就是天意，你我又怎能違之？」

蕭如海有些不太明白阿史那連那在打什麼主意，前腳才說了要維護阿史那部落的名譽，現在又要當著他這個外人的面與親眷對證，究竟要搞什麼名堂？總不會是想要趁機放走他的胞弟吧？

正懷疑著，阿史那連那已然站起了身，並對蕭如海做出了指引，示意後方的屏風，道：「勞煩蕭長官回避片刻。」

蕭如海望向那頭，意思很明顯，是要他躲在後頭做聽客。

想來，他雖是堂堂金吾衛北衙長官，而這幾日已然經歷了跌宕起伏，連棺材都躺過的人，早已不在乎顏面了。蕭如海同阿史那連那點頭示意，然後走去屏風後端正坐好，確信自己不會被察覺的時候，阿史那連那已經傳令侍衛去帶人過來。

不出一會兒，腳步聲傳進蕭如海耳裡，透風屏風的縫隙，他看見走進來的人正是阿史那真如。

也不知道怎的，大概是擔心這是個騙局，蕭如海心頭狂跳，猜想著阿史那一族會否兄弟連心，若是在此將蕭如海做掉的話，也必定是神不知鬼不覺。更何況金吾衛在如今早已大勢已去，要取他性命的人數不勝數，誰還會在死後追究凶手究竟是誰呢？如此一想，蕭如海便握緊了腰間佩刀，眼神飄向屏風外，進入警惕狀態。

阿史那真如今天穿的是皂色朱邊短袍，看上去倒不是便於行動的，似乎的確只是來拜訪。蕭如海因此而稍微放鬆了一下，收回眼神，背靠屏風，聽見他兄弟二人交談起來。

「近來這長安城內的坊間算不上太平，阿兄可有聽到什麼稀罕事？」阿史那真如是用突厥語說的這話，屏風後的蕭如海自然聽不懂。

阿史那連那用唐話回道：「真如，身在唐國，就要遵從這裡的禮儀，不要使用母語。」

真如雖不情願，倒也應了聲好。蕭如海心想，阿史那連那是打算要身在屏風後的他，也聽得到他們之間的談話，看來，是打算要詐出些有用的線索了。

「關於近來的一些傳聞……」真如悄聲說下去，「想必在這世子府，也是能夠略有耳聞。」

連那看出真如神色有異，順勢說道：「我明白你回鄉心切，按照常理，將胞妹送至和親地後，是要等待大婚結束之後才能返回，你再如何心猿意馬，也該等到月泉出嫁。更何況那寶貝還未尋回，身為兄長，更是要體恤胞妹如今的心境。」

真如的笑意逐漸褪去，冷聲道：「阿兄，你果然聽聞了。」

「若想人不知，除非己莫為，長安城就這樣大小，稀罕事總歸是要傳盡四方的。」

真如「冷哼」一聲，笑道：「我今日前來拜訪阿兄，其實正是為了此事。」

「何事？」

「阿兄也不必兜圈子了，既然你已經知情，那我更不用遮遮掩掩，反正你我之間血濃於水，又同是阿史那一族，總歸是不會坐視不管的。我便直說了……」真如道，「阿納被他們抓住了。」

阿史那連那的臉色瞬間沉下：「阿納是被什麼人抓住了？」

「霓裳樓的人。」

「他們為何要抓阿納？」

真如笑起來，「阿兄，你何必明知故問呢？」

阿史那連那執意道：「我想親口聽你說出實情。」

「沒什麼可說的。」真如傲慢地站起身，負手向前幾步，不以為然道，「做也都做了，我也沒打算不認。但是他們私自抓了我的人，那可就不對了，無憑無據，憑什麼在我的頭上動土？而且阿納全然不知道此事，

不過是為我當差，我今日前來見阿兄，就是要阿兄出面，幫我去霓裳樓要人回來，若阿納有個閃失，我也絕不善罷甘休！」

向來溫和的阿史那連那聽到他說出這番話，登時大怒：「你跑來我這裡，不打算為自己辯解，竟然還這般理直氣壯！好端端的，怎麼就偏偏是阿納被抓？若不是你……」話還沒說完，只聽「砰」的一聲，他的衣襟就被真如狠狠揪出，又將他用力一推，後背直接撞到了屏風旁頭的牆壁上。

阿史那連那一驚，蕭如海也是一驚，生怕被阿史那真如發現，可又不敢輕舉妄動，一旦發生聲響，更是會暴露無遺。

索性真如也沒有再向前一步，他只是居高臨下地譏諷起連那：「我尊貴的阿兄，你怕不是在這膽小怕事的唐國待得年頭久了，連自己流著草原血統這件事都忘光了吧？真以為你與唐國的皇帝一脈相承了？居然怪罪起你自己的手足胞弟來了，究竟誰才是你的至親？」

阿史那連那為他的這番言辭感到震怒不已，他不留情面地斥責真如道：「與至親無關，更與血統無關，你作為草原的來客，身處唐國境地，又怎能手刃唐國的侍衛？你以為聖人知曉後，會因你是阿史那部落的來客就網開一面嗎？天子犯法與庶民同罪，更何況天下事無可不為，但在人自強，而即便有父汗做你的靠山，你也難辭其咎！」

真如卻再度抓住了連那的衣襟，眼神裡充滿了怨恨：「少和我講你那套大道理，我聽不懂！還有，殺人的不是我！」

「命人去買凶謀害的主使，難道不是你？」

真如一怔，忽然緩緩鬆開他衣襟，臉色十分失望，道：「你果然是信他們，而並不信我，你已經被同化了，你根本不配做阿史那。」接著，他又指向房門外，字字珠璣道，「長安城說大不小，說小不小，一百零八坊蜿蜿蜒蜒，我卻連懷遠坊的邊線都找不清位置，又要如何去買凶其他坊間的人來做出此事？阿兄，你竟覺得我有這等神通？」

屏風後的蕭如海緊蹙起眉心，暗暗想道：「阿史那真如這話是什麼意思？他是在撇清干係、死不認罪，還是真的是被誣陷？可他手下的阿納已然承認了罪行，他又是阿納的主人，僕人必定是聽從其吩咐才能作惡，否則，又怎敢私自行動？莫非是……阿納侍了二主？」

阿史那連那也心存疑慮，他眉角一揚：「你的意思是，阿納瞞著你勾

結了長安城內部的人？」

真如嘴角露出一抹嘲諷的笑意，轉眼看向木窗外的月色，視線所投之處，殘月如刀，細如利刃，彷彿隨時可以割開喉嚨。

「令三個來自阿史那的外族人心生隔閡、反目成仇，阿兄認為，其中最大的受益者會是誰呢？」

阿史那連那的表情在瞬間僵住，全身發涼。

屏風後的蕭如海為此而感到不可置信地握緊了佩刀，或許從一開始，他的懷疑點就出現了偏差，畢竟阿納如此輕易地就被抓獲，再加上他唐話生疏，連為自己辯解都十分吃力，而眾人主觀地認定阿納的背後，一定是受了阿史那真如的指使。

這種毫不思考的認定，才顯得最為恐怖。

第二十章

　　十年前。盛唐，長安城。

　　時值桂花婆娑、芳香如雲之際，可天色卻始終陰鬱著，幾點雨滴落下，砸在懸掛於紅木簷的薄紗宮燈上，轉瞬便暈染開了水跡。

　　而皇宮內的殿堂裡，則是天上人間的歌舞昇平，絲竹聲靡靡，舞女們妖嬈，煞是一番盛宴景象。數不清的王孫貴族受邀而來，為的是慶祝太后生辰。高座之上的正中央，坐著雍容華貴的太后，年輕的帝王與帝后伴在其身側，正談笑有加。

　　眾人紛紛舉杯，獻上祝福，臺下舞起的《春江花月夜》，配合著氣氛揮灑水袖，舞得越發歡快。

　　坐在殿內左側位置的康王李元貞，正一邊小酌青瓷杯中的佳釀，一邊打量著高臺之上的帝王。那位年長李元貞八歲的兄長睿宗，明明已經坐過了一次龍椅，奈何中途遭遇政變，一度被推下皇位。可他到底還是大難不死，如今又再度登上了皇位，從而得以享受到滿堂的諂媚與恭維。

　　只是，就論資質和相貌來說，李元貞要勝他不知幾籌，傾向於李元貞的皇室黨羽，自然也是多不勝數，偏偏他只做了康王許多年頭。

　　旁人都道那皇位應該屬於他，他這般能文能武，實在不該給那無能的睿宗做臣子。思及此，李元貞又忍不住地心生妒意，而正當他思緒渾濁之時，耳邊忽然傳來了陣陣驚歎聲。

　　他循聲望去，只見場上一名舞姬正在獨舞，腰身靈活如雀，上演出一曲驚人的霓裳飛天。她縱情旋轉，翩若驚鴻，又婉若游龍。四肢纏繞著的金鈴相互碰觸，響聲悅耳動聽。那透明面紗下的容貌榮耀如春松，好似仙子一般，只見她媚眼如波去探皇上，全然不理會尚有皇后在場。

　　李元貞瞇起眼，側身去問旁桌的贅王道：「這領舞之人是誰？」

　　「平康坊內的名妓，叫曉蓮，是個胡人。」贅王色瞇瞇地打量著那女子的身段，「可真是秀色可餐、容貌傾城啊！」

　　胡人。

　　「怕是哪位忠臣獻給皇兄的大禮吧！」李元貞打趣道。

「誰讓人家現在坐在龍椅上呢。」贇王歎了口氣，「可不能小看那寶座，坐上去的哪怕是個傻子，也能主宰萬千性命，更何況是區區一個名妓，無非都是圖個新鮮。」

李元貞品味著那女子的媚眼如絲，卻彷彿從中看到了一個合適的時機。但他還要口是心非的一撇嘴，揶揄道：「妓就是妓，漢人也罷，胡人也好，不過都是玩物罷了。」

到了當天夜裡，子時。

大雨滂沱而下，康王的馬車停在成陽宮外，藏青車簾被暴雨打得濕漉漉的。宮牆裡的琉璃燈被狂風打滅，內罩都刮破了，電閃雷鳴嚇壞了去關窗的守夜侍女，連花枝都被狂風壓得折了腰。

成陽宮內的朝南房裡燭光微弱，一縷嫋嫋煙霧從白色帳幔中飄飄而出，曉蓮燃了一壺香，聞起來竟也令這雨夜染上了一抹心醉之情。李元貞的視線落在她光潔的背上，抬手去撫，聽她嬌羞地低呼一聲，喚道：「康王……」

他眼神迷離地看著她，隨口問道：「你想不想做皇后？」

曉蓮先是一驚，隨即羞怯道：「要做也是做王妃了，皇后自然不是我這等賤奴敢想的。」

李元貞忽地變了臉色，冷聲問道：「你的意思是，我方才是同賤奴有過肌膚之親了？」

曉蓮意識到自己說錯了話，嚇得不敢再多說。忽然聽到外面傳來尖叫聲，有人大聲呼喊道：「不好了！皇上……皇上他駕崩了！」

李元貞神色驟變，他推開曉蓮奔下床榻，顧不得侍女們欲為他撐傘，他衣衫凌亂地消失在滂沱大雨中，朝大殿奔去。

這一路上他心境頗為複雜，似震驚，又有欣喜，甚至止不住的狂笑出聲，直到趕來大殿後，他被眼前景象驚呆，以至於胃裡一陣翻湧，他連忙轉過頭，扶著石柱彎身乾嘔。

那地上的屍體全身焦灼，十分可懼，王侍郎哭哭啼啼的和徒弟拿來白布，為其體面的遮蓋，一邊哭一邊道：「老奴方才還陪皇上在殿內批閱奏摺，就在老奴去為皇上準備蓮子羹的工夫，竟是一記天雷劈到殿內，等老奴回來就……就看見皇上……」

竟是遭了天雷而亡，李元貞簡直不敢置信，心想著難道……難道不是那杯……

「貞兒！」身後傳來太妃的聲音，她在侍女的陪同下急匆匆而來，見此情景，大為驚慌，緊緊地抓著李元貞的手囁嚅道：「皇上他……這……這可如何是好啊？」

李元貞握住她的手，冷靜地撫慰道：「母妃，事已如此，必要節哀。」

太妃儼然無法接受，語無倫次的喃聲道：「晚宴時還是好端端的，為何會突然遭到雷擊……為何會……」

「這是天譴。」李元貞站在空曠的大殿內，異常冷靜道，「必是皇上有違先皇盛譽，惹怒天公，遭此天譴！」

天譴……

在場之人皆是面如土色，隨即天際又一道閃電劃過，侍女們惶恐的尖叫出聲，三倆湊成一團瑟瑟發抖。

太妃也顫抖著瑟縮，她想起先皇，頓時淚如雨下。

李元貞趁熱打鐵，命令王侍郎道：「皇后呢？去把皇后帶來，她整日蠱惑皇上，實屬妖女！既然皇上已遭天譴，她也必將遭到報應，必要將她關起，保我大唐百姓安寧！」

王侍郎慌忙接令，帶人去搜索皇后寢宮，找了幾個時辰也不見蹤影，只好稟告康王……

皇后失蹤了。

李元貞聞訊，竟略有哀傷，可失魂之色轉瞬即逝，他凝望著窗外雨幕牽動嘴角，涼薄笑意隱隱而現。

暴雨籠罩著長安城，這繁華的都城，迎接來一代又一代的主上，也送走了一個又一個的生命。

而他，康王李元貞，終於等來了這一天。他注視著這偌大的皇城，臉上的野心與笑意逐漸清晰，他已是不願再隱藏自己內心深處的強烈希冀。

只不過十年來，他的容顏除了增添歲月的紋路之外，竟沒有多出一絲一毫的王者之氣，並非是他不願做天子，而是天子殊榮，仍未降臨到他的頭上。

彼時的他，已年近不惑，除去死了一個舒王，身邊的手足朝臣彷彿也未有半分改變。他仍舊是旁人口中的康王，這一叫，便叫了二十餘年。

站在朝上的他垂著眼，身旁是袍色各異的群臣，而堂內，則是跪著兩名要犯，他們的身後，站著神情憤慨的阿史那連那，正口口聲聲地向御座上的玄宗皇帝陳述著案件的過程。

「陛下，金吾衛沈氏一案實乃冤案，他遭奸人陷害，被汙蔑至今，而殺害金吾衛索義雄的凶手已被抓獲，黃金東珠的去向也與他二人有所關聯！」連那字字珠璣，他每多說一句，玄宗皇帝的臉色就越發難看。

而聽著全部內容的康王也眉頭緊皺，他在努力壓制著內心的那股心魔，且他很怕自己會不受控制地出口反駁，他必要表現得若無其事才行。

畢竟，在這個微妙的時刻，誰都會成為被懷疑的幕後主使。

那麼話又說回來，連那雖是質子，可卻依舊是阿史那部落的後代，他竟不顧家族顏面，而率先帶著族人前來「負荊請罪」，會否是因擔心聯姻一事而出此下策呢？但他既已知情，又如此大義滅親，玄宗皇帝還有可能信任阿史那部落嗎？又是誰在背後聯繫到阿史那連那，將此事託出？對方豈非是有心挑釁朝廷？

思路一念及此，便好似開閘洪水，再也收攏不住，康王想的是，這幫人已經查到了這一步，很快也就會揭開全部謎底，那個時候，紙將包不住火了。

康王的心猛的一沉，他緊緊地咬住了牙關，下顎繃緊，竟出現了一條極其堅硬的線。他略微抬眼，視線落在了押著兩名要犯的蕭如海身上。

看來，站隊阿史那連那的幫襯之人就是他了。

「蕭如海。」玄宗皇帝在這時沉聲問道，「阿史那方才所言，是否全部屬實？你身為金吾衛最高長官，對沈氏一案理應瞭解。」

蕭如海上前一步，合拳道：「回稟陛下，那連世子所言皆是實情，謀害金吾衛隊長索義雄之人，正是谷寧與魯契。」

聽聞提及自己的名字，跪在堂上的兩名要犯都忍不住地發抖起來，尤其是谷寧，他聽得懂唐話，自然更為恐懼，額角的冷汗豆大般滑落，整張臉也慘白得像是蠟紙。

而玄宗皇帝已是勃然大怒，他拂袖起身，對身邊的周侍郎點頭示意，

周侍郎立刻命人道：「陛下口諭，把阿史那真如帶來朝上！」

侍衛得令前去，連那的臉色卻微微一變，他深知真如是必然躲不過去的，因他是魯契的主人，被盤查詢問自是理所應當。可昨夜那番長談，也令連那明白真如並非幕後主使，但連那相信他，是因為血脈相承，至於玄宗皇帝……必然是要徹查得水落石出才能甘休。

事已至此，已然再沒迴旋餘地。

連那與蕭如海面面相覷，似乎意識到接下來的走向，已不再是他二人能夠控制得住局面了的。

接下來，不出半炷香的工夫，侍衛們就將真如帶到了朝堂。

見到玄宗皇帝時，真如只行了部落禮儀，有侍衛不滿他的傲慢，便強迫他跪下面聖。連那見狀，正欲開口，玄宗皇帝先他一步道：「阿史那是客，不得無禮！」

侍衛聞言，便乖乖退下，真如瞥見連那，緩緩點了點頭，像是在暗示他不必擔憂。連那卻心下難安，他猜不透玄宗皇帝到底會打算如何處置真如，也害怕真如會意氣用事，倘若他能將實情全部告知玄宗皇帝，也許事情還有挽回的餘地。

「你指使部下買凶謀害的動機是什麼？」玄宗皇帝冷眼望著真如。

真如面無表情地回視玄宗皇帝，並未即刻回答。

「陛下問話，你是不願意說出口？」康王的口氣略有諷刺。

真如餘光瞥見朝外的一眾金甲侍衛，又見兩旁皆是文武朝臣，這般精銳的天羅地網，就算是神仙也無處逃遁。

於是，他終於開口道：「我並非是唐國的人，我來自阿史那草原，若要受到懲罰，也應當由我的部落來執行。」

玄宗皇帝蹙起眉頭，兩側文武朝臣也發出低低驚呼，大抵都是覺得這個阿史那的人目空一切、極為傲慢。真如倒也並不是刻意傲慢，他也知不能有失禮節，便謙和了態度，繼續說道：「其實，這些都是我們阿史那部落的家事，如今要拿出來放在唐國的朝堂上來說，倒是有些不合兩族的規矩了。」

玄宗皇帝冷冷道：「是不合你阿史那的規矩，還是不合大唐的規矩？」

真如輕笑，回道：「自然是大唐的規矩了。」

玄宗皇帝這才稍稍露出滿意的神色，但他仍舊是對真如有些不滿，沉聲道：「你且但說無妨，朕自有定奪。」

真如負手而立，他抬起頭來，目光如草原的飛鷹一般冷銳道：「回稟陛下，我與大唐素昧平生、無冤無仇，無論是金吾衛還是銀吾衛，都與我無關，我也不會想要害他們的性命。所以，即便我的部下魯契跪在這殿上，也是與我沒有半點兒干係的。」

玄宗皇帝瞇起眼睛：「朕不想聽到任何托詞。」

「陛下，我並不是在逃避，如果買凶的人當真是我，堂堂草原世子絕不會否認，可……」真如義正言辭，「我的確從未命部下買凶。」

魯契聽得懂這句唐話，他滿臉驚容，用突厥語乞求真如道：「主人，你不要害魯契，是主人下的命令，魯契只管執行罷了！」

真如低頭看向他，倒也不急不惱：「魯契，你我自幼一同長大，我待你也如親兄弟一般，你又何苦恩將仇報呢？」

魯契連連搖頭：「主人，我句句屬實，且主人又為何要戲弄魯契？當日下了命令的人，不正是主人嗎？」

這其中彷彿有誤會。蕭如海敏銳地察覺到了異樣。

真如卻不再執著於同魯契辯駁，只繼續說起自己的「動機」，道：「也許，不只大唐，就連草原的部落，也會認為我有著做出這些的理由……」他眼裡有傲慢，語氣也洩露咄咄逼人，「按照阿史那繼承人的標準，無論是騎射、武功抑或是賽馬，我每一樣都強出阿史那連那不知多少倍，就連權謀，他也絕對不是我的對手。」

玄宗皇帝與眾臣冷眼旁觀，連那望向真如的眼神中，則有一絲無奈。

「可我卻沒有資格繼承可汗的位置。」這時，真如的聲音顯得有些含糊不清，「因為我是庶子，我生來就只能做一個輔助的角色，我本來也認定了這就是我的命運，我不該有任何不滿，直到我遇見了父汗被流放的胞弟……」

聽聞此話，康王的神色微微一動。

真如接著說道：「那年我剛滿十三，被父汗派去隨軍，目的是與西突厥部落談判。途經流放之城時，父汗的胞弟就站在城牆上頭，他已經三十

幾歲，卻被流放了二十年，原因竟是他動了想成為可汗的念頭。」

康王抿嘴了唇角，眼神黯淡。

「他告訴我，他在流放地磨了一百六十七把長刀，每一把都磨得極為光亮，每天都在數著它們，日復一日，年復一年，他在這裡能做的就只有這些。我還記得他說出這話的神情，蒼白、憔悴、絕望……，他早已不是曾經意氣風發的草原英雄，他被剝奪了希望和尊嚴，哪怕他從未付出過行動，他不過是稍稍動了一下那個念頭罷了。」

真如的語調有些激動起來，他深吸一口氣，感到痛心地道：「我不明白，是誰規定的血緣之說，又有誰能證明誰的血統比誰高貴？為什麼只看這最無稽之談的一處，而忽略了千百個其他可能成為好的君主的方向？明明是我更強，明明是我父汗的胞弟更強！」

真如的眼神裡充滿了疑惑，但他沒有痛心疾首，也沒有狂怒，他現在只帶著深深的不解。同時，他看向了康王，如同祈求理解一般地詢問：「您應該能明白我的感受吧？」

康王像被冒犯一般，生氣地呵斥道：「胡言亂語些什麼？」

真如又看向其他臣子說：「皇親貴冑們哪個敢說自己對天子只有忠誠嗎？明明一脈相承，卻將血緣分出尊卑高低，怎配談公平？」

接著，他走向連那，盯著他的眼睛說：「阿兄，你也十分清楚自己的能力，你在唐十年，早已經不適應草原的一切，又何必身居高位，總想著回去草原爭奪可汗之位？如果沒有你，此事也不會鬧成這般覆水難收的境地！」

連那皺起眉：「真如！」

「你怕什麼？怕我說的這些，為我帶來殺身之禍？難道唐國是這樣愚昧的嗎？」真如不以為然地轉過身，迎上玄宗皇帝的目光，「陛下，您覺得是我吩咐買凶、殺死金吾衛隊長？您覺得，我會為了不可改變的命運，而給自己搞出這麼多麻煩嗎？」

玄宗皇帝的眼中流露出明顯的嫌惡，但同時，他也覺得真如的話有幾分道理，只不過，「麻煩」這二字滑進康王耳中，他的神色便又黯淡了幾分。

是在這一刻，他不由自主地回想起了自己的母妃。

他的母妃本是洛陽城裡貴月樓的頭牌，雖為美豔名妓，但卻賣藝不賣身。然而世事無常，她在十七歲那年，被賣入皇宮，竟是被獻去給皇上。

哪知父皇不僅從未嫌棄過她的卑賤出身，更是鍾情於她，對她疼愛有加，可入宮三年來無子嗣，皇上竟還想要立她為后，甚至一度不肯納其他妃嬪入後宮，真可謂是萬千寵愛集於她一身，如此便觸犯了朝臣，引發了眾怒。

父皇為人正氣，看不慣朝內勾結，早在登基之時，便已得罪了大片的前朝王將，加上立妓女為后，更是如同羞辱皇族貴戚，促使了篡位之舉。

年少父皇兩歲的英王，早已對皇位虎視眈眈，他祕密拉攏眾朝臣，策劃謀權篡位，以毒酒來加害父皇，更是為了在事成之後掩蓋罪行，安排了「狩獵意外」。所有人都認定皇帝是死於那場意外，自然不會有人懷疑他是死於毒酒，更不會猜忌到英王頭上了。在父皇暴斃之後，英王終能如願以償地登基稱帝，並血洗了忠於先皇的諸多臣子，甚至除去康王母妃太皇太后的頭銜。

英王本是要殺掉康王的母妃，為的是斬草除根，可惜那時母妃已懷有康王，眾臣皆知此事，而為了鞏固皇權，英王也不能做出大逆不道之舉，只好保全了她和腹中骨肉的性命。

且先皇的九妹平韻公主，一直在暗中幫助皇嫂誕下骨肉，在英王的政權被推翻之前，康王的母妃都一直生活在公主府。她心中思念先皇，鬱鬱成疾，身體也常年不適，早就失去了替康王奪回皇位的想法。

只是，在康王逐漸長大之後，她也多次眼中含淚向他哭訴道：「貞兒，母妃只求你日後幫你父皇討回一個公道，他死得不明不白，被他胞弟奪去皇位不說，更是連追喪禮都草草打發，連屍體都四分五裂得不成模樣。倘若沒人還他公道，天下又怎會真正有著屬於你我的容身之處呢？」

「你也是無憑無據，又怎能怪他人不去指證元凶呢？」當年，僅有九歲的康王這般說道。

母妃立即搖頭道：「那日我在場的，可是也只有我一人瞧見，沒人會信一個妓女的話。我試過了，他們說我瘋了，怕是我再執意狡辯，話未說完人頭就要先落地了。可我也絕非是貪生怕死，我在當時不過是想要還你父皇清白，安安穩穩的生下他的骨血。」

年幼的康王緊蹙著眉，心裡只覺麻煩，還認為母妃極為懦弱。

母妃卻還在說著：「其實當年，我本可以帶著你一起去陪你父皇的，免得他在輪迴路上孤孤單單。」說及傷心處，她再次潸然淚下。

「母妃，都已經過去這麼多年了，你何必總想著這些陳年舊事。」

見他面露不耐之色，母妃反而極其堅定地懇求道：「貞兒，無論如何，你都要幫母妃實現心願。我曾無數次地祈求上天，相信上天一定會聽到我的訴求，祈求保你成帝，奪回本來就屬於你的東西。」

康王掃她一眼，言語雖淡漠，卻也不是不近人情：「母妃，也沒你想得那麼簡單，我才只有九歲，如何能爭得過那些虎視眈眈的兄長、叔父？」

「要等。」母妃的表情略有微變，她堅定地說道，「要等到最合適的時機。要耐得住這其中的寂寞，哪怕要很久很久。」

而那時的康王尚未知曉，他的母妃也在騙他。

早在母妃與父皇相識之前，英王就已經與母妃結識。

十四歲的夏初，母妃還只是貴月樓裡籍籍無名的小女，聽聞樓外人聲鼎沸，大家都道是英王來了，她好奇，擠過人群去張望，便一眼瞧見了他。

那日花影婆娑，風暖斜陽，他走在緩緩一行人的最前方，正同身側小廝低語，手拿一把淡綠色摺扇，墜著一抹流蘇穗，映著空中飄落下的幾朵桃花，將他華貴的身影，勾勒出一股子韻致。他察覺到她直勾勾的眼神，側眼掃來，是輕描淡寫的一瞥，卻足以硬生生地刻上了她心尖。

她深知自那之後的四年裡，他之於她，是一種如山如海的淪陷。他的甜言蜜語是致命的砒霜，令她一度肝腸寸斷。她也曾信他、痴戀他，以為他真會如他承諾那般娶她為妻，以至於她甘心情願奉獻自己的肉體，到頭來卻換得無情拋棄。

即便如此，她還是低聲下氣的如同一條狗，去為他下跪，懇求他收她做妾，哪怕是丫鬟也好，只要他肯留她在他府中。

可是，他不僅閉門不見，竟命人潑她一桶髒水，要她認清彼此之間身分的懸殊。在羞憤與悲痛之間，她回想那些他的情話與誓言——他為她揮灑千金，他為她提詩寫詞，也為她描眉點唇，也為她溫一壺酒，也將她抱

在懷裡，低念她的名字。而這些，卻是母妃從未告訴過他的事實。

也許他根本就不是父皇的骨肉──他不只一次這樣懷疑過。

身為妓女生下的孩子，如果不是他後天努力拚搏，又怎會在皇室中贏得一席之地？雖說皇位……如果父皇沒有死在那樣的爆疾，皇位的確是應該屬於他的。

思及此，康王的思緒緩緩地拉扯回來，他的眼神落到玄宗皇帝的身上，然後，再看向真如。這個來自阿史那部落的突厥人，好像與他有著某種微妙的相似。

康王眯了眯眼，又移動視線，望向跪地地上的魯契。

魯契察覺到有人在看自己，謹慎地抬起頭來，正巧與康王四目相對。他立即低下頭去，不敢再看康王，全身也抖得更加厲害。

康王終於在這時向前走去一步，轉過身去，對玄宗皇帝鞠躬行禮，開口道：「陛下，微臣覺得，真如世子的部下有些面熟，微臣曾在坊間見到過他。」

玄宗皇帝看向康王，問道：「坊間何處？」

康王沒有絲毫遲疑道：「霓裳樓。」

連那聞言，神色驟變。

康王卻直起身形，娓娓道來般地說：「平康坊內的霓裳樓，在長安城中耳熟能詳，是許多王孫公子尋歡作樂的煙花場所。我相信很多權臣貴子都曾出入過那裡，而那裡雖說不是龍蛇混雜，卻也是形色各異，免不了會混入許多是非之人。我想，真如世子也並非本意，必然是受到蠱惑。」

玄宗皇帝品味著康王的這番話，看向身側的周侍郎，略一抬眼，周侍郎便領會了玄宗皇帝的意圖，代替玄宗皇帝反問道：「康王的意思是，買凶之事是阿史那真如受到他人唆使？而對方，是霓裳樓的人？」

真如略做思忖，他感到困惑地盯著康王，心想：「這人在搞什麼鬼？為何要把矛頭指向霓裳樓？」

康王走到魯契面前，命令他道：「抬起頭，回答周侍郎的疑問。」

魯契顫抖著身體，並沒有立即照做。

康王提高音量，用突厥語呵斥道：「抬頭，奴隸！」

魯契震驚不已，猛地抬起頭，顫巍巍地看向康王，只見他眼神冷銳，

彷彿沒有半點兒人情味，他引誘一般地用突厥語詢問魯契：「你方才說過，吩咐你買凶的人是你的主子阿史那真如，可你也聽到了，你的主子不承認這件凶事，可是你在撒謊？好大的膽子！」

在場能夠聽到這一番話的人，無非是剩下的兩個阿史那，他兄弟二人都感到驚愕地凝視著康王，想必考慮的方向也是相似——他打算做什麼？竟敢在朝堂之上，當著玄宗皇帝的面前質問要犯，莫非他的地位在皇宮之內舉足輕重？

當然了，連那是很瞭解康王的位份的，他的確別於一般的王，玄宗皇帝格外尊敬他，文臣魏徹也是他一手帶出來的。而且，他又是月泉公主未來的家公，權勢可見一斑。

但現在最要緊的，是將真如從這樁案件中摘出去，連那是想要為胞弟洗清嫌疑的，真如也沒打算認罪，哪怕他口口聲聲都是不認——所以，康王也是在幫助在場的兩個阿史那嗎？

可他為何要幫助？是因為月泉公主？還是說他有著自己的謀劃？

倘若是後者，連那覺得他必定是個危險的人物。

因為在這種情況下，沒人願意蹚這渾水，而康王，卻主動陷身於此。

魯契也在這時支支吾吾地回應道：「我……我不確定那究竟是不是我的主人，當日，我的確是見到了主人，但……但也許……是有人扮成了我主人的樣子。」

聽完魯契的解釋，康王很滿意，他轉身將這番突厥話翻譯給了玄宗皇帝。

玄宗皇帝的表情瞬息萬變，他詢問康王：「他這話是什麼意思？難不成這坊間還有易容術嗎？」

康王回道：「陛下聖明，臣曾聽聞，坊間的確有人擅長易容術，裝扮成旁人模樣，也是不在話下的。」

說罷，康王將話題拋向了阿史那連那：「世子，你應該很清楚吧？」

連那背脊一僵，眼神閃爍起來，他聽見玄宗皇帝充滿疑慮地問著康王：「連那又怎會知曉這種事呢？他向來安分守己，斷然不會出沒煙花之地。」

康王卻道：「看來，陛下對這位突厥質子的作風很是滿意了。」

玄宗皇帝蹙眉，竟覺得康王語氣不善。

康王倒也不以為然，他踱步到連那身邊，打量著他的姿容，以一種剛好可以讓全朝臣子都聽到的聲音說：「延福坊的湘錦院，雖不及霓裳樓名震四方，可那裡的姑娘也是上乘。其中有一個名妓在過去的好多年頭中，資助著窮書生考取功名，那書生家境十足貧寒，父母經營的糧鋪門面極小，全家老小十幾口人，實在是勉強糊口、捉襟見肘。而對面的油商家又總是欺辱他們，今日索要保護費，明日又找了別的藉口來搜刮銅板，書生的父親是個老實人，一直被油商欺壓多年。而書生又被油商的小吏兒子欺壓，那小吏又恰巧是在世子府上當差。」

朝堂極靜，大家都在聽康王說下去。

「書生同名妓訴苦，名妓自然想要幫助愛人擺脫欺壓，而唯一的方式就是獲得官位。一旦書生做了官，就有了權力，便不會再受草民欺辱了。可惜，小吏也去逛了湘錦院，對那貌美名妓有了非分之想，得知她與書生相愛，更是氣極，對書生的欺壓也就變本加厲起來。某一日，書生被小吏打破了頭，名妓憤恨不已，帶著書生前去世子府要人，一定要討個說法才肯甘休。」

說到這，康王低笑一聲，像是極為感慨命運一般：「可世子府的人是怎麼做的呢？他們怕此事驚擾到了世子，便偷偷地拿了些許錢財，打發走了名妓和書生，還威脅他們膽敢再來的話，就打折他們的腿。如此欺人，名妓哪肯承受？畢竟她痴戀書生，是不會讓書生繼續受此侮辱的。她便主動尋到了小吏，假意奉獻自己的肉體，在小吏放下戒備的時候，名妓殺了他。」

「人是死在世子府的，有人不願聲張，就草草地埋了小吏，壓下了此事。」康王看著連那，又說：「而那之後的書生發憤圖強，也許是皇天不負苦心人，他終於成了新科狀元，此人便是盧映春，連那世子應該也很清楚吧？」

朝堂之上，眾人發出了低低的驚呼聲，玄宗皇帝更是瞇起了雙眼，他問康王：「康王的意思是，新科狀元的死，和連那世子有關？」

康王則是對連那做出一個「請」的手勢：「世子，名妓曉荷與新科狀元盧映春，都曾出入過你府上，關於此事，你理應做出解釋了。」

此時此刻，連那的臉色可說不上多麼好看，他陰沉著一張臉，眼神略有倉皇之色，他不得不說出：「康王殿下所言的確不虛，那位名妓與書生，都曾造訪過我府上，但這些都是他們與死去的丁氏之間的糾葛，其中原委我並不知情。」

「不錯。」康王笑道，「那麼丁氏死時，你可知曉？」

「丁氏是我府上的人，他是生是死，我的世子府會為其善後，不勞康王費心。」

「倘若真是如此，那為何丁氏死後，你並未安排下葬，反而是送去補償金到他家中，還對他父母謊稱丁氏是意外身亡，為何不將他被妓女所殺一事全情告知？」

連那沒有作聲，眉頭反而皺得更深。

康王順勢說道：「世子，我料想你是害怕此事傳遍坊間，你儒雅識禮的形象，會因此而添上汙點，所以才草草了卻此事。又怕剩下兩個人會戳穿，於是便痛下殺手，將名妓和書生一併除掉。」

連那急道：「不是！我怎能因為這等小事就草菅人命？那名妓的死和新科狀元的死又與我何干？無非是我府上的侍從與其有染，便不能因此而汙蔑到我的頭上！」

「那你說，他們兩個被殺害的時候，你人在哪裡？」

連那思慮片刻，眼神忽變，低聲回道：「我……我正在懷遠坊的行宮內打點安排，因為我的胞妹月泉公主和胞弟真如即將入唐，我身為兄長，自是要周到部署……」

「那之後的三日內，你都在懷遠坊中？」康王的視線落在真如身上，「你踏進懷遠坊大門的那一刻，第一個見到的人，理應是你的兄長吧？」

真如快速地與連那交換了一個眼神，他點頭道：「正是兄長。」

康王卻大聲喝道：「莫要作偽！蕭如海，你說給他們聽！」

蕭如海上前一步，道：「月泉公主入唐前幾日，我率金吾衛駐紮在行宮之中，因要確保公主安全，故在每個角落都安插了金吾衛。在這期間，並未見到阿史那部落的族人，直到入唐當日，最先進入行宮的人，是阿史那帶來的部分將領。」

事已至此，連那在眾目睽睽之下也無法否認，他沉默著，直到康王

問道：「世子，那幾日你究竟身在何處？怕不是於霓裳樓內，聽著靡靡之音、流連忘返吧？」

連那的表情沒有任何波動，他深深吐息，終於承認道：「我的確出入過幾次霓裳樓，也的確是進去聽曲的。人人都可去的地方，為何唯獨我不可呢？只要問心無愧，便不怕汙蔑。」

玄宗皇帝卻不悅道：「你方才怎就不認？」

連那猶疑起來，周侍郎順勢道：「你這下叫陛下再如何信你？陛下本以為你與阿史那不同，如今看來，你欺瞞陛下的事情不在少數，連新科狀元的死都與你有所關聯，你還如何能說你胞弟買凶之事與你無關？」

連那震驚著抬起頭來。

玄宗皇帝拂袖怒道：「莫非是那小吏知曉了其中厲害，反而被你與胞弟聯手殺了滅口？」

連那聽到這個指控，頓時感到失望，只道：「陛下，真如當時遠在草原，要如何與我聯手殺人？」

但他的辯駁聽來已經不夠清白，康王在一旁道：「你畢竟是阿史那的族人，即便生活在唐長達十年，可血脈是無法改變的，草原的狼族依舊流淌著戀戰的貪婪野性，無論你是否牽扯其中，阿史那真如始終是你的胞弟，此事你也難逃其責。」

第二十一章

這話在連那聽來，無異於坐實了自己與真如合謀之事，他心中既震怒又失望，急於向玄宗皇帝證明自己對此事毫不知情：「請陛下明察，我已在唐整整十年，早已被儒家禮教耳濡目染，斷不會再觸碰任何殺伐之事。更何況我作為質子，被交換到唐的時候，也不過才年過總角，又如何能記得請草原上的一切？甚至說……我早已連父汗的尊容都遺忘了！」

康王火上澆油道：「連那世子，既然你已忘了本，這誅九族的大罪犯起來，也不會介意族人的生死了吧？」

真如聽不下去了，他站出來指責康王：「你一派胡言！我阿兄慎獨謙和，怎會做這種大逆之事！」

「呵！好一個兄弟情深啊！」康王冷笑，轉身面向玄宗皇帝，「陛下，你也看到了，關鍵時刻，他阿史那一族到底是心連心，無論唐國對他等再好、再真，為了他族自身利益，該背叛的時候，他們也是義不容辭！」

說到這裡，康王看了一眼連那：「只不過實在令人想不到，你連自己的親妹妹也不放過，將她扯進這渾水裡，你倒是狠心。」

「不！我什麼都沒做！」連那有些慌了陣腳，「我與盧映春無冤無仇，也與那名妓未有交涉，何來殺心？且我一心盼望月泉能與唐國完成聯姻，這樣一來，我才能安穩地回到草原，回去我阿史那部落！」

「聽聽！」康王得意道，「你承認你是阿史那的人，為害唐國，豈不就是阿史那一族多年來的夙願嗎？先是新科狀元慘死，後有金吾衛隊長被殺，緊接著黃金東珠不翼而飛，若不是因你的胞妹來到唐國，這些事情又怎會接連發生？若你沒有與她裡應外合，這些事又如何能做得避人耳目？」

玄宗皇帝終於大怒，喝道：「荒唐！」

又下令道：「來人，將這兩個阿史那給朕抓下！關進大牢，聽候發落！」

門外御侍持刀奔進堂內，就要將連那與真如押下，誰知真如不服，幾

個招式就將那群御侍推開，又俯下身去一把抓住魯契的衣襟，用突厥語逼問他道：「說！當日到底是誰命你買凶？」

魯契驚慌失措地搖著頭：「主人，我⋯⋯我不知道他是誰，他扮得與你一模一樣，我如何能分辨得出？」

康王看向真如，道：「既然買凶之人能扮成你的模樣，必定是熟識你的人，可見，你是有幫凶了。」

真如咬緊牙關，眼神盯在康王身上：「你是在說，我早有預謀？」

康王冷哼：「難道不是嗎？」

就在朝堂之上鬧得不可開交之際，一個淡漠的聲音響起。

「陛下。」

眾人並不會因這一聲呼喚而停下，是康王首先察覺到，他長臂一揮，示意大家安靜，然後循聲望去⋯⋯

蕭如海合拳頷首，攔在連那與真如的面前，對玄宗皇帝道：「微臣還有一要犯尚未進朝，他關乎阿史那案件，請陛下允許微臣將他帶上朝堂。」

玄宗皇帝蹙了蹙眉。

康王卻急急問道：「為何不事先道明此事？他可是阿史那的幫凶嗎？」

蕭如海略有遲疑，片刻之後，才回答說：「此人與十年前從江湖上銷聲匿跡的門派有關，而且，微臣的確懷疑他與阿史那兄弟二人有所勾結。此人一直藏身在霓裳樓之中，阿史那兄弟也時常出沒霓裳樓，這三個人之間必有許多蹊蹺之事，若談及易容的話，相信他也是可以做得到的。所以就算這對兄弟不肯說出實情，而他出現的話，也必然會告知些許線索。只不過，微臣以為，不到萬不得已之時，尚且不能讓他⋯⋯」

康王不留情面地打斷蕭如海：「長然，你怎如此吞吞吐吐，究竟是什麼厲害的人物，要讓你這般難言？」

蕭如海直起身形，終於說道：「八荒門，李遇客。」

提及「八荒」二字，康王與玄宗皇帝的表情皆有驟變，尤其是玄宗皇帝，眼神飄忽，嘴唇也緊緊地抿成了一條死線。

康王的神色也好不到哪裡去，他彷彿頃刻間夢回過往。

那時還是神龍二年，自黃昏起，暮鼓響徹城中坊間，城牆磚瓦的石縫中，殘留著厚重的波斯油香，潮濕的地面上有碎石在微弱地顫動、起伏，無數黑騎鐵蹄飛踏而來，石子粉碎，地動山搖。空寂城北處有一行黑衣人馳騁入夜，蹄聲錚錚，整座長安城也彷彿隨之戰慄。

城中盡頭的青牆烏瓦上，掛著「八荒門」的匾額，然而其中的內院景色，早已成斷壁殘垣，即便晨鼓聲響起，也覺那鼓聲惶急而雜亂。

當夜站在望樓上的康王，遠遠地注視著八荒門內燃起的滾滾濃煙，這座盛唐最壯美華麗的巨城，也不過是建在一眾枯槁白骨之上的海市。遭遇迫害的草芥，如同螻蟻一般數不清，唯獨李遇客這個名字，就如同是脫鉤的大魚，縱然他身負重傷、滿是血汗，可只要他存活一日，皇城犯下的罪過，就永不會得到清洗。

而偏偏，他活到了今天，活到了再次出現在朝堂之上的這一刻。

玄宗皇帝並不記得自己允許他出現在此，可回過神來的時候，已然在朝堂之上見到了李遇客的身姿，他被蕭如海押了上來，正跪在堂上。

即便十年前的玄宗皇帝尚是少年，但有關八荒一事的記載，他也銘記在心。李遇客這個人，自然不是等閒人物。

朝上男子，眼神如狼。

比起十年前，他俊秀的容貌已經染上了風霜，鬢髮之間也增添了幾縷夾雜著悲戚的銀絲，尚且未到而立之齡，已然顯出憔悴枯損之狀。他抬頭望向御座之上的玄宗皇帝，緩緩俯下身去，單膝跪地，右手搭在左肩，那是面對舊主的禮數。

玄宗皇帝一時愣住了，他心下驚恐，向後退去幾步，硬生生地坐在了御座上頭，臉色有些發白。

康王也些許哽咽，半晌都找不出自己的聲音，反倒是李遇客一直跪著，並以一雙沉靜冷銳的眼睛看著他，那目光中彷彿湧動著萬千仇恨。

許久許久，他才用沙啞的聲音說：「我一直夢著這一天的到來……無數個日夜，我都想像著再次見到你們會是怎樣的情景。竟沒想到，到底還是在這裡相會了。」

康王最先醒過神來，他忍不住嗤笑道：「真不愧是八荒弟子，命大得很，沒想到你活到今天，是為了蹚渾水的。」

李遇客抬起眼，仇視康王道：「若沒有康王的『照拂』，我這賤命也活不到今朝。」

　　康王怒不可遏，可偏偏群臣在場，他們都並不知曉這段往事，而玄宗皇帝也必定不希望舊恨掀起。於是，他只能將怒氣撒到蕭如海身上：「長然，這人究竟是不是幫凶，你可有確鑿的證據？」

　　還未等蕭如海開口，李遇客搶先道：「是我請蕭長官帶我來見聖人的，我曾和蕭長官說過，新科狀元的死、金吾衛隊長遇害、黃金東珠遺失這些事，件件與我有關，而所謂的幫凶，我也的確參與過，所以他才會應允將我帶到朝上。」

　　玄宗皇帝露出驚愕神情，視線遊移之間，他聽見李遇客問道：「但在這之前，我有一事要問。陛下，十年前的慘劇，您不會已經忘記了吧？」

　　「住口！」康王滿懷憤恨，急不可耐地打斷了李遇客的話語，生怕他下一個字會說出對自己不利之詞。

　　康王指著李遇客怒罵道：「李遇客，你不過是個本該死在十年前的孤魂野鬼，如今竟膽敢在朝堂之上口出狂言，莫不是背後有人撐腰，才能這般肆無忌憚！」康王借機將矛頭再次指向了阿史那部落的連那與真如二人，「兩位阿史那世子，看來，是你們兩個操縱了這前臣，使得他為你們阿史那一族賣命奔波了！」

　　這一句話，如同尖銳的匕首般刺中了真如。

　　「不！不……」連那嘶啞著嗓子，他再一次催促真如，「告訴他們真相，我們從未操縱任何人，也絕不會幹出這種齷齪勾當！」

　　真如默不作聲，康王冷笑道：「齷齪？你們阿史那不正是擅長陰險、詭詐的招數嗎？東突厥與西突厥兵戎相見數年，同姓都要分出兩族，又何況是與大唐之間呢？即便世子在唐十年，血脈可始終都不會騙人。」

　　他一而再、再而三地攻擊連那，令真如終於聽不入耳了。他抬起頭來，對康王道：「你們唐國的人，真是好生悲哀！」

　　康王一怔，玄宗皇帝也露出了驚愕的神色。

　　真如的眼睛裡似有野狼般的獸光，他側過臉，在眾多臣子中尋找著什麼。忽然，他停下眼神，指著人群中的長孫沖喝道：「就憑他這樣的人，都可以依靠長孫家嫡子的身分站在這裡，你們唐國還有未來可言嗎？」

長孫沖聽聞此言，氣得五官都要一併抽搐起來，他作勢要衝上去與之理論，身旁的臣子趕忙拉住他，勸他不要雪上加霜。

　　真如倒也不怕，他負手而立，拚力壓制著自己的憤怒，盡可能地不讓自己殿前失儀，他繼續道：「實不相瞞，我的確對唐國的種種做派都心有不滿。你們在突厥內亂中，傾向我族阿史那，無非是打著想要阿史那歸順唐國、從而成為唐軍主要戰力的算盤，甚至還企圖用你們的唐國文明，來同化阿史那——將我阿兄禁錮在唐十年，對他灌輸儒家思想，就是最好的證明。聯姻也好，交換也罷，我認為，這些是你們唐國企圖要阿史那家族的所有榮光，都必須依賴唐國的庇護，想進行操控的，分明是你們才對。」

　　真如的這一番話雖然平靜，但擲地有聲，也清晰地透露出了他對唐國的恨意，可即便如此，他也沒打算做那些沒有腦子的事情。

　　不料，玄宗皇帝聽了他這些，反倒平靜下來，沉聲道：「世子莫非以為，朕與你族和親、聯盟，都是為了彼此肝膽相照不成？」

　　真如眉頭一挑，一旁的康王嘆息道：「正如你所說，阿史那始終是族，而大唐已是國，族與國之間本就不相等，自是不能同日而語。你真是不知感恩，若陛下真的不顧舊情，你與你阿兄更是不可能站在這裡，說這麼久的話了。」

　　真如則道：「也許是陛下和康王心裡都非常清楚，我根本就不是買凶的人吧？」

　　玄宗皇帝依舊冰冷著臉看著他，而一旁的康王，非常堅定地指著真如說道：「是你。」

　　真如沉下臉。

　　康王拂了下衣袖，言辭果斷道：「你先是混淆視聽，令眾人以為你是嫉妒連那，為自己樹立出可憐、悲慘的一面，目的是讓諸人誤以為你的心思都拘囿出身上，而沒打算為其他陰險歹毒之事費心。然而你可真是臥薪嚐膽啊！兜兜轉轉了一大圈，到底還是露出了破綻。」

　　真如反問：「何來此話？我可聽不明白。」

　　康王突然不緊不慢地說道：「只要脫下你身上的衣袍，就能驗出殘留的血跡。」

真如蹙起眉心，連那也眼有困惑，康王提高音量道：「當日，索義雄死去的房間裡殘留著血液，已由朝廷驗過，且又一塊衣料留下，雖然是極小的一角，卻不是出自唐朝，所以，即便在你身上驗不出血跡，只要對比那衣料，也足以證明你的說詞是否屬實。」

　　朝堂之上的臣子都面面相覷，發出悉悉索索的議論聲與驚歎聲，眾人的指點和猜疑，害得真如的臉色越發難看，唯獨連那還信任自己的胞弟，並低聲尋求他自證清白：「真如，你把事情的經過全部都說出來，再不要有絲毫隱瞞，陛下開明，必定會對你網開一面。」

　　「開明？」真如卻搖了搖頭，嘆息道，「時刻想要吞併阿史那部落的唐國陛下，真的配得起『開明』二字嗎？」

　　「你大膽！」康王指著真如喝道，「天子面前，休得無禮！」

　　「我並非無禮，且我身為阿史那，斷然是不怕流血的。」

　　真如推開擋在自己面前的連那，向前去一步，仰頭望著高座上的玄宗皇帝，沉聲道：「唐國的陛下，我知道你是天子，是聖人，而我只是阿史那部落的庶子，但是，你即便是殺了我，也找不到黃金東珠的下落。」

　　此話一出，朝堂寂靜無聲，玄宗皇帝與康王也面露驚愕，真如繼續道：「屆時，丟了顏面的還是你們唐國，畢竟那寶貝是在唐國境內不翼而飛的。且當初你們朝廷為了息事寧人，還打算殺掉一個金吾衛來做替罪羔羊，如今又逼迫我認罪，此事傳盡五湖四海，豈不是個天大的笑話？試問，四海八荒之內，還有誰會敬仰唐國呢？想來旁人都會認為，盛世長安是一場荒唐至極的笑話吧！」

　　這時，一直沉默的李遇客注意到，真如最後的那句話明顯刺痛了玄宗皇帝，以至於堂堂聖人的心中，也頓時有了計較。

　　但畢竟是聖人，自然不會將內心的喜怒公之於眾。反倒是周侍郎侍奉玄宗皇帝多年，他很清楚此刻的玄宗皇帝想要說些什麼，便斗膽對真如道：「世子，你不要以為你的這番言辭能蠱惑朝臣與世人，即便是百姓，他們也有自己的丈量。這天下之事，從不是靠虛無縹緲的義氣，你今日覺得自己坦坦蕩蕩，可在證據面前，你也不過是一顆小小的沙礫。即便最終魂飛魄散、不復存在，也不會有人把你說的話放在心上，更別說會有人懼怕你的這份威脅了。」

「懼怕？」真如似有一聲低低的嘆息，「為何需要世人懼怕？我其實只需要陛下一個人懼怕就夠了。」

真如的話，令玄宗皇帝感到非常意外，他忽然之間驚覺，這個阿史那好像是不把死亡放在眼裡的。或許，他早就已經做出了最壞的打算，倘若他今朝不問罪這個阿史那，他也會把這盆髒水潑到大唐頭上。目的極其明顯，破壞唐國與阿史那之間的邦交，而祖輩苦心經營起來的兩族情誼，都會因他這顆小小的沙礫而產生巨變。

玄宗皇帝深深地吸進一口氣，他不能允許真如破壞目前的一切，便冷靜下來，坐回到御座上，沉聲詢問道：「你可以將你的訴求向朕道明，朕會視情況而做出定奪。」

真如從嘴邊露出一絲冷冷的譏笑，他知道玄宗皇帝怕了、退讓了，主動權便把握到了他的手上，甚至說道：「看來大唐的聖人，也不過是欺軟怕硬的庸主。」

玄宗皇帝咬住牙關，忍下了怒火，可康王卻不似他那樣好脾氣，已是忍無可忍地咒罵道：「你實在太過猖狂了！不要以為我儒家禮教能保你狗命，倘若此刻不是在朝堂之上，我定抽刀取了你性命！」

「可是，那你又該如何同月泉交代呢？」真如一雙眼睛打量著康王，他正色道：「我想，若黃金東珠一直找不到，你身為此次聯姻的父輩，也一定難辭其咎。」

康王憤怒地雙手顫抖，他轉身向玄宗皇帝請命：「陛下！此事請交於臣來處理！」

玄宗皇帝自是知曉康王會如何處置真如，便不能讓他昏了頭腦，於是他揮手遣了康王的請命，又將矛頭拋向了李遇客，問他道：「輪到你了，李遇客，你身為唐國人，為何要與阿史那聯手迫害同族？串通、易容、買凶，發生了這麼多命案，你可有愧疚之意？」

既然已經被玄宗皇帝識破，李遇客也沒打算繼續遮掩，他緩緩站起身來，拍掉了褲腳上的灰塵，挺起胸膛，直面玄宗皇帝的質問，平靜地回道：「的確，我是自願與阿史那真如聯手行凶的，且殺掉舒王並嫁禍給金吾衛的人，正是我。」

這一次，不只是玄宗皇帝、康王與文武百官，連那也無比震驚地看向

了李遇客，他心裡想著：「這人似乎是霓裳樓的，即便不是很熟識，可到底還是見過兩三面的，只是那時還尚且不知他是何人，如今得知，竟沒想到會是這般境況。但，若是如此……那霓裳樓當真毫不知情？若玄宗皇帝怪罪下去的話，霓裳樓的人會否遭到牽連？」

連那想到了若桑，更加憂心忡忡起來。而此時的玄宗皇帝已經極為震怒，他的心火「騰」地爆燃起來，康王立刻下令：「抓住他！抓住這個凶手！是他殺了舒王，今日絕不能放過他！」

誰想到李遇客根本就沒有絲毫反抗的舉動，他任憑康王將刀劍架在他的脖頸上，也無視衝進殿內的御侍擒住他的雙臂，好像很自信自己並不會在此刻有生命危險，直到他看見了朝臣之中走來了王權相。

李遇客的瞳孔倏地收緊，只見王權相氣勢洶洶地奔向他，怒目相視的瞬間，狠狠地抽了他一記耳光，力度極大，連王權相自己的身子，都不由自主地前傾了一下。

李遇客的嘴角瞬間流出一絲血水，他聽見王權相近乎歇斯底里地怒喝道：「你這賊人實屬大逆不道！害得老夫女婿慘死，攪亂了長安太平，今日若不將我女兒的下落交代明晰，老夫就要將你凌遲處決！」

玄宗皇帝向康王使了眼色，康王心領神會，命御侍去安撫王權相，再趁他沒察覺的時候，將他帶離朝堂。哪知王權相識破，一把推開御侍，附身去撕扯起李遇客的衣襟，同時懇請玄宗皇帝道：「聖人英明，今日抓住了這禍亂大唐之人，必要降罪他九族，才能解老夫心頭之恨啊！且舒王是陛下的手足，這般血海深仇豈能不報？就算是千刀萬剮此人也不足惜，更何況若沒有舒王的死，金吾衛也不會遭受牽連。那整整一個衙門，自建立起來花費了朝廷多少金銀，已無人算得清楚，但就是因遭奸人陷害，金吾衛的勢頭才驟降，多少人攀附其上，賴此為生，而害了這麼多的人，實乃朝廷之公敵！」

說到痛恨之處，王權相作勢要再去打李遇客，卻反而被李遇客啐了一口，血水濺在王權相胸口，他臉色氣得鐵青，李遇客譏諷道：「你少在這裡虛情假意、胡說八道！盼著金吾衛全軍覆沒的人，不正是你嗎？」

說著，便看向蕭如海，喊他道：「那日，王權相的公子王亭，險些把你活埋進棺，蕭長官何曾忘卻？」

蕭如海猛地蹙緊眉頭，王亭一事，他自然銘記刻骨。

玄宗皇帝問道：「這是怎麼一回事？」

蕭如海倒也並不懼怕王權相了，他深知自己今日能夠活著走到朝堂之上，已然有了玄宗皇帝來給自己撐腰，更是不必擔心會被多方力量祕密處決，便斗膽向玄宗皇帝稟道：「陛下，我曾遭到王權相之子王亭威脅，之所以大難不死，多虧民間霓裳樓出手相救。」

王權相立即轉了話鋒，指著蕭如海道：「你口說無憑，休要陷害我兒！」

蕭如海冷靜道：「公子王亭當日殺害了金吾衛的副隊長，還有我許多部下，若王權相不信，可以將他傳來，或是由陛下派御侍到他府上搜他當日穿的衣衫，上面必然還殘留著我部下的血跡，即便洗得乾淨也洗不去血腥氣，只要交給刑部就會查明。哪怕他就是扔了那些衣衫，他的皂靴、玉佩上也染過血，難道還會也一併銷毀不成？」

王權相氣得哆嗦，他顫抖著雙手，指向李遇客：「是你！定是你教唆蕭如海來汙蔑我王家！你這賊人究竟是何居心！」

李遇客冷笑著：「你們王家是生是死，關我一個退隱江湖者屁事？我只知誰敢到我的碗裡搗弄飯食，我就要與之誓死方休！且再退一步來說，你憑什麼口口聲聲地喊著我賊人？王權相，你可真是老糊塗了，竟連我這張臉也忘得乾淨了嗎？」

聽聞此話，王權相當即蹙起了眉心，他打量了李遇客片刻，忽地瞠目結舌，後知後覺地呢喃道：「你……你是當年的……驍衛軍……」

「看來對自己的罪行還是有些印象的。」說罷，李遇客的視線掃過康王，最後停留在玄宗皇帝的臉上，他面不改色地直斥道，「玄宗皇帝，是我找到阿史那真如唆使他與我聯手的。他與我一樣，對大唐都深惡痛絕，不過我也沒有將我的全盤計畫告訴過他，畢竟他只是想給大唐一點兒顏色瞧瞧，而我，則恨不得大唐與你都灰飛煙滅！」

玄宗皇帝的臉色微微有些發白，李遇客見狀，直接給出致命一擊：「你應該是不會忘記你父親曾做過的狠絕之事，對我八荒門的迫害，上下百餘人的性命，那一場暗殺與爆炸，也是時候還我一個人情了！」

玄宗皇帝陰暗著臉，此刻靜默不語，一旁的周侍郎忙道：「那些都

· 312 ·

是過去的事情了⋯⋯你不該牽扯到如今，更不該奪走那麼多無辜之人的性命。」

「盧映春和曉荷的死與我無關，我壓根就不認識他們。」李遇客又說，「還有王汝是生是死，我也全然不知，他們那些小人物不足以品嘗我的劍法，我也犯不上為了他們，而提早將我自己暴露。」

康王略有怨恨地指責他：「事到如今，你還不肯說出全部實情？」

李遇客獰笑道：「我有什麼好說出的？我的目的已經達到了，至於那些撲朔迷離的案件謎底，與我何干？我不過是想要看到聖人為這些事煩心、不安的局面，只要長安不再盛世，我就心滿意足！」

「你⋯⋯你簡直歹毒至極！」康王在這時怒喝。

李遇客冷冷嘆道：「比起朝廷，還差了十萬八千里呢！」

第二十二章

正當李遇客與康王各執一詞時，玄宗皇帝像是有了盤算一般，他忽然下了令，道：「把阿史那連那押下去。」

這話令聞言的連那、真如，甚至康王與李遇客，以及蕭如海都怔住了，可誰人都不敢多嘴，但他們心中都有著共同的疑問……

明明謀劃這些大逆不道之事的人是真如，為何要拿連那治罪？

真如心下更是左思右想，他猜測著：「難道這就是唐國皇帝的狡猾之處？利用手足之情來挾制他，畢竟由親阿兄來做替罪羊，於情於理，他的良心也是過意不去。但，這不正是他期望的嗎？一旦連那被降罪，便無法回去草原繼承可汗之位，那繼承人的位置就非他莫屬了。」

真如握緊雙拳，心裡天人交戰。

御林衛已在這時匆匆入殿，抓住連那便將他拖下去，而連那還在試圖與玄宗皇帝求情：「陛下三思，還請陛下三思啊……」

眼看著連那被拖下大殿，真如額際冷汗緩緩滲出，再一轉頭，瞥見李遇客正盯著自己，他眼神狠戾，明顯是在威脅著他。

「敢說出實情的話，不僅連那要死，你也活不過今朝。」

李遇客的眼裡寫著這樣的暗示。

真如的背脊因此而僵了僵，他似乎終於意識到自己被迫上了賊船，也恍然大悟了一件事——李遇客是恨極了朝廷的，為了報復朝廷，他什麼都做得出來，哪怕犧牲掉一兩個無關緊要的棋子。

原來如此……王太后就是看中了他這一點，才將這些事交辦於他的。真如恍惚間憶起了事情發生的起始，而那，還是他剛剛入唐時的事。

在最初落腳懷遠坊的時候，真如還沒打算惹是非，他只知不能就那麼便宜了連那，不能讓他順利地回去草原繼承可汗之位，每每想起自己在為他人做嫁衣裳，內心裡就鬱結不已。

且說這長安城的確如書上所說，是百年如一日的繁華，行人往來，衣香鬢影，看上去倒都是富足愜意的。

那日落雨，真如撐傘去了大唐李氏皇族的陵墓附近，他駐留了片刻，

不料陵外傳來守衛腳步聲，因不想惹麻煩，便借著雨天的黯淡離去了。

皇陵之外的山極高，他是徒步上了上尖，又踩著泥濘一路下山，油紙傘被雨水打得支離破碎，只剩下若干傘骨。待他來到主街，正欲去茶舍避雨，稍事休息，卻察覺到不遠處的人群中起了騷動。

有一列威武的儀仗隊途經於此，真如走過去，看到一輛富貴的宮車正緩緩而來，百姓紛紛退避，無不敬畏。真如只抬眼看了一看，見領頭的女官騎著高頭駿馬，共四名，皆是環繞於宮車。那車被裝點的格外雍容華麗，鎏金鳳紋的車簾上繡著金絲線，輕風攜雨來，吹起了簾子一角，露出了車內女子的曼妙容顏。

是個美人。真如想。

周身百姓恰時議論道：「王太后家的平湖公主，很久不曾出行此街了。」

「自打先皇仙逝之後，她整日就跟著王太后在道觀吃齋誦經，也是到了今日才下山返回宮中去。」

「休得再提先皇了，如今是新皇的天下，從前皇上的事情更是不能提及，即便你我是普通百姓，也都要謹言慎行才是。」

想來大唐易主也是情理之中，不然，這個玄宗皇帝也不會同意將連那送回草原。然而，真如正打算離開時，忽聞「啪嗒」一聲輕響。他循聲而望，只見宮車後遺落了一枚玉佩。

真如躞步過去，俯身拾起玉佩，絳紫紋理，玉澤通透，只是玉的脈絡中，卻隱藏著一絲汙黑。宮車停了下來，女官策馬回來，居高臨下的命令真如道：「大膽刁民，還不快快交還玉佩！」

看來是那位公主遺落下的了。還未等真如物歸原主，那邊便傳來柔弱卻有力的聲音：「春枝，休得無禮。」

「公主……」女官春枝見公主已經走下宮車，趕忙下馬行禮。

被兩名女官攙扶而來的平湖公主人如其名，著實如同碧綠湖水一般，閃著熠熠光輝。她身著鵝黃色華裙，面頰微豐，柳眉下鑲著一雙桃花眼，朱唇輕點，耳墜芍藥，倒是有股子清傲的氣質。

她的美目停留在真如臉上，有點驚奇似的，輕笑著數落春枝道：「真是個眼拙的春枝，這哪裡是刁民了？分明是位難得一見的異域公子。」

春枝聞言才驚覺，自己尚未好好打量真如一番，立即側眼去看，剎那間緋紅了臉，誠實道：「的確如公主所言……是春枝莽撞了。」

平湖公主則是面向真如，道：「有勞公子了，玉佩……」話到這裡頓了頓，隨即又道，「便送于公子了。」

真如推辭道：「既是公主貴重之物，我理應奉還。」

平湖公主眼裡含笑，是十分婉轉優美的眼波：「這玉佩今日被公子拾去，便是它選了公子，玉通人性，遇見有緣人不易，就請公子收下吧！且無論何時提它入宮，都可暢行無阻，見玉如見我，宮裡人都是明白的。」

真如凝視著她，她臉上笑意清麗嬌俏，就彷彿在暗示他還會再次相見一般。再低眼去看玉佩上的那一抹汙黑之色，真如便點了點頭，用有些生疏的唐話回道：「那恭敬不如從命，多謝公主。」

平湖公主轉身離去時，留給他一個意味深長的眼神：「有緣再會。」

待真如回去懷遠坊的行宮後，扯下腰間玉佩丟給魯契：「玉裡有汙，燃一爐香，把汙淨了。」

魯契趕忙接住玉佩，照吩咐去找香爐。可在燃香的過程中，魯契忍不住打了一個噴嚏，玉佩從香爐裡掉出來，他趕忙撿起玉佩重新丟回爐子裡，全然沒理會玉佩已經裂出了一條縫隙。

而玉之所以會裂開，是因為在表層上抹了一層蜜油，遇火則裂，遇水則暈，總歸是要出現一些差頭。到了最後，魯契將這玉交換到真如手上時，他立刻瞥見了玉的異樣。

真如皺起眉，心想：「這玉摸起來有些油潤，必定是被人塗抹了什麼東西，莫非是那公主的計謀？」

可又是打算圖謀什麼呢？

他細細想著，回憶起她的那一句「有緣再會」，便瞬間懂了，這玉，無非是個誘餌罷了。

唐國的人總是會說，一棵巨樹如果傲然挺立，不畏嚴寒，反而容易招致雷電的暴虐；但是如果像柳樹一樣，保持同一個低姿態，左右搖擺，能夠保持平衡，不僅不會受損，反而能夠長久於世。而在獲得一點功勞時便自視甚高，最終的結果往往得不到善終。

真如沉下眼，他知道，要再去見一次那位公主，才能解開「謎底」。

隔日，天氣冷澀，沒有日光，濛濛白霧將磚紅色的宮牆渲染出一股陰寒之氣。坐在宮車內的阿史那真如撩開車簾一角，望著冗長得仿若沒有盡頭的路心生困頓。

　　這裡明明是皇宮，是天底下最高貴的地方，可當他越發接近卻越發迷惘，隨著車輪的輕微顛簸，他一顆心懸在清冽的寒風之中，周遭靜得聽不見絲毫雜音，他竟不知自己究竟是要去往何處了。

　　晨露結出了一層薄冰，氣溫緩緩上升，冰柱便順著宮簷滴著水珠。到達內宮之後，門前有幾抹紫竹色的身影已恭候多時，她們是公主的貼身侍女，是為來客引路的。真如下了宮車，與之問候，侍女們一路引著他進了內殿。

　　公主的寢宮富麗堂皇，色調是金與紅，庭院的設計竟都是流線型的，襯著水潭中養著的金鯉，顯得十分奢華。最為奇妙的是，碧綠水潭之上架著巨大的水車，而水車上綴滿了琉璃玉石連成的珠簾，每當水車滾動，珠簾便在水潭裡濺出折射出五色光暈的水花，就像千萬顆琉璃石彙聚到了一起，霎時美豔。

　　這公主喜愛之物很是奢靡。阿史那真如心中想著，已然被侍女們領進了殿內，最先引起他注意的，是半米處立著的一座山水畫屏風，上面是潑墨山水畫，有婀娜身影映在屏風上，此人正是平湖公主了。

　　許是聞見了腳步聲，公主令侍女道：「帶他來這邊吧！」

　　侍女們得令照做，阿史那真如隨著來到了屏風之後，一眼便看見公主坐在錦墊上。

　　「阿史那真如，見過公主。」他行了草原之禮，並未跪拜。

　　公主倒也並不介意，只道：「來人，賜座。」

　　侍女們遵命，為真如搬來了紅木椅，又端上了上好的茶水。真如緩緩坐下，視線極為謹慎地落在平湖公主身上。那日，她穿著一襲月華錦緞長裙，下擺卻是赤紅色的，上面繡滿了嬌嫩的牡丹花。而這一身似雲霞般縹緲的衣衫，緊緊地包裹著她雪白豐腴的身軀，襯著她絕美的容顏，其眉眼之間旖旎嬌豔，顧盼生輝，竟是草原上的女子無法比擬的。

　　他微微瞇起眼，心想：「原來唐國真有如此傾國傾城的美人，要說月泉已是草原上最美的姑娘，可比起這位唐國的平湖公主，怕是要遜色幾

分了。」

　　但他冒著被人發現的危險來到公主府上，可不是為了貪圖美色的。隨即，他將腰間玉佩摘下，放到桌上，推到平湖公主的面前，道：「我留著無用，理當歸還公主。」

　　平湖公主接過玉佩，似有嘆息，抬眼望著真如道：「看來你已經察覺到這玉佩的奧祕了，沒錯！我是用這玉引你來到我府上的，因為……」她還未說話，警覺地發現侍女們還在候著，便要她們統統退下。

　　待到侍女們離開後，她起身，謹慎地關好房門，重新坐回到椅子上時，再一次看向真如，說道：「我母后交代了我一樁事，且只有你才能替我完成。」

　　真如鎖起眉心，不由失笑道：「公主，你我素昧平生，如何這般高看於我？」

　　「我知道你是草原來的阿史那，與皇宮裡的那個阿史那，同出一脈。」平湖公主略一沉吟，繼續道，「而且，我也知道，你與那個阿史那的關係並不好，更不希望他透過此次聯姻回去草原。」

　　真如握緊了手中的杯盞，望著公主的眼神，也浮現了警惕之色。

　　平湖公主卻掩唇輕笑，起身踱步到他面前，雖是居高臨下，卻也情真意切：「你也不必這樣驚訝，任誰都知道你在阿史那部落的身分——庶出之子，鞠躬盡瘁，無奈可汗十年來只心屬身在唐國的質子，這次他回去後，你更是與草原王位沒有瓜葛了。」

　　原來自己的身分早已是人盡皆知。真如心有不滿，卻無可奈何，沒想到平湖公主在這時又說：「但是，母后可以助你一臂之力，只要你為她完成她交辦給你的要事。那麼，助你成為草原可汗，也絕非痴人說夢。」

　　可汗？

　　他？

　　真如瞇起了雙眼，他的確感覺自己胸中，有一股熾熱的血流湧向了頭頂。正如公主所說，他努力到今日，送月泉公主到唐，難道只是為了換回他的阿兄不成？從前在草原，沒有人在意他的感受，更不會有人來提出任何幫助的說法。偏生大唐的陌生人卻願意伸出援手，哪怕這份援助也需要他付出同樣，甚至更大的回報。

但屆時他說不定真的會得到他追求的一切，權利、名譽，他都會收入囊中，他想要的都可以實現。

　　但是，他真的能做得出交代給他的事情嗎？倘若失敗，等待著他的，又會是何等淒慘的境地？欺君之罪？株連九族？抑或是死無葬身之地？

　　可——若是成功了呢？

　　他的額角滲出隱隱的冷汗，他握緊了手指，自己劇烈的心跳聲清晰可聞。那些凌亂的過往，在他的腦海中起起伏伏，被人忽視、不被尊重，甚至連親生父汗，都待他如臭蟲一般⋯⋯

　　是啊！在父汗的眼中，嫌棄他如同陳年老酒裡掉進一隻臭蟲，汙了整壇酒水。

　　也許只有他獲得了權力，才更能好好保護自己。

　　草原，代表著權力。

　　於是這一刻，真如不再猶豫，他按捺住了自己內心的不安與倉皇，只准自己堅定地回應平湖公主的期許，俯首說道：「我自當盡心盡力，只要公主與皇后能夠信守諾言。」

　　平湖公主滿意地笑了，她微微上揚起嘴角道：「本宮看好的人，自是不會錯的，接下來，你會得到你需要完成的任務。」

　　真如的眼裡，跳動著欲望混雜野心的凌厲之光，他的視線從公主的臉一直延伸到她的裙擺處，那明豔、華貴的牡丹，彷彿燃燒著她的眼，令他只看得見一片姹紫嫣紅、金燦絢爛。

　　那日之後，真如猶記得一夜裡，大雨滂沱而下，雷電交加，牆院裡的燈盞被狂風打滅，他第一次見到了王太后，那是個連眼神都毫不隱藏地展現出貪婪的女人，而站在這個女人身邊的⋯⋯

　　「就是你。」真如忽然輕輕地念出了他的名字，「李遇客。」

　　李遇客蹙起眉心，他似乎察覺到了真如在打什麼算盤，而殿內的康王捕捉到了這細小的變化，當即走到真如面前，冷聲質問道：「你果然知道一切實情，方才你提了這李氏的名字，莫非你二人真有勾結？」

　　真如沉下眼道：「你們已經抓走了我阿兄，不就是為了逼我道出一切原委嗎？」

李遇客忍不住低聲斥責道：「大殿之上豈能容你胡話連篇？休想在此肆意妄為！」

真如卻苦笑起來道：「原來，你也會怕？」

必是怕他供出一切，連同背後的勢力也一併供出。可惜了，的確是平湖公主和太后承諾了真如，而李遇客，就是他們送給真如的一把利劍。他們勾結一處，禍亂大唐，如今東窗事發，又想讓阿史那兄弟二人成為替罪羊，倒也是一手好棋。

「住口！」李遇客低聲怒喝，他似乎的確害怕真如全盤托出。

真如見狀，露出了極為滿意的神色，他心底冷聲嗤笑，視線掃過殿內的每一名臣子。這些人神情各異，有恐懼的、有不安的……

他彷彿能聽見這群人在嘲諷著：「阿史那都是一丘之貉，草原的狼養不熟的，連那質子到頭來也是要包庇同族，放在身邊實在危險。」

「以命相抵，才能還冤魂慰藉。」

「這等罪人，必該處死。」

呵！真如實在同情他們，想著唐國的子民也不過如此，膽小如鼠、無知怯懦，又如何能與草原的阿史那同日而語？卻是這樣的中原人主宰，統治著草原部落百餘年，連每一任的可汗之位繼承者都要插手管制，實在欺人太甚。

然而，他不是他的父汗，他也不是他阿兄，他本就是受慣了冷眼、忽視的庶子，自然不會害怕任何可怕的局面。

哪怕是要他……

「陛下。」真如頷首低頭，放緩了語氣，懇請玄宗皇帝道，「請允許我與李遇客單獨談話，在那之後，我會將一切實情都交付。」

康王卻斥他一聲：「好大的膽子！竟敢同陛下談起條件，你當真是不知道你如今的處境不成？」

真如卻以理服人一般：「我不過是想要為自己爭取一些時間罷了，難道在我認罪之前，連這點兒施捨都不願給予嗎？」

康王打量著他，又想到那已經關押的連那，自是有了幾分得意：「量你也不敢怎樣，你阿兄的性命可是掌握在你手裡，放聰明點兒！」

真如淡淡地點了頭，再次看向玄宗皇帝道：「陛下，請允許我的懇

求，事關大唐，且我也關心阿兄生死，必定不會亂來。」

玄宗皇帝瞇了瞇眼，他像是早就料到了真如會有這番舉動，一切都在掌握之中，於是他看向康王，並使了個眼色。康王心領神會地點頭，警告真如：「你別想要什麼花招，這裡是皇宮大殿，就算是一隻蒼蠅也別想飛得出去。想逃，可沒那麼容易。」

真如則道：「康王不放心的話，自是可以安排幾個御林衛跟在我們身邊，但有些話，我必須要同李遇客單獨來談，這的確關乎著大唐的命脈。」

康王覺得他在故弄玄虛，可也並不擔心他還會有什麼陰謀，不過是甕中之鱉，在做最後的垂死掙扎罷了。於是他對一旁的四名御林衛下達了命令，押著真如與李遇客二人到殿外的偏院內，那裡最近，常用來單獨審訊要犯。

接下來，在一眾臣子的窺視下，真如和李遇客被押出了大殿，走上了偏院的階梯。這偏院上頭還有一個閣樓，李遇客抬頭瞥了一眼那閣樓，約莫有四丈高，很少有人上去，連紅瓦都是破舊的。

等到了門口，御林拉開了院門，二人進去之後，御林便鎖上了木門守在外頭，斷然是不會讓他二人有逃跑的可能的，且又令道：「康王有命，只給你們半炷香的時間，誤了時辰，就不要怪我們讓你等受皮肉之苦了。」

李遇客應了一聲，再環顧這屋內，窄小潮濕，牆壁上還有陳年血跡，便知曉這裡是用來折磨囚徒的。接著他看向真如，壓低了聲音，首先開口道：「你做這些是有何打算？難不成還真想趁機逃出去？」

「逃？」真如笑了，「誰人能從皇宮逃出呢？一旦進來，再難出去。」

「既是如此，你又何必把事情鬧到這個地步？接下來，又該如何收場？」

「收場……呵！」真如輕蔑道，「你以為我還是在演戲不成？」

李遇客瞇起眼：「這話是什麼意思？」

「別傻了，你不會到了現在還執迷不悟吧？」真如言語中有奚落之意，他早已倍感厭倦，忍不住問他，「你難道忘記了你自己的門派，是如

何被朝廷屠戮的嗎？」

剎那間，李遇客蹙緊眉心，彷彿夢回曾經。

在成為驍衛軍的第二個年頭，他被朝廷安插在了刑部做祕密處決官。當時，皇帝在朝中大刀闊斧地實行變革，換掉了約莫半數遺老陣容，因受賄、買官的上三品，都在證據確鑿的情況下被抄了家，連同祖輩三代都被打發去了刑部受審。

在那段時間裡，作為祕密處決官的李遇客，處理了許多官僚老臣，且也學會了用更狠的刑與更狠的罰，連見慣了血腥的獄卒在外頭聽見裡面的慘叫聲，都會感到毛骨悚然。

不少御林軍都見識到了李遇客不動聲色的狠毒，他處置的官僚無一例外，都被懸吊在空中，身上囚衣血淋淋一片，裸露在外的皮膚也是血肉外翻，著實觸目驚心。

李遇客從來都是不急不惱，面色平淡，一張素臉背著光，顯出幾分蒼白，便也是見慣了大場面，對此等小差事早已提不起興致了，只管命人再拿來辣油，細細地塗抹在那些囚犯傷口上面。

如厲害嘶吼般的慘叫，讓在場守著的獄卒全身顫抖，胃裡翻江倒海，有的甚至忍受不住，捂著嘴衝出了牢房。

縱然是天地不仁，以萬物為芻狗，然，民不畏死，奈何以死懼之？於皇權相比，他只是一顆沙礫，可就算這是他的命，只要還有一線生機，他就試圖去抓住那微弱的希望。

人命竟如此輕賤，無權無勢之人，彷彿連一隻蟲都不如。

可八荒門的李嚴山也是個硬骨頭，想來這人早就不屑朝廷的做派，加上整個門派被屠戮的足夠慘虐，最為心愛的弟子還被收去做了驍衛軍，他自是心中恨極，以至於說什麼都不肯低頭，更是觸怒了皇帝。

於是皇帝祕密派遣出了一支隊伍，不僅血洗了八荒門，還一把火將門派和屍體燒了個精光，匆匆趕回的李遇客，只見到了慘劇的最後一幕，而唯一倖存的一名師弟，已被燒得焦黑，本以為能帶著他一起逃過一劫，可埋伏於此的祕衛軍守株待兔，將李遇客與那師弟一同抓獲，且皇帝，就在此處等著他現身。

其實天子也是凡人，再如何血統高貴，一旦沾上了邪念，也是要犯糊塗的。皇帝覺得李遇客已經留不得了，又可惜他一身武藝，於是他心生一齣妙計，便是廢了李遇客的武功，讓他成為一具行屍走肉，這樣一來，他再不能做任何不聽話的事情了。

甚至，還把那奄奄一息的師弟按在李遇客的面前，讓人敲碎了師弟的全身筋骨。李遇客的最後一位師弟，就那樣被活活折磨死了，而李遇客，只能眼睜睜地看著。

皇帝身邊的那些侍從，還爭先恐後地諫言著處死李遇客，他身為驍衛軍，知道太多朝廷的祕密了，多留一天必將後患無窮，更何況，他實在不夠順從！

「不如，拔掉他的舌頭？」

「抽了筋骨！」

「已經廢掉了武功，再砍掉雙腳也無礙！」

那些劇痛、抽骨般的過往，令李遇客頭皮發麻，他止不住地全身顫抖起來，如夢初醒般地看向面前的真如，咬牙切齒地說道：「莫再提及舊事。」

「可這些都是你告訴過我的。」真如企圖喚醒李遇客的良知，「難道你還沒有厭倦皇權的不公？竟還願意相信朝廷？先代的唐國皇帝已經害過你一次，如今的王太后也不會好到哪裡去，他們只是利用你、壓榨你，直到你再沒有一點能值得被他們使用的價值。屆時，你還是會被一腳踢開，王太后又怎麼可能會幫助你報復朝廷呢？別傻了，你只管把這一切都說出來，給朝廷一些厲害看看吧！」

「你……你簡直是瘋魔了……」李遇客臉色鐵青，退後一步，他覺得事態已不由自己所能控制，更是不能讓真如亂來。

「我瘋魔？」真如冷下眼，戳穿了李遇客，「是你與王太后把我逼到今天這個地步的。你們勾結一處，利用我來完成你們的陰謀，又要將一切髒水都潑到阿史那的頭上，想要毀了大唐與阿史那兩族的邦交。」

李遇客道：「你為王太后做事是你自己答應的，不也是惦記著草原可汗的位置嗎？又怎樣怪罪起我們？」

「是啊！」真如嘆了一聲，嘲弄起自己，「是我一時鬼迷心竅，被你們鑽了空子。」

他很快就醒過神來，下了決心一般地堅定道：「可你們不會得逞，休想讓我阿史那被唐國記恨，別以為你瞞著不說，我就拿你沒有半點辦法。這一筆血債，只能在我這裡結束，誰也別想瓦解阿史那部落。」

說罷，真如猛地將面前的李遇客推開，然後衝向那通往閣樓的紅木樓梯，飛快地朝上方的閣樓爬去了。

說來也巧，又或者是真如早在進了這房內之後，就已經計算好了的。他將李遇客推開的那一瞬，剛好是朝向唯一的木桌，恰好的力度與方向，導致李遇客的頭撞到了桌角，從而產生暈眩，以至於為真如拖延了時間。

等到門外的御林衛聽到聲響，再打開房門衝進來，先是發現了暈倒的李遇客，又意識到真如不見，他們倉皇地四下尋找一番，才發現真如是爬上了上頭的閣樓。

其中便有御林衛匆匆地去大殿，通知玄宗皇帝與康王，而這的確是玄宗皇帝沒有料到的，他起身隨御林衛出了大殿，不少臣子也跟在他身邊前去，便見到真如已經站在了偏院的閣樓頂端。

玄宗皇帝繃緊下顎，知曉自己被這個阿史那擺了一道。

真如遠遠地望著玄宗皇帝，得意地上揚起了嘴角，他在心裡暗暗竊喜著：「尊貴的唐國皇帝，你怕是沒有料到我會如此破釜沉舟吧？我本就是個不該出生的人，更何況，就算是螻蟻也不能小看，畢竟這世間，沙礫也可以捏成通天塔。」

微風捲起碎花，黏在真如髮上、肌膚上，冰涼如針，刺骨寒冷。

「你永遠都不會知道黃金東珠的下落。」真如露出笑容，仰起頭顱，伸出雙臂，呢喃道，「願我族生生不息。」

話音落下的瞬間，真如身體後仰，整個人從欄杆之上向後墜落，消失在了閣樓之上。

而此時，偏院內的李遇客恢復了意識，他從地上爬起身，揉捏著脹痛的太陽穴，忽覺面前一道黑影墜落。

「砰！」的一聲巨響，真如跌落在地，鮮血從他的嘴角溢出，李遇客凝視著他的眼睛，四目相對，空氣凝結，那血液一直流淌到李遇客

· 324 ·

的腳邊。

真如的身體似乎掙扎般地痙攣了幾下，緊接著，便一動不動了。

李遇客滿眼驚愕，全身發涼，恍惚中抬頭去看，玄宗皇帝走下了殿堂階梯，他的臉上布滿肅殺，抬手一指，御林衛趕忙將真如的屍體拖去了旁處。

康王跟在玄宗皇帝身邊囁嚅著：「陛下，事發突然，還是要從長計議才可。若是傳去了阿史那部落的耳朵裡，只怕……」

玄宗皇帝沉默著，漠然地俯視著李遇客，對康王道：「把他抓起來，嚴刑逼供。」

康王一凜，抬起頭來問：「陛下？」

「今日所有的一切，都要他認下罪來。」玄宗皇帝的臉色鐵青，「要給草原的阿史那一個像樣的交代。」

康王會意，立即領下命令。轉眼看向李遇客，不由得露出了一絲憐憫的神色，而李遇客的表情已然平靜無波，他像是已經做好了只有自己才知曉的打算。

然而，後方的蕭如海卻已是額冒冷汗。阿史那真如死了，另一個又被抓進了獄中，原本是陛下打算使的苦肉計，用來威脅真如認罪，並說出黃金東珠的下落，可誰曾想，真如寧死不說，硬生生地將這線索給狠狠掐斷了，又要把禍事都嫁在李遇客的身上。

「想來這李遇客，曾身在霓裳樓出沒過……說不定與白之紹是熟識。」蕭如海餘光瞥見李遇客已經被御林衛帶走，知曉今日的殿堂鬧劇算是告一段落，至於眼下，他要趕緊去霓裳樓，將此事告知白之紹才行。

正欲趁混亂之際離去時，玄宗皇帝卻喊住了他。

蕭如海立即俯首行禮，玄宗皇帝踱步到他的面前，嘆了一聲，道：「如今也是水落石出，真凶已死，你門下那被冤枉的小卒，也能免去罪犯頭銜了。」

蕭如海聽到此話，猛地抬起頭來：「陛下之意，是沈勝衣已經恢復了清白之身？」

玄宗皇帝點頭，傳來了周侍郎，提點道：「下一旨，讓蕭如海帶回去吧！」

周侍郎遵命道：「陛下隆恩。」

蕭如海不由得露出震驚又欣喜的表情，想到這也是因禍得福，沈勝衣終於沉冤，倒是讓金吾衛也一併得回了清譽。

「蕭長官，請隨我來吧！」周侍郎領了路，轉身帶著蕭如海離去時，又催促殿內的侍女去清洗偏院門口的血跡，還說誰人都不准洩露消息，否則也一併發配獄中。

途經偏院門前，蕭如海淡淡地瞥了一眼地上的猩紅，心中並無同情，反而是極度輕蔑。

如果沒有這一場謀劃，金吾衛也不必淪落至此，好在一切都守得雲開了。

蕭如海釋然的同時，又感到了惴惴不安，耳邊總有奇怪的暗示在不停迴響：真的就此結束了嗎？

這麼輕易？

他蹙緊眉，總覺得謎團仍舊尚未解開。

第二十三章

等到早朝散去之後，眾臣離開時皆是嘀嘀咕咕，唯獨康王是最後下朝的。且玄宗皇帝退朝時，與他遞了一個眼神，康王心領神會，便等到人群散去後，看向了仍舊跪在空曠大殿內的魯契。

魯契悄悄抬起頭來，撞見康王的眼神，心下不由一驚，當即垂首。康王的目光打量了他一會兒，接著便喚來守在門外的御林衛，低聲令道：「押這要犯前往兩儀殿。」

御林衛領命，立即架起魯契的雙臂往外走。魯契一臉驚慌、不知所措，康王沉吟片刻，便跟上他們去了大殿後頭。

玄宗皇帝每次退朝之後，都會去兩儀殿稍作休息，此處也是他用來商議宮中要事之地，康王早已對其中瓦房的排列瞭若指掌。殿內素牆紅瓦，平席簡案，門前的矮柱是琉璃磨製而成，窗下種著忍冬。康王將魯契帶進殿內，立即命御林侍衛退去，關上房門的時候，屋內只剩下玄宗皇帝、康王與魯契三人。

此般時刻，玄宗皇帝正坐在中間一張雕花紅木的大椅上，上頭鋪著端端正正的雄獅皮。康王向前邁出三步，攏起袖子，雙手深揖，玄宗皇帝拂手令他去坐，康王順勢坐下一旁。

玄宗皇帝移了移視線，落去魯契身上，一雙眼眸倒也有幾分冷銳之色。魯契立即嚇得背脊發汗，躲閃著眼神不知所措，康王餘光瞥見他已失了鬥志，連忠心怕是都所剩不多了，就乾脆滅了他的最後一絲希望，直言道：「魯契，你主子已死這事，你是該清楚的。」

魯契對唐話不熟，但個別詞彙卻能明白，譬如，「死」字。

「可陛下並沒有因為你主子的死而遷怒於你，反而是將你帶來此處，你猜陛下是何意？」康王問。

魯契吃力地聽著，半晌過去之後，他才膽怯地囁嚅道：「我……我真的不清楚黃金東珠的下落……」

「啪」的一聲，康王用力地拍了案桌。魯契嚇得瑟縮了脖子，他聽見康王指責他道：「你不要太過放肆，陛下自是可以將你收監，再不知好

歹，你可有苦罪要受！」

魯契這下慌了，趕忙磕頭求饒：「我所言屬實，沒有半點兒假話！若我知曉黃金東珠的下落，一定會想方設法戴罪立功的，哪裡還需要在這白白周旋？」

玄宗皇帝聽聞此話，眼神略黯了黯。他清楚魯契不過是阿史那真如手下的一枚棋子，必定是不會把重要的資訊告知給他的，棋子而已，又如何能觸碰到核心線索呢？

於是，玄宗皇帝抬了抬手，示意康王不必再為難下去。康王見狀，只得立刻收下了話語，又見玄宗皇帝端起了茶盞，輕輕抿了一口，沉聲問著：「康王可記得三日後還有的大事？」

康王點頭道：「自然不敢忘。三日之後，是犬子與月泉公主大婚的好日子。」

玄宗皇帝道：「既然如此，你就要在這三日內找出黃金東珠才行了。」

康王怔了怔，心想著：「今日阿史那真如在朝廷上所說的話，已經讓兩班文武都聽到了，黃金東珠不見了去向一事的確是真，若是到了成婚當日，那寶貝還沒有現身，只怕會讓自己與玄宗皇帝乃至大唐，都在天下人的面前丟盡了臉。」

而玄宗皇帝寥寥幾語，已是道盡了利害：「兩族邦交，自然不需要一顆珠子來維繫，可珠圓玉潤，到底還是要圓圓滿滿，才能瞭解此事。」

婚事與案件，都需圓滿。

康王蹙起眉頭，只得領下了差事：「陛下吩咐，我自當如時交付。」

玄宗皇帝看了一眼魯契，有些不耐煩地對康王遣道：「帶這個奴才下去吧！若他能幫得上你，就留著用。」

這話被魯契聽進耳裡，整顆心都涼了大半截，他知曉自己必將下場淒慘，死倒是算幸運了，就怕求生不能、求死不成。於是，他忍不住要懇求道：「陛下……留我一命的話，也未必幫不上忙，我主人他留下過一些線索，我雖然不知是真是假，可到底也算是頭緒。」

玄宗皇帝便看向了康王，略一抬眼，似是暗示。

康王自是明白，起身時同玄宗皇帝道：「陛下，臣先告退。」

而後，他又命魯契道：「你隨我一同走。」

魯契瞥見玄宗皇帝不動聲色，猜想自己可能是有了一絲希望，就趕快退出了殿內，跟隨康王一併離去了。

康王腳步匆匆，神色嚴肅，魯契跟在他後頭，怯怯地問了句：「您要如何處置我？這……是要去哪裡？」

康王懶得回應他，魯契閉上嘴巴，不敢再問，餘光瞥向周遭，發覺偌大的宮苑之中，皆有御林衛在把守。途經一處矮亭時，魯契聽到康王交代了兩名御林衛道：「你們把他押去我的住處，不見我回，不准鬆懈。」

御林衛立即照做，帶著魯契就朝康王的宅邸去了，魯契能夠感覺到自己沒有生命危險，便也順從地跟著御林衛前去。走了一會兒後，他轉頭偷瞄康王的背影，見他往宮苑更深處走著，一片斑駁樹影打在他身上，竟有幾分詭異之色。

彼時，在陰鬱的牢獄裡，一桶涼水潑過來，李遇客不知是第幾次清醒。

可四肢的劇痛令他精神錯亂，天旋地轉中，他只看得清對面坐著的人是蕭如海，而他自己呢，卻是被綁在木樁上，四肢癱了一般，簡直如同曾經舊事再現。

蕭如海木然地注視著眼前血淋淋的男子，命人道：「水。」

又是桶沁入骨髓的冷水襲來。

金吾衛的分隊隊長韓束站在蕭如海身側，最近這陣子，他似乎早已習慣了這種人間煉獄般的景象，想來多少金吾衛就是這樣被虐待致死的，在慘遭陷害的這段時間裡，金吾衛可吃盡了苦頭，倖存下來的已經為數不多。若不是今朝沉冤得雪，洗清了殺害舒王的嫌疑，怕是還要再殺一批兵卒來洩憤。

但這個元凶李遇客的運氣，可要好很多。玄宗皇帝既然答應了不殺他，就不會殺他，卻也要折磨一通，直至消了所有人的心頭之恨。

當然，蕭如海心裡也是恨的，這樣一個李遇客，害得金吾衛淪落至此，哪怕是恢復了清白，也已經人丁薄弱，想來實在可氣。於是，他也默許了韓束折磨李遇客的法子，以至於李遇客身上的衣衫已經猩紅一片，他照樣視若無睹。幾個小時下來，李遇客神智不清，又被強迫吃下了不知名

的藥物，很快便開始抽搐起來。

當康王派來的侍從走進此地，李遇客正在痛苦的吼叫。那聲音太過嚇人，害得侍從的後背，起了一層密密麻麻的雞皮疙瘩。且此處潮濕猩重的血氣味撲鼻，那被刑罰的人近乎奄奄一息，著實觸目驚心。

反觀蕭如海，他面色平淡，一張臉背著光，顯出幾分蒼白，便也是見慣了大場面，對此等境況也提不起興致。可康王身邊的侍從只是文弱小廝，見不得這般可懼的景象，他胃中噁心，捂著嘴衝到一旁。

蕭如海餘光瞥見他，緩緩走到他身邊，倒也公私分明地道：「你是康王身邊的人吧？」

侍從趕忙擦了擦嘴，皺著小臉，恭敬地低眉順眼，傳達了指令道：「蕭……蕭長官，康王有請……」

話沒說完，蕭如海就抬手示意他閉嘴，侍從只得噤聲。他看到蕭如海同韓束耳語，然後韓束便對幾個獄卒說道：「把他拖出來，押去下頭的地牢裡頭。」

獄卒得令，幾個人餘光瞥一眼滿身是血、已昏死過去的李遇客，竟也分不清此刻他究竟是人還是鬼了。因為這牢裡的人都知曉，牢獄下頭的地牢是關押死囚的，就算不是死罪，也無法活著離開。

安頓好了這些，蕭如海才看向侍從，對他點頭道：「請。」

侍從膽戰心驚地走在他前頭，腳步之快，生怕慢了一點兒，都要陷在這可懼的牢房裡頭。

幾乎是同一時間，康王手下的人也快馬加鞭地來到了霓裳樓，在白之紹以為是朝廷發現了沈勝衣藏身在此的時候，來者卻直截了當道：「殺害索義雄與舒王的真凶已經抓獲，我們是特地來請沈氏到康王府上商議要事的。」

白之紹一怔，心裡懷疑這其中是否有詐，來者早就料到了這些，便把玄宗皇帝下的旨諭丟給了白之紹：「聖人已經下了皇印，自無虛假。」

倒果真如此。

可，怎會如此之快地破案？且無聲無息，究竟發生了什麼？莫非是朝廷有意封鎖了消息？白之紹腦內飛速運轉，而躲在門後的沈勝衣聽到這些，心中自是又驚又喜，他轉頭看向和他一起偷聽外頭談話的幻紗，她朝

自己做了個手勢，示意要穩。

沈勝衣默默點頭，繼續聽下去。

「霓裳樓窩藏要犯一事，朝廷已不再追究，只需讓沈氏隨我們一同進宮，事發緊急，不得耽誤。」來者言辭急迫，催促白之紹，「你且把他交出來，聖人不會為難他，更不會降罪你這霓裳樓。他還需戴罪立功，才能恢復徹頭徹尾的清白之身，否則，他與那真凶之間的關係，也會被聖人懷疑。」

白之紹蹙起眉心，他不懂這人究竟何意，而「真凶」二字也令人生疑，正困頓著，那來者便問道：「怎麼，沈氏與李氏不是師叔侄的關係嗎？」

白之紹驚住，他還未反應過來，就聽見匆匆的腳步聲從身後傳出，沈勝衣滿面驚容，他詢問那來者：「你剛剛說的李氏可是李遇客？」

來者打量了沈勝衣一番：「看來你就是沈氏了，走吧，隨我們去見康王。具體事宜他會交辦，我們不過是交差的人，其餘一概不知。」說罷，就用眼神示意沈勝衣上去旁頭的車輦。

沈勝衣攢起拳頭，心裡也是犯起了合算，想著，若朝廷真想抓他，根本沒必要徵求他的意見，直接搗了霓裳樓便是。且又提及李遇客，便不會那麼簡單，再拿清白來威脅他，也是掌握著他的籌碼，如此一來，他根本就沒有退路。

若是不合作，就會被幹掉。

思及此，沈勝衣看向白之紹，點頭示意，然後就徑直地上了那車輦。來者交差心切，也沒有再逗留的意思，帶著人就離開了。

在馬車駛遠之前，幻紗心有擔憂地追出霓裳樓幾步，卻被白之紹攔住，她轉頭看他，白之紹對她搖頭，暗示她莫要亂了陣腳。

「你難道不覺得這不合乎常理？」幻紗語氣中帶著焦躁，以眼示意前方那遠去的車輦小隊，「只怕是個圈套，沈勝衣很有可能一去不回。」

白之紹卻說：「不！他們是康王的人，對於沈勝衣來說，康王並不是敵人。」

「我們怎麼知道康王是不是敵人？」

「不合作的，就是敵人。」白之紹說，「而沈勝衣想要活命，且是保

留清白的活命，就必須要去合作。至少，目前的話得合作。」

　　幻紗有些不明其意，她只是擔心沈勝衣的安危，至於別的，她全不在意。而坐在車輦上的沈勝衣，屢次去搭話外頭騎馬的人，言辭之間都在打探李遇客的事情，可那人到底是不知實情的，回答的都是皮毛，沈勝衣明白對方並非有意隱瞞之後，也就不再刨根問底。

　　畢竟，用不了多久就會知道了。他拚命地按捺住性子，撩開車簾一角，循望著所經之處——正是路過西市賣金銀器的一條街，賣主多數是胡人，擺在鋪子上的，也都是些稀奇古怪的東西。其中有一個留著山羊鬍子的胡人老頭，察覺到沈勝衣的視線，他抬起頭與之對視，做出了一個展示自己鋪上寶貝的動作，像是在對沈勝衣炫耀。

　　沈勝衣無心觀賞，倒是匆匆瞥見了有幾樣珍寶的確稀罕，甚至極為炫目。

　　「想必幻紗會喜歡吧……」他當時有過這樣的念頭，但又覺得肯定貴極了，自己怕是買不起。正想著，車輦忽然停了下來，騎馬領頭的人翻身下馬，走到那老頭的鋪子前亮出腰牌：「朝廷辦事。查貨。」

　　老頭眯了眯眼睛，有點兒不情願，不願意配合。

　　那人倒也說得很亮堂：「我們現在懷疑這條街的金銀鋪子裡，藏著朝廷要找的寶貝，也懷疑鋪子店主與外族部落勾結，需要徹底搜查。」

　　老頭大概是不明白這些事情的，還很不耐煩地說道：「我做了幾十年金銀生意了，可從來沒有與外族有過任何勾結，更不賣貴重物品，你們就是搜破了我這小店，也搜不出來你們要的寶貝。」

　　「那要我搜過才知道！」

　　老頭扭捏了半晌，才讓那人進了自己的鋪子。

　　其實沈勝衣是知道的，類似這種鋪子都和朝廷有生意往來，自然也是有靠山的，普通官僚根本不能把這些店主怎樣。但是到了康王的這個階位，自然是想搜就能搜的，畢竟再往上數，也就只有玄宗皇帝與王權相了。

　　沈勝衣放下車簾，等了一會兒後，那人就已經回來，從他與同伴的對話中可以得知，金銀鋪子裡並沒有康王想要的東西。

　　那人在重新啟程時，低聲嘆了句：「索性帶回去了個沈氏，也不至於

會讓康王生氣了。」

沈勝衣眉頭一皺，心想著這群人似乎也並不是簡單地「毫不知情」。

一絲疑問在沈勝衣腦子裡閃過，他猛然想起白之紹曾經對他說過的那番話……

「如今，我已不再插手朝廷之事，更何況整件事，早已是一場撲朔迷離的陰謀，即便是神仙也沒辦法。我早已過慣了如今的自在日子，自然也不想扯進這渾水裡頭。」——白之紹早料到了朝廷內亂，當時的話語，更像是一種預示般的暗示。

再細細回想，白之紹還說過……

「這可不是感情用事的時候。其一，混亂局面下必要明哲保身，朝臣已在暗中徹查新科狀元與名妓的死，正缺替罪羊來頂上黑鍋；其二，長安城中未必有表面看到這般繁華太平，一朝風雲改，誰人也料不到將會如何改朝換代。最後的一點，無須為了一個無關之人，賠上自己性命。」

可倘若這個沈勝衣死了，還會有下一個沈勝衣遇難，千百個無辜的沈勝衣都將白白犧牲，為何而死？

為了誰的權謀？整個長安的百姓，也要嘗此無辜之痛嗎？誰人在最初不是對朝廷擁有著赤誠之心呢？

在仕途中遭受了權貴與朝廷冷酷無情的對待，對朝廷、權貴與社會逐漸心寒後，自然會開始質疑曾經的鞠躬盡瘁是否值得。

還記得在當日，李遇客說服白之紹道：「你所建立的螻蛄組織，不也正是因為痛恨不公的權貴壓迫嗎？你明明那麼痛恨那些高位之上的人，難道打算坐視這群虎豹豺狼在長安肆虐？若想不被達官貴胄趕盡殺絕，就要去抗爭，拿回屬於自己的那一碗羹。」

人性從來都是趨利避害，可以背叛忠義仁德，但絕不會背叛利益。

天下熙熙，皆為利來；天下攘攘，皆為利往。

任何人都在權衡利弊，沈勝衣也知道，當時的白之紹被架在了一個進退兩難的境地，若執意不幫，反而會成了有失道義。只是，倘若他真的幫了這忙，那他便要將霓裳樓置於危險之中，他將會成為窩藏、幫助，甚至掩護朝廷要犯的一員，整個霓裳樓當真要平白無故地與之一同冒險不成？

猶記得當時，白之紹難以做出抉擇，是幻紗輕輕扶住了他，推了他一

把，在給予他支持。白之紹似乎也因此而安心，覆住幻紗的手，用力按了按。這一舉動被沈勝衣看進眼底，曾經的他，心裡是忽地一陣難過。

明知這般危急關頭，又勞煩師叔為他求人相助，他不該產生不必要的兒女私情。天公的確沒有算好時辰，偏生要讓他在這種水深火熱的節骨眼，遇見了這麼一個勝似仙子般的妙人。

當時的沈勝衣，的確覺得可惜又失落。反觀今朝，他已經徹底蛻變了一般，不再會因為一點點風吹草動而憂心忡忡，也不再覺得自己的「罪人之身」會拖累幻紗。

指引他前往康王住處的，只有一個核心所在……

完成這筆交易。

他與康王，無非是各有所需。

而這個時候，身在牢獄中的李遇客，微微地睜了睜眼，似乎恢復了一些神智。迷迷糊糊中，一陣黴臭之氣直衝鼻端，但猛地睜開眼來，卻是一團漆黑，什麼也瞧不見。他第一個念頭是：「不知我是不是死了？」

又覺得全身無處不痛，喉頭乾渴難當。他痛苦不堪，喑啞著嗓子，喚著：「水……水……」

叫了幾聲都無人來應，他像是失了力氣，再一次昏睡過去了。夢裡突然看見了自己的往事，八荒門之所以遭到迫害，也與師妹有關。作為掌門李嚴山的獨女，師妹桀驁不馴，又習得一身本領，加上姿色不俗，的確與那些深閨小姐不同。

而當時的皇帝想要將師妹收進宮中，金銀、綾羅綢緞源源不斷地賞賜到八荒門，李遇客在驍衛軍中的官階也一升再升，但師妹根本不願做深宮的妃寵，她志在江湖，又怎會看得上皇帝的小恩小惠？

可這苗頭一旦露出，重視顏面的皇帝，必然是不會讓八荒門好過的，明裡暗裡的刁難倒還好，李遇客遭到朝廷重臣孤立奚落也不打緊，最痛心的是，皇帝直接封了八荒門，還帶著御林侍衛住了進來，占有了師妹。

想來八荒門是江湖上的名門正派，從未有哪代皇帝敢這般輕賤八荒門，便是那個尚且年輕的皇帝如此失道！

「乾脆殺了那狗皇帝，我再與師弟、師妹一同策反朝廷。」李遇客曾經被逼迫到了這般絕望境地。

李嚴山怒斥他：「這般連累門派的話莫要再說！」

「難不成要一直這般忍辱負重地苟延殘喘下去？」李遇客已經忍無可忍，「我們八荒門無欲無求，不與任何門派同盟，只是明哲保身，且我身為大師兄，也聽從了朝廷安排，去帶著那幫驍衛軍為他做事，他還有什麼不滿足的？非要糟踐我師妹，他有那麼多願意做妃子的女人可以選，何必來強扭我師妹？」

是啊！若沒有這一齣鬧劇，他本該與師妹喜結連理，又如何會見到師妹因不堪羞辱而自盡身亡的殘局呢？

而這些，都是誰人害的？害得八荒門內人心渙散、搖搖欲墜的，不正是那豬狗不如的皇帝嗎？天下女子那麼多，他隨便選哪一個不好，偏要毀了他師妹。倘若師妹還活著，他李遇客，怎會是像現在人不人、鬼不鬼的面貌？這般想著，李遇客心痛萬分，恍惚中竟見到師妹出現在面前，將自己摟在懷裡，柔聲安慰，叫自己別再沉浸過去，更不要被八荒門的一切牽絆住手腳。

李遇客也想伸出手臂，將師妹緊緊地抱住，可剛一抬頭，就發現師妹的整張臉都發生了扭曲，整張臉像是鬼皮一樣掉落下來，露出血肉模糊，又伸出血紅的長舌，露出獠牙向他咬來。

李遇客受到驚嚇，拚命掙扎，然而全身都僵硬地動彈不得。最後，他感覺那利齒在他身上不停撕咬，扯下皮肉，疼得他幾度昏厥……

就這樣折騰了許久，疼痛使他不住地發出呻吟，令守在牢獄外頭的獄卒有些不安地悄聲嘀咕著：「怕是要去知會蕭長官一聲才是，他這樣下去，怕是熬不過今晚了。」

另一名獄卒道：「是啊！身上的傷太重了，流血又多，若不現在去找御醫來處理……」

「誰敢去找？你我可做不了這主。」

「也不知道蕭長官究竟何意，到底是要活活地把他折磨死，還是要點到即止？」可他們身為兵卒，又不敢去詢問，但聽不得那陣陣呻吟，心中自是十分焦躁。

且再說玄宗皇帝那頭，他近來也是不太順心。這兩年來他減少了百姓稅收，又賑濟東南，還試圖修建城牆來抵禦外襲，國庫有了些吃緊的

架勢。某些臣子也要見縫插針地搞著陰謀詭計，好在百姓打從心裡認為他是品行端正的賢帝，可人非聖賢，孰能無過，便是天子，也是有自己的難處。

這會兒，他剛從寢宮前去書房處理朝務，就見王權相候在他殿外。

玄宗皇帝知他又要說那些惹人煩的話，心裡不由升起煩意，但是，面子上卻還要表現出不動聲色的模樣。王權相倒也不急著來見過聖駕，他總是倚仗自己的閱歷和年紀，輕視玄宗皇帝，每每都要讓玄宗皇帝對自己頷首，他才算心滿意足。

這一次，他也照例沒有拜見玄宗皇帝，只隨玄宗皇帝進了殿內，在侍女點燃宮燈退下後，王權相才將前來見聖的目的呈上。他說：「陛下，老臣今日先去見了太后，就有關王汝失蹤一事，太后與老臣的顧慮不謀而合。」

玄宗皇帝聽得心煩，強忍著內心的煩躁，道：「權相與太后總是心有靈犀，實在默契。」

王權相聽出弦外之音，沉聲道：「陛下聖明。可陛下要恕老臣直言，這金吾衛殺人的案子也鬧上一陣子了，眼下雖找出了真凶，但王汝仍舊下落不明。陛下反倒是更加關注黃金東珠，老臣思來想去，總覺得尋我女兒的事，不該比那物品落在後頭。」

玄宗皇帝沉吟片刻：「朕以為權相的愛子早已處理好了此事。」

王權相聞言，一張老臉青紅相間，他索性也不拐彎抹角，乾脆直言不諱道：「陛下，犬子王亭是什麼樣的品性，你與他自幼一同長大，必然是再清楚不過的，又何必聽信讒言呢？更何況他心急胞妹的安危，自然是會在一些事上失了分寸，可蕭如海人好好的，便也沒必要再揪著那一點小小的過失不放。且說本就是蕭如海有失職責，自打他當上了金吾衛的北衙長官之後，就總是縱容手下的那群兵卒，他們何時把王亭放在眼裡過呢？怕不是王亭想求他幫忙找人，他卻擺高了架子，再搬出陛下來頤指氣使！」

玄宗皇帝沉著臉色，心想這心思歹毒的老東西，總是造謠，說這種子虛烏有的事情，枉費蕭如海尚未將王亭的事件道個來龍去脈，王權相卻早早跑來這裡落井下石，實在可恨。

見玄宗皇帝沉默著，王權相有些焦急，不得不催促道：「陛下！朝

中人人皆知你偏袒金吾衛，想來金吾衛的確在這些年裡為大唐做了不少事，可他們不分青紅皂白地抓人入牢也是事實。前些年頭他們與刑部裡應外合，扳倒了不少曾對大唐有功的老臣，他們那把年歲在牢獄裡，是萬萬吃不得絲毫苦頭的。而陛下明知此事，卻從不問罪金吾衛，連太后都看不下去這些慘狀。老臣如今就斗膽問上一句，陛下究竟是為何被金吾衛迷了心智，即便是案子未破之前，也還是要庇護他們，就不怕在朝臣心中失了信服？」

玄宗皇帝略一低頭，終於冷聲道：「權相，朕勸你還是好生關心自己的家務事為好。畢竟王氏的舊賬，朕心裡也有分寸，而金吾衛一直不敢動你，也是敬重你的資歷，權相就莫要跑來朕的面前來倒打一耙了。」

見被識穿了來意，王權相的臉色就變得十分難看了。且說玄宗皇帝這小兒，的確是已經對皇權輕車熟路，王家曾在玄宗皇帝剛剛登基稱帝時騎在他頭上作威作福的日子，怕是已成幻影。如今的玄宗皇帝無人能夠猜透，究竟是金吾衛自作主張，抑或是他借金吾衛的手剷除異黨，都已不得而知。只不過，王權相還是執意問出：「陛下，你是連太后的顏面也不放進眼裡了不成？」

玄宗皇帝當即陰沉下臉，眼底浮現了幾分狠戾之色。

王權相乘勝追擊般地笑了笑，暗示般地提點道：「不過，陛下的確是應該要記得王氏舊賬的，畢竟曾經的王氏女子，也是後宮妃嬪，斷然不該被陛下忘記。」

這話令玄宗皇帝眼前浮現出了零碎的記憶，就彷彿是他那命人畫在殿中牆上的異域彩圖——仙子、彩雲，成群的女仙衣香鬢影，裸露酥胸，腰間圍著薄如蟬翼的輕紗，腳上的繡鞋赤紅如霞，一個一個騰雲駕霧，似一團團氤氳香風。

其中只有一個女仙有著清晰的五官，她容顏清麗，眼眸水濛，長髮束鬢，衣衫為朱。玄宗皇帝不由得蹙起眉，就好像當年的身影又從眼前晃了過去，她雪白脖頸，青絲順柔，纓紅唇瓣，眼含水澤。

只可惜，那身影到底還是轉瞬即逝，不過是在玄宗皇帝的心尖，平添了一抹痛楚。

他似有嘆息，而後抬起眼，不悅地看向王權相道：「朕會讓金吾衛

將王汝的下落查出的，對權相來說，她是你的黃金東珠，自然也不會被怠慢。」

王權相終於滿意地拜叩了玄宗皇帝，道：「臣，謝過陛下，還請陛下遵守承諾，助老臣一家團聚。」

玄宗皇帝再不多言，只抬了抬手，遣退了王權相。

此時，已是酉時。

康王府前，車輦停靠，沈勝衣被驅下車，門外守衛與帶頭的人交接後，打量沈勝衣一番，開門放他進院。沈勝衣獨自走了進去，大門立即關上，他似乎覺察到了一絲詭異，轉頭望了一眼緊閉的大門，皺起了眉心。

康王的府院偌大且清淨，沒有侍從來迎接。沈勝衣謹慎地掃視了周遭一圈，然後順著小路向前走去。他尚且不知康王在哪裡等著自己，又無人帶路，只好自己去尋。在繞過長廊石柱後的時候，沈勝衣看到一個侍從正靠在牆角邊，腦袋軟軟歪向一側，眼睛瞪得大大的。

沈勝衣過去蹲下身子，伸手探了一下他的脖頸，發現這人已經沒了氣息，可身體還沒有涼透，大抵是剛剛遭到毒手。他趕忙把屍體翻過來，看到侍從的背後插著三枚暗器，打出了傷口眼子，卻沒有過多血量流出，一定是傷及內了肺腑，造成內部出血而亡的。

這人大概就是前來接應他的侍從了。可這裡是康王的府院，怎會有人慘遭毒手？又是被誰殺害？沈勝衣目光一凜，不由得滯了滯呼吸，恐怕，凶手現在還沒有離開。

必定是還在這府內。

沈勝衣不敢輕舉妄動，他保持著蹲在地上的姿勢，快速地察看周遭形勢——庭院、水車、紫青藤、高高低低的紅木架，隨風搖晃的宮燈，還有一座青色的假山。那假山極高，完全可以遮掩成人的身軀，哪怕對方是高大粗鄙的壯漢。

沈勝衣深吸一口氣，慢慢地站起身，悄悄地朝假山走去，他身子緊貼著假山這一端，屏住呼吸，先小心翼翼地掏出自己腰間的短刀，然後反手握住，再猛地跳躍到假山前面。

假山後沒人。

只有一陣詭異的晚風吹過。

沈勝衣看到這後頭有一個小小的池塘，池水有些渾濁，水面上已經浮起了綠色的苔蘚。

　　看來康王府內的侍從也會疏於打理池水……沈勝衣心裡暗暗想道。

　　他注視著池水，看到一尾紅色的鯉魚游了過去，可很快，另一條金鯉受到驚嚇般地調轉了方向，這令沈勝衣一怔。待到接下來，水面忽然冒出氣泡，而說時遲那時快，一道黑色的身影從水底衝了出來，掀起大片水花的同時，抬手飛來了三枚暗器。

　　沈勝衣大驚，迅速仰後，躲開了暗器攻擊。那黑衣人又是轉手射出一枚暗器，這次刮破了沈勝衣的臂膀，索性只是擦傷了衣服與皮肉。他無暇顧及，當即衝去還擊，可黑衣人心思縝密，像是料到了沈勝衣的進攻方式，每一招都能躲開，顯然是占了先機。

　　沈勝衣心中不快，想著——若不是我沒有料到這人藏身在水下，也不會被他搶了上風！然而他這樣做，必定是不想驚擾康王府內的其他人，一旦引來大量侍從，他必然寡不敵眾。但，不對……

　　為何康王府現在如此安靜？這刀劍聲不會引起旁人察覺嗎？還是說，這是個陷阱？一直在等君入甕？沈勝衣腦子裡一片亂糟糟，但他還是試圖將黑衣人逼到假山中間的縫隙處——那裡很狹窄，一旦成功，黑衣人就躲不過他的刀刃。

　　可黑衣人立刻就發現了沈勝衣的意圖，他向左一閃躲，沈勝衣撲空的同時，又被黑衣人抓住了衣襟，沈勝衣掙扎著去刺他腹部，黑衣人反手推他一掌，二人雙雙跌入池水之中——「撲通」！

　　水花四濺！

　　沈勝衣在水下撲騰著，黑衣人又打算以暗器害他，沈勝衣一腳踹在黑衣人腰間，那黑衣人不得不鬆開了沈勝衣，從而率先逃去水面。待到沈勝衣跟著爬上去的時候，黑衣人已經逃向了牆角，沈勝衣迅速爬起身，抹了一把臉上迷亂視線的水跡，緊追不捨。

第二十四章

可沈勝衣只追出去了十幾步，他突然覺得腳底一陣刺痛，急忙停住腳步，低頭去看，竟發現自己踩到了一枚豎起的尖銳暗器。還好只是刺穿腳心，並未穿透腳背，只是這麼片刻的耽擱，那黑衣人已經翻牆逃了出去。

沈勝衣「嘖」了一聲，憤怒地抬起腿，拔掉了腳底的暗器，拿到眼前仔細觀察一番，發現這暗器的形狀有些特別，鋸齒細碎，中間實心，這若是射進胸口或腹部，都是極度致命的。他沉下眼，心想著：「難怪會造成那侍從肺腑的內出血。」

只不過，他從未見過這種暗器，更是不知是來自哪門哪派，不禁有些困頓。直到窸窸窣窣的腳步聲傳來，他猛一轉身，舉刀的動作嚇壞了提著燈燭前來的王府侍女。

沈勝衣立即放下戒備，侍女怯懦道：「閣下可是金吾衛的來客？」她們的目光打量著沈勝衣的衣衫。

沈勝衣點頭道：「在下金吾衛沈勝衣，前來赴約康王。」

兩名侍女互相看看，然後轉身道：「請隨我們來這邊。」

沈勝衣跟上她們的腳步，繞過長廊，去了後院的廂房處。且在經過方才位置的時候，沈勝衣發現侍從的屍體已經不見了，他微微蹙眉，難道是王府內的人發現了屍體，並已經將其帶走？這般俐落迅速？

總覺得有幾分詭異。

沈勝衣正想著，腳下刺痛連連，走起路來也有些不適，待侍女停在一處暗房前，扣響房門，一聲「進」字傳出，侍女們便推開了木門，側身給沈勝衣讓出了路。

沈勝衣腿腳不利，一瘸一拐地走了進去，侍女們立即關上了門。

「吱呀」一聲……

在看到室內坐著的身影時，沈勝衣面色一凜，暈黃的燭光之中，蕭如海投來淡漠的視線。

康王在這時抬了抬眼，一昂下巴，示意沈勝衣落座：「我與長然已經等你有陣子了，快坐下，此事要三人到齊後才能細細協商。」

沈勝衣雖有愕然，但也很快就恢復了神智，他先向康王作揖，又對蕭如海行禮，接著，坐到了蕭如海對面的椅子上。他想著方才在霓裳樓前，已經親耳聽到自己被玄宗皇帝赦免的口諭，既是如此，那就已經是清白身，便不必再畏畏縮縮。更何況蕭如海是北衙的長官，自是心繫金吾衛，而自己又是金吾衛的一員，本就不必心虛。

　　而康王也先是恭賀了一句：「沈郎已洗脫了冤屈，可喜可賀。」

　　沈勝衣瞥一眼蕭如海，趕忙回敬康王：「託康王的福。」

　　康王卻道：「客套話就不必多說了，我今天特找長然與你二人前來，是有事相求。既然人已到齊，就長話短說——我要你們二人找出黃金東珠的下落，讓此案徹底了結。」

　　沈勝衣就知道，康王肯定不會無端把自己找到王府，原來是需要他來做棋子。

　　「並且時間緊迫，只有兩日。」康王繼續道，「因為，月泉公主與我兒的大婚之日很快就要到了。」

　　沈勝衣聞言，再次看向蕭如海，蕭如海連忙起身道：「既然是康王的吩咐，我與這洗清了戴罪之身的士卒，自然要義無反顧。只不過長安一百零八坊實在寬廣，光是東、西二市的地域就足夠翻查，若沒有人力和畜力加以輔助，兩日之內怕是無法完成這艱鉅的任務。」

　　「你的意思是，這任務無法完成？」

　　「如果只有我們二人的話，根本無法完成。」蕭如海的聲音變得凝重起來，「可若是有足夠的幫手，兩日內將黃金東珠在長安城裡找出，也未必是不可能的事。」

　　康王沉著臉，沒說話，可手卻一下下拍著桌案。

　　沈勝衣觀察著康王的神色，心中暗暗想道：「他想要我和蕭長官去找出黃金東珠的下落，必然是不打算將此事聲張，所以才會私下會見我二人，這必定是祕密會面。可若是祕密，為何府上會有侍從遇害？又為何會有黑衣人來行凶？康王當真不知此事？這偌大的康王府，豈能是那殺手想來就來、想走就走的呢？」

　　正思慮著，康王忽然問蕭如海道：「在配備人手的情況下，你有幾成把握成功？」

「要先制定出合理的追查路線。」蕭如海說，「但你的意思我明白，祕密將此案了結，便不可驚動大量人手，只能選取較為精銳的一小部分。且路線上也絕不能被人看出端倪——別的不說，湘錦院是很好的入口，可以安插眼線埋伏在那裡，從那裡作為起點，再延伸到懷遠坊——也就是黃金東珠遺失的地方。這其中要經過三個坊，每一坊放置二到三人，通風報信、暗中搜尋，而我與沈勝衣將在月泉公主的行宮內守株待兔，守著那誤以為我們已經察覺到端倪的犯人露出馬腳，一旦有了風吹草動，寶貝的下落自然水落石出。」

　　康王試探著問：「為何偏偏選湘錦院做起點？」

　　「康王竟忘記了嗎？」蕭如海輕挑眉毛，「所有案件聯結到一起，最先出現問題的地方，不就是在那湘錦院裡嗎？」

　　沈勝衣也掂量了一下，確實如此，從新科狀元死亡開始，怪事一件接連一件發生，歸根結柢，都是因為月泉公主的入唐。

　　康王細細地品味著蕭如海的話，似乎也覺得有些道理。於是稍微停頓了一下，看望豎起了一根指頭：「我只給你這些人，具體要怎麼使用，你自己去安排。」

　　蕭如海問：「十個？」

　　「再不能多。」

　　三個坊十個人，再加上蕭如海與自己，沈勝衣的眼神陡然尖銳起來，循著康王的思路，他的腦海裡浮現出一個可怕的推論：若兩日內無法完成任務，又該如何？

　　沈勝衣的腦海裡甚至閃過一絲悔意。如果當天他沒有出現在湘錦院門前，沒有目睹盧映春之死的話……他現在是否就不會被牽扯進這些亂七八糟的漩渦中？

　　「好。」蕭如海忽然將手裡的杯盞重重地擱在案桌上，他答應了康王的條件，甚至不問後果，「兩日之內，我與沈勝衣會將黃金東珠帶到康王府。」

　　這一句話說出來，廂房裡竟陷入可怕的安靜。沈勝衣可以聽得見，自己的呼吸聲都變得粗重。

　　蕭如海竟答應得這麼乾脆？難道未知後果？

沈勝衣不安地看著他，他竟沒有自己考慮的長遠？不，這不可能。金吾衛北衙長官絕非徒有虛名，且他已經數次遊走在鬼門關，斷然不會做出輕率的決定。

他一定有他自己的計畫。

蕭如海覺察到沈勝衣的目光，他轉過頭來，凝視著沈勝衣，那眼神倒是無懼，令沈勝衣不由得緊鎖眉頭。他越想越覺得蕭如海的安排另有原因，但其中的原因著實令人越發心驚。該不會是……還有其他的敵人？

意識到這一點的沈勝衣，逐漸變了表情，可蕭如海卻伸出手指，在唇前比出了噤聲的手勢。

沈勝衣輕微地點點頭，低下臉去。

康王則說：「兩日後，你我三人將再聚此處。」

蕭如海領命，沈勝衣也趕忙站起身來，恭敬地合拳。

門外的寺鐘聲響起，由近及遠，諸坊的鼓聲和鐘聲次第響起，恢宏深遠。煙花升騰的響聲劈里啪啦地落下，萬千燈籠照亮夜幕。

長安城一年一度的燈會來臨了。

與此同時，平康坊，霓裳樓。

幻紗正坐在長廊裡，望著窗外的煙花出神，火樹銀花映著她的臉，一明一滅，絢爛如虹。

「你在擔心沈勝衣吧？」

身後傳來這話，幻紗妙目一轉，側過頭去，見是璃香緩緩而來，遞來一盞香茶，醇厚香甜，幻紗雙手捧著茶盞，些許心不在焉地說道：「他也是受了很多苦楚，但願今後能苦盡甘來。」

璃香站在她身邊，打量著窗外綻放的璀璨，嘆了一聲道：「你若是可以拋下這裡，同他私奔離開，倒也是一件美事。」

幻紗垂了眼睫，凝視著杯盞水面上的自己：「他已洗清了冤屈，自是無須逃離長安了。」

「朝廷的話，你也信？」璃香輕哼，「出爾反爾、言而無信，不正是他們的做派嗎？眼下還不是又把沈勝衣抓去了，到現在也遲遲未歸，只怕他們反悔了口諭，到底還是要把他抓去做替罪羊。」

幻紗沉默著，並無言語。

璃香再次長嘆：「這盛世繁華、歌舞昇平，可權貴享樂、高官無憂，又有誰會真的體諒百姓的疾苦？」

　　說到此處，璃香抬起手，輕輕地按了按幻紗的肩膀，她再道：「我知曉你捨不下霓裳樓，是因為過去的情誼牽絆著你，可人生是有點的，一旦錯過了這一次，就再也不會有下一次了。幻紗，你要三思。」

　　幻紗不是不懂璃香的提點，想來眾類繁衍，變化萬千，生為安樂，死為安息，生死、是非、貴賤、榮辱，皆人為之常觀。猶記得幼時戰亂，她與璃香、曉荷三人在長安城外顛沛流離，年過總角的三人失了族群，又是遺孤，只能相互扶持，戰爭的鐵蹄踐踏了她們的家鄉，她們一夜之間無家可歸。

　　將軍百戰死，壯士十年歸，憑君莫話封侯事，一將功成萬骨枯。時值冬月，城外戰火沖天，屍身成山，一片煉獄景象。當時的族人們被千軍萬馬的鐵蹄嚇得破了膽，紛紛四下逃竄。慘叫、哭喊、悲鳴……幻紗三人只能跌跌撞撞地踏上逃亡之路。

　　可是在戰亂之中，人性的醜陋總是暴露無遺，民間難民們洗劫富足的人家，搶奪弱者的食物，幻紗、璃香與曉荷一度流浪街頭，無家可歸、食不飽腹。冰天雪地中無依無靠，三人孤孤單單地行走在茫茫大雪的長安城邊處。遭遇強盜，被毆打、欺凌，尚且年幼的她們堅信，再也不會有比那個時候更為糟糕且充滿恐怖的回憶了，再也不會有。

　　他們三人像三隻弱小的動物，強盜們凌亂地踢打在幻紗身上的拳腳，刺耳的嬉笑聲、嘲弄聲，悲苦不堪的境地，使幻紗第一次意識到人類是何等的脆弱，彷彿被有力的雙手輕輕一折，便會如布偶一般破碎不堪。

　　然而就是在那時，嘶鳴的馬叫聲響徹空曠的雪地，強盜們不約而同地循著聲源處望去，不禁傻了眼。

　　「是伽藍派的白掌門！大哥，那人是十州五島上的，我們快跑吧！」

　　這一聲訝異的驚呼過後，強盜們像著了魔一般的四散竄逃。寒風頃刻間從八方湧來，周圍的嘈雜聲漸漸散了去，璃香和曉荷支撐著體力虛弱的幻紗。而幻紗的思緒迷迷糊糊，但是視覺與聽覺卻十分清晰，她感到馬蹄聲正在靠近，緩慢的抬頭看去，飛雪之下，騎在馬上的人，是一位年輕又俊朗的白衣男子。

他黑絲垂鬢，衣袂如仙，不苟言笑的樣貌，滲透出一股威儼氣勢。他的眼神冷冽，但卻在看見幻紗、璃香與曉荷的瞬間，流淌過一絲溫情，這讓幻紗的內心放下了一絲戒備與懼怕。

「掌門，出了什麼事？」門派弟子拉著馬的韁繩走上前來，恭敬的對男子說道，「天色將晚，我們理應盡快進城才是。」

那被喚作掌門的男子，打量著幻紗幾人，隨後小聲命人給他們拿來衣裳取暖。聽聞此話，幻紗心裡委屈，眼淚止不住地流下，璃香和曉荷更是哇哇大哭起來。那掌門心生不捨，乾脆安排弟子將這三個孩子照顧妥當，且看她們瘦骨嶙峋的，必定是多日來食不飽腹，要先給她們肉湯喝。

聽聞這些，幻紗三人感激地對他說道：「謝謝掌門。」

那掌門瞥向她們幾個，有些驚訝於其知書達理，這般年幼，卻不忘知恩言謝，實在是極其難得。他忽然想到自己的兒子，也和她們年歲相仿，大不上幾歲，帶回去的話，也可以做伴成長。畢竟眼前這三個女童皆是無親無故，著實可憐，留在城外怕是難以存活了。

於是乎，白掌門便將她們收養進了自己在平康坊內的霓裳樓。

「伊真與若桑要比我們到霓裳樓的時間早一些時日。」璃香從過去的回憶中走出，抬頭望著夜幕中的煙花，極為感慨地長舒出一口氣，「白掌門的確對我們有恩，世人也都道鮮花綻放最美，可與我來看，其枯萎更美。衰敗就是為了新生，既然如此，我們又怎能不去欣賞枯萎的花朵呢？」

幻紗品味著璃香的這番話，知曉她是自己能衝破道義的枷鎖，去選擇屬於自己的人生。

正這樣想著，長廊盡頭便傳來一陣急促的腳步聲，幻紗與璃香一同循聲望去，只見是若桑忙不迭地跑過來，氣喘吁吁地說道：「沈……沈勝衣回來了！和金吾衛的北衙長官一起！」

幻紗的雙眼立刻亮起了光，她趕緊起身，隨著若桑朝霓裳樓的偏院前去。

剛一進偏院正堂內，就見到白之紹已經坐在了主座，他的左右兩側，分別是沈勝衣與蕭如海，一見幻紗進來，白之紹就立即招手道：「你也來吧！正好有事要同你們商議。」他又看向幻紗身後的璃香、若桑等人，聽

聞聲音趕來的伊真，也娓娓進了堂中。

幻紗特意坐到了沈勝衣的對面，二人彼此凝望，相視一笑，所有心意都藏在了眼神裡。

白之紹見到人已齊全，便道：「朝廷交代了新的差事，若完成了這件，咱們的朋友沈勝衣也就將徹底換回清白之身。」說罷，他瞥了一眼幻紗，果然見她面露喜悅。

但沈勝衣卻有些不解地望著蕭如海，低聲問：「蕭長官，你之前說過起點要從湘錦院開始著手，為什麼中途又要一起來到這霓裳樓呢？」其實沈勝衣不想把危險帶進霓裳樓，更不想牽涉幻紗。

蕭如海則道：「因為不信任。」

沈勝衣皺眉。

蕭如海卻是對白之紹說的：「我雖與康王有些交情，可事態發展至今，很多事已經變質，我更是不能再去平白無故地信任任何一個企圖從我這裡得到好處的人。尤其是──與案件有關的人。」

白之紹瞇了瞇眼：「那麼，湘錦院就是你的障眼法？」

蕭如海點頭：「沒錯！我只是令康王以為我把目標放在湘錦院，而實際上，我來到霓裳樓與你聯手一事，則是祕密進行，至於他交代給我的人手，我也會讓他們在湘錦院查辦事情，真正的路線，我需要你來給予我說明。」

沈勝衣聽完，有些恍然大悟，原來蕭如海已經想得這麼遠。

白之紹緩緩地點著頭，他也不繞彎子，直截了當地問道：「那，你有何打算？」

蕭如海道：「我與沈勝衣，再加上你與霓裳樓的四位姑娘，七人協力，就算是在壯闊的長安城內，也未必會找不到一顆小小的黃金東珠。」

白之紹卻笑了：「你未免把我這霓裳樓想得過於神通廣大了，要知道長安城內四通八達，根本就不可能在兩日內完成這個任務。」

幻紗道：「可以去嚴刑逼問谷寧。」

蕭如海看向她。

幻紗說：「谷寧在當日和阿史那真如做交易的時候，一定知道線索，更何況，黃金東珠在當日尚且還在懷遠坊的行宮內，阿史那真如完全能將

那東西拿給谷寧帶走，所以谷寧才是最為至關重要的核心所在。」

幻紗的分析令在座一眾人等都點頭認同，沈勝衣摸著下巴，喃聲道著：「若谷寧敢有所欺瞞的話，我們也可以去質子行宮與阿史那真如當面對質。」

蕭如海一怔，心想著他們都尚且還不知情，便說道：「阿史那真如死了。」

這話可讓眾人極為震驚，先不說他們與阿史那真如毫無瓜葛，但一個好端端的人突然死去，實在讓人困頓，沈勝衣便問：「前日才見他來霓裳樓，今日怎就……」

蕭如海微微嘆道：「唉！說來話長，也是與你們無關的煩心事，不知也罷。」

坐在一旁的若桑面露不安，忍不住悄聲問：「連那他……沒事吧？」

蕭如海說：「若是談傷心，死的人是他胞弟，必然是要痛徹心扉一陣子的。可其他方面，質子也不會有太多麻煩，陛下對他的垂愛一直都在，便不會為難他。」

若桑因此而稍稍放下心，表情也不再那般凝重。

沈勝衣在這時站起身，說著：「既然已經有了安排，就爭分奪秒去做吧！只可惜我師叔不在，他從昨日出了霓裳樓就沒再回來，也沒有說去向，真是讓人擔心。」

蕭如海因「師叔」這二字而瞇了瞇眼，他思慮片刻，然後才問：「你師叔是……」

「李遇客。」沈勝衣在說出這個名字的時候，表情十分驕傲。

蕭如海怔了怔，再不多言，臉色有些難看，白之紹起身帶他們去見谷寧，這一路上，蕭如海都顯得心事重重。直到去了關押谷寧的密室，蕭如海才重新提起了精神。

這會兒的谷寧，已經被關在暗室了有一陣子了。當房門被打開，突然如其來的光線，刺得他難睜眼睛，手腳上的鎖鏈發出嘩啦嘩啦的聲響。待到適應了光線，他瞥見一行人站在他面前，為首的沈勝衣對他說：「你可還記得你的買主阿史那真如？」

谷寧在腦子裡思索了一番答案，心想著曾和他交易的人是魯契，但背

後的阿史那勢力他也是知曉的，就因此而點了點頭。

沈勝衣又道：「他已經死了。」

谷寧大驚失色，沈勝衣順勢道：「怕不怕下一個是你？」

幻紗立即追加一句：「要知道，你能活到現在，可都是因為我們把你藏在這兒，若非如此，朝廷必然不會放過你的。屆時，你那買主是何等下場，你也一併如他淒慘。」

谷寧低下臉去，蕭如海質問他：「說！黃金東珠在哪？」

谷寧沒有立即回話，沉默的模樣讓人有些心焦。沈勝衣正想怪他不仁不義，蕭如海已經快步越過他，蹲下身去，一把掐住了谷寧的脖頸。

「我可沒有時間在這裡等你慢吞吞的不說話！你現下有兩個選擇：一是乖乖配合，問什麼答什麼；二是我擰斷你的胳膊、腿，再碎了你的肩胛骨，讓你求生不能、求死不得！」

谷寧被掐得臉色漲紅，呼吸困難，兩隻手無助地抓著蕭如海。沈勝衣以為蕭如海有些失控，正擔心他會勒死谷寧時，蕭如海忽然鬆開了手，谷寧「撲通」一聲癱倒在地上，劇烈地咳嗽著。

蕭如海俯視著谷寧，陰沉著一雙眼睛，冷聲威脅道：「怎麼樣，想好了吧？要是覺得剛才不過癮，我還有很多方式能讓你體驗。」

谷寧掐著自己的脖頸，像是受到了驚嚇一般，連連搖頭道：「不……不必了，我……我說……」

於是，谷寧將自己知情的全部倒出：「那日，我將黃金東珠交給魯契的時候，曾看到他的主子阿史那真如在和一個黑衣人密談，我當時急著帶錢離開，只匆匆看了一眼……但那個黑衣人似乎是宮裡的人。」

沈勝衣敏銳地問：「你怎知道黑衣人是朝廷的？」

「我看到他拿出了宮牌。而且……能違反宵禁出宮之人，除非是宮裡的人，否則旁人又如何能辦得到呢？」說到這裡，谷寧又不住地咳嗽。

得到了這個線索的沈勝衣面露驚色，如果說這件事真的有宮中之人參與，那行宮之中的密室為何有紕漏，便說得通了。

「繞來繞去，又繞回到了朝廷。」白之紹蹙起了眉心，手裡的摺扇敲打著虎口，眼神裡似有一絲慍怒。

反觀蕭如海，他冷靜地分析了片刻，再問谷寧：「你的意思是，黃金

東珠是被阿史那真如交給了那黑衣人，而不是給了你？」

谷寧嘆著：「那種寶貝他怎麼會捨得給我呢？而我也不過是拿錢做事、聽人差遣，至於那寶貝，定是給那黑衣人帶走了！」

黑衣人。朝廷。沈勝衣思索起這些關鍵字，再回想起自己最初從牢獄中逃走時，李遇客也曾與黑衣人搏鬥過。若真的是這樣，那必定是有朝廷的人捲入了其中。

不！絕非捲入，而是他們策劃了這些，並在一開始就暗中協助阿史那真如來行事。

既然如此，這已經不是簡簡單單的陰謀，而是權謀了。沈勝衣皺著眉，已經看穿了其中的利害關係，且他能看得出，身邊的這些人也一定早已明晰。

白之紹深知已經想到了下一步，他對沈勝衣與蕭如海說：「看來想要找到黃金東珠，必先找到那個黑衣人才行。二位若想知道誰才是宮中那個真正的幕後黑手，我有個法子。」

沈勝衣立刻問：「什麼法子？」

白之紹道：「如今，你與蕭長官在明，而朝廷的黑衣人則在暗，且康王已經委派你二人，尋出黃金東珠的下落，這個人既是朝廷中的，肯定也已經知曉了此事。那麼他就會盯著你二人的行動，就連此刻身在霓裳樓一事，想必他也是清楚的。所以，現在唯一要做的，就是引蛇出洞。」

沈勝衣與蕭如海面面相覷，又看了看在場的四位姑娘，但大家什麼都沒有說，許是顧忌谷寧。於是，白之紹便側身擺出了「請」的手勢，要借一步說話。

一行人關上了暗室的門，谷寧的呼喊聲也隨之被關在了門中，幾人在長廊裡商議一番，最終敲定了主意，決定按照計策來執行。

那夜燈會結束，煙花落盡，星月皆無，夜闌風靜，沈勝衣遙望天際，心想很快便會與這案有個了結。

可惜了還未見到師叔，也不知他身在何處，若是他在，也能有人指點迷津，思及此，心中不免遺憾。一旁的蕭如海似乎看穿了他的心思，眼神不由得黯淡了下去，彷彿在尋找著合適的時機，將實情告知於他。

當天夜裡，白之紹安頓蕭如海住進了偏院，按照商議的時間，隔日天

色一亮便要行動。

可是蕭如海卻難以入睡，乾脆坐在了偏院的屋頂上，也不知道在望些什麼，直到同樣睡不著的沈勝衣找到他，二人發現彼此，很快就變成了一同肩並肩地坐著聊心。

唯一缺了酒，聊得不盡興。

蕭如海先道：「你在金吾衛當差也有三個年頭了吧？」

「整三年了。」沈勝衣說，「我剛進金吾衛的時候，還在北衙當過差。」

蕭如海點頭：「我記得，倒是帶過你一陣子。」

沈勝衣問：「蕭長官是什麼時候做金吾衛的？」

蕭如海許久都沒有被人問及過這話了，他略有悵然地回道：「從我十三歲開始，如今已經是第十四個年頭。」

難怪他的手上長滿了厚繭，沈勝衣想，但聽他的口音，也不全是大唐本地人，似乎殘留著一絲鄉音。沈勝衣便問：「蕭長官的老家是長安哪個坊的呢？」

他從未有機會像現在這樣，與其聊得這樣細緻，且這樣聊著，也彷彿在不知不覺間減少了生疏。

「我老家不在長安，在洛陽。」蕭如海的眼神透露出追憶之色，「打從我幼年時期開始，曾被父母灌輸要效忠帝王的思想，因我父親曾率領過先皇的軍隊，只可惜遭奸臣挑唆，導致仕途不順，才帶著全家搬至洛陽。我母親是在到了洛陽第二年後生下我的，在我之前，還有一個姊姊。」

沈勝衣並不做聲，繼續聽他說下去。

「我父親在洛陽也掌兵訓練，小的時候，我就像現在這樣，坐在房頂上凝望父親帶兵，夕陽餘暉，燕鳥成群，那是我最快樂的時光。」說到這裡，蕭如海情不自禁地上揚起了嘴角，使得他冷峻的面容上多了些溫情，他說，「在我眼中，父親高大英勇、正直可靠，我一直希望成為父親那樣的戰將。」

只是，隨著他緩慢的長大，在他的內心深處，對爭鬥也有著隱隱的厭倦，可他不敢去承認，也不願去面對，他只知道他自己總有一天要回去長安，想要重回故土，必要歷經生死劫難，只是，他從未想過會那般之快地

去面對父親的死亡。

「我父親本要幫洛陽城再打一場勝仗的，打完了之後，洛陽城承諾放他回去長安。可惜，他的軍隊雖訓練有素、精良有為，卻敗在了線人的叛變。登岸傍晚，十萬火箭齊發射出，父親死於萬箭穿心，實乃不戰而亡。大批洛陽將士被俘，被突厥軍納為己有。我母親的美色被他們貪圖，當眾輕薄。由於母親性情貞烈，跳海而亡，那一夜之間，我喪父亡母，埋在死人堆裡，躲過了突厥迫害，可洛陽是回不去了，我擔心那城主會責怪我，只好一路跑去了長安。一路上，我饑寒交迫、食不果腹，許是體質強於他人，雖瘦如枯槁，卻得以苟延殘喘。當我踉蹌著走到長安城牆下時，是當年的金吾衛隊長救下了我。」蕭如海的眼色沉了沉。

沈勝衣凝視著他，心中知曉他所說的那位隊長是誰。

蕭如海苦笑一聲，道：「金吾衛雖是守護朝廷的利刃，卻也是征戰殺敵過的。在我成為金吾衛的第二年，曾跟著隊長去了戰場，到了那裡才知道，我們面臨是四個部落的圍剿，那些野蠻的火炮與毒箭，實在讓人吃不消，我也親眼目睹了隊友們被殘殺、折磨、四散逃亡，視線所及之處屍橫遍野。而當年救我的隊長，也被敵人俘虜了，他們按著他跪下，要砍他的頭。」

沈勝衣忙問：「最後呢？」

蕭如海蒼涼地笑了笑：「我沒去救他，因為太過恐懼，我做了逃兵，轉身逃離了戰場。」

沈勝衣怔住了，他竟什麼都說不出口。

蕭如海倒極為釋然，他最後問沈勝衣道：「你覺得，殺一人可利天下嗎？」

沈勝衣停頓了片刻，許是聯想到了自己，他斟酌著回答：「如果殺一人可救千人、萬人，或許所有人都會認為可殺一人。但這一人的性命也是命，不該為萬人捐了血肉之軀。」

「為救無辜的萬人而殺了無辜的一人，的確不該。」蕭如海說，「但這一人若罪孽深重、殺人無數，又該如何定論呢？」

沈勝衣道：「殺人的應當是法，絕不應該是道義，也許他可以挽救一萬、百萬乃至千萬人的性命，只要將他用在恰當的地方，紓解他的恨，成

全他的義。」

「既然如此，你覺得一個人的無辜和一萬個人的無辜，哪個重？」

沈勝衣想了想說：「一樣重。」

蕭如海轉過眼，望向漆黑天際：「大唐盛世，萬人維護，做我們這樣的槍子肉盾之人，如有天災，便去抗災，如有人禍，便去問責，如逃避，便是恐懼。可不分青紅皂白就降罪一人，哪怕洗清其冤屈後，但之前若不小心錯殺，此舉又該如何服眾？」

蕭如海再問：「若殺一人，可利萬人否？抑或以萬人性命換一人，可值得？」

沈勝衣凝視著蕭如海的眼睛，從他的眼神中，彷彿根本看不到欲望、野心與期盼，那雙黑白分明的眸子中，只有著深深的疲憊與落寞。

這個原本充滿熱忱的北衙長官，似乎在經歷了種種人性洗禮後，已經變了性子，他開始放棄了對朝廷的信任，且在試圖維護自身安危與部下的安危。

沈勝衣也是因此才決定對他放下戒備，終於願意信賴他，並回答道：「如果此事能以黃金東珠做最後的了結，那被冤屈過的這個人，便不會再記恨曾經的不公，也還是願意繼續為他所身處的盛世傾盡全力。」

他的回答令蕭如海變換了表情，從驚訝到懷疑、迷惘到平靜，最後，則是露出了寬慰的笑容。

月亮從烏雲之後緩緩遊出，灑下輕柔皎白的月華，淡淡地灑在沈勝衣與蕭如海的身上，令他們兩個的身影在夜色之中也顯得格外清晰、真實。

第二十五章

翌日，寅時。

懷遠坊內駛進了一輛裝飾樸素的車輦，速度不快，在距離行宮不遠處停了下來。率先撩開車簾走下來的人，是戴著面紗的若桑，緊隨其後的，是同樣裝扮的伊真、璃香與幻紗，她們又一次扮成了醫女的模樣，來面見月泉公主。

她幾人似有意在大門前逗留了一陣，在守衛察覺到她們的時候，她們非但沒有驚慌，反而極為冷靜，並說是特意來為公主進行複診的。守衛雖沒懷疑她們的身分，但也沒有立即放行，只道公主還未醒來，需再等等。

直到另一輛華貴的車輦緩緩而來，阿史那連那從車上走下，見到草原世子，守衛立即行禮問候，連那帶著侍從走上前幾步，命守衛道：「打開行宮大門。」

守衛即刻照做，連那看向四位醫女，側過身禮讓：「請。」

為首的幻紗向連那作了一揖，剩下三位姑娘依次隨她走了進去，走在最後面的是若桑，她經過連那身邊時停下腳步，妙目抬起，婉轉眼神落在連那身上。

連那再次見到若桑，不由得心魂俱醉，只見她露出袖口的一雙纖手皓膚如玉，映著衣襟上的素綠暗紋，便如透明一般。連那雖因真如自盡而心情低落，也還是禁不住地多瞧了她兩眼。

守衛瞥見連那心神嚮往的模樣，就循著他的視線看向若桑，那少女約莫十六、七歲年紀，滿臉都是溫柔秀美。這守衛心想，看來世子是喜歡中原女人的，想必是在唐朝待得久了，竟會對腰身不盈一握的小家碧玉有興趣。她們雖丰韻，卻也比不上草原女子颯爽。

結果正想著，忽然瞥見一道黑影從連那身後快速晃過，守衛立即揉了揉眼睛再去看，空無一人，彷彿剛才所見是幻覺。

連那用母語問他：「怎麼了？」

守衛忙用突厥語回道：「世子，沒什麼，是我眼花了。」

連那則心有餘悸地看向自己的身後，除了搖曳的樹枝與飄零的花瓣，

寂靜空蕩的長街毫無異象。等到再轉過身，便見若桑已經進了行宮大門，他也趕快跟上她，守衛推動兩側沉重的大門，用力地關上了。

大門的對面，隱祕的草叢中，一雙狠厲的眼睛正死死地盯著緊關的大門，陰鬱的視線如利刃，彷彿要將鐵門貫穿。

而這會兒，幻紗與三位姑娘、連那已然來到了月泉公主的房內，見了來客與兄長，月泉公主立刻命阿桑去準備上好的熱茶。

確定侍女走後，幻紗才對月泉公主說：「公主，黃金東珠的事情已經有眉目了。」

月泉公主瞬間睜圓了暗藍色的眼睛，她微微直起身來，蒼白的面容上也浮現出了一絲希冀，連問道：「此話當真？」

幻紗謹慎地看向自己的身後，門窗都是緊關的，但她還是有些裝模作樣地伸出手指，在唇前比出一個「噤聲」的手勢，壓低聲音說：「公主莫要聲張，小心隔牆有耳。」

月泉公主順從地點了點頭，然後瞥了一眼連那，連那望著她的眼神洩露著憐惜。

不過是兩日不見，他的胞妹似乎又瘦了許多，兩頰略有凹陷，漂亮的藍眼睛也失去了光彩，原本玲瓏有致的身姿也顯得瘦弱，實在是被黃金東珠遭竊一事折磨得寢食難安。

他不得不安慰道：「妹妹，你且可以寬心了，這幾位姑娘所言皆真，眼下的確是有了黃金東珠的下落。」

月泉公主倒也是欣喜的，可很快又面露哀色，望著連那道：「如此倒是好事，可我聽聞真如的死訊後，也是徹夜難眠，雖說平日裡互看不滿，但怎就偏偏是來了一次大唐，就害他沒了性命，父汗得知的話，也必定⋯⋯」說到此處，再沒後文，她靠在錦墊上，低垂下頭，眼裡逐漸浮現出了淚水。

提及真如，連那也極為傷心，幻紗則對二人道：「你們是手足，自然情深，但黃金東珠之所以遺失，也是因他而為，現在人已死，活著的人還是要繼續把那物品找回來才是。」

月泉公主也是明事理的人，立即擦拭掉了眼淚，清醒了神智，說道：「你方才說的有了進展，是已經清楚下落了嗎？」

幻紗道：「正是。而且，我們已經將黃金東珠帶去了一個安全的地方——霓裳樓。」

連那卻皺起眉，不懂幻紗為何要曝出地點，詫異地想著，她不是剛剛才說過要小心隔牆有耳嗎？

璃香順勢道：「對！黃金東珠在霓裳樓自然安全，等到公主大婚之日前夜，我們一定會把寶貝親自送回到這行宮裡的。」

月泉公主似乎並不喜悅，她說：「真如屍骨未寒，我卻要兩日後大婚，心裡實在是難過。」

伊真問：「公主難道不為找到黃金東珠而感到開心嗎？」

月泉公主說：「我又開心又悲傷，不過事情進展得這麼快，都是你們的功勞，實在是謝謝了。」

話說到這裡，阿桑麗帶著侍女們端茶前來，月泉公主將阿桑麗喚道身邊，悄聲交代了幾句，阿桑麗領命退下。

連那又安慰了月泉公主一番，叮囑她要在大婚之前，自行安撫好情緒。不出一會兒，阿桑麗便和侍女提著四個小盒子回來了，月泉公主要她把小盒子分別交給幻紗與其他三位姑娘，並說對她們幫助找到黃金東珠的感謝。

幻紗她們並沒拒絕，只管收下盒子道謝，而後便決定離開，連那也一併跟隨著走了出去，在阿桑麗的帶領下，一行人辭別了月泉公主。

當行宮大門再一次打開，連那率先走出，幻紗等人緊隨其後，彼此交代些密話後，便依次上了車輦。只是，在馬車起駛時，伊真總感覺有異樣的視線在盯著她們。

「不要回頭。」幻紗面不改色地提點著。

伊真領首，聽從了幻紗的話。

唯有若桑心神不寧的，璃香看得出她是在擔心連那，便按了按若桑的手背，彷彿在暗示她無須擔心，這一切很快就會有個了結。若桑看向她，略有落寞地、淡淡地笑了笑。

辰時，長安東北角，十六宅。

由於此處南臨興寧坊，西靠長樂坊，東北兩面緊靠外牆，所以殿樓透

迤，飛簷相接，自成一派，華麗異常，加上是朱雀門街第五街第一坊，也叫作入苑坊。

當朝各大皇子親王都入住此處，自然是長安城內一塊兒極有分量的地方。

康王的宅邸排位靠前，地勢極佳，涇渭分明，守衛居多，進出必須出示宮牌或是康王府名牌，管理上有著自家嚴格的體系。所以一旦有生面孔出現在附近，幾乎立刻就會被守衛發現。

而此刻，那名留在懷遠坊行宮前的黑衣人，在這時巧妙地避開了康王府門前的守衛，他翻身上牆，找準時機，貼著長廊一路去了暗處的廂房，左右環顧，並未發現有其他人出沒，這才扣響房門三聲，康王的聲音當即傳出：「進。」

黑衣人俐落地推門進室，再迅速地關緊房門。

康王像是已經等了有一陣子了，坐在椅子上已經喝盡了案桌上的龍井，見到黑衣人進來後，便沉聲道：「我只要有進展的消息。」

黑衣人單膝跪在地上，聲音在面罩下顯得模糊喑啞，未分男女：「回稟康王，確有進展。我打探到了黃金東珠的確切下落。」

康王眼神陡然一亮：「在哪？」

「霓裳樓。」

康王蹙起眉頭，他沉吟片刻，似喃聲自語：「這不可能啊！蕭如海說過他要搜查的起點在湘錦院，終點在懷遠坊的行宮，怎麼偏偏又冒出來一個霓裳樓？難道說，這個霓裳樓不在他的計畫內？」

黑衣人則道：「蕭如海是否和霓裳樓有關尚不知情，但我見到阿史那連那與四個醫女進了月泉公主的行宮，為了能聽清他們的密話，我爬到屋頂上打開了一片瓦磚，儘管他們的聲音很小，可我還是聽到了黃金東珠的地點。」

康王倒是清楚這個霓裳樓的情況和背景，但也不信一個霓裳樓會膽敢私藏黃金東珠，於是說道：「你且前去偵察一番，切記！一定要小心謹慎，不能出了差池。」

黑衣人恭敬地說道：「還請康王放心，我必定不辱使命。」

平康坊，戌時。

今夜的霓裳樓門前不如平日裡熱鬧，實在是因為玄宗皇帝下令，在月泉公主大婚前夕要加嚴宵禁令，即便是繁華慣了的平康坊，也不例外。

而在偏院後頭，身穿輕便胡服的幻紗，正在撫摸著愛馬的鬃毛，而璃香、伊真與若桑三位姑娘，正在與她交代著什麼。

不出片刻，她們又將一個綁著雙手、戴著黑色頭罩的男子抓了過來，推搡著將他帶到了幻紗的馬前，還出言警告道：「你聽好了，我們這也是為了幫你，待到離開了長安，往後可不要再勾結外族，做一些有害大唐的事情，否則，我們照樣能追到你，格殺勿論。」

頭罩下的人連連點頭，被按著上了幻紗的馬，幻紗坐在他身前，牽起馬韁後，對另外三位姑娘說：「我把他送到城外便回來，餘下的事情就交給你們了。」說罷，幻紗策馬前去。

璃香望著她疾馳而去，目送了一會兒後，悄聲詢問身側的伊真：「我們剛剛演的還算逼真吧？」

伊真壓低聲音，回道，「想必那躲在暗處的黑衣人不信才怪。」

若桑小心翼翼地說：「我能感受到不遠處有人一直在盯著我們，那人必定在暗處，而眼下，我們也還是不能鬆懈。」

璃香轉身的時候說：「等到我們回去偏院，那人肯定會追幻紗去了。」

伊真道：「一定要等那人上鉤後，我們才能行動。」

說罷，幾人便裝作若無其事地暫且回去了偏院，而璃香在轉身關門的瞬間，果然見一道黑影朝幻紗消失的方向追去了。只不過，在一道之後又接連出現了好幾道，璃香忽然皺起眉，彷彿察覺到了不妙。

難道說，那埋伏在周邊的人帶來了幫手？

同樣敏銳的伊真與若桑問道：「幻紗會否有危險？」

璃香沉默著，內心深處也是十分不安。

而此時的幻紗，正帶著身後的人疾馳在出城的林間山路上，跑著跑著，她發現身後格外安靜，便勒停馬韁，困惑地循望著自己的身後。

很快地，戴著面罩的人也察覺到了異樣，支吾地問她：「發生什麼事了？」

幻紗並未言語，正陷入思慮之際，忽然發現草地上有一塊異物在閃耀著光澤，她困惑地循望向光源處，一看是一塊樣式奇特的綠色瑪瑙。她翻身下馬，走過去拿起了那塊綠色瑪瑙，心中感到極為困惑，怎麼會在這種地方尋見這種貴重之物？

可她只在指尖輾轉了片刻，便發現不對，因為那根本不是瑪瑙，而是憑藉指紋就會融化的皂石，且融化後便在指尖流淌下來。幻紗一驚，立刻將皂石拋開，結果融化的皂石再次掉入草地中，遇冷便散發出詭異的氣體，並逐漸形成了沼氣一般的濃霧。

幻紗明白這是埋伏，是有人早就想要暗算她們的性命。可為時已晚，馬背上的人已經吸入了毒氣，此時已昏迷不醒。幻紗去探他鼻息，發覺他還活著，便安心下來。但還是要盡快衝出這片毒霧，幻紗飛快上馬，策馬奔向前方，然而馬蹄聲從身後傳來，追兵已至，且隨著弓弩搭弦的聲音，幻紗感到身後的羽箭破空而來。

幻紗猛地伏下身去，避開了這波攻擊，她決定將追兵引去更深一些的林中。這山勢她雖然也不算熟悉，可她年少時常在險峻之地遊走，這種等級的叢林，自然難不倒她。

身後的鐵蹄聲如潮如浪，無數羽箭再度襲來，幻紗知曉不能一味防守，她猛地勒住馬韁，抽出腰間長劍，雙腳踏在馬背上迅速轉身，她眼有殺意，出手狠辣。

長劍砍得飛來羽箭橫飛四濺，且她在其中一名追兵接近時，迅速踏到他的馬上，反手一劍殺了他。而後，幻紗拿過他馬背上的箭囊與弓弩，接連射出三箭，令後方三名追兵人仰馬翻。

但她自己的馬還在跑，那馬背上的人遭受顛簸，就要跌落下去，幻紗一驚，連忙轉身去追，好在靠近斷崖的時候，勒住了自己的馬匹，這才免得掉入湍急的瀑布。

可就在這時，身後僅剩的三名追兵也趕到了跟前，餘下的三名黑衣人已經追到了跟前，幻紗心頭一驚，猛地將馬背上的人拉下來。她將手裡的佩劍橫在他的脖頸上，威脅面前的三個黑衣人：「你們不是想要他的活口嗎？那就退後，否則，我殺了他！」

為首的黑衣人立刻示意身後兩名同伴後退，但卻不作聲，只是將手裡

的一個紅色瑪瑙扔到了幻紗面前，形狀與之前的綠色瑪瑙形狀一模一樣。

幻紗當即懂了，這類似紅色瑪瑙的皂石融化之後，便是毒霧的解藥。原來如此，黑衣人是打算以解藥來換她手裡的人，看來，白之紹的分析果然沒錯。

幻紗心中冷笑，無視那解藥，只帶著手裡的面罩人一步步向後退，黑衣人的眼裡露出了一絲驚慌，幻紗在捕捉到這絲微變的瞬間，帶著面罩人投入了身後的湖淵。

「撲通」……

湖水冰冷刺骨，幻紗屏住呼吸，透過水面看到黑衣人在進行指揮，且很快地，為首的黑衣人也縱身跳入湖中，幻紗決定游得更遠一些，便拉著面罩人朝遠處游去。

等到她浮出水面時，已經看到了叢生茂林的岸邊，拖著面罩人爬上了岸，黑衣人也緊隨其後走了上來。

幾人都有些疲憊，行動速度也逐漸緩慢，可黑衣人還是提起了手中的短刀，目的是解決幻紗，帶走面罩人。

而幻紗卻神色平靜，她背靠大樹，望著黑衣人逼近自己，在即將被抓獲的那一刻，一道身影忽然擋在了她的面前！

黑衣人大驚失色，因面罩人在這時撕掉了套在頭上的偽裝，沈勝衣露出了勢在必得的笑意，他一把抓住黑衣人的衣襟，笑道：「沒想到這面罩下面的人，不是你要找的那個吧？」

黑衣人意識到不妙，竟是中了詭計！

幻紗在這時以長劍逼近黑衣人的脖頸，露出滿意的神色：「我們早就已經料到你會帶人再來霓裳樓，因當日我們下了豪賭──如果你一直跟蹤我們的話，就會時時刻刻掌握著動態，那麼，當我與月泉公主說出黃金東珠的下落時，你也一併會知曉。按照這個趨勢走下去，你必定會想去霓裳樓奪黃金東珠。只是，在奪走黃金東珠之前，你一定更想殺人滅口。」

沈勝衣接話道：「於是我扮成谷寧，讓你錯以為我才是需要被你滅口的那個人。而我們當時也不得不賭──假設你執意追捕我們，就代表你必殺谷寧不可，倘若不追，就說明谷寧的確與朝廷無關，此事也並非朝廷指使。」

黑衣人一雙凶狠的眼睛瞪著他二人，聽到幻紗繼續說：「看來，我們的設想都是對的，你一步步自投羅網，這就足以說明，你就是當初與阿史那真如接頭的人，而谷寧在暗中看見了你，你必要殺他滅口才行！」

　　黑衣人仍舊不吭聲，並且也毫不懼怕幻紗架在自己脖頸上的利劍，就好像深信他們不會草率地要了自己的命，於是表現得頤指氣使，令沈勝衣非常看不過去：「你當真以為我們不敢對你怎樣？你最好看清楚，現在你才是甕中之鱉，憑我二人的功力，完全可以將你制伏！」

　　然而，黑衣人不疾不徐地抬起手，伸出手指在嘴中吹出了口哨，聲音嘹亮且尖銳，響徹整個山林。

　　沈勝衣大怒，知道黑衣人是打算喚來同伴，便出手一掌，向黑衣人肩頭擊去。黑衣人動作迅速地拂開幻紗的利刃，轉手接下沈勝衣的招式，又使出幾個狠戾的章法，硬生生地逼得沈勝衣往後退去。

　　幻紗見沈勝衣處於下風，立即揮劍刺來，黑衣人左手伸出，兩指夾住劍身，再及時移指，將幻紗的劍彈向她自己，險些刺到她動脈。幻紗盛怒，再次用劍去攻，連換了十餘下招式，但黑衣人只守不攻，變招奇快，陡然間收掌後躍，倒是沒有傷害幻紗的打算。

　　幻紗心中起了困惑，她品味著對方的招法，暗暗想著，這人動作纖柔，雖然身材高挑，卻看著不像是男人，莫非是個女子？可揮拳的速度又極快，並非是女兒家能有的力量。再加上方才一招似曾相識，到底是個什麼來頭？

　　便是因此而分了神，黑衣人猛地湊近幻紗身邊，以那含糊不清的聲音低語道：「有破綻。」

　　幻紗一驚，腹部立即吃了黑衣人一掌，連連後退。

　　沈勝衣見狀，趕忙去扶幻紗，作勢還要去攻黑衣人，幻紗卻拉住他，對他搖了搖頭，示意不能輕舉妄動。

　　黑衣人負手而立，目光打量了幻紗片刻，然後向後一躍，身形一晃，便在一塊大岩之後隱沒。

　　沈勝衣叫道：「別逃！」但見黑衣人接連縱躍，轉過山林，竟遠遠地去了。沈勝衣只跨出一步，便因剛剛吃了黑衣人幾掌而搖搖欲倒，忙伸手扶住樹幹。

他定了定身，幻紗走到他身邊，攙住他，低聲道：「看來那人沒想要我們的命，且功力的確在你我之上，而且剛剛也並非是召喚同伴前來，更像是傳遞一個信號。」

沈勝衣蹙著眉，思索著：「難道說，他一發現我不是谷寧後，就認為再沒必要於你我糾纏了？所以……他方才的那個信號，是要另外兩個黑衣人撤退的意思。」

幻紗點了點頭道：「這麼說來，他們一定有另外的計畫。」

沈勝衣一怔，隨後大驚道：「糟了！霓裳樓和谷寧都會有危險！」

幻紗微微嘆息：「我們眼下要先過河，去找回我們的馬匹，可那馬兒受了傷，怕是在短時間內趕不回去了。」

沈勝衣焦急地抬起頭，只見暮色深重，無星無月，就算是徒步回去平康坊，也要費盡時辰。

亥時，懷遠坊。

夜深人靜的行宮內院裡沉寂無聲，唯有幾名巡邏的突厥侍衛來回走動。他們忍不住打了幾個哈欠，迷迷糊糊之間，聽到身後傳來窸窸窣窣的響動。

兩名突厥侍衛立刻機警起來，猛地轉身斥問：「什麼人！」

從暗中走出來的是三名金吾衛，為首的帶著金吾衛府衙內特製的金邊面罩，他笑瞇瞇地抬手招呼道：「兩位大哥久等了，我們是來接班的。」

突厥侍衛打量了這幾個人，有些不悅地把巡邏用的長矛交給他們，用突厥語嘀咕著：「這麼慢才來，大唐的人可真比不上草原漢子勤快。」

三名金吾衛許是聽不懂突厥語，只管笑著接班，目送那兩名突厥侍衛離開後，為首的金吾衛逐漸變換了臉色，冷聲對身邊二人下令：「他們已經走遠了，我們三人分頭行動，你們負責南北，我去公主閨房附近。」

二人領命，臨走時，不忘詢問：「若是那谷寧不在此處，豈不是要白白浪費了這個晚上？」

另外一人也嘆道：「是啊！我們好不容易假扮成金吾衛，要不是在山林裡與那兩個人打鬥拖延了時間，再加上騎馬返回耽誤了些路程，眼下早能抓出那谷寧來了。」

「廢話少說，只管做就是了！」說完，為首的金吾衛就朝月泉公主的住處去了。

這人腳步邁得很輕，生怕引起不必要的注意，雖說事先準備好了金吾衛的這身行頭做障眼法，可也不能掉以輕心。畢竟這是康王交代的任務，若是失敗，只怕……

無須多慮，只要悄悄地將谷寧殺掉，一切就能塵埃落定。畢竟阿史那真如已經死了，那天在場的人，只剩下谷寧一個，且從霓裳樓插手此事就能看出，谷寧必然是看到了黑衣人身上的腰牌，也已經和霓裳樓全盤托出，否則，那個沈勝衣又何必冒死假扮谷寧來引蛇出洞呢？

「該死的谷寧……」黑衣人忍不住咬牙切齒。

的確，谷寧是這場密謀中的最大疏忽，倘若他也和阿史那真如一併死了，那整個局自然就可以神不知鬼不覺地收尾，而不是要像現在這樣費盡周折。

然而仔細想來，也要怪自己沒有早一點識出那沈勝衣的調虎離山計，白白耽誤了好些時間，索性此刻，黑衣人已經來到了長廊盡頭的廂房。

站在木門前，黑衣人沉思片刻，然後伸出手，輕輕地推開了門。

這個時刻，伏身在對面屋頂上的蕭如海，正端著精緻細小的望遠鏡，觀察黑衣人的一舉一動，他緊閉著左眼，右眼透過鏡孔看到黑衣人反手關上了房門，便低聲道著：「果然和我們料想的一模一樣，這人的目標的確是谷寧。」

一身輕便胡服的伊真打量著蕭如海，忍不住開口探詢：「蕭長官，你是如何能確信他們一定會來懷遠坊的行宮內找人，而不是前往霓裳樓呢？」

蕭如海順勢收起望遠鏡，放進腰間的束帶口袋裡，瞥一眼伊真，道：「按照我對朝廷那群人的瞭解，他們考慮事情的走向，總是要複雜得多，既然他們已經識破了沈勝衣假扮的谷寧，就必定會知曉霓裳樓在與沈勝衣合作。」

伊真微微蹙眉，聽他繼續說道：「可身分已經暴露了，這群人會覺得霓裳樓早就把谷寧安置在了一個既安全又危險的地方，也就是他們曾經監視的地方。」

伊真緩緩地點著頭：「他們認定了我們會把谷寧藏在月泉公主的行宮裡，是因為我們也曾進出過此處。」

「而廂房是藏人的最好區域，這個黑衣人這麼快就找到了廂房，代表他十分瞭解行宮內部的構造。」蕭如海分析道。

伊真恍然大悟：「也就是說，他絕對是朝廷的人？」

蕭如海點頭：「就算不是朝廷的欽派，也一定是在為朝廷的人做事，只要把他擒住，黃金東珠的下落也就明晰了。」

伊真雖然信任蕭如海的這番決策，但還是略有擔心地看向了下頭的廂房，她只能扼制著內心的焦躁繼續等待，等到信號來臨的那一刻，才能起身行動。

「一定要穩。」蕭如海低聲告誡，「要等信號出現。」

伊真屏住呼吸，目不轉睛地凝視著緊關木門的廂房。

這個時候，身著金吾衛衣衫的黑衣人，已經適應了房間裡的昏暗，他謹慎地環顧四周，確信沒有人埋伏在這裡之後，他才朝屏風後頭走去。

廂房不算小，案桌、椅凳……一樣不少，當他繞過屏風，一眼便看見了木床上睡著一個身影。而被褥的下方有鐵鍊流淌下來，黑衣人瞇起眼，他猜想這床上睡著的人便是谷寧，否則，又為何要用鐵鍊來限制活動呢？必然是藏在此處的要犯。

果然如他所料，谷寧已經背叛，投靠了沈勝衣那邊，留著已經毫無用處，理應給個痛快。

第二十六章

當夜，康王府。

房內燭光暈黃，也沒有人來掌燈火，康王正披著一件單衣，坐等了許久，忽然聽那雕花小門「吱呀」一聲響，康王別過臉，門口站著侍郎。屋裡黑，也看不大清楚，只聽那侍郎說道：「主人，魏公來了。」

康王定了定神，道：「讓他進來吧！」

「是！」侍郎後退著下去，不出一會兒工夫，就把人帶來了。

來人穿著披風，帽簷緊緊地扣在頭上，直到侍郎把門關好後，他才摘掉帽子，看向坐在床榻上的康王。

「有段時日不見了。」康王率先開口，卻沒抬眼，只示意他道，「你且坐吧！」

魏徹卻欲言又止似的，心有不安地坐到椅子上，連忙又要起身，最後到底還是說出前來的目的：「元貞，你是知道我今日前來的目的的，我……」

「你很久沒叫過我的名字了。」康王打斷他，終於抬起了頭，視線投去魏徹身上，一雙眼睛冷銳深邃，看不見底一般。

魏徹反倒別開目光，蹙起眉頭，直截了當道：「我今日特意前來，是來求你放他一條生路的。」

「誰？」

「你不要明知故問。」

康王低聲一笑，「哦，李遇客？」

魏徹不得不把話說破，近乎懇求道：「元貞，過去的事情就都讓它過去吧！只要你肯幫忙，他也就不必再受苦難。更何況他早已經退出了這些權欲是非，我們又何必狠心地再把他拉回來呢？」

康王的臉色逐漸變得陰沉，他忽然道：「阿景，你還是和以前一樣，總是說這些天真的傻話！」

魏徹的眉頭皺得更深了一些，不怎麼愉快地說：「那名字已經無人再喚，我……我已經不是魏阿景了。」

「你以為成了文臣魏徹，就能洗刷掉自己的全部過去？」康王的眼神陡然狠辣，逼向魏徹，「別忘了你能有今天，都是誰的功勞！」

魏徹沉默不語。

康王繼續說道：「如今，你倒是想要忠義了，竟然為了那企圖謀害陛下的人來和我求情，你以為我放了他，陛下就會饒他不死嗎？」

「當初我們說好了的，不把他拖下水！」魏徹忍不住提起舊事，「曾經的矛盾都在先皇那個時期結束了，恩恩怨怨也都隨先皇的駕崩而一筆勾銷，又何必再徒增新仇？元貞，放過李遇客吧！他也算是曾經為你效忠過的人，與我一樣，他對你都忠心耿耿過啊！」

一個「過」字，令康王怒火中燒。

他猛地一拍桌案，起身的瞬間，掉落了披在肩上的單衣，他指著魏徹斥責起來：「別再和我提當初！若知道如今你是這樣想的，我當初就不該提攜你！」

康王緊接著走到魏徹身邊，審視般地打量著他：「呵！好你個魏阿景啊！窮鄉僻壤出來的寒門子弟，如果不是有我照拂，就憑你能躋身早朝行列嗎？多少個新科狀元都因不得賞識而解甲歸田，是他們無才無德嗎？是他們沒你聰明嗎？」

魏徹被問得一言不發，連同四肢都不受控制地微微顫抖起來。

是啊！如康王所說，魏徹不禁回想起了十幾年前的舊事。

那年初夏，魏徹剛剛年滿十八歲，苦讀三年終於高中狀元，他從寒門學子飛去了枝頭，從前對他不屑一顧的縣令，也開始改變了嘴臉，不僅登門拜訪，還阿諛奉承，且他又在面聖之後，受到達官顯貴、皇孫貴族的熱情招待。猶記得那日，是一位七品官在府中設宴，他自己尚且與那些貴人們還不熟識，只好藉此機會來熟絡感情。

那日天氣大好，陸陸續續地來了許多名門望族，其中便有地位顯赫的康王。皇城之中無人不知「康王」二字，都知他才華了得，容貌清俊，之所以沒有繼位，是先皇憐惜他生來身子骨弱，便不忍立他為太子勞累朝政。為了補償他，就在十六宅最好的地段，賜給他良田千畝、房屋數間，又是最早封王的，可見一斑。

而受邀前來參宴的康王，那時只有二十一歲，鼎鼎大名已令朝臣敬其

三分。論資質論相貌，他眉目清冷，身上總帶著不食人間煙火之氣，俊秀瀟灑自是渾然天成。

他那日對當年的新科狀元魏阿景並沒有太深的印象，只見他周旋在眾多賓客之中拘謹無措，謹小慎微的模樣，顯得十分可笑。其實康王那日赴約，是對官員家裡收藏的字畫有興趣，那些出自名家的人像畫，掛在廳堂內的牆壁上，或素麗清雅，或妖嬈多姿，令他記憶頗深。

反倒是魏徹瞥見他側影，在心中不自覺地刻下了他的臉。

誠然，當年的魏徹還只是魏阿景，初見康王，只覺是他是如同來自遙遠洪荒世界、天地混沌之時的翩翩仙客，他獨自負手站立於一副仕女圖前，身側的兩株芭蕉，襯著他白色衣衫，如一支翠玉碧綠簪，遺世孤立。

那時的康王尚且疏離於塵世，清冷孤傲，一身凜然正氣，令魏阿景目不轉睛地凝視了他許久，哪怕是耳邊絲竹聲聲、盛宴繁華萬千，都不及康王姿容奪目。

許是覺得自己出身卑微，魏阿景並不敢走上前去同康王寒暄。於是那一次，魏阿景甚至都未曾同康王講過隻字片語，便在宴席散去的時候，悄悄目送康王離開。

他不曾想過那之後，會有第二次偶然相見，儘管過程極其狼狽。

那年年底，在隆冬時節的湘錦院裡，魏阿景和一群權貴喝得酩酊大醉，待到夜深無人時，他醉醺醺地獨自一人回去宅邸，其他人等也是爛醉如泥，皆搖搖晃晃地四散而去。他醉得厲害，走到樹下嘔吐不止，很快便不省人事地睡在了地上。

睡到子時的時候，覺得全身發冷，便打著哆嗦蜷縮起了身，矇矓間看到府邸的大門打開，一位身形頎長的男子走出，又命侍從們來搭救。

等到隔天一早雞鳴響起，他也醒了過來。

侍女恰好端著水盆來為他洗漱，他趕快詢問自己身在何處，侍女道：「這裡是康王府，主人昨夜在門口發現了你，怕你凍死，就要我們為你準備了間上好的屋子給你取暖，又不准我們聲張出去，你好歹是新科狀元，一旦事情傳出去，只怕會被朝臣笑話。」

聽聞此事，魏阿景心中動容不已。想來他自打進了朝中，只是站在最後位的臣子，聖人只有在最初對他加以關注，可一年到頭，他無根無基，

又家徒四壁，不懂如何加入黨羽，早已被聖人遺忘了。

　　偏生康王還願意對那時籍籍無名的他出手援救，便是在那一瞬間，魏阿景對康王滋生出一種忠心之意，即便知曉這是收服的手段，他還是義無反顧。

　　自那之後，魏阿景投靠康王一事儘管極為祕密，可到底會有一些群臣察覺到了其中的端倪。他們字裡行間總是要透露給魏阿景一些閒言碎語，諸如「那都是康王的伎倆」、「他就是靠著收買人心來拉攏黨羽的」、「小心沒了利用價值，就會被無情地一腳踢開」……等等。

　　那些閒言碎語算不上中聽，可魏阿景並不在乎，比起效忠皇帝，他只想效忠康王。

　　猶記得一年初秋豔陽，他與康王二人策馬在衰草斜陽之中，大漠狂沙迎風襲來，烽火臺上千里孤煙，一隻孤鷹停在望樓上，魏阿景拔出羽箭，對準孤鷹放出箭矢。可惜幾箭下來都射去了偏處，他未免心中失落。而康王只一箭，就將那孤鷹射下，魏阿景連忙策馬去拾起那隻受傷的孤鷹，恭敬地送到了康王面前。

　　康王卻笑得風輕雲淡，只對他說：「你留著吧！因為我見你喜歡，才拿箭射下了牠，你且帶回去好生養著，全當陪你逗個趣兒。」

　　魏阿景心中感激，也不忘說：「都怪屬下箭法愚鈍，與康王實在不能相比。」

　　「我可以教你。」康王解下馬上的酒囊，自行喝了一口，轉手又拋給他，笑道，「連同你想知道的一切，我都可以教給你。」

　　魏阿景輕抿一口烈酒，心覺感激地笑了。康王總是照料著他的一切，連同他的情緒。他空有一腹詩書，卻是遭皇帝與群臣冷對；而康王滿身榮耀，竟甘願提拔他這樣愚鈍的臣子。

　　以至於在第三年，康王為他改名為魏徹。

　　而那一天，魏徹被提為四品朝官。

　　在共同騎馬、射獵的時候，康王曾站在山林之間，俯瞰大唐盛茂對魏徹說：「如果這宏圖霸業將屬於本王，那本王就願同你一起分享這天下。」

　　魏徹當日並未聽懂康王的野心，他只是真誠地回應道：「只要大唐君

主是一位明君，愛護百姓、平復戰亂，我身為臣子，就願為他赴湯蹈火、死不姑息。」

自那之後，一晃十幾年過去了，康王與魏徹所選的道路，似乎越發不同，彼此也變了容顏，歷經了滄桑，更是忍下了許多的不如意。

可到底是人心如惡鬼，在無聲無息之間，吞噬了良知、道義，從過去的回憶中醒過神來的魏徹抬起頭，凝視著面前的康王，站起身的同時，終於說道：「倘若你今天不肯答應我的要求，那我便要按照自己的意願去行動了。」

康王挑眉，略有輕蔑地冷笑道：「就憑你一個文臣，也想從大牢中帶走要犯？」

魏徹長嘆道：「權當是補償當年的過錯。為了你，也為了我，哪怕是要我將日後的仕途做賭注。」

說罷，魏徹向康王俯首作了一揖，然後頭也不回地退下了。康王並沒有做任何挽留，他對魏徹的為人再清楚不過，反而是越發怒火中燒。

子時，懷遠坊。

月色隱匿在烏雲之後，萬籟俱寂。廂房之外靜得幾乎聽不到任何聲音，唯有紅木桌子上的一縷縹緲幽香，從石壇中飄出，在空曠的屋內劃出一道行雲流水般的煙跡，繞在握著長刀的黑袖臂膀旁，儼然如仙家景致。

黑衣人瞥了一眼那香，有些困惑廂房內怎會有人燃這種東西？但也來不及去猜測，只想著盡快解決那睡在被褥下頭的人。

如果當初就了結了他的話，便也不必像今天這樣大費周折了……黑衣人心中有些怨念，悄悄走到床邊，反手握住刀柄，高高地舉過自己頭頂，然後——狠絕地朝床上凸起的頭頂刺下去！

只此一招，必中命門！

「刷……」

黑衣人一怔，因那被褥忽然被人從下頭掀開！

對方將被子扔向黑衣人，然後又使劍刺來，還好黑衣人反應迅速，猛地以刀去擋。

刀光劍影中，黑衣人震驚地瞪圓了雙眼，面前的人並非谷寧，而是個

身穿紫色胡服的少女！

　　這身胡服……與之前在山林裡追蹤的那女子穿的一模一樣，這……是怎麼一回事？黑衣人快速地打量著面前的少女，竟是百思不得其解！

　　「我不是谷寧，一定讓你很是失望吧？」幻紗露出狡黠的笑意，甚至還將另一隻手握著的劍反刺向黑衣人，試圖打掉對方手中的武器。卻被黑衣人識破她的意圖，向右方躲閃，避開了幻紗的攻擊。

　　然而黑衣人還是驚愕不已地盯著幻紗，沉聲問道：「你與那山林中的少女……」

　　幻紗得意道：「你一直跟蹤在我們身邊，對我們霓裳樓的這幾個姑娘大概早已有了分辨。在你看來，跟在沈勝衣身邊的那個，一定是紫衣服的姑娘，且就憑你的觀察，也能看出紫衣女子擅長用劍。」

　　正如幻紗所說，黑衣人的確透過細緻入微的觀察，辨別出了霓裳樓四位姑娘的長處，心裡很知曉，紫衣是身手最為了得的那個，只要避開與她交手，就會減少許多不必要的麻煩。

　　「按照你的猜想，我們早就做出了應對……」幻紗將手中的長劍耍弄幾下，指向黑衣人的脖頸，「讓璃香扮成我的模樣，再與假扮成谷寧的沈勝衣將你們引走，一旦你發現沈勝衣不是谷寧，必定會捨棄他們追回來。當你發現懷遠坊的行宮，才最有可能關押谷寧的時候，我已經在這裡等候你多時了。而璃香和沈勝衣已經消耗了你不少體力，所以就憑現在近乎筋疲力盡的你，根本就不是我的對手。」話音落下的瞬間，手持長劍的幻紗就急速衝向黑衣人，「就讓你來領教一下我紫衣幻紗的劍術！」

　　黑衣人一怔，不由自主的退了兩步。正如幻紗分析的那般，連續的車輪戰令他已經十分疲憊，本以為趁夜取了谷寧的性命，就能完成任務，可萬萬沒想到被擺了一道，心中不由恨道：「霓裳樓真是狡猾至極！」

　　可同時，這黑衣人也怪罪起自己，竟然沒有分出幻紗和璃香的面目，明明曾經……

　　不容多想，幻紗那俐落的劍刃已經刺來，而劍身筆直甚至沒有分毫彎曲，足見這一招中蘊藏著極深的內力。

　　黑衣人提起警惕，左手短刀凌空劈出，右掌跟著迅捷之極的劈出，但由於幻紗劍刃力大，當即將黑衣人的短刀擊飛，那短刀在空中旋轉了幾

輪，「啪」的一聲桼進了案桌的燃香爐旁。黑衣人無奈之下，左手掌力先發後到，右手掌力後發先到，兩股力道交錯而前，直朝幻紗臂膀使去，企圖斷截她腕部。且黑衣人這兩掌掌力所及範圍甚廣，氣波攻向幻紗身子時產生的功力，的確令她腳底不穩。但她靈機一動，一個側身，右腿劈下，踢到黑衣人的雙肘，直接將其掌力震斷。

黑衣人雙手頓覺疼痛，不由得護住了自己的雙腕，幻紗轉身落在地上，打量著黑衣人，心下躊躇，第二招竟使不出了。

「你這招式……從哪裡學來的？」幻紗懷疑地問。

黑衣人見勢不妙，深覺不能再做較量，就飛快地破門逃了出去。還沒跑出幾步，身子就搖搖晃晃，幻紗於後頭喊道：「香爐裡燃的香是為你準備的，毒性雖不致死，卻會令你經脈不通，若不事先服下解藥，你數日內都無法再有任何行動！」

黑衣人已經覺得暈眩，必須要盡快離開行宮，以免落在霓裳樓手上。便飛快地朝牆根處跑去，由於身手較快，頃刻間就躍出了牆外。另外兩名正在搜尋的同伴見此情景，感覺不妙，便打算逃之夭夭。誰知一條長鞭在這時揮出，直接將那兩人的腳踝拴住，稍一用力，伊真就將他們兩人拖倒在地。

蕭如海也在這時從屋頂上躍下，看向幻紗，道：「來的是時候吧？」

幻紗指著那兩個金吾衛對他說：「別讓他們跑了，這些人都是一夥的！」

蕭如海立即抽出腰間短刀，去抓那地上的兩個人，其中一個不想落入敵手，立刻狠下心來，咬舌自盡。剩下的那一個見狀，也想舉刀自刎，可被蕭如海一把攔截了武器，又撕下臂上衣料塞進他嘴裡，對幻紗喊著：「拿繩子來，只剩這一個了，必須問出底細！」

幻紗點頭，急匆匆地衝進廂房裡翻找出麻繩，再加上伊真三人一同配合，終於將最後留下的活口給五花大綁了起來。

他們把這人拖到了廂房裡，為了避免造成驚動，幻紗在等到若桑躍牆進來後，才把房門緊緊地關上了。

「路上沒遇見可疑的人吧？」幻紗詢問若桑。

若桑搖搖頭，摘掉帷帽：「沒有，我一直候在行宮外的牆下，看到

蕭長官和伊真翻牆進來之後，又等了一會兒，直到伊真給了我信號，我才進來。」

他們的信號就是燃起的香料，方才在廂房裡燃起的是白色的，微毒，而作為信號使用的香料則是朱色的，無色無味，用來呼喚同伴。

而見到被活捉的金吾衛打扮的人，若桑不由得自責道：「方才在牆外，我倒是看見了一個與他打扮的一樣的人，可我形單影隻，自是不敢去追，只能眼睜睜地看著他們逃了。」

幻紗安慰她：「你不必自責，那二人的其中一個已經中了毒，這段時間裡都不能再行動。另外一個已經咬舌自盡，哼！倒是個懦夫。」

若桑聞言，目光落在綁在地上的那人身上，蕭如海提醒道：「若桑姑娘，現在輪到你了。」

一聽這話，若桑趕忙拿出自己帶來的小盒子，裡頭裝著一粒藥丸，在蕭如海的幫助下，她把那粒藥塞進了俘虜的嘴巴裡。且看穿他打算自盡時，若桑立刻威脅道：「剛剛給你服下的那藥，是牽動你全身神經的，你不可亂動，也不可掙扎，唯獨可以說話，至於其他小幅度的動作也是不可以做，否則就會七竅流血、筋骨全斷，屆時必是求生不能，求死不得。」

俘虜心中有氣，冷笑道：「你是審問囚犯不是？你以為我會怕你們這點花招？」

若桑向來性子好，不怒反笑，喃喃道：「看來你比你同伴的膽子要大得多。」接著，她向蕭如海使了個眼色。

蕭如海心領神會，突然走上前去，一把抓住了俘虜的左臂，手上只是微一用力，那人已痛入骨髓，大叫著：「你要幹什麼？」

若桑則解釋道：「這等力道你都受不住了，就說明我的藥已經生效。你接下來便要小心說話，否則，蕭長官可不會放過你的。」道盡了這些後，若桑向幻紗點了點頭。

幻紗直截了當地問他道：「說！到底是誰派你們來殺谷寧的？」

那俘虜全然不把幻紗放在眼裡，不屑地挑釁道：「我若不說，你便要拷打我不是？」

幻紗笑笑，「對！像你這樣囚犯，若不從，必將遭到嚴刑拷打。」

那俘虜不以為然，竟把頭扭去一旁，十分傲慢。

蕭如海手上加勁，增加了一些力道，捏得那人感覺自己的手臂如欲斷折，鼻子裡竟也真的有血在流淌出來了。

　　那俘虜強忍痛楚，只是不理。若桑輕輕柔柔地對蕭如海說：「既是如此，蕭長官，咱們還是不要強人所難的好，他不願說便不說吧！只管讓藥效繼續發作，反正不到一炷香的工夫，他得不到解藥就會……」故意把話說一半，若桑還做出了十分痛苦的表情。

　　這可著實比威脅有用多了，俘虜看見自己的鼻血啪嗒啪嗒地滴落在地上，肺腑中也有一股子詭異的抽痛在蔓延，他猛地一張嘴，嘔出了一口鮮血，這令他終於意識到了不妙，嚇得臉色蒼白如紙了。

　　幻紗見狀，沉聲道：「郎君，要是你肯說出誰人指派了你，這解藥……」她示意若桑手裡的小盒子，「就是你的。」

　　俘虜不願相信幻紗，還在討價還價：「你先給我解藥，我才說。」

　　幻紗表現出無奈的模樣：「看來你還是沒有明白自己的處境，那就再給你一點時間好好想想，我們就先離開一會兒。」她拉過若桑的手，做出要走出廂房的舉動。

　　俘虜終於對身上的痛楚感到忍無可忍，他不得不妥協道：「你們必須發誓……一旦我說出口，你們要保護我的安全。若我有了閃失，也必定要照顧我的全家老小，我……我妻子就要臨盆，你們要先答應我這些。」

　　幻紗向蕭如海看去，蕭如海則是堅定地回道：「你大可放心。」

　　「發誓。」俘虜逼迫道。

　　蕭如海也不再計較對方的咄咄逼人，只淡然點頭：「我發誓。」

　　那俘虜像是得到了一絲慰藉，他拚命地克制住自己因恐懼而顫抖的聲音，用力地閉上眼睛，終於說出：「我們……只為一個人做事，那個人是玄宗皇帝的叔叔，月泉公主未來的家公──當今的康王李元貞。」

　　此言一出，眾人都是一驚，但見那俘虜神色寧定，一本正經，絕不是隨口搪塞的模樣，驚訝更甚。

　　伊真率先道：「這可的確不是在說笑了，畢竟後事都先提前交代了一番，必定是抱著必死的決心說出幕後主使，自然沒有矇騙咱們的必要。」

　　若桑驚愕地搖著頭：「可那位康王鼎鼎大名，他因是聖人的叔叔而身分特殊，也從未在坊間聽過任何有關他是非的傳聞，又是月泉公主日後的

家公，怎會突然生了禍心呢？」

幻紗卻道：「哪可能會是突然生的禍心？必然是早有預謀，從沈勝衣出現在霓裳樓的那天開始，直到今日，這一切都像是被人早早地鋪墊好了一般，且這俘虜方才那般懼怕，也是抱著必死的決心說出了真相，那背後的人物，自然是非同凡響的。」

伊真和若桑沉默著，她二人對於權欲之事，向來沒有過多興趣，卻還是覺得聽到的這個真相匪夷所思。

反倒是蕭如海的表情最為凝重。

他與康王私交不錯，一直以來，也認為康王是個遠離朝政、怡然自得的人，像他那樣脫俗、寡欲的人，在朝中並不多見。而每一次面聖，他都會喚自己「長然」，回想起康王的種種，以及自己多次在鬼門關的過路，這些都令蕭如海一時之間難以接受。而自己曾問沈勝衣的那一句「殺一人以存天下」，也是因康王而起。

猶記得沈氏一案剛剛驚動聖人時，蕭如海曾與康王為此事而產生過不同的見解，在蕭如海看來，是萬萬不能錯殺無辜忠良，哪怕是區區草芥。

可康王卻說：「殺一人以存天下，為何不為？」

「行一不義，殺一不辜，而得天下，皆不為也。」

康王卻問：「倘若這份犧牲，是對方自願的呢？」

蕭如海苦笑：「即便是自願犧牲，我等去讚美他的這種做法，又和吃人的野獸有何區別呢？無論是奉勸犧牲，還是讚美無意義的犧牲，都是『惡』，自是違背了『義』和『真』，不該為之。」

如今回想起當日的那番對話，竟是別有一番意味了。蕭如海心中不禁泛起些許悵然。想來康王的輩分高於玄宗皇帝，可身為皇室，他卻從未頤指氣使；而身為臣子，他始終忠心耿耿，行事縝密，在朝中的地位與威望都十分穩固。

但是，這樣一個幾乎可以說是毫無破綻的人，為什麼要插手主動尋回黃金東珠這樁燙手山芋呢？任誰都知道，那群突厥人如狼似虎，但凡與他們沾染上半點兒關係，都不會全身而退。

蕭如海當時心裡便在想，康王搭上名譽來辦這件事，一定是有他的心思。除了幫助魏徹在朝中提升地位之外，就只剩下月泉公主將成為準兒媳

這一點了。

然而，到了今時今刻，蕭如海才恍然大悟一般地明白——原來這一切都是康王策劃的戲目，就連要將沈勝衣置於死地一事，都是出自他手。難怪康王那麼急迫地想要處死沈勝衣，無非是想要趕快將替罪羊處理乾淨。

思及此，蕭如海更覺無力，再回想現在關押在牢中的李遇客，他能那般有恃無恐，也必然是受到了康王的指使。

「蕭長官。」幻紗的聲音將蕭如海的思緒拉回了現實，她望著他的眼神裡略有不安，斟酌著問道：「現在該如何處理此事才好呢？」

蕭如海凝視著她，考慮到此事非同小可，自是不能輕率對待。

然而就在此時，行宮內的水池裡忽然傳來一聲異響，然後便是一聲鳥鳴，隨即傳來女子的驚叫聲。

幻紗頓時驚覺，趕緊打開房門跑出去，只見阿桑麗蜷在石地上瑟瑟發抖，一縷鬢髮被削斷。

她手指著左方的高牆，驚慌失措地說：「那邊！那邊有刺客翻牆逃跑了！」

幻紗立即奔到牆下，借由石凳跳到牆簷上，再向下打量，竟是空無一人。

這麼短的時間內不可能逃遠的，幻紗立即翻身下牆，在四周的樹後查看會否有刺客躲著，但並未發現任何端倪。她愕然，這麼大的地方，觸目所及無處可躲，若是阿桑麗看見刺客翻牆出去的話，絕對應該逃不出她的視野範圍。

就這麼一瞬間，刺客上哪兒去了呢？

幻紗地遲疑地翻身上牆，重新回到行宮內院，只見阿桑麗正對蕭如海和伊真、若桑哭訴著：「那刺客是從公主房中跑出的，我本是睡下了，忽聽公主慘叫，趕去之後就見公主受了傷，現下正昏迷，我出來喊人求救，被那刺客抓住，索性我咬了那人一口，刺客不得已鬆開我，卻將我鬢髮削斷，實在可怕極了……」

幻紗見阿桑麗面色蒼白，全身都止不住地顫抖著，的確是受到了不小的驚嚇。

伊真氣不過地說道：「真不知這行宮內的守衛都是如何做事的，夜深

人靜還能有刺客闖入，竟意圖對公主不利！」

若桑趕忙說：「還是趕快去看看公主的傷勢吧！」

一行人便急匆匆地跟著阿桑麗去往月泉公主的寢宮，蕭如海不便進去，就在門外守候。恰逢此時，門外傳來了馬蹄聲，一縷朱色煙霧緩緩升騰而起，是信號。

蕭如海不由得露出驚喜神色，他舒出一口氣，趕忙前去打開了行宮大門，只見門外的兩名突厥侍衛已經被打暈在地，而沈勝衣、白之紹與璃香也拴好了馬匹，幾人點頭示意，滿眼皆是見到故人的欣喜。

可是倒也顧不上寒暄，蕭如海的眼神很快就黯淡下去，白之紹立即猜出情況不妙，趕快隨他進了行宮。璃香最後一個走進去，她在關門之前，確認四下無人後，才將大門扣緊。

已知月泉公主遇刺受傷，幻紗等人在寢宮內，忙著為公主包紮傷口，因男女授受不親，男子只能站在外頭的長廊下商量著對策。

蕭如海將事情的來龍去脈，都告知給沈勝衣與白之紹，兩人在震驚之餘，白之紹也說出了自己心中一直縈繞的疑慮：「我曾以為阿史那真如不過是賄賂了朝中的權貴，來助他奪取可汗之位，如今看來，事情遠比我想像中還要棘手。」

蕭如海沉思片刻，抬眼看向二人，已然下定了決心：「我要連夜進宮，見此事稟告給聖人。」

沈勝衣與白之紹不由一驚。

「空口白牙，無憑無據，只是一番口舌，你又如何能料定皇帝會信你？」白之紹心思縝密，也是擔心蕭如海的退路。

「不！有證人，也有證據。」沈勝衣挺身而出，道，「我與蕭長官一同面聖，想來我與那黑衣人多次過招，已經記得了他的很多招式，只要搜遍康王府，找出那人來，康王百口莫辯。」

蕭如海道：「還有個俘虜也可一併帶去宮裡，若聖人不信，自然可與我們一道回來行宮看——畢竟，月泉公主被刺客行刺一事，對大唐來說是極為可恥的，這代表大唐沒有保護好她，聖人若是追究起來，沒人能逃得了干係，就算是康王，也不能。」

白之紹打量著他們二人，知曉這是一步險棋，搞不好連自己的性命也

會搭進去——天子喜怒，無人參透。且康王走到這一步，必是老謀深算，蕭如海的計畫他未必想不到，於是，他冷靜地分析了片刻，然後對蕭如海道：「你攜沈勝衣一同去宮裡這件事，並不算是最佳方案，還是要請皇帝來到月泉公主行宮，才能洗清眾人今夜的嫌疑。」

蕭如海瞇了瞇眼：「你的意思是，先把月泉公主遇刺一事，拋到聖人面前？」

白之紹回道：「拋磚引玉，再由皇帝來定奪。」

沈勝衣想了想，最後贊同了白之紹的提議。蕭如海也覺得這樣算是上策，便起身上馬，決定去宮中將玄宗皇帝請來行宮。

白之紹叮囑他：「蕭長官，一定要先讓皇帝把關注點放在公主受傷一事上，等他到了行宮後，才能告訴他是何人指使刺客，害公主遇刺。」

蕭如海點點頭，隨即策馬離去。

剩下沈勝衣和白之紹目送蕭如海的背影，很快，他二人轉過視線，因寢宮內不斷地傳出阿桑麗的哭泣聲。

此時，月泉公主的寢宮中，阿桑麗圍在受傷的公主身邊，心中大急。那傷口在腹部一刀，肩頭還有一刀，十分之近要害，光是熱水就換了好幾盆，卻還是止不住血。

阿桑麗忙著給若桑遞上止血藥膏、紗布以及藥草，由於心疼公主，總是哭訴著：「若是公主有了三長兩短，阿桑麗也要隨公主一起死，我們的靈魂在死後會一起回去草原，再也不會留在這充滿危險的大唐……」

璃香被她吵得頭疼，斥責她道：「這都什麼時候了，與其詛咒你的主子死，不如再去打一盆熱水來！」

阿桑麗哭哭啼啼地照做，路上還要喃喃著：「即便公主無恙，身上也要留下刀疤，公主素來愛美，若被可汗得知，真是要傷心死了……」

而好不容易為月泉公主止住血的若桑，已經累得滿頭大汗，她在為其包紮之前，發現月泉公主的傷口上，還殘留著一枚暗器，她不敢下手，幻紗便趕過來幫忙。用草藥塗抹傷口後，幻紗猛地拔出那暗器，月泉公主疼痛不已，在昏迷中發出一聲低呼，隨後又昏死過去。

幻紗暗叫：「還好，暗器傷得不深，但那刺客也下手夠狠，看來是要將公主置於死地了。」

接著便又喚來若桑包紮傷勢，伊真也一併輔助若桑，二人配合著將傷勢全部敷上草藥，再用紗布纏起，最後將月泉公主緩緩地平放在床榻上。

可是，月泉公主的臉色慘白如蠟，額角不停滲出細密的冷汗，璃香蹙起眉頭，有些不安地探手去試她的鼻息，隨後一怔，轉身道：「不好，公主的氣息極其微弱，怕是性命垂危。」

若桑驚道：「可是血也止住了，藥也服下了，從我素來的經驗判斷，不該如此的！」

幻紗凝視中手中的暗器，皺眉道：「暗器有毒，沾血即融。」

三位姑娘聞言，皆是震驚不已，究竟是誰要對月泉公主下這般狠絕的毒手？

就在此時，虛掩著的木門被扣響三聲，幻紗猛地循望過去，是沈勝衣。他神色嚴肅，低聲說道：「聖人到了。」

幻紗一驚，雙手還沾著血跡的若桑，也略顯無措地站起身來，璃香則是拉著伊真向前一步，做出了恭迎聖駕的姿態。很快，白之紹與沈勝衣一併走了進來，他們餘光瞥向昏迷中的月泉公主，身上蓋著薄薄的桑嬋單被，包紮著紗布的臂膀裸露出肌膚，上頭還有著幾塊未來得及清洗的汗血。

「的確是傷勢極重啊！」沈勝衣暗想。

接著，在這還算寬敞的寢宮內，有一抹奇香飄來，像是一種名為芸輝的香草，和麝香的碎末混合出的味道，使這室內泛起一股幽幽異香。

普天之下，這香氣只會從一人身上散發而出。

眾人抬起頭，看到門外有身影逐漸，許是為了避免聲張，侍郎並未通報，但白之紹眼尖，在房門被推開的那一刻，他率先朗聲道：「見聖人。」

第二十七章

丑時，懷遠坊。

紅茶的清香溢滿室內，玄宗皇帝坐在紅木椅上，身後站著周侍郎。玄宗皇帝無心喝茶，大袖一拂，瞥一眼床榻上的月泉公主，眉頭便不由得蹙緊。再轉眼去看對首跪坐的，是那個叫沈勝衣的年輕人。這郎君生的俊俏伶俐，眼神清澈，一身鮮活的生命力，倒的確不像是會殺人偷竊的惡徒。

可先有金吾衛隊長慘死一事，又有黃金東珠遭竊，期間夾雜著舒王等人的慘死，如今又是月泉公主身負重傷……，這種種糟心事令玄宗皇帝越發憤怒，實在是沈勝衣和這麼一些事件都有所關聯，頗為陰魂不散。

便是此時，白之紹敏銳地注意到，玄宗皇帝目光所掃，皆是屋內木梁、水晶壓簾、門窗設置……眼神狠厲，似要從中找出破綻。想來這皇帝雖未到而立之齡，卻已閱人無數，必定不是普通人能夠比擬的狠角色，也就在心中暗暗告誡自己，必要謹言慎行。

蕭如海到底是個急性子，且覺得月泉公主遇刺一事，也鋪墊得差不多了，終於斗膽開口道：「陛下，關於公主今夜遭遇行刺一事……」

結果重點還沒說出，就被玄宗皇帝揮手打斷，蕭如海抬眼望去，玄宗皇帝的表情看不出喜怒，但蕭如海心中卻覺得有些不妙——壞了，想必今夜驚動聖人，已是觸怒了聖駕，若是接下來不能將問題最為鋒利的一面道明，恐怕要惹火上身。

且康王是玄宗皇帝的嫡親，就這般明目張膽地擺到玄宗皇帝面前，只怕會有損天子顏面，那麼今日在場的這些人的命運，恐怕會十分淒慘。

然而，沈勝衣卻顧不得考慮這些，從玄宗皇帝入座以來，他就一直在等待合適的時機講出真相，直到玄宗皇帝打斷蕭如海，沈勝衣意識到不能再有任何遲疑，必須一鼓作氣地交代出幕後主使，便主動說道：「陛下！金吾衛沈氏有重事秉奏。」

玄宗皇帝抬起眼皮子撩了他一眼，聲音平靜且低沉：「朕現下心緒煩亂，都是拜你所賜，你且還有什麼壞事，乾脆一併講明。」

沈勝衣因玄宗皇帝這話而內心不安，後背的汗迅速地滲了出來。他不

得不做出視死如歸的覺悟，同時一邊說道：「回稟陛下，月泉公主今日之所以遭到刺客偷襲，是因為我們正打算把偷竊黃金東珠的幕後主使告知於她，想必是刺客有所耳聞，才會想著要給點兒顏色……」

玄宗皇帝道：「你只管說出查出的幕後主使是何人。」

沈勝衣深深吸進一口氣，終於說出：「康王，李元貞。」

這曝出的身家性命，令在場的其餘人等都寂靜無聲，唯獨幻紗忍不住將視線投向沈勝衣，滿眼遮不住的擔憂。

半晌過後，玄宗皇帝唇角微微一揚，眼中卻是冰涼的光：「金吾衛沈勝衣，你可知汙衊親王，當罪誅九族？」

沈勝衣面不改色，竟忽然間不再懼怕了，反而能正視玄宗皇帝的眼睛，字字珠璣道：「陛下聖明，我區區沈氏能夠查明的事情，陛下也一定早有眉目。且今夜刺殺公主的刺客共有三人，其中一人逃脫，剩下一人自盡，還有一人正在大殿內等候發落，我可以將他帶到陛下面前澄清一切。只不過，他說的也都會和我一樣，因為，派他來行刺的人正是康王。」

然而這些話並沒有改變玄宗皇帝的態度，他的臉色逐漸變得難看，甚至洩露出了一絲厭惡，也許，他心中的怒火並非是因為叔叔的背叛和密謀，而是眼前這個沈勝衣，一而再、再而三地將事情搞得一團糟，幾乎每一場禍亂中，都要見到他的嘴臉，實在是大唐之不祥。

「沈氏，你若在最初就有現在一半的機靈，也就該知道有些人不該活，因為死人，對大局才是最好的幫襯！」

玄宗皇帝的這一番話，如同雷霆震怒，令沈勝衣驚恐地睜圓了雙眼。他只在一瞬便明白了其意，趕緊跪倒在地，向玄宗皇帝重重地磕了一個頭：「求陛下允諾當日口諭，還沈氏清白，如今已水落石出，沈氏不能再繼續蒙冤！」

玄宗皇帝冷眼相望，本是死寂一般的寢宮，忽然響起一聲咳嗽，是月泉公主的傷口又在滲血，她雖是昏迷狀態，可劇咳不止，不出一會兒，竟有血跡從她嘴角流淌而出。見此情景，若桑也顧不得玄宗皇帝在場，只想著救人要緊，便趕快催著伊真，與她一起為月泉公主更換紗布內的草藥。

寢宮內頓時亂哄哄一片，周侍郎懇請玄宗皇帝道：「陛下，這血腥氣對天子之身可不吉利，既然已經探望了公主，眼下便早些回宮去吧，龍體

要緊啊！」

　　玄宗皇帝便緩緩起身，再瞥一眼床榻上虛弱的月泉公主，心頭又一股怒火燃起，只怕一場喜事就要變成喪事，而引起這些禍端的……玄宗皇帝看向沈勝衣，眼裡竟起了殺意。

　　於是，玄宗皇帝踱步走到沈勝衣面前，示意身邊人都下去，伺候在門外，然後才冷冷地盯著他看，也不說話。

　　沈勝衣心如亂麻，再對著玄宗皇帝又是一叩，然後伏地道：「陛下，我清楚陛下的心思，若今夜過後，沈氏必死的話，還想請問陛下要給我一個什麼罪名？」

　　「罪名？」玄宗皇帝輕蔑地俯視著他，「一隻螻蟻，也配跟朕討要罪名？且你知道了當朝康王的密謀，這，算不算死罪？」

　　「算。」沈勝衣抬起頭來，「可即便殺了我，還會有另外的人揭穿這真相，難道陛下要殺盡天下忠良嗎？」

　　玄宗皇帝盯著沈勝衣，也不知過了多久，他那不疾不徐、不輕不重，依然是那種雍容低沉的聲音在室內響徹：「沈氏，你真是好大的膽子，朕倒要看看，你是如何做大唐的忠良的。」說罷，玄宗皇帝示意周侍郎，那周侍郎頓悟，趕忙將帶在腰間的一把匕首，扔到了沈勝衣的面前。

　　沈勝衣露出驚愕的神情。

　　玄宗皇帝已拂袖離去，留下一句：「你既自詡忠良，便為朕成全了這樁胡鬧的慘案吧。」

　　周侍郎也跟隨上玄宗皇帝的腳步，守在大門外的侍衛打開行宮的門，恭迎玄宗皇帝回宮。

　　而寢宮內的若桑則是忙作一團，她喚來阿桑麗，要她去找連那，月泉公主是他的胞妹，發生了這樣的事情，一定要知會他。阿桑麗立即照做，剩下璃香與伊真，輔助若桑為月泉公主更換藥布。

　　蕭如海與白之紹明晰了玄宗皇帝的意圖，二人扶起跪坐的沈勝衣，一時之間竟也不知該說些什麼話來慰藉。反倒是幻紗格外勇敢，她知曉玄宗皇帝是對沈勝衣再一次起了殺心，便拉過他的手，要借一步說話。

　　白之紹側眼望去，目光一寸寸地自幻紗的背影到胡服，再到皂靴，直到看不見為止，他才緩緩地收回視線。一抬頭，蕭如海便問道：「眼下該

如何是好？若不想出辦法，沈勝衣這次怕是真的在劫難逃了。」

　　白之紹垂下眼，並未立即回話。他只是覺得，自打沈勝衣出現後，他身邊的摯友、知己、紅顏……彷彿都傾斜去了別處，這令他的心緒隱隱有些複雜，卻也是不能夠與旁人言喻的。

　　而在長廊的盡頭，幻紗正在試圖說服沈勝衣逃走：「離開長安吧！我願意幫助你，現在、立刻就行動，用我在霓裳樓的通行證，就可以出去城門，趁著那皇帝還沒有下令封鎖通緝，也只有這個時機可以一搏了！」

　　晨色濛濛，微風清亮，沈勝衣望著面前略顯驚慌的女子，心中有些許動容。這個一直要強的姑娘，彷彿從未露出過這般無措地神情。令沈勝衣不由得發出輕不可聞的一聲嘆息，道：「幻紗，你能為我考慮這些，我很感激，可是我不能再讓你為我以身涉險了。」

　　幻紗忙道：「現在不是說這種話的時候，我的安危你不用考慮，就算皇帝再如何遷怒，也不會落到我頭上來的，你只管考慮你自己的周全！」

　　沈勝衣搖頭道：「我不能逃，一旦我前腳離開長安城，他後腳就會徹查霓裳樓，今夜在場的任何一個人，他都不會放過。更何況，我是一個男人，就理應承擔男人該承擔的道義，且事因我起，就應該因我而終，我必須要讓這一切，有個徹頭徹尾的了結。」

　　幻紗既悲痛又無奈地凝視著沈勝衣，她說：「你不需要承擔任何道義的，這劫數本就不是你造成，又何必要為那些權貴承擔罪孽？」

　　沈勝衣低垂著眼睫，目不轉睛地望著面前的幻紗，微弱的晨曦照上她的臉，映著她的簪花粉黛、媚眼如絲。猶記得第一次見到她的時候，她腰間繫著的錦緞絹帕盡顯風流，一襲紫色流雲水紋交織的襦裙，且有一雙別致美豔的桃花眼。

　　仿若是一眼萬年，沈勝衣在那時便也對她傾了心。

　　「我曾說過，若我重得清白之身，必要與你遠離這紅塵喧囂，尋一處淨土，過著只屬於你我的神仙日子。」沈勝衣抬起手，輕撫幻紗的鬢髮，眼中有淡淡的哀傷，「可惜了，幻紗，我怕是不能守約，你且不要為我難過，倘若今夜過後，我……」

　　幻紗立刻搖頭，彷彿不願聽他接下來的話，且半晌過去，她才終於張了張嘴，嘶啞的喉嚨中，擠出破碎不堪的幾個字：「如果你不能守約，

我……已經不知道接下來該要如何面對生活……」

她的這些話，讓沈勝衣的心驟然抽緊，緊接著，幻紗那雙泛著淡淡藍色的眼睛裡湧起霧氣，竟是有大顆大顆的淚珠滑落下來，砸在他的手背上，連帶著他的整顆心也一併痛了起來。

沈勝衣默默地抬起手，小心翼翼地替她把眼淚拭去，又將她額前掉落的髮絲輕輕拂去耳後，十分憐惜、疼愛地端詳著她，幻紗也緩緩抬起頭，他的吻便在此刻合情合理地落在她的唇上，清冷又熾熱，如細雨一般散落在她的心頭。

這略顯淒涼的朦朧晨色之下，兩個年輕人在患難中，交付著彼此的真心。其實，幻紗也不知道自己是何時愛上他的，大概是他為她親自包紮傷口的那一刻開始，抑或是他們共同在山林間逃避追殺的那一夜。彷彿他已經等了她好久好久，久到他再也按捺不住他心中的愛意，他的每一次注視、每一次交流，都像是在告訴她，即便她是堅冰，他也會用自己的愛慕來融化她。

幻紗回想起他時常會看向自己的眼神，清澈純粹，深藏熱忱。而向來理性的幻紗，從他身上學到了愛戀的執著，此生追逐的愛戀，只是如同生不逢時，陰謀似乎要將他們無情的拆散，想到此處，幻紗的內心又多了一份幽微的悲傷。

當沈勝衣緩緩地放開幻紗時，她卻淚流滿面，失控般地伏在他懷中哭泣了許久。

但最後，她還是哽咽地說道：「你我歷經波折、千辛萬苦走到今天，我只希望你能好生地活下去，哪怕日後再也不能與你相見……也好過你蒙冤而死得好！至少，也該讓真相水落石出！」

「水落石出」這四個字猛然間擊中了沈勝衣，他腦子中閃過一股電流，彷彿恍然大悟一般，喃聲道：「你說得對！的確應該要讓真相水落石出的！」

幻紗困惑地抬起淚眼。

沈勝衣像是已經有了計畫一般，他的唇邊甚至浮現出了一絲笑意，這令幻紗非常困惑。

接下來，那緊閉的行宮大門忽然打開，是阿史那連那狂奔而來，他臉

色發白，氣喘吁吁，口中卻是一句話也說不出來。

沈勝衣已經放開了幻紗，兩人分出了半尺距離。

連那則走上前來，神色緊張地詢問道：「月泉的情況如何？」

幻紗指了指寢宮裡頭：「若桑正在救治公主……」

一聽到若桑的名字，連那更為擔心起來，再沒心思多說，只管疾步衝進了寢宮。

再次剩下沈勝衣與幻紗二人時，他輕吻她的額，連聲音都是繾綣的，道：「幻紗，我要先離開這裡，關於真相，我要親自讓其水落石出。」

幻紗露出迷茫的眼神，沈勝衣卻握著她的手，無比認真地說：「成敗在此一舉，我一定會安全回來的。我保證！」

幻紗聞言，有一瞬間的心猿意馬，可很快便恢復神智，不動聲色地抽出自己的手，蹙眉問道：「你該不會是打算單槍匹馬地去做危險的事情吧？」

沈勝衣隔著徐徐清風，定定地盯著她，只道：「我很快就回來，你就在這裡等著我。」

這話令幻紗眼中浮現驚色，直到他從容平淡的聲音，再次於她耳畔響起：「一旦成功，你我也許再也不用分離了。從此以後，一生一世，比翼成雙。」

「既然如此，我與你一同前去，也好助你一臂之力……」

沈勝衣搖頭道：「這是必須由我一人去處理的事情，你若不想讓我分心出錯，就按我說的去做。」

幻紗欲言又止，思慮片刻，只好點了點頭。

沈勝衣終於安心下來，他最後親吻了幻紗的額頭，然後轉過身，急速跑出了行宮大門。

幻紗望著他離去的背影，呆了好一會兒，直到什麼也看不見之後，她才轉身重新走回寢宮。剛一進去，就見若桑正在安撫擔憂月泉公主的連那，二人情誼真切，彼此關懷，那如璧人圖畫的景象，令幻紗第一次感受到了悵然若失的心情。

她內心深處微微嘆息，只盼望著沈勝衣能平安歸來。

寅時，十六宅，康王府。

一夜無眠的康王，正敞開了臥房的大門，他坐在案桌旁的紅木椅子上，望著花壇下面擺滿的一盆又一盆的冬菊，煞是美豔。

兩名侍女正為其斟茶燃香，年近不惑的康王的面容上，已爬出了歲月的印記，唯有一雙凜冽的眼眸，仍舊明亮若星，令人錯覺他無論到了怎樣的年紀，都會依舊風華絕代。

由於沒有睡意，府上的樂師便獨自坐在亭中為他撫著琵琶，康王搖晃著手中瓷杯，凝視著亭下碧潭波光，本陶醉在妙音之中，舞曲卻忽然中斷，樂師的琴弦折了。正欲換上備用的琴，窸窸窣窣的聲響卻從後院的假山處傳來。

康王立刻警覺地令道：「你們都退下。」

侍女與樂師都恭敬地退了下去，而確定無人在側後，康王才對假山的方向說道：「出來吧！」

假山後頭果然有人走了出來，這人尚且還穿著金吾衛的衣著，戴著防毒的面罩，正是從行宮逃走的黑衣人之首。

見到康王後，黑衣人恭候地作揖，然後無奈地道出：「回稟康王，行宮那邊的進展不太順利。由於中了埋伏，只有我一人逃了出來……」

「月泉公主呢？」

黑衣人道：「已經按照指使去做了，兩刀都傷在要害，依我所看，很難撐過今晚。」

康王似乎露出了滿意的神色，直到黑衣人說出下一句……

「只是……呂氏被俘，而霓裳樓的那幾個人都在，怕是已經逼供他說出康王的底細了。」

這話一出，康王的表情立刻變得震驚，很快又變得鐵青，彷彿掙扎了許久之後，他的眼神一下恍然，想到自己處心積慮的心思要付諸東流，他剎那間滿心傷感，甚至覺得疲乏、倦怠。儘管他早就知道這一天會來，可卻來得有些早了，令他實在心有不甘。

也不知就這樣沉默了多久，晨光卻是暗淡的，天邊出現了隱約的湛藍色。露深風重，一聲踩碎枯葉的響動，傳進康王與黑衣人耳裡。

黑衣人警覺地站起身來，抽出腰間利刃，凝視著聲源之處──樹葉

沙沙落下，一雙烏皮靴出現在草叢間。黑衣人順著靴子往上看，他穿著缺
胯衫，袍裾剪下一段縫在膝上位置，左側不開衣衩，雙袖飾以對豸，肘處
護著明光甲，胸前圓護繪有虎吞，盤領窄扣，戴著襆頭。佩劍是把入鞘長
刀，刀柄圓牌上鑲著「金」字，這一身裝扮，才是徹頭徹尾、純純粹粹的
金吾衛。

　　黑衣人不由得露出驚色，喃聲道出：「沈勝衣？」他竟敢自投羅網來
到康王府？黑衣人心中嗤笑他愚蠢，乾脆就在這一刻來個殺人滅口，便舉
起手中利刃，正欲攻去，身形卻驀地僵住了。

　　因沈勝衣竟喚道：「王妃，可好？」

　　黑衣人一瞬慌亂，手中的刀刃竟「砰」的一聲掉落在地。

　　他……怎會……

　　「罷了！」康王在這時站起身，彷彿沒了再打算遮掩的必要，對黑衣
人道，「你便摘下面罩，讓沈氏在死前見一眼你的真容吧！」

　　而康王的這話，頗有些虛張聲勢之意，畢竟他已經清楚玄宗皇帝知曉
了一切，他再如何掙扎，也都是垂死之局了。

　　他輸了，可便是輸，也要輸得有風範。

　　於是，在康王的命令下，黑衣人只得緩緩地摘下了自己的面罩，她的
長髮因此而散落下來，只可惜，豔若桃李的面容，被一股子悲戚包裹著，
已顯出些許憔悴頹敗。她抬起頭，望向沈勝衣，而她的身後，康王則道：
「王汝，你回答沈氏，作為王妃的你，是否安好？」

　　她還未來得及開口，沈勝衣便指明道：「她不是王汝，就算是假冒王
妃，也該去糊弄那些沒見過王妃的人。」

　　她不由得皺起眉。

　　沈勝衣凝視著她的眼睛：「而且，我也見過本該死去的名妓，難道你
不覺得我眼熟嗎？曉荷姑娘？」

　　她在瞬間便愣住了。充滿驚愕的眼神，彷彿在問沈勝衣：「你怎會知
道這些？」

　　「我曾下沉到坊間，在湘錦院外巡邏過多日，對於頭牌的姿容，我必
定是過目不忘的。」沈勝衣道，「而我今日冒著生死之危前來康王府，便
是察覺到了你的異樣，也就是說，康王不僅是所有案件的幕後主使，打從

盧映春慘死一案起，這局就已經被布下了。」

話音落下，沈勝衣的視線越過曉荷，落在康王身上，問道：「康王，我說的對嗎？」

康王沉著眼，並不說話。

曉荷見事情敗露，只以一雙沉靜而悲戚的目光看著康王，那目光中彷彿湧動著萬千思緒，卻是一點兒都無法說出口的。許久許久，她才用沙啞的聲音說：「也許從刺殺月泉公主的那刻開始，這一切就已經是紙包不住火了，康王，是我不夠聰明，不能夠完成你交辦的任務。」

康王仍舊沉默著，曉荷卻是不願再隱瞞了一般，就好像長久以來，她也一直期盼著能有人將她認出來，以至於此時此刻，她忍不住靜靜地對沈勝衣說：「此前與你們交手時，我知道是璃香假扮成了幻紗，我沒有揭穿是因為……我自幼與她們一同長大。」

沈勝衣靜默地聽她說下去。

曉荷本是湘錦院裡最聰慧美麗的姑娘，但在成為頭牌之前，她幼時是與幻紗、璃香一同流落在長安城外的胡族難民，幸得霓裳樓白掌門相救，曉荷才能衣食無憂的長大。又和幻紗、璃香等人一樣，從白掌門那裡學到了同樣的武功，這也就是為什麼在與幻紗和璃香交手時，險些被識破身分的原因。肌肉記憶不會騙人，她的身手始終脫離不掉白掌門的教導。

若不是十三歲那年，被一位王孫貴子贖出，想必她此時還是身在霓裳樓裡，與姐妹們嬉笑、歡鬧，可惜了，她遇人不淑，當年決意要與那位公子離開，卻導致入府後遭到冷落，最後被譴出府邸。

流落街頭的曉荷，無臉回去霓裳樓，幸得途經於此的王汝相救。

從此，她將王汝視為恩人。

王汝本意是希望將曉荷收入府上做侍女的，但曉荷心裡總是有恨意，對權貴的恨，對自己命運的恨，以至於她總想著要報仇。王汝見府上留不住她，便在她養好了身體之後，給了她不少珠寶。

曉荷知曉回不去霓裳樓，就去了湘錦院。藉由自身不俗的底蘊，以及霓裳樓教會她的一切一路攀爬，終在十六歲那年，成了頭牌。

而那次新科狀元之死，是曉荷為了履行與康王之間的約定，才行刺盧映春的。

康王一直是曉荷最大的金主，是他把曉荷訓練成了優秀的暗殺者。可惜那日不巧，王汝前來探望曉荷，正撞見曉荷殺死新科狀元，倉皇間，有人喊來了金吾衛，王汝擔心曉荷因此被抓，便要她先行躲避在床下，自己只要道出王權相女兒的身分，自是無人敢碰。

　　可惜王汝疏忽了金吾衛的鐵血，養在深閨的王權相之女無人識得，金吾衛自是不信，便索性將王汝當作曉荷抓了回去。

　　而一直與康王聯手，企圖對抗玄宗皇帝的王權相，為了殺人滅口，便派人焚了獄中曉荷，全然不知親手殺死的，是自己的女兒。

　　「可惜了，從始至終，只有一個人被蒙在鼓裡。」沈勝衣在這時全盤托出，他看著曉荷，說道，「你一直認為是皇帝錯殺了王汝，但實際上，是王權相等人決定從痛失愛女的悲痛中走出，並將計就計，讓你冒充王汝去選王妃。」

　　曉荷眯了眯眼，像是不敢置信。

　　沈勝衣繼續道：「由於你被蒙在鼓裡，根本不清楚事情的原委，所以，也就甘願充當王汝，被選做王妃。然後，再按照康王的指使失蹤，也就是在劫獄的那一夜，你故意出現在牢獄外頭，目的就是把你的失蹤嫁禍給我，然後激化矛盾。加上黃金珠遺失一事，以此來挑起阿史那與朝廷的戰爭。一旦事成，王權相與康王便會趁機推翻玄宗皇帝，實行篡位。我說的，對嗎？」

　　曉荷露出了極為驚訝的神色，她全然不知情，只能恍惚地轉過身，看向康王，試圖尋求真實的答案。康王不動聲色地望著沈勝衣，忽而冷冷一笑：「看來，你們抓到的俘虜，已經全部都交代出來了。」

　　「不！」沈勝衣卻搖頭道，「區區一個俘虜，又怎可能知曉康王的核心祕密呢？這些都是透過追蹤許久的線索拼湊出來的真相。更何況，盧映春在死前握在手中的畫紙，並非是圖紙……」

　　康王聞言，猛地咬緊了牙關，那是他最怕被人得到手的東西，果然，那東西還是被沈勝衣注意到了。

　　沈勝衣彷彿非常滿意康王這一刻的表情，他順勢掏出那塊圖紙，示意道：「我想，這一定是你當日寫給曉荷的密函一角。若不是我在無意間得到此物，你也絕不會打算選我做替罪羊，更不必這般趕盡殺絕了。」

康王逐漸沉下了眼神，沈勝衣心有哀戚地說道：「我師叔李遇客是最先察覺到這些的人，為了將真相引出，他才會在殺害舒王的時候，也留下同樣的物證，造成移花接木的假像。」

康王道：「看來你已經知道了。」

沈勝衣垂了眼睫：「蕭長官已經把師叔的事情告訴了我，我們一直在演戲，因為知道你安插了眼線，為了讓你相信我們表演出的一切是真實的，我就算得知了師叔的事情，也要裝作無動於衷……」說到這兒，他眼中出現恨意，重新望向康王的眼神裡，也多出了幾分殺氣，「是你害我師叔入獄、備受折磨，為了你自己的私心，你害了太多的人！」

而聽到這裡，曉荷彷彿如夢初醒一般，她嘴唇劇烈顫抖，如鯁在喉，久久無法說話。半晌過去，她才摀住自己的臉，嗚咽著問道：「他說的……都是真的嗎？康王……你竟一直都在騙我？」

她聲音十分艱難才擠出喉口，聽上去倍加淒厲。涼風陡然驟烈，宮燈搖搖晃晃，曉荷的神色變得扭曲、詭異，她忍不住呢喃著：「阿汝待我如親姐妹一般，若不是那日來湘錦院尋我，她也不會受到這般牽連……可她卻死在獄中，我當真以為是皇帝將她錯殺，卻不曾想，王權相為了篡位，竟連親生女兒都能當作棋子來利用……可憐我在阿汝死後夜夜噩夢，夢見她死得那樣慘……可我又打從心底裡想要取代她，飛上枝頭，成為人人都豔羨的舒王妃……」

曉荷跪伏在地上，痛苦地哽咽、啜泣著：「原來，竟是我被蒙在鼓裡……打從她死後，我也該一併死了才對，這樣名妓曉荷就不復存在，再也不會有人追尋王妃的下落，更不會有人利用她的死來大做文章……可我竟被欺騙至今，我當牛做馬地想要幫助康王篡位，無非是要為阿汝報仇……結果殺的人卻不是皇帝，我……我竟成了害死她的傀儡……」

到了最後，曉荷哭得幾乎昏厥過去。沈勝衣同情又憐憫地望著她，不做聲色。

直到府邸內的前門忽然被從外頭推開，雖未聽見通報聲，但卻清楚地感知到了腳步聲。

沈勝衣一驚，暗想著會是何人在這般時刻造訪康王府？而康王卻不疾不徐地對沈勝衣說：「你且先帶曉荷躲到暗處，我還有客要見。」

一聽這話，沈勝衣便知道來者由頭不小，趕忙扶起昏倒的曉荷，二話不說地躲進了一旁的繁茂草叢裡。

片片乾枯的花瓣，被踩碎在一雙朱金色的皂靴下，順著那刺著龍鳳的胯衫往上看，一塊通透玉佩掛在腰間，雖素雅，卻極為別致，再去看眉宇間的英氣，更是有幾分咄咄逼人。

草叢後的沈勝衣，不由間睜圓了雙眼，那來者，竟是玄宗皇帝！

此次前來，玄宗皇帝並沒有帶隨身的侍郎，他隻身赴約，倒也彰顯了身為帝王的氣度。而康王自然也知曉，玄宗皇帝這次單獨前來會面，代表著他們二人之間要有一個了結。

目睹此景的沈勝衣，心中暗暗想著，原來玄宗皇帝並非要包庇康王，他定是早就決意要來與康王單獨面談的，也許，他心裡已經有了定數。

這時的康王，站在距離玄宗皇帝有幾步之遙的對面，他瞥見玄宗皇帝的面容略顯憔悴，蹀步上前，行禮恭候：「不知陛下前來，有失遠迎。」

玄宗皇帝只道：「皇叔，朕特意前來，是想聽你親自說出實情的。」

康王抬了抬眼。

玄宗皇帝蹙起眉心：「皇叔究竟為何要背叛朕？」

康王喃喃重複道：「……背叛？」

「朕將月泉公主指婚康王府，又把阿譽封了郡王，封侯賞地，如此殊榮還不夠皇叔滿意嗎？」這質問的音調頗高，玄宗皇帝已是按捺不住心中的怒意。

康王卻百感交集似地笑了，他轉過身，朝前方翠綠的松柏樹下走去，聲音縹緲，道：「陛下不愧是天子，便以為給予別人的是殊榮，是要他人感恩戴德的，卻從來沒有想過，這人到底想不想要陛下口中的殊榮。」

玄宗皇帝沉靜道：「皇叔，朕自幼熟讀聖賢書，自是知曉人性都是趨利避害，可以背叛忠義仁德，但絕不會背叛利益。而你，不該背叛朕，因為朕代表的，是你全府的榮華富貴。」

「是啊！」康王冷笑，「陛下以為，只有依附於你，臣子、百姓才能豐衣足食，卻為何沒想過，這世道也該換人主宰呢？」

人人都道他康王李元貞是個妙人，無論皇城內外，無不聞其名。他已年近不惑，但樣貌卻依然清俊秀雅，身形高而纖瘦，筆直的肩背顯出幾分

脫俗氣韻。的確，他是連玄宗皇帝見了都要以禮相待的出色人物，卻一直行事低調，為人謙卑，在朝中享有一片美譽。唯獨可惜一件事，便是養出的兒子不成氣候。

虎父生出犬子，倒也是令人唏噓。

「也許，在陛下眼中，月泉公主此番入朝，能由我兒完成聯姻，是賜予我康王府的莫大殊榮。可陛下心裡最該清楚實情，在陛下眼中，我兒的德行你再清楚不過，無非是想以此來提醒我——康王府後繼無人，要靠一個外族女人來博得朝臣關注了。」

康王一聲嘆息，接著說道：「想來我李元貞從一出生，就害死了自己的母親。當年，多虧了高祖臨幸了我母親，使得她在生下我之後，就被王妃賜死，誰讓她只是出身卑微的侍女呢。即便後來王妃將我視如己出，卻總是因血脈而不得不對我存有提防之心，而她的這種疑神疑鬼，也教會了我在深宮之中，沒有心機又如何能保護得了自己呢？」

從此以後，他對誰都抱有懷疑的態度，在他內心深處，斷然不能相信身在帝王家的人能付諸愛意。既然得不到任何人的愛，就需要權力，更需要讓所有人忌憚。

所以，他又怎會不知玄宗皇帝的伎倆？

「陛下將月泉公主賜給我兒，表面上是對殊榮，實則為警告，是想警告我永遠也不要妄圖染指皇位，永遠也不要和世家大族結黨，區區康王之子，只配得到一個阿史那部落的公主作王妃。即便阿響的父親文韜武略，卻每天只能裝出一副怡情山水的樣子。」說出這些的康王，感到極盡悲哀地轉過身，望著玄宗皇帝，「難道陛下不覺得，這對你皇叔來說，是莫大的羞辱嗎？」

玄宗皇帝沉默不語，他端詳著康王似鬼一般扭曲的面容許久，才徐徐嘆息，抬起頭來，凝視著天際逐漸亮起的晨光，眼底浮現出了一抹轉瞬即逝的惋惜。

草叢裡的沈勝衣，望著玄宗皇帝的側臉，心中揣度著這皇帝將要翻臉的機率。後背的汗還沒有乾，令他不由自主地感到滿身寒意。

也不知過了多久，沈勝衣聽到玄宗皇帝的聲音再次響起，不輕不重，不怒不喜，令人猜不出他究竟有沒有真情，只在院內四散開來，像是迷蒙

的風：「皇叔，朕對你最後的仁慈，便是放過阿譽。你所策劃的一切，朕不會遷怒他。」而後，玄宗皇帝低歎一聲，「且對皇叔最為重要的是，朕今後也還會一視同仁地對待魏徹。」

康王怔然，暗處的沈勝衣也困惑地鎖起了眉頭。他疑心，為何會突然出現魏徹那個文臣的名字？

康王的目光則是僵在玄宗皇帝身上，微弱的晨光在此刻變幻不定，他心跳如鼓，難以置信道：「你……難道早就已經……」

玄宗皇帝冷冷地接下他的話：「不錯，朕其實都知曉了這些。皇叔當真以為朕是個昏庸無能的君主了？這般幾乎已經威懾到朝廷的事情，朕又怎能只派皇叔與金吾衛去查明呢？今日相見，朕不妨直言，皇叔之所以會對那盧映春下狠手，無非是為了保全魏徹那布衣狀元的稱號。」

這一刻，康王的眼神彷彿是第一次出現了不安、驚恐與迷茫，連望見這些的沈勝衣都禁不住猜疑：難道康王與魏徹有著不為人知的淵源？

果然，玄宗皇帝道出了真相：「魏徹曾經名為魏阿景，年少之時高中狀元，幸得皇叔提拔至今。想來他出身寒門，無權無勢，在他眼中，皇叔是天、是友、是命，甚至是神明，而皇叔此生最大的心願，便只是輔佐魏徹成為千古名臣。所以才密謀布局，試圖殺帝篡位，只為親手造出一個能讓魏徹盡情施展才華的國度。」

康王別開臉去，竟像是無言以對。

而玄宗皇帝察覺到康王的沉默，知曉自己占了上風，便負手踱步，輕笑道：「朕也知道，皇叔是個最痴情不過的人，多年來除了正房，從未納妾，膝下子嗣稀薄，除了兒子便只有一個女兒。外人只道皇叔痴迷書畫，誰人又知皇叔是一心只在一人身上呢？依朕來看，皇叔這次失利，日後也許會想求朕將你們葬在一處吧？」

玄宗皇帝頓了一頓，見康王並不反駁，實在是越發同情起來：「皇叔啊皇叔，想你一世英名，怎就會犯下這般大錯？你怕不是鬼迷心竅，被愛意糊住了眼睛，連最基本的分辨能力都失去了？你以為魏徹真的具備名臣的能力嗎？是，皇叔固然愛護他、幫助他、尊敬他，可你為他做了這麼多，他是否明白其意？到了最後，皇叔都要整日守著他，瞞著自己的心思，一個手指頭都碰不得他，這，難道也是皇叔想要的結果不成？」

康王的臉上竟浮現起了一抹近乎絕望的表情，他看向自己的雙手，忽然不知所措地懇求起玄宗皇帝：「陛下，我縱然是雙手血腥，可魏徹對這些是不知情的。我將魏徹瞞得極深，還請陛下讓此事了結在我這裡，看在叔侄情分上，求陛下成全！」

玄宗皇帝瞥了一眼康王，他自然清楚康王是不會讓魏徹知道這些骯髒的，可朝廷被禍亂成如此這般，玄宗皇帝也是咽不下這口惡氣，便丟下一句：「既然想要成全，皇叔，你是個聰明人，理應知道應該怎麼做了。」

康王伏跪在地上，低垂下了頭：「若是魏徹可以繼續在朝中為人臣子，我也不會再做困獸之鬥。陛下，是臣輸了，臣願賭服輸。」

玄宗皇帝最後看了看他，然後，再也不想說什麼，負手離開了康王府。徒留康王獨自跪坐了許久，就在沈勝衣起身想要出去的那一瞬間，忽覺身旁的曉荷身體冰涼，他轉頭去看，她竟已經死了，嘴角殘留著服下的毒藥，原來她早就做了必死的決心，得知真相後更是不願再苟活。

沈勝衣感到哀戚不已，緩緩地將曉荷放平在草地裡，心中無比憐憫。再一轉頭，康王已經起身，他搖搖晃晃地朝廂房方向走去，順著攀升起的日光，彷彿在一步步走進冰冷的黑暗洞穴。

沈勝衣望著他孤寂、淒涼的背影，總感覺他已經像是一具沒有了靈魂的行屍走肉，連影子都滴落出了滿地淤泥。

天亮了，雲朵如絲如縷。

沈勝衣仰頭望著湛藍蒼穹，心中百感交集。

三日後，長安城。

街道上仍舊是一片車水馬龍的繁華景象，小販們扯著嗓子吆喝，衣香鬢影的女子們乘車遊玩，自是一番安居樂業、美不勝收的景色。

順著長街向南走，有坐落在青丘山下的貞山觀，是歷代皇帝前來祈福還願的道觀，先代皇帝在世時，便經常陪伴先太后來寺中吃齋念佛。於是廟前種滿了垂絲海棠，寓意大唐將會代代玉堂富貴。

時值年關，每逢這個時節的貞山觀，都會被善男信女們擠得水泄不通，然而今日卻被金吾衛封鎖了，正是因為玄宗皇帝來此祈福。

他手持炷香，站在殿前拜了三拜，停駐了很長時間之後，才將手中的

香插進紫檀木的香壇裡。

陪伴於他身側的魏貴妃，也雙手合十的祈求著，半晌過後她睜開眼，一雙美目格外晶瑩清澈，雙雲鬢上的金玉步搖，更是將她的膚色襯得玉白通透。

「陛下。」她轉身面向玄宗皇帝，語調輕柔，道，「臣妾剛剛祈求上蒼，能夠保佑皇叔早日輪迴，得以往生。」

玄宗皇帝聞言，輕輕喟嘆：「貴妃有心了，朕每日都來貞山觀，所求的也是此事。」

「陛下要注意龍體，莫再傷心過度。」魏貴妃見玄宗皇帝神情仍有餘悸，便安慰道，「已經過去這些天了，皇叔說不定已經輪迴入了好人家。臣妾以為，皇叔生前心繫百姓、兩袖清風，一朝因病突亡，上天在他死後也絕不會虧欠他的。」

玄宗皇帝抬起頭，神色略顯感傷道：「但願貴妃所言得以成真。」

外面風來，吹起了垂絲海棠的花與葉，玄宗皇帝同魏貴妃走出道觀，啟程回宮。途中他聽聞嬉戲的孩童們喊出一聲「表叔」，他隨即撩開車簾探望，只見那幾名孩童已經跑遠，只留下一路的嬉鬧歡聲。

玄宗皇帝便喊來跟在車外的周侍郎道：「傳朕口諭，為康王李元貞舉國哀悼，且三年內不准冊封親王。」

周侍郎得令道：「遵旨。」

自康王去世後，文臣魏徵一度痛心難安，他尚且不知康王的死因，只記得那天早朝，康王沒有現身，府上有人來報，說是康王已經死了。

至於死因，魏徵一概不知，他本想解甲歸田，再不問朝事，卻忽被玄宗皇帝提拔至三品官，又將他妹妹賜了貴妃名號，並說是康王死前的遺願。

雖不知真假，但若是有關康王的，魏徵都會乖乖照做。據說很多年後，他成了玄宗皇帝的近身文臣，可由於痛失康王，他也接連害病，總是難上早朝，不久便撒手人寰，死時只有三十七歲，膝下無子。

而時間回到康王死後的第二日，阿史那連那曾到玄宗皇帝寢宮拜訪，稟報胞妹月泉公主雖沒了生命危險，但卻仍舊還未甦醒。

玄宗皇帝嘆息道：「明日便是大婚之日了，可公主剛剛死裡逃生，也

是不能完婚的。更何況，康王府內現有喪事，更是不宜在這時舉行婚事，如此的話，便等找到了黃金東珠再舉行婚禮吧！」

連那聞言，張了張嘴唇，欲言又止。

玄宗皇帝看穿他的心思，對他道：「你且放心，朕既然答應過你父汗，就不會食言，就算婚禮推遲，你也還是可以如期返回草原。」

連那先是謝了恩典，隨後遲疑地說道：「陛下，月泉尚未醒來，我身為阿兄，理應陪伴在她身邊才是。可父汗也是病危，我身為長子，且又失去了胞弟，草原的確需要我在此時回去。」

玄宗皇帝緩緩地點了點頭，表示應允。

連那舒出一口氣，再次謝過隆恩後，便退了下去。

在啟程之前，連那前往懷遠坊，與行宮中的月泉公主告別。而在踏進行宮時，若桑與伊真早已等候在了公主的寢宮，為了讓他們兄妹二人見最後一面，若桑用特製而出的藥物喚醒了月泉公主。實際上，月泉公主的連日昏迷，無非是眾人商議之中的決定——以此來做障眼法，只為推遲婚事。

尚且身子虛弱的月泉公主，看著即將回到草原的連那，心中不免羨慕起來，她輕聲道著：「阿兄，往後就要你陪伴父母雙親了，若你有一朝成為可汗，要記得常回到長安城來看望我，這樣我才不會孤單……」

連那憐惜胞妹，胡訴一番衷腸後，也臨近了啟程時間。門外的侍從悄聲地提醒連那，連那依依不捨地看向若桑。

知道阿兄心思的月泉公主，在這時靈機一動，說道：「既然阿兄要回去草原了，我作為妹妹，理應要派兩名侍女陪同才是。」

說著，她握住若桑的手，試探般地詢問道：「不知醫女可願扮成侍女，隨阿兄回去草原呢？」

若桑聞言，臉頰不由得緋紅起來，早就知曉若桑與連那情意的伊真，則是嬌俏一笑，湊近若桑小聲嘀咕著：「我倒是可以幫你易容得更像是侍女一些，畢竟，像世子這樣的好男人，可不是隨處能見的。更何況，草原也算是你的故鄉了。」

若桑留戀地看向伊真，「可樓主尚且不知……」

「我都看得懂的事情，樓主又怎會不知情呢？」伊真安慰若桑，「你

只管去過你的人生，經歷了這麼多，千萬要把握住良辰美景才是。」

若桑思慮了片刻，忽然感到手腕處一陣溫熱傳來，她轉頭去看，是連那一臉期許地凝視著她。

她的心因此而陷落，並露出喜悅的笑容，再不猶豫了。

午時一刻，懷遠坊。

浩浩蕩蕩的侍衛隊，從月泉公主的行宮外出發了，此般人馬將歸往草原的阿史那部落。數不清的百姓們前仆後繼地奔來張望，坊間街道兩側被圍堵的水泄不通，但都乖乖地讓開中間的街路，以便讓隊伍順暢通行。

只見浩浩蕩蕩的隊伍前頭，是一位騎著汗血寶馬的少年，他身著一身赤紅色胡服，黑髮束在腦後，髮鬢上配著一塊鑲嵌金色玉石的寶翠，背上則是背著裝滿了箭矢的箭囊，自然是神氣又俊美。

有百姓竊竊道：「那就是在唐十年的阿史那連那世子，真是俊秀非凡啊！」

「這還帶走了大唐的不少侍衛和侍女呢！你看走在他身邊的那個，雖戴著帷帽，可也能隱約看得出她姿容俏麗。」

許是聞聲了這邊的碎語，連那側眼望去，視線落在那名頭戴帷帽的侍女身上。侍女感受到他的目光，回以一個盡顯柔情的笑意，連那的唇邊也溢出欣喜的笑容。他就要回去草原了，帶著他心愛的女子，終回故里。

與此同時，平康坊。

白之紹正在站在霓裳樓上，遠遠地望著回往草原的仗隊，從自己的樓門前走過，瞥見那抹鵝黃色的身影，若有所思地沉下了眼。

而站在他身後的，則是沈勝衣與幻紗，他們原本也與其一同觀望列隊，可幻紗忽然想起了一件事，就拉著沈勝衣退到長廊附近，悄聲問她：「如今塵埃已定，企圖破壞長安繁華的凶手都已尋到，唯一沒有定數的，是當日失去的那顆黃金東珠，眼下仍舊不知去處。那皇帝不會怪罪你的長官嗎？」

說到蕭如海，沈勝衣卻也在從康王府離開後，便沒再與他打過照面。於是，他搖了搖頭，表示自己也並不清楚。

幻紗又問：「你希望黃金東珠被找到嗎？」

沈勝衣看向幻紗，道：「我想，黃金東珠一天未被找到，玄宗皇帝就一天不會停止搜查，畢竟君無戲言。只是，在找到黃金東珠之前，免不了還是會有無辜之人受傷。」

幻紗見沈勝衣面色凝重，知曉他是在擔心李遇客的事情，於是便安慰道：「你放心，等到黃金東珠水落石出，皇帝也會重新審理李俠士的事情的。」

沈勝衣苦笑：「你又如何能這麼清楚？」

幻紗沒有回答，只是含笑看著他，彷彿是遇見他之後，她越發變得愛笑了。

白之紹的餘光瞥見他二人，只匆匆一瞥，隨即便釋然地轉過視線，他望向天際，竟覺得長安城的天空，好像從來都沒有這麼晴朗過。

一陣歸雁，正從蔚藍無垠的天際飛過。

霓裳樓門前吵吵嚷嚷、人來人往，日光與花影交錯，馬蹄踩踏著花泥，白之紹閉上眼，就這樣任憑容顏淹沒在細碎的人間煙火中。

生死枯榮，輪迴流轉，日月交替，終歸逃不掉這盛唐繁華。

此番浩劫過後，長安城內的汙濁皆已散去，渺小如螻蟻般的人們，歷經殊死拚搏，也各自了卻執念，四海昇平，八荒安寧，人君治世，百姓安逸。只願世人再不受顛沛流離之疾苦，山巒河川都將在大漠荒原中綻放新綠。

一朝明君千年業，名將帝師如走馬。天地廣袤，九州四海，的確該容得下一對最平凡的有情之人。

白之紹緩緩地睜開眼，聽著身後的沈勝衣與幻紗輕聲嬉笑，他也一併跟著露出了微笑。

也許，他可以保護他們一直享受這充滿幸福的時刻。

畢竟這裡是長安，長世，平安。

〈完〉

番外篇一：九天閶闔開宮殿

　　時間回到月泉公主受傷當日。

　　懷遠坊內，行宮之中。

　　若桑將月泉公主救醒之後，卻見月泉公主精神萎靡，她料想公主是為婚事而憂慮，卻也不知道該從何處安慰起。想來每次見到月泉公主，若桑都會想起曾經同為姐妹的曉荷。她也像公主一樣，有著高挺的鼻梁和嫵媚的桃花眼，且同樣喜歡穿著菖蒲色的衣衫。在只有十二歲的年紀時，曉荷就已經是霓裳樓裡出名的美人，鮮豔欲滴的容顏，比滿園的牡丹還要炫目耀眼。

　　可惜……大好的年華，卻已遭遇不測。

　　思及此，若桑竟不由自主的露出了哀傷之色。

　　恰逢此時，幻紗捧著剛剛打來的熱水走進寢宮，見到公主的神情，她猜出月泉公主有著心事，將熱水放下後，便詢問道：「公主不必驚慌，你的傷勢並無大礙，我們是考慮你不想盡快完婚，才放出你身受重傷的障眼法，想要利用這個方式，來讓皇帝推遲大婚。」

　　月泉公主嘆息道：「就像你們此前曾經說過的一樣，困擾我的，始終是心疾。」

　　幻紗怔了怔。

　　月泉公主倒也不隱瞞了，只管說道：「在刺客闖進的時候，我竟然想，若是就這麼死了，我的靈魂是不是就能回去草原了呢？我能與父母相見，也能再一次見到我的戀人……可是，我終究是活了下來，我也清楚背負在我身上兩國邦交的重任，所以早已知曉此情是有緣無分。我身為阿史那一族的公主，就要履行身為公主的職責，入唐、聯姻，換回我阿兄，這才是我要完成的使命，至於和他之間……怕是此生都不會再相見了。」

　　幻紗聽後，低垂眼眸，心中暗暗想道，果然，做公主也並不是一件痛快的事。

　　而璃香始終靜默地聽著她們交談，是在這一刻，她才忍不住開口道：「公主說的這些，大抵上都是你自己的見解。或許你認為男女相愛後分

離，必定是都要痛不欲生的，可在那一班男人眼中，女人也不過是在新鮮勁兒的時候最值得他愛，待到時間久了，總歸還是要去找另外一個新的女人共度餘生。公主怎麼就能保證，你的那位戀人現在沒有將你忘記呢？」

月泉公主微微一愣，心有不安地長嘆一聲：「你說得對，一旦分開，彼此之前的戀慕也很難長久維繫，說不定現在的他，已經另有所愛了。」

然而，幻紗卻在這時說道：「公主，我認為你應該回去草原，和自己的戀人廝守終身。」

這話一出，璃香、若桑、伊真與月泉公主都滿面震驚。

「你在說什麼傻話？」璃香看著幻紗蹙起眉頭，「事已至此，大婚在即，公主要怎麼回去草原？」

幻紗卻不以為然地告訴大家：「回去草原這件事，也不是沒有辦法，只不過，會有些冒險。」

月泉公主面露喜色，忙道：「但說無妨。」

於是，幻紗便將自己的計畫和盤托出。

「我們可以趁著公主受傷的這次意外來做文章，藉由公主的阿兄連那，將這些告知玄宗皇帝，說是公主目前有性命危險，無法按時完成大婚。這個時候，玄宗皇帝一定會考慮公主的身體情況，自然會同意推遲婚禮，也就為我們爭取到了足夠的時間。」

幻紗打量著每個人的認真神色，繼續說下去：「同時，也要讓連那請求玄宗皇帝，遵守送他回去草原的約定，這時，便可以讓公主隨著回草原的隊伍一起離開大唐，而我們需要做的，就只是在這個時候找出一個形似公主的女子，來由伊真完成易容裝扮。如此一來，既有人可以代替公主完成大婚，而真正的月泉公主，又可以回去草原與自己心愛的人相守一生，這般雙贏局面，也算是做了一樁善事。」

聽了幻紗的策劃，月泉公主的眼睛裡，倒是閃過了一絲光亮，可很快又失落地嘆道：「時間這樣緊迫，要去哪裡才能找到一個形似我的女子呢？」

想來從她入唐的時日間，她也逐漸明白自己並不適合大唐，尤其是朝廷皇權，那些中原男子或許需要的只是一個單純柔弱、依附著他們生長的女子，這樣，才能讓他們找到自己人生得意的喜悅。

而讓另外一個女子扮成自己，豈非知曉是在將對她推進火坑抑或是深淵呢？這般憂思之際，被允許在場聽候差遣的阿桑麗卻對月泉公主說道：「公主，我願意來做這件事。」

　　月泉公主一怔，極為震驚地看向阿桑麗。

　　其他幾位姑娘也有些愕然，倒也佩服起阿桑麗的忠心。

　　阿桑麗則是用生硬的唐話說著：「公主，我自幼與你一同長大，作為你奶母的女兒，你對我也如同親生姊姊，而在草原的時候，不僅是公主，就連可汗也對我疼愛有加，我心中一直對公主和可汗抱有感激之情。」

　　月泉公主趕忙道：「阿桑麗，你要知道自己在說什麼，一旦留在長安，就再也回不去草原，即便如此，你也情願嗎？」

　　阿桑麗點頭道：「阿媽已去世許久，我在草原也沒有任何留戀，即便回去草原，也毫無意義。而這次能夠陪同公主來到大唐，也因為公主已是我唯一的親人，所以，我願意回報公主。且在這些侍女之中，也只有我與公主的面容有幾分相似，再經過喬裝打扮的話，我想……是能夠以假亂真的。」

　　「阿桑麗……」自己的侍女願意做出這樣的犧牲，月泉公主自然是十分感動，卻也還是要再次確定般地詢問她，「你當真願意嗎？」

　　這一次，阿桑麗非常堅定，她道：「只要能為公主做事，即便是要我赴湯蹈火，我也無所畏懼。」

　　且在她看來，扮演成公主也並非難事，虛情假意過一生，又有什麼關係？反正自己是侍女出身，無非都是為了過得更好，甚至是賴以生存的手段罷了。於是，眾人也就不再耽擱，商量議定之後，便決定把阿桑麗假扮成月泉公主的模樣，嫁入康王府。

　　月泉公主決定親自為阿桑麗梳髮，她靜靜地道著：「阿桑麗，你所為我做的一切，我都會銘記在心。從此以後，你就是我與連那阿兄共同的妹妹，如果遇見難處，便書信回草原，我與阿兄一定會為你解決麻煩。」

　　阿桑麗也知曉，很快便要與月泉公主分別，能在一起的時間將是寥寥無幾，忍不住眼中含淚，凝望著銅鏡中公主的容顏，輕嘆道：「阿桑麗不會讓公主擔憂的，你且放心，我一定會完成使命。」

　　月泉公主也道：「我聽聞康王家的郡王是聰明好學的，並非像外界傳

言那樣好吃懶做、愚鈍紈絝，也許⋯⋯他也會為你展現出最好的一面。」

阿桑麗道：「公主，我沒有心上人，所以無論我嫁給誰，我未來的夫君就會是我唯一的心上人，哪怕他一無是處，我也願與他共度餘生。」

月泉公主微微地笑了，只是那抹笑容卻顯得有幾分無言的悲傷。

窗外是冬夜的風，又冷又澀，池水上蕩漾的波光搖動著，恍惚迷離，映著天上的殘月，只剩粼粼熒白。然而，就是在隔日凌晨時分，康王李元貞於府中因病去世的消息，傳到了霓裳樓。

已經從康王府回到霓裳樓的沈勝衣，將發生的一切都告知了白之紹與蕭如海，那字字句句、種種經歷，都令蕭如海感到唏噓不已。

然而，唯獨白之紹卻淡淡一笑。

沈勝衣不覺得這些悲慘所見有何值得笑的，竟對白之紹表現出的冷酷，感到了一絲不滿。

白之紹卻說：「當今的玄宗皇帝，確實是一個非常屬害的皇帝。」

沈勝衣問：「此話怎講？」

白之紹道：「康王的這一番精心布局，本是打算令大唐和阿史那部落結仇的，但是，卻被玄宗皇帝借力使力，又為婚事的拖延爭取到了一個冠冕堂皇的理由。結果到頭來，還是康王自己斷送了卿卿性命。」

蕭如海品味著白之紹的言辭，緩緩地點頭，表示認可：「果然⋯⋯帝王的心思當真是深不可測。」

「玄宗皇帝如今也不過是二十七、八歲，卻能有這樣的城府，對大唐百姓來說，倒是一件美事。」白之紹將手中摺扇敲擊在掌心，不由得嘆了一聲，「然而，對其他小國與部落來說，卻是非常恐怖的對手了。」

可蕭如海卻無心再聽下去，他沉浸在康王病故的悲傷之中，想起曾經與康王一起共事的時日，不禁悲從中來，便起身離開了霓裳樓。

沈勝衣見他要走，趕忙追了上去：「蕭長官。」

蕭如海回頭看他一眼，並未放慢腳步，沈勝衣只好追到他身邊與之並肩，低聲說著：「關於我師叔一事⋯⋯」

蕭如海微微蹙眉，心緒更為複雜起來。想來康王已經死了，極有可能是畏罪自殺，但是剩下的罪證又要如何處置？其中便包括李遇客，他是康王的人，又是沈勝衣的師叔，蕭如海與沈勝衣的關係在如今也十分微妙。

但他並不是一個會看關係做事的人，於是心底裡頭也十分難辦，思來想去，最後只得說：「你可以去牢中探望他，至於他接下來的生死安排……交由陛下定奪吧！」

「但他只是棋子這件事，你是清楚的，如今案子都已了結，蕭長官是否能在皇帝面前，為我師叔美言……」

話還未說完，就被蕭如海打斷：「沈勝衣，你不要太天真，黃金東珠尚未找到，此案尚未結束，我又有何資格能在陛下面前多言呢？」

沈勝衣只好乖乖地閉上了嘴，不敢再得寸進尺。

送走了蕭如海後，沈勝衣有些垂頭喪氣，他重新回到霓裳樓，迎面便看到了前來尋他的幻紗。

幻紗對他微微一笑，倒也在頃刻間就化解了他內心的彷徨與失落。

晨光照耀，風聲細碎，在這劫後餘生一般的難得清閒中，沈勝衣和幻紗二人爬上了霓裳樓的屋頂，想在此處觀賞日出升起，畢竟這種極為簡單的小事對他二人來說，也更像是一種奢享。

望著逐漸染紅天際的第一縷朝陽，沈勝衣若有所思地詢問身側的幻紗：「倘若你是阿史那真如的話，你會把黃金東珠放在哪裡呢？」

幻紗坐在他身邊蜷起雙腿，幽幽地回道：「其實，我總覺得阿史那真如是一個可憐人。」

沈勝衣側過臉，看著她：「可憐？」

「是，可憐。」幻紗點點頭，「正是因為他從來沒有得到過愛和重視，心理才會那般扭曲。他之所以破壞公主的婚事，很大的原因是因為他的確想要取代阿史那連那，成為草原的可汗。可是在我看來，另外的一個原則，或許是因為他非常嫉妒月泉公主。」

沈勝衣皺了皺眉，有些摸不到頭腦，嘀咕著：「男子漢大丈夫，又何必嫉妒一個女兒家？」

幻紗輕飄飄地瞪了他一眼：「女子又如何了？沒有我的幫助，你也許早就死了千百次了。」

「那是，那是。」沈勝衣不想惹幻紗生氣，趕忙賠起了笑臉，又問，「但他們是血親，雖同父異母，可到底是血脈相連，也不至於會嫉妒吧！」

幻紗則道：「正因為是血親，才會有詭異的對比。試想，月泉公主自小就得到了所有人的寵愛，甚至不費吹灰之力，只因她是正妻所生。而這對月泉公主來說，是最為理所當然的東西，可放在阿史那真如的身上，卻成了最可望而不可及的了。」

　　沈勝衣聽著，也覺得有一些道理。

　　幻紗雙手環住自己的膝蓋，將下巴輕輕地搭在上面，繼續說道：「在阿史那真如的心中，他最渴望的東西，一定是月泉公主輕易就能獲得的那些幸福。遺憾的是，他從來都沒有體會過正常孩童的幸福過往，甚至是父母最基本的疼愛，他也沒經歷過。那樣的人，很容易在獨自成長的過程中產生扭曲心理，這也就難怪在他的認知裡，唯有獲得榮華富貴，把輕視他的人都踩在腳下，才是幸福了。」

　　沈勝衣試著體會幻紗說出的這些內容，不禁感受到了一種無奈的悲涼，他嘆息道：「而且，他也自認為自己擁有著能夠掌控皇權的能力，對比與連那的忍讓、妥協，他將其視為懦弱，而沒有明白其真正的意義。正如你所說，阿史那真如會走到那一步，都是因為他的內心世界很幼稚。」

　　幻紗認同道：「就像是一個從來都沒有真正長大過的幼童。」

　　然而就是這樣一句看似不經意的話，在頃刻間卻令沈勝衣恍然大悟。

　　幼童……

　　「幻紗。」沈勝衣激動地握住她的手，欣喜若狂地說，「我好像明白了，但是……還差一點，就差一點了！」

　　幻紗的手被他緊緊地攬著，她整個人都羞怯不已。雖說他們二人早已心意相通，可向來不習慣肢體接觸的幻紗，還是會不知所措，便趕快將自己的手抽了出來，低聲嘀咕了句：「動手動腳的，真不像樣……我還有事要去忙，先走了。」

　　說罷，她便起身順著梯子爬下了屋頂。徒留沈勝衣一人呆呆地坐在屋頂上，他目送幻紗離去，心裡卻全然不知自己做錯了什麼，傻乎乎地低頭看了一眼自己的雙手，彷彿還殘留著幻紗身上的餘香。

　　他鬼使神差地低下頭去，深深地嗅了嗅掌心裡的香氣，頗為陶醉似的笑了。

　　而下頭飛上來幾顆石子，險些就砸到他的頭。

他恍惚地循望過去，見是幻紗氣呼呼地又向他扔來一顆石子，這次，不偏不倚，正中他的額心。

「哎喲！」沈勝衣吃痛地揉了揉，感到莫名其妙地詢問道，「你幹嘛打我？」

幻紗想起他方才聞香時的蠢樣，只覺得滿臉羞紅，氣不過地數落他一聲：「呆子！」

沈勝衣歪過頭，一臉茫然：「為何罵我？」

幻紗更氣了：「木頭！」接著就轉身揚長而去。

沈勝衣雖然被罵，卻也不生氣，望著幻紗的背影，他反而還痴痴傻傻地笑了出來。

等到幻紗回去自己房間後，正打算梳洗一番睡下，卻聽到門外傳來敲門聲，是白之紹：「幻紗，在嗎？」

這般時間了，他從不曾來尋過她，幻紗有些詫異，心想著定是有要緊的事，便立刻回道：「在，樓主請稍等片刻。」

門外的白之紹得到她的回應後，不由得低舒了一口氣。他安靜地等候著，不出一會兒，幻紗開了門，請他進來坐。

他走進房，環顧房間之中典雅且整潔，空氣中彌漫著名貴香薰的味道，暖意的燭光下，帷幔在微風中輕擺著。

兩人坐在臥室中間的小八角桌前，幻紗給白之紹倒了一壺溫熱的水酒，在她倒酒的時候，白之紹瞥了她一眼，見她一身絳紫色的襦裙，袖口與領口鑲著緋紅色，煞是好看，也就不由得多看了兩眼，淡淡的說：「我還記得第一次見到你的時候，你也是穿著這樣的襦裙。只不過，那時的年紀尚小，雖不如現在這般亭亭玉立，卻也格外嬌豔水靈。」

幻紗本想說第一次相見時，大家都還是幼童，哪裡能記得這麼真切呢？而窗外吹來一陣夜風，幻紗擔心白之紹會著涼，便趕忙找來一條薄毯，披到他身上：「樓主，夜晚風硬，當心著涼。」

白之紹的手掌順勢覆蓋在她的手背上，輕輕地按了按：「你與以前已經不同了。」

幻紗一怔，倒也未把手抽出，只聽他繼續說：「當年父親帶你出現在我面前，我心中曾想，世間竟有這樣漂亮的姑娘，自是有些驚為天人。」

幻紗點頭道：「白掌門出手相救的恩情，我始終銘記於心，不敢忘懷。」

「可事到如今，也不知我父親當日是救了你，還是害了你。」

幻紗聞言，眼中有驚色，抬起頭去看他。

他也轉過臉，隔著夜晚的清風，定定地盯著她。

這是一雙藏著哀色的眼眸，帶著些許憂愁色澤，讓幻紗在與之對視的剎那，不禁感到一絲觸動。可她又在這眼裡找到了寒淵般的冷，以至於她感覺自己要被吸進那幽黑的瞳孔中。

直到他從容平淡的聲音，再次於她耳畔響起：「我今夜來見你，是想問你一件事——你早知自己是要留在霓裳樓一生的，或許不會永遠為我做事，可除了霓裳樓，你也別無去處，又為何還要選擇沈勝衣呢？」

原來他早已識破了她與沈勝衣的事情。儘管他能對她這般推心置腹，也是令她極其意外的。畢竟他不是一個會把心中所想訴說給屬下的人，是的，在幻紗看來，自己只是他的屬下。

但他的問話，還是令幻紗產生了愧疚之意，她深深舒出一口氣，聲音卻是波瀾不驚的：「我知曉自己本應生是霓裳樓的人，死是霓裳樓的鬼，打從白掌門救下我的那天開始，我就決定要忠於霓裳樓，一生一世，絕無二心。」

白之紹靜靜地聽著她的話，目光緩緩沉下，像是若有所思。恰逢聽見霓裳樓外有輕緩的腳步聲傳來，知曉是沈勝衣在外巡邏，他醒了醒神，再看向她問：「你既已決定了，為何還要對他動情？」

幻紗心裡憂愁，也抬頭看著他，道：「樓主，感情的事情向來都是身不由己的，等我發現自己心意的時候，已經早就陷了進去。也許我不懂愛與情，因為在這之前，我也從未對任何一個男人有過這樣的感覺，偏偏是他，讓我覺得自己變得不同。」

白之紹並不想聽她去稱讚別的男人，不禁蹙起眉頭，可又覺得自己這樣實在太過小氣，沉吟片刻，忍不住嘆息一聲，只得問了句：「你接下來又打算如何呢？」

幻紗心覺這是難得可貴的機會，只要她說出口，白之紹一定會成全她的，畢竟有若桑在前，霓裳樓的姑娘也不是全部都需要為事業奉獻一

生。可是，她卻做不到這樣狡猾，因為白之紹對待她們四人，有別於其他的姑娘，所以幻紗不能自私地只顧自己，以至於，她的聲音也隱隱顫抖：「我……我不想離開樓主，也從未想過要拋下霓裳樓，但我的確也想要和他廝守終生。」

白之紹竟笑了，覺得無奈：「你既想要留在我身邊，最初就不該放縱自己的情感。」

她低頭，垂下那雙明麗又倔強的眼睛，幽幽地道：「其實，我很厭倦被人利用，更厭倦去做他人謀利的工具。是在遇見他之後，我逐漸改變了這樣的想法。會被利用，只因我還有欲望，而這欲望，就是霓裳樓的一切，包括樓主在內，都是我心底深處的欲望。我想，只有放棄欲望，才能讓自己擁有自由。」

白之紹倒是佩服她起的直言不諱，畢竟霓裳樓中的姑娘千千萬，多得如同天上星，數也數不清，很多人是挖空心思的來接近他、取悅他，可卻沒有一個敢像她這樣，道明心中所想。

如此直白坦露自己的野心，不愧是他一直中意的幻紗……

白之紹釋然地笑一笑，抬起手，去將她掉落在額前的髮絲拂起，這舉動令她的呼吸微微一滯，她聽見他說：「想起當年父親把你們四個一一帶回來，一日在後花園，你們在嬉戲打鬧，父親對我說，這四個女孩兒裡選一個你最喜歡的，就讓她永遠跟在你身邊吧！讓她陪著你、保護你，你選好了，我就安排最好的高手來單獨教授她。當時我想都沒想的就指向你，對父親說：『父親，我就要幻紗，穿紫裙的那個。』」

幻紗驚訝地往後退了半步，直到此刻她才明白，為什麼在四個姐妹之中，老樓主選了她來保護少主，也才明白為什麼給自己配了最好的老師與待遇，一切都是因為白之紹少年時的那句話，她有些不知所措地說道：「樓主……」

「其實你本不必在霓裳樓浪費這些時日的，只要你早些和我說清楚，我都會尊重你的決定。幻紗，霓裳樓永遠都是你的家，而長安城內的任何一個地方，你也照樣可以無阻通行。我沒有要你回報我的意思。幻紗，比起束縛你，我更願意看到你快樂、幸福。」

幻紗聽著這話，像是不敢置信似的：「樓主……我……」

「做你想做的事情吧！」他的目光從她身上收回，轉眼望向窗外，意味深長道，「或許這就是你與我之間的緣分，該了卻的時候就要了卻，不可有違天意。」

幻紗像是不明白他所說的「天意」指的是什麼，白之紹再一次轉回頭，抬起手，以手指來憐惜地撫著她的臉頰，輕柔地說道：「倘若說他在你心中是特別的，那麼，在我的心中，你同樣是個特別的存在。也許是從我看見你的第一眼開始，我就意識到了這樣的感覺。真可惜，我沒有早一些告訴你，否則又怎會被他那樣的毛頭小子捷足先登？」

幻紗驚愕地睜圓了雙眼，心跳猛然加速，臉漲的緋紅。白之紹忽然將她擁進懷裡，怕她掙扎，安撫道：「原來我的幻紗也會如小女子般的紅霞滿面。別動，這是我第一次，也是最後一次抱著你，而我，也不會再阻攔你的任何選擇，更不會令你為難。現在這就夠了，對我來說，已經夠了。」

幻紗仔細地聽他聲音，是從未有過的溫柔，隱藏著淡淡的哀傷，這令她不禁恍惚地想著：「為何自己從來沒有察覺到他的心意？是因為……她一直將他視作主人嗎？即便從小就一同長大、一同練武，他們彼此都熟悉了對方的存在，但是……」

因為彼此的關係從未平等，她便根本沒平等地看待過他。

即便沒有沈勝衣出現，幻紗也認為自己無法回應他的心意。在她心中，他始終是高高在上的霓裳樓樓主，是聖潔的、高貴的、神祕的，她願意追隨他、為他所用，甚至為他犧牲，卻無法接受，也不敢接受他此時對她表露的愛意。

他不應該愛她這種人。

她曾顛沛流離，曾居無定所，而他如此的尊貴高傲，受人敬仰，雖然沒有人瞭解老樓主與少樓主的身世，但是他身上總有一股說不出的貴氣，讓人既想親近又唯恐冒犯了。

在霓裳樓的眾多姐妹中，暗中欽慕樓主的大有人在，就連她們四姐妹在少女懷春之時，也是心中對樓主暗生情愫，只是大家都明白，不該存在這份奢望，他們之間的距離就如雲泥之別。所以年紀稍長之後，大家都沒了這份心思，更不敢存此念想，畢竟在所有人眼中來看，他都完美得不似

真人，他值得更美好的女子，也不該將情感浪費在她們身上。

幻紗並沒有推開他，只是有些癱軟的被他有力的擁抱著。在如此緊密的擁抱之下，她竟有些喘不上氣來，她抬頭凝視著他堅定的表情，清楚他雖情意已決，卻沒有打算去破壞她的追求。就像是了卻自己的一個心願，他早就決定要在塵埃落定之後，來把心意告知於她。

所以，他的手臂也就慢慢放鬆且滑落下去，只對她溫暖又蒼涼地笑了笑：「正如我方才所說，你永遠是我的幻紗，從我少年時期至今都無替代的人。你能知道我的心意就足夠了。幻紗，倘若有一日，我發現他辜負你的情意，我會毫不猶豫的把你從他身邊帶走，畢竟我從來都沒有認可過那小子，在我眼中，他配不起你們四姐妹中的任何一個……更何況是你。」

幻紗的心裡有些絞痛，眼神有些四散而凌亂，甚至都不敢看著他，只是下意識的點了一下頭，慌亂的回道：「幻紗定會將樓主的青睞藏在心間。」

白之紹不再多言，更覺得不該再多留下去，離開的時候，回頭看她在門旁目送他，絳紫色的身影像是嬌柔的花藤，引起他心底一陣輕幽幽的酸楚。

他不再去看，穿過霓裳樓的琉璃長廊，感覺自己的身影在這金燦燦的走廊中搖搖晃晃，每一片琉璃瓦上都映著他們的回憶，他回想那些曾經與她一起習武、練劍的午後——他為她調整合適的姿勢，提點她使出的劍刃的力度，也為她溫一壺酒，追逐在她身後奔跑，歡聲笑語中，念著她的名字：「幻紗。」

而那些，怕是一場舊夢了。

迎面襲來夜風，吹散他的思緒，白之紹抬起眼，這才發現自己走到了偏院，不遠處站著一個俊秀身影，是巡邏的沈勝衣。

他認出白之紹，趕忙走上前來，作揖問候：「白樓主。」

白之紹眼中帶笑，輕聲道：「你可要好好對待我的珍寶。」

沈勝衣困惑，略顯局促地問道：「珍寶？」

他不解，他什麼時候拿走了白之紹的珍寶嗎？為何好端端的突然說這些？白之紹並不解釋，只寬慰地笑笑，越過他朝前走去，徒留沈勝衣站在原地，有些摸不著頭腦。

到了夜裡，幻紗沉沉睡去，而那個夜晚，唯有白之紹，是她夢境的全部。夢裡的他，依舊是年少時的模樣，身姿清瘦，容顏如玉，可她總是夢見他與她就要分別的時刻。她懇求他讓她留在霓裳樓，但她心中也放不下愛人，於是，他眼中的錯愕與絕望令她心碎。

　　而在這個夢裡，他站在她的面前，她低聲道：「樓主……你能不能不要趕我離開霓裳樓……」是啊！她總怕他會趕她走。

　　他不言語，忽然消失了，她剛要開口，他從黑暗之中走向她的身後，她不必回頭便能夠感受到他的氣息，他沉聲道：「幻紗，已經太遲了，我終究沒有等到你。」

　　他距離她很近，溫熱的呼吸起伏有度地劃過她的後頸。

　　她痛心失聲道：「你我多年來始終相知相守，這份感情是真的，只是……」

　　他打斷她道：「只是你愛的是別人。」

　　她無言以對，也無從辯駁，他早已看穿了她，一針見血，不留餘地。也許，是因為她一直在等著他，她自知對他有愧，她顫抖著聲音道：「我的職責就是保護好少主，老樓主的囑託字字不敢忘……」

　　她忽然轉過身面向他，流下眼淚道：「而且我與其他姐妹一樣，心中對少主尊敬有加，從不敢想少主與我之間的感情，實不敢有奢求。」

　　他眼神黯然，有些憂傷地說：「太習慣你在身旁，卻從未料想你也有要離開的一日。」

　　她高聲道：「樓主，我不會離開霓裳樓的」

　　他卻嘲弄似的笑了，神情中滿是哀莫大於心死，他道：「在我與他之間，你又怎捨得丟下他？」

　　她不斷地搖頭，急切地說道：「並非是我絕情！倘若再重新回到當日……」

　　然而，她卻說不下去了。

　　他便嘆息著垂下眼，喃聲道：「即便回到當日，你我之間也不會有任何改變。」

　　他的聲音略顯喑啞，再次抬起眼時，他的眼底有薄薄的水汽，那迴蕩在耳畔的霓裳羽衣曲，那朝朝夕夕的陪伴，為何歲月這般無情？

究竟是宿命？抑或是天意？她與他，本該在這樓裡廝守到老，奈何痴情不逢時，到底還是要捨下一個。

她的臉頰上滑落下兩行清淚，忽然一睜開眼，卻看見璃香站在她的床邊，正擔憂地望著她。

「你怎麼睡著睡著竟哭了？」璃香嘆了一口氣，坐到她身邊為她擦拭淚痕。

幻紗見天色已亮，直起身時，恍惚地回道：「我做了個夢，也不知怎地竟流淚了。」

璃香望著她：「定是個傷心夢吧。」

頓了頓，又道：「哭一哭也好，能在夢裡哭，也是件盡興之事。」

幻紗再不多言，彷彿在夢裡，已然結束了她與白之紹那份埋藏在心中的愛戀。

朝陽大好，文鳥成群，散去烏雲的霓裳樓，襯著清晨的霞光，盡顯一派榮華。

而接下來的兩日裡，為了找回黃金東珠，蕭如海已經帶著金吾衛，把行宮裡裡外外都給搜查了一遍，並且，還把阿史那真如所有去過的地方，也都掘地三尺的找，連石頭下的縫隙都不肯放過。

但是，即便出動了這麼多的人力、物力，哪怕是手持修建行宮的圖冊，也還是沒有找到阿史那真如私藏的黃金東珠。

不過，在蕭如海搜查黃金東珠的過程之中，倒是有了另外一項收穫。原來當初在修建懷遠坊行宮之時，康王李元貞的的確確在暗中動過手腳。

他將其中靠近望樓那間屋子裡的牆磚，偷偷撬起了幾塊，那正好是足以通過一個具備縮骨功身手的寬度，這也就能夠說得通，為何會有殺手能夠隨意進出行宮而不被察覺了。

只不過，現在的康王已經死去，再追究此事也是沒什麼必要，反而還會引起玄宗皇帝的反感。

遺憾的是，蕭如海這番費盡周折，最終還是沒有找到黃金東珠。

「說實話，我已經開始懷疑阿史那真如那個混蛋，在死之前就把黃金東珠偷偷送走了。」夜深人靜的時候，蕭如海造訪霓裳樓與白之紹傾吐苦水，幾杯烈酒喝下，怒火卻沒減少半毫，他抱怨著，「或者，他也可能是

託人賣掉了，總之，黃金東珠絕對不在這幾個要緊的坊間裡，找了個遍也沒找到線索。」

白之紹為他斟滿了酒，提醒一句：「反正黃金東珠的遺失，在長安城內也不是祕密了，不如，不如乾脆張榜懸賞，若有找回黃金東珠者，賞金五百貫。除此之外，還可以揚言皇帝還會重重有賞，這樣一來，速度就會快不少了。」

蕭如海看向白之紹，醺醺然地又喝下了一杯。

到了第二日，蕭如海便放榜懸賞，他勢在必得的雙手環胸，同站在自己身側的沈勝衣信誓旦旦道：「重賞之下必有勇夫，我這次下了這麼大的血本，一定可以把黃金東珠找回來。」

沈勝衣瞥見榜前圍滿了不少看客，倒也希望一切能按蕭如海所說的進行。

可惜，榜文貼出去整整十二個時辰了，黃金東珠的影子沒見到不說，反而是騙子來了一大堆，有拿著贗品來魚目混珠的，有帶著假消息來口若懸河的……總之，可真是把一眾金吾衛折騰得手忙腳亂。

蕭如海滿心的希望已經降至到了極限，他怒火中燒，直罵眾金吾衛是飯桶，連真假黃金東珠都辨別不了。

金吾衛們又要幹活，又要挨罵，只能在見到這位壓力過大的長官時，趕忙繞道離開。

而每次看到蕭如海氣勢洶洶地前來霓裳樓求助時，璃香都要忍俊不禁地揶揄他幾句。

蕭如海在璃香的面前，倒也算是好脾氣，從來不惱，聽得不痛快了，也只是狠狠地瞪過去一眼，還要被璃香誇張地嫌棄道：「哎呀！蕭長官這是要吃人啦！凶巴巴的，好生可怕哦！」

再說另一邊，在尋找黃金東珠的途中，還未踏上回去草原之路的阿史那連那，倒是與若桑的感情日漸增溫。

白之紹是個聰明人，但見若桑已心繫阿史那，便做主將若桑嫁給了阿史那。兩人私下商議，在阿史那回到草原的那一天，就由若桑假扮跟隨返回的侍女，再由月泉公主將其賜給哥哥。

而在推遲婚期的時日裡，月泉公主在若桑的藥效下，始終維持著昏

迷的假狀，白之紹一如既往地，打理著他的霓裳樓。幻紗、璃香、若桑與伊真四位姑娘，還是保持著她們原來的生活節奏，在霓裳樓擺宴設局，送往迎來。

只是，這期間倒是發生了一件趣事。

那頤指氣使的長孫沖，在某夜造訪霓裳樓時，因貪酒喝醉，誤入了霓裳樓的一個廂房。而在那廂房之中，竟也遇到了一個和他一樣喝多了的醉漢。醉漢可不懂什麼權貴王法，只覺得長孫沖缺乏禮教，就乾脆將他惡狠狠地揍了一頓。

這長孫沖被揍得鼻青臉腫的，第二天酒醒了，立刻帶著家僕來到霓裳樓，想要報昨夜的被揍之仇。但那醉漢怎麼可能會被找得到？長孫沖不僅撲了空，還被老爹長孫大人得知了他幾乎每夜都在平康坊內流連煙花巷的事情。這下子可激怒了重視顏面的長孫大人，即刻便派出家僕，把那不成器的兒子召回府中，責罰他在廂房裡面壁思過不說，還不許他出門，且為期三個月。

霓裳樓的四姐妹得知了這個消息後，都感覺心裡出了一口惡氣，尤其是璃香，總歸是暫且擺脫掉了那紈絝的長孫沖。而且，就連一向對這些小事極為淡漠的白之紹，也要忍不住地笑上一笑了。

而另一邊，幻紗依舊每時每刻都陪在沈勝衣的身邊，進出月泉公主的行宮，按照金吾衛的規矩，洗清嫌疑後的沈勝衣，必須要履行身為侍衛的職責，他當初就被派來守護行宮的，那麼，在月泉公主成婚之前，他都要片刻不離地駐守在此處，直到下一隊來接班為止。

好在幻紗身為醫女的身分，在行宮內已經根深蒂固，如此一來，她陪在沈勝衣身邊也不會令人起疑，且這樣的相處，也是他們兩人難得的相聚時光。

其實，經由上一次的推心置腹，幻紗已經非常清楚白之紹的心意，且也明白，他早就知道了自己和沈勝衣之間的心思，但是，白之紹並沒有像對待若桑那樣，安排自己嫁給沈勝衣。

她一向對這個少主又敬又怕，這就是她認為自己和他並不平等的原因。小的時候，她作為屬下，已經開始為霓裳樓賣命，也曾多次受傷，可是在他的面前，她總要裝作若無其事，不想給他增添麻煩，也不想讓他

覺得自己無用。幻紗從那時開始，就形成了沉默、堅硬，並帶有一些冷酷的個性。

更何況，在那晚之前，她並不知道白之紹到底存著一個什麼樣的心思，在霓裳樓裡，她既是一個殺手，又是一個劍客，輕易表露自己的心思，不是一個劍客應該做的事情。

可是，他卻偏偏對她訴出了情意，這讓她一時之間有些手足無措。但不管怎樣，好在白之紹是個說到做到的人，他對她袒露心意之後，再無任何越界行為，這令她也逐漸心安。

她想，自己現在唯一能做的，就是忍耐和等待。慶幸的是，沈勝衣能夠體諒她的處境。每天清晨與晚上，幻紗與沈勝衣都會在行宮的望樓前相遇，他來值勤，她來問診。

為了不引起其他金吾衛與行宮內家僕的疑慮，他們兩個也只是遠遠地點頭示意，並未有任何親密的舉動。但僅僅是日日相見，身處同一處，吹著彼此吹過的風，對於二人而言，已經是莫大的幸福了。

這夜，行宮內的庭院中一片寂靜。幻紗從月泉公主的寢宮裡走出來，四下環顧一圈，確認沒有其他人經過後，便匆匆地趕去瞭望樓的方向。沈勝衣正在望樓上值勤，他聽見下頭傳來動靜，低頭去看，見是幻紗來了，他開心地笑著，連忙打開梯子的通道，讓幻紗走上來。

二人又一次在望樓中相見，幻紗把帶來的熱茶遞給沈勝衣，關切地問他：「渴了吧？我剛剛沏好的。」

沈勝衣滿眼謝意，立即打開杯盞嘗了一口，直道：「好茶！」

幻紗坐定後，二人再度談論起了阿史那真如的事情，在這期間，幻紗總是能察覺到沈勝衣目不轉睛地盯著自己的眼神，害得她羞紅了臉。

還記得曾經，他連多看自己一眼都會害臊，如今倒是膽大包天起來了。幻紗想起自己受傷的時候，沈勝衣從懷中摸出一些零碎東西，照著她的交代去做。只是湊近她時，不敢去瞥她裸露出的臂膀肌膚，便轉頭向著別處，只抬手去摸索著包紮。

想起這些，幻紗不禁覺得好笑，就道：「那會兒的你倒是青澀，不過，即便目不轉睛地盯著也不打緊，我是霓裳樓裡的人，平日裡的穿著要裸露得多了，早已經習以為常。而你身為大唐男子，何必如此介懷？金吾

衛在平日裡搜查青樓，總歸見了不少花娘的腰身吧？那些白花花的細皮嫩肉，還沒讓你增長見識嗎？」

沈勝衣如今的回答也和當初相似，只見他理直氣壯道：「她們是她們，怎能同幻紗你相提並論？而在我看來，霓裳樓高貴典雅，你也是聖潔無瑕的。」

幻紗便笑了，細細地打量著面前的這個年少郎君。

的確，他有著一張清秀面孔，但五官輪廓硬直，又不失堅毅，襆頭下露出的額頭光潔飽滿，倒是聰睿之兆。而那雙勝似女子般的明眸，時而凌厲，時而含情，時而……

察覺到幻紗的視線，沈勝衣與之四目相撞，幻紗來不及躲閃，二人眼神交會，這令幻紗心頭一顫，恍惚間定了定心神，只能對沈勝衣露出莞爾笑意。沈勝衣便因此而感到動情，緩緩地低下頭，湊近她唇邊，幻紗倒也做出了等待的姿勢。結果，這沈勝衣不僅沒有親下去，反而是煞風景地說道：「我突然響起了一首詩。」

幻紗瞠目結舌。

沈勝衣則傾訴起了心中的情誼：

「幾回花下坐吹簫，銀漢紅牆入望遙。

似此星辰非昨夜，為誰風露立中宵。

纏綿思盡抽殘繭，宛轉心傷剝後蕉。

三五年時三五月，可憐杯酒不曾消。」

幻紗真要賞他一個巨大的白眼了，她忍不住別開臉，數落似的說道：「看來不只是阿史那真如，只要是男人，無論什麼時候都像是個孩童。」

孩童……

這兩個字，又一次擊中了沈勝衣的心口。

遠處廊簷下，有幾隻乳燕在嘰嘰喳喳，沈勝衣忽然想起了一個蕭如海一定沒有搜過那個地方！

思及此，沈勝衣立即起身，順著梯子走下望樓，不顧幻紗在身後的呼喊，他飛奔到行宮之中的一棵樹邊，施展輕功，小心翼翼地飛上了大樹的枝椏。

沈勝衣堅信，在那樹椏之上，一定能解開謎底。

而在大樹枝椏裡面的一個鳥巢之中，沈勝衣翻找著茅草，果然發現了那顆閃著金光、價值連城的黃金東珠。

　　「竟然真的找到了……這個阿史那真如實在是……」沈勝衣喜出望外，他小心翼翼地將黃金東珠托到自己的手中，心頭思緒萬千。

　　原來，這寶貝居然是踏破鐵鞋無覓處，當真是遠在天邊、近在眼前。這時幻紗已經追到了樹下，她呼喊著沈勝衣的名字，沈勝衣立即落下，向她示意自己掌心裡的黃金東珠。幻紗先是一驚，隨後望向沈勝衣，二人四目相對，都忍不住內心的喜悅，激動地笑了。

　　皎白月光下，鳥巢中的兩隻乳燕，還在嘰嘰喳喳地叫著，牠們的眼睛黑如瑪瑙，靈活地眨動著，卻不知樹下的男女，究竟因何而相擁歡笑。

　　時間來到阿史那連那離開長安的日子，阿史那連那告別了自己的一干朋友之後，終於踏上了返回草原的路。

　　而在連那的身邊，有一名頭戴帷帽的侍女，她身穿鵝黃色的衣衫，身姿不俗。

　　與此同時，平康坊。

　　白之紹正在站在霓裳樓上，遠遠地望著回往草原的仗隊，從自己的樓門前走過，瞥見那抹鵝黃色的身影，若有所思地沉下了眼。

　　站在他身後的，則是沈勝衣與幻紗，他們在竊竊私語，幻紗問：「找到黃金東珠的後續如何了？」

　　沈勝衣微微一怔，他回想起了找到黃金東珠之後的事情。

　　在他找到黃金東珠的第二日，便在蕭如海的幫助下，見到了玄宗皇帝。當自己將黃金東珠獻給了玄宗皇帝之後，玄宗皇帝十分詫異，但還是為黃金東珠的失而復得，感到非常高興。

　　沈勝衣在當時心想：「這件事發展到此，賺得盆滿缽滿的人，就是皇帝本人無疑了。如今，玄宗皇帝少了一個對手康王，月泉公主的身體已得以康復，圓滿完成大婚不說，那郡王還對玄宗皇帝感恩戴德。更何況，黃金東珠已被尋回，對皇帝本人來說，這是天相吉兆，更加證明了皇帝就是天子，萬事到他之處，便可逢凶化吉。」

　　玄宗皇帝，才是最後的贏家。

不過，這些帝王心思，和沈勝衣本人無關。對沈勝衣而言，他最重要的事情，不是玄宗皇帝賞給他的那五百貫，而是在那張貼出的榜文上，玄宗皇帝曾允諾可以答應的一個要求。

當玄宗皇帝詢問沈勝衣，到底有什麼要求的時候，沈勝衣恭敬地說道：「懇請陛下允許我辭去金吾衛之職。」

玄宗皇帝感到十分訝異，眾人都擠破頭想要得到的東西，沈勝衣卻不願意要。

「如果朕不答應你的這個要求呢？」

沈勝衣又道：「如果陛下想要我繼續當差，那麼，就放了我的師叔李遇客，這樣我就答應繼續為金吾衛效力。」

玄宗皇帝頓悟，不由得笑道：「你可真是個勇敢的郎君，竟敢同朕玩這樣的把戲，普天之下，你還是第一人。」

沈勝衣不卑不亢，慢條斯理道：「陛下聖明，既是如此，陛下一定知曉，世間之人並非草木，皆是有血有肉，也必然有著各自想法。或許我等在權貴眼中只是草芥、螻蟻，但蜉蝣可遮天，螳螂可蔽日。榮華富貴、滔天權勢，這些對於王孫貴族來說確實無比重要，但是，對於我這樣的凡夫俗子，只有心愛女子、家中親眷堪比性命。」

玄宗皇帝打量著沈勝衣面容上的堅定，手指敲打了幾下御座長案，而後，他輕笑道：「說得好，朕喜歡你這樣的果敢之人。」

沈勝衣握緊了自己的雙手，他的掌心裡已經滲出了微微汗跡，心中也早已七上八下，不知自己是否會如願，只能再次斗膽詢問：「那麼，陛下可否答應我的這個要求呢？」

玄宗皇帝移了移視線，望向殿外，只見外頭落了雪，輕飄飄的細雪落地即化，卻映襯得殿內格外明亮。他唇邊浮現起的笑容含義不明，非喜非怒，然後，他開口回應了沈勝衣。

「皇帝說了什麼？」這一刻，幻紗急切地詢問道。

沈勝衣如夢初醒般地回過神，看向幻紗的眼睛，然後撓了撓頭：「陛下說……要我保密，不能夠洩露。」

幻紗感到難以理喻地眨了眨眼：「你連我都要隱瞞？」

沈勝衣尷尬地笑笑：「我已答應了陛下，就必須要遵守約定才是。」

幻紗自討沒趣，不肯再理沈勝衣。但轉念一想，這約定必然有其背後的意義，也許，是心願的達成。

然而，幻紗並不清楚的是，在沈勝衣離開皇宮後，玄宗皇帝曾一直目送他的背影，直到再也看不見的時候，站在玄宗皇帝側的周侍郎，才謹慎地詢問：「陛下，真的就這麼如他所願嗎？」

玄宗皇帝微微瞇著眼，不動聲色的道：「還是要給霓裳樓幾分顏面才是。」

周侍郎心裡暗暗道：「看來是霓裳樓樓主前來向陛下說情了。想來也是，早在自己還是個少年的時候，霓裳樓就已經聞名長安城，不同於其他青樓，這霓裳樓可是大有來頭，前一任樓主不僅是江湖神祕門派的掌門，更讓人震驚的是……如今這個年輕的樓主，可能還與皇室有血脈關聯。」

但究竟是出自哪一脈，周侍郎不得而知，只聽聞現任霓裳樓樓主名為白之紹，且還記得某一夜，周侍郎曾見那白之紹出入聖上的書房，走的時候，還有御侍親自護送，這令周侍郎也好奇起他的身分來。

可打聽聖上的私家事，有違做奴才的道義，便是一次湊巧，玄宗皇帝自己說起過白之紹的事情，是白之紹的父親白掌門，與玄宗皇帝有些血緣關聯。老宮人曾私下和他提起過，先皇中年之時臨幸了一個異族美女，據說此女子的才學與武藝了得。

先帝迫於宗族壓力，未曾將其納入後宮，好似後來那女子離開之時，腹部微微隆起。

至於那個白掌門曾和先帝有約，世代都不會踏進皇朝，而歷代皇帝也會賞賜霓裳樓千金萬銀、良田無數、宅邸若干，甚至，還有一道皇恩浩蕩的密旨……

「皇朝之下，坊間之中，子民之下，除燒殺掠奪、無惡不作，必要赦免其九族罪過。」

字面意思便是，霓裳樓的白家與其後代子孫，無論做錯了什麼事，只要不是十惡不赦的，便要給予機會重新來過。

思及此，玄宗皇帝心中輕嘆，想來，只要朝局穩定，給那平康坊的小小霓裳樓幾分顏面，倒也無傷大雅。畢竟那樓主與自己也算是有血緣關係的，且對方無心權欲，只一心在坊間經營生意，倒也是怡然自得。

只是，他仍舊認為這個沈勝衣是留不得的，也許再過上一段時日，才好再找個時機讓他「謝罪」。

　　此時此刻，尚不知情的沈勝衣在牆外轉頭望向霓裳樓外的風光，天地廣袤，大唐繁華，他想，日後的自己，將會有無數的繁花等著他與幻紗攜手去看。可重獲清白的他並不知曉，有些「罪人」，也許只能戰死沙場。

　　牆內，霓裳樓高處的圍欄邊，三個人正在看向後花園，白之紹身邊站著明豔動人的璃香和典雅大方的伊真。白之紹並未說話，只是嘴角帶著一抹不易察覺的微笑，看向後花園中正在練劍幻紗。璃香順著白之紹的視線看去，又回眼與伊真的目光有個交集，兩姐妹彼此會意地眨了眨眼睛，並不言語。

　　這是屬於他們的長安，是霓裳飛天、羽衣仙曲的一百零八坊，這座盛唐最壯美華麗的巨城，在不久之後，將會迎來新的巔峰。

　　所謂致虛極，守靜篤；萬物並作，吾以觀復。夫物芸芸，各復歸其根。歸根曰靜，是曰復命。復命曰常，知常曰明。

　　說的便是人這一生，宛如草木一生。

　　眾人眾生，循環往復，才可做到生生不息……

番外篇二：曾向瑤臺月下逢

開元六載，盛世大唐。

纏綿夜雨氤氲而出的繚繞煙霧隨風散去，長安城內的一百零八坊逐漸清晰了起來。

歷時兩年的新策推行，有助玄宗皇帝將大唐帶向繁榮、昌盛的頂峰，百姓們都說這是黃金東珠的庇佑，且入唐聯姻的月泉公主，也在春天誕下了一名女嬰，預示著草原與唐國的和平邦交將更為長久，便是因此，近來朝聖的異域使者也越發增加。

每當酉時光景，西市的城門口，就會陸陸續續出現百峰駱駝與不計其數的公馬，牠們托著貨物通官簽押。打眼瞥去，掛在駝峰上的，都是羊毛花氈，那些異域裝扮、跟著商隊前來的人，個個穿著鬆垮褲、尖頭鞋，膚色黝黑，腰佩銅鉤，神色充滿憧憬。

而到了夜晚，書生進士們會打馬遊街，踏花而過，平康坊到底是年輕公子哥的好去處，在那聞名長安的霓裳樓內，自然是一派宴飲暢談、不醉不歸的熱鬧景象。

長安霞光流，杏花插滿頭。人生得意事，年少春衫薄。

這盛世，如子民所願。

而在千里之外的草原，也伴隨著一聲嬰兒的啼哭，而迎來了新的朝霞與日出。可汗阿史那連那的大妃若桑，在開元六載的夏時，誕下了草原的繼承人，這令整個部落歡欣鼓舞，並謹遵可汗口諭，草原上下將歡慶七日，即便是曾經不忠阿史那的流放族群，只要誠心，也被允許前來祝福。

這日，正是慶典的第六日。

草原阿史那部落，辰正。

時值仲夏，草原上的氣候也照樣寒風瑟瑟。雖是一片繁茂翠綠連接天際，卻不見熱鬧繁華的人煙，十里雲海般的帳篷，似一個個矮小的山包，璃香坐在馬車裡撩著簾子，望著那些從遠處跋扈馳行的草原男子，不由得也皺了皺眉，喃聲自語道：「看來這草原的慶典，和大唐還是有很大不同的，全然沒長安城裡那些喜慶的陣勢……」

要知道，阿史那部落可是草原上最大的部族，若不是東西突厥兩大分支造成了不合，這股子大勢力凝聚一處的話，倒也不比皇帝的全軍鐵蹄差。尤其是如今的阿史那部落，迎來了新的可汗，其餘小部落為了表示忠誠和支持，開始親自登門拜見新可汗與大妃，來來往往的人馬眾多，每一列隊都是氣勢洶洶、公事公辦的模樣，倒是和慶典的愉悅氣氛沒有半點兒關係。

　　這令璃香更加心覺無趣，放下車簾，重新看回車內，坐在對面的幻紗，正在擦拭著她的長劍，伊真則在讀書看卷，兩人都是無趣得很，惹得璃香嘆息一聲。不知是第幾次抱怨道：「要不是若桑生下了世子，我才不想和你們兩個一同來這乏味之地。」這字裡行間，頗有點兒遷怒無辜的意味了。

　　幻紗擦劍的動作停住，淡淡瞥她一眼，什麼都沒說。

　　伊真更是連頭也沒抬，默默地翻了一頁書卷。

　　璃香心想，已經坐了三天的馬車，一路顛簸，晝夜趕路，加上水土不服，實在是辛苦的很。眼下，好不容易進了部族領土，卻也沒看到想像中的富麗——倒也是不能嗔怪，畢竟草原與大唐相差甚遠，又怎能將霓裳樓裡的奢華代入這裡呢？

　　璃香幽幽再嘆，正想著要假寐片刻打發時間，馬車外頭忽然傳來一聲高喊，是突厥語。惹得璃香她們的這一列隊伍也不得不停下，幻紗警惕，趕忙詢問車夫道：「怎麼回事？」

　　車夫是在霓裳樓當差數年的波斯人，也擅突厥語，他回應幻紗道：「幻紗姑娘，是哥舒部落的人，擋住了咱們的去路，他們說……咱們不該走他們的道。」

　　幻紗知曉草原的規矩，當然不想惹麻煩上身，立刻對車夫說：「給他們讓路。」

　　車夫立即應好，趕忙給哥舒部落的隊伍讓開了一條路，璃香能夠聽到那幫隊伍距離自己的馬車很近，人也多，經過她身旁的時候，突有人敲了車簾旁頭的木板。

　　對方在外頭用突厥語嬉笑不已，聽那語調似是嘲弄之意，伊真也聽得懂一些突厥語，便說：「這幫西突厥知道咱們是從大唐來的，就吵著要掀

開車簾看看大唐姑娘的模樣。他們說，唐國的姑娘不同草原女兒，必定個個嬌柔如水，別有一番滋味。」

璃香憤憤不平地狠下眼神：「他們定不知這馬車裡，坐著的是阿史那大妃的姐妹吧？竟敢如此口出狂言，真該狠狠地教訓他們！」

幻紗則謹慎地繼續聽著外頭的動靜，從咬字上能夠分辨得出，他們不是阿史那部落的，定是外族前來恭賀可汗和大妃的隊伍，若是與他們產生了衝突，怕是得不償失。畢竟她們這列馬車隊伍是大唐來的，本就與當地格格不入，而且和阿史那部落尚有一段距離，一旦出事，可汗也來不及救援，只怕會自討苦吃。

然而，外邊的隊伍卻越發放肆，甚至還推搡起了車夫，就彷彿他們今天要做的事，誰也不能違背。

結果「唞嚓」一聲，是短刀出鞘的聲音，很快，就有一人從馬背跌落下地，吵嚷歸於沉寂，那群突厥人不敢再恣意。一個極為年輕的聲音響起：「來者是客，草原便要盡待客之禮，豈能這般丟人現眼？」

馬車內的璃香一怔，抬頭望向幻紗和伊真，她小聲道：「他說的是唐話嗎？」

大家都有些驚訝那人使用唐話的流利程度，又聽見其他人趕忙求饒，嘰裡咕嚕的一連串突厥語，大抵是在認錯。

馬車之外逐漸安靜下來，除了緩緩接近的馬蹄聲，與那個再度響起的年輕人的聲音，他距離璃香這邊近極了，沉聲說著：「大唐的來客，請原諒我部下的失禮，倘若你們是前往阿史那部落探望世子的，還請不要提及此事，哥舒氏在此謝過。」

哥舒氏……

璃香知曉這個氏族，是古西突厥，原是突厥汗國的西面可汗。先是聯合波斯消滅了白匈奴，以後又同拜占庭結盟，進攻波斯，擊敗了當時強盛一時的波斯帝國。所以，哥舒人驍勇善戰，一直都被阿史那部落所忌憚，可他們內部不合，也造成了難以在草原稱帝的局面。直至今日，他們由於族人四散、難以團結，而被阿史那一族壓制。

但這一隊是從前頭經由此路的，就說明他們剛剛拜見過可汗和大妃，便也是哥舒的貴族。

璃香心裡好奇，悄悄撩起車簾一角，看到哥舒隊伍已經重新整合並要離開，而距離自己最近的那個，便是隊伍的領頭人。

　　璃香不由得睜大了眼睛，只因那是一位騎著戰馬的少年郎，約莫十五、六歲，身著銀甲銀盔，腰際兩側一雙巨刀，略薄的腰板還殘留著青澀稚氣。但高高昂起的頸子，倒也極為傲慢，肩膀已顯露魁梧之意，不出三年，必將成為名聲赫赫的一代名將。

　　長風來，吹珠簾，簌簌作響，璃香一怔，那少年郎目光如鷹，驚鴻一瞥間，已經見到她在偷看，璃香趕緊放下車簾。

　　少年郎用突厥語喚部下離去，策馬奔騰如雷聲翻湧，璃香舒出一口氣，竟不知為何要心跳如鼓。

　　車夫也在這時重新啟程，還閒聊般地同車內的三名姑娘說道：「方才那批人是西突厥的哥舒族，領頭小子定是那哥舒王的次子哥舒隼了。」

　　「哥舒隼？」伊真微微蹙眉，掐算著手指，然後恍然大悟道，「算年紀的話，哥舒那頭的次子也就才剛剛十五歲，沒斷奶多久呢。」

　　車夫笑道：「伊真姑娘莫要笑話人家年歲小，他已經是草原上的堂堂葉護了。」

　　幻紗點點頭：「畢竟是草原男兒，三歲就能騎馬射箭，十五歲成了葉護也不必驚奇，值得驚奇的是，小小哥舒也自封為『王』，自是有些挑釁阿史那的地位了。」

　　車夫道：「老夫剛還從他們那些個小兵嘴裡聽見，這小葉護又打了一場勝仗，平定了塞外餘黨，上任五年來從無敗績，就連阿史那的新可汗，也對他格外另眼相看呢！」

　　璃香不以為然嗔道：「卻是連自己的部下調戲大唐來客都要縱容。」

　　這一樁小插曲便就此過去，等到了日落時分，萬丈餘暉流霞，這一列車隊終於到達了阿史那的部落，帳外已經有不少可汗欽派的草原護衛前來迎接。馬車緩緩停定，幻紗首先走下車子，一位身穿草原王族正裝的阿媽立刻上前，將手裡的金粉抹在了幻紗的額間，早在前來草原的時候，幻紗就知曉這是阿史那部落的至高禮儀。

　　緊接著，伊真也下了馬車，同樣的金粉抹在她眉心，她飽讀詩書，自然也熟識各族禮儀，便向阿媽行了草原之禮。

最後一個則是璃香，她剛一探出馬車，就覺得撲在臉上的風又冷又硬，禁不住瑟縮了一下，拉緊了身上的紅絲絨披風，一抬頭，就看見了阿媽等在面前。

璃香對她露出友好的笑意，阿媽的手指伸進掌中的金粉盒子，可待她看見璃香的容貌時，她忽然停住動作，上下打量一番璃香，又圍著轉了一圈，最後有些神神祕祕地瞇起了眼睛，甚至蓋上了金粉盒子，轉身同護衛耳語了幾句。

護衛有些驚愕地看向璃香，一頭霧水的璃香有些尷尬，卻也只得裝作視而不見，趕快跟上幻紗和伊真，前去可汗的帳篷，餘光瞥見阿媽一直盯著她，並將金粉朝著她離開的方向灑出一片，長風吹來，金粉四散，如同燃燒著的殘陽，令人心中隱隱不安。

「那個阿媽有點兒古怪。」璃香低聲嘀咕了句。

伊真沒聽清楚，回頭看向她：「怎麼了？」

「沒什麼。」璃香搖搖頭。

等到進了可汗的帳中，暖和的溫度立刻融化了身上的寒意，璃香三人身處這偌大的空間裡，循著一股幽幽清香，見到了半坐在羊皮高床上的若桑，她攏了攏披在身上的薄衫，對三人笑道：「終於把你們盼來了，快！讓我好好看看你們。」

許久未見，心中自然有無窮思念想要傾訴，若桑作勢就要從床上下來，璃香趕忙衝上前去，替她攏緊衣裳，極為感慨地笑道：「你才剛生產不久，不能著涼，咱們多少年的姐妹了，無須那些繁複縟節。」

若桑握住璃香的手，兩人相視一笑。

幻紗與伊真也圍在二人身邊，霓裳樓的四位姑娘終於相聚在一處，甚至無須多言，彼此便都回憶起了曾經共度的幸福時光。

儘管四人毫無血緣，卻勝似親生，她們七、八歲時就同在霓裳樓，一起疊紙鳶、捕蝴蝶。年歲再長一點，白掌門便安排她們與白之紹一同學古琴、練武功、騎馬射箭、賞花學詩……璃香不喜詩書，總要想著法子躲避先生的小考，好在她舞藝精絕，是霓裳樓裡第一個擁有自己花廳的姑娘。那年的她，也不過才十歲。

對比起她來，若桑就要乖巧許多了，她好似自幼便精通醫道，功底深

厚，直至今日，霓裳樓裡屬於她的芳蕤廳中，也還殘留著她身上特有的藥草香氣。

　　而幻紗與伊真，一個是劍痴，一個是酒痴，性子也都有些清冷灑脫，在很多事情上都能做到怡然自得。

　　「誰能想到我們之中最溫順嬌柔的若桑，會第一個成婚生子呢？」璃香的目光落在乳母抱在懷裡的小世子身上，見他正酣睡，不忍打擾，細細端詳一陣後，悄聲對若桑說：「劍眉膚白，長大後必定玉樹臨風。」

　　若桑笑笑：「可汗今夜設宴，好生招待我遠方前來的姐妹們。」

　　伊真點了點頭：「還算連那世子念記咱們的舊情。」

　　幻紗嗤笑一聲：「怎能稱呼人家連那世子？堂堂草原可汗，再不能直呼其名了。」

　　璃香驚覺：「那我們也要對若桑改口是大妃不成？」

　　若桑忙說：「快不要揶揄我了，從得知你們要來草原，我就開心得不得了，要是連你們也叫我大妃，這天下之大，可就真沒有一處能讓我覺得是故鄉了。」

　　璃香抿唇一笑，攬過若桑的肩膀，又喚著幻紗和伊真坐到身邊，四人談笑風生，訴盡想念。

　　當天夜裡，草原阿史那部落最大的帳篷中，正在進行著一場奢華熱鬧的晚宴。凡是受邀的草原貴族都齊坐此處，由於帳外燃著重重篝火，所以在帳內也就不覺得冷了。

　　且身為可汗的阿史那連那，為了表示對大妃親友的重視，還特意要一群草原姑娘來奏大唐的曲目。他們事先苦練許久，一個個地捧著琵琶、古琴、瑟、箏，還有笛與笙，連同鐘、鼓、鑼、磬都一應俱全，二十多人的器樂陣，井然有序地落座，將七曼妙曲音彈奏得倒也像模像樣。

　　璃香倒是知道連那身在唐國時就對戲曲痴迷，不曾想草原裡還能培養出這麼一群專業人士，實在值得讚許。

　　連那向霓裳樓前來的三位姑娘舉杯敬酒，璃香的酒量最好，喝下三杯草原烈酒也毫無醉意，正要回敬時，帳外忽然有身著草原衣裳的舞女傾巢而來，在澎湃激情的器樂聲中踏歌而舞。她們膚色如麥，眉眼深邃，舞步充滿了鮮活的生命力，別有一番異域風情。

璃香、幻紗與伊真凝望著這景象，心情也不由得大好。

　　若桑在這時輕輕地打了一個噴嚏，坐在她身側的連那立刻轉向她，擔憂地攏了攏她的披風，小聲問道：「大妃可有哪裡不適？」

　　還沒等若桑回答，一位草原貴族就舉著手中的酒杯笑起連那：「可汗太過矜貴大妃，不過是小小的風吹草動，也要勞可汗費心，看來啊！咱們這部落很快就能再添個小公主了！」

　　這話一出，帳內的賓客哄堂大笑，直接把若桑的臉給笑了個通紅。

　　連那雖為可汗，但他尚且年輕，又被唐國的儒家文化感染得彬彬有禮，即便被部下打趣，也還是會表現得極為得體，一笑帶過後，也頗為感興趣地喃喃嘀咕了幾句：「再生個公主確實是件美事，兒女雙全，人生好字。」

　　若桑紅著臉瞪他：「我可不要做兔子，這件事你快不要想了。」

　　連那只好靦腆笑笑，明明是被大妃責罵，他卻也感到開心。

　　將這些看在眼裡的璃香，默默地喝掉了手中的一杯酒，轉頭打量著幻紗，她正在和伊真認真地欣賞草原舞蹈，而再去看其他貴族賓客，他們也在隨著舞步哼唱拍手，帳內的氣氛融洽又放鬆，絲毫沒有沉重的君臣之禮。

　　身在其中的璃香也感到非常放鬆，直到帳外忽然響起一些動靜，璃香睜大了眼，拉著幻紗詢問：「你有沒有聽見什麼聲響？」她指了指外面。

　　幻紗仔細去聽，搖頭道：「沒聽到什麼特別的，大概是馬兒的嘶鳴聲罷了。」

　　璃香卻感到好奇，且這些賓客都已經喝得醉意醺醺，她正巧也要去外面透透氣，穿過人群掀開簾子，她走出帳篷，看到草原的夜幕連接著地平線──月亮星辰彷彿都要掉落在這無盡的境地。

　　清冷的風撲面而來，璃香向前走去幾步，閉上眼睛，沉醉地享受著草原夜風拂面，身後忽地傳來一聲馬鳴，還有窸窸窣窣的聲響，璃香猛地循望過去，不由得睜圓了雙眼。

　　只見暗處的石墩旁，站著一名身穿草原王族服飾的少年，頭上戴著簡易的青色玉冠，腰間的金色腰帶上，綴滿了樣式奇異的瑪瑙和琥珀，根據數量判斷，倒是個極為顯赫的身分。

且少年極為年輕，更是顯得風姿卓朗，他正將馬兒的韁繩拴好，察覺到璃香的視線後，當即瞥來冷銳目光。璃香一瞬間怔了一下，眼裡閃過一絲驚豔，心中暗暗頓悟，原來是他……一定是因為他脫去了白天時的那身銀色鎧甲，她才沒有立即認出他來。

　　「你們中原女子都這樣肆無忌憚嗎？」他年紀雖小，口氣可倒是十分狂妄，一雙眼睛打量著璃香，隨即將韁繩用力地打了幾扣，然後邁著步子走過來。

　　璃香心覺他唐話說得流利，倒配得上那葉護的高貴身分。卻也沒有畏懼，只輕笑一下，反問道：「如何一個肆無忌憚？」

　　「你一直盯著我看，這還不夠肆無忌憚？」他停站到她面前，俯著眼睛，足足比她高出一頭來。

　　璃香面不改色地仰頭望他，那一張玉盤般白膩的臉上，看不出絲毫被草原風霜吹磨的痕跡，若不是早先聽車夫說起，她怎也不會相信這個毛頭小子，會是征戰近乎十年的草原少將。

　　「我從來沒有見過地道的草原勇士，你又這樣年少英雄，多看幾眼，也不會缺斤少兩吧？」璃香彎著眼睛，笑容顯露出幾分嬌俏。

　　他瞇了瞇眼，少年老成般地一昂頭，自曝家世：「哥舒隼，葉護，受邀前來參宴。」

　　她對他做出了唐國女子的見面禮，微微側身，頭顱恰到好處地低垂出一個美妙的弧度，道：「大唐長安霓裳樓的璃香，見過葉護。」

　　「姐姐不必多禮。」他彎腰，抬起手臂，「請吧！」

　　璃香便率先回去了帳內，哥舒隼隨她一同進帳，主位上的連那一眼便瞥見他，立刻招手示意：「到晚了，必要罰酒！」

　　哥舒隼合拳示意，大步走到預留給他的空位上坐下，爽快地自罰三杯，連那滿意，當即稱好。其他一眾貴族也歡呼起哄，阿史那的侍女順勢再為他斟滿酒碗，哥舒隼察覺到，連那對自己的態度沒有異樣，便知曉璃香她們並未把今日發生的過節告知可汗。

　　思及此，他餘光瞥向坐在大妃身側的璃香身上，見她斜綰著他叫不上名字也從未見過的唐國髻，髻上插著一支半開的牡丹，脫下披風後的脖頸曲線纖細而優美，膚白如瓷，唇紅似朱。

恰巧她轉過頭，視線相撞，他毫無避諱地繼續盯著她看，這次反倒是璃香覺得他肆無忌憚了。

宴會到達高潮時，這些貴族再度對連那與若桑的小世子獻上祝福，話題又繞到了繼承人的身上，便有個滿臉醉紅的絡腮鬍子貴族說起：「咱們在座的部落首領都已成家立業，唯獨哥舒家的小兒子還沒有娶姑娘呢！」

一幫人的眼睛，便都一齊聚集到了哥舒隼的身上，他也不慌，盤坐著挺直了腰板，低聲一句：「還未遇見心上人。」

也有貴族道：「小葉護才剛剛十五歲，草原勇士不必急於一時，再說，那想要嫁給哥舒隼的草原姑娘，都要排隊到大唐長安城了！」

連那卻道：「若是哥舒葉護在草原上有了中意的人選，阿史那必將為哥舒族提親設宴。」

當今草原可汗話一出，這分量自然不同了，眾人都頗為羨慕地望了哥舒隼，心想著：「你小子可真有福氣，可汗都在替你的婚姻大事操心。」

璃香緩緩地抿了一口杯盞裡的酒，略一抬眼，見哥舒隼輕飄飄地掃她一眼，接著便問連那：「可汗，若我有想要的姑娘，阿史那族也願把那人指給我嗎？」

連那點頭：「當然，只要她尚未婚配，指給你做妃便是。」

哥舒隼勢在必得般地得意一笑，眾目睽睽之下，他抬手指向帳中一處，直言道：「我要她。」

這一句說出，帳內沉寂下來，璃香含在嘴裡的一口酒，「噗」的一下全噴在了地上。

約莫半炷香的工夫後，在距離主帳不遠的小世子帳中，若桑正在和乳母照料世子，璃香則同幻紗、伊真等人抱怨著：「那毛頭小子真是當眾讓我難堪！」

幻紗正在品嘗侍女調製好的乳茶，剛剛喝下，嘴唇上面一層白乳，她眨著眼睛看向璃香：「難堪？」

璃香撒嬌似的繼續怨著：「正是難堪了。雖說草原上下也沒人知曉我是何人，但我好歹也是大妃的親眷，豈能容得他在朝堂之下奚落？」

幻紗無奈道：「怎就成了朝堂？不就是一場其樂融融的宴會嗎？更何況，他也沒有奚落你，只是對你一見傾心罷了。」

伊真咋著舌，搖頭道：「所謂一見傾心，無非是見色起意。」

若桑懷裡的小世子已經吃飽喝足，正在和她逗弄歡笑，她順勢對璃香說了句：「哥舒氏族也是草原上的王族，要比普通貴族高出一個階位呢！他們的王血歷史甚至要比阿史那還久遠，是非常遠古的氏族。即便現在沒落了些，可在草原上地位尚在，倘若與之成婚，倒也不算壞事。」

末了又道：「而且還可以與我時常相見，你我姐妹同在草原，自然能夠相互照應了。」

「這還成了我莫大的榮耀了？」璃香哭笑不得道，「他十五，我二十，足足大他五歲，且不說這些，這草原貴族妻妾眾多，通婚隨意，各部族之間的關係也十分複雜，便說臥榻之側，豈能容得下酣睡者？憑什麼我一定要順他心意？我只怕年紀輕輕的，便要在異域變成寡婦，這倒算是幸運的了，再不幸的話，還有子娶後母、兄弟納嫂的……想想都恐怖。」

若桑大為震驚地聽她說完這番，忍不住辯駁道：「你且快盼望些好事吧！我才與連那剛剛成婚沒多久，這些事斷然是不會發生的，而且他承諾過我，不會納妾更不會征戰，你說的那些絕不會存在。」

璃香則道：「你且過幾年之後再說，我就不信堂堂可汗會不立後宮三千，只與你一人花好月圓。」

若桑氣紅了臉，將小世子交給乳母，作勢就要來理論。

璃香又搶言道：「你是對餐食沒太多癖好，我可是出名的嘴刁。那羊肉的膻味我是絕對受不了，你又不是不知道，前幾年波斯的一位王子微服來唐，也是來我花廳散心的，若是我能受得了他渾身上下烤全羊的味兒，估計我都有機會遠嫁波斯了。」

若桑趁機嗆白道：「是，那我確實記得，那年你才十六歲，那波斯王子都四十好幾了，遲遲不得重用，所以你沒跟他走是對的，那是你審時度勢、權衡利弊的對，這些可別賴在羊身上……」

眼看姐妹剛剛相見，就要吵得面紅耳赤，和事佬伊真趕快擋到兩人中間勸說一通，還喊著幻紗也加入勸架。但幻紗卻覺得這般感受久違了，能聽見璃香和若桑為這等小事爭執，也如同夢回故里。

待到隔日，伊真一大早就隨著草原侍女去奔赴雪山了。阿史那的草原既有風沙又有雪山，這般奇景可不是在大唐能見到的，伊真向來喜愛騎

獵，策馬前去尋找雪蓮，也好增進她的易容寶箱。

璃香起得也很早，頂著日出掀開帳篷，看到伊真和三名草原侍女騎馬的背影，雖已經成了遠遠的小黑點，卻彷彿還能聽見她們在哼著草原曲調，璃香心想：「這個伊真，無論到哪裡總會在短時間內收穫一小幫信徒，這才剛一個晚上，就和侍女們打成一片了。」

不過，草原上視野開闊，木草清香，的確讓人心曠神怡。璃香不禁閉上雙眼，深深去嗅空氣裡的泥土芳香，結果嗅著嗅著，竟聞到一絲酒氣。她循著味道去找，見幻紗的帳篷前有一處小石桌，幻紗正趴在石桌上，泛著粉紅色光暈的臉頰上沾有憂鬱。兩碟羊奶糕放在她面前，大片的格桑花搖曳著，面對如此美景，她也只是唉聲嘆氣。

璃香踏著翠綠青草走到她面前，詢問道：「幻紗，你怎麼一臉的憂愁？總該不會是思鄉吧？」

「是璃香啊⋯⋯」幻紗單手支著下巴，有氣無力似的道，「也不知道沈勝衣隨軍征戰是否安好，我也離開長安整整八日，更難得知他的音訊了。」

若桑也在這時出了她與可汗的帳篷，見到這邊兩位，立刻走了過來，奇怪道：「幻紗怎麼了？一大早就嘆氣，要是瘦了可該如何是好？」

幻紗竟露了委屈的表情，忽然掩面道：「我自是擔心沈勝衣，也擔心樓主，便無法在這裡盡興的愉快了！」

璃香皺皺眉，拾起幻紗面前的羊奶糕聞了聞，然後看向若桑：「為什麼要在糕點裡面摻酒呢？我本就不愛這羊肉膻味兒，還要在這裡加上我不愛喝的酒。」

若桑面露尷尬，只道：「阿史那部族都有這樣的飲食習慣，怪我沒有事先提醒廚房——裡面添加了些烈酒，我就說幻紗今天怎麼怪怪的，她本就不擅飲烈酒，這草原的酒確實是烈了些。」

昨晚也就喝了半壺，索性沒有失態，結果是躲過初一沒躲過十五，栽在了這大清早的羊奶糕上。難怪幻紗表現得異常了。

這會兒，璃香與若桑再看過去，幻紗在草原上大笑著奔跑，又是追蝴蝶又是捉飛鷹，雙頰緋紅，情緒高漲。璃香瞥見石桌上的空盤子，又聞到空氣中又酒香，不免頭疼，轉頭數落若桑：「大妃，看你幹的好事。」

若桑訕笑著縮了縮肩膀，辯解道：「羊奶味兒膻嘛，不放酒可怎麼吃啊，酒能去掉腥氣，都怪幻紗太貪吃了。」

誰讓那位長安女劍客，向來是不沾烈酒、獨愛黃酒呢？

便是在若桑呼喊侍女，將幻紗扶進帳篷之後，隱約傳來了馬蹄聲，若桑率先察覺，隨即狡黠一笑，向璃香使了個眼色。

璃香不明其意，只循著若桑的視線轉身望去，立即睜圓了眼睛。哥舒隼正騎著戰馬迎向她，他今日穿著輕便的草原狩獵錦服，由遠至近而來。

天幕長雲遮住了日出，又一點點移開，他身上彷彿攜滿了光耀輝芒，踏著清風，離她越來越近。二人目光交會在半空，他坐在馬上，將手裡摘來的一束豔麗的馬蘭花遞給璃香。

璃香恍惚地盯著那束花，若桑則在她身後輕咳出聲，似暗示般的催促，她有些局促，終於緩緩地接過了花束。

哥舒隼淡淡一笑，什麼也沒說，轉身策馬離開了。

璃香感到難以理解地望著他的背影，喃聲自語一句：「他一大早跑來這邊，就是為了送我一束花？」

若桑走近她身邊，打量著那束馬蘭花，笑道：「像是從雪山腳下採來的呢，上頭還有濕漉漉的露水，開得正豔。」

璃香嗅了嗅花香，倒也露出滿意的笑容：「香氣很清新，的確是在大唐尋不見的鮮花。」

若桑莞爾一笑道：「看來那位小葉護是動了真心呢！你這位璃香姐姐可不能傷了人家的心呀！」

璃香沒有回應，只將馬蘭花收進了自己帳中，找到了一個還算不錯的瓶子，放進去滋養。

自那之後，璃香幾乎每日都會收到一束花，這日是薩日朗，翌日是格桑，每天都不同。一直維持了五日，幻紗在練劍的時候說了句：「過陣子也該回去長安了。」

她們本就不能在此逗留過久，白之紹允她們三十日的時間，但去掉往返路程，在草原的日子，也不過寥寥十五日而已。

好在若桑總是找各種藉口留下三人，還要連那飛鴿傳書去長安，必要說服白之紹。反正連那對若桑是言聽計從，她提出怎樣的要求，他都會照

做，況且眼下，他有意統一東西突厥，雖不想開戰，可總要做出最壞的打算。而一旦起了戰事，璃香等人更是不能選擇這個時期離開草原，怕只會陷入爭鬥的危險之中。

璃香也會詢問若桑：「哥舒一族便是在西突厥處吧？」

若桑回道：「他們一直獨立，但也算是西突厥的管轄。雖然氏族稀薄，可由於血統高貴，西突厥也不敢在他們面前造次，加上哥舒氏生來驍勇，但凡征戰從無敗績，西突厥巴結他們還來不及呢！」

璃香默默地點頭，若桑看出她心思，悄悄說：「連那已經邀請哥舒族在今夜前來參會了，哥舒隼和他父王都會在今夜造訪，他們雖是中立，卻也贊同草原統一。」

璃香口是心非道：「你和我說這些做什麼？」

若桑也不拆穿她，露出「意味深長」的眼神，彷彿在等著看璃香「收回前言」。

但越是這樣，璃香越是有些逃避。她習慣了霓裳樓裡的過客情緣，也並不像若桑那樣願得一心人，她骨子裡是自由的，沒想過要受到牽絆，更別說要在這雙十年華成親、生子了。

好在那天的宴會上，連那也沒有允諾哥舒隼的要求，令璃香意料之外的是，哥舒隼並未退縮，反而比之前更加積極主動了。

但，話雖如此……到了夜晚，擁護連那的草原貴族齊聚在帳中時，璃香並未察覺哥舒隼有何不同——原因是在會議開始之前，他和他父王是最後一批到達的，璃香正好和幻紗從若桑的帳中出來，他與她恰好對上視線，璃香還想著要不要落落大方問候，誰知哥舒隼卻立刻移開目光，視若無睹地跟著他父王進了帳篷。

璃香有些不悅，但他越是這樣，她越發在意起來。裝作漫不經心地圍著帳篷繞了幾圈，直到他們議會結束，已經接近亥時，各路貴族都打道回府，唯獨剩下哥舒氏族，璃香躲在帳後張望，看見哥舒王在和哥舒隼交代著什麼，不出片刻，哥舒王便翻身上馬，然後策馬離開了。

剩下哥舒隼獨自一人時，帳中的連那也走了出來，哥舒隼恭敬地向其行禮，連那則十分器重地對他說了句：「你是草原最年少的勇士，也是最驍勇的英雄，阿史那不會令你失望的。」

哥舒隼點點頭，也回應了什麼，但他們都在講突厥語，璃香根本聽不懂。最後，連那前往若桑的帳篷，夜幕之下寂靜無聲，清風吹面，星辰稀薄，哥舒隼側過眼，用唐話對璃香說：「你打算一直在那裡偷聽嗎？」

見自己被發現，璃香只能走出來，但她也不想在他面前丟面子，很是傲慢地說了句：「我對你們的戰事毫無興趣，不過是沒找到現身的時機罷了。」

他少言寡語的，倒也不和她一般見識，把腰間佩劍抽出來輕輕擦拭，尤其是借著月光，要比草原上的篝火看得更清晰。璃香瞥見他的認真模樣，覺得這毛頭小子還真是個打仗的好器具，小小年紀卻已經虎口長繭，可見自幼沒少承受訓練的苦楚。

不過，他手上的那把劍十分鋒利，璃香覺得他用綢布擦拭的方式，很容易弄傷自己，走近幾步提點了一句。他抬眼望來，忽然側過劍身，寒光刺痛璃香的眼，她皺眉，當即抬手去擋，結果這一抬手，就被他在半空中抓住了手腕。

「你的手指真細，又白，像是花蕊。」他一臉正經地說。

璃香在霓裳樓裡早已見慣了大場面，畢竟連長孫沖那種人也是常見的，所以，對於哥舒隼的「調戲」，她根本不會表現出含羞女子的怯態，反而給他甜頭般地湊近一點，以至於彼此的呼吸，都能夠溫熱的傾吐在臉頰上，她才以一種誘惑性的聲音說：「若我的手是花蕊，那身子在你看來，必定就是玉白的蓮藕了。」

哥舒隼怔了怔，緩緩地放開了璃香的手，好似招架不住她，眼底竟閃現一絲窘迫。

璃香也不打算刁難他，只道：「你現在還太年輕，再長大幾歲，姐姐才會考慮你。」說罷，便轉身往自己的帳篷走去。

身後的哥舒隼問道：「我這段時間都要留宿在阿史那部落，明日要與騎射兵一起去場內練箭，你也一同去吧？」

璃香沒有回話，留給他一個狡黠的眼神，然後便掀起簾子進了帳內。

接下來的幾日裡，哥舒隼幾乎都與連那同行在射獵場，大抵是為了提升兵卒的箭法，哥舒隼百發百中的功力，也要指點給草原勇士，算得上是為期較短的密訓。

到了最後一天，也就是第三天，連那邀請若桑和她的姐妹們前來，璃香自然也到了現場。不知是不是因為璃香出現，哥舒隼要比平日裡表現得越發炫耀些，連樹上的葉片都一併射落，引得勇士們一陣歡呼叫好。

等到落日黃昏，隊伍們都在連那的帶領下回去部落，若桑、幻紗與伊真發現璃香沒有跟上，伊真本打算去找，若桑卻阻攔道：「這時候就不要去壞小葉護的好事了。」

幻紗不由得笑道：「不愧是璃香，無論是長安還是草原，被她迷倒的男子千千萬。」

若桑道：「還記得你們剛到阿史那部落的當夜，唯有璃香額間沒得到阿媽抹拭金粉，可知原因？」

幻紗與伊真一同搖頭。

若桑神祕地說道：「那阿媽同侍衛說了，璃香有可能會拐走草原的貴族，抹了金粉會阻礙天命，阿媽雖不喜歡璃香這種的外來女人擾亂草原，可命數是命數，誰也不能破壞。」

夕陽斜照，流霞餘暉，哥舒隼手裡握著彎弓，騎在馬背上優哉遊哉，略一側頭，璃香握著馬韁在他身邊，前方的大部隊已經只剩下小小的黑點，此刻唯有他二人單獨相處，襯著落日景色，自是美不勝收。

想來這地域距離哥舒族較近，哥舒隼提議帶她回去自己的部落，璃香本是拒絕，因為即將入夜，怕姐妹們會擔心。

哥舒隼道：「我會讓我的飛鷹傳信給可汗的，你在我的部族裡，照樣會受到尊待。」

且已經看見了哥舒族的連帳，璃香知曉這是必經之路，也就不再推諉。快要到達時，哥舒隼發現一塊開出了漂亮的金露梅的綠地，當即翻身下馬，彎身摘下一束，如捧珍寶般獻給了璃香。

「你為什麼總要送我花束？」隨著花束的累積，璃香的心意也在逐漸發生變化。

哥舒隼只道：「鮮花配美人，因為姐姐美，唯有美麗的東西才能配得上姐姐。」

草原葉護油嘴滑舌起來，倒真是別有一番風情。是啊！在璃香眼中，各色男子有著各色的風情，男子才是點綴她生活的樂趣。

「你還記得自己在宴會上時說過的話嗎？」璃香被他攙扶著下了馬。

連哥舒隼眼裡的愚鈍，都顯得那麼青澀，他誠懇地點著頭：「自然沒忘。」

「倘若我始終不願嫁你，你該怎麼辦？」

他卻完全不在意似地說：「只要我誠心懇求可汗指婚，他總會把你指給我。當然了，就算你真不願嫁我，也可以和我相好著，我肯定不會讓你失望的。」

璃香斷然沒想到這草原如此豪放，臉猛地紅了一片，有些結巴地說：「也不知道……你……你這說的什麼話？什麼相好？什麼失望？這種露水姻緣我可不要。至於可汗，他是他，我是我，草原是草原，大唐是大唐，我便是連夜不辭而別，你也無計可施。」

他逼近她一步，直接堵著她的面前，橫衝直撞般地問：「那你究竟想要我怎樣？」

十五歲的少年，連身上的氣息都是純粹直白的，璃香回想自己的十五歲，也曾經死心塌地的愛戀過一位年長公子，可惜終究是太過年輕，守不住跌宕起伏的情意。她想，哥舒隼就是曾經的自己，這愛戀來得快、去得也快，連萌芽也不該有。

便是因此，璃香心中剛剛燃起的一簇火苗就熄滅了，她輕微嘆息，轉過身，決定回去馬兒身旁，誰知手腕忽然被他從身後緊緊拽住。

璃香心裡「咯噔」一下。

他執著地說：「你還沒有回答我。」

璃香試圖扭捏掙扎：「你弄痛我了。」

他卻沒有放開手，反而一個用力，將她的身子硬生生地扳了回來，接著低下頭，用力地在她臉頰上親了一口。

果然是見色起意。璃香卻並不討厭他的見色起意，反而縱容般地反問一句：「哥舒葉護的膽子原來只有如此？只敢親我的臉而已？」

哥舒隼還沒來得及反應，璃香已經踮腳湊近他唇邊，卻沒立即親吻。欲擒故縱一般的停頓，令他有片刻失神，然而下一瞬，他忽地伸出雙臂，將她的腰肢摟進了懷裡，嘴唇胡亂地吻著她，璃香順勢撬開他牙關，似在引導他如何吻她。

等到二人都回過神時，他才發現自己已經將她壓在了草地上，嫩黃的金露梅花瓣灑滿她胸前、腰間和裙擺上，少年當即意亂情迷，璃香抬起手，攬住他的脖頸，笑吟吟地在他耳畔吹了一口氣，悄聲說：「這裡是你的部落，去你帳中吧！」

翌日清晨，哥舒隼裸露著上身走出帳篷，已經有部下在草原上忙碌，見到他出現，問候了句：「葉護。」

哥舒隼點頭示意，面無表情地望向天際，旭日未升，天色蒙亮，她卻早早就騎馬離開了。轉身的空檔，哥舒族的侍女端著打好的熱水前來，她穿著和她顏色一樣的毛皮裙，哥舒隼不由得回想起初次見她的那日，她纖纖玉手撩開車簾，眉眼中的魅惑弧度，在不經意間就漾去了他心底。

她是他說短不短、說長不長的十五年裡，見過的最美的女子。

而這邊，出了帳篷正打算去找若桑的幻紗，看到了璃香正在拴馬，她心有困惑，立刻走過去詢問：「你這麼早要去哪？你這步子走得都零碎著，昨夜沒睡好嗎？」

璃香回道：「沒看見我是在拴好韁繩嗎？哪也不去，本姑娘昨晚就幾乎沒合眼，我要回帳篷裡小睡。」

幻紗感到狐疑地蹙了蹙眉：「這麼說來，你現在才回來？」

璃香瞥她一眼：「從前可不見你管這麼多，怎就到了草原後，還要操心起我的日程了？」說完，就「哼」了一聲，頭也不回地進了自己的帳篷。

幻紗盯著她的背影眨眨眼，後知後覺地恍然大悟，碰巧若桑和伊真也起得早，見到她便問：「幻紗，你也早啊！站在璃香的帳篷前有事嗎？」

幻紗的性子到底是不會亂說話的，她迎向若桑和伊真，輕聲道：「沒什麼事，不過是恰巧路過罷了。」

若桑和伊真也不多疑，拉過幻紗說：「走，我們正要去收新鮮的羊奶，一同去吧！」

又是一日過去，草原清風習習，格桑花開遍地，哥舒隼在快入夜的時候重返阿史那部落，他並沒有時間去見璃香，反而是疾步進了連那的帳中。只因統一東西突厥在即，連那和其餘貴族商議，在明日子時前往目標地。

暈黃的油燈光芒，映著哥舒隼年輕的眉眼，他聽著那些貴族針鋒相對、唇槍舌戰，彼此互不相讓，又見連那始終沉默，便覺得這次突襲未必是正確之舉。

幾個時辰焦灼而過，已是子時，群雄散去，哥舒隼出了可汗的帳篷，目光不自覺地飄向了璃香那頭。

其實在這草原上，即便他不是葉護，只是普通的勇士，想要得到心儀的姑娘，也是可以直接鑽進她帳篷裡的，沒有人會說三道四，這是草原上的習俗。只不過，她是大唐來的姑娘，草原上的規矩不能用在她身上。

而見他停留著不肯離去，唯一洞悉他心思的那個人便是連那。連那也是不會阻攔他的，自古名將愛美人，情竇初開的年少葉護，正是芳華正茂，能遇見喜歡的女子，是一件合時宜的美事，連那想，就憑他對璃香的瞭解，她也不是不喜歡哥舒隼的。

「大妃不會知道。」連那拍了拍哥舒隼的肩膀，「男人之間的事，我對她守口如瓶。」

哥舒隼看向連那，第一次露出了有些無奈、靦腆的笑意，緊接著，他向連那行禮別過，循著夜幕走向璃香的帳前，裡頭隱隱透出燭光，她還沒睡。

「姐姐，是我。」他輕喚一聲，許久都沒有得到回應。

莫非是睡下了，卻沒有熄滅油燈？

正當他充滿疑慮的時候，帳篷裡伸出一隻白皙的手臂，抓住他的銀甲腰帶，用力一拉，便將他拽了進去。沒一會兒，油燈的光線暗了下去，晚風拂過草原上的每一簇青翠，與豔麗。

開元六載九月己巳日，阿史那部落可汗阿史那連那，協同其餘部落各族將士，於子時突襲西突厥領土，驍勇善戰、周密部署，令西部一眾突厥遭到鎮壓。

於隔日，哥舒族帶兵晝夜兼程，馳赴西部進行增援，勢必協助可汗完成草原統一的壯舉。然，雙方殺伐近乎七日有餘，西突厥雖兵力不足，卻不畏侵略，誓要與阿史那殊死一戰。且西突厥常年流亡，早已練就了堅韌的族性，他們深知此戰必定慘烈，可如不抱著視死如歸的心態，便將會不戰而敗，與其被俘，不如以死相抵。

連那此前從未想到過，俘獲西突厥會是如此艱難，作為突襲一方，儘管兵力富足，卻難逃對地勢的生疏。西突厥地形偏僻，荒漠中毫無遮蔽之物，幾日下來，阿史那這方顯然不占上風，尤其是西突厥的人竟然放出毒箭，導致阿史那損傷嚴重，負責衝鋒陷陣的哥舒隼不幸中箭，連人帶馬翻進了河川之中。

這令連那與勇士們陷入了困慮與躊躇之中。要知哥舒隼自九歲上戰場以來便從無敗績，如今一箭中傷，生死未卜，足以打擊全軍士氣。許是西突厥的抗爭，彰顯出了同歸於盡的覺悟，以至於連那與貴族們發覺，與他們講不通道理，唯有撤退才是上策。可惜西突厥不肯放虎歸山，用手持塗滿了劇毒的鐵矛，將連那的隊伍團團圍攻，這番陣仗，怕是打算生擒。

連那便在最後關頭，將肩上的飛鷹放到夜幕之中，孤鷹展翅，躲過無數箭雨，朝阿史那部落的方向飛去。

眼下，阿史那部落中只剩下為數不多的貴族和兵力，這場征戰本就不必流血，連那部署的突襲也只是為了和平談話，且那射出第一箭的，到底還是西突厥。

而抓住飛鷹已是翌日卯時，部下敦連立刻從鷹羽上的血跡明白了戰勢，他召集餘下的將領和勇士，召開緊急救援行動。大家七嘴八舌，都有些亂了陣腳，實在是平日依靠可汗的指揮與才智，如今突發狀況，令敦連急得滿頭大汗。

恰時此時，帳簾被掀開，眾人驚愕望去，只見大妃不顧守衛勇士的阻攔，出現在此，她用流利的突厥語說道：「我已經聽見你們的談話了，不必瞞我，可汗有難，對嗎？」

敦連與眾人面面相覷，倒是不怕被大妃若桑知曉實情，而是男人的事情，自是不必與女人詳盡道明，即便她是尊貴的大妃。

若桑見幾名貴族都沉默不語，也無暇顧及情面，只管說：「我知道你們在想什麼，你們覺得我是女人，根本不配參與會議甚至行動，尤其，我是大唐來的女子。」

被拆穿了心思，敦連等人有些尷尬地閃爍視線，若桑並不退縮，她扯下身上的披風，露出的是一身輕便的胡服，肩頭、胸前與膝上，都護著光明軟甲，是大唐的裝束。

她腰間配著一把短刀，背後有著箭囊，這陣勢令敦連滿眼驚愕，向前幾步，蹙眉道：「大妃，你這是……」

若桑抬手，示意他不必多慮，沉聲道：「我是草原可汗的妻子，是世子的母親，也是大唐長安霓裳樓的若桑，且草原女子個個能騎善射，我自然也不會輸給她們。」

敦連焦急道：「但此去危險至極，怎能讓大妃涉足？若是可汗追究起來，我等可擔當不起啊！」

若桑卻道：「你們還不夠瞭解你們的可汗，而他是怎樣的人，我是最為清楚的。從前在長安的日子，我與他也曾共度危機，便是如今身在草原，也沒什麼不同。」說罷，若桑命令敦連道，「帶上你的人馬，只需掩護我們即可。」

敦連與貴族們不明其意：「我們？」

若桑撩開帳篷的簾子，璃香、幻紗與伊真三位姑娘已經騎在馬上，她們身著顏色不同的胡服，唯獨護體的光明甲一模一樣。且那位紫衣的姑娘腰間配了雙劍，單手握韁的身姿，格外颯爽老練。

敦連怔在原地，一時之間竟失了語，若桑在這時翻身上馬，喝令敦連：「還愣著幹嗎？救主不容耽擱！」

敦連回過神來，立即點頭，率領一眾貴族將領和勇士牽馬出戰，喝道：「眾將聽命，緊跟大妃，務必護其周全！」

璃香策馬奔赴在最前頭，她回身看了一眼跟上的隊伍，迎著烈風同若桑打趣：「看來草原勇士真是有眼不識泰山，竟不知他們的大妃在長安城裡，也曾與江湖俠客叱吒風雲！」

伊真接話道：「怕是若桑要成為草原上第一個出征救夫的大妃了！」

幻紗跟跟到璃香身邊，笑著說：「我看這其中也不僅是一個大妃想救夫君，某位姑娘也很擔心她的痴情小葉護呢！」

璃香難得的臉一紅，狠狠地剜了幻紗一眼。

若桑皺眉訓斥他們三人：「這都什麼時候了，還有心思說風涼話，等把人救回來再吵也不遲！」

璃香冷哼一聲，反駁她道：「你還說你的連那允諾過你絕不出征，結果還不是要把我們姐妹幾個連累進去？把他抓回部落後，你可要狠狠地修

理他一頓，才能長記性。」

若桑苦著一張臉，懶得再費口舌，她心中擔憂連那安危，越發快馬加鞭起來。

而這般時候，連那與他的部下們，已經被推搡著包圍進了西突厥的領地，部族首領坐在篝火前頭，身邊圍繞著四名女巫，她們分別身著羊皮、牛皮、鹿皮與熊皮，頭頂上戴著荊棘編製的花冠，正在念咒起舞、瘋癲嘶吼。連那知曉，這是西突厥唬人的把式，他們總覺得自己掌握著神明脈絡，以此來挑撥其他部落與阿史那部族的分裂、猜疑。

「聽聞可汗得了繼承人。」西突厥首領手裡端著酒碗，一雙眸子如狼似虎，他盯著連那的眼神陰惻惻的，「便是後繼有人了，就能如此肆無忌憚地來攻我族了嗎？」

連那面不改色道：「我是來與你談判的，不是來挑起事端的，如果我想殺你們，便不會任由你的人，這樣把我們帶來你面前了。」

西突厥首領冷聲一笑：「你可真是和你父汗毫不相同，你好好學學他吧！他在位期間，從未打過我們的主意，你也不要仗著在大唐做了十年的質子，就藐視草原，目中無人。眼下就算是我要把你們一把火給燒死，又有人能奈我何？」

看來是無法談判成功了。連那心中嘆息，自己一統草原的想法的確不能急於一時，西突厥首領這又老又臭的硬骨頭，斷然不會在短時間內改變態度的。難道要讓部下們殺出重圍嗎？那樣的話，免不了要兩敗俱傷，可他很擔心哥舒隼目前的下落，也不知他是生是死，再耽擱下去的話，怕連人都找不見去向了。

就在他思忖之際，眼前忽然晃過一縷鵝黃身影，連那驚愕地抬起眼，那馬背上的人影快如雷閃，一個翻身騰空，便將西突厥首領挾持，手中短刀橫在他頸前，以至於一旁的幾名女巫，都嚇得停下了舞蹈。

連那抬眼去看，那人影的光明軟甲映進他眼底，且黃色胡服在夜幕之中格外顯眼。

短刀用力收緊，刀口略微割進皮膚，滲出一絲血跡，西突厥們見狀，紛紛舉起鐵矛，勢要衝上前來。若桑用突厥語威脅挾持在手的首領：「讓他們退後，否則，你人頭不保。」

首領聽出是女聲，且餘光瞥見若桑容貌，竟放聲狂笑道：「阿史那部落怕是日薄西山了，大妃居然前來救主，實乃天大的笑話！」

　　若桑並未憤怒，反而柔聲回敬：「前來的不僅是大妃，還有大妃的姐姐與妹妹呢！」

　　首領蹙起眉頭，忽聞慘叫連連，循聲望去，三道紅、紫、白色的身影襲向西突厥的勇士，紫色擅長使劍，手腕輕顫，劍法便如靈蛇身軀一般扭動，打在手背，當即將數十名勇士震掉了手中的兵器。在眾人還來不及反應之時，就一身輕功了得的繞到了首領身後，拿著一把利劍，頂著首領的胸膛，卻並不逼近咽喉要處。此等行徑，讓眾人驚呼了一聲。

　　白衣來不及使用長鞭，就已有西突厥勇士來襲，她只好以拳相搏。她動作快極，拳拳打在那些勇士的腕處，逼得對方失了兵器後，不得不徒手相鬥。白衣一個打五個，絲毫不落下風，她擅長借力，拳速驚人，一拳下去，打落對方好幾顆牙齒，倒也疼得自己「嘶」了一聲，趕忙甩了甩手。那名倒楣的勇士捂著嘴跪在地上，一口膿血從嘴中吐出。。

　　目睹此景的紅衣，忍不住哈哈大笑起來，曼妙笑聲令西突厥的勇士們都有些心猿意馬。她便在這時回過頭，丟出手中短刀，長弧迴旋，割破一眾勇士的小腿，迫使他們倒在地上一片。

　　連那見狀，也不再猶豫要不要先出手的問題，只管對將領們點頭示意，大家心領神會，紛紛以拳攻向圍在身側的西突厥勇士，只要不傷及性命即可。

　　而四名草原壯漢齊心圍攻連那，連那拾起地上一根木條，腕抖劍斜，左右兩下，打在一名壯漢臉上，一條長長的紅印子出現，壯漢哀哭不止。連那抓住機會，反手一下去打刺另一名壯漢的腰腹，對方來不及閃躲，連那在他胸膛前隨意抽打幾下，傷及皮肉，避開肺腑。

　　西突厥的勇士們逐漸明白，阿史那部落皆是一身好本領，卻不打算傷人性命，可也給足了警示。

　　首領見狀，也知曉若是再鬥下去，難免自討沒趣，思及此，身為手下敗將的草原壯漢面面相覷，齊齊看向首領。

　　首領雖覺顏面無光，也還是不想讓自己的部下繼續吃虧，只得低聲對身後的若桑道：「大妃，你可以拿開刀刃了，帶著你的男人和部下，離開

我的部落，往後也不要再妄想來襲。今日之事，就此勾銷。」

若桑卻沒立刻照做，反問道：「倘若阿史那的可汗在日後打算與你談判，也不可再襲嗎？」

首領豪爽的直言道：「雙方皆可派出各自的信使，只要正大光明，自然可談。」

若桑垂了眼睫，將短刀收回，放開了首領，那首領也未出爾反爾，對部下道：「讓路，阿史那的可汗與大妃要回去了。」

西突厥的勇士們聽命，皆是向後退去，為若桑讓開一條通路。而另外三位姑娘也收起武器，隨著若桑的腳步，一同走向了阿史那的部族。

連那望著若桑走向自己，一如當年在月泉公主的行宮裡初次見她時的景象，她一身嫩黃色的襦裙，眼神俏麗且清澈，全身上下滲透出一股充滿了鮮活生命力的氣息。就像此刻，她能攜霓裳樓姐妹與草原部下前來救援，正說明她的氣魄不輸男子，令連那不自覺在心中暗喜道：「不愧是霓裳樓的若桑，不愧是他願傾心一世的大妃。」

連那伸出手，牽過若桑，眼中笑意自有感激之色，他輕聲道：「讓你費心了。」

「夫妻同心，我情願涉險。」若桑溫和地笑著，自己原本冰涼的手，也因在他的掌心裡而逐漸溫暖了起來。

敦連與其他將領望著這一幕，心中也因此而對他們的大妃及長安城來的三位大唐姑娘，增添了一份敬意。想來中原女子竟也這般一身本領，有膽有識，實乃阿史那部落的榮耀。

此戰就此告一段落，西突厥放走了阿史那，阿史那也承諾再來會先行派來使者，由此，在最終也算是完成了一次和平的「談判」。

身為可汗的連那，便帶領部下返還部落，若桑提議繞開西突厥的荒漠走，會更近一些。連那卻道：「要走水路，哥舒葉護負傷後跌入河川，只有經此途中，才能尋到他蹤跡。」

一聽這話，策馬在若桑身邊的璃香神情驚愕，她率先問道：「葉護竟負傷了？傷勢重不重？」

連那略有歉意地望向璃香，嘆了一聲：「那箭上有毒，西突厥的女巫擅毒，要是毒發的話，後果……但所幸他在河川源頭跌入，水可化毒，也

許……」話還未說完，一聲尖銳的馬鳴聲響起，連那轉頭去看，璃香已經策馬朝西突厥的領地奔去。

若桑當即就要追趕璃香，連那卻攔住她，指派自己的三名部下道：「你們去保護璃香姑娘！」

部下得令，立即駕馬前去，若桑卻道：「璃香有難，我必要去幫，即便有草原勇士去保護他，我也……」

幻紗與伊真也十分擔心，但連那卻安撫道：「璃香姑娘前去的方向是河川源頭，她是擔憂哥舒葉護才捨命前去，且我們多數再返回西突厥，極易被誤認為是反悔再襲，必要惹來更大的麻煩，為了顧全大局，三名勇士會妥善幫襯璃香姑娘的。」

連那這番話也是在理，思來想去，若桑道：「那我們便在此處等他們歸來，若有閃失，也能最快地提供支援。」

連那、幻紗與伊真都點頭稱好，索性那三名勇士中有一位是敦連，自是值得信任。

草原多雨，急雨較多，這會兒突降暴雨，大風凜冽，緊接而來的是烏雲密布，彼時的哥舒隼被困在草原荒漠下的洞穴裡，他肩頭中箭，雖已拔掉了箭矢，但毒性卻在一點一點的發作。即便他能憑藉著驚人的體力爬出河川，一路踉蹌著找到這個洞穴，也已昏昏沉沉地睡了許久，再一睜開眼，便發現下了雨。

雨點狂亂，風聲鬼嘯，哥舒隼全身劇痛難耐，雙腿以下更是麻木無知，他拚盡全力想要睜開雙眼，可卻只是徒勞。彷彿陷入了一場長夢之中，奇異的是，他卻能看見有身影走來，是個女子，一襲紅衣，唯獨看不真切她的臉，只感到她檢查了他的傷勢，輕嘆道：「好在伊真從霓裳樓裡帶來了一些創藥，治毒是好的，回去部落後敷上一陣便可緩解……」

是……誰？

哥舒隼昏昏沉沉地探出手去，那女子握住他冰涼的手，熱流頃刻間布滿他全身一般，他記得這溫度，終於知道這人是誰，便禁不住放鬆了內心的戒備，整顆心都安穩了下去。他呢喃道：「我知你把我當成年少的……不懂事理的愣頭小子……可我在遇見你之後，便沒想過要去愛別的女子了……璃香……」

這次，他再沒叫她姐姐，一聲璃香令她心中蕩漾出了漣漪，他輕輕靠在她懷裡，她伸出手臂，擁著他的身體。跟上此處的敦連等人見狀，有些錯愕，卻也一併進來洞中避雨，他們察覺哥舒隼的傷勢並非嚴重，便也稍稍安心。

　　狂風從洞外吹過，撩得暴雨傾斜，敦連生起篝火，想等雨勢小些再帶人離開，抬頭悄悄看去，璃香已經幫哥舒隼肩頭的毒血吸出不少，這樣一來，他再無性命危險，也令敦連忍不住懷疑起他二人之間的關係。

　　說起來，哥舒葉護曾在那晚的設宴上，請求可汗將這位姑娘賜婚自己，這樣來說的話，他二人也算是兩情相悅了？

　　但這也不是他這等部下能去操心的事情，只不過總是覺得，近來的草原男兒怎都偏愛中原美人了？前有連那可汗，現有哥舒葉護，真要草原姑娘傷心不已了。

　　待到隔天清晨，天際發白，馬鳴乍起，帳中的哥舒隼疲乏地睜開雙眼，他昏昏沉沉地低下頭，發現自己受傷的肩側已經被敷上了藥膏，便湊近嗅了嗅，味道清香，甚是好聞。

　　他依稀能夠回想起受傷之後的事情，立刻想到了璃香，趕忙翻身下床，撩開帳簾的時候，他被朝陽刺痛了眼。適應了半晌後，他循望而去，輕柔的晨光下，身穿赤紅色胡服的女子，正在策馬騎射，陪伴在她身邊的是另外三位女子，其中一位是大妃，另外兩位……哥舒隼雖記不真切，倒也知曉她們是一同從大唐來到草原的。

　　今日的璃香盡顯灑脫俐落，每一箭都射中靶上正中心，哥舒隼望著眼前這光景，她臉上的笑容，正如他當日初見她時一模一樣，是美得驚心動魄的笑。

　　自那日之後，連那與部下們開始建立與西突厥之間的友好協約，為了促進交流與團結，連那提議同西突厥進行聯姻，這樣才能從真正意義上地實現草原統一。部下們有同意的，也有反駁的，在這期間，有一人舉起玉白素手，她說：「可以折籤決定，諸位同意的折短籤子，反對的折出長籤子，最後以籤子的多少來決定。」

　　眾人望向王帳內的大妃，又面面相覷，連那笑笑，最後，到底是採納了若桑的主意。

開元六載的阿史那部落選了一吉日，將聘禮送給西突厥首領之女，望嫁與阿史那貴族之子，雙方敲定擇日完婚。

開元六載九月十七日，阿史那部落的草原上，增添了一支全部都是由孩童組成的小小部隊，最大的九歲，最小的才四歲，他們統統戴著刻有猛獸的木製面具，每天一早就去尋他們的伊真師父，死纏爛打地要她教他們易容術。

而幻紗也學會了喝草原上的烈酒。每當酒意正濃時，她就會在伊真的那群小徒弟面前舞劍，伊真便要她的小徒弟們跟著學習，還說這可是大唐最好的劍客，此時不學更待何時。

小徒弟們聽話得很，有模有樣地揮舞著手中木劍，幻紗提著一壺烈酒，耍了幾套劍法，每一招都如同行雲流水，令小徒弟們連連驚歎，她沉醉在一聲又一聲的突厥語誇讚中，便舞得更加賣力。

伊真則依靠在一旁的柵欄上，打量著不遠處的那對小情侶，咬一口手裡的青果，忍不住吟上一段詩詞。

那詩裡的有情二人，正在盛放格桑花的草原上並肩而行，璃香的手裡捧著哥舒隼方才摘下的格桑花，輕撫著花瓣，她低聲說道：「在我們大唐，這個時節是可以夜夜遊花燈的。」

哥舒隼負著手，年少的舉止中，非要徒增一抹滄桑，且正是因為年輕，才能在中箭三日後便幾乎痊癒，甚至都不需要再塗抹創藥，驚人的恢復能力倒是令人羨慕不已。此刻，他聽到璃香念念有詞，忍不住問道：「花燈是什麼？」

璃香看他一眼：「花燈大部分都是蓮花的形狀，放進河裡用來祈願，再閉著眼睛、雙手合十來許願，期盼人世太平、天下無亂、家人和睦、世人平安。」

哥舒隼問：「不能祈求恩愛無間嗎？」

璃香忍不住取笑他：「你小小年紀，怎就滿腦子情情愛愛呢？」

「我也是可以征戰四方、殺敵無數的。」他趕忙炫耀起自己強壯的臂膀來。

璃香視線落在他隱藏在衣料下頭的胸肌上，立即輕咳一聲，以此來掩飾自己的羞意，忽然道：「我要離開了。」

哥舒隼知道這天會到來，雖不驚訝，卻也笑不出來，許久不曾言語，頗有些逞強的意味。最終是璃香打破沉寂，她說：「等你隨連那來大唐的時候，可以到長安城的霓裳樓裡來尋我。」

　　他還是沉默不語。

　　璃香打量他的表情：「生氣了？」

　　哥舒隼搖了搖頭，只能無可奈何道：「沒什麼要氣的，畢竟我第一次見到你時，就知道你是個狠心的人。」

　　璃香挑眉，他看向她：「姐姐無心嫁我，便終有一別，雖有情緣，還是不及你的瀟灑重要。」

　　璃香露出笑容，站定在哥舒隼面前，仰頭凝視著他的眼睛：「你還算懂我。」

　　哥舒隼低頭看她，輕聲問：「姐姐不問問我，日後有何打算嗎？」

　　璃香便道：「娶一美人，生兒育女，繼承父位，肆意草原。」

　　哥舒隼微微皺眉，伸出手臂，按住她的腰，輕輕地將她攬向自己並貼近，含情脈脈的眼眸裡，浮現出許多複雜情緒，他聲音沙啞道：「縱使世間美人千千萬，也不及璃香眉間一抹紅。」

　　璃香意味深長笑了笑，抬手撫他臉頰：「你還小，往後還要遇見許多人，不要在萍水相逢的人身上留戀，只需記住今日一別，後會有期。」

　　他只是略有傷懷地看著她，沒有再說什麼，最後俯下身去親吻她、擁抱她、愛憐她。

　　當天夜裡，萬籟俱寂，群星閃耀，草原上的風吹拂著翠綠青草，若桑騎在馬上，帶著身後的三位姑娘，來到了望月的最佳地點。

　　這裡是草原上最為接近夜幕的落腳處，幻紗抬起頭，望向夜空繁星閃爍，忍不住驚歎道：「真美啊！」

　　若桑道：「你們明日就要回去大唐了，今夜是只有我們四人的團聚時光，我便想帶你們來我最喜歡的這處祕密地點。在我剛到草原的時候，每當想念你們時，就會來到這裡看星辰、看月華，就彷彿是我們還在霓裳樓的時光。」

　　伊真觸景生情道：「是啊！那個時候的我們，時常會爬到霓裳樓的樓頂品茶、賞月，總有說不完的話。」

璃香的眼裡映著簇簇星光，似有晶瑩淚光，她不想這般傷懷，便提議道：「我們姐妹四人就在此許下心願，有朝一日，重逢之時，還是此處，還是你我，屆時必將把酒言歡、共敘桑麻。」

幻紗點頭稱好，她率先起誓：「我幻紗在此承諾，無論我日後是否婚配、是否榮耀，都要與身邊這三位維繫姐妹之情。」

若桑也趕忙跟上，說道：「無論四海八荒，天上人間，我四人都將相伴相守、榮辱與共。」

璃香道：「哪怕要翻山越嶺、踏遍河川，從雲端到海岸，從懸崖到山巔，我們也會在每年此時，共聚一處，絕不缺席。」

這份心願沉甸甸、情綿綿，四人彼此相望，含淚而笑，在這草原的夜空上，她們攜著滿身星光璀璨，終是不負情誼與韶華。

翌日一早，大唐長安來的馬車協同隊伍，在可汗與大妃的目送下，一併離開了阿史那部落，踏上了回唐之路。

天色大好，晴空無雲，幻紗與伊真還是來時的老樣子，一個在車上擦劍，一個翻卷看書，剩下璃香心事重重，直到車夫忽然停下馬車，璃香率先問道：「出什麼事了？」

車夫回道：「璃香姑娘，有位身穿銀甲的少年，騎著戰馬擋住了去路，看那身裝扮，像是草原的……」

「葉護。」幻紗接下話來，瞟向璃香，眼有笑意。

璃香先是詫異，很快又變得驚喜，她撩開車簾去望，那葉護已經策馬前來，璃香忍不住道：「你快讓路，我們這就要回去大唐，別來搗亂。」

他跟在她的馬車旁，輕描淡寫道：「大唐向來好客，應該不介意多一個搗亂的人。」

璃香驚訝地睜大眼：「你不要你的哥舒氏族了嗎？」

「草原王位，顯赫血統，也沒什麼了不起的。」他看向璃香，輕輕笑道：「心愛的姑娘比那些都重要。」

璃香抿著嘴角，忍不住露出喜悅笑意。

伊真識趣的說：「這馬車裡坐三個人真是太擠了，璃香你先去外面騎一會兒馬，我也好伸展一下四肢。」

璃香正想去和哥舒隼相會，就藉機出了馬車。

見璃香出去了，伊真則輕飄飄地與幻紗悄聲一句：「拐回一個草原葉護到大唐，真不賴。」

　　幻紗小聲說：「這回沒人和我們倆搶早膳的小菜了，她這下子大概只能吃午點了……」

　　兩人越說越樂，笑聲都掩蓋不住地傳到馬車外的璃香的耳中。

　　璃香有些氣急得對著馬車說：「喂！你們在裡面嘀咕什麼呢？說出來啊……」

（全文終）

人物關係圖

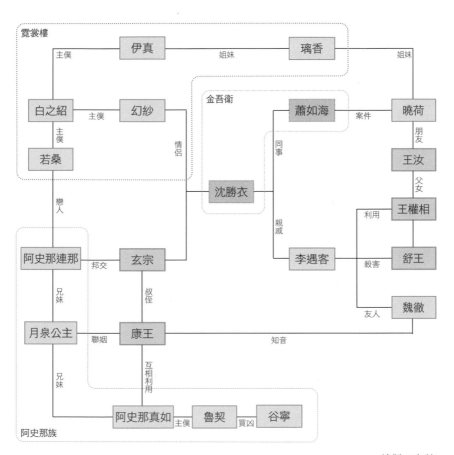

繪製：李莎

開元霓裳樓──風時序

作　　　者／李莎
封 面 提 字／季風
封 面 設 計／董紹華
插 畫 創 作／董紹華
美 術 編 輯／孤獨船長工作室
責 任 編 輯／許典春
企畫選書人／賈俊國

總 編 輯／賈俊國
副 總 編 輯／蘇士尹
編　　　輯／高懿萩
行 銷 企 畫／張莉滎・蕭羽猜・黃欣

發 行 人／何飛鵬
法 律 顧 問／元禾法律事務所王子文律師
出　　　版／布克文化出版事業部
　　　　　　臺北市中山區民生東路二段 141 號 8 樓
　　　　　　電話：(02)2500-7008 傳真：(02)2502-7676
　　　　　　Email：sbooker.service@cite.com.tw
發　　　行／英屬蓋曼群島商家庭傳媒股份有限公司城邦分公司
　　　　　　臺北市中山區民生東路二段 141 號 2 樓
　　　　　　書虫客服服務專線：(02)2500-7718；2500-7719
　　　　　　24 小時傳真專線：(02)2500-1990；2500-1991
　　　　　　劃撥帳號：19863813；戶名：書虫股份有限公司
　　　　　　讀者服務信箱：service@readingclub.com.tw
香港發行所／城邦（香港）出版集團有限公司
　　　　　　香港灣仔駱克道 193 號東超商業中心 1 樓
　　　　　　電話：+852-2508-6231 傳真：+852-2578-9337
　　　　　　Email：hkcite@biznetvigator.com
馬新發行所／城邦（馬新）出版集團 Cité（M）Sdn.Bhd.
　　　　　　41，JalanRadinAnum，BandarBaruSriPetaling，
　　　　　　57000KualaLumpur，Malaysia
　　　　　　電話：+603-9057-8822 傳真：+603-9057-6622
　　　　　　Email：cite@cite.com.my
印　　　刷／韋懋實業有限公司
初　　　版／2023 年 5 月
定　　　價／399 元
Ｉ Ｓ Ｂ Ｎ／978-626-7256-76-3
Ｅ Ｉ Ｓ Ｂ Ｎ／9786267256718(EPUB)

城邦讀書花園　　布克文化
www.cite.com.tw　WWW.SBOOKER.COM.TW